Robert Corvus
Grauwacht

PIPER

Zu diesem Buch

Ein Tag-Nacht-Zyklus in Bisola dauert ein Menschenleben. Während die Menschen mit der Nacht wandern, gehört den amphibischen Sasseks der Tag. Ein Abkommen sichert den Frieden zwischen den beiden Völkern, aber wenn die Dämmerung kommt, stehen nur die Guardista der Grauwacht zwischen ihnen. Diese Krieger mit besonderen Fähigkeiten überwachen den Abzug der Menschen aus den Städten und den Einzug der Sasseks. Doch etwas geschieht auf Bisola. Ein seltsames blaues Licht erhellt die Nacht, und der Frieden zwischen den Völkern steht auf der Probe. Remon, ein fahnenflüchtiger Guardista, und seine Frau Nata machen sich auf in die Stadt des Zwielichts, um dem Mysterium auf den Grund zu gehen.

Robert Corvus, 1972 geboren, lebt in Köln. Der Diplom-Wirtschaftsinformatiker war in verschiedenen internationalen Konzernen als Strategieberater und Projektleiter tätig. Corvus ist Metalhead, Kinofan und Tänzer. Er veröffentlichte zahlreiche Romane in den Reihen »Das schwarze Auge« und »Battletech« sowie für »Perry Rhodan Neo«. Bei Piper erschienen seine erfolgreiche Dark-Fantasy-Trilogie »Die Schattenherren« sowie der Einzelroman »Schattenkult«.
Weiteres zum Autor unter: www.robertcorvus.net

Robert Corvus

GRAUWACHT

Roman

Piper München Zürich

Entdecke die Welt der Piper Fantasy:

Piper-Fantasy.de

Von Robert Corvus liegen bei Piper vor:
Feind. Die Schattenherren
Knecht. Die Schattenherren
Herr. Die Schattenherren
Schattenkult
Grauwacht

MIX
Papier aus verantwortungsvollen Quellen
FSC® C083411
FSC
www.fsc.org

Originalausgabe
Februar 2015

Umschlaggestaltung und -motiv: www.buerosued.de
Karte: Timo Kümmel
Satz: Satz für Satz. Barbara Reischmann, Leutkirch
Papier: Munken Print von Arctic Paper Munkedals AB, Schweden
Druck und Bindung: CPI books GmbH, Leck
Printed in Germany ISBN 978-3-492-26994-0

Für Marion
und ihre Katzen

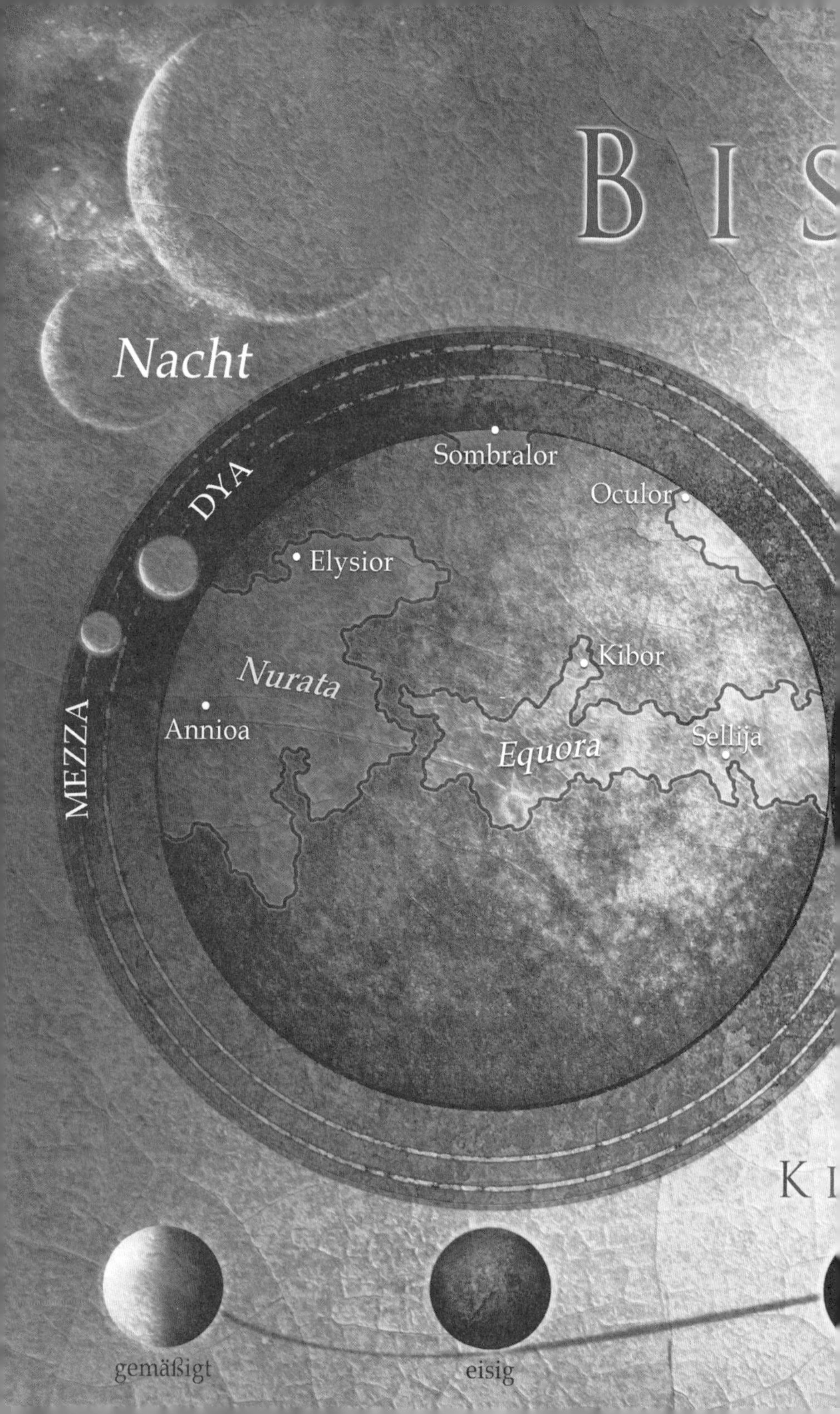
B I S
Nacht
DYA
MEZZA
Sombralor
Oculor
Elysior
Kibor
Nurata
Annioa
Equora
Sellija
K I
gemäßigt
eisig

Tag
Sombralor
DYA
Abigior
Fraka
Ieta
Miralor
Igo
Ikruza
Erastor
Histola
MEZZA
glühend
gemäßigt

Prolog: Blau

Sarlos bewunderte die hellen Wolken, in denen sich unzählig viele Blautöne mischten. Sie hetzten nach Osten, obwohl der Wind hier am Boden in die entgegengesetzte Richtung wehte und dabei die Kälte von den Eisfeldern der Nacht mitbrachte.

Die Wolken faszinierten Sarlos wegen ihrer zerklüfteten Erscheinung. Er überlegte, wie weit sie wohl entfernt waren. Die wattigen Säulen, die sich aus ihren Wirbeln der Erde entgegendrehten, mussten so riesig sein wie die Eisberge weit im Innern der Nacht, wo sie die heiße Quelle gefunden und Robben gejagt hatten.

Sarlos pflückte eine Handvoll wohlschmeckende Beeren von einem Busch. Sie hätten sich viel früher über das Gebot der Grauwacht hinwegsetzen und dorthin aufbrechen sollen, wo der helle Tag herrschte. Sarlos streckte einen Arm aus und spreizte die Finger. Sie waren nicht von einem Handschuh bedeckt. Die eigentlich weiße Haut erschien im Tageslicht blau, als betrachte er sie durch dünnes Eis. Er lachte. Niemals hatte er seine Hände so lange ohne Kälteschutz gelassen, aber hier, jenseits des Landes der Nacht, schien das für unbegrenzte Zeit möglich zu sein.

Dieses mit üppiger Vegetation bedeckte Reich des Tages war einfach wunderbar! Was konnte schon passieren, wenn die Grauwacht sie aufspürte? Der Feuerwahrer, der sie anführte, würde sich mit dem unnatürlichen Blau herausreden, das den Tag erfüllte. Über solches Licht schwieg der Pakt. Damit könnten selbst die Guardistas sie nicht ohne Weiteres zurück in die Nacht treiben.

Und überhaupt hätte dort, wo sie sich jetzt befanden, schon

längst Nacht sein sollen. Nicht, dass Sarlos das gefallen hätte, nun, da er den Tag kannte. Hier gediehen so viele Pflanzen! Endlich sah er die Bäume, von denen das Holz für die langen Bretter stammte, die so teuer gehandelt wurden. Bisher hatte er nur Moose, Flechten und Pilze gekannt. Dort, wo die Nacht herrschte, wuchs nichts Größeres.

Aber hier im Tag hatte Deresa vor der letzten Mahlzeit süße Wurzeln ausgegraben und Knollen gefunden, die so viel Kraft gaben wie Fleisch. Vögel zogen in riesigen Schwärmen über den Himmel. Wo sie sich niederließen, fand man Eier in den Nestern. Manche nisteten auch in den Bäumen oder Büschen, die so dicht standen, dass man selten weiter als fünf Schritt sehen konnte, wenn man sich vom Strand entfernte. Und dann erst das Meer! Eine Wasserfläche, die sich beinahe eisfrei bis zum nördlichen Horizont erstreckte. Wie prall mussten die Netze der Boote sein, die von Fischzügen auf einem solchen Gewässer heimkehrten?

Seine Gefährten hielten Sarlos für einen Träumer. Er würde ihnen beweisen, dass er ein guter Späher war. Im Tag, wo kein Schnee lag, zählte die Erfahrung der anderen wenig. Zwar gab es Spuren zu entdecken, niedergetretenes Gras und geknickte Zweige etwa, aber sie unterschieden sich von denen im Schnee. Sarlos konnte das Refugio vor den anderen finden, wenn er sich anstrengte. Also steckte er die restlichen Beeren in den Mund, packte den Wurfspieß und schob sich durch das Unterholz.

Schnell schwitzte er wieder. In der Nacht bewahrte die Kleidung aus dichten Fellen vor dem Erfrieren, aber hier im Tag war sie zu dick. Sarlos nahm sich vor, einiges davon bei der Hauptgruppe zurückzulassen, wenn er nochmals zu einem Spähtrupp eingeteilt würde. Man hatte ihm allerlei Märchen über den Tag erzählt. Nun wusste er es besser – er glaubte nicht mehr an die Geschichten von einem plötzlichen Eishauch, der Unvorsichtigen das Blut gefrieren ließ, sodass es aus den Adern platzte. Das waren Erzählungen für Kinder, denen man Angst vor dem Land des Tages machte.

Sarlos folgte einem Bachlauf hangaufwärts. Bei den meisten Refugios ähnelte der Eingang einer Höhle. Da lag es nahe, ihn an einem Hügel zu suchen. Selbst wenn er hier nicht fündig würde, sollte sich Sarlos von dem erhöhten Punkt ein guter Überblick bieten.

»Das Refugio muss hier irgendwo sein«, murmelte er. Sie hatten die Metropole Elysior passiert. Auch dort hätte bereits Nacht sein sollen, aber der Tag wich nicht. Das führte dazu, dass sich immer mehr Menschen in der Abenddämmerung sammelten. Dort hofften sie auf die sichere Wohnstatt, die die Metropole bieten würde, wenn sie erst in die Nacht fiele. Aber man hockte zu eng aufeinander. Die Nahrung im Zwielicht wurde knapp und Streitigkeiten wuchsen sich zu blutigen Kämpfen aus. Da war es klug, in den Tag vorauszugehen, obwohl das gegen den Pakt verstieß, der von den Menschen verlangte, in der Dunkelheit zu leben. Man konnte nicht ewig ausharren, und wenn die Nacht mit ihrer Eiseskälte irgendwann doch über diese Gegend hereinbräche, erwartete man sie besser in einem Refugio. Nahm man eine dieser wertvollen Zufluchten in Besitz, war das Leben für eine halbe Generation gesichert. Man konnte sie mit Verteidigungsstellungen gegen die Feiglinge versehen, die sich scheuten, die Dämmerung zu überholen und der Nacht vorauszugehen. Niemand würde einem dann noch die Herrschaft über das Refugio streitig machen. Noch nicht einmal die Grauwacht.

Aber Sarlos hoffte, dass der Tag noch lange bliebe. Wieder sah er zu den Wolken hinauf, die er zwischen Zweigen mit blauem Laub ausmachte.

Er stolperte, als sein Fuß an einem verwesenden Körper hängen blieb. Fluchend sprang er zurück und richtete den Spieß auf die Leiche, obwohl diese ihm eigentlich nicht mehr gefährlich werden konnte. Doch sie sah so unsagbar … falsch aus! Als wollte jemand der Natur spotten.

Der Tote trug ein mehrlagiges Gewand aus hellem Stoff. Es war an vielen Stellen zerrissen. Ledrige Haut, am Hals von

Schuppen bedeckt, schimmerte ölig. Der Bauch war zerfetzt, offenbar hatte ein Raubtier Fleisch herausgezerrt. Aber war das auch die Todesursache?

Am Kopf mit der vorspringenden Schnauze lag der Knochen blank. Spitze Zähne ragten aus dem Kiefer. Doch das Verstörendste waren die tief blauen Blumen, die sich nicht nur um die Leiche bogen, sondern auch aus dem toten Körper sprossen. Mehrere wuchsen durch die Brust, und eine schob sich sogar aus einer leeren Augenhöhle.

Das war kein Tier und erst recht kein Mensch. Es war ein Sassek. Ein rechtmäßiger Bewohner des Tages. Eines dieser amphibischen Wesen, die auch in Elysior wohnten, solange die Menschen noch auf die Übergabe der Metropole warten mussten. Ihnen gehörte der Tag und alles, worauf sein Licht schien, so wollte es der Pakt. Vielleicht hatten die Kreaturen einen Weg gefunden, die Abenddämmerung daran zu hindern, über dieses Land hereinzubrechen? Das wäre Betrug an den Menschen! Sie waren in der Hoffnung aus ihren Siedlungen aufgebrochen, sichere Zuflucht in den Gebieten zu finden, die eigentlich schon in nächtlicher Dunkelheit hätten liegen sollen!

Sarlos nahm seinen Mut zusammen, hockte sich hin und berührte die ledrige Haut am Oberarm. Natürlich war sie kalt, aber sie war auch trocken. Den Erzählungen zufolge, die er über die Sasseks kannte, hätte sie glitschig sein müssen. Der ölige Glanz ließ Feuchtigkeit vermuten, und schließlich sollten sie im Wasser ebenso gut leben können wie an Land. Der alte Gerro behauptete, weit draußen in einem eisfreien See sei ihm einmal ein Sassek ins Netz gegangen. Andererseits hatte der alte Gerro angeblich auch einen Stern in einen Berg fallen sehen, der daraufhin zu Feuer geworden war. Und mit einer Frau geschlafen, der ein Pelz auf den Brüsten wuchs.

Sarlos stand auf und ging sicherheitshalber einige Schritte rückwärts, bevor er sich umsah. Was immer den Sassek umgebracht hatte, mochte sich noch ganz in der Nähe aufhalten. Zwar schien er seit einiger Zeit tot zu sein, aber wenn ein Raubtier hier so gut Beute gemacht hatte, lauerte es vielleicht auf mehr.

Umgeben von all diesem Gebüsch war die Sicht nicht besser als in der Nacht. Eher schlechter. Schließlich warf der helle Schnee das Sternenlicht zurück.

War das wirklich nur Wind, der in den Zweigen rauschte?

Sarlos war nicht mehr warm. Er zitterte jetzt.

Diese Laute waren ihm ebenso fremd wie das ganze Land des Tages! Auf dem Eis säuselte der Wind, oder er schmirgelte mit dem Schnee die Felsen ab. Davon ließen sich Schrittgeräusche leicht unterscheiden. Aber hier?

Wieder sah er die Leiche des Sasseks an. Waren die Arme nicht seltsam verdreht? Oder hingen sie anders an den Schultern als bei einem Menschen? Das Raubtier mochte an ihnen gezerrt haben, obwohl Sarlos keine Bissspuren entdeckte. Die Glieder sahen auch nicht so aus, als hätte der Sassek sie schützend vor seinen Körper gehalten, wie man es tat, wenn man angegriffen wurde. Aber wie war er dann gestorben?

Wie hatte Sarlos nur so dumm sein können, sich allein auf den Weg zu machen! Ein Angreifer würde sich bestens im blauen Licht des Tages auskennen, und keiner war da, um ihm den Rücken zu decken.

Sarlos brach die Suche nach dem Refugio ab. Er ging den Weg zurück, den er gekommen war. Dabei wurde er immer schneller. Schließlich rief er sogar die Namen seiner Kameraden.

Drei von ihnen fand er an dem erloschenen Lagerfeuer. Eigentlich hätten sie die Zelte abbauen und auf dem Schlitten verstauen sollen, der mit holpernden Rundhölzern unter den Kufen versehen war, um ihn besser über den bewachsenen Tagesboden ziehen zu können. Aber die Zelte standen noch, sogar die Reste des Bratens waren noch auf dem Spieß. Das war Sarlos ein Rätsel, er hatte nie etwas so Schmackhaftes gegessen wie dieses Tier. Er hatte sich heimlich ein zusätzliches Stück abgesäbelt.

»Ich habe etwas gefunden!«, rief er. »Oder jemanden. Das müsst ihr euch ansehen!«

Deresa wandte sich ihm zu. Langsam, als wäre ihre Kleidung eingefroren. Im dunkelblauen Schatten der Bäume erkannte Sarlos ihr Gesicht nur schlecht, aber der Blick war so starr, dass er sich an seinen Speer klammerte.

»Wieso sagt denn niemand was?«, fragte er.

Jetzt drehten sich auch die anderen beiden um, und Deresa hob das Jagdmesser, das sie schon die ganze Zeit in der Hand hielt. Warum eigentlich? Man brauchte es nicht, um die Zelte abzubauen, und der Braten schien für sie uninteressant zu sein.

Sarlos wich zurück. Seine Ferse blieb an einer Wurzel hängen, er stolperte, ruderte mit den Armen und stürzte auf die Knie.

Deresa kam näher. Die Schatten der Büsche fielen auf sie, aber Sarlos erkannte eine Bewegung in ihrem Gesicht. War das ein Stück Haut, das sich gelöst hatte?

»Bist du verletzt?« Sarlos' Stimme zitterte, als er sich aufrappelte.

Die Antwort würde er nie erfahren. Ein kalter Schmerz drang durch seine Brust. Sarlos starrte auf die Speerspitze, die zwischen seinen Rippen herausragte. Der Puls flatterte in seinem Hals. Während seine Beine nachgaben, überlegte er, dass die Flüssigkeit, die in dem blauen Licht violett erschien und in Stößen durch sein Gesichtsfeld spritzte, wohl sein Blut war.

TEIL I

NACHT

1. Kapitel

Enna würde sterben, wenn sie sich nicht mit vollem Ernst auf die Prüfung vorbereitete.

»Hör auf zu spielen und konzentriere dich!«, forderte Remon.

Seine Tochter sah zu ihm auf, blieb aber am Boden hocken, wo sie den Umriss einer Schattenblume in den frischen Schnee malte. »Er ist ganz weich«, sagte sie. »Die Flocken haben sich noch nicht daran gewöhnt, auf dem Boden zu liegen. Sie glauben, sie schweben noch in der Luft.«

Von wem hatte sie solche Gedanken? Die anderen Kinder in Erdblut kamen nach ihren Eltern, denen sie in der Schmiede oder am Webstuhl halfen, und wenn sie träumten, dann davon, große Jäger zu werden. Nicht von Luft und Schnee und Sternen. Also musste Enna es wohl von Nata haben, die sich ebenfalls im Anblick der Sterne verlieren konnte, bis Remon sie bat, hereinzukommen, damit ihre Finger nicht trotz der Pelzfäustlinge abfroren.

Er betrachtete das runde Gesicht im Schein seiner Laterne. Enna sah Nata ähnlicher als ihm. Ihre Augen waren von dem gleichen Blau. Eine Farbe, für die man sie bei den Sasseks verstoßen hätte. Auch die vollen Lippen glichen denen ihrer Mutter. Erst jetzt, da die kindliche Weichheit allmählich aus dem Gesicht wich, wurden auch die ersten Merkmale sichtbar, die sie mit ihrem Vater teilte: die markanten Wangenknochen und die vorstehenden Schlüsselbeine. Letztere waren hier draußen natürlich unter dem dicken Pelz verborgen.

»In welcher Richtung steht unser Eissegler?«, fragte er.

Bedauernd sah sie auf die Schattenblume, bevor sie aufstand. Sie spähte über den Schnee. »Ich werde kein Licht dabeihaben«, sagte sie.

Er löschte die Laterne.

Enna zog den Fellmantel eng um ihre Schultern und achtete darauf, die Hände unter dem Schutz zu halten. Als sie den Kopf in den Nacken legte, schmolzen einige Schneeflocken auf ihrem Gesicht. Andere landeten auf der Pelzmütze, wo sie weiße Tupfen bildeten. Remon sah das deutlich, obwohl das Licht von Sternen und Monden die Wolken nur durch wenige Lücken passierte. Ihm reichte das Schimmern von Schnee und Eis. Ennas Augen dagegen würden einen Moment brauchen, um sich an die Dunkelheit zu gewöhnen.

»Wir sind nur eine kurze Strecke gegangen.« Ihr Atem dampfte.

Eine stille Traurigkeit erfüllte Remon, als er überlegte, dass seine Tochter ihm gerade bis zum Bauchnabel reichte, aber dennoch zu groß war, als dass ihr die Prüfung einen weiteren Doppelmond erspart bliebe. Sie war schnell gewachsen.

Enna hockte sich wieder hin. Sie schob eine Hand unter dem Mantel hervor und tastete im Schnee nach den Fußspuren, die sie hinterlassen hatten.

»Ich habe dir doch erklärt, dass es dir nichts nützen wird, den Weg zurückzuverfolgen, den ihr gekommen seid. Sie werden einen Bogen fahren, wenn sie euch aussetzen. Du würdest eine viel zu weite Strecke laufen.«

»Gana hat mir erzählt, dass sie so zurückgefunden hat.«

»Bei Gana hat es nicht geschneit, und es war nicht so kalt.«

Enna vertraute ihrer besten Freunden derzeit mehr als ihren Eltern. Remon beschloss, sie ihre eigenen Erfahrungen machen zu lassen. Besser jetzt, da er noch bei ihr war. Er lächelte, während er beobachtete, wie das Mädchen durch den Schnee watschelte. Die ausladenden Schneeschuhe verhinderten zwar das Einsinken, waren aber nicht dafür gedacht, sich in der Hocke zu bewegen.

Ihre Finger bewiesen ein gutes Gespür, aber irgendwann

nützte es auch nichts mehr, die Hand zu wechseln und auf die Kuppen zu hauchen. Der frisch gefallene Schnee hatte ihre Spur so weit aufgefüllt, dass selbst Remon sie kaum noch sah.

»Erinnerst du dich, was ich dir über den Wind gesagt habe?«

Enna rieb Schnee über ihre nackte Hand und streckte sie in die Höhe, um den Luftzug zu spüren. Eigentlich hätte sie die Richtung auch am Treiben der spärlicher werdenden Schneeflocken erkennen können, aber Remon war froh, dass sie sicherging. »Der Wind weht immer nach Osten«, sagte sie.

»Immer zum Tag«, korrigierte er und schalt sich sofort dafür, dadurch eine weitere Diskussion mit seiner neugierigen Tochter zu provozieren. Dabei wusste er doch, dass Nata ihr die unstillbare Wissbegierde vererbt hatte!

Tatsächlich sah Enna zu ihm auf. »Gana sagt, der Tag ist im Osten.«

»Im Osten ist er näher, aber wenn man weit genug nach Westen geht, trifft man auch auf die Dämmerung.«

»Aber wir wollen doch nach Westen gehen, weil es dort dunkel bleibt und hier hell wird. Deswegen werden wir doch Erdblut verlassen.«

»Auch im Westen können wir nicht ewig bleiben, aber wir werden mehr Zeit haben als hier.«

»Und wie lange werden wir bleiben können?«

»Bis du so groß bist wie deine Mutter.«

»Und danach?«

»Danach wandern wir weiter. Alle Menschen müssen wandern.«

»Wandern die Sasseks auch?«

»Das weißt du doch. Ja, die Sasseks wandern auch. Sie folgen dem Tag, wir bleiben in der Nacht. Wenn du eine alte Frau bist, die viele Enkel hat, wirst du vielleicht wieder in Erdblut leben.«

»Warum will die Grauwacht, dass wir immer weiter wandern?«

Er suchte die Lücke zwischen Mütze und Mantel, um über den vergleichsweise dünnen Schal zu streichen, der ihren Nacken schützte. »Überlege lieber, wie du unseren Schneesegler wiederfindest.«

Sie streckte ihren Arm aus. »Wir müssen dahin!«

»Dann geh voran.«

Entschlossen stapfte sie los. Nach ein paar Dutzend Schritten zog sie die Verschnürung der Schneeschuhe nach.

Enna fand die Eisbrocken, zwischen denen sie hergekommen waren, blieb aber irgendwann unschlüssig stehen. Sie schob ihre Mütze aus den Augen, sah sich um und streckte wieder die Hand in den Wind.

»Wenn Hindernisse um dich herumstehen, können Wirbel die Richtung verfälschen«, erinnerte Remon. »Weißt du noch, was du dann tun musst?«

Sie suchte eine Lücke in der dunklen Decke unter dem Himmel und betrachtete die Sterne. Zwar lockerte die Bewölkung auf, aber das größte Loch stand beinahe senkrecht über ihnen. Dass Dya ausgerechnet dort prangte, erschwerte die Bestimmung der Richtung zusätzlich. Andererseits beleuchtete er die Umgebung.

»Mama mag es nicht, dass die Monde bunt sind.«

Remon räusperte sich. Auch ihm war unwohl dabei, das fahlgrüne Lichtband anzusehen, das sich über Dyas abnehmende Scheibe schob. Bei Mezza hatte es sich in seinem letzten Zyklus ebenso verhalten: Zunächst war es nur ein grüner Schleier gewesen. Doch als der größere Mond, zu einem Halbkreis geschrumpft, unter den Horizont getaucht war, hatte er eine vollständig blaue Färbung angenommen. Remon befürchtete, dass Dyas kleinerer Begleiter bald seine gelbe Farbe aufgeben würde, wie es auch in seinem letzten Zyklus geschehen war. Noch befand er sich aber in der zunehmenden Phase seiner langsamen Wanderung und war deswegen vollständig gelb.

»Davon darfst du dich nicht ablenken lassen«, sagte Remon. »Du musst nur darauf achten, die Richtung zu erkennen.«

»Ich kann abwarten und zusehen, wohin Dya zieht. Dort ist Westen.«

»Das stimmt. Aber du kennst doch viele Sternbilder. Siehst du den Vulkan?«

Enna kniff die Augen zusammen. »Da!« Sie zeigte.

»Und den Amboss …?«

»Dort vorn! Die Wolken verdecken ihn beinahe! Wenn man sich eine Linie vom Vulkan zum Amboss denkt, weiß man, wo Nordosten ist.«

»Gut«, lobte Remon.

In Dyas Licht schimmerten die Eisbrocken grünlich. »Ich weiß nicht mehr, in welcher Richtung der Schneesegler steht«, gestand Enna.

»Dann solltest du dir einen Überblick verschaffen.«

Remon war versucht, sie zu stützen, als sie einen Brocken erklomm, aber das Mädchen musste lernen, auf seine eigene Kraft zu vertrauen. Enna rutschte zweimal ab und fiel in den Schnee, bevor es ihr gelang, den doppelt mannshohen Eisklotz zu erklettern.

»Siehst du etwas, das dir bekannt ist?«, rief Remon hinauf.

Enna ließ sich Zeit, die Landschaft zu studieren. »Der gespaltene Eisberg!«, rief sie dann. »Er ist nicht weit entfernt, und der Schneesegler ankert ganz in der Nähe, südlich davon.«

»Sehr gut. Dann komm herunter.«

Während sie durch die Dunkelheit schritten, spürte Remon das Gewicht der Axt auf seinem Rücken. Sie war eine unauffälligere Waffe als das Schwert, das er damals zurückgelassen hatte. Inzwischen konnte er auch mit ihr passabel umgehen. Aber diese Axt würde nicht in der Nähe sein, wenn ein Weißtöter während der einsamen Wanderung über seine Tochter herfiele oder wenn ein Blutschlürfer ihre Witterung aufnähme.

»Du musst zügig gehen, wenn du dir der Richtung sicher bist«, mahnte er.

Enna beschleunigte ihren Schritt.

Sie näherten sich dem gespaltenen Berg. Hoffentlich würde es in jener Nacht kein Beben geben! Bei Doppelmonden schüttelte sich das Eis häufig, wodurch sich Wegmarken veränderten.

»Ich sehe den Schneesegler!«

»Du hast scharfe Augen.«

Die verbliebene Distanz überwanden sie mit stetem Schritt.

Remon entfernte die Plane, die sie über das Boot gespannt hatten, damit der Schnee es nicht auffüllte, und zog den Anker aus dem Eis. Während er das aus Tierhäuten genähte Segel hisste, brachte Enna ihm einige Wärmsteine aus dem Fach am Heck. Erst als er sie an seinen Bauch drückte, merkte er, wie unterkühlt er war.

Knallend fuhr der Wind in das Segel. Enna quietschte, als sie umfiel, weil das Boot anruckte. Die Kufen brauchten einen Moment, um sich aus dem Schnee zu heben, dann nahm das Gefährt Geschwindigkeit auf.

Remon mied die Senken, in denen sich der weiche Niederschlag gesammelt hatte. Enna lachte, als er eine Flanke hinauffuhr und der Segler dadurch in Schräglage geriet.

Als sie den Feuerschein Erdbluts bereits sahen, drehte Remon das Segel aus dem Wind. Knirschend kam das Boot zum Stehen. Er spähte über den Bug.

»Was ist los, Vater?«

Er löste die Axt von seinem Rücken, wurde sich aber bewusst, wie unsinnig das war, und legte die Waffe vor sich ins Boot.

»Vater? Warum fahren wir nicht weiter?«

So weit draußen in der Nacht! So weit entfernt von allen Refugios und den Metropolen!

Es war wohl nicht weit genug gewesen.

Remon spürte eine Präsenz.

Und er war sich gewiss, dass sie ihn ebenfalls spürte.

2. Kapitel

Erdblut hatte seinen Namen von dem Magmastrom, der dort aus dem felsigen Boden quoll, sich den Basalt hinunterwälzte und schließlich im Meer abtauchte. Dampfschwaden vernebelten das Liebesspiel der Elemente. Das flüssige Feuer sank in große Tiefen. Sein Schimmern verlor sich im dunklen Wasser, das es weit genug erwärmte, um einen eisfreien Bereich zu erschaffen, in dem drei Boote zugleich fischen konnten.

Am Rand des Magmastroms glich der Fels schwarzem, erstarrtem Wachs. Jenseits davon reckte er sich in Formationen gegen den Himmel, die wirkten, als hätte ein Riese dunkle Knochen zerkaut und in der Landschaft verstreut. In den Senken sammelte sich fruchtbarer Boden, erwärmt durch das dicht unter dem Stein fließende Feuer und damit für den Ackerbau geeignet.

Die Gefahr, dass sich das Magma einen neuen Weg suchte und einige von Erdbluts Bewohnern verbrannte, war nichts im Vergleich zu der Gewissheit des ständigen Hungers in der Eiswüste. Das wussten auch jene, die dort draußen in der Dunkelheit lebten. Deswegen schützte sich die Communidad mit Mauern aus Bruchsteinen. Da diese handbreit mit Eis überzogen waren, was nicht nur die Festigkeit erhöhte, sondern auch das Erklimmen erschwerte, blockierten sie trotz ihrer geringen Höhe von gerade einmal einer Mannslänge wirkungsvoll die Lücken zwischen den Felsen.

Remon lenkte den Schneesegler zwischen den Lagern der Nomaden hindurch, die gekommen waren, um Handel zu treiben. Sie durften ihre Feuer nicht näher als zwanzig Schritt an den Mauern entzünden, damit der Eispanzer erhalten blieb.

Remon wusste, dass seine Familie Glück gehabt hatte, in Erdblut Aufnahme gefunden zu haben. Er sah in die verhärmten Gesichter derer, die sich im Schein der Flammen oder an heißen Steinen wärmten, die sie gegen Felle eingetauscht haben mochten. Wer gut davongekommen war, hatte lediglich einige Narben vorzuweisen. Verkrüppelungen waren häufig, nicht nur infolge von Erfrierungen. Die meisten Communidades waren klein, manchmal nur eine letzte Familie, die hoffte, sich als nützlich genug zu erweisen, um ihr Herzfeuer einer anderen Gemeinschaft andienen zu können.

Neben zwei Wärmsteinen bestieg ein bärtiger Mann eine alte Frau. Sie hockte auf dem Boden, das Kleid über die Hüfte geschoben. Er hatte seine Hose nur so weit wie unbedingt nötig geöffnet.

Wohlhabendere Communidades hatten Zelte aufgestellt, durch deren Häute das Feuer schien. Manche folgten immer wieder den gleichen Wegen durch die Eiswüsten, um Handelswaren zwischen den Siedlungen zirkulieren zu lassen. Dennoch reichte ein einziger Schneesturm, auch eine solche Communidad unter weißen Wehen zu begraben.

Remon legte den Mast um, als sie sich dem Tor näherten. Enna rollte das Segel auf, sodass er es festzurren konnte.

Die beiden Torwachen inspizierten das Gefährt, nickten und halfen Remon, es in die Siedlung zum Bootshaus zu schieben. Schneesegler waren in Erdblut Gemeinschaftseigentum.

Als Remon seine Axt an sich nahm, hörte er hinter sich eine melodiöse Stimme, die er zuletzt vor sieben Doppelmonden vernommen hatte. »Ich dachte, wir würden uns niemals wiedersehen.«

»So hatte ich es auch geplant.«

»Du bist der einzige Mann, um den ich jemals geweint habe.«

Remon lächelte zu Enna hinunter und strich dem Mädchen über die Wange, bevor er sich umdrehte.

Auch in ihrer Nachtrüstung war Vorena Peolo Tira eine attraktive Frau. Das Haar hatte sie am Hinterkopf zusammengedreht und unter den pelzbesetzten Helm geschoben. Nicht etwa, um ihr Haar vor Schnee und Eis zu schützen – Vorena ging es darum, sich das Blickfeld frei zu halten. Auch ohne den

Eisenharnisch über der Felltunika hätte jeder die Guardista in ihr erkannt. Die Züge ihres hellen Gesichts waren wie mit einer feinen Klinge in einen Block aus Salz geschnitzt. In dem Blau ihrer Augen loderte die Wut, die stets Vorenas stärkster Antrieb gewesen war. Sie wollte in ihrem langen Leben nichts erreichen. Vorena wollte nur zerstören, was die vom Plexo gewünschte Ordnung bedrohte. Ihr Eifer ging selbst den Offizieren der Grauwacht zu weit.

Zumindest war das damals so gewesen.

Ihr ruhiger Blick blieb an seiner Axt hängen. »Was hast du damit vor?« Die behandschuhte Rechte war nah am Griff ihres Dolchs. Die kurze Klinge hätte sie rascher gezogen als das Langschwert, das sie an der linken Hüfte trug. Acht Zoll reichten aus, um Remons Lederkleidung zu durchstoßen. Niemand, der jemals an Vorenas Schnelligkeit gezweifelt hatte, bekam Gelegenheit, diesen Irrtum zu vergessen.

Remon griff die Axt direkt unter dem Blatt, die Schneide drehte er von Vorena weg. »Dort draußen streifen wilde Tiere durch die Dunkelheit.«

Sie sah ihm in die Augen, als sie das Schwert tätschelte, auf dem am Übergang von Heft und Klinge der Grauwolfschädel die Zähne fletschte. »Du hast auch einmal so eine Waffe getragen.«

»Jetzt nicht mehr.«

Sie hatte Schnee auf dem Bärenfellumhang, war also noch nicht lange hier. »Ich weiß. Ich habe es im Sumpf gefunden. Nun trägt ein anderer dein Schwert. Aber was ist aus deiner Rüstung geworden?«

»Das Kettenhemd habe ich dem Schmied gegeben, damit er es einschmilzt und etwas von Wert daraus macht.«

Sie schnaubte. »Hacken und Töpfe?«

Remon wich ihrem Blick aus.

Enna fasste seine Hand. »Mir ist kalt.«

»Wir gehen nach Hause.«

Vorena nickte. »Ist Nata hier?«

Remon schwieg. Gab es einen Weg, wie er wenigstens seine Familie aus dem heraushalten konnte, was unweigerlich kommen musste?

»Natürlich seid ihr zusammen hier. Das Kind kommt nach seiner Mutter.«

Während sie durch Erdblut gingen, vorbei an den Speichern, dem Schneebrunnen, dem Schreiner und dem Kupferschmied, summte Vorena Hymnen vor sich hin. Schlachtgesänge, die Taten der Grauwacht rühmten. Auch diese Vorliebe pflegte sie also noch immer.

Ihre Hütte stand auf einem Hügel. Dadurch mussten sie ständig heiße Steine in ihr Heim schleppen, anders als die vornehmen Bewohner der Höhlen, die die Hitze aus dem Boden wärmte. Auf dem gewundenen Pfad machte man ihnen weiträumig Platz. So war es auch bei Remon gewesen, als er sich hier niedergelassen hatte. Man schätzte sein Jagdgeschick, aber obwohl er sich zurückgenommen hatte, waren seine Schnelligkeit und seine gute Sicht seinen Nachbarn unheimlich. Selbst nach sieben Doppelmonden war er noch kein vollwertiger Teil der Gemeinschaft. Und nun würde er das wohl auch niemals werden. Immerhin wichen die Leute jetzt nicht seinetwegen aus, sondern weil der Grauwolf auf Vorenas Harnisch prangte. Nur einer kam auf sie zu.

Tulags Gewand war nicht nur wegen des Feuerscheins rot, der darauf tanzte. Er war der Einzige, der diese Farbe tragen durfte, und er tat es mit der für ihn üblichen Verbissenheit. Ein Tuch wand sich um den spitzen Hut. Der schwere Rock schien die Bewegungen der Beine nur widerwillig zu offenbaren. Es war ein Rätsel, warum sich die gebogenen Schuhspitzen nicht darin verfingen. Das Hemd dagegen hatte eine obere Lage, deren weit fallende, mit orangefarbenen Zungen dekorierte Ärmel knallten, wenn Tulag gestikulierte. So wie jetzt, als er zu ihnen hastete.

»Ich heiße Euch willkommen, Guardista!«, rief er. »Eure Ankunft wurde mir gerade erst …«

»Nicht jetzt!«, schnitt Vorena ihm das Wort ab. »Ich werde später zu deinem Herzfeuer kommen, Feuerwahrer.«

Remon beugte sich zu Enna hinunter. »Lauf vor zu deiner Mutter!«, raunte er in ihr Ohr. Das Mädchen hüpfte weiter den Pfad hinauf.

»Ganz, wie es Euch beliebt.« Tulag war anzusehen, dass er es nicht schätzte, mitten in seinem Dorf von der Guardista stehen gelassen zu werden. »Ich werde am Herzfeuer warten, bis Ihr mich zu sehen wünscht. Jeder hier wird Euch den Weg weisen.«

»Später«, wiederholte Vorena.

Tulag entschied sich für einen von einem stolzen Gang gestützten Rückzug.

»Du weißt, dass du nicht hierbleiben kannst«, murmelte Vorena, als sie ihren Weg fortsetzten.

»Ich liebe Nata.«

»Darauf kommt es nicht an. Du hast den Eid gesprochen. Du gehörst der Grauwacht, ebenso wie ich.«

Remon wusste um Vorenas einfaches Weltbild. Alles war für sie entweder richtig oder falsch, wie es nach einem Schwertkampf einen Sieger und einen Toten gab. Bislang hatte sie immer gesiegt, auch wenn es einmal knapp gewesen und sie eine Hand verloren hatte. Natürlich war diese inzwischen nachgewachsen, aber bei ihrer letzten Begegnung, als Vorena keine Handschuhe getragen hatte, war ihre Haut noch deutlich frischer erschienen, vor allem, wenn sie die Finger verschränkt hatte. Es wäre zwecklos, Vorena damit zu kommen, dass Remon bei seinem Eid Nata noch nicht gekannt hatte. Für sie galt ein Schwur in alle Ewigkeit, sich verändernde Umstände brachten ihn ebenso wenig ins Wanken wie Wind einen Felsen, den er umsäuselte.

»Wie hast du dir das überhaupt vorgestellt?«, fragte sie im Plauderton. »Nata altert viel schneller als du.«

»Ich wollte für sie da sein, für Enna und für deren Kinder.«

»Bevor du friedlich einschläfst?«, fragte sie spöttisch. »In einer Kate in einem Dorf wie diesem?«

»Meine Träume sind anders als deine Träume.«

Vorena schnaubte. »Ein Guardista erhält das Nabo nicht, um zu träumen.«

»Ich würde es zurückgeben, wenn ich könnte.«

»Oh, du könntest.« Sie streichelte ihr Schwert. Ihr Grinsen ähnelte dem des Wolfsschädels.

Als sie die Hütte betraten, saß Enna neben dem Kamin mit den Wärmesteinen. Nata schälte das Kind aus der dicken Kleidung. »Was für eine Frau meinst du?«, fragte sie gerade.

Nata erstarrte, als sie den Luftzug spürte, der durch die offene Tür wehte. Vielleicht erkannte sie Vorena. In jedem Fall begriff sie, dass eine Guardista vor ihrem Heim stand. Sie verbeugte sich tief. Ihr kupferfarbenes Haar schimmerte im Kerzenschein.

Als niemand reagierte, nahm Nata einen Mantel, verließ das einzige Zimmer des Hauses und kam zu ihnen heraus. Sie schloss die Tür hinter sich, was Ennas fragendes Gesicht ihren Blicken entzog.

»Sieben Doppelmonde, nicht wahr?«, fragte Vorena. »Und das Mädchen hat sechs erlebt?«

Nata sah zum Himmel auf. Die Wolken waren zu ein paar losen Fetzen geworden. »Die Monde sind anders als früher.«

»Ja, ihre Farbe wandelt sich«, bestätigte Vorena.

»Dreißigmal läuft Dya über den Himmel, wenn Mezza es nur einmal tut«, wandte Remon ein. »Sie ziehen noch immer ihre Bahn wie zuvor. In nur einem unter zwölf Zyklen Mezzas wird er von Dya verdeckt. So ist es seit jeher gewesen.«

»Nichts ist wie zuvor.« Vorenas Stimme war kälter als ein Gletscher.

»Dann stimmt es, dass das Licht nicht mehr weicht?« Nata konnte sich gerade noch beherrschen, um Vorena nicht am Arm zu fassen.

Die Guardista wartete, bis Nata einen Schritt zurück machte und den Blick wieder senkte. »Es weicht noch, aber die Nacht wird langsamer. Licht so blau wie der untergehende Mond bedeckt den Westen.«

»Und grünes Licht? Fällt das auch auf den Boden?« Natas Augen waren auf eine andere Art blau wie Vorenas, viel heller, aber auch in ihnen brannte nun ein Feuer. Nicht Wut, sondern die Sehnsucht, zu begreifen.

»Hinter dem blauen Licht liegt grünes«, gab Vorena widerstrebend preis. »Aber darum geht es jetzt nicht. Du solltest mit mir kommen, Remon.«

Er öffnete die Tür. »Lass uns erst einmal etwas essen.«

»Ich hole es schon!«, rief Nata und huschte zu der Bodenklappe, unter der ihre Vorräte lagerten. Dort gab es ein Fass mit dem zerriebenen Gestein, das ein Guardista zusätzlich zu üblicher Nahrung benötigte. Sie nahm einen Scheffel heraus, streute ihn in einen Topf und ging damit hinaus, um Schnee zu holen.

Remon sah zu, wie seine Tochter ihre kleinen Hände am Feuer wärmte. »Habe ich eine Wahl?«

»Du kannst in Ketten mit mir kommen oder aus freien Stücken. Ich suche einen von uns. Er hat die Refugios in dieser Gegend kontrolliert. Wenn du mir hilfst, ihn zu finden, darfst du das Nabo vielleicht behalten.«

Remon erinnerte sich an Jaoquen, einen Guardista, der ihre Schlachtreihe verlassen hatte. Vor dem Cestillo von Utor hatte man ihn geköpft. Sein Herz hatte das Blut auf das makellose Pflaster gepumpt. Erst als der Strom versiegt war, hatte auch das Nabo den Weg herausgefunden. Durch die Halswunde war die Substanz ausgetreten, halb Flüssigkeit, halb Pulver. Sie hatten das Nabo für den nächsten Guardista bewahrt, für Ostico. Der war kurz darauf gefallen, im Kampf an der Seite seiner Kameraden, wie man es von ihm erwartet hatte.

Nata kam zurück und hängte den Topf über die heißen Steine. Sie schwiegen, bis die Suppe fertig war und auch danach, als sie aßen, während Nata mit Enna am Rand des Zimmers spielte. Mutter und Tochter flochten einen Wollfaden um ihre gestreckten Finger, um ihn der jeweils anderen abzunehmen und dabei immer komplexere Muster zu bilden.

»Der Ritt hierher war anstrengend, und euer Feuerwahrer sehnt sich nach meiner Aufwartung.« Vorena stand auf. »Ich komme dich holen, wenn Dya wieder über den Horizont steigt.«

Der große Mond versank gerade als blaue Halbscheibe im Westen. Über den östlichen Schneeflächen würde er gelb von Neuem aufsteigen.

Nata klammerte sich an Remon. »Du darfst ihn uns nicht nehmen!«

»Wir haben die älteren Rechte«, versetzte Vorena. »Du hättest ihn niemals der Grauwacht nehmen dürfen.«

3. Kapitel

Eine plötzliche Wärme wogte durch Nata, erfüllte ihren Kopf, prickelte in ihren Lippen und löschte gnädig ihre Gedanken aus. Sie ließ ihren Körper weich auf den ihres Mannes gleiten und schmunzelte, als ein schweres Stöhnen durch seine Brust bebte.

Remon regte sich unter ihr. Mit leisem Bedauern merkte sie, wie er sich aus ihr zurückzog. Es war, als würde ein Teil von ihr sie verlassen. Was er in ihr zurückließ, würde auf einen ausgetrockneten Acker fallen. Ennas Geburt war nur durch so brutale Hilfe geglückt, dass sie seitdem keine Kinder mehr bekommen konnte. Nichts als eine Erinnerung würde von diesem Zusammensein bleiben.

Sie roch seinen Schweiß, als sie ihren Kopf an Remons Brust barg.

Seine Finger spielten in ihrem Haar. Er behauptete, das sei das Erste gewesen, was ihm an ihr aufgefallen sei. Das Kerzenlicht schimmerte darauf wie auf Kupfer. Nata glaubte allerdings, dass ihm zuerst aufgefallen war, dass sie das Kräuterwasser neben die Tasse gegossen hatte, als sie ihn im Haus ihres Vaters bedient hatte.

»Mach dir keine Sorgen, mein Herz«, flüsterte er in ihr Ohr.

»Du verlangst zu viel«, entgegnete sie müde. Nata zog die Wolldecke zurecht, die während des Liebesspiels verrutscht war. Sie war ein Geschenk von Alissja, leichter als ein Fell und warm genug in der kleinen Hütte.

Enna drehte sich um. Sie lag auf der anderen Seite der Feuerstelle. Erst vor Kurzem hatte ihr Remon eine neue Liege gebaut, weil die alte zu eng geworden war. Die nächste würde Nata wohl selbst zimmern müssen. Sie zwinkerte ihre Tränen weg. »Diejenigen, die sagen, dass die farbigen Monde böse Omen sind, haben recht.«

Er küsste ihre Lider. »Du gibst doch sonst nichts auf Vorzeichen.«

»Das hier ist kein Luftwirbel, der dem Schnee eine merkwürdige Form gibt, und kein Pilz, der einen Stein sprengt. Es sind die Monde, die über den Himmel ziehen. So hoch, dass niemand sie erreichen kann. Und jetzt kommt Vorena und nimmt dich mir weg.« Die Angst drängte Natas wohlige Müdigkeit beiseite.

»Das Schicksal übertreibt gewaltig, wenn es die Monde als Signalfeuer verwendet, nur um uns zu warnen. So wichtig sind wir nicht.«

»Für mich gibt es nichts Wichtigeres als dich.« Sie presste sich an seine Brust. »Dich und Enna.«

Er küsste ihren Scheitel. »Ennas Prüfung kommt näher. Sie braucht dich.«

»Sie braucht uns beide!«

Remon seufzte.

Widerstrebend glitt Nata von ihm herunter und legte sich neben ihn.

»Wenn es jemand anderes als Vorena wäre, könnte ich versuchen, mit ihm zu reden«, sagte Remon. »Aber Vorena ist unnachgiebiger als ein stählerner Kampfschild.«

»Dann lass uns weglaufen! Stahl bewegt sich langsam.«

»Eine stählerne Klinge in Vorenas Hand bewegt sich so schnell, dass dein Kopf vor deinen Füßen liegt, ehe du merkst, dass das Schwert gezogen ist.«

Nata schloss die Augen. Die Vorstellung, Remons Herzschlag nicht mehr zu hören, bevor sie einschlief, ließ ihr eigenes Herz flattern. »Lass es uns versuchen! Ich gehe mit dir überallhin.«

»Das weiß ich.« Wieder küsste er sie. »Aber Enna ist noch nicht so weit. Wir wären allein dort draußen. Und die Grauwacht würde uns jagen. Vorena weiß jetzt, dass ich noch lebe. Sie wird es als persönliche Herausforderung auffassen, wenn ich fliehe. Wir haben nebeneinander gekniet, unseren Eid abgelegt und das Nabo getrunken.«

»Gib nicht auf!« Sanft schüttelte sie ihn. »Kämpfe für uns!«

»Das tue ich. Wenn ich bei euch bliebe, würde ich euch mit in den Tod reißen. Mich zu stellen ist die einzige Möglichkeit, euer Leben zu erhalten.«

»Ich will kein Leben ohne dich!«

»Auch nicht für Enna?«

Nata konnte die Tränen nicht länger zurückhalten. »Das ist ungerecht.«

»Ich weiß, mein Herz.« Er streichelte ihre Wangen. »Für dich ist es ungerecht, und auch für Enna. Aber so, wie Vorena es sieht, ist jeder Schmerz gerechtfertigt, den ich erleiden muss. Ich habe meinen Eid gebrochen und meine Kameraden alleingelassen. Und damit hat sie recht.«

»Du hast sie nicht während einer Schlacht verlassen! Niemand ist deinetwegen gestorben.«

Seine Finger fuhren durch ihr Haar. »Es gibt nur für vierhundertvierundsechzig Guardistas Nabo. Das Nabo, das ich in mir trage, kann in keinem anderen Guardista sein, und wenn ich hier draußen sterbe, wird es für immer verloren gehen. Dass ich diese Gefahr eingehe, wird Vorena tiefer enttäuschen als alles andere.«

Hatte Remon nicht bemerkt, wie begehrlich Vorena ihn gemustert hatte? »Du kennst sie nicht!«

»Ich kenne sie, seit wir Kinder waren. Wir wurden gemeinsam in die Grauwacht gegeben, gemeinsam ausgebildet und standen gemeinsam in der Schlacht.«

»Sie ist eine Frau. Sie ist eifersüchtig.« Remon hatte ihr erzählt, dass die beiden das Lager geteilt hatten. Für Nata war das ohne Belang gewesen, denn Vorena gehörte nicht mehr zu Remons Leben. Doch jetzt war sie wieder da.

Er schüttelte den Kopf. »Vorena ist zuallererst eine Guardista. So sehr, dass es selbst ihren Offizieren zu viel wird. Sie nimmt ihr Schwert mit ins Bett.«

»Trotzdem! Sie will dich mir wegnehmen! Sie will dich für sich.«

Nochmals küsste er sie. Sein Schweigen schnürte ihr den Hals zu. Sie wünschte sich beinahe, dass er ihre Anschuldigung bestätigte. Das hätte wenigstens bedeutet, dass er davon ausging, dass Vorena noch irgendetwas mit ihm vorhabe, statt ihn auszuliefern.

Nata musste sich zwingen, die nächste Frage zu stellen. »Wird sie dich zum Richtblock führen? Erwartet dich ein Henkerschwert?«

»Ich weiß es nicht.«

Nata schluchzte. Ihr Körper zitterte. Sie schmiegte sich fester an ihn.

»Es tut mir leid«, sagte er. »Hätte ich damals meinen Eid gehalten, müsstest du jetzt nicht leiden.«

Sie drehte sein Gesicht zu sich. »Das darfst du niemals denken! Ich will nicht, dass du auch nur einen Herzschlag von der Zeit bereust, die wir zusammen waren! Noch nicht einmal, wenn es zum Schlimmsten kommt! Und ich will, dass du weißt, dass die Zeit mit dir für mich schwerer wiegt als alles Leid, das über uns kommen mag!«

Jetzt glitzerten auch auf seinen Wangen Tränen. Sie küsste sie fort. »Wir sind erwachsen. Wir wissen, dass jeder Traum einmal enden muss.«

Er zog sie an sich. »Lass uns träumen, solange wir können.«

4. Kapitel

Natürlich stellte Tulag ihnen ein Rossom aus der eigenen Herde zur Verfügung, als Vorena ihn danach fragte. Remon umarmte Enna, küsste Nata und drehte sich so lange im Sattel um, bis die Feuer von Erdblut im Schneetreiben verschwanden.

Dreimal rasteten sie in geschützten Siedlungen, einmal in einem Nomadenlager, wo man ein Zelt für sie räumte. Sie sprachen nicht darüber, dass Remon der Grauwacht den Rücken gekehrt hatte, nicht davon, wie er und Nata ihren gemeinsamen Tod bei dem Überfall auf das Dorf im Sumpf vorgetäuscht hatten. Remon sah keinen Sinn darin, Vorena zu erklären, dass er die Kinder der Dörfler vor den Räubern gerettet hatte und dass dies der Grund war, aus dem man sie nicht verraten hatte. Solche Dinge waren für sie ebenso belanglos wie seine Überzeugung, das Richtige getan zu haben. Er brauchte sich nur Ennas Gesicht vorzustellen, um alle Zweifel beiseite zu wischen. Es war kein Fehler gewesen, ein neues Leben mit Nata zu beginnen. Selbst wenn man ihn dafür richten würde, hatten die vergangenen Doppelmonde ihm ein Glück geschenkt, das allen Schmerz aufwog, der jetzt auf ihn warten mochte. Er musste sich damit abfinden, dass dieses Glück nun für ihn zu Ende war. Er durfte nur noch darauf hoffen, dass Nata und Enna etwas davon bewahren könnten. Enna musste die Prüfung des kommenden Doppelmonds bestehen, und dann würde Nata sie zur Frau heranwachsen sehen. Sie ins

Leben begleiten. Das Beste, was Remon tun konnte, um ihnen dies zu ermöglichen, war, sie zu vergessen. Auch deswegen sprach er nicht von ihnen. Nur stumme Tränen bezeugten, wie schwer ihm der Abschied fiel.

»Du hast nicht versucht, mir mit deiner klobigen Axt den Schädel zu spalten«, stellte Vorena fest, als sie zum fünften Mal die zotteligen Reittiere sattelten.

»Das hätte ich auch nicht gekonnt, selbst wenn ich es gewollt hätte. Schließlich kettest du mich mit Eisen an, wenn wir allein sind.«

»Auf dem Ritt hättest du eine Gelegenheit suchen können. Nach sieben Doppelmonden hier draußen in der Wildnis wärst du mir vielleicht entwischt.«

»Ich habe dir gesagt, dass ich mit dir komme.«

»Sprichst du von Ehre?« Sie befestigte ihren Schal über dem Gesicht, wodurch ihre Stimme dumpf klang. »Du, der Abtrünnige?«

»Ich bin nicht vor meinem alten Leben weggelaufen. Ich habe ein neues gewählt.«

»Mit Heim und Herd.« Vorena schwang sich auf das Rossom.

Dieser Moment war wohl so gut wie jeder andere, um noch einmal zurückzuschauen. »Ich mache dir keine Schwierigkeiten, und dafür hoffe ich, dass du mir auch keine machst.«

»Ich bin nicht diejenige, die das Urteil über dich spricht.«

»Aber du kannst entscheiden, ob es notwendig ist, Nata zu erwähnen.«

»Glaubst du, sie will in Erdblut bleiben? Auch ohne dich?«

»Die Communidad Bergkristall wird Erdblut bald verlassen, der Tag naht. Aber ich finde, es sollte Natas Entscheidung sein, wie sie leben will.«

Seite an Seite ritten sie in das Schneegestöber hinaus. Vorena wusste, welche Refugios Gebrial, der verschollene Guardista, hatte überprüfen wollen.

»In Oculor gilt sie als tot.«

»Ebenso wie ich.«

»Die Sitten der Gelehrten sind weniger streng als unsere. Vielleicht vergibt man ihr.«

»Sie soll selbst entscheiden. Ihr Schicksal hat nichts mehr mit meinem zu tun.« Die Worte schmerzten stärker, als Remon erwartet hatte.

»Das hätte es auch niemals haben sollen.« Über das Heulen des Windes und durch den Schal vor ihrem Mund hindurch glaubte Remon, eine ungewohnte Verletzlichkeit in ihrer Stimme zu hören. Ihre Augen flammten jedoch wie immer, als sie ihn ansah. »Du bist ebenso plötzlich in mein Leben zurückgekehrt, wie du es damals verlassen hast.«

»Es ist gut möglich, dass ich es durch das Urteil der Offiziere bald endgültig wieder verlasse.«

»Das ist deine eigene Schuld.«

»Aber Nata hat nichts damit zu tun. Und Enna erst recht nicht. Sie verdient eine Mutter, die für sie sorgt.«

»Was willst du von mir?«

»Eine Abmachung. Wenn ich tue, was du von mir verlangst, wenn ich dir helfe, Gebrial zu finden und mit euch nach Oculor zurückkomme, dann gibt es keinen Grund, Nata zu erwähnen.«

Remon hielt den Atem an. Er hoffte, dass Vorena noch so dachte wie damals. So, wie er sie kannte, neigte sie nicht zur Rache. Vorena ging es darum, die Ordnung der Welt zu wahren. Im Grunde war das auch die Mission der Grauwacht. Mit den Offizieren geriet sie oft aneinander, weil sie ihre eigene Vorstellung von Gerechtigkeit pflegte. Milde war ihr fremd, aber sie hatte keine Freude an Grausamkeit.

»Die Grauwacht wird über dich richten«, sagte sie. »Nata Refael Itana geht uns ebenso wenig an wie Enna Remon Nata.«

»Ich danke dir, Vorena.«

Ihr Blick stach in seine Augen. »Den Richtblock werde ich dir nicht ersparen.«

»Das habe ich weder erwartet noch erbeten. Wer einen Eid

bricht, weiß, dass das Folgen hat.« Ohne dies hätte ein Eid auch keinen Sinn gehabt. Ein Teil von ihm empfand einen lange verschütteten Stolz, weil er jetzt endlich für seinen damaligen Entschluss einstand, statt sich in der Nacht zu verkriechen.

Remon suchte die Monde zwischen den Wolken. Dieses Mal würden sie noch aneinander vorbeiziehen. Auf seiner nächsten Bahn würde Dya Mezza verdecken. Dann setzten die Bürger von Erdblut jene Kinder in der Wildnis aus, die seit dem letzten Doppelmond so weit gewachsen waren, dass sie aufrecht stehend die Stele des Herzfeuers überragten. So wie Enna.

5. Kapitel

»Willkommen in Güldenwaid!« Feuerwahrer Paskar war alt und dürr. Vier kräftige Burschen trugen seinen Sessel.

Die Rossoms schnaubten verwirrt, als sie in die Wärme des Refugios traten. Sie wandten die breiten Schädel hin und her, als erwarteten sie, mit ihren gedrehten Hörnern Raubtiere abwehren zu müssen.

Remon schob eine Hand in den dunklen Pelz und kraulte die ledrige Haut. Er griff fest zu, damit das fette Tier ihn spürte.

Obwohl sich die Wärme auch für ihn anfühlte, als wäre er in eine Waschhöhle gestürzt, beschäftigte ihn das Gemurmel in seinem Innern stärker. Sieben Doppelmonde war es her, dass er es zuletzt gehört hatte, damals in der Metropole Utor. Dennoch war ihm das Wispern des Plexos sofort wieder vertraut. Remon lächelte darüber, dass er auch jetzt versuchte, einzelne Stimmen zu unterscheiden. Immer, wenn er in einem Refugio oder in einer Metropole war, hatte er den Eindruck, dass das Plexo so sprach, dass er es verstehen könnte, wenn er nur den

Atem anhielt, um aufmerksam zu lauschen. Dieses Gefühl blieb, auch wenn er wusste, dass sich das Plexo nur in bestimmten Räumen verständlich mitteilte und nur, wenn man die genau festgelegten Rituale befolgte.

Stallknechte nahmen ihnen die Rossoms ab. Hier würden sie so gut fressen wie vielleicht noch nie in ihrem Leben. Büsche und sogar einige Obstbäume standen in der weiten Höhle, die sich vor ihnen auftat. Anders als die einfache Siedlung Erdblut war Güldenwaid ein Refugio des Plexos. Dieses Geflecht sorgte für Licht, Wärme und Wasser. Seine Stränge lagen wie Seile über den Felsen, faserten auf, bis sie zu Adern wurden, durchdrangen den Mutterboden, kletterten an den Höhlenwänden empor und leuchteten golden von der Decke herab. Nicht in jedem Refugio hatte das Plexo diese Farbe. So, wie sich verschiedene Zweige an einem Ast unterschieden, variierte auch die Erscheinungsform des Plexos. In manchen faserten seine taudicken Stränge nur selten aus, während das Geflecht anderswo einem Teppich gleich auf dem Boden lag, sodass man achtgeben musste, wohin man seine Füße setzte. Dennoch war das Plexo eins, überall dieselbe Entität.

Paskar war rot gewandet, wie es einem Feuerwahrer zustand. Die Kleidung war jedoch dünn und fiel ebenso locker wie die faltige Haut seines Gesichts. Remon schätzte, dass wenigstens sechzig Doppelmonde über den Mann gezogen waren. Vermutlich hatte er also bereits eine vollständige Wanderschaft hinter sich. Vielleicht war er in dieser Gegend geboren worden.

»Die Grauwacht hat uns erst kürzlich mit einem Besuch beehrt«, sagte Paskar. Sein Blick war auf Vorena gerichtet. Sie trug ihre Rüstung, die sie als Guardista auswies.

Jene, die das Nabo in sich trugen, spürten sich untereinander. Und sie spürten auch das Plexo, wenn sie bis auf einen Click an ein Refugio herankamen. Deswegen hatten sie den letzten Teil der Strecke zielsicher hinter sich gebracht. Dennoch überlagerte Vorenas Anwesenheit auch jetzt, im Innern des Refugios, die Präsenz des Plexos. Sie war die einzige Guardista in der Nähe. Gebrial war nicht mehr in Güldenwaid.

»Wegen dieses Besuchers sind wir hier«, erklärte Vorena. »Hat sich der Guardista um die Tefactos gekümmert?«

»Das hat er. Wie es der Brauch vorsieht.«

»Führe uns hin.«

»Welches Tefacto wünscht Ihr zu verehren?«

»Gibt es eines, mit dem er sich besonders beschäftigt hat?«

»Mit der Scheuen Jungfer.« Die Bewohner eines Refugios gaben den Artefakten oft blumige Namen.

»Dann stelle uns dieser Dame vor«, forderte Vorena.

Sie durchquerten mehrere Höhlen, deren Wände vom Plexo überwuchert waren. Überall schien das gleiche goldene Licht, und überall hörte Remon den Teppich murmelnder Stimmen. Er nahm die Kappe ab, zog die Handschuhe aus und lockerte seine Kleidung, um nicht zu sehr zu schwitzen. Vielleicht führte Paskar sie einen Umweg, um ihnen den Schatz der Communidad zu zeigen. In einer weiten Kaverne wogten prall gefüllte Ähren.

»Roggen«, erkannte Remon. Eine Tagpflanze, die in der von den Menschen bewohnten Nacht nicht gedieh. Ausnahmen waren die Metropolen und einige Refugios wie dieses.

»Wir haben gutes Brot.« Stolz schwang in Paskars Stimme.

»Später werden wir gern davon kosten«, sagte Vorena.

In Siedlungen wie Erdblut konnte man lediglich Gewächse anbauen, die in der Dunkelheit gediehen. Überwiegend handelte es sich um Pilze. Güldenwaids Brot war zweifellos ein wertvolles Handelsgut.

Paskar ließ seinen Sessel absetzen. Ächzend erhob er sich, um die letzten Schritte zu Fuß zu gehen.

Gemeinsam betraten sie eine kleine Höhle mit einer verdrehten Metallskulptur, die von Größe und Form her tatsächlich entfernte Ähnlichkeit mit einer jungen Frau hatte, die über ihre Schulter blickte. Die Konturen wirkten verwischt, als betrachte man sie durch trügerischen Nebel.

»Ich denke, für den Moment brauchen wir dich nicht mehr«, beschied Vorena.

Der Feuerwahrer zog sich zurück, nachdem er das Metall geküsst hatte.

»Kannst du es noch?«, fragte sie.

Remon studierte die Symbole, die an dem Artefakt angebracht waren. Niemals waren sie völlig gleich mit denen eines anderen Tefactos, aber es gab Gruppen, die immer wieder auftauchten. Etwa feine Haken, die wie klares Eis schimmerten und sich um den Rand einer dunklen Scheibe zogen. Remon legte seine Hand auf diesen Bereich, fühlte das Prickeln, das er lange nicht mehr gespürt hatte, und schloss die Augen.

Das Murmeln blieb unverständlich, schien seinen Körper aber zu durchdringen. Als wanderten die Stimmen seine Adern entlang, durch die Brust, in den Bauch, die Muskeln der Oberschenkel. In Remon schien eine andere Stimme zu antworten, als würde sein Fleisch singen. Sie vereinte sich mit dem Gemurmel, wurde ein Teil von ihm. Remon suchte nach klaren Worten, die er verstehen konnte, intonierte in Gedanken monotone Silben einer Sprache, die er nicht beherrschte. Dabei sandte er seinen Geist aus und schickte ihn durch die Stränge des Plexos. Nach so langer Zeit war es eine berauschende Erfahrung. Er genoss es, das Geflecht bis in die feinsten Verästelungen zu erkunden. Remon spürte den Fels, an den sich das Plexo klammerte. Er nahm die Wärme in dem Refugio anders wahr als zuvor. Sie war jetzt etwas, das er transportierte, tief aus dem Boden holte und in die Luft verströmte. Remon spürte auch die Wärme der Menschen, die in dem Refugio lebten. Wenn er sich darauf konzentriert hätte, wäre es ihm möglich gewesen, den genauen Standort jedes Einzelnen zu erkennen. Aber das hätte Zeit erfordert, und er hätte sich mit den Verzweigungen des Plexos vertraut machen müssen. Seine Aufgabe stand jedoch direkt vor ihm.

»Die Scheue Jungfer schläft, aber sie ist gesund«, sagte er.

Nur wenige Tefactos erfüllten einen erkennbaren Zweck,

indem sie die Refugios schützten, sie mit unverbrauchter Luft versorgten, Wärme aus der Tiefe des Bodens holten oder Wild und Fischzüge in der Umgebung aufspürten. Bei den meisten war unklar, wozu sie dienten. Manchmal schliefen einige von ihnen ein und andere erwachten.

»Gebrial war tatsächlich hier«, sagte Vorena. Sie zeigte auf eine Stelle, an der das Plexo behutsam von der metallischen Oberfläche geschoben worden war und seinen alten Platz noch nicht wieder beansprucht hatte. Dort schimmerte eine bronzene Pyramide in einer Aushöhlung, etwa so groß wie eine Faust.

»Er hat die Scheue Jungfer gepflegt«, erkannte Remon.

Manchmal brauchten die Tefactos die Aufmerksamkeit der Grauwacht, um gesund zu bleiben. Das Plexo gab dem Guardista in diesen Fällen zu verstehen, welche Handlungen er durchführen musste. Dennoch blieb es eine schwierige Aufgabe, weil sich das Plexo auch in solchen Situationen selten klar verständlich ausdrückte. Nur die besondere Verbindung, die ein Guardista zu ihm aufbauen konnte, ermöglichte eine solche Kommunikation überhaupt. Das war umso erstaunlicher, weil das Plexo bei anderen Gelegenheiten jedem eindeutige Auskünfte gab, der am rechten Ort die vorgeschriebenen Rituale durchführte.

»Sind wir sicher, dass es Gebrial war?«, fragte Remon.

»Sonst war keiner von uns hier unterwegs«, meinte Vorena.

»Nun, er ist fort. Kennst du sein nächstes Ziel?«

Vorena runzelte die Stirn, als sie nickte. »Es ist vier Dyaläufe entfernt, selbst bei besten Bedingungen. Ich hatte gehofft, ihn früher zu finden.«

»Sicher weiß Paskar, welche Richtung Gebrial eingeschlagen hat. Ihm wird klar sein, wie sich die nächste Siedlung am besten erreichen lässt.«

»Oder Gebrial könnte die Ortschaften gemieden haben, die nicht unter dem Schutz des Plexos stehen, um auf kürzestem Weg zum nächsten Refugio zu gelangen.«

»Eine so lange Zeit in der Wildnis ist auch für einen Guardista hart.«

Vorena zuckte mit den Schultern, erwiderte aber nichts.

»Hier draußen verändert sich die Landschaft ständig«, fuhr Remon fort. »Jedes Beben hebt neue Berge empor, schüttet Schluchten zu und bricht neue auf. So nah am Tag schneit es häufig. Was jetzt noch eine gute Passage ist, kann binnen eines Augenblicks unwegsam werden.«

»Es wird nicht schaden, den Feuerwahrer zu fragen, welchen Weg Gebrial genommen hat«, räumte Vorena ein.

Zwei Diener in luftigen Gewändern, die viel Haut freiließen, erwarteten sie am Ausgang des Raums. Die beiden trugen Lederbänder um den Hals, was ein Zeichen ihrer Unfreiheit sein mochte. Manche verkauften sich selbst an eine Communidad, die in einem Refugio herrschte, um nicht in der Kälte zu erfrieren. Oder eine gesamte Communidad, die keine Zukunft mehr für sich sah, lieferte sich auf Gedeih und Verderb einer glücklicheren aus, indem sie ihr Herzfeuer übergab. Eine Sitte, die Remon ein Schaudern über den Rücken laufen ließ, aber unzählige Leben rettete.

Ihm fiel auf, wie dunkel die Haut der Diener war. Sicher kam das von dem vielen Licht im Refugio. Remon hatte eine solche Färbung sonst nur bei Guardistas gesehen, die lange im Tag unterwegs gewesen waren. Seine eigene Haut ähnelte inzwischen frisch gefallenem Schnee.

Brot dampfte auf Decken, die man in saftig grünem Gras an einem See ausgebreitet hatte. Blumen entfalteten ihre verschwenderische Pracht, eine Handvoll Bäume stand auf der Wiese. Einer von ihnen wuchs so hoch, dass seine Krone gegen die Decke der Höhle drückte und die Äste daran entlang wuchsen, als stützten sie den Fels. Wasser sprudelte aus der Höhlenwand, gluckerte durch einen gewundenen Lauf und speiste die kreisrunde Wasserfläche.

Feuerwahrer Paskar verzichtete auf seinen Tragsessel, aber nicht auf seine Diener, die allerlei Gerätschaften hinter ihm hertrugen. Mit kurzen Schritten kam er über eine gewölbte Brücke, die den Bach überspannte, und erkundigte sich, ob Vorena alles nach Wunsch vorgefunden habe.

»Wie erwartet«, gab Vorena zurück. »Guardista Gebrial ist nicht mehr hier.«

»Das stimmt.«

»Welchen Weg hat er genommen?«

»Er ging nach Nordwesten, er wollte nach Glutheim. Ich gab ihm einen kundigen Führer mit.«

Remon sah die Wärme, die in Paskars Gesicht aufflammte, und auch das kurze Zittern der Pupillen. Anzeichen, die einem normalen Menschen verborgen geblieben wären. Remon verrieten sie, dass sein Gegenüber log.

Sie legten ihre Mäntel ab, und Remon zog auch das dicke Fellhemd aus. In dieser Hinsicht war er gegenüber Vorena im Vorteil. Sie hätte sich des Harnischs entledigen müssen, um den Pelz darunter loszuwerden. So schwitzte sie weiter, als sie sich niederließen und man ihnen duftende Speisen reichte.

»Wie viel Zeit ist seit Gebrials Aufbruch vergangen?«, fragte Remon.

»Dreimal ist Dya seitdem über den Himmel gewandert.«

»Wir holen auf.« Vorenas Worte waren schwer verständlich, weil sie an dem Brot kaute. Es war köstlich.

Paskar bemerkte, dass den Gästen das Essen mundete. Sichtlich zufrieden nippte er an seinem Wein.

Trotz seines Hungers blieb Remon bei dem Brot, als Vorena von dem bereitgestellten Steinpulver nahm. Er würde sich später aus ihren mitgeführten Vorräten versorgen. Für den Moment wollte er den Eindruck erhalten, er sei kein Guardista.

»Was ist das für ein Führer, den Ihr Gebrial mitgegeben habt?« Bei seiner Frage achtete er darauf, die ehrerbietige Anredeform zu benutzen. Außer den Guardistas sprachen nur einige Gelehrte im Rang eines Sabo einen Feuerwahrer vertraulich an.

»Laco ist ein guter Junge. Er ist hier aufgewachsen.«

Diesmal deutete keine Regung auf eine Lüge hin. Hatte nur die Aufregung über den hohen Besuch die Hitze in Paskars Wangen getrieben?

»Ist Laco ein Jäger? Ein Fährtensucher?«

»Er war oft auf der Jagd.«

Da Paskar den Blick umherschweifen ließ, vermutete Remon, dass er nicht die ganze Wahrheit sagte. Er riss noch ein Stück aus dem luftig gebackenen Brot, während er überlegte, wie er dem Alten auf die Schliche kommen könnte.

»Wie weit ist es nach Glutheim?«, fragte Vorena. »Denkst du, sie sind bereits dort?«

Paskar antwortete mit einem Schulterzucken, gefolgt von einem Nicken.

»Es muss eine Ehre für diesen Laco gewesen sein, einen Guardista zu begleiten«, meinte Remon.

»So wie für dich?«, fragte Paskar zurück.

»Es ist mir eine große Freude.« Remon lächelte bitter, weil er sich fragte, wie Nata ihrer Tochter erklären würde, dass der Vater niemals wiederkäme. »Laco hat sich doch sicher auch sehr gefreut?«

»Ja. Natürlich.« Jetzt war die Hitze in Paskars Gesicht so stark, dass wohl jeder die Rötung erkennen konnte.

»Womit hat sich der Junge diese Ehrung verdient?«

»Er war ein guter Junge.«

»War? Dann ist er es nicht mehr?«

»Ich habe mich versprochen. Wir erwarten ihn bald zurück.«

Lüge.

»Das Eis ist trügerisch. Der Doppelmond naht. Es gibt viele Beben. Wanderer können verloren gehen. Und dort draußen lauern Bestien.«

Paskar sprang auf. »Bist du ein Hexer, der in meine Gedanken greift? Will uns das Plexo schon vor der Zeit von hier vertreiben? Wie viel Unglück soll noch über uns kommen?«

Vorena faltete die Hände im Schoß, kaute ruhig weiter und sah ihn an. Sie schluckte ihren Bissen hinunter. »Das Plexo hat uns keinen Befehl erteilt, der euch beträfe. Wir suchen nur unseren Kameraden.«

Remon bemerkte, dass sie ›unseren‹ sagte. Sie sah ihn also noch immer als Angehörigen der Grauwacht.

Zögernd ordnete Paskar seine Kleidung.

»Was ist nun mit den Bestien dort draußen?«, fragte Remon.

Paskar schluckte, setzte sich dann aber wieder. »Es war Guardista Gebrials freier Entschluss, den Kaltstachler zu suchen.«

»Kaltstachler?«, fragte Vorena.

»Das Tier heißt so wegen der Dornen an seinem Schweif«, erklärte Remon. »Sie spritzen ein Gift in das Fleisch ihres Opfers, dem daraufhin kalt wird. Man glaubt, zu erfrieren, aber in Wirklichkeit verdurstet man, weil man keine Flüssigkeit bei sich behält.«

»Es ist schlecht, den Tod im Refugio zu haben«, murmelte der Feuerwahrer. »Ein Tod lockt den nächsten an. Wir bringen die Sterbenden nach draußen, in das Eis.«

»Dann hat der Kaltstachler Gebrial also getroffen?«

»Der Guardista hat das Biest gejagt, nachdem er seine Aufgabe hier erfüllt hatte. Er wollte ohnehin aufbrechen, also haben wir ihn ziehen lassen.«

»Anstatt die Vergiftung zu behandeln, mit der er zurückgekommen ist.«

»Wir haben keine Arznei für einen solchen Fall, und Guardista Gebrial hatte sein Gepäck schon bereitgelegt. Er wollte sofort aufbrechen.«

»Was ist mit diesem Laco? Dem guten Jungen?«

Paskar zupfte lustlos an seinem Brot.

Vorena zog ihren Dolch und betrachtete das Funkeln seiner Schneide. »Laco«, erinnerte sie.

Paskar verschränkte die Arme. »Er war ein guter Junge. Er hatte Talent für den Bogenbau. Aber dann aß er die falschen Pilze. Das hat ihm den Verstand vergiftet.«

»Er ist schwachsinnig.«

»Wir mochten ihn alle. Aber der Tag ist nur noch zwei von

Mezzas Läufen entfernt. Wir werden bald aufbrechen müssen. Auf der Wanderung können wir uns keine Schwäche erlauben.«

Remon blickte um sich und sah nur verweichlichte Bewohner eines Refugios, das ihnen alle Härten erspart hatte, die ihnen das Eis entgegenstellen würde. Gegen die Communidad Bergkristall aus Erdblut wären diese dunkelhäutigen, verwöhnten Menschen wehrlos, obwohl sie zahlreicher sein mochten. Das harte Leben in den Siedlungen forderte zwar Opfer, aber es machte stark.

»Hofft Ihr, den Roggen auch in Eurem nächsten Zuhause aussäen zu können?«, fragte Remon.

»Unsere Kundschafter sind schon lange unterwegs. Wir haben viele geschickt. Nichts ist sicher, wenn farbiges Mondlicht scheint.«

»Hältst du das für ein böses Omen?«, fragte Vorena.

Paskar runzelte die Stirn. »Jede Veränderung ist schlecht. Das Eis ist wankelmütig. Wenn sich Risse auftun, verschlingen sie den Wanderer. Wenn Berge zusammenstürzen, begraben sie ihn. Seht Euch um!«

Er machte eine weite Geste durch die idyllische Höhle.

»Dies ist Beständigkeit. Hier drin seht ihr keine Monde aufgehen, auch den heraufdämmernden Tag würde man nicht bemerken. In Beständigkeit können Menschen sicher leben.«

»Der Pakt verlangt, dass ihr weiterzieht«, knurrte Vorena.

Paskar hob die Hände. »Niemand zweifelt das an. Ich wollte Euch nur antworten. Ihr fragt, ob die farbigen Monde ein böses Omen sind, und ich sage, dass jede Veränderung eine Gefahr birgt.«

»Manchmal kommt der Tod nicht plötzlich«, meinte Remon, »sondern langsam, aber dafür besonders zuverlässig.«

Der alte Mann würde die Wanderung durch die Schneewüste, viele Hundert, vielleicht Tausende Clicks weit, nicht überleben. Welche neue Heimat seine Communidad auch fände – Paskar würde sie niemals sehen.

»Mir scheint, Ihr habt nicht alle ausgestoßen, die Euren Marsch verlangsamen werden«, sagte Remon.

»Dennoch ist ein Sterbender ein böses Omen«, beharrte Paskar. »Und wir haben nur seinem Wunsch entsprochen.«

»Ihr wolltet das Blut eines Guardista nicht an den Händen haben, also habt Ihr Gebrial nicht getötet. Aber Ihr gabt ihm einen Geisteskranken als Führer an die Seite, damit er im Eis den Tod fände.«

»Er war bereits tot, er wollte es nur noch nicht wahrhaben!«

»Da war er nicht der Einzige in Güldenwaid.« Remon stand auf. »Für mich hat Euer Brot den Geschmack verloren.«

6. Kapitel

»Die Wegstation ist verlassen«, vermutete Remon. »Sonst hätten wir schon ein Signalfeuer gesehen.«

Das zerklüftete Gelände bot dem Wind genügend Widerstand, um in dieser Gegend eine kleine Siedlung zu errichten. Zwischen zwei Refugios fanden sich solche Stützpunkte beinahe immer in regelmäßigen Abständen, um Reisenden eine Schlafmöglichkeit zu bieten. Sie wurden von Communidades unterhalten, denen zum Nomadenleben der Mut und zu einer sichereren Siedlung das Glück fehlten.

»Dann haben sie sich früh auf den Weg gemacht«, meinte Vorena.

»Zwei Mezzaläufe vor Tagesanbruch geben viele Communidades ihre Heimstatt auf, um weiter im Westen eine neue zu suchen.«

Vor dem sternklaren Himmel war Vorenas Silhouette deutlich zu erkennen. Remon sah auch die Wärme ihres Atems, ein zartes Rot, obwohl Temperatur eigentlich farblos war. Der Dampf aus den Nüstern der Rossoms war kräftiger, unterschied sich aber ebenfalls auf schwer zu benennende Weise von der Farbe, die Blut, Magma oder das Gewand eines Feuerwahrers hatten.

»Diese Menschen haben kaum etwas aufgegeben. Schlechter als hier werden sie es wohl nicht treffen.«

»Die Wanderung könnte sie umbringen«, schlug Vorena vor.

»Hier bleiben können sie auch nicht. Sonst vertreibt sie die Grauwacht.«

»Besser, als wenn die Sasseks sie finden«, knurrte Vorena. »Die Menschen sind zu verstockt, um zu begreifen, wo die wirklichen Gefahren liegen.«

Ein Zittern lief durch das Eis, so deutlich, dass Remon es auch im Sattel noch spürte. Obwohl er sich vorgenommen hatte, nicht mehr hinzuschauen, zogen die Monde seinen Blick an. Mezza war kaum mehr zu sehen, nur noch der blaue Rand an der Wölbung seiner Sichel, fast verdeckt durch die helle Seite von Dyas Scheibe. Auch hier war der äußere Bereich, beginnend von der Wölbung, blau wie Tinte, dann ging die Farbe des Mondes in Grün über.

»Glaubst du, Gebrial hat hier in diesen Hügeln gerastet?«, fragte Vorena.

»Das kommt darauf an, ob er überhaupt die Richtung gefunden hat und ob er gut vorwärtsgekommen ist.«

»Du vermutest doch nicht etwa, dass er an diesem Gift gestorben sein könnte?«

»Niemals.«

Ein Guardista war um Vieles widerstandsfähiger als ein gewöhnlicher Mensch. Nicht nur Vorenas nachgewachsene Hand war ein Beweis dafür. Ein Guardista konnte sich nicht betrinken, weil sein Körper die Wirkung des Alkohols aufhob, bevor der Rauschzustand eintrat. Das Gift eines Kaltstachlers war stärker, aber auch so etwas vermochte einen Guardista nicht niederzustrecken.

»Hätte Feuerwahrer Paskar ruhig abgewartet und Gebrial eine Lagerstatt zugewiesen, hätten wir ihn munter vorgefunden«, meinte Remon.

»Tote bringen Unglück!«, spie Vorena aus. »Abergläubisches Pack! Wir hätten ihn vor seiner Communidad an den Zehen aufhängen sollen. Das wäre ihm eine Lehre gewesen.«

»Er wird nicht mehr lange genug leben, um neue Erkenntnisse umzusetzen.«

Ein weiteres Beben ließ das Eis krachen. Als sich die Erde beruhigte, geriet einer der weißen Hügel in Bewegung. Das Zittern hatte ihn so weit erschüttert, dass seine Schollen jetzt zu Boden donnerten.

»Wenn Gebrial die Richtung verloren hat, werden wir hier draußen vergeblich nach ihm suchen«, sagte Remon.

»Wir sehen nach, ob wir in Glutheim auf ihn stoßen«, beschloss Vorena. »Wenn er gesundet ist, kann er sich an den Metropolen orientieren. So wird er den Weg finden.«

Ein Guardista spürte Angehörige der Grauwacht und Refugios nur dann, wenn er sich auf einen Click näherte. Um die Lage der elf Metropolen jedoch wusste er immer, egal, wie weit er sich von ihnen entfernte. Er konnte ihren Ruf sogar voneinander unterscheiden. Sombralor erhob sich genau am Nordpol. Deswegen verlor ein Guardista selbst bei bewölktem Himmel niemals die Richtung.

Das war eine Hilfe, die Enna nicht zur Verfügung stand. Jetzt war sie bestimmt schon irgendwo draußen im Eis. Die Prüfung hatte begonnen, die Schneesegler setzten die Kinder getrennt voneinander aus, fünf Clicks von Erdblut entfernt. Remon verstand den Sinn dieser Tradition. Wer zu schwach war, den Weg zurück zu finden, war eine Belastung für die Communidad. Wer dagegen in der Wildnis überlebte, konnte eine Ausbildung beginnen und zu einem vollwertigen Mitglied der Gemeinschaft werden.

Remon hatte Enna gut vorbereitet, sie war ausdauernd und klug. Wenn sie sich auch manchmal in Träumereien verlor, so war ihr doch der Ernst ihrer Lage bewusst. Sie gehörte zu denen, die es mit großer Sicherheit schaffen würden.

Dennoch gab es keine Gewissheit.

»Spürst du ihn?«, fragte Vorena. Sie hatte ihr Rossom gezügelt.

»Wen?«

»Du bist abgelenkt. Woran denkst du?«

Wieder sah er zu den Monden auf. »An meine Tochter.«

»Die ist jetzt Vergangenheit. Du hast nichts mehr mit ihr zu schaffen.«

Vor Remons geistigem Auge erschien ein Kaltstachler. Wenn so ein Biest Ennas Haut auch nur ritzte, war es um sie geschehen. In der Gegend von Erdblut waren sie lange keinem mehr begegnet, aber das musste nichts bedeuteten. Kaltstachler kannten kein festes Revier, sie streiften von der Morgen- zur Abenddämmerung über das Eis.

Mühsam riss sich Remon von diesen Gedanken los und horchte in seinen Körper hinein. »Ich spüre es auch. Ein Guardista ist in der Nähe.«

Vorena trieb ihr Reittier an. »Dann haben wir ein wenig Glück bei unserer Suche!«

Remon hätte sein Glück gern auf Enna übertragen. Er wusste, dass Nata jetzt vor Erdbluts Tor stand, vermutlich mit Alissja, ihrer besten Freundin. Alissja war die Erste gewesen, die Nata ins Herz geschlossen hatte, wohl, weil die beiden Frauen zur gleichen Zeit schwanger gewesen waren. Jieda war Alissjas zweites Kind, Enna würde nach der schweren Geburt Natas einziges bleiben. Hätte Nata sich für einen anderen Mann entschieden, wäre sie in der Metropole Oculor geblieben und bessere Heiler hätten sie versorgen können. Sie hatte Remon nie einen Vorwurf gemacht. Enna sei alles Glück, das ihr Herz nur fassen könne, sagte sie immer. Jetzt kämpfte dieses Glück in der Dunkelheit auf dem bebenden Eis ums Überleben. Das musste Natas Herz zerreißen, und er, Remon, konnte sie nicht in den Arm nehmen.

Remon und Vorena entfernten sich hundert Schritt voneinander und ritten im Zickzack, in sich hineinhorchend, wann der andere Guardista in Reichweite war und wann nicht. So grenzten sie die Richtung ein, in der sie suchten.

»Er müsste vor uns sein, aber ich sehe ihn nicht«, sagte Vorena.

Ihr Gespür hatte sie auf eine freie Schneefläche geführt. Die Beben hatten Erhebungen und Senken eingeebnet, hier war das Pulver so locker, dass die Tatzen der Rossoms tief einsanken. Eigentlich hätten sie Gebrial anhand seiner Körperwärme entdecken müssen.

Sie fanden etwas anderes. »Da ist er.« Remon sprang aus dem Sattel.

»Liegt er im Schnee?«

Da ihm das Weiß bis zur Hüfte reichte, zog Remon eine Schneise, als er sich vorwärts kämpfte. »Nicht im Schnee, sondern darunter.«

»Er wurde begraben?« Vorena blieb im Sattel, lenkte ihr Rossom aber neben ihm her.

»Er hat sich selbst eingegraben.« Remon erreichte den Stab, der aus dem Schnee ragte. »Er liegt in einer Kuhle, ein oder zwei Schritt tief. Die schützt ihn vor dem Wind. Dieser Stab steckt in einem Luftloch. Wenn es zugeschüttet wird, braucht er nur daran zu rütteln, um es wieder frei zu bekommen.«

Nun sprang sie doch herunter. »Man merkt, wo du die letzten Doppelmonde gelebt hast.« Sie löste einen Spaten vom Sattel.

Sie gruben entlang des Stabs. Unter dem frisch gefallenen Schnee folgte eine härtere Schicht, in der offensichtlich wurde, dass die Stange in einem runden Loch steckte. Sie hielten inne, als ein weiteres Beben den Boden erschütterte. Dann brachen sie durch.

Tatsächlich fanden sie einen in Fellkleidung gehüllten Körper. Der Kopf lag höher als die Füße, unter denen eine Schneekugel den Zugang verschloss, den der Mann gegraben hatte. Er half nun mit, die Öffnung zu erweitern.

Er hatte zwar ein Schwert mit dem Grauwolf am Heft dabei, trug aber keinen Harnisch. Und er war nicht viel mehr als doppelt so alt wie Enna.

Remon zog ihn ins Freie. »Was ist passiert, Laco? Wo ist der Guardista, mit dem du unterwegs warst?«

7. Kapitel

Nata rutschte aus und schlug auf das Eis. Bei dem glatten Grund hätte sie keine so weiten Schritte machen dürfen, erst recht nicht, da sie eine Truhe in beiden Händen hielt – auch wenn diese leer war.

Sie hätte früher daran denken sollen, statt sich die Augen aus dem Kopf zu heulen, als die Männer Enna aus der Hütte geholt hatten! Stattdessen hatte sie sich weiter in ihrem Schmerz über den Verlust von Remon gesuhlt und in der Scham darüber, ihre Tochter zu belügen. Dabei war Enna viel zu klug, um zu glauben, dass ihr Vater mit der Guardista auf die Jagd gegangen war und sie bei ihrer Rückkehr erwarten würde. Beim Doppelmond durfte kein Jäger hinaus auf das Eis. Jedem außer denen, die die Kinder mit dem Schlitten in die Wildnis brachten, war verboten, sich weiter von der Siedlung zu entfernen als bis zum vorgeschobenen Wachfeuer, das Nata nun beinahe wieder erreicht hatte.

Beim letzten Doppelmond, als Alissjas Tochter Gana geprüft worden war, hatten die Eltern eines Kindes eine Nomadensippe bezahlt, damit sie ihren Sohn im Auge behalten hatte. Feuerwahrer Tulag hatte die gesamte Familie verstoßen. Die einzige Hilfe, die den Eltern gestattet war, bestand darin, der vorgeschobenen Wache ein angenehmes Feuer zu bereiten. Nicht aus Wärmesteinen, sondern mit Holz. Und genau dafür gedachte Nata auch diese verdammte, nutzlose, sperrige Truhe zu verwenden.

Die drei Wächter schätzten das Behältnis allerdings anders ein. »So kunstvolle Schnitzereien findet man selten«, sagte einer von ihnen. »Willst du sie mir nicht verkaufen?«

»Dein Silber leuchtet nicht in die Nacht hinaus.«

Sie schleuderte die Truhe auf den Haufen. Die Flammen stoben auf, aber die Funken stiegen nicht besonders hoch. Der kalte Wind drückte sie nieder. Vielleicht konnten wenigstens die Kinder hinter dem nächsten Hügel sie sehen. Wenn das Schneetreiben ihnen nicht die Sicht nähme. Die Flocken machten es dem Feuer noch schwerer. Es wuchs nicht so hoch, weil sie ständig in ihm verzischten.

Nata sah in die nachdenklichen Gesichter der anderen Eltern. Jedes Paar stand für sich allein, Vater und Mutter, manchmal mit einem gemeinsamen Fell um die Schultern. Sie alle schauten in die Nacht hinaus.

Nata richtete das Gesicht zum Himmel. Sie spürte das Eis ihrer Tränen auf den Wangen, wie Enna jetzt das Eis um sich herum spürte. Hoffentlich erinnerte sie sich an alles, was Remon ihr beigebracht hatte. Sie waren es wieder und wieder durchgegangen, eine Übung, die Nata immer beruhigt hatte, obwohl sie mit diesem schrecklichen Ritual zusammenhing. Windrichtung, Sternbilder, auffällige Felsformationen – Enna sollte jederzeit nach Erdblut finden können.

Nata öffnete die Augen. So nah am hellen Feuer sah man die Schneeflocken erst einen Schritt über Kopfhöhe. Darüber war der Himmel schwarz. Keine Sterne. Keine Monde. Jetzt flehte Nata stumm ihr Licht herbei, so unheimlich es auch war.

Hatten die unbekannten Mächte, die das Grün und das Blau auf die himmlischen Wanderer gehext hatten, auch das Unglück gebracht? Ein Nachbar hatte sich die Axt in das Bein geschlagen, unter den Rossoms der Nomaden wütete eine Seuche, eines der Fischerboote leckte. Nata war nicht die Einzige, der ein Unglück widerfuhr. War sie ungerecht, weil sie empfand, dass es sie am schwersten traf?

Sie vermisste Remon so unsagbar! Sie hatte ihre kleine Hütte aufgeräumt, dann alles umsortiert, damit die vertraute Umgebung sie nicht länger an ihn erinnerte. Aber das hatte noch mehr geschmerzt, also stand jetzt alles wieder genauso wie zu dem Zeitpunkt, an dem Vorena ihn holen gekommen war. Die Guardista hatte den Mann, den Nata liebte, aus ihrem Leben gerissen, ohne sie um Verzeihung dafür zu bitten.

Wahrscheinlich war er noch nicht in Oculor, schließlich hatten sie noch einige Refugios aufsuchen wollen. Nata scheute vor dem Gedanken zurück, was ihn in der Metropole erwartete. Die Guardistas waren Krieger, und Krieger dachten einfach. Langes Abwägen war nicht ihre Sache. Sie kannten nur wenige Strafen. Eine Haft überbrückte bei ihnen nur die Wartezeit vor Schlimmerem.

Natas düsteres Brüten hellte ein wenig auf, als ein Bündel locker gebundenes Holz in das Feuer flog. Alissja kam zu ihr. Sie trug nicht Leder und Fell, sondern dicke Wolle. Ihr gehörte der einzige Webstuhl in Erdblut. Auch der Beutel, den sie jetzt dem Kind neben ihr abnahm, bestand aus Stoff. Nata musste genau hinsehen, um unter Mütze und Schal Gana zu erkennen, Alissjas Tochter und Ennas beste Freundin.

Alissja nahm eine Flasche aus dem Beutel und entkorkte sie. Dampfende Flüssigkeit gluckerte in den Becher, der mit einer Schnur am Henkel festgebunden war. Stumm reichte sie ihn Nata.

Vorsichtig trank sie das heiße Kräuterwasser. Es hatte nur schwachen Geschmack. Was man hier draußen brauchte, war Wärme. Auch Enna hätte diese bitter nötig. Viele Kinder verloren dort in der Wildnis Zehen.

Nata gab den Becher zurück.

Noch immer schweigend nahm Alissja ihre Hand und starrte neben ihr in die Dunkelheit hinaus. Enna wusste, dass sie froh war, dass keines ihrer Kinder dort draußen um sein Überleben kämpfte. Wenn Enna es schaffte, würde es Nata beim nächsten Doppelmond ebenso gehen. Dann, während der Wanderung durch die Wildnis, müsste sich Jieda der Prüfung stellen. Ganas jüngere Schwester war gleichzeitig mit Enna geboren worden, aber langsamer gewachsen. Darum musste Alissja jetzt noch nicht um sie fürchten.

Wenn die Angst doch endlich ein Ende hätte!

Wenn Nata ihr einziges Kind doch endlich in die Arme schließen könnte!

Der Wind heulte, als wolle er ihre Hoffnung verhöhnen. Das Wachfeuer flackerte tapfer dagegen an.

Enna war auch tapfer! Sie würde nicht aufgeben! Wenn ihre Beine so kalt wären, dass sie sie nicht mehr fühlen könnte, würde sie sich allein mit den Armen durch den Schnee ziehen! Sie wusste, wie sehr ihre Mutter sie liebte! Schon deswegen würde sie zurückkommen. *Sie musste!*

Alissja ächzte.

Nata lächelte entschuldigend und lockerte den Griff, mit dem sie ihre Hand gequetscht hatte.

Donner rollte durch die Dunkelheit. Kurz darauf zitterte der Boden unter ihren Füßen.

Warum hielt die Communidad die Prüfung ausgerechnet zum Doppelmond ab? Sicher taten sich draußen auf dem Eis jetzt neue Spalten auf, und vertraute Formationen brachen zusammen.

»Bei meiner Prüfung bin ich den Spuren des Schneeseglers zurück gefolgt«, sagte Gana.

Wahrscheinlich wollte sie der Mutter ihrer besten Freundin Mut zusprechen. Aber beim vergangenen Doppelmond war die Dämmerung noch so weit entfernt gewesen, dass es nicht ständig geschneit hatte, vor allem nicht während der Prüfung. Auch damals hatte die Erde gebebt, aber die Monde hatten mit dem gelben Licht, in dem sie scheinen sollten, die Landschaft ausgeleuchtet.

Warum mussten die Communidades sich selbst das Leben so schwer machen? War das vielleicht die Botschaft der Monde? Dass es andere Dinge gab, auf die die Menschen ihre Kräfte richten sollten?

Enna würde keine Spuren finden, denen sie folgen konnte.

Am liebsten wäre Nata hinausgelaufen, um ihre Tochter zu suchen. Aber das war unmöglich, den beiden wäre die Rückkehr in die Siedlung verwehrt worden. Mit der freien Hand zog Nata ihren Mantel um die fröstelnden Schultern.

8. Kapitel

Vorena legte die Hand an den Griff ihres Schwerts. »Diese Waffe gebührt dir nicht, Junge«, sagte sie gefährlich leise.

Widerstandslos ließ Laco zu, dass Remon ihm die Klinge mit dem Schädel des Grauwolfs abnahm. Sie war von ihrer Scheide entblößt.

Der Junge zitterte. Remon bezweifelte, dass die Kälte der Grund dafür war. Laco verstand, dass der Zorn einer Guardista tödlich sein konnte. Überhaupt machte er keinen geisteskranken Eindruck.

»Was ist geschehen?«, fragte Remon.

»Ich bin mir nicht sicher, Herr.«

»Wo ist Gebrial?« Die Kälte war noch immer in Vorenas Stimme.

Laco sah sich um. Er betrachtete die Hügel, die sich in einiger Entfernung erhoben, aber durch die Beben ihre Gestalt verändert hatten. Dann ließ er den Blick über das Schneefeld schweifen.

»Besser, du erinnerst dich schnell, wo du sein Schwert an dich genommen hast«, knurrte Vorena.

»Er hat mehr als seine Waffe«, sagte Remon. »Er hat auch das Nabo. Sonst hätten wir ihn nicht gespürt.«

Schweigend sah Vorena ihn an. Das Nabo verließ einen Guardista nur, wenn er tot war. Noch nicht einmal bei offensichtlicher Unfähigkeit ließ sich das Plexo bewegen, die silbrige Substanz zurückzurufen. Vorena zog ihr Schwert eine Handbreit aus der Scheide.

Remon packte den Jungen an den Schultern. »Denk nach! Was ist geschehen? Ist Gebrial an dem Gift gestorben?«

»Ich … weiß es nicht mehr. Ein Nebel war in meinem Kopf. Lange Zeit. Ich habe meinen eigenen Körper kleiner in Erinnerung. Jetzt sehe ich wieder klar, aber der Guardista ist im Nebel zurückgeblieben.«

»Das Nabo hat diesen Jungen geheilt«, sagte Remon zu Vorena.

»Und wie ist er darangekommen?«

»Glaubst du, ein unbewaffneter Junge könnte einen Guardista ermorden?«

»Ich will mit eigenen Augen sehen, was vorgefallen ist!«

»Schau mich an!«, forderte Remon Laco auf. »Wo seid ihr zuletzt zusammen gewesen? War es windig?«

Zögernd schüttelte Laco den Kopf. »Nein, Herr.«

»Dann müsst ihr zwischen den Hügeln gewesen sein! Lass uns dort nachsehen.«

Vorena stieß ihr Schwert zurück in die Scheide. Wortlos schwang sie sich in den Sattel. Remon nahm Laco mit auf sein Tier.

»Du glaubst nicht, dass Gebrial am Gift gestorben ist«, sagte Remon, als sie zwischen die Hügel ritten, wo das Schneetreiben nachließ.

»Ganz bestimmt nicht.«

Im Stillen pflichtete Remon ihr bei. Was einen Guardista nicht augenblicklich tötete, schaffte das auch nicht nach einer gewissen Zeit. Auf dem Schlachtfeld hatte er heftig blutende Kameraden gesehen, mit aufgerissenen Bäuchen, die beim nächsten Gefecht wieder an seiner Seite gestanden hatten. Die meisten von ihnen waren ohne Heiler ausgekommen.

Aber dass der Junge, der jetzt die zitternden Arme um Remons Bauch klammerte, um nicht vom Rossom zu rutschen, einen Guardista umgebracht hatte, glaubte Remon ebenso wenig.

Doch wer dann? Nomaden vielleicht? Wer ohne Wärme durch die Nacht irrte, konnte verzweifeln. Aber selbst dann mussten sich die Täter etwas von ihrer Aktion versprochen haben. Der Angriff auf einen Guardista barg immer ein hohes Risiko und brachte wenig ein. Die Grauwacht brauchte kein Gold, man verpflegte ihre Angehörigen überall umsonst. Das Eisen der Rüstung mochte hier draußen von Wert sein, aber wenn das die Beute gewesen war, warum hatte man dann einen Jungen mit dem noch wertvolleren Schwert entkommen lassen? Die Klingen der Grauwacht schnitten durch gewöhnlichen Stahl und verloren niemals ihre Schärfe.

Laco musste bei Gebrials Tod in dessen Nähe gewesen sein, oder er war kurz darauf an den Schauplatz zurückgekehrt, sonst wäre das Nabo nicht auf ihn übergegangen. Die Grauwacht verwendete silberne Amphoren, um es zu transportieren und zu bewahren, bis ein neuer Guardista seinen Eid sprach, aber wenn kein solches Behältnis zur Stelle war, suchte sich das Nabo einen anderen lebenden Menschen. Immer einen Menschen, niemals ein Tier oder einen Sassek, was die Amphibien die Neutralität des Plexos anzweifeln ließ, obwohl seine Refugios auch ihnen Wasser und Schutz gewährten.

»Wir waren dort.« Lacos zitternde Hand zeigte auf einen kugelförmigen Felsen.

»Und was habt ihr dort gemacht?«, fragte Vorena.

»Das weiß ich nicht mehr.«

»Er ist noch ein halbes Kind, Vorena.«

»Du wirst rührselig. Wie konnte er überleben, was einen Guardista getötet hat? Vielleicht steckt dieser Paskar dahinter. Wir hätten ihn doch an den Zehen aufhängen sollen. Möglich, dass er uns dann die ganze Wahrheit verraten hätte.«

In der Nähe der Felskugel trafen sie auf eine glänzende Spur im Schnee. Vorena sprang aus dem Sattel und betastete das Eis. »Ein gefrorener Bach.«

Misstrauisch musterte Remon die Schatten. Die Beben hatten viel Material gelöst und auch den Schnee an einigen Stellen gelockert, sodass der Wind weiße Schwaden vor sich her trieb, wenn er um die Felsen heulte. Auf dem Eis lag ebenfalls Schnee, aber nur wenig. So als wäre der Bach erst kürzlich gefroren.

»Habt ihr am warmen Wasser gerastet?«, fragte er den Jungen.

»Welches Wasser?«

Unterirdische Magmaströme wanderten langsamer als das Eis auf der Oberfläche. Die Beben konnten das beschleunigt haben. Dann mochte nahe dem runden Felsen eine warme Stelle gewesen sein. Das dort geschmolzene Eis wäre hügelabwärts geflossen und gefroren, wenn es sich weit genug abgekühlt hätte. Ein solcher Bach erstarrte zuerst an den Rändern, während sich ein Rinnsal weiter vorarbeitete. Dieses Eis schien seine Breite jedoch annähernd zu behalten.

Außerdem machte ein heißer Fleck einen Ort wertvoller als Felsen, die einen einfachen Windschutz boten. Mindestens ein Nomadenlager wäre hier zu erwarten gewesen. Aber Remon sah nirgendwo Feuerschein.

»Da ist etwas.« Vorena spähte hügelabwärts.

»Ich sehe nichts.«

»Doch!« Sie zog ihr Schwert. »Da ist Wärme.« Sie ging einige Schritte am Eislauf entlang. »Kommt heraus! Auf Befehl der Grauwacht!«

Für einen Moment glaubte Remon, eine Antwort zu hören, aber es war nur das Klagen des Windes.

»Stellt euch dem Urteil der Grauwacht!«, forderte Vorena. Entschlossen schritt sie zwischen einige Brocken, die das letzte Beben aufgebrochen haben mochte.

Ein lautes Kreischen begrüßte sie. Eine dunkle Gestalt sprang sie an. Vorena antwortete mit dem Schwert, dann wurde sie aus seinem Blickfeld gerissen. Weitere Schatten folgten ihr. Sie gaben Wärme ab, aber nicht so viel wie ein Mensch. Sie waren auch kleiner, und sie stießen seltsame Laute aus. Fauchen, Keckern, Brüllen …

Remon trieb sein Rossom an. Er hatte die Eisbrocken noch nicht erreicht, als die schattenhaften Gestalten bereits zurück hetzten. Bei einigen von ihnen klafften Wunden im zotteligen Pelz. Ihre Schnauzen waren lang und spitz, der Übergang zwischen Nase und Maul nicht auszumachen. Die Ohren lagen im Fell verborgen, aber Remon wusste, dass sie dennoch ausgezeichnet hörten. »Tarros!«, rief er.

Vorena setzte ihnen nach. Ihr linkes Bein schien angeschlagen, was ihren Lauf ungleichmäßig machte, aber kaum verlangsamte. Ihr Schwert glänzte metallisch im kalten Licht des Doppelmonds, der vielfarbig durch die Lücken zwischen den Wolkenfetzen schien.

»Kannst du mit einer Klinge umgehen?«, rief Remon.

»Ich habe nie …« Der Rest von Lacos Antwort war unverständliches Gemurmel.

Fluchend sprang Remon aus dem Sattel. Zwischen den mannshohen Brocken wäre das Rossom eine leichte Beute für die schnellen Tarros mit ihren Krallen und fingerlangen Nagezähnen. Er entschied sich für seine Axt, weil er zu lange nicht mehr mit einem Schwert geübt hatte.

Gerade wollte er Vorena zur Hilfe eilen, als ein Feuerball, größer als eine Hütte in Erdblut, über die Brocken rollte. Er brach auf, züngelte auseinander und schmolz das Eis, das sofort zu neuen Formen erstarrte. Remon spürte die Hitze zuerst auf seinem Gesicht, dann auch durch die Kleidung hindurch, obwohl er sich in den Schnee warf. Er wälzte sich herum, ohne die Axt loszulassen. Vorenas schmerzerfüllter Schrei stieg zu den Wolken auf. Schauerlicher wurde er, als er mit kurzen Rufen abbrach.

Remon rannte los. Er rutschte auf dem frischen Eis, versuchte aber nicht, das Gleiten zu verhindern, sondern es für sich zu nutzen, wobei er sich an den Felsen abstieß.

Dennoch war er langsamer als die Tarros. Die meisten stürzten sich mit weit aufgerissenen Fängen auf die am Boden liegende Guardista. Einige wenige waren intelligent genug, kopfgroße Steine als Waffen zu benutzen. Hinter der aus ihrem Harnisch rauchenden Vorena erhob sich ein Feuerschlinger, gewaltig wie ein Fels. Das Tier war größer als ein Rossom, und seine kahle Haut war so dick, dass die einzelnen Platten aufeinanderrieben wie Schiefer. Die kleinen Augen beobachteten das Geschehen vor ihm, während sich in den Feuerdrüsen zweifellos der nächste vernichtende Atemstoß sammelte.

Remon schrie unartikuliert und holte weit mit der Axt aus. Dadurch verlor er endgültig den Halt auf dem Eis. Trotz seines Sturzes erreichte er einen Teil seiner Absicht, nämlich, die Angreifer von seiner Kameradin abzulenken. Tarros waren intelligent genug, um eine Situation einzuschätzen, bevor sie handelten. War Remon der einzige Gegner, der zur Verstärkung kam? Oder waren es so viele, dass eine Flucht angeraten war? Dann hätten sie jedoch den Feuerschlinger zurücklassen müssen. Mit diesem Tier lebten die Tarros zum gegenseitigen Nutzen zusammen. Der Feuerschlinger war zu langsam, um selbst Beute zu machen, fraß aber Magma, heiße Steine und alles, was brennbar war, und gab Wärme an diejenigen ab, die ihn fütterten. Sicher hatte er auf seinem Weg vom Kugelfelsen die Spur in den Schnee geschmolzen.

Die Bedenken der Tarros hielten nur kurz an. Einer warf einen Stein nach Remon, der ihm die Luft aus der Brust schlug, als er gerade wieder aufstand. Dann stürzten sich drei der Biester gleichzeitig auf ihn.

Remon wirbelte herum, um sie ins Leere schnappen zu lassen. So schnell hatte er sich lange nicht mehr bewegt! Er fühlte das Nabo in seinen Muskeln singen. Seine Axt durchschlug das Rückgrat einer Kreatur. Ein hohes Quieken begleitete den Tarro aus der Welt.

Die anderen wurden vorsichtiger. Sie bildeten einen Kreis, als sich Remon breitbeinig neben Vorena stellte. Die Guardista wimmerte jetzt und betastete mit Händen, die mit den Lederhandschuhen verschmolzen waren, das verschmorte Gesicht. Die Lider waren eingefallen, die Augäpfel wahrscheinlich in der Hitze verdampft. Ein gewöhnlicher Mensch hätte eine solche Verletzung nicht ausheilen können. Vorena würde es schaffen, wenn sie lange genug überlebte.

Zwei Tarros täuschten einen Angriff an, sprangen aber zurück, bevor sie in die Reichweite von Remons Axt kamen. Gerade rechtzeitig warf er sich herum, um der eigentlichen Attacke zu begegnen. Er ließ sich rückwärts fallen, wodurch der ihn anspringende Tarro über ihn hinwegsetzte. Remon hatte das Blatt seiner Axt gut geschärft. Er brauchte es nur in die Flugbahn zu halten, damit die Schneide dem Viech den Bauch aufriss.

Quiekend schlug es auf den Boden, wo es über das Eis weiterschlitterte. Die Schlingen seiner Gedärme verfingen sich an einigen Unebenheiten und wurden dadurch herausgerissen. Mit scharrenden Pfoten versuchte der Tarro, die dampfenden Schlaufen zurückzustopfen, aber immer mehr kam nach. Eine dunkle Lache breitete sich um ihn aus. Dennoch starb er nur langsam.

Remon war versucht, dem Leiden der Kreatur ein Ende zu machen, aber das wäre dumm gewesen. Ihr Heulen beeindruckte die anderen Tarros, die sehr wohl begriffen, was Schmerz bedeutete. Jetzt wurde ihnen vorgeführt, wie gefährlich es für jeden Einzelnen von ihnen war, sich den Guardistas zu nähern.

Sie zogen ihren Schluss daraus und entfernten sich.

Remon atmete auf.

Dann schrak er zusammen.

Er hörte, wie der Feuerschlinger Luft in seine Lungen sog. Das Monstrum hatte sich nicht vom Fleck bewegt. Flammen loderten aus dem Maul und ließen Eis und Felsen zuckende Schatten werfen.

Remon sprang über Vorena hinweg. Er wusste, dass er einen erneuten Sturz riskierte, als er mit der Axt ausholte, bevor er wieder Boden unter den Füßen hatte, aber er musste es wagen. Sich selbst hätte er vor den Flammen in Sicherheit bringen können. Vorena nicht. Trotz allem war sie seine Kameradin.

Mit einem wilden Schrei riss er die Axt nach unten. Er glitt tatsächlich aus, konnte aber die Bahn des Axtblatts anpassen. Tief schlug der Stahl in den Schädel des Feuerschlingers.

Das Seufzen, mit dem der Koloss die Augen schloss, klang beinahe erlöst. Flüssiges Feuer sickerte aus dem Maul und schmolz das Eis.

Remons Herz hämmerte gegen seine Rippen. Er zog an der Axt, aber sie hatte sich im Knochen verkeilt. Huschende Schatten verrieten, dass die Tarros nahten. Sie würden sich die Wärme sichern, die noch aus dem Feuerschlinger zu bergen war.

Das war Remon recht. So konnte er Vorena ohne weitere Attacken zurück zu den Rossoms ziehen.

9. Kapitel

»Ich muss ihn mit mir nehmen.« Vorena war noch blind, obwohl die Wölbungen unter ihren Lidern bewiesen, dass sich wieder Augäpfel ausbildeten. Sie hatte Gebrials Leiche tastend erkundet, meinte mit ihren Worten aber nicht den toten Guardista, sondern Laco. »Er trägt das Nabo in sich. Ich werde es für die Grauwacht bewahren.«

»Was wird mit ihm geschehen?«

»Das habe nicht ich zu entscheiden.«

Remon seufzte innerlich.

Laco spähte hinunter in die Senke, damit die Tarros sie nicht überraschten. Es hätte Remon gewundert, wenn sie einen weiteren Angriff geführt hätten. Sie würden die Wärme, die sie aus dem Feuerschlinger geborgen hatten, an einen sicheren Ort bringen.

»Die Gebote des Plexos sind nicht das Einzige, nach dem sich ein Mensch von Ehre richtet.«

»Nicht?«, fragte Vorena. »Das Plexo erhält uns. Ohne seinen Schutz könnte niemand überleben. Ohne seine Regeln gäbe es Krieg zwischen den Menschen und den Sasseks, und die Grauwacht würde nicht existieren.«

»Fühlst du nicht, dass deine Strenge ungerecht ist?«

Vorena schnaubte. »Und was fändest du gerecht?«

Remon sah zu den Monden auf, die sich jetzt wieder getrennt hatten. Dya war ein vollständig blauer Halbkreis und beinahe unter den westlichen Horizont gesunken.

Enna war dort draußen. Allein. Man sagte, erst, wenn das Knacken des Eises das einzige Geräusch in der Dunkelheit war, lernte man, was wahre Einsamkeit war. Erteilte die Wildnis seiner Tochter gerade diese Lektion?

»Gerecht ist, wenn man ebenso viel gibt, wie man empfängt«, sagte er.

»Ich habe mich meiner Gabe würdig erwiesen. Ich habe stets treu zu meinem Eid gestanden.«

Remon schürzte die Lippen. Die unerwartete Hoffnung, die ihn erfasst hatte, als er Vorena auf diese Anhöhe gebracht hatte, drängte ihn zu sprechen. »Gegenüber dem Plexo hast du deine Schuldigkeit erfüllt.«

»Sonst schulde ich niemandem etwas.«

»Ich habe dir das Leben gerettet. Die Tarros hätten dich zerrissen, nachdem das Feuer dich verbrannt hat.« Sein Herz hämmerte. Schätzte er Vorena richtig ein? Durfte er der Sehnsucht nach seiner Familie, die er vergeblich zu ersticken versucht hatte, Raum geben?

Sie verschränkte die Arme und lehnte sich an den Rundfelsen, die blinden Augen noch immer geschlossen. Sie zitterte, die Reste ihrer Kleidung waren zu dünn. »Ich habe einen Fehler gemacht«, gab sie zu.

»Darauf kommt es nicht an. Du schuldest mir ein Leben.«

»Das werden deine Richter sicher berücksichtigen.«

»Du kannst deine Schuld nicht von anderen abtragen lassen, Vorena. *Du* schuldest mir ein Leben.«

Stumm brütete sie vor sich hin.

Remon holte ein Fell von den Rossoms und legte es um ihre Schultern.

»Nur ein Leben«, sagte sie. »Nicht zwei. Der Junge oder du. Du musst dich entscheiden.«

Remon sah zu der schmalen Silhouette hinüber, die die Sterne verdeckte. Laco tastete nach seinen Augen. Bei manchen schärfte das Nabo die Sinne schneller als bei anderen. Bei Laco hatte es sicher erst den Schaden geheilt, den die giftigen Pilze in seinem Hirn angerichtet hatten. Vielleicht konnte er jetzt zum ersten Mal Wärme sehen.

»Ihr werdet ihn nicht umbringen, oder?«

»Die Grauwacht kann das Nabo in ihm nicht verkommen lassen«, sagte Vorena.

»Das stimmt, aber er ist kein Verbrecher. Wenn er nicht zufällig hier gewesen wäre, hätte das Nabo im Boden versickern können, als Gebrial gestorben ist. Eigentlich müssen wir dem Jungen dankbar sein.«

»Wir? Bist du jetzt doch wieder ein treuer Guardista?«

Remon überging die Bemerkung. Er wollte sich nicht mit Vorena streiten. »Wird er ein Gefangener sein?«

»Jedenfalls wird er nicht gehen können, wohin er will.«

»Vielleicht wird er sogar ein Guardista.«

Vorena lachte abfällig. »Er kann noch nicht einmal ein Schwert halten. Er wird an den Prüfungen scheitern.«

»Er kann lernen.«

»Die wenigsten schaffen es.«

Remon sah den Jungen an. In der Freiheit würde ihn jede Communidad dankbar aufnehmen. Er wäre zumindest ein guter Fährtenleser, könnte Wild aufspüren und so alt werden, dass sein Rat gefragt wäre. Feuerwahrer Paskar war ein Greis, doch auch er hatte die große Wanderung nur einmal hinter sich gebracht. Laco würde sie dreimal, vielleicht sogar viermal schaffen können, bevor das Alter ihn holte. Er wäre ein geehrtes Mitglied seiner Gemeinschaft, solange er klug genug wäre, den Kontakt zur Grauwacht zu meiden.

Wenn er mit Vorena ginge, wäre er – bestenfalls – der Unterste in der Hierarchie. Ein Laufbursche, angefeindet auch von jenen, die selbst zu Guardistas werden wollten, den Eid aber nicht sprechen konnten, weil es zu wenig Nabo gab. Einmal hatte die Grauwacht fünfhundert Guardistas gezählt, sagten die Geister. Jetzt waren es drei Dutzend weniger.

Dafür würde Laco den Tag sehen. Von Metropole zu Metropole reisen. Wunder berühren, von denen man in der Nacht nur andächtig wisperte.

Und er hatte bereits einen Lohn erhalten. Sein Verstand war geheilt.

»Ich will, dass du über mich schweigst«, sagte Remon. »Der Junge weiß nicht, was ich bin. Nata und ich werden eine andere Communidad finden. Wir müssen ohnehin bald wandern. Es wird sein, als ob du mich nie gefunden hättest. Ich erhalte das Leben zurück, das ich mir gewählt habe, und du hast deine Schuld beglichen.«

»So sei es«, knirschte Vorena. Sie war eine Frau von Ehre.

Remon befestigte seine Ausrüstung an seinem Rossom. Erdblut war zu weit entfernt, als dass er es vor Ennas Rückkehr würde erreichen können. Aber er würde dennoch mit seiner Tochter feiern. Oder seine Frau trösten. Er wäre dort, wo er hingehörte.

»Sie ist noch blind«, sagte er zu Laco, als er sich von dem Jungen verabschiedete. »Bring sie zurück nach Güldenwaid.« Er wies ihm die Richtung.

Remon blickte sich nicht um, als er davonritt.

10. Kapitel

Als Remon Erdblut erreichte, wappnete sich die Siedlung für einen aufziehenden Sturm. Bei den Hütten waren die Türen und alle größeren Öffnungen nach Osten ausgerichtet, um dem beständig aus der Nacht wehenden Wind den Einlass zu verwehren, aber einige der Höhlen öffneten sich nach Westen und wurden nun fest verrammelt. Die Bewohner verstopften alle Ritzen mit Tüchern. Fischerboote und Schneesegler waren in Verschlägen sicher verstaut. Die Bauern hatten die Pflanzungen abgeerntet, auch wenn die Früchte noch nicht auf ihre volle Größe angewachsen waren, und breiteten jetzt Planen darüber, die sie mit Steinen beschwerten. Die Diener des Feuerwahrers überwachten die gerechte Verteilung von Wärmesteinen an die Familien. Die Aufmerksamkeit, die Remon zuteilwurde, erschöpfte sich in gebrummten Worten der Torwache, die sein Rossom entgegennahm, und kurzen Blicken.

Er wollte niemanden nach dem Ausgang der Prüfung der Kinder fragen. Eine gute Nachricht hätte er nicht zu glauben gewagt, bevor Enna in seinen Armen wäre, eine schlechte nur in Natas Armen ertragen. So hastete er den gewundenen Pfad zu seiner Hütte hinauf, ohne jemanden anzusprechen.

Seine Hand verharrte auf dem Türriegel. Was, wenn Enna es nicht geschafft hatte? Wenn die Beben ihr zum Verhängnis geworden waren? Die Spalten im Eis hatten scharfe Kanten. Sie konnten Leder und Fleisch durchschneiden. Viele der Tiere, die in der Nacht umherstreiften, rochen Blut über weite Distanzen.

Würde er Nata weinend über der Leiche ihres Kinds finden, die von Jägern aus der Siedlung geborgen worden war? Oder waren die beiden gerade beim Essen, überrascht von seiner Wiederkehr? Würde Enna verstehen, warum ihre Mutter ihr erzählt hatte, der Vater, der jetzt heimkehrte, sei für immer gegangen?

Der Schal knackte, als Remon ihn unter das Kinn zog, weil die Feuchtigkeit seines Atems im Stoff gefroren war. Vorsichtig öffnete er die Tür. Er musste gegen Widerstand schieben, da auch hier Tücher vor die Ritzen gestopft waren. Aus dem Innern schlug ihm Wärme entgegen.

Sicher hatten die beiden unter dem Verlust gelitten und ihn wie einen Toten betrauert, obwohl Nata bei seinem Abschied versucht hatte, stark zu sein. Remon würde den Schmerz wiedergutmachen. Er würde seine Familie auf dem Weg über das Eis beschützen und dafür sorgen, dass sie in ihrer nächsten Siedlung eine bessere Heimstatt erhielten. Dass ihr Leben weniger mühselig würde als jenes, das sie bislang geführt hatten.

Remon hörte ein trockenes Husten, das er weder seiner Frau noch seiner Tochter zuordnen konnte, gefolgt von rasselndem Atmen.

Er glitt in die Hütte und drückte die Tür hinter sich zu.

Ein alter Mann lag zwischen dem Kamin und dem Kessel mit dem Vorrat an Wärmesteinen. Sein zerzaustes Haar hatte die Farbe von Asche, eine tiefe Schneise lief durch sein Gesicht und teilte auch die linke, leere Augenhöhle. Der Unterkiefer war schief zusammengewachsen, auf der linken Seite würde er nicht mehr kauen können. Um ihn herum hockte ein halbes Dutzend Frauen unterschiedlichen Alters. Auch sie trugen Zeugnisse eines harten Lebens: eine zertrümmerte Nase, ein zerschnittenes Ohr, Finger, die über dem ersten Glied abgefroren waren. Ihre zerschlissene Kleidung war lange nicht erneuert worden.

»Ihr seid Nomaden.« Remon fasste seine Axt mit beiden Händen. »Wo ist meine Familie?«

»Die Frau, die hier wohnte, ist nicht mehr hier«, antwortete eine Schwarzhaarige, die gut zwanzig Doppelmonde gesehen haben mochte. »Sie hat diese Hütte gegen unseren Schneesegler getauscht. Sie wollte dem Tag entgegenfahren.«

»Warum hätte Nata das tun sollen?«

Kalte Luft traf seinen Rücken, als sich die Tür hinter ihm öffnete.

»Und was ist mit meiner Tochter?«

»Enna geht es gut«, hörte er hinter sich die vertraute Stimme von Alissja, Natas bester Freundin. »Sie ist als Erstes der Kinder zurück gewesen. Du musst sie gut vorbereitet haben.«

Tränen der Erleichterung und der Freude stiegen in seine Augen, als er sich umdrehte. Draußen wären sie sofort gefroren, aber hier konnte er sie sich erlauben. »Enna lebt.«

»Ja.« Alissja nickte. Ihr blondes Haar fiel auf einen mit dickem Garn gewebten Pullover. »Aber mit dir hat keiner mehr gerechnet. Ich wollte es nicht glauben, als die Nachbarn sagten, du seist wieder zurück.«

»Wo ist Nata?«

»Sie hat euer Haus eingetauscht und ist nach Oculor aufgebrochen.«

»Was will sie in der Metropole? Der Tag naht! Sie muss wieder hier sein, bevor die Communidad aufbricht.«

Alissja schüttelte mitleidig den Kopf.

»Sie hat die Communidad Bergkristall verlassen«, erkannte Remon. »Endgültig.«

»Ich habe gemeinsam mit ihr vor dem Tor gestanden, als sie auf eure Tochter gewartet hat. Sie hat immer wieder zu den Monden aufgeschaut.«

»Ihre fremde Farbe ängstigt sie.«

Alissja nickte. »Seit das erste Grün auf Dyas Scheibe erschien, hat es ihr keine Ruhe gelassen. Jetzt glaubte sie, die Beben seien stärker als bei einem gewöhnlichen Doppelmond gewesen.«

Remon sah zu den Nomaden. »Was hat das mit denen zu tun?«

»Komm mit zu Perul und mir«, bot Alissja an. »Ich erzähle es dir unterwegs.«

Mit einem Zwicken in den Gliedern protestierte Remons Körper, als er zurück in die Kälte ging.

»Sie hat also unsere Hütte verkauft?«

»Und alle eure Rechte in der Communidad.«

»Aber warum hat der Feuerwahrer diese Nomaden aufgenommen? Der Greis wird die Wanderung auf keinen Fall überstehen!«

»Tulag denkt praktisch. Der Alte wird sterben, noch bevor wir aufbrechen, und Bergkristall hat zu wenige Frauen.«

»Darauf haben sie sich eingelassen?«

»Der Greis bestimmt über sie, und es ist sein letzter Wunsch, im Warmen zu sterben. Deswegen war er einverstanden, seine Frauen an diejenigen zu verheiraten, die Tulag auswählt.«

Remon schüttelte den Kopf. Er wusste, dass die Communidad sie damals aufgenommen hatte, weil er ein ausgezeichneter Jäger war. Bei diesem neuen Handel hatte Tulag wieder gewonnen. Nata hätte er nicht halten können, wenn sie gehen wollte, aber wenn er den unbefriedigten Junggesellen Frauen zuwies, sicherte ihm das deren Loyalität auf dem Marsch. Noch klüger wäre es, wenn er einen Wettbewerb daraus machte und die Gefährtinnen erst verteilte, wenn es besondere Leistungen zu belohnen gab.

»Glaubt Nata, bei ihrem Vater besser zu leben?«

»Sie fürchtet, dass bald niemand mehr gut leben kann. Die Guardista, die dich geholt hat, hat davon berichtet, dass die Nacht nicht mehr im Gleichklang mit dem Tag voranschreitet.«

»Vorena hat von blauem Licht im Westen erzählt, das sich der Nacht entgegenstellt«, bestätigte Remon.

»Nata glaubt, dass wir verstehen müssen, was die Veränderung der Monde bedeutet und was mit unserer Welt geschieht. Sonst werden wir keine Zukunft haben, denkt sie. Vor allem unsere Kinder nicht.«

»Dabei hat Enna doch gerade erst ihre Prüfung bestanden!«

»Nata hat sich in diesen Gedanken hineingesteigert, während wir auf Enna gewartet haben. Als sie endlich kam, war Nata so aufgewühlt, dass sie geweint hat. Aber nicht vor Freude.«

Alissja und Perul waren angesehene Mitglieder der Gemeinschaft. Aus Bequemlichkeit bewohnten sie mit ihren vier Kindern eine Hütte, aber ihnen stand auch eine Höhle zu. In diese führte Alissja Remon nun. Bei einem Sturm bot sie zuverlässigeren Schutz.

Die Wärme kam hier von dem Magmastrom unter dem Boden, das Licht von sauber gezogenen Wachskerzen. Perul war einer der erfolgreichsten Jäger, und Alissja besaß einen großen Webstuhl, den sie mit Geschick bediente.

Perul räumte gerade Ballen aus Rossomhaar und Körbe mit Wurzelfasern von Pilzen zur Seite. Aus diesen Materialien sponn man Fäden. Die Kinder lärmten in einem Nebenraum.

»Dann bist du tatsächlich wieder da!« Perul sah Remon in die Augen. »Wir haben unseren besten Jäger zurück.«

»Aber ich habe meine Familie verloren, wie es aussieht.«

»Nata will ihren Vater in Oculor treffen«, nahm Alissja den Faden wieder auf. »Sie hofft, dass er ihr Verschwinden verzeiht und ihr sagt, was er in seinem Astrovatorio herausgefunden hat.«

»Willst du ihr nachreisen?«, fragte Perul. »Wenn der Sturm vorüber ist?«

»Ich hatte das Gefühl, dass sie hoffte, dich in Oculor zu sehen«, sagte Alissja.

Remon nickte. Nata hatte das wohl eher befürchtet als gehofft. Sie musste davon ausgehen, dass Vorena ihn vor die Offiziere der Grauwacht bringen würde, um ihn in Oculor zu richten. Wollte sie ihm in seinen letzten Momenten nahe sein?

Sie hatte nicht ahnen können, dass Vorena ihn verschonen würde. Jetzt war er zurück in Erdblut, das in zwei Mezzaläufen ins Licht fiele, und sie war mit einem Schneesegler auf dem Weg nach Oculor, wo der Tag gerade einmal halb so lang auf sich warten ließe. Würde ihr Vater überhaupt noch dort sein? Und wenn ja – auch ein Sabo musste mit der Nacht wandern, trotz der hohen Stellung dieser Gelehrten. Nur die Grauwacht durfte im Hellen wie im Dunkeln wandeln.

Die Grauwacht.

Remons Kameraden.

Die ihn spüren würden, wenn er sich ihnen auf einen Click näherte.

Außer Vorena schuldete kein Guardista Remon das Leben, und viele würden sich anlässlich der anstehenden Übergabe in Oculor versammeln. Nur einer von ihnen bräuchte Remon aufzuspüren, damit sich das Wiedersehen mit Nata doch noch so gestaltete, wie sie es befürchtet hatte. Und wenn sie sich ihrem Vater anschlösse, von Metropole zu Metropole zöge, würde Remon kaum eine Möglichkeit finden, wieder zu seiner Familie zu stoßen.

»Ich muss nachdenken, was ich tue«, sagte Remon. Alissja, Perul und die anderen in der Communidad hatten gemerkt, dass er nicht freiwillig mit Vorena gegangen war, also konnten sie vermuten, dass er Probleme mit der Grauwacht hatte. Wie weit diese gingen, wusste jedoch niemand. »Wenn ihr erlaubt, warte ich den Sturm gemeinsam mit euch ab.«

11. Kapitel

Solange der Schneesturm draußen heulte, schwieg die Glocke, die in Erdblut die Zeit einteilte. Alissja hatte es aufgegeben, ihre vier Kinder durch das Löschen der Kerzen zum Schlafen zu bewegen. Stattdessen spielte sie mit ihnen. Ogast und Uliel, die beiden Jungs, waren damit zufrieden, bunte Steinchen zu sortieren. Gana, die Älteste, wollte Geschichten hören, am liebsten gruselige von Schatten, die sich von menschlicher Lebenskraft ernährten. Jieda spielte mit ihrer Mutter das gleiche Fadenspiel, das Remon oft bei Nata und Enna beobachtet hatte.

Remon und Perul hatten sich durch die enge Freundschaft ihrer Frauen kennengelernt. So war Remon in die Gemeinschaft der Jäger aufgenommen worden, die Perul anführte.

Mutter und Tochter lachten, als ein kompliziertes Gewebe bei der Übergabe zu einem verworrenen Knäuel wurde.

Ob Enna und Nata jetzt auch lachten, durch den Schild von Oculor geschützt vor dem draußen tobenden Sturm? Oder hingen sie in der Wildnis fest? Sicher waren auch in der Umgebung der Metropole bereits einige Wegstationen verlassen.

Schon in der Gegend um Erdblut wuchsen die Berge gewaltig an. Seit beinahe einem Doppelmond schneite es ständig. Je näher man der Dämmerung kam, desto höher wurden die Erhebungen. Doch so majestätisch sie wirken mochten – sie waren weitaus zerbrechlicher, als sie aussahen. Gerade bei einem Sturm gingen Lawinen ab und begruben Reisende unter sich.

War Nata in einer Gruppe unterwegs? Konnte sie ihren Gefährten vertrauen? Machten sich so kurz vor dem Tag nicht nur Glücksjäger nach Osten auf? Manche dieser Gewissenlosen wagten sogar die Reise in das Tageslicht, um mit den Sasseks Handel zu treiben. Sie wurden entweder reich oder starben unter den gezackten Klingen der Amphibien. Man musste mit seinem Leben abschließen, um so etwas zu tun. Wer dermaßen gierig war, raubte vielleicht auch eine allein mit ihrem Kind reisende Frau aus.

Remon biss in seine Faust, um das Zittern zu unterdrücken. Warum hatte er nicht früher das Gespräch mit Vorena gesucht? Vielleicht hätte er sie auf andere Art überzeugt, wäre schneller zurück in Erdblut gewesen. Rechtzeitig zu Ennas Prüfung. Vor Natas Verschwinden.

Perul legte einen Armvoll Gerätschaften vor Remon auf dem warmen Höhlenboden ab. Eine Pfanne war dabei, zwei Decken, ein Schal, eine Zunderdose sowie Fäustlinge aus dicker Wolle. »Es ist gut, dass du wieder da bist. Wir brauchen unseren besten Jäger. Besonders, da die Wanderung ansteht.«

Remon wusste, dass Perul damit gleich zwei Wahrheiten

aussprach. Eine Communidad auf der Wanderung konnte sich keine Schwäche leisten. Sie benötigte die besten Fährtensucher, die stärksten Träger, die geschicktesten Verhandlungsführer und natürlich auch die erfolgreichsten Jäger. Und Remon war der beste Jäger von Erdblut. Perul handhabte Speer und Bogen zielsicher, aber ihm fehlten die Sinne eines Guardista. Solange die Communidad ausreichend versorgt war, hielt sich Remon zurück, doch wenn Hunger herrschte, erlegte er allein mehr Tiere als alle anderen Jäger zusammen. Er hätte sie anführen können, wenn er das angestrebt hätte, hatte sich aber stets Peruls Entscheidungen untergeordnet. Es würde schwer genug werden, wenn die anderen merkten, wie langsam Remon alterte. Er wollte versuchen, es als eine unerklärbare Kuriosität darzustellen.

Aber war das überhaupt noch möglich? Konnte Remon bei der Communidad Bergkristall bleiben, ohne Nata und Enna? Wäre es nicht vorsichtiger, sich eine andere Gemeinschaft zu suchen?

Doch was nützte ihm ein Leben in Sicherheit? Wenn das sein Ziel gewesen wäre, hätte er nicht seinen Tod vorgetäuscht, um mit Nata in die Wildnis zu fliehen. Aber jetzt war Nata fort. Hoffentlich in Oculor, der Metropole, die bald ins Sonnenlicht geraten und an die Sasseks übergeben werden würde. Nur noch etwas mehr als ein Mezzalauf würde bis dahin vergehen, und ein paar Dyaläufe danach fiele auch Erdblut an die Amphibien.

Perul deutete auf das Sammelsurium, das er herausgesucht hatte. »Wir brauchen viel Platz, um Alissjas Webstuhl zu transportieren, auch wenn er sich zerlegen lässt. Das hier sind Sachen, die wir nicht mitnehmen werden. Nata hat alles verkauft, was ihr besessen habt. Nimm dir von diesem Krempel, was du gebrauchen kannst.«

»Ich danke dir.«

»Für uns ist es jetzt ohnehin nutzlos.«

»Du könntest es bei den Nomaden zu Silber machen.«

»Die wissen auch, dass der Wert von Ballast nicht besonders hoch ist. Besser, du nimmst es.«

Ohne großes Interesse besah Remon die Pfanne.

»Ich habe mit Feuerwahrer Tulag gesprochen«, sagte Perul. »Ich will, dass die Communidad diesmal nach einer guten Siedlung sucht. Wir sollten ein Refugio für uns beanspruchen.«

»Was meint Tulag dazu?«

»Er weiß natürlich, dass wir nicht so weit wandern können, bis wir die Abenddämmerung erreichen, um abzuwarten, dass ein freies Refugio in die Nacht fällt.«

»Jedes Refugio, das bereits in der Nacht liegt, wird schon besetzt sein.«

»Dann müssen wir unseren Anspruch eben erzwingen.«

Remon sah die Hitze der Aufregung in Peruls Gesicht. »Du willst kämpfen, um einer anderen Communidad ein Refugio abzunehmen.«

»Es kann gelingen. Viele werden weich in der Wärme des Geflechts. Wir haben gute Kämpfer. Gollan, Hando, Gerrien.« Er starrte in Remons Augen, als wollte er ihn beschwören. »Dich und mich.«

»Es ist eine schlechte Idee, wenn die Menschen gegeneinander kämpfen.«

Perul warf die Hände in die Luft. »Es gibt nicht genügend Refugios, damit jeder ein gutes Leben haben kann. Warum sollen wir uns noch einmal mit einem schlechten begnügen?«

Remon schwieg. Er konnte nicht in einem Refugio leben. Immer wieder kamen Guardistas dorthin, um die Tefactos zu überprüfen.

»Mit einem Kämpfer wie dir würden wir sicher sogar gegen einen Stamm Sasseks bestehen!«

»Hast du schon welche gesehen?«

Peruls Stirn sank ein wenig herab. »Ich wollte einmal in den Tag. Ein Händler versprach mir gutes Silber und die schmackhaftesten Speisen, wenn ich seine Karawane geschützt hätte. Aber ich konnte Alissja nicht verlassen. Sie war mit Gana schwanger.«

»Hast du den Händler wiedergesehen?«

»Ich schätze, er ist in andere Gegenden gezogen, nachdem er im Tag seine Beute gemacht hat.«

»Oder er ist bei dem Versuch gestorben.«

»Leben wir denn, um niemals etwas zu wagen?«, rief Perul.

»Wir leben, um die zu schützen, die wir lieben. Sei froh, dass du den Tag nie gesehen hast.« Remon verschwieg, dass niemand, der die Schönheit des Tages einmal geschaut hatte, sie wieder vergaß.

Remons Eltern waren von Sasseks erschlagen worden, als sie im Tageslicht wertvolle Pflanzen gesucht hatten. So hatten es ihm die Sasseks erzählt, die ihn, Remon, das Kind, verschont hatten. Er war etwa halb so alt gewesen wie Enna jetzt. Manchmal glaubte er, sich an das Lachen seiner Mutter zu erinnern, aber es war wie ein Traumbild, das nach dem Erwachen in das Vergessen sank. Die Amphibien hatten Remon aufgezogen. Deswegen konnte er wie ein Sassek denken. Die Sippe, bei der er aufgewachsen war, hatte nicht in einer Metropole oder einem Refugio gelebt. Sie hatte die Hitze gefürchtet, die im Zentrum des Tags das Meer zum Kochen brachte, und zugleich die Wärme gebraucht. Ein Sassek wurde träge in der Kälte, und er benötigte viel flüssiges Wasser, um seine Haut geschmeidig zu halten, vor allem kurz nachdem er in die frühe männliche Phase wechselte.

Anfangs hatte sich eine weibliche Sassek namens Zyrrel besonders um ihn gekümmert. Niemals war Remon so verwirrt gewesen wie in der Zeit kurz nachdem diese das Geschlecht gewechselt hatte. Plötzlich war Zyrrel männlich gewesen, und zwar nicht nur körperlich. Sein ganzes Wesen hatte sich schlagartig verändert. Vielleicht war er deswegen damit einverstanden gewesen, Remon den Menschen in Sombralor zurückzugeben – etwas, wogegen sich die weibliche Zyrrel mit Zähnen und Klauen gewehrt hatte. Remon hatte geweint, als die Sasseks gegangen waren, und sie hatten ihm eine ihrer abgelegten Häute geschenkt. Auch untereinander kam das bei den Sasseks nur dann vor, wenn sie jemanden besonders liebten.

»Farbige Monde stehen am Himmel«, sagte Perul düster. »Nata ist nicht die Einzige, die sich davor fürchtet. In einem Refugio wären wir vor ihnen geschützt wie in dieser Höhle.« Seine Geste umfasste sein Heim. »Aber in einer natürlichen Formation ist zu wenig Platz für eine Communidad. Wenn es mit dem Licht schlimmer wird, wären wir in einer Siedlung wie Erdblut gezwungen, uns dieser Gefahr auszusetzen. Immer, wenn wir das Haus verlassen, um Fischen oder Jagen zu gehen.«

»Das wäre in einem Refugio auch so«, gab Remon zu bedenken.

»In manchen Refugios können sie Pflanzen anbauen. Und selbst wenn die Jäger es verlassen müssten, wäre das nur selten.«

Remon seufzte. »Was befürchtest du vom Mondlicht?«

»Ich bin kein Feigling, das weißt du. Ich stelle mich jedem Tier und auch sonst jedem Gegner, den ich greifen kann. Aber Licht kann man nicht fassen. Was, wenn es giftig ist? Wenn es durch die Haut sickert und uns krankmacht?«

Eine Weile schwiegen sie.

»Komm mit mir nach draußen«, bat Perul. »Der Sturm lässt nach.«

Tatsächlich war das Heulen leiser geworden.

Als sie die Tür öffneten, rutschte Schnee in die Höhle. Er war wässrig, weil der Boden auch draußen noch Wärme abgab. Sie stiegen hinab zum Magmastrom, auf dem die Flocken verdampften, und folgten ihm zum Schrein des Herzfeuers. Obwohl die Wände, die die runde Kuppel trugen, nach allen Seiten offen waren, bot dieser Ort wegen seiner Lage zwischen den Hügeln einen geringen Schutz vor den Böen, die noch immer um die Felsen wirbelten. Stumm betrachteten sie den kopfgroßen Bergkristall auf der schwarzen, schmiedeeisernen

Säule, die etwas niedriger war als Enna groß. Eine nie verlöschende Flamme zuckte in seinem Innern. Er war das Symbol der Communidad. Drei ähnliche Herzfeuer – ein Aquamarin, ein Roter Beryll und ein Blutstein – waren in die Säule eingelassen. Die Herzfeuer gefallener Communidades, die sich Bergkristall untergeordnet hatten, um in ihrem Schutz zu leben.

»Was willst du wegen Nata machen?«, fragte Perul.

»Ich überlege, ihr eine Nachricht zu schicken.«

»Was hindert dich daran?«

»Sie könnte abgefangen werden.«

»Wäre es dir so peinlich, wenn jemand deine Liebesschwüre lesen würde?«

Remon zuckte mit den Schultern. »Vielleicht.«

Perul betrachtete ihn nachdenklich. Die Flammen der vier Herzfeuer warfen bunte Zungen auf sein Gesicht, das die bleiche Haut jener hatte, die in der Wildnis lebten. Natürlich trug er einen Bart, der Schutz gegen die Kälte war wertvoll, aber er hatte ihn sorgfältig gestutzt.

»Wir waren oft gemeinsam auf der Jagd«, sagte Perul. »Weißt du noch, wie wir Erdblut verfehlt haben und endlos weit in das Eis hinausgelaufen sind, weil keiner von uns zugeben wollte, dass wir die Siedlung übersehen hatten?«

»Wir haben eine Herde Robben aufgestöbert. Es war unser erfolgreichster Jagdausflug bis dahin.«

»Bessere folgten.«

»Ja. Viele.«

Peruls Augen wirkten besonders dunkel. »Schade, dass du mir noch immer misstraust.«

Remon spürte, dass es zwecklos war, zu leugnen.

»Du warst in der Grauwacht«, sagte Perul.

»Wie lange weißt du das schon?«

»Ich habe es vermutet, seit der Eisreißer mich angriff.« Er blinzelte eine Schneeflocke fort, die den Weg in den Schrein gefunden hatte und in sein Auge geflogen war. »Du warst so schnell. So unglaublich schnell. Das Vieh war tot, bevor ich richtig verstand, was du gemacht hast. Und die Nacht war viel zu dunkel, als dass du es hinter dem Felsen hättest erkennen können. Du warst weiter entfernt als ich.«

»Ich erinnere mich.«

»Danach habe ich darauf geachtet, wie du das Wild aufspürst. Auch unter Wolken siehst du schärfer als ich, wenn die Monde voll am Himmel stehen. Du bist kein gewöhnlicher Mensch.«

»Danke, dass du mein Geheimnis gewahrt hast.«

»Du bist mein Freund.«

Remon hatte das Gefühl, sich erklären zu müssen. »Dieses Wissen kann gefährlich werden. Man wird kein Verständnis für jene haben, die mich verstecken. Die Grauwacht wird mir niemals verzeihen, dass ich sie verlassen habe.«

»Und auch nicht, dass du die Guardista getötet hast.« Er musste vermuten, dass Remon Vorena beseitigt hatte, um zurückzukehren.

»So ist es nicht. Sie hat verstanden, dass Nata und Enna mein neues Leben sind. Sie wird schweigen.« Es gab keinen Grund, Perul die Einzelheiten zu offenbaren.

»Wir haben oft gemeinsam gejagt. Mehr als einmal hast du mein Leben gerettet.«

»Du hättest das Gleiche für mich getan.«

Nachdenklich nickte Perul. »Du wirst ohne Enna und Nata keinen Frieden haben. Ich werde dich begleiten. Entweder wir finden deine Frau und deine Tochter gemeinsam, oder ich gehe für dich nach Oculor und sage ihnen, dass du lebst und ein freier Mann bist.«

12. Kapitel

Schon seit einiger Zeit bewegten sich Remon und Perul auf einem gut ausgetretenen Pfad über den festen Schnee. An einer Stelle hatte sich sein Verlauf wegen einer neu aufgebrochenen Spalte im Eis geändert, aber selbst dort hatten sie nicht fehlgehen können. Zu viele Menschen kamen ihnen entgegen. Die meisten waren in Gruppen unterwegs, sodass sie sich große Schlitten teilen konnten, die von den Burlans in stetig gleitender Bewegung gezogen wurden. Einem der vielfüßigen Tiere, die riesigen, fellüberwucherten Egeln glichen, hatte man zu viel zugemutet. Die Communidad zerlegte den dampfenden Kadaver am Wegesrand.

Auf dem Hang vor ihnen waren so viele Reisende mit Lampen unterwegs, dass es wirkte, als regneten Sterne den Pfad herab.

So nah am Tag setzte der Schneefall nur noch selten vollständig aus. Auch jetzt rieselten einige Flocken, aber sie fielen so locker, dass die Sicht gut blieb.

Remon entdeckte ein rotes Feuer auf dem Pass. »Das ist das Signal von Hartfels.«

»Wenn du recht hast, müssten wir von da oben Oculor sehen können«, vermutete Perul.

»Falls es keine Berge gibt, die uns die Sicht versperren.«

Obwohl die Hügel in der Umgebung Risse, Halden gebrochener Eisbrocken, abgegangene Lawinen und andere Spuren kürzlicher Beben zeigten, war der Pfad leicht begehbar. Auch jetzt meißelten Knechte die Stufen im hartgefrorenen Schnee nach. An den Windungen der Serpentinen standen sogar Feuerbecken, obwohl keine Gefahr bestand, dass sich ein Wanderer verirren könnte.

Da die Entgegenkommenden den Hauptstrom ausmachten und weil sie oftmals schwer beladen waren, planten doch die

Wenigsten eine Rückkehr, kamen Perul und Remon nur langsam voran. Zudem mussten sie absteigen und die Rossoms am Zügel den steilen Hang hinaufführen. Als sie sich dem Pass näherten, blies ihnen eisiger Wind entgegen. Remon drückte die Mütze vor die Stirn und band den Schal knapp darunter, sodass ein schmaler Sehschlitz frei blieb. Seine Finger spürte er nur noch, wenn er sie fest gegeneinanderdrückte. In den Beinen und Füßen dagegen hatte er besseres Gefühl, weil die Beanspruchung die Muskeln wärmte.

Am höchsten Punkt zogen sie ihre Tiere vom Pfad. Schnee hatte sich vor dem seitlich aufragenden Gipfel gesammelt, sodass sie bis zu den Knien einsanken. Der Anblick entschädigte für die Mühe.

»Sie ist ein Juwel!«, rief Perul über das Säuseln des Windes hinweg.

Remon konnte ihm nicht widersprechen. Oculors Schutzschild lag als perfekte Halbkugel über der Metropole, die allerdings auch jenseits dieser Grenze besiedelt war. Er leuchtete in einem durchscheinenden Violett, wie es sich manchmal an einer Kerzenflamme fand. Ein geisterhaftes Schimmern zog sich darüber. Die eleganten Gebäude in seinem Innern konnte man nur erahnen. Dafür entfalteten die Paläste unmittelbar vor dem Schild eine überbordende Lichterpracht. Ihre Besitzer bestückten unzählige Nischen mit Laternen, um die Bauten weithin sichtbar zu machen.

»Wir haben Glück, dass sie den Schild noch nicht gesenkt haben!«, rief Remon. »Der Sturm ist eigentlich schwach genug.«

»Vielleicht gönnt uns der Metropolfürst den schönen Anblick.«

»Dann ist er ein großzügiger Mann. Solange der Schild gehoben ist, vermag ihn niemand zu passieren. Auch kein Handelszug.«

Perul schwieg. Er gab sich ganz dem Anblick hin.

Remons Augen folgten dem Pfad hinab ins Tal. Dort gabelte

er sich. Während der eine Arm über den nächsten Hügel und von dort weiter nach Oculor führte, bog der andere nach rechts ab, wo er an einer Brücke endete, die einen breiten Magmastrom überspannte. Auf der gegenüberliegenden Seite tat sich ein Loch in einer eisfreien Bergflanke auf. Remon wusste, dass es hinein nach Hartfels führte, das in einem warmen Krater lag. Die letzte Wegstation vor der Metropole.

Perul erriet seine Gedanken. »Ab hier reite ich allein weiter. Wenn Nata und Enna in Oculor sind, werde ich sie finden.«

»Und wenn sie in Hartfels sind, werden wir hier auf dich warten.«

»Es kann eine Weile dauern, bis ich sie aufspüre.«

»Denk an das Astrovatorio. Natas Vater heißt Refael …«

»… und er ist ein respektierter Sabo. Das hast du mir schon gesagt. Ich werde auskundschaften, wo er wohnt, ihn aber nicht ansprechen, wenn ich nicht glaube, Nata bei ihm zu finden.«

Remon setzte an, wurde aber sofort wieder unterbrochen.

»Und ich halte mich von allem fern, worauf der Schädel des Grauwolfs prangt. Besonders vom Turm der Grauwacht. Ich will mich schließlich nicht verplappern. Stattdessen spreche ich mit Mägden und Dienern, die die Sabos versorgen.«

Obwohl Perul es wegen des Schals nicht sehen konnte, lächelte Remon ihn an. »Du tust mir einen großen Gefallen.«

»Wir haben viel gemeinsam durchgestanden.« Vielleicht war es nur der Wind, der seine Worte merkwürdig klingen ließ.

Offenbar wurde die vertraute Stimmung Perul unerträglich. Er zog sein Rossom zurück auf den Pfad und begann den Abstieg.

Remon wartete, bis Perul die Weggabelung passierte. Seine Füße schmerzten, als er sie wieder bewegte. Dem Rossom dagegen machte die Kälte nichts aus, auch wenn Eisklumpen in seinem zotteligen Fell hingen. Geduldig trottete es hinter ihm her.

Von der Brücke warf er einen letzten Blick auf den Weg, der nach Oculor führte, entdeckte Perul aber nicht mehr. Dann durchquerte Remon den durch die Bergflanke getriebenen Tunnel. Pilze ließen ein kaltes Licht von den Wänden scheinen.

Spitzgiebelige Häuser füllten den Kessel. Groß und vornehm, mit reichem Stuck an den Fassaden, erhoben sie sich auf dem beinahe kreisrunden ebenen Grund. An den Hängen standen noch bis auf halbe Höhe zum Kraterrand Hütten, wie es sie auch in Erdblut gab. Der Anblick weckte Remons Erinnerung an einen früheren Aufenthalt, aber die unverkennbaren Vorbereitungen für den baldigen Aufbruch waren neu. Überall standen Schlitten, Schneesegler und seltener auch Wagen, durch deren Felgen man Nägel getrieben hatte, um sie rutschfest zu machen. Das Blöken der Zugtiere übertönte die Streitgespräche in den Gassen. Die Handwerker hämmerten und hobelten. Ein Flaggenmast wurde zu einer Deichsel umgearbeitet, ein Wappenschild zu einer Kufe.

Remon hielt auf das Zentrum der Siedlung zu. Beinahe überall galt die Sitte, dass jemand, der in Frieden kam und dem Herzfeuer einer Communidad Respekt erwies, wenigstens so lange bleiben durfte, bis Dya in gleicher Weise wieder am Himmel stand wie zu seiner Ankunft. Das erlaubte einen erholsamen Schlaf, die Einnahme einer Mahlzeit, leichte Reparaturen an der Ausrüstung und das Auffrischen der Vorräte. Für Remon würde das kaum ausreichen, weil Perul sicher länger brauchen würde, aber es wäre ein Anfang. Und wenn sich Nata hier aufhielt, was Remon allerdings überrascht hätte, könnte er sie in dieser Zeit finden.

In Hartfels war die Säule für das Herzfeuer, das in einem violetten Amethyst brannte, das höchste Bauwerk. Sie war schlank und glatt, als fürchte man, jemand könnte sie erklettern und das Juwel stehlen, das auf seiner Spitze prangte. Für Remon hatte das den Vorteil, dass er sein Ziel über Köpfe und Hausdächer hinweg im Blick behielt. Er bewegte sich ohne

Hast, aber mit innerer Anspannung. Er wusste, dass sich die Grauwacht in Oculor konzentrieren würde. Die Übergabe der Metropole stand unmittelbar bevor und Schwierigkeiten waren nicht auszuschließen. Damals in Erastor hatte die Communidad Almandin rebelliert und sich geweigert, die Metropole zu räumen, auch als der Schild sich schon nicht mehr hatte heben lassen. Die Grauwacht hatte den Klagen der Sasseks entsprochen und die Menschen Haus für Haus, Straße für Straße hinaustreiben müssen. Kein Schwert, auf dem ein Grauwolf die Zähne bleckte, war trocken geblieben. Nach diesem Grauen hatten die Offiziere sich und ihren Guardistas geschworen, es nie wieder so weit kommen zu lassen. Als Utor ins Licht gefallen war, hatte Remon schon in Erdblut gelebt, aber von einem vergleichbaren Vorkommnis hätte er bestimmt auch dort gehört. Auch jetzt, bei Oculor, wäre man wachsam und würde lieber doppelt so viele Kräfte wie nötig zusammenziehen als auch nur einen Guardista zu wenig.

Trotzdem konnte ein besonderes Ereignis immer dazu führen, dass ein Guardista nach Hartfels geschickt wurde. Oder jemand, der aus der Nacht nach Oculor befohlen war, entschloss sich zu einer Rast vor der letzten Etappe. Vielleicht hatte auch Vorena hier Station gemacht. Ständig lauschte Remon in sich hinein, obwohl er wusste, dass es bereits zu spät sein würde, wenn er die Nähe eines Guardista spürte.

Ihrem stolzen Auftreten nach hätten die fünf Personen, die dem rot gekleideten Feuerwahrer an der Säule des Herzfeuers gegenüberstanden, ebenfalls Guardistas sein können, aber das Schweigen von Remons Gespür schloss dies aus. Außerdem trugen sie weder Nachtrüstungen noch den Grauwolf. Sie waren in Umhänge gehüllt, die so dünn waren wie lichtdurchlässiges Eis. Durch sie sah man die leichte Kleidung. Ebenso wie bei Insektenflügeln zogen sich feine, gerade Linien durch diese Umhänge, aber wo sie sich trafen, glommen rote Lichter. Dies waren Wärmemäntel, wie sie nur unter der Anleitung der Geister in den Metropolen hergestellt werden konnten. Der

Name bezog sich auf ihre hauptsächliche Verwendung, nämlich den Träger auch bei härtestem Frost für wenigstens einen halben Mezzalauf wohlig warm zu halten. Doch die Kleidungsstücke brachten nicht nur Wärme, sie kühlten auch, wenn es notwendig war. Da die Metropolen, solange Menschen sie bewohnten, in der Nacht lagen, war diese Anwendung seltener, aber hier in Hartfels, wo die Wärme aus dem Boden aufstieg und Remon zum Schwitzen brachte, kam sie zum Tragen.

Eine junge Frau, fast noch ein Kind, wegen ihrer noblen Kleidung und des selbstbewussten Auftretens zweifellos Spross eines bedeutenden Hauses, stand vor den anderen und gestikulierte mit dem rechten Arm, als könne sie damit die Langeweile des Gesprächs vertreiben. Augenscheinlich hielt sie ihren Zuhörer für tumb. »Wir sind uns sicher, dass Ihr Euch nicht mit Lappalien aufhalten wollt, Feuerwahrer. Schließt die Brücke für Neuankömmlinge, und es gibt keinen Streit.«

»Unsere Abmachung besagt, dass wir zwei Dyaläufe Zeit haben, nachdem eine ehrenwerte Delegation der Communidad Saphir uns die Aufforderung dazu überbringt.«

»Ihr redet von jener Communidad, die in Oculor herrscht.«

»Noch.« Remon verfluchte seine vorlaute Zunge sofort. Die Aufmerksamkeit aller richtete sich auf ihn.

»Wie meinen?«, fragte die junge Dame nach einem Moment gespannten Schweigens.

»Noch sind einsame Wanderer willkommen, hoffe ich«, sagte Remon und bemühte sich um ein dümmliches Grinsen und einen schwerfälligen Gang, als er die Hand vorstreckte und auf die Säule zuhielt.

Die Dame trat ihm in den Weg. »Nein. Sind sie nicht. Geh weiter nach Oculor. Dort brauchen wir Träger und Handlanger. Bei der Arbeit wird dir warm werden.«

»Ich suche keine Anstellung.« Es kostete Überwindung, ein »Herrin« anzufügen.

»Ach nein? Und warum willst du hier herumlungern?«

»Ich brauche nur eine kurze Rast vor dem weiten Weg durch die Nacht.«

»Und woher kommst du – wenn nicht aus der Nacht?«

Ihre Gefährten lachten. Alle vier waren älter als sie, wenn sich auch kein Greis wie Paskar unter ihnen fand. Ihre Haut war glatt, und wahrscheinlich trugen sie ein ähnliches Duftwasser wie jenes, dessen Geruch von der Dame her in Remons Nase stieg. Die Communidad Saphir herrschte lange genug über Oculor, dass nur einer, höchstens zwei von ihnen an einem anderen Ort geboren worden waren. Die Härten der Nacht waren diesen Menschen fremd.

»Euer Weg wird fordernd sein«, sagte Remon.

»Um uns mach dir keine Sorgen!«, meinte nun einer der Männer und kam zu ihnen. »Wir haben während unserer Herrschaft klug gehandelt. Zwei Refugios sind uns sicher, dort werden wir auf den Schattenfall in Ikruza warten.«

»Dann werdet Ihr sechzehn Doppelmonde aushalten müssen. Ist diese junge Dame überhaupt schon so alt?«

Fluchend riss sie eine Nachtklinge aus der Scheide und stieß sofort zu. Damit hatte Remon nicht gerechnet, und er hatte lange nicht mit Bewaffneten gekämpft. Das Nabo sang in seinen Muskeln, aber er konnte sich nicht ganz aus dem Weg des Dolches drehen. Auch Nachtklingen waren Erzeugnisse der Metropolen. Für den Kampf gegen die Sasseks waren sie ungeeignet, weil sie stumpf wurden, sobald Sonnenlicht auf das Metall fiel, aber bei Nacht waren sie ebenso scharf wie die Schwerter der Grauwacht. Mühelos fuhr die Schneide durch Remons Lederkleidung und in sein Fleisch. Es war nur ein kurzer Stich, weil Remons Bewegung ihn von der Klinge riss, aber er brannte, als hätte jemand ein glühendes Eisen in seinen Bauch gestoßen. Remon drückte eine Hand auf die Wunde und taumelte rückwärts.

»Was erlaubt Ihr Euch!«, rief der Feuerwahrer. »Ich garantiere für den Frieden in Hartfels!«

»Dieser Streuner hat Eurem Herzfeuer noch keine Ehrerbietung erwiesen«, sagte der Mann aus Oculor, brachte die Dame aber dazu, die Nachtklinge wegzustecken.

Remon grinste, so breit er konnte, damit man nicht merkte, wie fest er die Zähne aufeinanderpresste. Er kämpfte gegen den Drang, in die Knie zu brechen und lehnte sich an sein Rossom. Das Nabo entfaltete seine Kraft an der Wunde, wodurch diese noch heißer wurde. Mit der freien Hand zog Remon den Mantel darüber und hoffte, dass noch niemand das Blut gesehen hatte.

»Du glaubst, du bist ein ganz Schlauer!«, zischte die Dame. »Aber wir haben Abkommen mit den künftigen Herren von Miralor! Wir werden niemals Elende sein.«

Remon wusste, dass ihn das Nabo bei einem Kampf unterstützen würde. Zwar dauerte die Wundheilung dann länger, aber es würde ihm die Schmerzen nehmen, Kraft und Geschwindigkeit steigern. Er hätte der frechen Göre die Kehle aus dem Hals reißen und ihrem Gefährten das Genick brechen können, bevor die anderen überhaupt mitbekämen, dass er sich bewegte. Doch dadurch hätte er seine Tarnung verloren.

Aber vollständig kapitulieren konnte Remon ebenfalls nicht. »Auch Miralor wird noch fünf Doppelmonde lang den Sasseks gehören«, sagte er und hoffte, dass man das Zittern in seiner Stimme mit der Erregung des Streits erklärte.

»Wir brauchen Muskeln, keine Plappermäuler. Scher dich weg!«

»Ich will nicht zu Euch. Ich will in Hartfels bleiben.«

»Wozu?«, fragte der Mann. »Es wird geräumt und dient als erster Sammelpunkt für die Kolonnen, die Oculor verlassen.«

»In zwei Dyaläufen«, sagte der Feuerwahrer fest.

»Die Nachricht wurde Euch bereits vor zwei Dyaläufen überbracht«, knirschte die Dame.

»Aber sie wurde mir nicht von einer edlen Delegation zugestellt, wie es vereinbart war. Gerne werde ich den Eurigen Obdach bieten, soweit es unser Platz gestattet, aber wie Ihr seht«, er deutete über das geschäftige Treiben zwischen den Häusern, »brauchen wir noch ein wenig Vorbereitung, um selbst aufbrechen zu können.«

»Ihr hättet Euer Herzfeuer in unsere Obhut geben sollen«, sagte der Mann. »Dann wärt Ihr jetzt unserer Sorge anvertraut.«

»Ich danke für dieses Angebot, das Ihr uns ja mehrfach unterbreitet habt. Wie jedes Mal, so muss ich auch diesmal ablehnen. Die Freiheit schmeckt zu süß.«

»Für den, der nicht stark genug ist«, sagte die zart gebaute Dame, »schmeckt Freiheit nach Frost und Tod.«

Der Feuerwahrer wandte sich an Remon. »Bist du willens, mit anzupacken, Kerl? Wir müssen uns auf die Wanderung vorbereiten, und wie du hörst, wird unsere Abreise sehnsüchtig erwartet.«

»Ich habe zwei starke Arme«, sagte Remon.

»Dann komm und beuge dein Haupt vor unserem Herzfeuer!«

Erstes Interludium
Der Ruf

»Er ist wahnsinnig!«, flüsterte Sabo Essela eindringlich.

»Meine Communidad hungert«, gab Feuerwahrerin Igona zurück, obwohl sie der Gefesselten recht gab.

Widerwillig sah sie zu Ruelfo hinüber. Das Alter des Mannes war schwierig zu schätzen, weil ein dunkler Vollbart, buschige Brauen und die Pelzmütze sein Gesicht beinahe vollständig bedeckten. Er saß am Rand der Kuhle, weiter abseits der Wärmesteine als die anderen, und schnitt sich in den Unterarm. Blut tropfte in eine Steinschale, bis es gefror. Dann setzte er noch einen Schnitt. Ständig wippte er vor und zurück und schüttelte den Kopf. Mezza zeigte sich nicht am Himmel, aber zu Dya sah er immer wieder auf. Der schnelle Mond hatte bereits deutlich abgenommen. Überwiegend war er blau, nur noch wenig Grün schloss sich daran an, und das Gelb schmolz unaufhaltsam.

Wenn nur der Überfall nicht gewesen wäre! Die Fäden, die Igonas frisch genähte Wunde zusammenhielten, brannten im entzündeten Fleisch.

Zum hundertsten Mal fragte sie sich, welche Communidad sie so zugerichtet hatte. Es waren nur dunkle Gestalten gewesen. Sie hatten die Verwirrung kurz nach dem Sturm genutzt, als Igonas Leute die Vorräte aus den Schneewehen gegraben hatten.

Überlebt hatte nur, wer so rasch wie möglich in die Nacht hinausgerannt war. Keine Schlitten mehr, keine Nahrung. Außer dem, was sie am Leibe trugen, besaßen Igonas Leute nur noch die Schreie der Sterbenden. In ihren Albträumen blieben sie nicht in der Dunkelheit zurück, sondern wurden immer lauter, bis Igona mit gefrorenem Schweiß auf der Stirn aufwachte.

Sabo Essela war an einen Presseisrücken gefesselt. Man hatte sie gezwungen, ihre Hände in wassergefüllte Eimer zu tauchen und dort zu belassen, bis sie von Eisklötzen umschlossen gewesen waren. Dann hatten sie zwei passende Löcher in den Hang gehackt, Essela davorgestellt, ihre Arme nach hinten gebogen und die eisumfassten Hände einfrieren lassen. Warmes Wasser hatte das Verschmelzen gefördert. Ihre Haltung schmerzte in den Schultern und verhinderte, dass sich die Sabo setzte, aber wenn die Communidad sie befreite, würde sie sich rasch erholen.

»Hoffen wir, dass die Jäger dort Beute machen, wo Ihr es prophezeit habt«, sagte Igona.

»Nach dem Eisbeben müsste es im Süden Löcher geben, an denen die Robben atmen«, meinte Essela.

Vielleicht war das Beben ihre Rettung gewesen, weil die Angreifer gezögert hatten, ihnen über frisch aufgebrochene Spalten zu folgen. Wahrscheinlich hatten sie aber einfach nur bekommen, weswegen sie gekommen waren. Warum sich mühen? Ohne Vorräte würde die Eiswüste Igonas Communidad den Rest geben.

»›Müsste‹ reicht nicht«, sagte Igona. »Wir brauchen Fleisch.«

»Jagdglück lässt sich nicht erzwingen!«

»Ruelfo behauptet, er kann es von den blauen Monden erbitten, wenn sie hinter dem Horizont versinken.«

»Ihr traut doch keinem Wahnsinnigen, Feuerwahrerin!« Die Verzweiflung stand Essela jetzt in den Augen. Als man sie gefesselt hatte, war sie noch zornig gewesen, hatte geschrien und versucht, sich loszureißen. Inzwischen verstand sie, dass die Communidad sie nicht mehr als geehrte und respektierte Gelehrte sah, sondern ihr Leben in Gefahr war. »Er wollte doch nur meinen Körper! Und Euren wird er auch bald fordern!«

Diese Befürchtung war berechtigt. Wieder sah Igona zu Ruelfo hinüber. Durch das sinnlose Gebrabbel trat Schaum über seine Lippen, der sogleich im Bart gefror.

Er war allein aus der Weite der Nacht gekommen. Hatte seine Communidad ihn ausgestoßen? Oder hatte er sich ihrer entledigt? Vielleicht waren seine Leute auch in Sturm und Eisbeben umgekommen.

Er selbst nannte sich ›Gesandter der Monde‹. Essela hatte ihn verhört und letztlich wollten alle Beweise dafür sehen, dass Nahrung zu beschaffen war. Die Sabo hatte keine mehr gefunden, seit sie ein paar Pilze ausgegraben hatten, kurz bevor Ruelfo aufgetaucht war.

Ein Heulen drang über das Eis, lang gezogen, anschwellend. Dann herrschte plötzlich wieder Stille.

»Die Monde fordern Gefolgschaft!«, schrie Ruelfo.

»Unfug!«, rief Essela. Ihre Stimme verriet Schmerzen. Vielleicht blieb ihre Lage doch nicht ohne Folgen, die ersten Erfrierungen mochten sich einstellen. »Das ist nur der Wind!«

»Warum hat er früher nie so geheult?«, fragte Igona.

»Er wird durch eine ungewöhnliche Eisformation streichen. Oder Ruelfo hat Leute mit Pfeifen postiert, um uns zu narren.«

Igona hoffte, dass es Tiere waren, die diese klagenden Laute ausstießen. Zwar wusste sie nicht, welche das sein mochten, aber ihr Hunger war so stark, dass sie jetzt alles gegessen hätte.

Ein knurrender Magen war ihr vertraut. Eine Communidad, die keine Siedlung bewohnte, fand nur unregelmäßig Nahrung. Aber dieser Hunger war anders.

Wirklich satt war sie schon lange nicht mehr gewesen, dafür hatten die Vorräte nie gereicht. Normalerweise hielt der echte Hunger, der das Denken beherrschte, nur eine gewisse Zeit nach der letzten Mahlzeit an und wich dann einer Leere im Bauch. Als fände sich der Körper damit ab, dass es nichts mehr zu beißen gab. Ein unangenehmes Gefühl blieb, aber es zog sich in den Hintergrund zurück. Man konnte sogar anderen beim Essen zusehen, etwa fetten Feuerwahrern aus glücklicheren Communidades, ohne dass es einem viel ausmachte. Der

Hunger erzwang sich erst wieder Aufmerksamkeit, wenn man selbst einen Bissen im Mund hatte.

Diesmal war er jedoch auch ohne diese Lockung zurückgekehrt, und Igona sah den hohlwangigen Männern und Frauen ihrer Communidad an, dass es ihnen ebenso ging. Dazu kamen die Verletzungen. Zwei abgetrennte Hände, ein durchschlagener Fuß, drei Bauchwunden, bei denen unklar war, welche Organe sie zerstörte hatten. Wer noch Kraft hatte, war wütend wegen der Kinder, die abgemagert gestorben waren, und auch die alte Ritenna war ein Verlust. Sie hatte oft Rat gewusst, auch wenn sie am Ende verwirrt gewesen war. Allerdings hatte auch sie, trotz ihres Alters, niemals einen blauen Mond gesehen.

Furchtsam schaute Igona zum Horizont. Nur noch ein Schimmer Grün lag auf Dyas ansonsten vollständig blauer Halbscheibe.

Wer zu schwach für Wut war, blickte nur stumpf nach Süden, wohin die Jäger gegangen waren. Oder auf das Herzfeuer, das orangefarben leuchtete.

Sie alle spürten dieses Drängen, das nur darauf wartete, dass Essbares in die Nähe käme, um dann die Muskeln zu einer letzten Anstrengung anzutreiben. So war es noch nie gewesen.

Die Wärmesteine lagen eng beisammen im Zentrum der Kuhle, vor dem Wind geschützt. Die äußeren waren so kalt, dass man sie in der bloßen Hand hätte halten können. Das wagte niemand, es hätte dazu geführt, dass auch die Wärme der im Innern liegenden Steine entwichen wäre. Stattdessen drängte sich die Communidad um den Hügel, hockende Gestalten, die keine Beine zu haben schienen, weil sie die Knie an die Brust zogen und die Mäntel darumschlugen.

Nur Ruelfo saß abseits und schnitt in seine Haut.

Schatten bewegten sich im Süden auf dem Eis. Igona kniff die Augen zusammen, bis sie sicher war.

»Ich hoffe, der Trupp hat Robben gefunden«, sagte sie. »Ihr solltet das auch besser hoffen, Sabo.«

Auf den warmen Steinen stand ein Kessel mit heißem Wasser. Falls die Jäger Beute gemacht hatten, würde die Feuerwahrerin sie dazu bewegen müssen, das Fleisch vor dem Essen zu kochen. Die meisten ihrer Leute würden es auch roh hinunterschlingen, aber damit konnte man sich leicht den Magen verderben, vor allem, wenn er so leer war.

Die Jäger hatten weder Tiere erlegt noch Pilze gefunden. Sie ließen ihre Speere in den Schnee fallen, stellten sich vor Sabo Essela auf und sahen sie aus den tief liegenden Augen ihrer eingefallenen Gesichter an. So weit sich die anderen Mitglieder der Communidad noch dazu aufraffen konnten, stellten sie sich neben die Jäger.

Ruelfo widerte Igona an. Aber sie war nur so lange Feuerwahrerin, wie ihre Communidad sie akzeptierte. Und die Communidad suchte jemanden, dem sie die Schuld am Hunger geben konnte. Und eine Anführerin, die stark genug war, um vorauszugehen. Noch hatte niemand bemerkt, wie sehr ihr die Verletzung zusetzte. Bei nächster Gelegenheit müsste Igona das entzündete Fleisch wegschneiden und die Wunde ausbrennen. Ohne die Sabo würde sie das Nähen wohl selbst übernehmen. Keinesfalls ließe sie Ruelfo an sich herumpfuschen.

Igona trat von Essela fort. Worte waren unnötig.

Die an den Eisblock gefesselte Gefangene hatte das noch nicht verstanden. »Ihr dürft mich nicht an diesen Irren ausliefern!«, rief sie.

Igona konnte gar nichts anderes tun. Ihre Autorität war ebenso verhungert wie ihr Körper. Es wäre sinnlos gewesen, sich dem Zorn ihrer Leute entgegenzustellen.

Eigentlich waren es in diesem Moment nicht mehr ihre Leute. Sie erwarteten Führung von Ruelfo, der vorausgesagt hatte, dass ihre Jagd ohne Erfolg bliebe, bis sie sich ganz den blauen Monden hingaben.

Ein boshaftes Grinsen teilte Ruelfos Bart, als er mit einer gebogenen Klinge zu Essela kam. Er beachtete Igona gar nicht, als er Esselas Kleidung zerschnitt. Seine Lüsternheit zeigte er unverhohlen. Grob drückte er die Brüste der Gefangenen, bevor er ihr Schamhaar abschabte.

Wimmernd ließ Essela die Tortur über sich ergehen. Ihr nackter Körper zitterte in der Kälte.

Ruelfo holte den Kessel und übergoss sie mit dem heißen Wasser.

Sie schrie. Ihre Haut wurde auf einen Schlag rot.

Ruelfo schleuderte den leeren Kessel fort, wandte sich dem Halbmond am Horizont zu und breitete die Arme aus. »Dya! Mezza!«, schrie er. »Die Weisheit der Sabos verkümmert in Eurem blauen Licht! Wir vertrauen uns Euch an, Monde!«

Die Communidad machte sich auf den Weg nach Westen, dem Säuseln entgegen, von dem Ruelfo behauptete, es sei der Ruf des blauen Halbmonds.

»Es wird bald vorbei sein«, raunte Igona Essela zu, auf deren verbrannter Haut das Wasser bereits gefroren war.

Ihr Kopf hing schlaff auf die Brust. Sie konnte das Bewusstsein nicht verloren haben, sonst wären ihre Knie eingeknickt, aber sie schien Igonas Worte dennoch nicht zu verstehen.

Ruelfo schritt neben Igona hinter der Communidad her, nachdem diese das Herzfeuer aufgenommen hatte.

»Werdet Ihr uns wirklich zu neuer Nahrung führen?«, fragte sie.

»Nicht ich, aber die blauen Monde, wenn wir sie milde stimmen.«

Ihr Blick streifte seinen zerschnittenen Arm. »Und wie sollen wir das tun?«

»Das sollten wir zwei in Ruhe besprechen.« Er fletschte die Zähne. »In Eurem Zelt, bei der nächsten Rast.«

TEIL II
ABSCHIED

13. Kapitel

Nata versuchte sich zu erinnern, ob Oculors Schild schon immer die Geräusche des Windes so vollständig ausgesperrt hatte. Als sie hier gelebt hatte, war der Tag jedoch nicht so nah gewesen. Es hatte kaum Wolken gegeben, und der Wind … Aber wenn es keinen Wind gegeben hatte, weswegen hatte der Metropolfürst dann überhaupt den Schild gehoben? Als die Communidad Bernstein versucht hatte, die Metropole an sich zu reißen, hatte es natürlich einen guten Grund dafür gegeben. Damals war man zu unaufmerksam für solche Gefahren gewesen, mehrere Hundert Kämpfer waren zwischen die Häuser eingedrungen, bevor man den Rest ausgesperrt hatte. Nata hatte sich in den gewundenen Gassen noch lange unwohl gefühlt. Ständig hatte sie befürchtet, einem Feind in die Arme zu laufen. Aber von dieser Zeit abgesehen …?

Der einzige Hinweis auf das Unwetter waren leichte Verfärbungen in dem ätherischen Violett des Schilds, helle Schlieren, wo der Wind Eis und Schnee mit besonderer Wucht gegen das Hindernis schleuderte. Auch dann war jedoch nichts zu hören. Nur ein Leuchten, weiß zunächst, das in alle Richtungen grau verschmierte, bis der Schild wieder in dem ruhigen Violett leuchtete. Wenn man genau hinsah, erkannte man auch die Wolken, die über den Himmel zogen, und inzwischen sogar wieder Sterne durch einige Öffnungen in der bewegten Decke. Aber kein Geräusch, das die Musik übertönt hätte, die aus den offenen Fenstern der herrschaftlichen Häuser drang.

Oculor war reich an Palästen. Die Metropole erhob sich wie ein Kegel, auf dessen höchstem Punkt das Cestillo stand. Aus diesem reckte sich die Säule mit dem Herzfeuer so hoch, dass ihre Spitze beinahe den Schild berührte. Oftmals war der flammende Saphir dennoch dem Blick entzogen. Gassen und Freitreppen wanden sich um die mit Stuck versehenen Fronten, auf den kleinen Plätzen kündeten Standbilder vom Ruhm der Familien, die sie erbaut hatten, in luftiger Höhe schwangen sich Brücken zwischen den Palästen. Hier konnte man sich leicht verlaufen. »Wenn wir getrennt werden, gehst du immer nach oben«, sagte sie zu Enna. »Ich warte dann vor dem Cestillo auf dich.«

»Ist das Cestillo auch so groß?« Der Blick des Mädchens war von einem Prunkbau gefangen, dessen Fenster goldene Gitter zierten. Das Spiel von Lauten und Flöten klang heraus.

»Größer«, sagte Nata. »Dort wohnt der Metropolfürst.«

Sie zog Enna sanft mit sich, sorgsam darauf bedacht, die kleine Hand nicht zu sehr zu quetschen. Schon der Anblick des Schutzschilds hatte Ennas Aufnahmefähigkeit gefordert. Noch viel mehr galt das für die sauberen Straßen, das konstante, kalte Dämmerlicht an den Wegesrändern und die Pracht der Häuser. Die Leuchtsteine glommen schwach, noch befand sich die Metropole in der Dunkelphase, in der die meisten Arbeiten ruhten.

Bislang reagierte Enna mit kindlichem Staunen und Neugier, sogar bei dem ersten Geist, dem sie begegneten: einer blassroten, durchscheinenden Gestalt, die die Nässe von einer Freitreppe brannte. Schnee war während der kurzen Zeit, in der der Schild gesenkt gewesen war, in die Metropole gewirbelt und sofort in der milden Luft geschmolzen. Auch Nata und Enna waren in diesem Moment hereingeschlüpft. Die Wachen sahen keine Gefahr in einer jungen Frau und ihrer Tochter, aber einen respektablen Wert in dem Schneesegler, den sie dafür bekamen, dass sie auf Fragen verzichteten.

Wegen der Annehmlichkeiten, die eine Metropole bot, konnte eine Communidad, die sie beherrschte, mit vielen anderen Gemeinschaften rechnen, die ihre Freiheit gegen Aufnahme tauschten. Die Geister verrichteten bei Weitem nicht alle niederen Arbeiten, dafür gab es die Unfreien. Diese bewohnten oft den Großteil der Paläste, nur die obersten Stockwerke waren der Communidad Saphir vorbehalten. Daher hatte man sie besonders prächtig gestaltet, mit goldenen Halbreliefs und Bildern aus leuchtendem Glas, die feiernde Menschen oder verschlungene Blumenmuster zeigten. Ennas Kopf lag die meiste Zeit im Nacken, und auch Nata war fasziniert. Sie hatte sich an die Schönheit der Metropole erinnert, aber von ihr umgeben war sie seit sieben Doppelmonden nicht mehr gewesen.

Sie erreichten eine dreißig Schritt durchmessende Fläche, auf der purpurnes Moos wuchs. Eine so großzügige Gestaltung gestattete man inmitten der dichten Bebauung nur wegen des eckigen Turms, der sich hier erhob. Mehrere Standarten hingen an seinen festen Mauern. Auf allen sah man den Grauwolf die Zähne fletschen.

Nata hielt inne, führte Enna dann aber auf den weichen Grund des Platzes. Hier konnte man einen größeren Ausschnitt des Himmels durch den Schild betrachten. Nata versuchte vergeblich, einen der Monde in den Wolkenlücken zu erspähen. Dya musste jetzt den höchsten Punkt seiner Bahn erreicht haben und demnach als volle Scheibe zu sehen sein. Noch wäre er vollständig gelb, aber das würde nicht so bleiben. Zunächst würde sich ein grünes Band wie ein Hauch auf die Wölbung legen. Dann würde es weiter über das Antlitz des Mondes wandern und dabei zunehmend blaues Licht hinter sich her ziehen, bis Dya dann ebenso blau wäre wie Mezza, der, nun eine Halbscheibe, den Horizont berührte. Das wusste Nata, und sie fragte sich, was ihrer Welt noch bevorstand, wo schon die Monde ihr Angesicht wechselten. Vor weniger als einem Doppelmond hatte es mit einem sanften, grünen Schimmer begonnen, der sich erst gezeigt hatte, als die Monde in der westlichen Eiswüste versanken. Das reine Blau zeigte sich seit gerade einmal drei Mezzaläufen. Würden die Monde bald gänzlich ihrer gewohnten gelben Farbe abschwören? Kämen nach dem Blau noch weitere Farben?

»Es ist doch gar nicht kalt«, sagte Enna.

Nata lächelte zu ihrer Tochter hinab. »Natürlich nicht.«

»Aber du zitterst.«

Nata wandte sich ab, um ihre Tränen zu verbergen. Enna war so jung! Sie hatte sich allen Regeln unterworfen, die in der Communidad galten, in der sie aufgewachsen war. Die Prüfung hatte sie als Beste bestanden. Sie hätte glücklich werden können, trotz der Härten, vor denen das Leben in der Wildnis niemanden verschonte. Hätte Nata den Lauf der Dinge abwarten sollen, so, wie es alle anderen taten? Alissja meinte, man müsse akzeptieren, was man nicht zu ändern vermochte. Jeder in Erdblut schätzte ihren Rat.

Vielleicht wäre es besser gewesen, Enna bei Alissja zu lassen, wenn Nata schon selbst die Unruhe nicht mehr bezähmen konnte, in die die Erscheinungen des Himmels sie stürzten. Sie hätte allein nach Oculor reisen können, um sich mit ihrem Vater zu beraten.

Allein …

Sie hatte schon Remon verloren. Vielleicht war er in diesem Turm eingekerkert. Wer konnte da noch verlangen, dass sie auch ihre Tochter zurückließe?

»Ich habe Hunger«, sagte Enna.

Nata führte sie in das Gewirr der Straßen, der verschachtelten Häuser, der Brücken und Freitreppen. Alles war so eng miteinander verbunden, dass man Oculor als ein einziges, großes Bauwerk verstehen konnte.

»Was sind das für Leute?«, fragte Enna und zeigte durch das Fenster einer Geisterschmiede.

Menschliche Meister, in vornehmes Tuch gewandet, baten durchscheinende Gestalten, Eisen, Bronze und Gold nach den Wünschen ihrer Kunden zu formen. Nata erklärte ihrer Tochter, dass auch die rot leuchtenden Wesen in der Stadt lebten. Sie ließen sich beschwören und verschwanden nach getaner Arbeit wieder, und weil sie keine Gesichter und alle dieselbe Gestalt hatten, war unbekannt, wie viele von ihnen es wirklich gab. Außerhalb der Metropolen konnte man sie jedoch nicht rufen.

»Dann muss hier niemand selbst arbeiten, wenn er nicht will?«, fragte Enna.

Lächelnd ging Nata neben ihr in die Hocke und drückte ihre Wange an die des Mädchens. Es war so wunderbar, auf dicke Kleidung verzichten zu können! Wenn Enna länger in einer Metropole bliebe, würde ihre Haut sicher weich werden wie das Fell einer jungen Robbe. »Die Geister nehmen den Menschen nicht alles ab. Man kann sie bitten, aber oft sind sie seltsam. Sie wollen, dass man etwas zerstört, bevor sie etwas neues machen.«

»Darf denn nicht jeder schöne Sachen haben?«

Tatsächlich bewirkte der Umstand, dass es nur zwanzig aus dem Nichts sprudelnde Brunnen, einhundert Nachtklingen und fünf schwebende Lampen in Oculor gab, dass die Erzeugnisse der Geisterschmieden so begehrt waren, dass man Nobilität bewies, indem man welche davon in seinen Besitz brachte. Die Hohen Häuser der Communidad stritten ebenso verbissen um einen Spiegel, der das Abbild desjenigen zeigte, der in sein Gegenstück am anderen Ende der Stadt blickte, wie man in den Gemeinschaften der Nomaden um Wärmesteine rang. »Ich weiß nicht, ob das der Grund ist«, sagte Nata. »Aber nicht alles, was die Geister geben, ist begrenzt. Komm!«

Sie hatte einen Speisesaal entdeckt. Er befand sich im Erdgeschoss eines Palasts. Die Straßenfront war offen, einige Säulen, an denen sich grüne Stränge des Plexos emporrankten, stützten die oberen Stockwerke. Das Geflecht war nicht nur hier zu finden, sondern auch in den Geisterschmieden, im Cestillo, in der Bilteca und im Astrovatorio. Hier kam es an den Sockeln der Säulen aus dem Boden und lief in feinen Verästelungen an der Decke des Speisesaals aus. An der Tafel wurde jeder mit Nahrung versorgt, die allerdings verdarb, sobald man sie aus dem Saal heraustrug. Ihr Geschmack konnte sich nicht mit den prallen Früchten oder den gut gewürzten Speisen messen, die man in den Palästen auftrug. Dafür hatte Nata noch nie davon gehört, dass irgendjemand, und sei es auch der geringste Unfreie, in einer Metropole gehungert oder gedürstet hätte.

»Wir setzen uns einfach an die Tafel«, erklärte sie.

Der Speisesaal war beinahe leer. Ein Tisch zog sich parallel zur Straße über die gesamte Länge, alle Plätze, geformt aus dem gleichen Stein wie die Wände, befanden sich an der den Säulen gegenüberliegenden Seite. Wenn man sich auf ihnen niederließ, berührte man die Sitzfläche nicht, sondern wurde eine Fingerbreite darüber von einer unsichtbaren Kraft gehalten. Enna lachte, als sie es bemerkte.

Ein Unfreier, erkennbar an einem Lederband um seinen Hals, hatte die Arme auf der Tischplatte verschränkt, den Kopf darauf gebettet und schlummerte vor sich hin. Sie sahen die dunklen Fenster der hohen Häuser auf der anderen Straßenseite und eine Lücke, wo eine Treppe abwärts führte. Für einen Moment fragte sich Nata, wieso sie den Frieden dieses Lebens verlassen hatte. Die Menschen in den Metropolen waren nicht besser als jene in der Wildnis, aber wenigstens stellte ihre Umgebung sie auf keine so harten Proben. Enna wäre nie ausgesetzt worden, um allein den Weg zurück über das dunkle Eis zu finden.

Nata schämte sich für den Gedanken. Sie hätte an keinem Ort gemeinsam mit Remon leben können, an dem die Grauwacht regelmäßig verkehrte. Ohne Remon hätte es Enna nicht gegeben. Und selbst ohne Enna war jeder Augenblick mit Remon mehr wert als ein ganzes Leben in Sicherheit. Sie strich über den Hinterkopf ihrer Tochter und bemerkte einmal mehr, dass Enna die Wangenknochen ihres Vaters geerbt hatte.

»Warum weinst du, Mama? Hast du auch Hunger?«

Sie schüttelte den Kopf. »Du musst deine Hand auf die Scheibe vor dir legen.« Sie machte es vor und schluckte in der Hoffnung, dass dadurch das Zittern in ihrer Stimme verschwand. »Du kannst Warm und Kalt wählen, Fleisch oder Gemüse, Süß, Sauer oder Scharf.« Sie erklärte Enna die Symbole und drehte ihre eigene Scheibe so, dass die Markierung auf saures Fleisch zeigte. Dann drückte sie mit ihren Fingern zu.

Eine zuvor verborgene Klappe öffnete sich und machte den Weg für eine Schüssel, einen Becher, ein Messer und einen Löffel frei, die auf einer Platte nach oben kamen, deren Abmessungen das Loch präzise füllten.

Wieder lachte Enna, und dann noch einmal, als ein süßer Blätterauflauf dampfend vor ihr in die Höhe fuhr.

Erst beim Essen merkte Nata, wie hungrig sie war. Sie zügelte sich, um sich nicht den Mund zu verbrennen. Dennoch war ihre Schüssel schon lange wieder in der Tafel verschwunden, als auch Enna fertig war.

Der Schläfer hatte zwischendurch ein paarmal die Lage gewechselt, ohne sie zu bemerken, als sie zurück auf die Straße traten. Zwei Sänften näherten sich, begleitet von einer Handvoll junger Herren und Damen in bauschigen Gewändern. Hier waren die Umhänge aus dünnem, farbenfrohem Stoff gefertigt und reichten nur bis zur Hüfte. Sie dienten allein der Zierde, ebenso wie die weichen Hüte und die hellen Handschuhe, die einer der Männer trug. Die schmalen Klingen an den weiten Gehängen wirkten ebenfalls wie Spielzeuge, aber Nata nahm sich vor, sie dennoch nicht zu unterschätzen. Ein Stich durchs Herz war auch dann tödlich, wenn er von einer Nadel geführt wurde. Die jungen Leute torkelten zwar, was verbunden mit dem Alkoholgeruch, den sie ausströmten, verriet, wie sie die Dunkelphase bisher verbracht hatten, wirkten aber nicht zum Streit aufgelegt. Sie scherzten untereinander und mit jenen, die sich in den Sänften tragen ließen.

»Wärt Ihr wohl so freundlich«, rief Nata deswegen, »einer Fremden den Weg zum Astrovatorio zu weisen?« Ihr Aufbruch aus der Metropole lag zu weit zurück, als dass sie sich noch erinnert hätte.

Die Sänftenträger setzten unbeeindruckt ihren Weg fort, aber zwei Damen blieben stehen. Sie musterten Natas Lederkleidung abfällig, doch Ennas rundes Gesicht ließ sie lächeln. »Willst du mit meinem Fächer spielen, Kleines?«, fragte eine der beiden, brachte ihre Augen auf die Höhe derer des Mädchens und reichte ihr das Utensil aus hölzernen Rippen und halbdurchsichtigem Stoff.

Fasziniert sah Enna zu, wie der Fächer auf- und zuschnappte und dabei ratschte.

»Wir sind gerade erst in Oculor angekommen«, sagte Nata.

»Das sieht man«, bestätigte die andere Frau. Sie trug ein kräftig blaues Kleid. »Ihr wollt euch wohl an den letzten Dyaläufen ergötzen?«

»Ich suche nur das Astrovatorio. Ich habe gehört, dass man dort Sabos treffen kann, die die Sterne sehen, selbst wenn Wolken den Himmel verbergen.«

»Ist das so?« Sie zuckte mit den Schultern. »Mag sein.«

Ihre Kameraden riefen nach den beiden Damen. Die Gruppe war schon beinahe um die nächste Ecke verschwunden und in der schummrigen Beleuchtung der Dunkelphase nur noch schwer zu erkennen.

»Ja, wir kommen!«, rief die Dame in Grün. Sie zog die mit dem Fächer fort, wobei sie die Unsicherheit ihres eigenen Standes offenbarte. »Wir müssen weiter, Jola!«

»Das Astrovatorio!«, rief Nata. Leiser fügte sie hinzu: »Wenn es keine Umstände macht.«

»Ihr müsst zurück zum Turm der Grauwacht«, erklärte Jola. »Weißt du, wo du den findest?«

»Wir waren vorhin dort.«

»Dahinter nehmt ihr die erste Treppe aufwärts, dann immer geradeaus, bis ihr ein Bildnis mit einer monströs großen Nase seht.«

»Wirklich ein enormer Zinken.« Die andere kicherte und deutete mit den zu einer Halbkugel gewölbten Händen die Dimensionen der Gesichtszier an, was wiederum Jola zum Lachen brachte.

»Danach biegt ihr links ab«, fuhr sie fort, als sie sich beruhigt hatte, »und dann kannst du es schon sehen. Ein Turm mit einer geschraubten Treppe an der Außenseite.«

»Ich danke Euch.«

»Die Leute hier sind alle schön«, sagte Enna, als sie unterwegs waren. Überall begegneten ihnen Bürger der Stadt. Selbst die Unfreien waren in edlen Stoff gewandet, und viele von ihnen waren betrunken.

»Frisch gefallener Schnee ist auch schön, aber du weißt, dass man sich vor ihm hüten muss.«

»Sonst sinkt man ein und er gibt einen nicht mehr frei«, sagte Enna.

»Ja. Mit diesen Leuten hier ist es ähnlich.«

»Sie sehen nicht böse aus.«

»Manche von ihnen sind Raubtiere. Man braucht Übung, um sie zu erkennen, und selbst dann gelingt das nicht immer.«

Nata merkte ihrer Tochter an, dass sie bei jedem, der ihnen nun entgegenkam, zu erspähen versuchte, ob er üble Absichten verfolgte. Sie war neugierig, nicht ängstlich. Überhaupt war Enna verändert aus der Prüfung gekommen, viel mutiger. Noch ein paar Doppelmonde, und sie hätte besser in der Wildnis überleben können als Nata. Wieder fragte sie sich, ob es richtig war, ihre Tochter in die Metropole zu bringen, deren Gefahren ihr unbekannt waren. Vielleicht sollten sie in die Wildnis zurückkehren, wenn Oculor übergeben würde.

Aber vorher würde Nata herausfinden, was mit den Monden vor sich ging.

Das Astrovatorio sah genauso aus, wie sie es in Erinnerung hatte. Ein zwei Stockwerke hoher Rundbau, damit kleiner als die umgebenden Paläste, die so eng standen, dass man die Form des Astrovatorios nur vollständig erfassen konnte, wenn man von einem höher gelegenen Gebäude darauf hinabsah. Oder wenn man auf den Turm stieg, der sich wie eine gedrehte Kerze aus seiner Mitte erhob. Er war sehr schlank, weil er nur aus einer Säule bestand, um die sich eine steile Freitreppe wickelte. Die Kuppel saß auf der Spitze gleich einer Blüte.

»Du weinst ja schon wieder, Mama!«

Nata blinzelte die Tränen fort. Wie lange hatte sie die Schönheit des Sternenhimmels vermisst! Natürlich standen die unveränderlichen Leuchtpunkte auch in der Dunkelheit über der Wildnis. Immer hatte Nata die Namen der fernen Wolken, der Wirbel und der Bilder vor sich hingeflüstert, und auch Enna hatte sie beigebracht, wie man die Figuren des Himmels nannte. Aber dort draußen waren es nur Muster von weißen Punkten. Im Astrovatorio konnte einer dieser Punkte zu Tausenden werden, und sie bekamen Farben. Dann sah es so aus, als trieben winzige Sonnen in violetten Nebeln, oder als hätten sich in Sternenkleider gehüllte Meeresbewohner die Tentakel zum Tanz gereicht, um dann plötzlich, mitten in der Bewegung, zu gefrieren. Als Kind hatte sich Nata ausgemalt, wie die Melodie klang, zu der die Sterne tanzten.

Sie wischte über ihre Wangen. »Wir sind bald da.«

Enna zeigte auf das Astrovatorio. »Das ist das Haus, das sie uns beschrieben haben!«

»Ich weiß. Aber wir suchen ein anderes. Es steht in der Nähe.«

»Wer wohnt dort?«

»Dein Großvater.«

Mit großen Augen sah Enna zu ihr hoch. Natürlich wusste sie, was Großeltern waren. Viele ihrer Freundinnen in Erdblut hatten noch welche. Dass sie selbst keine hatte, war so selbstverständlich für Enna, dass sie nie danach gefragt hatte.

»Mein Vater«, ergänzte Nata leise. »Refael Uneta Geaco, der eigensinnigste Sabo von Oculor.«

»Er ist ein Sabo?«, rief Enna. »Dann spricht er mit Geistern und denkt ständig nach?«

»Er lernt, so viel er kann, und findet neue Dinge heraus«, bestätigte Nata und begann, ihre Tochter durch die Gassen in der Nähe des Astrovatorios zu führen. »Er bespricht seine Vermutungen mit anderen Sabos, und wenn genug von ihnen sie für richtig halten, werden sie abgeschrieben und in die anderen

Metropolen geschickt. Die Sabos, die in der Nacht wandern, lernen aus diesen Schriften und bringen das Wissen zu den Communidades, die in der Dunkelheit leben.«

»So wie die Frau, die uns besucht hat! Der ich nicht verraten durfte, dass ich schon gut rechnen und lesen kann.«

»Ja, genau.« Kürzlich hatte sich eine Sabo einen ganzen Mezzalauf in Erdblut aufgehalten und die Kinder unterrichtet. Nata hatte Enna gebeten, sich dumm zu stellen, damit sich die Sabo nicht fragte, wer die Eltern des Mädchens waren.

Enna blieb stehen. Staunend betrachtete sie die Leuchtsteine, die die Straße säumten. Es war leicht zu erkennen, wie sie kontinuierlich heller wurden. Auch die Steine, die unter den Dachkanten eingesetzt waren, leuchteten jetzt auf.

»In den Metropolen ist es dunkel, solange Dya am Himmel steht. Wenn er untergeht, wird es hell. Die Menschen stehen auf und beginnen mit der Arbeit.«

»Aber die Geister arbeiten doch!«

»Sie erledigen nicht alles. Nur die besonders komplizierten Aufgaben.«

»Wenn alle gleichzeitig schlafen müssen, waren dann die Leute unartig, die wir auf den Straßen getroffen haben? Hätten wir auch schlafen müssen?«

Lachend gab Nata ihr einen Kuss. »Man muss nicht unbedingt schlafen, wenn man nicht will. Aber die meisten Arbeiten ruhen.«

In Erdblut schlug man eine Glocke, die verkündete, wer berechtigt war, Güter der Gemeinschaft zu verwenden, wie etwa die Fischerboote. Davon abgesehen hatte das Leben keinen vorgegebenen Rhythmus. Ein Umstand, den Nata geschätzt hatte, als sie sich dort niedergelassen hatten. Für Remon war es nicht ganz so neu gewesen, die Guardistas durchstreiften oft die Wildnis, auch wenn ihre großen Stützpunkte in den Metropolen lagen. Von dort aus regelten ihre Offiziere die Angelegenheiten der Grauwacht. Zum Beispiel sprachen sie Recht. Über Abtrünnige. Die dann auch in einer Metropole betraft wurden. Züchtigungen von Guardistas fielen härter aus als jene, die normalen Menschen zugedacht waren, weil ihre Körper mehr aushielten.

Nata war froh, dass sie das Haus fand und sich so von den schrecklichen Gedanken an das befreien konnte, was Remon bevorstehen mochte, weil er sich für ein Leben mit ihr entschieden hatte. Der Zustand des vierstöckigen, schmalen Gebäudes erschreckte sie. Der Putz blätterte ab, was den Halbreliefs von schwebenden Jünglingen etwas Trauriges gab. Pflanzen rankten herauf, klammerten sich sogar um die Gitter in den Fenstern. Das Geländer der kurzen Treppe, die zum Eingang hinaufführte, hatte Grünspan angesetzt.

Auf den zweiten Blick strahlte das Haus einen trotzigen Stolz aus. Zwischen den tadellos gepflegten Nachbargebäuden zeigte es die Spuren der Zeit, die seine Fassade hatte verwittern lassen. Obwohl es verwildert aussah, war es nicht verkommen. Nata fand keine zerbrochenen Scheiben oder Mauerrisse. Fast schien es, als wolle der Bau dem Betrachter enthüllen, wie hart seine Substanz war, indem er sie entblößte.

»Großvater hat das schönste Haus«, meinte Enna.

»Findest du?«

Sie nickte eifrig. »Die anderen sind langweilig. Nur Stein. Großvaters Haus lebt.«

Nata versuchte, es durch die Augen ihrer Tochter zu sehen. Tatsächlich wirkte es weniger wuchtig, was nur unwesentlich damit zusammenhing, dass es niedriger war. Mit etwas gutem Willen konnte man sich vorstellen, dass die grünen Ranken wie Finger waren, die auf die Vorsprünge an der Front zeigten und Besucher einluden, durch die Fenster zu schauen oder die Treppe hinaufzukommen. Überhaupt hatte Enna selten grüne Pflanzen gesehen.

Die Haustür öffnete sich. Nata erkannte Hurnendo sofort, als er ins Freie trat. Der zurückhaltende Diener war bei der Familie geblieben, obwohl Natas Großvater ihm die Freiheit geschenkt hatte. Wie damals trug er auch jetzt dunkle, beinahe schwarze Kleidung. Die Tunika war mit einem einfachen Gürtel gerafft, die enge Hose verschwand auf halber Höhe der Waden in den umgeschlagenen Schäften der Filzstiefel. Die kurzen Ärmel offenbarten die faltige Haut, an der einige Altersflecken dazugekommen waren, über denen man die weißen Haare deutlich erkannte. Hurnendo ging gebückt, seit Nata ihn kannte. Das lag an seinem Buckel, nicht an einer besonders demütigen Geisteshaltung. Im Gegenteil konnte Hurnendo, obwohl er selten viele Worte machte, ausgesprochen halsstarrig sein.

»Großvater sieht dir gar nicht ähnlich«, sagte Enna.

»Das ist er nicht. Das ist der älteste Freund unserer Familie.«

Am Fuß der Treppe wandte sich Hurnendo hangabwärts, was ihn auf sie zu führte. Nata überlegte, ob und wie sie ihn ansprechen sollte, aber das war unnötig. Als seine rauchigen Augen sie streiften, blieb er stehen, richtete sich ein Stück weit auf und kniff die Lider zusammen, um ihr Gesicht zu mustern.

»Ja, Hurnendo, ich bin es. Und dies ist Enna, meine Tochter.«

Er sah die Kleine an, dann wieder Nata. »Euer Vater hat jeden Tag Ausschau nach Euch gehalten.«

»War er zornig, weil ich gegangen bin?« Sie hatte ihm einen Abschiedsbrief hinterlassen, damit er nicht im Unklaren blieb. Das hätte sie nicht übers Herz gebracht, obwohl sie wusste, dass die Botschaft ihre Pläne gefährdet hatte.

»Nicht zornig. Traurig. Er hatte gehofft, Ihr hättet mehr Vertrauen in seine Fähigkeiten gehabt. Er glaubte, gemeinsam hättet Ihr eine Lösung mit der Grauwacht gefunden. Natürlich hat er Euer Schreiben verbrannt, wie Ihr gebeten habt. Jetzt kommt Ihr gerade rechtzeitig, um ihn zu verbrennen.«

Nata brauchte einen Augenblick, um zu verstehen. Dann fühlte es sich an, als sackte das Blut in allen Adern eine Handbreit ab. »Mein Vater ist tot.«

14. Kapitel

Das brennende Fett von Refael Uneta Geacos Körper stank garstiger als ein mit eiternden Beulen übersätes Rossom. Nata konnte es den in der Feuerkaverne versammelten Edlen und Sabos nicht verdenken, wenn sie sich duftende Tücher unter die Nase hielten. Schlimmer war, dass sie auch während der Trauerrede tuschelten. Natürlich, Nata war überraschend wieder aufgetaucht, zu einem verdächtigen Zeitpunkt, mit einem Kind an ihrer Hand, dessen Alter zur Dauer von Natas Verschwinden passte. Aber musste man seine Spekulationen wirklich sofort verbreiten? Konnte man nicht wenigstens warten, bis ihr Vater seine letzte Wärme an die Communidad gegeben hatte?

Enna zupfte an Natas Lederhemd, damit sie sich zu ihr hinunterbeugte. »Warum ist Großvaters Zunge so rot?«

Stirnrunzelnd musterte Nata die Leiche, die in einem Eisengeflecht über dem Feuerbecken hing. Gegen die Helligkeit waren Einzelheiten schwierig zu erkennen, aber die Flammen schlugen aus dem Magma hoch und fielen auch wieder zusammen. Fingerlange gelbe und grüne Feuer tanzten auf dem Körper. Nata erkannte, was ihre Tochter meinte. Die Hitze hatte bereits eine Wange verzehrt, sodass der Rachen offen lag. Der Unterkiefer war auf die Brust geklappt. Anders hätte die monströs geschwollene Zunge keinen Platz gefunden. Sie sah aus wie eine prall gefüllte Blase, getunkt in grellrote Farbe. Nata konnte sich schlecht vorstellen, dass diese eklige Erscheinung eine Folge des Feuers war.

Der Trauerredner, ein beleibter Mann, dessen brünette Locken wie ein Netz auf seinen Schultern lagen, gestikulierte ausladend, während er zur Menge sprach. Viele Gesichter zeugten davon, dass die Dunkelphase wenig Schlaf gebracht hatte. Eher als Trauer waren für diese Ruhelosigkeit wohl die Bälle verantwortlich, die man wegen der bevorstehenden Übergabe in ganz Oculor feierte. Rotweinflecken verunzierten Kleider und Westen, manche waren eingerissen und ihre bunten Farben passten nicht zu dem Anlass, aus dem man sich in der Feuerkaverne versammelt hatte.

Nata überlegte, ob sie schon immer so viel über Farben nachgedacht hatte, oder ob das eine Folge der Veränderung der Monde war. Weshalb mussten sie auch ausgerechnet ins Blau wechseln? In die Farbe, die unter den Sasseks als verflucht galt. Was hatte das zu bedeuten? Sicher sahen die Amphibien die Veränderung als Zeichen drohenden Unglücks. Und sie mochten recht damit haben. Sie waren nicht so dumm, wie viele Menschen sie gern gehabt hätten.

»Möge Refael Uneta Geaco uns Leben geben, wie es sein Wunsch gewesen wäre.« Der Redner kämpfte mit den Tränen. »Es soll unsere Herzen auf ewig wärmen, auch auf der Wanderung, die vor uns liegt und die er nicht mehr mitgehen wollte. Denken wir ohne Groll an ihn zurück. Erinnern wir uns an das, was er uns gegeben hat.« Er sah zu Nata. »Seine Tochter will sicher als Erste Abschied von ihm nehmen.«

Sie trat an den Rand des runden Feuerbeckens. Aus dieser Nähe trieb ihr die Hitze des Magmas den Schweiß aus den Poren. Es bewegte sich träge in der steinernen Einfassung. Helle Kugeln stiegen an die Oberfläche, brachen dort auf und zerfaserten zu Spiralen. Aus der Decke über dem Eisengeflecht, in dem ihr Vater brannte, tropfte Öl. Wenn es auf das Magma traf, loderte eine Flamme auf.

Nata warf das gefaltete Pergament, auf das sie die Wünsche für die letzte Reise des Toten geschrieben hatte, in das Becken. Ein Auflodern, dann war noch nicht einmal Asche davon übrig. Auch Enna hatte eine Botschaft für den Großvater, den sie nie gekannt hatte. Nata gab darauf acht, dass sie ihre Hand nicht zu weit in die Hitze streckte. Sie sahen zu, wie der Zettel in der Luft tanzte, bis er im Magma aufflammte. Dann zog sie Enna zurück und stellte sich wieder neben Hurnendo.

»Was meinte der Redner damit, dass mein Vater die Wanderung scheute?«

»Man vermutet, junge Dame, er habe sich vergiftet, weil er die Annehmlichkeiten Oculors nicht missen wollte.«

Gift! Deswegen die geschwollene Zunge. Ihr Vater hatte sich nicht an einer Gräte verschluckt oder war auf einer Treppe gestolpert. Er hatte seinem Leben selbst ein Ende gesetzt!

Aber warum? Er hatte Neuanfänge geliebt. Niemand hatte so bereitwillig wie er Theoriegebäude zum Einsturz gebracht, um mit seinen Gedanken neue Türme zu errichten.

Nata beobachtete die Edlen, wie sie vortraten und ihre meist sorgfältig gefalteten, manchmal aber auch wegen fehlender Koordination nach durchzechter Nacht nur zusammengeknüllten Abschiedsworte in das Magma warfen. Eine schlanke Dame, die so groß war, dass sie die Menge überragte, wozu auch ihre hochgesteckte Frisur beitrug, hatte ausschließlich Blautöne für ihre Gewandung gewählt. Das Kleid hatte die Farbe von Taubenfedern, mit einem keilförmigen Einsatz wie von Tinte über Brust und Bauch, durch das Haar wanden sich Bänder wie Bäche, an den Ohren funkelten Saphire. Es war jedoch das Schultertuch, das Natas Blick anzog. Es hatte die Farbe der Monde, bevor sie hinter dem Horizont versanken.

Sie zeigte das Blau am deutlichsten, war aber nicht die Einzige. Jetzt, da Nata darauf achtete, entdeckte sie bei vielen eine blaue Fibel, blaue Schuhe, blaue Schleifen. Die Zurschaustellung der ihnen verhassten Farbe mochte ein Protest gegen die Sasseks sein, die diese Metropole schon bald übernehmen würden.

Das war nicht Natas Problem. Ja, das Leben in Oculor war angenehm, aber sie war nicht um der Bequemlichkeit willen hierhergekommen, sondern um etwas über die Veränderung der Monde zu lernen. Sie hatte so sehr gehofft, dass ihr Vater ihr hätte helfen können!

Die Haut war nun vollständig von der Leiche gebrannt, Rippen und Hüftknochen lagen blank. Im Brustkorb loderte das Feuer aus eigener Kraft. »Hatte er große Schmerzen?«, fragte sie.

»Ja«, sagte Hurnendo.

Sie sah ihn an. Er drehte das Blatt mit seinen Geleitworten in den schwieligen Fingern. Zwar war er kein Unfreier mehr, aber er war auch kein Edler, sodass er abwarten musste, bevor er sie in das Magma werfen durfte, obwohl niemand länger mit Natas Vater zusammengelebt hatte als er. Ihre Beziehung war in manchen Momenten von einer rührseligen Zärtlichkeit gewesen, wie Nata es sich als Kind zwischen einem Gemahl und seiner Gattin vorgestellt hatte. Natas Mutter war kurz nach ihrer Geburt gestorben, auf der Wanderung nach Oculor.

Obwohl Hurnendo Nata immer mit einer dem Standesunterschied gemäßen Hochachtung behandelt hatte, war sein Anteil an ihrer Erziehung erheblich. Er hatte geweint, als ihr Vater sie weggeben hatte, nach Utor, damit sie nicht verweichlichte. Er hatte eingesehen, dass er sie mit seiner Liebe erdrückte und darin versagte, ihr die Grenzen zu setzen, die eine Heranwachsende brauchte, um sich nicht für das einzige Geschöpf zu halten, das der Aufmerksamkeit anderer wert war. An der Universität von Utor waren die Lehrer streng gewesen, wenn auch niemals grausam. Natas Charakter war gewachsen, wie ihr Vater es vorausgesehen hatte, und sie war als selbstbewusste, jedoch nicht mehr eingebildete Dame nach Oculor zurückgekehrt. Das war das zweite Mal gewesen, dass sie Hurnendo hatte weinen sehen. Jetzt blieben seine Wangen trocken.

»Du bist zornig«, erkannte sie.

»Wenn Ihr es sagt.«

»Weil er dich zurückgelassen hat?«

»Ich könnte Eurem Vater leicht folgen. Gift ist einfach zu bekommen in dieser Zeit. Viele nehmen es, weil sie sich nicht vorstellen können, Oculor zu verlassen. Ein paar rauschende Bälle noch, dann soll es vorbei sein, ohne Schmerz.« Verachtung lag in seiner Stimme. »Ihr werdet es in der nächsten Dunkelphase sicher selbst sehen. Es wird erwartet, dass wir einen

Abschiedsball für Euren Vater geben, in unserem Haus. Auch dort wird der Schrecken der Zukunft sicher einige dahinraffen.«

»Wenn sie das gleiche Mittel nehmen wie mein Vater, wird das aber nicht schmerzfrei für sie sein.«

Sie führten ihre Unterhaltung flüsternd, damit sie niemand belauschte.

Sachte schüttelte Hurnendo den Kopf. »Er hat sehr gelitten. Es gibt bessere Mittel, aber man sagt, er wollte sich den Geschmack seines letzten Bratens nicht verderben.«

»Dieses Gift hat also keinen Eigengeschmack.«

»Ihr begreift schnell, junge Dame. Vielleicht zu schnell.«

»Du vermutest, er hat das Gift unfreiwillig genommen?«

»Das habe ich nicht gesagt. Ganz Oculor ist im Fieber. Zu anderen Zeiten würde man meinen, die Menschen seien verrückt geworden. Es gibt so viele Bälle, dass der Metropolfürst sie nur noch in den Dunkelphasen gestattet, damit die Abreisevorbereitungen im Zeitplan vorankommen.«

Hurnendo war an der Reihe, vorzutreten und seine Botschaft zu verbrennen.

»Auch Euer Vater hat bis unmittelbar vor seinem Tod Reisevorbereitungen getroffen«, flüsterte er ihr dann zu. »Aber er hatte nicht vor, mit der Communidad zu ziehen. Er wollte seinen eigenen Weg gehen, wie es einem Sabo zusteht. Er plante eine Reise zum Nordpol, nach Sombralor.«

15. Kapitel

Als sich der Schild senkte, war es, als ob ihn jemand weggeblinzelt hätte. Gerade noch füllte sein kaum fassbares Violett den Himmel, und plötzlich war es verschwunden. An seiner Stelle prangte der schwarze See mit den unzähligen Sternen. Nein, es waren nicht unzählig viele. Zweitausenddreihundertsiebenundzwanzig hatte man bei Natas Abreise ohne Astrovatorio sehen können. Als sie mit der Beobachtung des Himmels begonnen hatte, als Mädchen auf dem Schoß ihres Vaters sitzend, waren es fünf mehr, zwischenzeitlich einmal drei weniger gewesen. Während sie im Norden unveränderlich standen oder mit der Geduld von Unsterblichen kleine Kreise gingen, verschwanden die südlichen ebenso bedächtig im Westen, und neue zogen im Osten auf. Sechzig Doppelmonde dauerte die komplette Wanderung eines Sterns, so wie diejenige des Tageslichts. Wobei die Sterne, die unter dem Horizont versanken, nach gebührender Zeit im Osten wieder auftauchten. Oder hatte auch diese Regel ihre Gültigkeit verloren, ebenso wie jene, dass die Monde gelb leuchteten?

Natas Vater hätte es gewusst. Vielleicht hatte er sich in dem letzten Brief, den er geschrieben hatte, damit befasst. Hurnendo hatte ihn Nata ausgehändigt. Das Schreiben befand sich nur deswegen noch in Oculor, weil Hurnendo es noch nicht einem Boten hatte übergeben können. Nata zögerte, den Brief zu öffnen. Was, wenn ihr Vater auch von ihr schrieb? Möglicherweise waren es Abschiedsworte, in denen er beklagte, dass seine Tochter ihn verlassen hatte. Nata brauchte noch Zeit, sich diesen Dingen zu stellen. Vielleicht würde sie sich zunächst Antworten im Astrovatorio holen. Aber nicht jetzt.

Sie genoss die kühle Brise, die aus der Nacht herüberwehte, nun, da der Schild gesenkt war. Kühl, nicht eisig. Die Geister ersparten den Bewohnern der Metropole alle Härten außer jenen, die sich die Menschen gegenseitig zufügten.

In der Schneiderei hatte sie sich der verschwitzten Lederkleidung entledigt und dabei sogar noch einen kleinen Nachlass herausgehandelt. Jetzt, auf der Straße, fühlte sich Nata schmutzig in der fein gewebten Wolltunika und dem etwas zu schweren Rock – Stücken, die jenen, die sie bestellt hatten, doch nicht gefielen. Sie sehnte sich nach einem Zuber im Haus ihres Vaters. In allen Poren schienen Schmutzkörnchen zu stecken, ihr Rücken juckte und der Stoff klebte an ihren Gliedern. Sie verstand gut, warum die Schneiderin auch jetzt, als sie etwas Passendes für Enna suchte, die Nase rümpfte. Einen solchen Laden hatte das Mädchen noch nie gesehen. In Erdblut nähte man die Felle mit Sehnen selbst zusammen, oder man tauschte bei Alissja etwas gegen die Tuche von ihrem Webstuhl, die man dann aber auch selbst zurechtschnitt. Dass jemand nur davon lebte, Kleidung herzustellen, war in Erdblut undenkbar.

Gänzlich konnte sich auch die Schneiderin Ennas Zauber nicht entziehen. Sie tat so, als müsse sie die für vornehme Damen gefertigten Schleier an dem kleinen Mädchen sehen, um zu entscheiden, ob sie zu dem grünen Kleid passten, das sie bereits ausgesucht hatten.

Nata war es recht, dass ihre Tochter Freude hatte. Sie war durch die offene Front auf die Straße getreten und sah über das purpurne Moos auf den eckigen Turm der Grauwacht. Die ganze Zeit schon spähte sie zu dem wehrhaften Gebäude hinüber. Die Guardistas nutzten die Hellphase für ihre Waffenübungen. Ihre Klingen waren mit Schutzhüllen überzogen, die ihnen die Schärfe nahmen. Dennoch stellte es sich Nata schmerzhaft vor, von einem schnell geschwungenen Schwert getroffen zu werden. Die Guardistas trugen Helme und Tagrüstungen ohne wärmendes Fell, meist Kettenhemden, aber sie sparten keine Trefferzone aus. Gerade jetzt ging ein Kämpfer zu Boden, weil ihm die Waffe seines Kameraden die Nase zerschmettert hatte. Natürlich würde er sich schnell davon erholen. Er war ein Guardista.

Vielleicht lag auch die Zurschaustellung der Selbstheilungskräfte, neben der von Schnelligkeit und Kampfkunst, in der Absicht der Grauwacht. Wer seine Stärke zeigte, konnte so beeindrucken, dass er sie nicht einsetzen musste. Die Grauwacht wollte weder gegen Menschen noch gegen Sasseks kämpfen. Sie wollte die möglichst reibungslose Übergabe der Metropole sicherstellen.

Nata war eine von vielen, die den Kampfübungen zusahen. Manche äußerten sich beifällig zu besonders gelungenen Paraden oder geschickten Schlägen, einige Kinder spielten das Gesehene mit Stöcken nach. Andere standen in Gruppen zusammen, in denen blaue Farbe die Kleidung dominierte, und riefen anklagende Bemerkungen über Verrat an den eigenen Leuten. Allerdings fehlte ihnen der Mut, die Guardistas direkt anzusprechen.

Nata war nicht wegen des Spektakels hier. Sie hoffte, Remon zu sehen, oder wenigstens Vorena. Das hätte ihr das Gefühl gegeben, ihm nahe zu sein. Sie wollte sein Schicksal begleiten, bis zum Ende. Ihr Kopf schmerzte, wenn sie darüber nachdachte, wie sie die Unruhe der Übergabe nutzen könnte, um ihn vielleicht freizubekommen. Doch selbst wenn das Wunder gelänge, ihn aus der Obhut der Grauwacht zu bekommen, hätte das nichts genützt. Das hatte ihr Remon bei ihrem letzten Beisammensein erklärt. Die Guardistas wussten jetzt, dass er noch lebte, und würden ihn erbarmungslos verfolgen. Vielleicht ließ sich ein bisschen Zeit gewinnen, weil die Übergabe der Metropole Vorrang hatte, aber wenn es ihnen darauf angekommen wäre, hätten Remon und Nata schon in Erdblut mit Enna fliehen können, während Vorena sich ausgeruht hatte. Sie hatten darüber gesprochen, die Überlegung aber verworfen. Enna hatte das Recht, zu leben, und sie brauchte eine Mutter, die für sie lebte.

Doch Remon nahe zu sein und seinen Richtern ins Gesicht

zu schauen, das konnte Nata niemand verbieten. Das Mondlicht veränderte ihre Welt, aber solange Remon noch Teil von ihr war, wollte sie ihm nahe sein.

»Da ist die Frau, mit der Vater gegangen ist«, sagte Enna. Ihr Haar war jetzt mit einer orangefarbenen Schleife zusammengebunden, sodass es am Rücken über das grüne Kleid fiel.

»Wo siehst du sie?«

Enna zeigte auf eine Kriegerin, die mit einem Offizier sprach, statt sich an den Übungen zu beteiligen. Nata war unsicher, ob es wirklich Vorena war. Die Größe stimmte, und im Kettenhemd erschien sie sicher schlanker als im weiten Harnisch der Nachtrüstung. Das lange Haar passte jedoch nicht. Es war so dicht, dass es den Eindruck erweckte, ein schwarzer Kegel säße auf den Schultern der Frau. Über dem Kettenhemd lag eine Pelerine, aber das Haar war noch länger. Es reichte beinahe bis zum Gürtel. Nata sah genau hin, doch der Rundschild schützte die Frau auch vor Blicken.

»Bist du sicher, dass sie es ist?«

Die Schneiderin stieß sie an. »Ihr schuldet mir sieben Silberlinge.«

»Ja. Natürlich.« Hatte sie die Geldbörse nicht an den Gürtel gehängt? Sie musste doch an der rechten Seite sein, denn links trug sie das Messer! Sie suchte in den Falten ihres Kleids, doch sie fand nur die durchschnittenen Enden eines Lederbands.

Hitze schoss in ihr Gesicht. »Ich fürchte, ein Beutelschneider hat meine Unaufmerksamkeit ausgenutzt!« In dieser Hinsicht hatte die Zeit in Erdblut sie schläfrig gemacht. Dort gab es keine Diebe. Die Communidad war klein, und eine Flucht durch die Eiswüste kaum aussichtsreich, wenn man von ortskundigen Jägern verfolgt wurde.

»Das ist ein Problem«, sagte die Schneiderin. »Ich kann nicht auf mein Silber warten. Wir werden bald aufbrechen, wie Ihr wisst.«

»Ich kann etwas aus dem Haus meines Vaters holen.«

»Und wer ist das – Euer Vater?«

»Refael Uneta Geaco.«

Die Schneiderin verschränkte die Arme.

»Der Sabo«, ergänzte Nata. »Er wohnt am Astrovatorio.«

»Mag sein. Ich kenne ihn nicht. Er ist keiner von meinen Kunden. Und ich bezweifle, dass die Tochter eines Sabos in fettigem Leder herumläuft, bis sie sich mit Kleidern eindeckt, die andere verschmäht haben.«

»Es sind seltsame Zeiten.«

»Zeit habt Ihr mich nun schon genug gekostet. Besser, Ihr legt die Kleider wieder ab. Wenn Ihr Glück habt, sind sie noch da, wenn Ihr das Silber bringt.«

»Es ist mir wirklich sehr unangenehm, dass ich …«

»Nata?«

Überrascht drehte sie sich um. Wer erkannte sie nach all dieser Zeit auf offener Straße? Vielleicht ein Trauergast von der Zeremonie zu Beginn der Hellphase?

»Onkel Perul!«, rief Enna und warf sich dem Anführer der Jäger von Erdblut an den Hals.

Perul schwitzte in seinen Pelzen. Er führte sogar ein Rossom am Zügel. Sicher war es schwierig gewesen, es über die Treppen bis hier herauf zu bekommen.

»Hast du Schwierigkeiten?«, fragte er. Mit einem Arm hielt er Enna, die sich noch an ihn klammerte.

»Mein Silber ist mir abhandengekommen. Ich brauche …« Fragend sah sie die Schneiderin an.

»Sieben.«

»… sieben Silberlinge.«

Perul setzte Enna ab und zog seinen Geldbeutel unter dem Gewand hervor. Er warf ihn der Schneiderin zu. »Nimm dir, was dir zusteht.«

»Danke, der Herr!«

Perul strich Enna über das Haar, sah dabei aber ungewohnt nachdenklich aus. Als grübelte er bereits lange Zeit über etwas. Überhaupt wirkte er, als hätte er nicht richtig geschlafen. »Wie geht es dir, Kleine?«

»Ich bin müde«, antwortete Enna. Jetzt sah Nata es ihr auch an.

»Was suchst du in Oculor?«, fragte Nata. »Bist du uns gefolgt?«

Er richtete die Augen auf ihr Gesicht, ohne sie wirklich anzusehen. So nachdenklich hatte sie ihn noch nie erlebt.

»Ist Alissja auch hier? Perul?«

»Alissja ist bei den Kindern.« Er nahm seinen Geldbeutel zurück.

»Und du?« Nata sprach langsam. »Willst du im Haus meines Vaters Quartier nehmen? Was führt dich in die Metropole?«

Er sah zum Turm der Grauwacht hinüber. »Ich muss Vorräte für die Wanderung erstehen.«

»Jetzt noch? So weit von Erdblut entfernt? Brecht ihr nicht bald auf?«

»Deswegen bin ich allein unterwegs. So bin ich schneller zurück. Der Sturm hat das Behältnis für unser Herzfeuer beschädigt. Ich soll ein neues holen, und das muss etwas aushalten. Wir haben einen langen Weg vor uns.« Er klang seltsam unbeteiligt. Vielleicht, weil er so müde war.

»Willst du nicht doch bei uns schlafen?«, bot Nata nochmals an.

»Ich habe mir schon ein Zimmer genommen.« Er löste den Blick vom Turm und sah über seine andere Schulter, als fürchte er Verfolger. »Geht es euch gut?«, fragte er.

»Ja, es gab keine Probleme auf der Reise.« Nata entschied, dass es unnötig gewesen wäre, ihn mit dem Tod ihres Vaters zu belasten. Perul hatte ihn nicht gekannt.

»Die Metropole ist voller Wunder!«, rief Enna, aber sie klang müde dabei. Bei ihr ging das sehr schnell.

»Da hast du recht, Kleine.« Beiläufig zupfte er ihren Zopf. »Wegen Remon …«

»Ja?«

Perul klaubte einen Klumpen aus dem Fell des Rossoms.

Auf die Rufe, er solle das Tier gefälligst aus dem Weg schaffen, ging er nicht ein. Stattdessen ordnete er seine Kleidung.

»Was wolltest du wegen Remon sagen?«

Er räusperte sich. »Es tut mir leid, was geschehen ist.« Offenbar fiel ihm dieses Geständnis schwer. Sein Blick wich ihrem aus.

»Danke«, sagte Nata.

»Ihr kommt also zurecht?«

»Danke für das Silber. Wenn du mit zu unserem Haus kommst, gebe ich es dir sofort zurück.«

Perul schüttelte den Kopf. »Ich muss weiter. Ich will ein gutes Behältnis für unser Herzfeuer finden. Jetzt, da alle ihre Sachen packen, scheint mir das mit jedem Augenblick, den ich verstreichen lasse, schwieriger zu werden.«

»Na gut. Wenn du hast, was du brauchst, komm zum Astrovatorio. Frag dort nach dem Haus von Refael Uneta Geaco.«

»Das werde ich.«

Er umarmte sie, dann verschwand er in der Menge.

Die Guardistas hatten ihre Übung beendet. Einige zogen sich in den Turm zurück, andere gingen in verschiedene Richtungen davon. Die Frau, die Enna für Vorena gehalten hatte, suchte Nata vergeblich. Sie überlegte, ob sie nach ihr fragen sollte. Aber wenn Remon in der Wildnis entkommen wäre, könnte er keine Aufmerksamkeit seiner ehemaligen Kameraden gebrauchen. Er hatte Vorena bestimmt nicht umgebracht, aber während des Doppelmonds war das Eis tückisch. Unvermutet brachen Spalten auf. Vielleicht hatte es einen glücklichen Unfall gegeben. Besser, Nata beobachtete vorerst nur.

»Ich bin müde«, klagte Enna.

»Ja, mein Herz. Wir gehen nach Hause.«

»Zu Großvaters Palast?«

Nata nickte. »Dort haben wir weiche Betten.« Der Gedanke an eine warme Ruhestatt ließ sie die Schwere in den eigenen Gliedern fühlen. Sie nahm ihre Tochter bei der Hand.

Auf dem Weg durch die vollen Gassen fiel Nata ein, dass sie

Perul nach dem Namen des Gasthauses hätte fragen können, in dem er abgestiegen war. Seltsam, dass er sich mit einem Rossom durch die engen Straßen quälte, obwohl es bei seinem Quartier doch bestimmt einen Stall gab.

16. Kapitel

Trotz ihrer Müdigkeit fand Nata keine Ruhe im Haus ihres Vaters. Der Inhalt des letzten Briefs, den er verfasst und den sie inzwischen gelesen hatte, wühlte sie auf. Sie betrachtete Enna, wie das Mädchen unter der dünnen Decke in dem weichen Bett lag, ein Lächeln in dem noch immer rundlichen Gesicht. Wenn sie zuvor so dünn gekleidet gewesen war, dann in einem Raum, der durch heiße Steine oder die aufsteigende Hitze eines unterirdischen Magmastroms mit so drückender Wärme gefüllt war, dass das Atmen anstrengte. Hier hatte sie den nackten Fuß ins Freie geschoben. Ihre Zehen waren rund wie winzige Schneebälle.

Selbst dieser Anblick vermochte Nata nicht zu beruhigen. Sie kontrollierte den Sitz der Vorhänge, die das Licht der Hellphase aussperrten, schlich sich aus dem Zimmer und zog die Tür behutsam zu. Sie genoss das warme Gefühl des nachgebenden Holzes unter ihren nackten Sohlen, als sie die Treppe hinunterstieg. Seit Hurnendos Freilassung hatten keine Unfreien mehr in diesem Haus gewohnt. Natürlich beherbergten die unteren Stockwerke noch die Speisekammer, die Küche und andere Wirtschaftsräume, und auch Hurnendo war nie nach oben gezogen. Einige Zimmer hatte man jedoch so umgestaltet, dass sie der Erbauung oder dem Studium dienten. Nata fand den Raum, in dem ihr Vater am liebsten gearbeitet hatte, auf Anhieb.

Hier gab es keine hilfreichen Geister, wie man sie im Astrovatorio oder der Bilteca beschwören konnte. Nata strich über den abgewetzten Sessel, in dem zumeist sie selbst Platz genommen hatte, um mit ihrem Vater über Sterne oder kluge Berechnungsverfahren für Integrale und Potenzen zu debattieren. Sie war eine Verfechterin mehrstufiger Variablen, während ihr Vater Folianten mit Tabellen gefüllt hatte, um gesicherte Näherungswerte ablesen und anschließend interpolieren zu können. Ihr Sessel stand neben der Tür, wo es trotz der Lampe niemals richtig hell wurde. Natürlich durfte es in einem Zimmer mit so viel Pergament keine offene Flamme geben, also hatten sie eine Laterne auf einen hohen Leuchter geschraubt, aber die Konstruktion hatte nie einwandfrei ihren Zweck erfüllt. Nata lächelte, als sie über die Eisenstreben strich, die in einer ihnen eigenen Bösartigkeit die Schatten stets auf die interessanten Stellen eines Buchs zu werfen schienen. Ob sie das wohl immer noch taten?

Der Schreibtisch ihres Vaters stand direkt vor dem Fenster. Sein Holz war so schwer, dass er niemals verrückt wurde. Hurnendo rutschte auf den Knien unter ihm herum, wenn er den Boden wischte. Einmal war er beim Aufrichten gegen die Tischplatte gestoßen. Natas Vater hatte befunden, dass er seine Beule mehr als verdient hatte, denn durch die Erschütterung war ein Tintenfass umgefallen und hatte eine Zeichnung von Mezzas zernarbter Oberfläche verdorben. Dennoch hatte er in der gleichen Hellphase eigenhändig die Heiler hinausgeworfen, die geglaubt hatten, den ›unedlen Patienten‹ mit gelangweilter Herablassung behandeln zu können, und sie durch einen aufmerksameren Kollegen ersetzt.

Nata betrachtete das dicke Kissen auf der Sitzfläche des Sessels vor dem Schreibtisch. Ihr Vater war eigentlich zu klein gewesen, um mit dieser Möblierung gut arbeiten zu können, aber der Sessel passte zum Tisch. Also hatte er sich mit dem Kissen beholfen. Jetzt nahm Nata darauf Platz.

Sie hörte die Geräusche aus dem obersten Stockwerk, wo

Hurnendo die Räumlichkeiten für den Ball vorbereitete, der am Abend anlässlich der Bestattung gegeben würde. Lieferanten hatten Kisten mit Speisen und Weinflaschen gebracht, jetzt scheuerten ein paar Tagelöhner den Boden.

Das Leben in den Metropolen war so anders als in der Wildnis! Die Menschen hier hielten Fragen der Etikette für entscheidend, selbst wenn sie wussten, dass sie nur noch ein paar Dyaläufe vom Ende ihrer Lebensweise trennten. Nata sah hinaus in das satte Licht der Leuchtsteine. In diesem Moment konnte sie die verzärtelten Damen fast verstehen, die ihrem Leben lieber selbst ein Ende setzten, bevor sie in den Schneestürmen über dem Eis zugrunde gingen. Nur ein kurzer Aufenthalt außerhalb des Schutzschildes musste ihnen die Gewissheit verschaffen, dass sie dieser Härte nicht gewachsen waren. Frost, der den Schmelz abspringen ließ, wenn man mit den Zähnen knirschte. Kein Licht, das heller gewesen wäre als das der Monde. Selten eine andere Speise als Pilze. Das Gedränge um Stellen, an denen die Wärme aus dem Boden kam. Jeder versuchte, sie zuerst zu erreichen, auch wenn das bedeutete, dass man immer wieder erwachte, weil man schwitzte, und bei der anschließenden Wanderung Unmengen Schnee aß, um nicht auszutrocknen. Der Metropolfürst würde zu einem einfachen Feuerwahrer werden, wie es sie in jeder Communidad gab, und er würde sein Volk die Rücksichtnahmen lehren müssen, die eine Gemeinschaft brauchte, um in der Wildnis zu überleben. Wie viele dieser feingeistigen Menschen würden elendig verrecken, bevor sie es lernten?

Nata lehnte sich zurück und legte die Fingerspitzen aneinander. Ranken klammerten sich an das Bronzegitter, das das Fenster vor ihr sicherte.

Dennoch waren die Beschwerlichkeiten im Eis keine Entschuldigung, es nicht zu versuchen. Es galt, sich den Schwierigkeiten des Lebens zu stellen. Nur dann konnte man wachsen.

Erst recht waren die Härten der Wildnis keine Erklärung für das Gift, das ihr Vater genommen hatte. Er war ein Sabo gewesen, und er hatte sich dem Zug der Communidad gar nicht anschließen wollen. Zwar stand ein Sabo unter dem Schutz des Metropolfürsten und musste sich dessen Befehlen beugen, solange er sich im Bereich seines Herzfeuers aufhielt, aber ein Untertan war er dennoch nicht. Vermutlich trafen viele Sabos die Entscheidung, die Communidad zu verlassen und statt einer Wanderung in eine ungewisse Zukunft eine andere Metropole aufzusuchen. Der Brief, den Hurnendo ihr gegeben hatte, bewies sogar, dass ihr Vater im Austausch mit einem Sabo namens Firando Mea Aroz in Sombralor gestanden hatte. Ihr Thema war die Veränderung der Monde gewesen, oder, genauer gesagt, das neue Licht. Sabo Firando berichtete davon, dass es in Sombralor sogar in die Metropole schien. Sombralor erhob sich am Nordpol, deswegen lagen seine Gebäude stets teilweise im Tag und teilweise in der Nacht. Als einzige Metropole wurde es zugleich von Menschen und von Sasseks bewohnt. Dort regierte ein gemeinsamer Rat. Und Firando, so entnahm Nata dem Antwortschreiben ihres Vaters, beobachtete dort nun, was schon Vorena erzählt hatte: dass die Nacht langsamer vorrückte als der Tag, dass blaues Licht auf den Schatten folgte, dahinter grünes und danach erst die gewohnte Helligkeit des Tageslichts. Natas Vater hatte das mit eigenen Augen sehen wollen und bat in dem Schreiben darum, Treffen mit mehreren Sabos zu organisieren, die er schätzte, oder sogar – wenn Firando das für gerechtfertigt hielte – einen Kongress einzuberufen. Er hatte einige hastige Zeichnungen zur neuartigen Mondfärbung ergänzt. Firandos genaue Beschreibungen zitierte Natas Vater in seinem Brief aber natürlich nicht.

Sie beugte sich über die Schriftsätze auf dem Schreibtisch. Von einzelnen Blättern über Rollen bis zu gebundenen Folianten fand sich hier alles außer den speziellen Kristallbüchern, die sich nur bei den Geistern lesen ließen. In diesen Bergen von Pergament war schwerlich ein spezieller Brief auszumachen, der zudem kurz gehalten sein mochte.

Nata suchte dennoch. Wenn ihr Vater erst kürzlich geantwortet hatte – schließlich hatte Hurnendo das Schreiben noch nicht an einen Boten übergeben –, lag der Brief, auf den er sich bezog, vielleicht oben. Die Bücher konnte Nata ignorieren, nicht aber die Schriftrollen. Manchmal wurden Briefe in runden Lederhüllen transportiert, um sie vor der Witterung zu schützen.

Eine Mischung aus Müdigkeit und Wissensdurst behinderte Natas Suche. Sie fand Schriftsätze mit einem Disput über das Volumen ungleichmäßiger Körper, war fasziniert, las sich fest und kritzelte auf eine Schiefertafel, um die Berechnungen nachzuvollziehen. Dann sah sie nach, ob der Verfasser zum gleichen Schluss kam. Sie stellte jedoch fest, dass sie die Sätze nur noch mechanisch las, ohne ihren Inhalt aufzunehmen. Nata blätterte zurück und las erneut, bis ihr auffiel, dass dies nichts mit Firandos Bericht zu tun hatte. Eine Abhandlung über einen dunklen Stern, der mittels des Astrovatorios manchmal, aber nicht immer zu sehen war, hielt ihre Aufmerksamkeit dann jedoch fest wie eine Leimrute ein unvorsichtiges Insekt. Mit Mühe riss sie sich davon los. Sie sichtete einige Schriften in schneller Folge, wusste dann aber nicht mehr, ob sie sie direkt auf der Tischplatte abgelegt hatte oder ob sich unter dem Stapel der durchgesehenen Schreiben noch Dokumente befanden, die sie noch nicht geprüft hatte. Bei ihrer Kontrolle kam ihr wieder der Bericht über den seltsamen Stern in die Finger. Vielleicht hatte dieses Himmelsphänomen auf irgendeine Weise mit der Färbung der Monde zu tun? Das war ihr Entschuldigung genug, das gesamte Dokument zu lesen. Danach hatte sie ein schlechtes Gewissen wegen der vertanen Zeit und widmete sich den Blättern auf der anderen Seite des Schreibtischs. Nach dem langen, einfachen Leben in Erdblut dürstete ihr Geist nach solchen Gedanken wie ein Nachtsame nach Schmelzwasser.

Nata schrak hoch, als sich die Tür in ihrem Rücken öffnete. Sie brauchte einen Moment, um sich aus ihrer bequemen Haltung – ebenso sehr liegend wie sitzend, ein Knie gegen die Tischkante gestützt – zu erheben.

Hurnendo führte eine Schar Besucher herein. Da es draußen noch hell war, konnte es sich nicht um Gäste des Trauerballs handeln. Diese hätte er auch nach oben in die für die Feierlichkeit vorbereiteten Räume gebracht.

Eine alte Frau ging voran. Sie trug ein Gewand, dessen fahlgelbe Farbe den Ton ihrer faltigen Haut aufnahm. An den Ellbogen verschwand es in Stulpen, die Armschienen ähnelten, jedoch nicht aus Leder oder Eisen gefertigt waren. Ihr glatter Stoff verhinderte lediglich, dass das Gewand der Trägerin die Tinte frisch beschriebener Seiten verwischte. Das Erkennungszeichen der Sabos. Nach zwei Schritten in den Raum herein blieb sie stehen, die sechs Unfreien, die ihr folgten, stellten sich hinter ihr auf.

Sie schob die Unterarme übereinander, sodass die Handteller an den Ellbogen lagen, und verbeugte sich. »Sabo Refaels Tochter ist zurück. Bei der Bestattung hatte ich keine Gelegenheit, Euch mein Mitgefühl auszudrücken. Euer Vater und ich waren gute Freunde.«

Kaum merklich schüttelte Hurnendo hinter ihr den Kopf. Seine Lippen waren dünne Striche.

»Erkennt Ihr mich?«

Nata grub in ihren Erinnerungen. Ihr Vater war ein Sonderling gewesen, vor allem in der Gemeinschaft der Sabos. Die wenigen regelmäßigen Besucher des Hauses waren profaneren Beschäftigungen nachgegangen als dem Nachdenken über abstraktes Wissen. Es hatte ihn entspannt, den Alltäglichkeiten eines Burlanzüchters oder eines Kochs zu lauschen. Trotzdem kam Nata diese Frau bekannt vor. Ihre unerbittlichen Augen waren so klein und lagen so tief in den Höhlen, dass sie wie schwarze Knöpfe aussahen.

»Eine Freundin meines Vaters ist auch mir stets willkommen.«

Nata wurde sich ihres eigenen unangemessenen Aufzugs bewusst. Sie hatte ein Nachthemd ihres Vaters angezogen, als sie sich ins Bett begeben hatte. Da es ihr zu groß war, hatte sie die Ärmel aufgekrempelt. Immerhin verdeckte es ihre nackten Füße.

Die Alte setzte zu einer Erwiderung an, wurde aber von einem hellen Ruf unterbrochen.

»Mama, wo bist du?«

Die Unfreien machten Platz für Enna, die zwar die neu erstandene Metropolkleidung trug, aber ebenfalls barfuß über den Holzboden patschte. Sie wollte zu Nata, doch die langfingrige Hand der Alten legte sich auf die Schulter des Mädchens und hielt es so zurück.

»Lass dich ansehen, Kleines. Mein Name ist Orresta Velantin Uda, ich bin eine Sabo, die häufig mit deinem Großvater disputiert hat.« Ohne das Kind loszulassen, drehte sie ihren Kopf, bis ihre Äuglein wieder auf Nata gerichtet waren. »Sie ist doch Eure Tochter? Sie stand bei der Bestattung neben Euch, und die Ähnlichkeit der saphirfarbenen Augen ist unleugbar.«

Nata war übermüdet, aus ihren Überlegungen gerissen und ratlos, was den Grund dieses Überfalls betraf. Sie konnte keinen geordneten Gedanken fassen, also nickte sie stumm.

»Und wie heißt du, Mädchen?«, fragte Orresta.

»Enna Remon Nata. Ich will zu meiner Mutter!«

Die Falten des Gesichts verzogen sich zu einem Lächeln, als Orresta Enna losließ.

Nata nahm ihre Hand.

»Was ist Euer Begehr?« Sie richtete sich gerade auf. Merkwürdig gekleidet oder nicht, dies war ihr Haus. Oder zumindest war sie diejenige, die nach den jüngsten Geschehnissen den stärksten Anspruch darauf hatte.

»Ich komme, um das Wissen Eures Vaters für die Sabos zu sichern.« Vielsagend ließ sie den Blick über die Regale schweifen.

»Hier befinden sich nur persönliche Aufzeichnungen.« Nata sah zu Hurnendo, der ihre Vermutung mit einem deutlichen Nicken bestätigte.

»Refael war durch und durch ein Sabo. Er hat nach Wissen gesucht wie kein Zweiter. Geheimnisse lockten ihn mehr als die schmackhafteste Speise, der prachtvollste Edelstein oder die schönste Frau. Das brauche ich seiner Tochter wohl nicht zu erklären. Die *persönlichen Aufzeichnungen* eines solchen Menschen sind für die Sabos von größerem Interesse als so manche Abhandlung über Rechenkunst oder Körperschule.«

»Mein Vater liebte den Disput mit seinen Kollegen. Ich bin sicher, er hat alles mit der Gemeinschaft geteilt, was er für teilenswert erachtete.«

»Ich widerspreche Euch nicht, aber ich weiß, dass Refael Uneta Geaco oft zu bescheiden war. Ein Gedanke, den er noch mehrfach überprüfen wollte, bevor er ihn in die Welt entließe, mag für uns bereits ein unschätzbarer Anstoß sein. Nichts von dem hier darf zurückbleiben, wenn die Communidad Saphir zur Wanderung aufbricht.« Sie wandte sich an ihre Begleiter. »Räumt alles zusammen!«

»Einen Moment!«, rief Nata. »Ich hatte noch keine Gelegenheit, diese Aufzeichnungen zu sichten. Ich bin gerade erst zurückgekehrt.«

Unentschlossen hielten die Unfreien inne.

Orresta legte wieder die Unterarme aufeinander. Sie schritt zu einem Regal, besah sich die Titel auf den Ledereinbänden, wandte sich um, lächelte Nata und Enna zu, durchquerte bedächtig den Raum und betrachtete die Schriften auf der anderen Seite. Sie kam zu ihnen, hockte sich hin, was ihr, dem säuerlichen Lächeln nach, schwerfiel, und strich über Ennas Wange.

Enna machte einen Schritt rückwärts, um der Berührung zu entkommen.

Orresta sah zu Nata hoch. »Ich frage mich, wo Ihr die ganze Zeit gewesen seid.«

»Nicht in Oculor«, wich Nata aus.

»Das weiß ich.« Sie ächzte, als sie sich aufrichtete. »Enna Remon Nata ist also der Name Eurer Kleinen.« Sie legte die Stirn in Falten. »Remon heißt demnach ihr Vater. Er ist nicht mit Euch gekommen?«

»Nein.«

»Also werdet Ihr bald zu ihm zurückkehren? Wollt Ihr dann wirklich alle diese Bücher mitschleppen?«

»Ich werde eine Auswahl treffen. Für den Transport der anderen an einen sicheren Ort kann ich Sorge tragen.«

Orresta presste die Lippen aufeinander, bevor sie antwortete. »Während Ihr also diese Schriften sichtet – womit verbringt eine alte Frau wie ich ihre Zeit? Ihr könnt Euch denken, dass die Bälle, die in beinahe jedem Haus gegeben werden, nichts mehr für mich sind. Niemand will noch mit mir tanzen, und wenn der Trunk dennoch jemanden verleitet, muss ich fürchten, mir bei einem einfachen Sturz die Knochen zu brechen. Nein. Ich werde also daheimsitzen, und da ich Refaels Schriften nicht studieren kann, werde ich über jene Menschen nachdenken, die ich in meinem langen Leben kennenlernen durfte. Das ist es, was alte Leute tun.«

»Wenn Ihr es sagt.«

»Enna Remon Nata.« Sie sah das Mädchen an. »Ich frage mich, ob der Name Remon mir bereits einmal untergekommen ist. Gab es damals nicht einen Skandal, etwa zu der Zeit, als Ihr verschwunden seid?«

»Meine Familie hat sich noch nie für Tratsch interessiert.«

»Das verbindet uns. Auch ich befasse mich ungern damit. Diese Geschichten von Verrat, von Kerkern und Strafen drücken mir aufs Gemüt. Viel lieber würde ich mich mit Refaels Schriften beschäftigen.«

Nata fühlte, wie sie schwitzte. Orresta musste ein hervorragendes Gedächtnis haben. Viele Sabos schulten sich darin. Recht klar hatte die Alte ihr zu verstehen gegeben, dass sie wusste oder zumindest vermutete, dass Ennas Vater ein abtrünniger Guardista war. Wenn Remon seiner Häscherin auf irgendeine Weise entkommen war, würde die Grauwacht Nata und Enna befragen wollen, um etwas über seinen Verbleib zu erfahren. Selbst dann, wenn Vorena im Eis verschollen wäre. Und die Grauwacht hatte genug Einfluss, um ihr Leben zu zerstören. Sie könnte sie in eine Zelle sperren, um ihren Willen zu brechen, wenn sie Orrestas Hinweisen glaubte, dass Nata etwas über den Verbleib eines Abtrünnigen wusste. Was sollte in dieser Zeit mit Enna geschehen? Würden sie die Dinge vielleicht so drehen, dass Nata als Verbrecherin dastand, der man die Tochter nehmen musste?

Sie drückte Enna an sich. »Ich will nicht, dass Ihr Euch mit düsteren Erinnerungen martert. Nehmt, was Ihr braucht, und dann verlasst dieses Haus.«

»Ihr habt sie gehört!«, rief Orresta. »Packt alles zusammen, worauf Buchstaben stehen!«

17. Kapitel

Trotz ihrer Abneigung gegen die ständigen Bälle erschien Sabo Orresta kurz nach Beginn der Dunkelphase in Natas Haus. Denn das war es nun, *ihr* Haus. Nata war die einzige Tochter ihres Vaters, und sie schuldete ihm, das Erbe anzunehmen.

Inzwischen trug sie ein vornehmes Gewand, bei dem die Unterarmstulpen einer Sabo ausgeformt waren, mit einer dreieckigen Verlängerung über dem Handrücken, die mittels einer Schlaufe am Mittelfinger befestigt war. Nata wusste nicht, wo Hurnendo dieses Kleidungsstück aufgetrieben hatte, aber sie fühlte sich darin geschützt wie in einer Rüstung. Sie war nicht mehr die Fremde, die aus der Wildnis in eine ihr fremd gewordene Metropole zurückgekehrt war. Jetzt war sie eine Sabo, der Respekt zustand.

Ein Dutzend von den fünfzig Gästen waren ebenfalls Sabos, die weiteren Edle Oculors. Es war unüblich, sich zu einem solchen Ball anzumelden. Tatsächlich kamen ab und zu neue Besucher hinzu, während sich andere verabschiedeten oder grußlos gingen, um andernorts weiterzufeiern.

Die beiden Musikanten spielten getragene Melodien, zu denen langsame Tanzschritte passten. Mit Verweis auf ihre Trauer schlug Nata mehrere Aufforderungen aus. Auch Orresta, die Nata ebenso im Auge behielt wie umgekehrt, beschränkte sich darauf, Säfte zu trinken und Konversation zu treiben. Überhaupt wurde an diesem Abend viel geredet, wenn auch kaum über den Verstorbenen. Die anstehende Wanderung beschäftigte die Edlen, und auch über die Farbe der Monde wurde spekuliert.

»Was ist Eure Meinung zu diesem Thema?«, fragte Orresta, die plötzlich neben ihr stand.

»Ich weiß nicht viel darüber«, sagte Nata.

Sie wollte sich abwenden, aber Orresta hielt ihren Ellbogen fest. »Dann sollten wir gut zuhören. Seid Ihr mit Sabo Carul bekannt? Nein?«

Sie schob Nata zu einer Gruppe, die an der vertäfelten Wand stand, wo der Schimmer der Leuchtsteine von der Straße durch ein Fenster hereinschien. Orresta bat darum, dass jeder der fünf Männer seine Meinung dazu kundtäte, was die ungewöhnliche Färbung der Monde auslöste.

Sabo Carul setzte an, aber ein Jüngling war so begierig darauf, sich mitzuteilen, dass er ihm zuvorkam. »Es ist Eis«, sagte er. »Die Monde vereisen, weil sie auf dem Weg durch die Nacht ihre Wärme verlieren. Wenn sie unter den Horizont sinken, sind sie vollständig von gefrorenem Wasser bedeckt.«

»Und warum sind sie bis vor Kurzem nie vereist?«, fragte Carul mit spürbarer Ungeduld in der Stimme.

»Es gibt kältere und wärmere Zeiten«, wischte der Jüngling die Frage weg. »Das wird am Himmel nicht anders sein als auf dem Boden Bisolas. Nun ist es dort eben kälter als zuvor.«

»Und weshalb zunächst das grüne Licht?«, fragte Nata.

Er betrachtete ihr Gesicht und lächelte. »Eine kluge Frage. Aber ich habe schon grünes Eis gesehen. Es hängt davon ab, was sich im Wasser befindet, bevor es gefriert.«

»Wasser!«, rief Sabo Carul. »Das ist das Entscheidende. Wasser, nicht Eis. Es ist aus dem Boden der Monde gebrochen, und immer mehr fließt nach. Deswegen nimmt die neue Färbung zu. Auf ihrer Bahn schleudern die Monde das Wasser herum, das auf ihnen liegt. Wie bei einem Eimer, den man schwenkt. Wenn sie im Westen sinken, ist diese Schleuderkraft am stärksten. Das Wasser ist am tiefsten, deswegen ist es blau. Vorher ist es besser verteilt. Wir sehen den gelben Fels der Monde, wenn sie aufgehen, und nachher, wenn sich viel Wasser in einer Hälfte sammelt, schimmert er noch durch das Blau, deswegen sehen wir es grün.«

»Mezza wandert langsamer als Dya«, sagte Nata zweifelnd. »Warum sollte bei ihm die Schleuderkraft identisch sein?« Sie fühlte sich unwohl unter Orrestas forschendem Blick.

»Ist sie das denn?«, fragte Carul herablassend. »Dazu müssten wir wohl noch ein paar weitere Zyklen studieren. Aber ich versichere Euch: Das grüne Licht wird ohnehin bald verschwinden. Dann nämlich, wenn genug Wasser ausgetreten ist, um die Monde ständig zu bedecken. Sie werden vollständig blau aufgehen, blau bleiben und blau untergehen.«

Nata bemühte sich um einen interessierten Gesichtsausdruck. Sie wollte nicht, dass Orresta ihre Zweifel erkannte. Dabei wurden diese unsinnigen Theorien offensichtlich nur zur Beruhigung der Menschen gestreut. Sie erklärten nicht, warum blaues Licht auf dem Boden lag, wo die Nacht hätte voranschreiten sollen. Doch Nata hielt es für unklug, ihre Kenntnis von diesem Vorgang zu offenbaren. Sicher wusste Orresta davon, vermutlich sogar alle Sabos, einschließlich Carul. Welchen Grund hatten sie, ihr Wissen hinter unsinnigen Erklärungen zu verbergen?

»Ich sage Euch, wie es sich wirklich verhält!«, rief ein Edler, dessen rote Nase ebenso wie sein Atem vom Alkohol in seinem

Blut zeugte. »Der Himmel verhöhnt die Sasseks! Die Monde zeigen das Blau, das diesen Amphibien so verhasst ist!«

Nata bemühte sich, wenigstens zu kichern, als die anderen hämisch lachten. Sie musste hier weg! Bei noch mehr hanebüchenem Quatsch würde sie sich nicht mehr beherrschen können und beginnen, anhand der Tatsachen zu argumentieren. Dafür war hier weder der rechte Anlass noch die rechte Gesellschaft.

Nata tat gelangweilt und ließ den Blick durch den Raum schweifen. Hurnendo hatte die Türen im obersten Stockwerk ausgehängt, um einen durchgängigen Bereich für den Ball zu schaffen. Die Musikanten befanden sich in einem anderen Raum, aber ihre Instrumente waren bis hierher zu hören. Tänzer schritten von Zimmer zu Zimmer, während Hurnendo kleine Speisen auf den Platten nachfüllte, die Umhänge von Neuankömmlingen entgegennahm oder diejenigen von denen, die wieder gehen wollten, aus der Kleiderkammer holte. Nata machte sich wenig Hoffnung, dass Enna bei dem Krach schlafen konnte. Schließlich hatte sie sich bereits ausgeruht, und außerdem hatte sie gequengelt, das Spektakel sehen zu dürfen. Nata hatte abgelehnt, weil sie es unwürdig fand, eines Toten auf diese Weise zu gedenken. Sie fragte sich, ob ihr Vater die Sitten der Metropole genug geschätzt hatte, um sich einen solchen Ball zu wünschen.

Nata hoffte auf Erlösung von dem immer dumpfer werdenden Gespräch, als vier junge Edle, zwei Damen und zwei Herren, auf sie zukamen. Sie ähnelten der Gruppe, die sie vor dem Speisesaal getroffen hatte.

»Ihr seid die Gastgeberin, nehme ich an?«, fragte einer der Herren. Er trug einen kurzen, spitzen Kinnbart.

Nata bestätigte. »Und Ihr seid Freunde meines Vaters?«

»Offen gestanden kannten wir Euren Vater nicht«, erwiderte der Mann. »Wir entdeckten jedoch dieses wundervolle Haus, das in seiner besonderen Gestaltung die Vergänglichkeit, die uns bald alle ereilen wird, besser ausdrückt, als jeder Dichter es könnte. Da wir Lichtschein sahen und Musik hörten, baten wir um Einlass, der uns freundlich gewährt wurde.« Er verbeugte sich.

Nata legte die Handflächen an die Ellbogen. »Nun, Ihr seid in eine Trauerfeier geraten.« Sie erinnerte sich daran, dass es auch, als sie noch in Oculor gelebt hatte, üblich gewesen war, auf den Bällen Unbekannter zu erscheinen, aber so etwas Persönliches wie der Abschied von einem Toten war davon ausgenommen gewesen. Dennoch war ihr die Anwesenheit dieser höflichen Leute recht. Sie versprachen, die Gesellschaft ein wenig erträglicher zu machen. Vor allem gemessen an der Runde, in der sie mit Orresta stand und in der immer schlechtere Scherze über blaues Licht und Sasseks gemacht wurden, die man dann mit brüllendem, der Totenruhe sicher nicht angemessenem Gelächter würdigte.

»Das ist mehr als passend für unser Vorhaben«, sagte der Jüngling.

»Was für ein Vorhaben?«

»Aus dem Leben zu scheiden.« Er zog eine Phiole mit einer eitergelben Flüssigkeit hervor. »Wir haben beschlossen, in der Gemeinschaft der Unsrigen zu gehen. Auf einem Ball. Aber es soll kein lärmendes Fest in einem prächtigen Saal sein. Ihr würdet uns eine große Freude machen, wenn Ihr gestatten könntet, dass wir es in Eurem Haus tun.«

»Ihr wollt Euch vergiften?«, rief Nata so laut, dass sie die Aufmerksamkeit im Zimmer auf sie zog.

»Wir werden niemanden stören«, versicherte der junge Mann. »Vor dem Haus wartet ein Bote. Wenn Ihr einverstanden seid, wird er dafür sorgen, dass unsere Leichen zur passenden Zeit abgeholt werden. Ihr werdet keine Umstände damit haben.«

Nata sah nur interessierte Gesichter. In keinem spiegelte sich ihr Entsetzen. »Sind denn hier alle verrückt geworden?«

»Mit Verlaub«, sagte eine der Damen, die den Sprecher begleitete. Sie drehte eine ähnliche Phiole in den Fingern. »Unser

Leben ist uns kostbar. Wir sind uns wohl bewusst, dass es in jeder Hinsicht besser war als das, was uns erwartet, wenn wir mit der Communidad ziehen. Guten Wein verwässert man nicht. Wir haben beschlossen, auch unser gutes Leben nicht mit dem Elend zu verderben, das in der Wildnis liegt.«

Wie Blitze zogen die Gesichter von Erdbluts Bewohnern an Natas geistigem Auge vorüber. Jeder von ihnen hatte Wunden erlitten, vielen war ein geliebter Mensch vor der Zeit gestorben. Aber sie alle hingen an ihrem Leben. Manche klammerten sich verzweifelt daran. »Ihr kennt nicht den Wert von dem, was Ihr wegwerft.«

»Was soll dort auf uns warten? Kälte? Dunkelheit? Schmerz?«

»In der Härte könnt Ihr echte Siege erringen. Ihr könnt dort draußen Dinge tun, die Euch stolz machen werden.«

Traurig sah der Mann mit dem Kinnbart sie an. »Dann ist Eure Antwort ein Nein?«

»Warum wollt Ihr nicht wenigstens versuchen, Euch dem Leben dort draußen zu stellen?«

»Wir werden unsere Würde nicht preisgeben. Wir wollen dieses Leben oder keines.«

Nata schüttelte den Kopf. War dies ein bizarrer Albtraum, aus dem sie bald erwachte? »Wieso kämpft Ihr dann nicht darum?«

Höfliches Gelächter schwappte durch den Saal. Die vier schwiegen mit traurigem Lächeln. Der mit dem Spitzbart hob seine Hände. »Ich spiele die Harfe und die Flöte. Ich male mit Kreide und Tusche. Diese Hände haben niemals ein Schwert gehalten. Jeder Sassek«, er spie das Wort aus, »wird mich besiegen. Wenn sich kein Guardista findet, der mir vorher seinen Stahl durch den Bauch rammt. Ich will in meinem letzten Moment an etwas Schönes denken, anstatt mich in Schmerzen zu winden.«

Nata lachte auf. »Ich habe die Leiche meines Vaters gesehen. Nehmt dieses Gift, und Ihr werdet qualvoll ersticken!«

Der Mann runzelte die Stirn. »Nein. Man sagt, es schmecke

bitter, aber man schläft einfach ein. In geringen Dosen benutzt man es sogar, um angenehme Träume zu befördern.«

Entschieden schüttelte Nata den Kopf. »Nicht in meinem Haus!«

»Das ist bedauerlich.« Er verbeugte sich. »Wir empfehlen uns.«

Nata starrte den jungen Leuten nach, als sie den Raum verließen. In das betretene Schweigen tönte die Musik von nebenan.

»Warum habt Ihr ihnen den Wunsch verwehrt?«, fragte Orresta. »Sie haben so freundlich darum gebeten.«

»Es ist falsch, das Leben fortzuwerfen.«

»Interessant.« Ein Lächeln verschob die Falten in dem alten Gesicht. »Denkt Ihr, man sollte sein Leben gestalten?«

»Solange man die Gemeinschaft im Blick behält – sicher.«

»Und warum dann nicht auch den Tod?«

»Es ist falsch!« Nata presste die Zähne aufeinander. »Sie haben Eltern, die sie aufgezogen haben. Eine Communidad, die ihnen ihr bisheriges Leben ermöglichte. Zu der auch jene gehören, die vor ihnen durch die Wildnis gezogen sind, um Oculor in Besitz zu nehmen. Jetzt hätten sie die Gelegenheit, zurückzugeben, was sie empfangen haben, indem sie für die Communidad da sind.«

»Ein interessanter Standpunkt«, meinte Orresta. »Solche Reden hört man nur noch selten.«

»Entschuldigt mich. Ich will mich beruhigen, um meine Gedanken zurück zu meinem Vater zu bringen.«

»Natürlich.«

Auf der Treppe hieb Nata gegen das Geländer. Die Gleichgültigkeit dieser Gesellschaft widerte sie an, aber das Erschreckendste war, dass diese Geisteshaltung die gesamte Metropole ergriffen zu haben schien. Am Ende war es aus der Sicht des Metropolfürsten vielleicht sogar weise, verzärtelte Jungedle wie diese loszuwerden, ehe die Wanderung begann. Auf dem Eis wären sie nur eine Belastung.

Nata zog die Schuhe aus, bevor sie ins Schlafzimmer schlich. Enna schlief trotz des Lärms und der Aufregung. Nata lauschte auf die gleichmäßigen Atemzüge.

Enna war erst sechs Doppelmonde alt, und sie hatte sich schon allein der Wildnis gestellt. Sie würde sicher um ihr Leben kämpfen, ganz gleich, was sie erwartete. Darum verdiente sie, dass auch ihre Mutter für sie kämpfte. Man konnte eine Metropole verlassen und eine Siedlung finden, ein Refugio oder sogar eine andere Metropole, die tiefer in der Nacht lag. Dem Tag wichen die Menschen seit jeher aus.

Aber den Monden konnte man nicht entfliehen. Freudlos lachte Nata auf, als sie an die blödsinnigen Theorien dachte, die man oben auf dem Ball als respektabel ansah.

Enna drehte sich im Schlaf herum.

Nata war ihr schuldig, dass sie herausfand, was mit den Monden vor sich ging. Wütend ballte sie die Fäuste, weil sie die Aufzeichnungen ihres Vaters so leicht hergegeben hatte. Jetzt war das Arbeitszimmer leer wie ein ausgeweidetes Tier.

»Dann muss ich eben selbst nachsehen«, flüsterte sie. Immerhin war sie eine Sabo. Das Astrovatorio würde ihr Zutritt gewähren.

18. Kapitel

In einer Metropole brauchte man sich nicht gegen die Witterung zu schützen, aber manchmal wollte man durch die Straßen gehen, ohne erkannt und angesprochen zu werden. Auch Natas Vater hatte deswegen einige weit fallende Umhänge aus leichtem Stoff besessen. Einer davon umflatterte Nata jetzt, als sie die kurze Strecke zum Astrovatorio eilte. Die Kapuze hatte sie so tief ins Gesicht gezogen, dass sie stehen bleiben und den

Kopf in den Nacken legen musste, um mehr zu erkennen als ein Stück Boden vor ihren Füßen. Aber das war kaum notwendig. Sie war diesen Weg so oft gegangen, dass sie ihn problemlos fand – auch, wenn sie beinahe mit einer Sänfte zusammenprallte.

Selbst im Vergleich zum Haus ihres Vaters war der Eingang zum Astrovatorio bescheiden gestaltet. Die Tür war eine dunkle Platte aus glattem Metall, ohne jede Verzierung und sogar ohne Klinke und Riegel. Sie war zurückgesetzt in der Wand angebracht, sodass sie jetzt, in der Dunkelphase, einem rechteckigen Loch glich, bis man unmittelbar davor stand. Als ihre Schulter gegen das Metall drückte, um die Augen vor die seitlich eingelassenen Gucklöcher zu bringen, fragte sich Nata, aus was für einem Material die Tür wohl bestand. Sie lächelte. Das hatte sie schon früher beschäftigt. Es war beinahe schwarz, schimmerte aber wie Kupfer, wenn Licht darauf fiel. Kein Schmied hatte ihr sagen können, was für eine Legierung das war. Man fand sie nur an Orten, wo auch Geister lebten. Also hatte sie sich in den Geisterschmieden erkundigt, war aber auch dort auf Ratlosigkeit gestoßen.

Sie legte die Handflächen würdevoll an die Ellbogen und sah durch die Gucklöcher. Dahinter bewegten sich Muster, als tropfte blaue Tinte in eine Schale mit gelber Farbe. Nata beobachtete die sich ausdehnenden Kleckse, bis sie ins Gelb eintauchten. Langsam zog ein roter Streifen von oben herunter. Seine Spur zerfaserte, verästelte, bis auch das Rot einsank. Braune Tropfen folgten.

Die Muster variierten jedes Mal, auch wenn sie sich stets ähnelten. Nata fand es beruhigend, sie anzusehen. Man sagte, an der Art, wie jemand sie betrachtete, erkannten die Geister, ob er ein Sabo oder Guardista war und deswegen Zutritt hatte. Andere meinten, die Hüter des Astrovatorios sähen ins Herz des Besuchers, um zu entscheiden, ob sie Einlass gewähren sollten. Nata wusste nur, dass sie nach dem Abschluss auf der Universität von ihren Profesores in das Cestillo des Metropolfürsten geführt worden war. Aber nicht, um sie dem Oberhaupt der Communidad Saphir vorzustellen, sondern um sie den Geistern bekannt zu machen. Sie hatte einen bestimmten Pfad in einem Zimmer abschreiten müssen, über silberne Platten und zwischen Pfosten hindurch, zwischen denen ein grelles Licht gestanden hatte. Sie hatte die Arme zur Seite gestreckt und noch andere seltsame Positionen eingenommen, und am Schluss hatte sie durch Gucklöcher wie diese geschaut. Dann hatten die Geister ihren Status als Sabo bestätigt.

Mit einem leisen Zischen zog sich die Tür in die Decke hinauf. Die Bewegung war absolut gleichmäßig. So etwas konnte man mit Kurbel und Kette kaum erreichen. Die Führungsrille verriet, dass das Metall auf jeder Seite eine Handbreit in die Wand hineinreichte. Nata trat über die Schwelle, die ebenfalls aus einer Rille bestand, in den sich schlangenartig windenden Gang dahinter. Fackeln an den Wänden entzündeten sich, ohne zu brennen. Zwar tanzten Flammen darauf, aber sie waren kalt, und das Pech brannte auch dann nicht herunter, wenn die Fackeln lange prasselten. Anders als außen waren die Wände im Astrovatorio nicht verputzt, sondern aus Bruchsteinen zusammengefügt. Im Innern hatte der Architekt anscheinend jede gerade Linie vermeiden wollen. Nicht nur die Gänge schlängelten sich und trafen aufeinander wie Flussläufe, statt sich zu kreuzen, auch die Räume waren rund oder Kombinationen von Kreisen und Ovalen. Hier konnten Sabos ihre Beobachtungen besprechen oder die Geister über den Himmel befragen.

Nata folgte dem Hauptgang bis zum Zentrum, wo sie die Wendeltreppe erstieg, die sich um eine enge Säule schlang. Als die Stufen sie über den flachen Bau hinaushoben, drangen auch die Geräusche der Metropole wieder ungedämpft an ihr Ohr. Sie hatte den Eindruck, dass hangaufwärts, in der Nähe des Cestillos, am exzessivsten gefeiert wurde, aber das mochte täuschen, weil der von unten aufsteigende Lärm als Echo zurückkam. Unter der Kuppel hielt sie nach dem Haus ihres Vaters Ausschau. Beim Anblick der Beleuchtung im obersten

Stockwerk verspürte sie einen Anflug von Reue, Hurnendo auf dem Ball alleingelassen zu haben. Aber den stoischen Hausdiener würde dieses unwürdige Schauspiel nicht kümmern, und Nata hatte weder die dumpfen Gespräche noch Sabo Orrestas stechenden Blick ertragen. Sollten sie sich doch das Maul darüber zerreißen, wieso die Tochter die Totenfeier des Verstorbenen verlassen hatte!

Die Kuppel des Turms war der Daseinszweck des Astrovatorios. Ihre Form erinnerte an einen Blütenkelch, in den die Wendeltreppe hineinführte. Innen war sie eine Hohlkugel mit abgeflachtem Boden, die Säule bildete ihren Mittelpunkt und stützte die Decke. Am Rand standen acht weite Sessel. Aus einer jeden rechten Lehne bog sich ein geschwungenes Schreibpult, auf der anderen war eine Ablage angebracht, auf der Blätter, ein Tintenfass und eine Feder bereitlagen.

Zwei Sessel waren belegt. Die beiden Sabos begrüßten Nata mit knappen Floskeln, ohne sie weiter zu beachten. Sie sahen in die Linsen aus rotem Licht, die schräg vor ihren Köpfen schwebten. Von Natas Standpunkt aus waren nur willkürlich verteilte Leuchtpunkte darin zu erkennen, aber sie wusste, dass es anders war, wenn man im Sessel saß.

Sie wählte ihren Sitz möglichst weit entfernt von den beiden. Ein roter Fleck erschien auf der Säule, wuchs an, bildete Arme und Kopf aus wie ein menschlicher Körper, ohne jedoch Einzelheiten auszuformen, und löste sich aus dem Stein. Der Oberkörper glich noch einem Mann, aber von der Hüfte abwärts lief die Erscheinung in einem Schweif aus, bei dem sich nicht sagen ließ, wo genau er endete und die umgebende Luft begann. Es war lange her, dass Nata einen Geist aus solcher Nähe gesehen hatte.

Er schwebte zu ihr. »Was wünschst du zu sehen, Sabo?«

Nata lehnte sich zurück und drückte den Hinterkopf gegen das Polster. »Die Monde.«

Der Geist zog sich zusammen, Köpfe und Arme schmolzen in den Rumpf hinein. Dieser verjüngte sich oben und unten, wurde kompakter, sein Rot intensivierte sich, bis eine kopfgroße Linse vor Nata schwebte. ›Himmelsauge‹ nannten manche Sabos diese Erscheinungsform.

In dem Oval standen beide Monde unmittelbar nebeneinander, obwohl sie am Himmel weit getrennt sein mussten. Mezza war größtenteils untergegangen, nur noch die Spitze seiner Halbscheibe stand wie ein blaues Segel über dem Horizont. Dya dagegen war noch zu drei Vierteln sichtbar. Er war vorwiegend gelb, nur ein sichelförmiges Band auf der Westseite zeigte die Verfärbung. Am Rand der Mondscheibe war sie am intensivsten, eindeutig grün, aber nach innen hin konnte man nicht genau erkennen, wo der Effekt begann.

Nata starrte auf einen Bereich, bei dem sie unsicher war, ob die Verfärbung dort bereits einsetzte. Das Astrovatorio brauchte einen Moment, um ihre Absicht zu erraten. Dann hatte sie den Eindruck, auf den Mond zuzufliegen. Als wäre die Linse ein Auge, das sich dem Objekt ihres Interesses näherte. Vom Boden Bisolas aus erschienen die Mondscheiben angeraut. Mit den Mitteln des Astrovatorios erkannte man, dass es dort Erhebungen gab, die Schatten warfen. Auch auf Dya und Mezza existierten Tag und Nacht, nur, dass sie viel schneller vergingen als auf dem Boden. Ein Glück, mit dieser Geschwindigkeit hätte kein Wanderer Schritt halten können. Jedes Mal, wenn die Monde über den Himmel zogen, wurden sie von einer Halb- zu einer Vollscheibe und wieder zu einer Halbscheibe. Am Tag, das wusste Nata aus den Aufzeichnungen der Sabos, verschwand diese Halbscheibe ganz, um dann neu zu entstehen. Über siebenhundertmal geschah das bei Mezza, bevor eine Metropole zum zweiten Mal in die Nacht fiel, und mehr als einundzwanzigtausendmal bei Dya.

Am deutlichsten waren die Erhebungen auf den Mondscheiben zu sehen, wenn diese den Horizont beim Auf- oder Untergehen berührten. Jetzt waren sie auf Dya nur schwach zu erkennen. Doch Nata suchte nicht nach Schatten, sondern nach Licht.

Sie fixierte den linken Rand des Himmelsauges, wodurch das Bild wanderte. Der geisterhafte Beobachter schwenkte den Blick entsprechend Natas Wünschen. Irgendwann war sie sicher, dass der Bereich, den sie sah, nicht mehr gelb war. Aber den genauen Übergang erkannte sie nicht. Sie ließ das Bild wieder nach rechts gleiten. Es war, als läge ein grüner Schleier über dem Mond, der zum Rand hin fester wurde, an seinem Beginn aber so fein war, dass man ungehindert hindurchsehen konnte.

Nata seufzte. Sie hielt die Augen geschlossen. Als sie die Lider wieder öffnete, glitt die Linse von Dya fort. Sobald die schrumpfende Mondscheibe wieder ganz zu sehen war, zwinkerte Nata, um die Bewegung zu stoppen. Sie lächelte ein wenig stolz darüber, dass sie noch wusste, wie man mit den Geistern kommunizierte.

Sie nahm ein Blatt, tauchte die Feder ein und zeichnete Dya, so akkurat sie es vermochte. Das beruhigte sie und half ihr beim Nachdenken. Sie genoss es so sehr, dass sie verschiedene Bereiche vergrößerte, um die Unebenheiten zu erfassen. Mit der Feder gestaltete sich die Abbildung schwierig, sie konnte die Schatten nur schraffiert darstellen. Sie hätte einen Kohlestift gebraucht, um den Verlauf zu treffen. Mit unterschiedlichem Druck hätte sie zwischen leichter und starker Deckung variieren können …

War das die Lösung? Gab es auf den Mondscheiben einen Nebel, der sich zum Rand hin dichter auf sie legte als in Richtung Zentrum? Das kam der abstrusen Theorie mit dem Wasser nahe, aber wenn man den Grund für diese Verteilung offenließ, mochte man eine Spur haben. Sie suchte den Übergang zwischen den Farben erneut in der Linse. Inzwischen bedeckte das Grün einen größeren Teil von Dyas Scheibe, und das nicht nur, weil diese etwas abgenommen hatte, während Natas Zeichnung gewachsen war.

Konnte Nebel der Grund sein? Für ihn sprach, dass die Ränder nicht genau zu bestimmen waren, und auch er konnte dem, was hinter ihm lag, eine andere Färbung geben. Diese war Weiß oder Grau, wenn er als Dampf aufstieg, wo sich Magma und Eis trafen, aber wenn der Nebel an sich farbig wäre …

Nata holte Mezza ins Blickfeld. Die dichten Wolken über Oculor waren kein Hindernis für das Astrovatorio. Hier sah man die Sterne und die Monde immer unverstellt.

Nata wagte kaum zu atmen, als sie Mezzas Oberfläche studierte. Waren das Wirbel in dem Blau, wie sie sich in einem Nebel drehen mochten? Oder doch nur die gewöhnlichen Schatten der Erhebungen? Und was war mit der geraden Kante des Halbmonds – konnte man dort nicht einen grünen Schimmer erahnen?

Ja, Letzteres war aus der Nähe ganz deutlich. Die Färbung der Monde wechselte schneller von Grün zu Blau als von Gelb zu Grün, aber ein harter Schnitt war auch das nicht. Die Töne verwischten.

Näherte Nata sich der Lösung? War dort oben auf den Monden Rauch oder Nebel, vielleicht durch etwas Ähnliches freigesetzt wie einen Vulkanausbruch? Sie wusste nicht, welche Kraft einen solchen Nebel zu einer bestimmten Seite ziehen konnte, und wieso er sich erst zeigte, wenn der Vollmond überschritten war, aber das war auch unwichtig. Sie gestattete sich die Hoffnung, dass es sich wirklich um ein Phänomen handelte, das auf die Monde beschränkt war und auf den Monden blieb, ohne die Welt zu beeinflussen, in der Nata lebte und Enna aufwachsen würde.

Sie griff sich an die Stirn, als ihr auffiel, dass sie sich ebenso von ihren Wünschen blenden ließ wie die schwafelnden Edlen auf der Trauerfeier. Nebel auf den Mondscheiben erklärte nicht, wie er auf beide von ihnen gelangt war, geschweige denn, warum sich auf dem Boden vor der Abenddämmerung blaues Licht zeigte, wie Vorena gesagt hatte.

Oder hatte Vorena gelogen? Sie hatte früher ein Auge auf Remon geworfen. Er hatte sogar gestanden, eine Liebelei mit der attraktiven Guardista gehabt zu haben. Vielleicht hatte ihre Eifersucht Vorena dazu verleitet, Nata zu verunsichern.

Doch auch Sabo Firando berichtete in seiner Konversation mit ihrem Vater von dem Licht auf dem Boden. Er konnte es von Sombralor aus sehen. Oder war es sogar in der Stadt?

Nata massierte ihre Schläfen. Zu viel neues Wissen in zu kurzer Zeit! Was hätte sie dafür gegeben, sich mit ihrem Vater austauschen zu können! Sie spürte, dass in diesem Knäuel aus Fragen ein durchgängiger Faden verborgen war, der zu einer Antwort führte, die sogar sehr einfach sein mochte. Aber sie musste aufpassen, diesen Faden bei ihren Versuchen, das Knäuel zu entwirren, nicht zu zerreißen.

Nata fuhr mit den Fingerspitzen ihren Haaransatz entlang und brachte den Geist so dazu, wieder seine menschenähnliche Gestalt anzunehmen. »Wann war mein Vater zuletzt hier?«, fragte sie.

»Wer ist dein Vater, Sabo?« Es war merkwürdig, die höfliche Stimme aus einem Kopf zu vernehmen, der kein Gesicht und demzufolge auch keinen Mund hatte.

»Sein Name war Refael Uneta Geaco.«

»Sabo Refael besuchte das Astrovatorio zuletzt am Beginn der vergangenen Dunkelphase.«

»Ist er wirklich tot?«, rief einer der beiden anderen Sabos in der Kuppel. »Ich hörte, dass er sich vergiftet hat.«

»Ja, er starb an Gift«, sagte Nata. »Unter großen Schmerzen.« Sie dachte an die jungen Leute, die ihr eigenes Ableben auf der Trauerfeier hatten inszenieren wollen. Ob sie ihren Wunsch inzwischen erfüllt hatten? War es bei ihnen wirklich so schmerzlos gewesen, wie sie es sich ausgemalt hatten?

»Er hatte nicht viele Freunde«, sagte der Sabo. Als er aufstand, sah Nata, wie dürr er war. Beinahe ein Skelett. »Ich habe ihn oft hier gesehen, aber er hat nur selten mit uns gesprochen.« Er wandte sich an den Sabo, der noch im Sessel saß und die Linse vor sich betrachtete. »So ist es doch, Felex?«

Der Angesprochene regte sich nicht.

»Wieder im Sternenrausch versunken!« Er machte eine wegwerfende Handbewegung. »Dem alten Felex wird es guttun, aus der Metropole herauszukommen und eine Weile kein Astrovatorio in der Nähe zu haben. Wir werden nach Kibor wandern. Was ist mit Euch, junge Dame?«

»Ich weiß noch nicht.«

»Reichlich spät, um unentschlossen zu sein!«

»Wenn Ihr meint.«

Ungebeten kam er zu ihr. »Obwohl ich nicht sagen kann, dass ich Euren Vater vermisse – seine Schriften werden mir fehlen. Er war ein brillanter Mann, wenn auch wenig umgänglich.«

»Ich danke für Eure Ehrlichkeit.«

Er hustete ein Lachen heraus. »Ich bin sicher, Ihr habt schon viele falsche Freundlichkeiten gehört.«

»Wenige waren es nicht.«

Der Sabo entließ seinen Geist, indem er mit Daumen und Zeigefingern ein Dreieck bildete. »Wollen wir gemeinsam hinabsteigen?«

»Wenn es Euch nicht beleidigt, würde ich gern noch ein wenig hierbleiben, wo mein Vater zwischen den Sternen Zufriedenheit fand.«

Skeptisch sah er auf seinen Kameraden. »Der alte Felex wird wohl auch noch eine Weile bleiben wollen. Nun gut, dann muss ich einsam meinen Weg antreten.«

Nata schmunzelte, als der alte Mann auf der steilen Wendeltreppe verschwand. Ihr eigener Geist schwebte noch immer in ihrer Nähe.

»Was hat mein Vater beobachtet, als er das letzte Mal hier war?«

»Verzeih, Sabo, aber uns ist verboten, über das zu sprechen, was andere hier tun.«

»War mein Vater oft hier?«

»In jeder Dunkelphase.«

»Nicht, wenn es hell war?« Auch die Lichter der Metropole vermochten die Sterne nicht verblassen zu lassen.

»Seltener.«

Das sprach dafür, dass sich ihr Vater ebenfalls für Dya interessiert hatte, richtete sich die Hellphase doch nach seinem Zyklus. Nata ging den Kreis der Sessel ab. Ihr Vater war hier gewesen. Er hatte die Monde beobachtet und seine Sorgen Sabo Firando in Sombralor mitgeteilt. Vielleicht auch anderen Gelehrten seines Vertrauens. Aber niemandem, dessen Geschwätz ihn von weiterer Erkenntnis abgehalten hätte.

Hatte er in diesem Sessel Platz genommen? Oder in jenem? Sie unterschieden sich nur in der Äderung des Steins voneinander. Wie im Speisesaal berührte man die Sitzflächen nicht, man wurde knapp darüber in der Luft gehalten. Ein Effekt, der sich auch an Sabo Felex beobachten ließ, der den Blick unbeirrt auf dem Himmelsauge hielt, während er zeichnete, was er sah. Das war kein Mond, sondern eine Sternformation, die in unzähligen Punkten Gestalt annahm. Er musste schon eine geraume Weile hier sein, denn zusätzlich zu diesem zeitraubenden Werk gab es noch ein zweites Blatt, das allerdings vom Pult gerutscht war und zwischen den Sesseln lag.

Nata wollte ihn nicht stören, aber sie wollte auch nicht, dass er die Hälfte seiner mühsam erstellten Aufzeichnungen vergessen würde, wenn er müde nach Hause ginge. Sie bückte sich und hob das Blatt auf.

Es zeigte keine Sterne, sondern einen Mond. Dya, den Erhebungen nach zu urteilen. Mit farbiger Kreide waren die grüne und die blaue Zone eingezeichnet. Das Grün war schon weit zurückgedrängt, der Mond hatte bereits beinahe die Hälfte seiner Fläche eingebüßt.

Also studierte Sabo Felex doch den Mond!

Nata wollte ihn gerade aus seinen Betrachtungen reißen, als ihr Blick auf einen Vermerk unter der Zeichnung fiel. ›Exakt wie damals!‹

Sie kannte diese Handschrift. Es war die ihres Vaters.

19. Kapitel

›Exakt wie damals!‹ – die Worte klangen so deutlich in Natas Kopf, als ginge ihr Vater auf dem Weg zur Bilteca neben ihr her. Wenn sie nicht gerade in die Nähe eines Balls kam, auf dem Musik gespielt wurde, umgab sie nur das Rauschen des Regens. Da der Schutzschild gesenkt war, hielt nichts den Niederschlag aus der geschlossenen Wolkendecke auf, auch wenn die Flocken zu Tropfen schmolzen, bevor sie den Boden erreichten. Dort trommelten sie auf die Steine. Nata wich den Strömen aus, die die Wasserspeier von den Hauswänden ableiteten. An einigen Stellen standen Pfützen, aber meist wurde das Wasser gut hangabwärts geführt und verschwand an Sammelpunkten in Zisternen. Ob der Regen Enna aufwecken würde? Das Kind hatte noch nie welchen gesehen.

Die Umhangkapuze klebte an Natas Kopf, der durchnässte Stoff des Gewands legte sich glatt an ihren Körper. Da ihr das Kleidungsstück zu groß war, zog sie das letzte Stück davon wie eine Schleppe hinter sich her. Eine lächerlich geringe Unannehmlichkeit, verglichen mit denen der Wildnis. Nochmals fragte sich Nata, ob die jungen Leute sich vergiftet hatten. Wenn nicht, würden tatsächlich Härten auf sie warten, die ihre bisherigen Erfahrungen bei Weitem übertrafen. Aber Menschen wuchsen an Widerständen. Falls die vier die Zähne zusammenbissen und der nächtlichen Witterung trotzten, kämen sie stärker in ihrer neuen Heimat an, wo immer sie diese auch finden mochten.

Die Bilteca befand sich in der Nähe des Cestillos, nahe am Gipfel des Metropolhügels. Das Gebäude war mehr in den Hügel hineingebaut, als dass es auf ihm gestanden hätte. Ein ungeschulter Beobachter mochte zunächst nur einen Hain erblicken. Tatsächlich waren die locker stehenden Bäume mit den weißen Stämmen und den ausladenden Kronen ein wesentlicher Grund, warum Reisende aus der Nacht beinahe immer die Bilteca aufsuchten, wenn sie in Oculor weilten. Während der Hellphase strahlte ihr Licht wie eine Blendlaterne. Jetzt, in der Dunkelphase, leuchteten die Stämme nur schwach. Hüfthoch wachsende Blumen standen in engen Gruppen beieinander und erinnerten Nata an die Eisschollen, die auf dem Meer vor Erdblut trieben, wo der Magmastrom es auftaute. Dieser dreißig Schritt durchmessende Bereich Oculors kam dem am nächsten, wie sich die meisten Menschen die idyllischen Regionen des Tages vorstellten. Nata war keine Ausnahme.

Sie gestattete sich eine kurze Pause, um ihre Schuhe auszuziehen. Die Füße waren ohnehin nass, und so konnte sie das Gras unter den Sohlen spüren. Ihre Schritte machten schmatzende Geräusche auf dem regengetränkten Grund. Mit den Schuhen in der Hand suchte sie den Einstieg.

Nata sah gerade am dritten Baumstamm nach, als ein Schrei sie herumfahren ließ. Ein Geist, der nicht von demjenigen zu unterscheiden war, der Nata im Astrovatorio gedient hatte, leuchtete im Regen, dessen Tropfen durch ihn hindurchfielen. Er schwebte zwischen Boden und Baumkronen und hielt eine Hand auf einen Mann gerichtet, der sich auf dem Gras krümmte. Der Schrei dauerte länger an, als ihn menschlicher Atem hätte nähren können, und er schmerzte in den Ohren. Das galt für den am Boden Liegenden offenbar noch mehr als für Nata.

Sie eilte zu ihm.

Er presste die Hände an den Kopf und wand sich. Der Geist schwebte über ihm ein paar Handbreit nach oben, dann wieder herab. Ständig zeigte er mit dem ausgestreckten Arm auf den Mann. Sogar die Andeutung eines Gesichts bildete sich aus, Augenhöhlen und ein aufgerissener Mund.

Nata legte sich schützend über den Mann. »Was willst du von ihm?«, rief sie.

Der Geist ignorierte sie. Sein Schreien jagte ihr Schauder über den Rücken, aber er schien nicht näherkommen zu wollen. Nata sah die Öffnung im Boden hinter ihm, an einem Stamm. Dort lag der Abstieg zur Bilteca.

Der Mann wand sich unter ihr. An den Armstulpen erkannte sie den Sabo. Sie ließ ihm die Bewegungsfreiheit, um aufzustehen.

Kaum war er auf den Füßen, steigerte sich das Geschrei des Geistes. Sie konnte es mehr fühlen als hören, es glich einem Hagelschlag direkt in ihre Ohren, die sie nun ebenfalls mit ihren Händen bedeckte. Sie schrie.

Der Sabo taumelte davon. Der Geist folgte ihm, ununterbrochen auf ihn zeigend. Mit jedem Schritt, den sie sich entfernten, ließ die Gewalt des Geschreis merklich nach. Als die beiden am nächsten Baum angelangten, war es nur noch ein unangenehmes Geräusch, wie wenn jemand über Schiefer kratzte.

Dem Sabo schien es jedoch anders zu ergehen. Zuckend brach er zusammen.

Nata kämpfte sich auf die Beine, atmete tief durch und ging auf die beiden zu. Was war nur in den Geist gefahren?

Mit zitternden Händen nestelte der Sabo am Stulpen an seinem linken Unterarm. Bevor Nata ihn erreichte, fingerte er einen funkelnden, daumengroßen Gegenstand heraus und ließ ihn ins Gras fallen.

Der Geist verstummte.

Blut glänzte dunkel an den Ohren des Sabos, als er davonschwankte. Der Geist pendelte über dem Gras, wohin der Gegenstand gefallen war. Sein Gesicht hatte sich zurückgebildet, der Kopf war nun wieder glatt wie ein Ei.

Unentschlossen sah Nata dem Sabo nach. Sie ahnte, was sie finden würde, als sie sich vorsichtig dem Geist näherte. Er zeigte jetzt nirgendwo hin, seine Arme hingen schlaff herunter, und auch das unerträgliche Geschrei war verstummt.

Tatsächlich. Im Gras lag ein Kristallbuch. Auf den ersten Blick glich es einem geschliffenen Diamanten, aber wenn man genauer hinsah, erkannte man die kantigen Schriftzeichen, die sich darin bewegten. Sie leuchteten, was für das Funkeln sorgte. Merkwürdiger war jedoch, dass sie, bevor sie sich dem Auge entzogen, viel tiefer in das Artefakt hineinsanken, als es dessen Abmessungen hätten zulassen dürfen. An den Universitäten lehrten die Profesores die angehenden Sabos, dass die Geister der Biltecas in jeder Metropole diese Kristallbücher eifersüchtig hüteten. Nun hatte Nata wohl erfahren, was das bedeutete.

Sie beobachtete den Geist, als sie sich hinhockte. »Ich bringe das Kristallbuch zurück. Ist es das, was du wünschst?«

Da der Geist keine Reaktion zeigte, schob sie ihre Hand vorsichtig an den funkelnden Gegenstand heran. Sie legte sie über das Kristallbuch, verdeckte sein Funkeln. Noch immer schwebte der Geist stumm auf und ab.

Als Nata das Kristallbuch jedoch aufnahm, streckte der Geist seinen roten Arm aus und zeigte damit auf sie.

»Ich bringe es zurück«, versprach sie nochmals.

An der Haltung ihres Gegenübers änderte das nichts, aber wenigstens blieb es stumm. Nata achtete darauf, auf gerader Linie, ohne jede Abweichung, zum Eingang der Bilteca zu gehen. Der Geist folgte ihr so nah, dass er beinahe ihren Umhang berührt hätte. Sie verwarf den Gedanken, die Schuhe einzusammeln, die noch lagen, wo sie versucht hatte, den Sabo zu schützen. So patschten ihre nackten, nassen Füße auf die abwärts führenden Stufen. Der Stein war angenehm kühl.

Die Treppe drehte sich zwei Umdrehungen hinab. Das rote Leuchten des Geists hinter ihr warf ihren Schatten voraus.

Ein Dutzend Lesepulte füllte den unterirdischen Raum. Sitzgelegenheiten fehlten, hier sollte sich nur aufhalten, wer nicht Bequemlichkeit, sondern Wissen suchte. Über den Pulten leuchteten Halbkugeln, die wie übergroße Wassertropfen aus der Decke kamen. Über ihre Oberfläche wanderten hellgraue Schlieren wie Öl.

Regale zogen sich an den Wänden entlang. Sie alle waren geleert. Offenbar hatte man die Folianten bereits eingepackt.

Vielleicht befanden sie sich auf den gleichen Schlitten wie die Schriftstücke, die Orresta aus dem Arbeitszimmer von Natas Vater geholt hatte. Sie würden nicht mit der Communidad Saphir ziehen. Solche Aufzeichnungen beanspruchten die Sabos für ihre Bibliotheken in anderen Metropolen, die in der Nacht lagen.

Dennoch fanden sich vier Wissensdurstige hier unten. Sie trugen nicht die Kleidung von Sabos. Einer mochte ein Handwerker sein, die anderen drei Edle. Vor jedem von ihnen lag ein aufgeschlagenes Buch auf dem Pult, aber sie lasen nicht darin, sondern schrieben. Sie retteten Wissen, das ihnen nicht mehr zugänglich wäre, wenn sich die Communidad erst auf der Wanderung befände. Die Pulte besaßen Halterungen für Kristallbücher, filigrane Drahtgeflechte, in die man sie legen musste, um sie zu lesen. Nata sah nicht, was der Inhalt der Bücher war, die sie studierten, aber an den wandernden Schriftzeichen auf ihren Gesichtern erkannte sie, dass alle vier mit den Aufzeichnungen beschäftigt waren. Dabei zuzusehen, wie die Glyphen in die Haut einsanken, bis sie verblassten, ohne eine Spur zu hinterlassen, war noch seltsamer, als ihre Bewegungen in den Edelsteinen zu beobachten.

Die Kristallbücher, die nicht in Gebrauch waren, fielen gleich einem Wasserfall auf einer Breite von einer Armspanne aus der Decke und verschwanden in einem Loch im Boden. Ihr Funkeln warf helle Flecken durch den ganzen Raum, aber zu hören waren sie erst, als Nata sie beinahe berühren konnte. Wie Eisstückchen, die auf Holz rieselten. Nata trat den letzten Schritt heran, versicherte sich mit einem Blick zurück zu dem Geist, dass sie das Richtige tat, steckte die Faust mit dem Kristallbuch in den Strom und öffnete sie. Die fallenden Kristalle kitzelten, obwohl Nata den Eindruck hatte, sie würden sie nicht berühren. Wie bei Wolle, die manchmal auf der Haut knisterte, bevor man sie berührte. Das Kristallbuch aus ihrer Hand fiel mit dem Strom, weder schneller noch langsamer. So verschwand es im Boden.

Nata drehte sich nicht um, als der rote Lichtschein schwächer wurde. Sie wusste, dass sich der Geist auflöste.

Sie ließ ihre Hand durch die fallenden Kristalle gleiten. Sie umflossen sie, ließen sich aber nicht greifen. Nata drehte ihre Handfläche nach oben. Der Strom der Kristallbücher teilte sich über ihr, um sich unter ihr wieder zu vereinen. »Ich begehre, zu wissen.«

Ein rotes Schimmern verdichtete sich zu der Gestalt eines Geists, die abwartend neben ihr schwebte.

»Was veranlasst die grüne und blaue Färbung der Monde?«, fragte sie.

»Wo wird das Licht geboren?«, fragte der Geist.

Gewöhnliche Schriften konnte man nach Belieben aus einem Regal ziehen, aber eines Kristallbuchs musste man sich würdig erweisen. Nur wer bereits genug gelernt hatte, um ein Werk zu verstehen, durfte Einsicht nehmen. Offenbar musste man wissen, ›wo das Licht geboren wurde‹, um zu begreifen, warum sich die Monde verfärbten.

Nata zog die Augenbrauen zusammen. Nach allem, was sie wusste, waren die neuen Farben sowohl auf beiden Monden als auch auf der Erde zu finden. Aber wo waren sie zuerst gewesen? Durfte sie aus der Frage schließen, dass die Färbung ansteckend war wie eine Krankheit? Vielleicht doch ein Nebel, der bei einem Doppelmond von einer Scheibe auf die andere wechselte und von dem etwas auf den Boden Bisolas fiel?

Falls es sich um einen fallenden Nebel handelte, musste er zuerst auf Mezza gewesen sein. Wenn sich die beiden Monde trafen, zog Dya vor Mezza her, demnach war Mezza weiter entfernt. Also wurde das Licht auf Mezza ›geboren‹, fiel dann erst auf Dya und schließlich von dort zu Boden.

Aber eine Art Kaskade aus Nebel erklärte kaum etwas von dem, was Nata sah. »Wieso wechseln beide Monde auf die gleiche Weise ihre Färbung?«

»Was ist eine gleiche Weise?«

»Wieso gehen beide Monde gelb auf und blau unter?«

»Woher kommt das Wasser, wenn sich zwei Flüsse vereinen?«

Nata biss sich auf die Unterlippe. Sie musste sehr weit von der Antwort entfernt sein. Der Zusammenhang zwischen der regelmäßigen Farbänderung und dem Zusammenfluss von Gewässern war ihr vollständig unklar. Doch die Bilteca führte ihre Besucher nicht in die Irre. Sie legte eine Spur aus zwischen Frage und Wissen des Studierenden. Um zu vermeiden, dass die Menschen ohne eigenes Nachdenken und Forschen allein aus der Lektüre der Kristallbücher Erkenntnisse zogen, war die Geduld der Geister jedoch begrenzt. Sie antworteten nur, wenn man seine nackte Hand in den Fall der Kristalle hielt. Entweder fiel ein Kristallbuch hinein, das man dann lesen konnte, oder die Hand wurde heißer. Natas fühlte sich bereits jetzt so an, als hielte sie sie an einen Wärmestein. Die Geister schienen also wenig Geduld zu haben.

Sie entschloss sich, es anders zu versuchen. »Gibt es Nebel auf den Monden?«

»Wo gibt es niemals Nebel?«

Die Geburt des Lichts … Der Zusammenstrom zweier Flüsse … Und jetzt – wo gab es keinen Nebel? Die Hitze wurde schmerzhaft. Nata konnte sich nur schwer konzentrieren. Soweit sie wusste, gab es überall Nebel. Selbst in der Nachtwüste, wenn Magma an die Oberfläche kam und das Eis verdampfte. Also auch auf den Monden? Aber hing dieser Nebel auch mit den Farben zusammen?

Sie hatte sich vor dem Wiedersehen mit ihrem Vater gefürchtet. Vor seinem Zorn, seiner Enttäuschung. Jetzt vermisste sie ihn so sehr! Hatte er bereits hier gestanden und seine Fragen gestellt? Welche anderen Fragen, welche Antworten hatte er dafür erhalten?

›Exakt wie damals!‹

»Solange ich lebe, waren die Monde nur gelb. Aber gab es eine Zeit, in der sie bereits einmal grün oder blau waren?«

»Wie wandeln die Monde?«

Natas Hand fühlte sich an, als würde die Haut abschmoren. Das war nur eine Illusion, was ihr jedoch nichts von dem Schmerz nahm. Sie konnte sie jederzeit zurückziehen, aber dann würde eine von den Geistern festgesetzte Zeit vergehen, bis sie die Bilteca wieder würde befragen dürfen. Bis dahin wäre Oculor sicher schon an die Sasseks übergeben!

Nata musste durchhalten. Sie würde ihre Antwort jetzt erhalten oder eine lange Zeit nicht.

Wie wandelten die Monde?

Die gingen im Osten auf, als Halbscheiben, wurden voll, dann wieder halb. Beständig, in der gleichen Geschwindigkeit. Man konnte die Zeit nach ihren Zyklen messen. Sogar ihre Treffen im Doppelmond waren regelmäßig. Die Menschen zählten ihr Alter danach.

Ihre Hand schmerzte so sehr! Sie hätte ebenso gut in einem Ofen liegen können, neben einem Braten, der so stark verbrannte, dass er trocken wurde wie ein Stück Holz.

»Die Monde wandeln auf immer gleichen Pfaden!«, rief Nata.

Ein Kristallbuch fiel in ihre Handfläche.

Sie griff zu und riss es heraus.

Augenblicklich verging der Schmerz, und auch die Erinnerung daran verebbte. Ihre Antwort war also richtig. »Danke, Vater«, murmelte sie. Seine Notiz hatte ihr den Gedanken eingegeben. So wie Dya einen kurzen und Mezza einen langen Zyklus hatte, so musste die Färbung der Monde einem noch längeren Zyklus unterliegen. So lang, dass sich die Menschen nicht mehr daran erinnerten. Aber die Monde waren schon einmal bunt gewesen, und offensichtlich hatte die Welt überdauert. Was nicht hieß, dass von der Entwicklung keine Gefahr ausgegangen wäre, aber zumindest bedeutete sie nicht das Ende allen Lebens.

Nata wandte sich einem Lesepult zu, begierig, die Einzelheiten zu erfahren, die das Kristallbuch ihr mitteilen würde. Doch sie kam nicht dazu, ihren Schatz in ein Drahtgeflecht zu legen.

»Ich habe schon befürchtet, Euch hier zu treffen, Nata Refael Itana.« Orresta stand freudlos lächelnd am Fuß der Treppe.

Zwei Bewaffnete mit Wappenröcken, die einen Saphir zeigten, nahmen Nata in die Mitte.

»Euer Verschwinden von der Trauerfeier Eures Vaters war überraschend. Oder auch nicht. Ihr habt seine Eigenwilligkeit geerbt, scheint mir. Habt Ihr gehofft, ich hätte seine Aufzeichnungen hierher gebracht?« Bedeutungsschwer glitt ihr Blick über die leeren Regale.

»Ich bin mir sicher, dass Ihr sie dorthin geschafft habt, wo sie den größten Nutzen entfalten«, würgte Nata hervor.

»Tatsächlich?« Orresta schlenderte zum Fall der Kristallbücher. »Und was ist Eure Erklärung dafür, dass die Wache alarmiert wurde, jemand hätte versucht, die Bilteca zu bestehlen?«

»Das war ich nicht!«, rief Nata. »Ich habe sogar ein Kristallbuch zurückgebracht!«

Orresta lüpfte eine Braue. »Ist das so?« Sie stellte sich dicht vor Nata auf. Schneller, als es einer alten Frau zuzutrauen war, schnappte sie das Kristallbuch aus Natas Hand. »Dann habt Ihr wohl vergessen, es dorthin zu bringen, wohin es gehört.«

»Gebt mir sofort …«

Orresta warf das Kristallbuch zurück in den Fall, wo es zwischen den anderen verschwand.

»Das war nicht das Buch, das entwendet wurde«, knirschte Nata.

»Mir scheint, sie ist erregt.«

Die beiden Wachen griffen Nata an den Oberarmen.

»Wollt Ihr auch behaupten, dass Ihr nichts davon wisst, dass der Metropolfürst den Sabos verboten hat, die Bilteca zu betreten?«

»Warum sollte er das getan haben?«

Orresta lachte. »Jetzt wollt Ihr Euch also dumm stellen. Vermutlich wisst Ihr auch nicht, was mit der Wache passiert ist, die am Eingang Posten stehen sollte?«

»Das weiß ich tatsächlich nicht.«

»Wenn jemand so ahnungslos ist wie Ihr, vermag es tatsächlich nicht zu verwundern, wenn er nach Wissen sucht.«

»Ich habe nichts gestohlen, und es ging mir auch nicht um die Aufzeichnungen meines Vaters.«

Orresta kniff die ohnehin winzigen Augen zusammen. »Wonach habt Ihr dann gesucht?«

Nata presste die Lippen zusammen. Orresta war nicht zu trauen. Selbst wenn der Diebstahl des anderen Sabos die Wache alarmiert hatte – wieso war die Alte dann hier? Sie mochte Nata seit ihrem Fortgang von der Totenfeier beschattet haben, aber das reichte nicht aus. Orresta musste auch hervorragende Beziehungen zur Führung Oculors besitzen, um die Bewaffneten herumzukommandieren. Hatte sie dem Metropolfürsten gar eingeredet, die Sperre über die Bilteca zu verhängen? Warum? Welches Wissen wollte sie verbergen? Etwas, das auch in den Aufzeichnungen von Natas Vater zu finden war? Hatte es mit den Monden zu tun?

»So oder so«, sagte Orresta genüsslich, »habt Ihr gegen den Erlass des Metropolfürsten verstoßen. Ihr solltet wohl ihm selbst erklären, warum Ihr glaubtet, das Recht dazu zu haben.«

20. Kapitel

Endlich war Ssarronn den Wärmemantel los und damit auch die Sorge, das so empfindlich wirkende Kleidungsstück zu beschädigen. Es sah nicht wie Stoff aus, sondern als wäre es aus Insektenflügeln zusammengeklebt. Noch während Ssarronn zusah, wie der Guardista es zusammenfaltete, erwartete er, es würde jeden Moment zerbrechen. Dennoch hatten die Wärmemäntel die vier Sasseks gut geschützt in der unheimlichen

Nacht, wo der Boden rutschig war und das Licht so spärlich, dass man nur Schatten sah.

In den Straßen Oculors, der gelobten Metropole, auf die Ssarronns Stamm so lange gewartet hatte, war es schon besser, und hier im Cestillo hatten seine Augen keine Probleme mehr. Das Plexo zog sich über die Wände des Thronsaals, und aus Blüten an seinen Ranken schien goldenes Licht. Noch passte sich die Wärme in der Stadt den Bedürfnissen der warmblütigen Menschen an, aber schon das war eine Erlösung verglichen mit der offenen Nacht, wo ein Sassek in Kältestarre zu fallen drohte. Bald würde sich die Wärme weiter steigern, nämlich dann, wenn die Metropole übergeben wäre und Thuun Kasserr vom Stamm Flammenorchidee auf dem von dienstbaren Geistern umschwebten Thron Platz nähme, wo jetzt noch der menschliche Metropolfürst saß.

Unter dem roten Gewand des Menschen waren keine Hügel zu sehen, die sich aus der Brust gewölbt hätten, also handelte es sich um ein Männchen. Bei den Guardistas, die die Sasseks nach Oculor eskortiert hatten, war das schwieriger zu erkennen, weil sie harte Rüstungen trugen, die die Körperform unkenntlich machten. Immerhin reichte es bei Menschen, einmalig das Geschlecht in Erfahrung zu bringen, da sie es zeitlebens beibehielten. Der Nachteil war, dass man sich ihr Alter merken musste, weil man es nicht – wie bei den Sasseks – anhand ihres Geschlechts erkennen konnte.

»Ich vermute, Euch ist noch immer kalt.« Der Metropolfürst winkte einen Geist heran. Ob die durchscheinenden Gestalten auch für ihn alle gleich aussahen? Sie hatten noch nicht einmal ein Gesicht. Der Oberkörper mit Kopf und zwei Armen wies menschliche Proportionen auf, zwischen den Fingern fehlten Schwimmhäute. Trotzdem schworen die Memores, dass die Geister der Metropolen immer ihren rechtmäßigen Herren dienten, auch wenn diese Sasseks waren.

Das rot leuchtende Wesen, mit dem der Metropolfürst geflüstert hatte, schwebte zur gewölbten Decke des Thronsaals hinauf. Dort fanden sich Darstellungen von Sasseks und Menschen, deren Anführer einander die Hände reichten. Sie waren in Stoffbahnen gewickelt, eine Gewandung, die Ssarronn noch nie gesehen hatte. Hinter den Menschen erhoben sich Eisberge unter einem Sternenhimmel, während die Sasseks aus einem Dschungel kamen. Über den Händen waren eine gelbe und eine blaue Kugel gemalt.

Letztere entdeckte wohl auch Kress. Sie war gerade der frühen geschlechtslosen Phase entwachsen, nun ein junges Weibchen. Anders als Ssarronn, der damals sehr verträumt gewesen und kaum aus dem Wasser gekommen war, besaß sie ein feuriges Gemüt. Wohl deswegen hatte sie sich bereits der Goraja angeschlossen, und mit dem Hass der Eiferin verdammte sie auch den kleinsten Schimmer von Blau, der nicht dem Wasser oder dem wolkenlosen Himmel entsprang. Jetzt zischte sie wütend zum Gemälde hinauf.

Der Geist blieb unbeeindruckt. Er umschwebte einige Ornamente, woraufhin ein roter Lichtstrahl aus der Decke fiel, um die vier Sasseks einzuhüllen.

Ssarronn erschrak. Er hatte davon gehört, dass die Menschen in den Metropolen über schreckliche Waffe geboten. Wollten sie die vier Abgesandten des Stammes töten, obwohl die Grauwacht zusah?

Dann spürte er die angenehme Hitze auf den Schuppen. Das Moos regte sich zwischen den Häuten auf seinem Kopf und seinen Schultern. Ssarronn zischelte mit seiner gespaltenen Zunge, um sich die Gerüche in die Nasenlöcher zu fächeln. Das intensivierte seine Wahrnehmung für die Ausdünstungen der Menschen und den Duft der Blumen, die überall im Thronsaal verteilt waren. Er roch die Feuchtigkeit, die von den Wasserbecken aufstieg. Der Regen auf dem Weg durch die Stadt war angenehm gewesen, aber weil er ein Moosträger war, wurde Ssarronn schnell durstig. Er musste auch den Bedarf der Pflanzen stillen, die ihn im Gegenzug nährten, sodass sein Hunger maßvoll ausfiel.

Er löste sein Obergewand, damit es über seine Beine fiel und das rote Licht seine Brust wärmte. Ssarronn legte den Kopf in den Nacken und schloss sowohl das innere als auch das äußere Lidpaar, sodass nicht nur die Augen befeuchtet, sondern auch die optischen Eindrücke ausgesperrt wurden, was einen Moment stillen Genießens ermöglichte.

Ein wütendes Fauchen zerstörte die Ruhe. Wie nicht anders zu erwarten, ging es von Kress aus. Sie war ein ausgesprochen attraktives Weibchen. Ssarronn hatte sich während der Anreise mehrfach vorgestellt, wie die strahlend weißen, nur leicht gebogenen Krallen über seine Flanken kratzten, wenn sie sich vereinigten. Zwar schenkte Kress derzeit Xsi ihre Gunst, der in der frühen männlichen Phase war. Aber das war schließlich kein Hinderungsgrund dafür, dass sie, wenn sie sich erst in Oculor niedergelassen hätten, auch ein paar Eier legen könnte, aus denen Ssarronns Nachkommen schlüpften.

Kress verweigerte Ssarronn nicht aus einem merkwürdigen Bedürfnis nach Einzigartigkeit die Vereinigung, sondern weil sie sich durch seine Milde beleidigt fühlte. Ssarronn gehörte der Goraja viel länger an als Kress. Dennoch bemühte er sich darum, die Gemüter zu beruhigen, wenn Gorajas wie Kress in den Versammlungen von Sünde und Verfehlungen der Sasseks schrien und als Beweis die Blaufärbung der Monde anführten, die als letzte Warnung zu verstehen sei. Solche Eiferer wollten nichts davon hören, dass niemand wusste, was die Monde blau machte, und dass bisher weder Unglück noch Krankheit mit dem blauen Licht gekommen waren. Jeder Finger, der nicht sauber nachwuchs, jedes Moos, das unter der Haut verkümmerte, jedes Ei mit zu weicher Schale war für sie ein Beweis, dass sich die Tiefen Mächte der See von den Sasseks abwandten, weil diese ihre Sitten vernachlässigten.

Natürlich war es auch jetzt wieder eine Zurschaustellung von Blau, die Kress empörte. Diesmal war diese jedoch so provokant, dass auch bei Ssarronn die Sporne an den Handgelenken ausklappten.

Der Mensch trug eine Tunika in dem hellen Blauton von Schmelzwasser, eine Hose in einem kräftigeren Blau, das man in einem Teich zu finden erwartete, und einen Umhang im Blau des Ozeans, über dem die flache Sonne des Morgens stand, der bald auch über Oculor aufginge. Damit nicht genug, hatte er blaue Bänder verschiedener Helligkeit an seinem Kopfputz befestigt.

»Wir würden es zu schätzen wissen, wenn sich diese Person entfernen könnte.« Quarren sprach mit der bewundernswerten Ruhe eines geehrten Memors, der Erfahrung mit Menschen hatte. Die weite Hutkrempe hing würdevoll von seinem Kopf herab. Er war älter als Ssarronn, bereits in der geschlechtslosen Phase am Ende eines Sasseklebens und damit den Eifersüchteleien und dem Balzverhalten enthoben, die die geschlechtlichen Artgenossen plagten.

»Muss denn das sein, Baron Erren?«, fragte der Metropolfürst, wobei er hörbar seinen Atem ausstieß. ›Seufzen‹ nannte man diese Regung, die Enttäuschung oder Erschöpfung ausdrücken konnte. Er saß vorgebeugt, mit den Ellbogen auf die Knie gestützt. Ein weiteres Zeichen für Müdigkeit? Die Sasseks waren am Ende der Dunkelphase eingetroffen. Vielleicht hatte der Metropolfürst nicht genügend Schlaf bekommen.

»Was meint Ihr, Herr?« Der Blaugewandete breitete die Arme aus und drehte sich, wodurch der Mantel zusätzliche Fülle bekam.

Kress fauchte erneut.

Ssarronn hielt sie zurück, was ihm ein wütendes Schnappen einbrachte.

»Ich trage mit Stolz die Farbe des Saphirs, der das Wahrzeichen unserer Communidad ist! Sollen wir uns schon jetzt vor den Kreaturen zu Boden werfen, die uns die Heimat nehmen?«

Ein Guardista stellte sich vor ihm auf, die Faust am Schwert. »Es ist das Gesetz des Plexos!«

»Noch steht die Sonne nicht am Himmel!«, rief der Blaue.

»Baron Erren, bitte!« Der Metropolfürst richtete sich auf. »Werden Gäste in Eurem Haus nicht geehrt?«

»Nicht, wenn sie ungeladen kommen.«

»Welchen Empfang wünscht Ihr Euch in Ikruza, wenn die Zeit naht, in der wir jene Metropole in Besitz nehmen?«

»Wir haben oft darüber gesprochen, Herr. Ihr kennt meine Bedenken. Bis es so weit ist, sind meine Kinder erwachsen. Viel Unwägbares liegt auf unserer Wanderung und in unserem Warten. Ihr wisst ...«

Der Metropolfürst sprang so plötzlich auf, dass er mit seinem roten Gewand aussah wie eine Flamme, die aus trockenem Reisig brach. »Ihr habt recht, Baron Erren! Ich weiß! Ich habe Euch stets geduldig zugehört, doch ich habe anders entschieden! Wir werden den alten Sitten folgen!«

»Das ist leicht gesagt, aber ...«

Mit einem scharrenden Geräusch zog der Guardista sein Schwert ein paar Handbreit aus der Scheide.

Baron Erren sah ihn an. Dann wirbelte er herum und stapfte aus dem Thronsaal.

Ausatmend – seufzend – sank der Metropolfürst zurück auf seinen Thron. »Lasst uns diese Kleinigkeit zu Ende bringen.«

Die Menschen, die bei der Ankunft der Sasseks mit dem Metropolfürsten gesprochen hatten, traten jetzt wieder vor den Herrscher. Insgesamt waren sie zu zehnt, zwei von ihnen waren bewaffnet, aber keine Guardistas, vier andere trugen ihre Gewänder an den Unterarmen sehr eng. Ssarronn züngelte, als könne der Geruch ihm bestätigen, dass es sich bei diesen Menschen um Sabos handelte, wie sie ihre Gelehrten nannten. Insgeheim hoffte er darauf, nicht nur die Rituale für die baldige Übergabe durchführen, sondern auch mit klugen Menschen sprechen zu können, die vielleicht etwas über das Blau auf den Monden wussten. In einem Moment verliebten Leichtsinns hatte er Kress von diesem Ansinnen berichtet. Dadurch war er noch weiter in ihrer Achtung gesunken. Für sie waren Menschen kaum mehr als Tiere. Sie wurden mit einem Geschlecht geboren, lebten und starben mit ihm, und auch wenn die Weibchen irgendwann ihre Fruchtbarkeit verloren, nannten sie sich bis ins Greisenalter ›Frauen‹. Nur die kleinen Kinder schienen sich diese Bezeichnung oder die männliche Entsprechung erst verdienen zu müssen, aber auch sie fühlten sich bereits dem jeweiligen Geschlecht zugehörig. Menschen fehlte die Erfahrung, die mit einer Häutung einherging. Ssarronn wusste, wie es sich anfühlte, Eier zu legen, und er wusste auch, wie man ein Weibchen begattete. Vor allem jedoch fehlte den Menschen jeder Sinn für den Frevel, den es darstellte, die Farbe des Wassers nachzuahmen. Aber genau deswegen hoffte Ssarronn, dass sie die veränderten Monde unvoreingenommener als seine Artgenossen untersuchten und zu Erkenntnissen gekommen waren, die über die Annahme von Sündenstrafen hinausgingen.

»Was nützt es, wenn wir den Tag zur Sittsamkeit zurückführen und die Menschen währenddessen ihre Verderbnis durch die Nacht tragen?« Immerhin war Kress' Zischen leise genug, damit nur die Sasseks sie hörten.

Ssarronn überließ es Quarren, die junge Goraja zu beruhigen. Er selbst versuchte zu verstehen, was am Thron vor sich ging. Er machte sogar einige Schritte aus der roten Wärme heraus, um besser zu hören, was gesprochen wurde.

»Die Tatsachen sind klar«, sagte ein zerknitterter Mensch. Weil sie sich nicht häuteten und keine Schuppen hatten, leierte ihre Körperoberfläche mit dem Alter aus. »Sie war in der Bilteca, als das Plexo meldete, dass ein Kristallbuch gestohlen wurde, und der Wächter ist spurlos verschwunden.«

»Wahrscheinlich treibt er sich auf einem dieser dekadenten Bälle herum«, fauchte ein jüngerer Mensch. Ssarronn war sicher, dass er ein Sabo war, weil er Unterarmstulpen trug. Vermutlich war er auch weiblich, die Hüften waren gerundet.

»Ihr solltet nicht so geringschätzig davon sprechen, Nata Refael Itana. Ihr selbst veranstaltet in dieser Dunkelphase einen Ball, auch wenn Ihr ihn nur kurz mit Eurer Anwesenheit beehrt habt.«

Nata stieß die Luft hörbar durch die Nase aus. Das nannte

man nicht seufzen, sondern schnauben. Ein Ausdruck der Wut oder des Missfallens. »Deswegen habe ich noch lange nichts mit dem Verschwinden dieses Wächters zu tun.«

»Wollt Ihr etwa ernsthaft behaupten, eine junge, unbewaffnete Frau würde einen Gardisten spurlos beseitigen können?«, fragte der Metropolfürst. Der angeklagte Mensch mit dem hellroten, langen Haar war also tatsächlich ein Weibchen. »Davon will ich nichts mehr hören, Orresta!«

Der alte Mensch legte die Unterarme aufeinander und verbeugte sich.

»Das ändert aber nichts daran«, der Metropolfürst wandte den Blick zu Nata, »dass Ihr gegen mein Gebot in die Bilteca eingedrungen seid. Euer Vater war für seinen Eigensinn bekannt. Ist auch bei Euch der Wissensdurst außer Kontrolle geraten?«

»Ich wusste nicht, dass Ihr den Sabos die Bilteca verboten habt.«

»Sie war in der Bilteca?«, kreischte Kress, die wohl jetzt erst verstand, worum es ging. »Ihr habt versprochen, die Sabos von dort fernzuhalten!«

Ssarronn kräuselte seine Schuppen. Schon als die Botschaften mithilfe der Grauwacht ausgetauscht worden waren, hatte er nicht verstanden, wieso man fürchtete, die wertvollen Einrichtungen der Metropole könnten beschädigt werden. Warum hätten die Menschen das tun sollen? Irgendwann würde Oculor zurück in die Nacht fallen und damit wieder den Menschen gehören.

»Ihr müsst sie bestrafen!«, kreischte Kress.

Erneut sprang der Metropolfürst auf. »Ihr seid unsere Gäste, nicht unsere Herren! Ich lasse mir von Euch nichts befehlen!«

»So haltet Ihr Eure Versprechen!« Kress war schnell. Sie hätte den Thron fast erreicht.

Aber die Guardistas waren noch schneller. Einer von ihnen rammte ihr den Rundschild gegen die Brust, sodass sie stürzte.

Ssarronn eilte zu ihr. »Bist du verletzt?«

Ihre inneren Lider waren geschlossen, wodurch die goldenen Augen trübe erschienen. »Ihnen ist nicht zu trauen.« Sie versuchte ihr Husten zu stoppen, indem sie gegen ihre Brust drückte.

Der Guardista machte einen Schritt zurück, behielt sie aber im Blick. Ein Kamerad stellte sich neben ihn. Sie flüsterten.

»Sie sind bald fort«, sagte Ssarronn.

»Ja, und ihr Blau nehmen sie mit in die Nacht, wo niemand ihrem Frevel Einhalt gebietet!«

»Die Goraja ist für die Sasseks da, nicht für die Menschen.«

»Die Goraja muss die Sitten durchsetzen!« Sie rappelte sich auf und ging zurück in das rote, warme Licht, wo Xsi sie empfing. Er warf zornige Blicke auf die Menschen.

Ssarronn hörte wieder dem Metropolfürsten zu, der gerade feststellte, dass man Nata eigentlich einkerkern müsse. »Aber das hat keinen Sinn. Wir brechen bald auf.«

Ein gebeugter Mensch schob einen blonden Menschen, der so klein war, dass er ein Kind sein musste, in den Thronsaal.

»Enna!«, rief Nata. »Warum bringst du sie her, Hurnendo?«

»Wir wollen uns überzeugen, dass ein gerechtes Urteil über ihre Mutter gefällt wird.« Er sah den Metropolfürsten an. »Diese beiden haben ihren Vater und ihren Großvater verloren. Müssen sie noch zusätzlich bestraft werden für etwas, das keinen Schaden angerichtet hat?«

»Man hat versucht, ein Kristallbuch zu stehlen!«, wandte die Anklägerin ein.

»Noch einmal!«, rief Nata. »Das war ich nicht!«

»Was machen sie mit dir, Mama?« Das Kind warf sich in Natas Arme. »Lass mich nicht allein!«

»Ihr Vater hat uns verlassen«, wandte sich Nata an den Metropolfürsten.

Bei Menschen war es ungewöhnlich, wenn die Eltern sich von ihrem Nachwuchs trennten. Ein weiterer Unterschied zu den Sasseks. Diese vergruben die Eier an warmen Stellen an fließenden Gewässern. Man feierte ein Abschiedsfest, wenn die Schlüpflinge aufbrachen. Sie folgten den Flussläufen in das offene Meer, dem sie an irgendeinem Ufer entstiegen, wo sie sich einem Stamm ihrer Wahl anschlossen. Die abweichenden Bräuche der Menschen führten wohl auch zu anderen Konventionen bei der Paarung.

»Ihr …«, die Anklägerin machte eine Pause, »… Vater?«

Natas Blick huschte über die Guardistas. »Das hat hier keine Bedeutung.«

»Warum erwähnt Ihr ihn dann?« Die Alte verzog den Mund, dessen Winkel nun leicht nach oben zeigten. Ein Lächeln, Zeichen für Freude und Zufriedenheit.

Nata dagegen schien unzufrieden, sie hob die Stimme. »Ich werde Euch keine Schwierigkeiten machen, Metropolfürst! Es ist nicht meine Absicht, mich Eurer Wanderung anzuschließen.«

»Kein Mensch darf in Oculor bleiben!«, kreischte Kress.

»Ich werde nach Sombralor gehen«, sagte Nata bestimmt. »Wenn Ihr es wollt, verlasse ich die Metropole sofort. Ich besitze hier nichts, was mich hielte.«

Ssarronn sah, dass sie nicht nur leicht gekleidet, sondern sogar barfuß war. Zumindest müsste sie sich für die Kälte ausrüsten, sonst würde sie sofort erfrieren. Selbst die Guardistas hüllten sich in Pelze.

»Wie wollt Ihr es allein durch die Wildnis schaffen?«

»Ich komme mit ihr«, sagte der Mensch, der das Kind gebracht hatte. »Ich habe meine letzte Pflicht gegenüber ihrem Vater erfüllt. Jetzt diene ich ihr.«

»Ein alter Mann soll sie über das Eis führen?«

»Hurnendo braucht mich nicht zu führen. Ich kenne die Sterne, und ich habe lange genug in der Wildnis gelebt, um mit einem Schneesegler umgehen zu können.«

»Ich werde Euch nicht schutzlos der Eiswüste überlassen«, sagte der Metropolfürst.

»Das braucht Ihr nicht«, sagte die Anklägerin. »Viele Sabos ziehen nach Sombralor. Wenn Ihr sie uns anvertraut, werden wir diese Frau mit uns nehmen und sie unterwegs lehren, wie man seinen Wissensdurst bezähmt.« Ssarronn fragte sich, wieso sie bei diesen Worten die Guardistas anstarrte.

Natas Schultern sackten herab. »Ich bin einverstanden.«

»Aber wir nicht!«, rief Kress. »Die Goraja fordert ihre Bestrafung!«

»Du sprichst nicht für die Goraja!«, wies Ssarronn sie zurecht. Viel zu viele wurden gezüchtigt, weil sie nach Wissen suchten. Besser wäre es gewesen, jene zu erziehen, deren Dummheit sich wie Fäulnis in den Stämmen der Sasseks ausbreitete.

Kress' Handgelenksporne klappten vor, aber sie schwieg. Schließlich war er der erfahrenere Goraja.

Ssarronn wandte sich wieder den Menschen zu. Bedauernd sah er Nata an. Wahrscheinlich war sie genau die Sorte Mensch, mit der er sich austauschen wollte, aber jetzt musste sie wohl die Metropole verlassen. Er hoffte, andere wie sie zu finden, bevor die Menschen ihre Wanderung begönnen.

»Die Sasseks wünschen eine harmonische Übergabe«, sagte Quarren. »Uns ist nicht an einer Bestrafung gelegen.«

Der Metropolfürst lehnte sich zurück. »Nata Refael Itana, Ihr werdet Euch auf die Reise nach Sombralor vorbereiten und in Eurem Haus bleiben, bis Orresta Euch abholt. Damit ist dieser Nichtigkeit hoffentlich endlich Genüge getan und wir können uns wichtigeren Angelegenheiten widmen.«

21. Kapitel

Remon tat, als bereite ihm das Gewicht des Teppichs Mühe. Immerhin ächzte auch Ilo, der tumbe Knecht, dessen Schultern doppelt so breit waren wie Remons, als sie die Rolle zum Schlitten trugen.

Der Feuerwahrer hatte Remon einer Familie zugewiesen. Aus deren Haus hatten sie zwölf Statuen verdienter Ahnen herausgeschleppt. Jetzt regte sich das Nabo in Remons Muskeln. Dadurch schwollen sie nicht an, aber es sorgte dafür, dass Remon sie genau im richtigen Moment anspannte oder lockerließ. Sein Körper war nicht im eigentlichen Sinne stärker, aber er nutzte seine Kraft bestmöglich. Deshalb hätte er eine schwerere Last zu bewegen vermocht als der Hüne vor ihm. Er musste sich sogar zurückhalten, um seine Schritte auf den tumben Takt des anderen zu drosseln.

Das Haus stand im Zentrum von Hartfels, direkt am Platz, in dessen Mitte sich die Säule mit dem Herzfeuer erhob. Weil der Boden so warm war, dass der Schnee schmolz und rutschigen Matsch auf den Steinen bildete, waren Rollen unter den Kufen des Schlittens angebracht.

Hier herrschte rege Betriebsamkeit. Jedem schien etwas einzufallen, das er unbedingt noch auf die Wanderung mitnehmen musste. An manchen Häusern hatte man den Wandschmuck herausgebrochen, sodass sie wie Ruinen aussahen. Um das Wohlbefinden der nächsten Bewohner sorgte sich niemand.

Aus einem Zimmer, dem nur noch kahle Löcher als Fenster dienten, drangen erzürnte Rufe. Die ersten Menschen aus Oculor waren eingetroffen und verlangten, standesgemäß untergebracht zu werden, obwohl sich der Zug aus Hartfels noch immer nicht auf den Weg gemacht hatte. Der Feuerwahrer bemühte sich, sie gerecht auf die Häuser zu verteilen, was aber niemanden zufriedenstellte. Wenn die Wache nicht gerade Diebe verfolgte, die im allgemeinen Chaos zugriffen, trennte sie Messerstechereien.

Mit einem finalen Ächzen wuchteten sie den Teppich auf den Schlitten. »Wir müssen ihn festbinden!« Ilos Hals war durch das ständige Schnaufen so stark angeschwollen, dass der Lederriemen in die Haut schnitt. »Damit er nicht herunterfällt.«

Remon bemühte sich um ein Lächeln, als hätte diese Erklärung ihm völlig neue Erkenntnisse zum Verwendungszweck von Haltegurten gebracht.

Das Lächeln gefror ihm schlagartig. Das Nabo sang in seinen Adern. Es bemerkte die Präsenz anderer Guardistas! Das hieß, dass sie bereits auf einen Click heran waren. Es bedeutete auch, dass sie ihn ebenfalls spürten!

Remons Blick glitt an den Kraterhängen entlang. Innerhalb von Hartfels würden sie ihn früher oder später stellen, wenn sie nach ihm suchten. Hier könnte er ihnen nur entgehen, wenn sie gar nicht auf der Suche nach ihm waren und davon ausgingen, dass sich zufällig ein anderer Guardista in dieser Siedlung aufhielt. Möglich, dass sie kamen, um Unruhen vorzubeugen. Aber eigentlich hielt sich die Grauwacht aus Streitigkeiten unter den Menschen heraus, solange keine Einrichtung des Plexos betroffen war.

Remon beschloss, schnell zu handeln. Wenn er sich beeilte, konnte er den Tunnel erreichen, der zur Brücke über den Magmastrom führte, bevor die Guardistas aus der anderen Richtung einträfen. In jedem Fall musste er diesen Platz verlassen. Den Traditionen folgend würden die Guardistas zuerst das Herzfeuer aufsuchen.

»Heh, Dummkopf!«, rief Ilo. »Bleib hier! Wir müssen noch mehr Kisten hohlen!«

»Das schaffst du auch ohne mich.« Das Einzige, was Remon holen würde, waren seine Wildniskleidung und sein Rossom. Beides hatte er in einem Stall deponiert.

Ilos Pranken griffen seinen linken Unterarm.

»Lass lieber los«, riet Remon. »Das könnte schmerzhaft werden.«

»Wer sich vor der Arbeit drückt, dem geschehen Schmerzen recht.« Ilo sah aus einem verkniffenen Gesicht auf ihn herab.

»Nicht mir wird es wehtun, sondern dir.«

Ilo schien darüber nachzudenken, rührte sich aber nicht.

Remon musste seine warme Kleidung holen und dann schnellstmöglich aus der Siedlung hinaus. Für das hier fehlte ihm die Zeit.

Das Nabo ließ seine Glieder erzittern, als es vollständig erwachte. Remon ballte die Rechte, als sie schon auf dem Weg zu Ilos Kinn war.

Er hatte lange keinen Menschen mehr mit voller Kraft angegriffen. Ilos Unterkiefer brach und sein runder Kopf flog nach hinten, ohne dass Remon nennenswerten Widerstand gespürt hätte. Der Griff der Pranke löste sich. Die Wucht hätte den Hünen auf seinen Rücken geworfen, wenn er nicht auf zwei Männer gefallen wäre, die ihn unfreiwillig stützten.

In der Umgebung blieben die Menschen stehen und starrten Remon an. Aufgeregtes Getuschel setzte ein.

Ilo grunzte. Zwei Zähne fielen zwischen zitternden Lippen heraus. Er ruderte mit den Armen. Noch bevor er einen sicheren Stand fand, stürzte er sich auf Remon.

Der tauchte unter den grapschenden Pranken weg, um dem massigen Körper auszuweichen. Ein lang entbehrter Kampfrausch ergriff von ihm Besitz. Remon wollte dem Gegner gegen das Knie treten, beherrschte sich aber im letzten Moment. Ilo war kein Feind – er musste ihn nicht zum Krüppel machen. Ein gebrochenes Gelenk heilte nie wieder, wenn man kein Nabo in sich hatte. Remon rammte ihm das Schienbein in die Kniekehle, wodurch der Hüne hinfiel.

So dumm Ilo auch war, er besaß das Herz eines Kämpfers. Sofort versuchte er sich aufzurappeln.

Remon griff eine Hand und bog den kleinen Finger um.

Ilo quiekte, ein viel zu schriller Laut für einen solchen Riesen.

»Lass es gut sein!«, rief Remon. »Das hier geht dich nichts an!«

»Mein Herr zahlt für deine Dienste!«, heulte Ilo. Durch den gebrochenen Unterkiefer wurden die Silben zu einem schwer verständlichen Brei.

»Es ist das Silber deines Herrn, nicht das deine. Und ich habe es noch nicht bekommen.«

Als er Ilo losließ, gab Remon ihm einen Tritt in den Hintern, wodurch er lang hinschlug.

In der Menge wurde jetzt aufgeregt diskutiert. Niemand ging mehr seiner Arbeit nach. Remon spürte eine Hand auf der Schulter und setzte schon an, ihrem Besitzer den Ellbogen in das Gesicht zu schmettern, als er begriff, dass es sich um ein anerkennendes Tätscheln handelte.

Er bahnte sich einen Weg durch die Menschen. Er musste endlich fort vom Herzfeuer. Hierher würden die Guardistas sicher zuerst kommen.

Der Stall mit dem Rossom und seinen Sachen gehörte zu einem heruntergekommenen Gasthaus am Hang. Erst versuchte Remon sich durch die mit Packtieren, Menschen und Schlitten verstopften Gassen dorthin zu schlängeln. Dann verlor er die Geduld und erzwang sich mit den Ellbogen seinen Weg. Er bot seine ganze Selbstbeherrschung auf, um die Kraft zu dämpfen, die er in die Stöße legte. Dennoch begleiteten ihn Flüche. Die Präsenz der anderen Guardistas – er war sich inzwischen sicher, dass sie zu zweit kamen – kribbelte in seinen Adern. Konnte er Zeit sparen, indem er auf seine Ausrüstung verzichtete? Aber dann hätte er sich in der leichten Kleidung, die für die Hitze in Hartfels angemessen war, dem klirrenden Frost der Nacht stellen müssen. Er müsste sich in der Wildnis verbergen, weit genug fort von diesem Ort, um nicht aufgespürt zu werden, doch nah genug am Weg, um Perul abzupassen, wenn er von Oculor zurück nach Erdblut reiste.

Überhaupt, Perul! Hatte Remon eine Möglichkeit, dem Freund eine Botschaft zu hinterlassen, am besten mit einem Treffpunkt?

Jede Notiz konnte ihn an die Grauwacht verraten, und er kannte hier niemanden, dem er eine mündliche Nachricht anvertraut hätte.

Also würde Perul selbst darauf kommen müssen, dass Remon aus irgendeinem Grund abgereist war. Für die Lösung dieses Problems fehlte jetzt die Muße.

Die Präsenz der Guardistas machte ihn wahnsinnig! Das Nabo putschte ihn auf, bereitete ihn auf einen Kampf vor, aber um ihn herum waren keine Feinde, sondern nur Menschen, die ihre Habe retteten.

Er überlegte, ob er doch ohne warme Kleidung und Rossom zurechtkäme. Das Reittier schien verzichtbar. Er müsste eine geringere Geschwindigkeit auf ebener Strecke hinnehmen, könnte dafür aber zu Fuß auch unwegsames Gelände bezwingen. Die Kleidung war ein ernsteres Problem. Hier in Hartfels, wo die Hitze aus dem Boden aufstieg, waren die Schneeflocken sogar eine willkommene Abkühlung, aber draußen war der Frost ein unerbittlicher Feind. Seine Erfrierungen würden zwar heilen, wenn Remon wieder in die Wärme käme. Zuerst verlöre er die Ohrmuscheln, dann Finger und Zehen, danach die Nase. Erst dann würde es wirklich gefährlich. Aber ohne Zehen würde er einen schlechteren Stand haben und deswegen langsamer vorwärtskommen, bis sie nachgewachsen wären. Obwohl er sich gut in der Wildnis auskannte, würden die Guardistas ihn leicht einholen. Vielleicht könnte er sich in einem Schneeloch verbergen, wie Laco. Dann noch ein Sturm, wie sie so nah an der Morgendämmerung häufig waren …

Das war Wunschdenken! Wenn er auch nur eine winzige Möglichkeit bewahren wollte, der Grauwacht zu entkommen, durfte er auf nichts verzichten, was ihm dabei half. Ganz sicher nicht auf angemessene Kleidung.

Sollte er versuchen, sich auf dem Weg zum Tunnel welche zu kaufen, statt sich durch die Menge zum Gasthaus zu quetschen?

Auch das wäre ein Glücksspiel mit ungewissem Ausgang. Er besaß nur wenig Silber, und die Preise für alles, was in der Wildnis nützlich war, hatten sich ins Absurde gesteigert.

Am Gasthaus geriet er in Streit mit dem Stallknecht, der anzweifelte, dass Remon die Zeche im Voraus gezahlt hatte. Dabei konnte sich Remon nicht vorstellen, dass der Wirt so kurz vor dem allgemeinen Verlassen der Siedlung überhaupt etwas anderes akzeptiert hätte. Er schlug den Jungen nieder, sattelte hastig das Rossom und zog das Tier hinaus.

Selbst wenn er nun den direkten Weg zum Tunnel hätte nehmen wollen, wäre er mit dem Tier nicht durch die überfüllten Straßen gekommen. Er musste einen Bogen am Hang des Kraters entlang gehen, wo der Schneefall den Boden matschig machte.

Er fand seine Befürchtung bestätigt, als er einen Guardista in Nachtrüstung am Tunnel stehen sah. Er war gut zu erkennen, weil die Menschen genug Respekt aufbrachten, um trotz des Gedränges Abstand zu wahren.

Remon kauerte sich zwischen zwei Katen und beobachtete. Auf der Straße zum Herzfeuer warteten hoch beladene Schlitten auf die Abreise. Wachen gaben auf sie acht, aber bei den meisten waren die Zugtiere noch nicht angeschirrt. Manche standen schon so lange, dass sie armdicke Hauben aus Schnee trugen.

Der Guardista lehnte an einem Rossom und beobachtete die Menge, die am Tunnel verkehrte. Kaum jemand war auf die Kälte vorbereitet. Vermutlich waren die Menschen auf dem Weg zu weiteren Schlitten und Schneeseglern, die bereits hinter der Brücke standen. Die Hinausgehenden schleppten Lasten, die Rückkehrer kamen ihnen mit leeren Händen entgegen.

Remon versuchte, den zweiten Guardista zu entdecken. Dieser musste sich in einem Radius von einem Click befinden, was das Siedlungsgebiet im Kessel komplett einschloss. Auf dem für Remon sichtbaren Teil der Straße war er nicht, es sei denn, man begegnete ihm mit wesentlich weniger Respekt als seinem Kameraden. Remon konnte nicht erkennen, dass der Fluss der Menge irgendwo über das übliche Gedränge hinaus ins Stocken geraten wäre, was die Folge davon gewesen wäre, wenn die Leute Abstand von einem Guardista gehalten hätten. Vermutlich erwies er bereits dem Herzfeuer die Ehre. Dass der andere Guardista das nicht tat, sondern am Tunnel Posten stand, war so ungewöhnlich, dass es einen speziellen Grund haben musste. Der einzige, der Remon einfiel, bestand darin, dass er verhinderte, dass ein Gesuchter aus der Siedlung entkam. Sie waren seinetwegen hier.

Remon sah nicht aus wie ein Guardista. Vielleicht konnte er das Rossom zwischen sich und der Wache halten, wenn er es am Zügel in den Tunnel führte. Möglich, dass der Guardista ihn für einen Nomaden hielt, der kurz vor Beginn der Wanderung noch ein gutes Geschäft in Hartfels hatte abschließen wollen.

Die Überlegung verlor ihre Grundlage, als er den Guardista an den Dolchen erkannte. Zwei steckten in Scheiden an den Unterarmen, zwei weitere waren vor der Brust befestigt und noch drei hingen am Gürtel. Das war Semoel! Er war ein Großmaul und beeindruckte viele, hatte das aber weder bei Remon noch bei Vorena geschafft. Das trug er ihnen beiden nach, aber gegen Vorenas Schwertkunst hatte er schon versagt, kurz nachdem sie das Nabo getrunken hatte. Er musste Remon vermissen, hatte er doch ständig seine Wut an ihm ausgelassen. Er würde ihn sofort erkennen.

Hier kam Remon nicht durch, ohne einen Kampf zu riskieren. Ein bewaffneter und gerüsteter Guardista war ein anderer Gegner als Ilo oder der Stallknecht. Selbst wenn Remon die Oberhand behielte, würde er sich nicht zurückhalten können, wenn er gegen Semoel kämpfte, und der würde ihn keinesfalls entkommen lassen, wenn er es verhindern könnte. Remon war zwar aus der Grauwacht geflohen, aber er betrachtete seinen Eid dennoch nicht als belanglos. Bei dem Gedanken, einen seiner Kameraden zu töten, zog sich sein Magen zusammen. Selbst wenn dieser Kamerad Semoel war. In der Schlacht, wenn alle Abneigungen bedeutungslos wurden, hatte der Guardista ihm mehrfach den Rücken gedeckt.

Remons Blick folgte der Kraterwand hinauf zum dunklen Himmel, aus dem weiße Flocken herunterschwebten. Nur eine Straße führte aus Hartfels hinaus, aber das bedeutete nicht, dass sie für einen wildniserfahrenen Mann der einzige Weg war, die Siedlung zu verlassen. Remon hatte viele Eisberge erklommen, die rutschiger und scharfkantiger gewesen waren als diese Hänge, auch wenn der geschmolzene Schnee sie schlüpfrig machte. Er würde das Rossom zurücklassen müssen, aber damit konnte er sich abfinden. Das war jedenfalls besser, als einen Kampf mit einem Guardista zu wagen.

Remons Wärmesicht offenbarte ihm, dass die Hitze des Hangs nach oben hin abnahm. Außerdem schwankte sie abhängig von der Zusammensetzung des Gesteins. Das gab ihm einen Hinweis darauf, wo der Grund schlammig und wo er fest war.

Er entfernte sich vom Tunnel, wobei er sich weiter hangaufwärts bewegte, oberhalb der letzten Gebäude, bei denen es sich meist um schief zusammengezimmerte Hütten handelte. Mehrmals probte er den Aufstieg, entschied sich dann aber doch dafür, nach einer günstigeren Stelle zu suchen.

Er fand sie beinahe gegenüber dem Tunnel. Der Basalt war hier rau, aber nicht allzu steil, und stieg, soweit es sich erkennen ließ, kontinuierlich an, ohne hohe Kanten oder Löcher. Remon drehte das Rossom Richtung Herzfeuer und gab ihm einen Klaps auf das Hinterteil. Es stapfte davon.

Remon band die wenige Ausrüstung, die er mit sich führte, so auf seinen Rücken, dass seine Arme volle Bewegungsfreiheit hatten. Er wusste, dass die Festigkeit von Basalt ebenso ungewiss war wie die von Eis. Unversehens konnte man in einen

Hohlraum brechen, an dessen scharfen Kanten man sich leicht den Unterschenkel aufriss. Das war neben dem besseren Halt ein zusätzlicher Grund, sich gegen den Hang zu lehnen und das Gewicht auf Hände und Füße zu verteilen.

Remon war noch nicht weit gekommen, als sich zu seiner Rechten ein warmer Fleck von der Hintergrundhitze des Gesteins löste. Er erkannte die Guardista sofort.

»Diesmal hast du noch nicht einmal eine Axt dabei«, spottete Vorena. Dass ihre Linke so lässig an der Schwertscheide lag, täuschte nicht darüber hinweg, dass sie die Waffe blitzschnell in Position bringen konnte, um sie zu ziehen. Remon wusste, dass Vorena häufig geübt hatte, die Bewegung, mit der sie die Klinge herausriss, so weit zu perfektionieren, dass sie unmittelbar zu einem Angriff wurde. Als sie das letzte Mal gemeinsam ihre Fähigkeiten geschult hatten, hatte sie auf diese Weise ein dicht gebundenes Reisigbündel durchschlagen.

»Woher wusstest du, dass ich es hier versuchen würde?«, fragte er.

»Wir hatten dieselben Lehrer. Du hättest ihnen Schande gemacht, wenn du nicht die beste Stelle für den Aufstieg gefunden hättest.«

»Was ist mit unserer Abmachung? Ein Leben für ein Leben?«

Sie zuckte mit den Schultern. In dem schwachen Licht, das es von den Häusern durch das Schneetreiben bis hierher schaffte, erschien Vorena vollständig geheilt. Ihre Augen jedenfalls waren wieder intakt.

»Ich halte mich an meine Zusagen.« Zwei Schritt vor ihm, in Reichweite für ihr Schwert, blieb sie stehen. »Ich habe dir dein Leben zurückgegeben. Du selbst hast es erneut fortgeworfen. Du hättest nicht kommen sollen. Und nicht mit einem ehrlosen Kameraden.«

Remon stutzte. »Perul?«

»So heißt er wohl, ja.«

»Er hat mich für Gold verraten?«

»Er wollte keine Bezahlung. Als er beim Turm der Grauwacht anklopfte, faselte er etwas von Hochachtung und der Pflicht, jene, die das Plexo erwählt hat, getreulich zu unterstützen.«

»Du hast ihm nicht geglaubt.«

Vorena schnaubte. »Wenn ein Verräter von Ehre spricht, bin ich versucht, ihm sein eingebildetes Haupt abzuschneiden und es ihm hinten wieder reinzudrücken.«

»Wir haben Nata und Enna gesucht. Sie dachten, sie würden mich nie wiedersehen, und haben sich nach Oculor aufgemacht.«

Vorena lüpfte eine Augenbraue. »Dafür haben sie sich keine gute Zeit ausgesucht.«

»Nata dachte wohl, du würdest mich dorthin bringen.«

»Damit hat sie auch recht. Nicht ganz so, wie sie es sich vorgestellt hat, aber immerhin.«

»Dann wirst du mich nicht davonkommen lassen?«

»Ich habe dich bereits einmal davonkommen lassen.« In ihrer Stimme lag die Kälte der tiefen Nacht. »Dass wir uns jetzt wiedertreffen, hat nichts mit irgendeiner Begebenheit zu tun, die sich zugetragen hat, bevor wir unsere Abmachung trafen. Es ist ein Auftrag. Dieser Perul hat den Mareschall davon unterrichtet, dass du hier zu finden bist, und der Mareschall hat die beiden Guardistas nach Hartfels geschickt, die er in Oculor am besten entbehren kann. Die ewige Querulantin und Semoel. Wenn der dich zuerst gefunden hätte, hätte er dir zur Begrüßung die Arme abgehackt.«

»Willst du ihnen nicht beweisen, dass du deinen Ruf zu Recht hast?«, fragte er ohne viel Hoffnung.

»Semoel spürt dich ebenso gut wie ich. Und selbst wenn ich allein wäre, würde meine Antwort ›nein‹ lauten. Es ist meine Pflicht, dich vor die Offiziere zu bringen.«

Remon sah auf ihr Schwert.

Es hatte keinen Zweck. Er konnte sie weder überwältigen noch entkommen. Die Erkenntnis raubte ihm jeden Widerstand.

»Was ist mit Nata und unserer Tochter? Sind sie wirklich in Oculor?«

Vorenas Rüstung verdeckte ihr Schulterzucken beinahe vollständig. »Möglich. Ich habe sie nicht gesehen, aber auch nicht nach ihr gesucht.«

»Sie wäre bestimmt im Astrovatorio. Die Färbung der Monde macht ihr Sorge.«

»Wem nicht?«

»Also gut. Ich komme mit.«

»Du gehst vor. Zum Tunnel. Der Weg ist nicht zu verfehlen.«

Der Grauwolfschädel auf Vorenas Rüstung teilte die Menge in den Gassen. Vor dem Herzfeuer blieb Remon stehen. »Warum hat Perul mich verraten?«

»Du hattest schon immer Schwierigkeiten, die Schatten in den Herzen zu erkennen. Der Kerl scheint ein ganz passabler Jäger zu sein.«

»Der beste in der Communidad Bergkristall.«

»So blind kannst selbst du nicht sein.«

»Er ist ein ausgezeichneter Speerschleuderer und ein fantastischer Spurenleser! Wir waren oft gemeinsam auf dem Eis.«

»Und du willst mir erzählen, er hätte dich übertroffen?«

»Das ist kein gerechter Vergleich! Ich trage das Nabo in mir. Natürlich konnte Perul nie …« Remon schluckte. Stumm setzte er den Weg fort.

»Jetzt ist er wirklich der beste Jäger seiner Communidad«, stellte Vorena trocken fest.

22. Kapitel

Ssarronn war zwar nicht froh über Kress' Ausbruch, wohl aber über die Folge, die sich daraus ergab. Eigentlich hatten sie alle Treffen mit dem Metropolfürsten und den Guardistas zu viert absolvieren sollen. Eine schöne Symbolik, je einen Vertreter aus jedem Lebenszyklus der Sasseks außer der frühen geschlechtslosen Phase dabei zu haben. Auf diese Weise sollte der gesamte Stamm Flammenorchidee repräsentiert werden. Wobei die Gorajas natürlich streng genommen keinem Stamm Gefolgschaft schuldeten, sondern wegen der Würde ihrer Profession ausgewählt worden waren. Nachdem Kress ihre Reizbarkeit nun so eindrücklich zur Schau gestellt hatte, war Quarren jedoch allein zum Mareschall der Grauwacht gegangen. Ssarronn, Kress und Xsi blieben im Cestillo, wo der Metropolfürst die Geister angewiesen hatte, ihren Aufenthalt angenehm zu gestalten.

Um das Geruchserlebnis zu verstärken, züngelte Ssarronn noch einmal die süßen Düfte des Baderaums in seine Nasenlöcher, bevor er diese verschloss und sich tiefer in das Marmorbecken sinken ließ. Wohlige Wellen liefen durch seine Schuppen, sodass das beinahe kochende Wasser darunter drang und den juckenden Dreck mit sich nahm. Die Vielzahl an Schuppen war die Last der zweiten männlichen Phase. Jüngere Sasseks hatten eine ledrige Haut, die nur an Vitalpunkten mit Schuppen verstärkt war.

Wieder stellte sich Ssarronn vor, wie seine Finger Kress' Körper betasteten. Ihre Haut sonderte auch für ein Weibchen besonders viel Öl ab, wodurch sie nicht nur angenehm roch, sondern sich auch geschmeidig anfühlte. Wie gern wäre er zärtlich um die Warzen in ihrem Nacken gefahren. Natürlich hätte er noch lieber ihren Rücken umklammert, wie er es selbst genossen hatte, als er noch weiblich gewesen war.

Er rollte sich am Grund des Beckens auf den Bauch und versuchte die Stelle zu finden, an der das Wasser erhitzt wurde, ging dabei aber nicht mit allzu viel Eifer vor. Ssarronn genoss einfach, überall von Feuchtigkeit und Hitze umgeben zu sein.

Er dachte an Ttossam, den Liebhaber, der ihn in die Genüsse der Geschlechtlichkeit eingeführt hatte. Ssarronn war seine Favoritin gewesen. Noch immer hielt er nach Sasseks in den männlichen Phasen Ausschau, die Ttossams irisierende Färbung an den Wulsten über den Augen hatten. Die weibliche Ssarronn war beinahe verzweifelt, als sich Ttossam gehäutet hatte und damit in die letzte, geschlechtslose Lebensphase gewechselt war. Sie hatten den Geschichten unterschiedlicher Memores gelauscht und sich aus den Augen verloren. Inzwischen lebte Ttossam wohl nicht mehr.

Allmählich glitten Ssarronns Glieder in eine angenehme Taubheit, weil er schon so lange unter Wasser war, dass sein Körper sparsam mit der Luft in seinen Lungen umging. In der frühen geschlechtslosen Phase hatte ein Sassek noch Kiemen, aber diese blieben mit der ersten Häutung zurück. Sie machten die erste Haut zu einem besonders wertvollen Geschenk, denn sie waren eine Delikatesse. Wenn ein junges Weibchen noch keinen Stamm gefunden hatte, konnte es die abgelegte Haut meist gegen den Platz in einer Gemeinschaft eintauschen. Ssarronn schwelgte in der Vorstellung, wie köstlich Kress' Kiemen wohl geschmeckt hatten. Sie waren bestimmt fein verästelt gewesen, knusprig und von exquisiter Würze in den Spitzen. Hoffentlich hatte sich ein guter Koch dafür gefunden. Es wäre eine Schande gewesen, wenn ein Rüpel sie einfach roh hinuntergeschlungen hätte.

In müßigen Betrachtungen versunken, brauchte Ssarronn eine Weile, bis Xsis Rufe so weit in sein Bewusstsein sickerten, dass er die äußeren Lider öffnete. Getrübt durch das Wasser sah er den Jüngeren am Beckenrand stehen und wild gestikulieren. Seine Worte drangen nur gedämpft an Ssarronns Gehöröffnungen. Dennoch reichte diese Vorstellung aus, um Ssarronns Körper von tiefer Entspannung in alarmierte Bereitschaft zu katapultieren. Seine Glieder zuckten, ohne sein Zutun kamen die gespreizten Krallen vor seinen Kopf, wo sie einen Angriff ablenken oder nach einem Fisch hätten schnappen können. Natürlich war beides unnötig. Da hüpfte nur ein aufgeregtes Jungmännchen am Beckenrand.

Langsam stieß Ssarronn die Luft aus den geöffneten Nasenlöchern und beobachtete die Blasen, während er selbst aufstieg.

»... tot!«, hörte er, als er seinen Kopf durch die Oberfläche hob.

Die Luft war merklich kühler als das heiße Wasser.

»Überall auf Kress ist Blut!«

»Was ist mit Kress?«, rief Ssarronn. Er nutzte die Agilität seines Körpers, um mit weiten Zügen zum Beckenrand zu kommen und sich hinauszuwuchten. Er bezweifelte, dass das Weibchen wirklich in Gefahr war. Vermutlich spielte sich Xsi nur auf.

Das Moos zwischen Ssarronns Häuten hatte sich vollgesogen, wodurch sein Oberkörper schwerer war als vor dem Bad.

»Sie konnte sich das nicht gefallen lassen!« Xsi fauchte die Worte heraus. »Es war eine Provokation, und das hat er jetzt davon!«

Ssarronn bezähmte seine Unruhe. »Wer hat was wovon?«

»Dieser Baron Erren! Er hat unsere Gemächer mit Blau dekorieren lassen! Blaue Laken auf den Schlafstätten! Blaue Teppiche! Blaue Tücher an den Wänden! Als wir kamen, waren die Geister gerade dabei, die Tür mit blauer Farbe zu streichen! Sie hat so gestunken, dass einem schwindlig davon wurde.«

Ssarronn hinterließ wässrige Fußabdrücke, als er zur Sandgrube ging, in der er sich trockenwälzen wollte. Feuchtigkeit dampfte aus seiner Haut und verband sich mit den Schwaden, die aus dem Becken aufstiegen. »Du solltest ein Bad nehmen, Xsi. Das beruhigt.«

Xsi kreischte unartikuliert. »Wie kannst du von Ruhe reden? Überall ist Blut!«

Bei genauerem Hinsehen entdeckte Ssarronn einige rote Sprenkel auf Xsis Gewand. »Richtig, das habe ich über das Gerede vom Blau ganz vergessen. Was ist jetzt mit dem Blut?«

»Kress hat diesen Baron Erren aufgeschlitzt.«

»Was? Ist sie wahnsinnig?«

»Verrückt ist, wer das nicht getan hätte!«, fauchte Xsi. »Ich hätte ihn selbst erledigt, wenn Kress mir nicht zuvorgekommen wäre!« Er klappte seine rechte Hand zurück, sodass der Sporn aus dem Gelenk schnellte. Es war ein eher bescheidenes Exemplar, Ssarronns eigene hatten die doppelte Länge und waren auch schöner gebogen, wie er fand.

»Noch einmal ganz deutlich: Kress hat einen unserer Gastgeber umgebracht?«

»Aufgeschlitzt bis zu dem Knochen, der bei ihnen in der Mitte der Brust sitzt. Dann mit der anderen Hand in den Schnitt gegriffen und mit den Klauen in seinen Gedärmen herumgewühlt.«

Nachdenklich blieb Ssarronn vor der Sandgrube stehen. »Ich glaube nicht, dass ein Mensch so etwas überlebt.«

»Natürlich nicht! Er ist tot, und sein blasphemisches Gewand ist jetzt rot, nicht mehr blau!«

Mit den Zungenspitzen kratzte Ssarronn das letzte Wasser aus seinen Nasenlöchern. »Hat er sie angegriffen?«

»Er hat uns alle angegriffen! Mit seinen Beleidigungen! Er hat uns verhöhnt, als wir in unsere Gemächer kamen! Sich erkundigt, ob wir uns im Cestillo auch wohlfühlen!«

»Das hätte er nicht tun sollen.«

»Das stimmt!« Xsi keckerte vor Vergnügen. »Kress hat ihm jetzt Benehmen beigebracht.«

»Nicht, dass er diese Lehre noch anwenden könnte.«

»Aber die anderen werden darüber nachdenken! Sie werden sich hüten, ihrer Ketzerei in der Nacht weiter zu frönen!«

»Ich glaube eher, dass sie unsere Bestrafung fordern werden.

Oder zumindest unsere umgehende Entfernung aus der Metropole. Vielleicht werden sie die Grauwacht sogar dazu bringen, unseren Anspruch auf Oculor anzuzweifeln.«

Empörte Wellen liefen durch Xsis spärliche Schuppen. »Das können sie nicht! Der Tag naht!«

»Das bedeutet nur, dass Oculor von den Menschen an die Sasseks fällt. Dass der Stamm Flammenorchidee die Metropole bekommt, ist damit nicht festgelegt.« Ssarronn verzichtete auf die Sandgrube und legte gleich seine Kleidung an.

»Wir haben darum gekämpft! Wie viele Stämme haben wir besiegt, um jetzt hier zu stehen?«

»Wir müssen unseren eigenen Jähzorn besiegen. Das ist wichtiger, als andere Stämme ins Wasser zu treiben.« Wenn eine Gruppe von Sasseks kapitulierte, musste sie sich einer starken Strömung anvertrauen, die sie weit entfernt vom umkämpften Gebiet wieder an Land brachte.

»Hier geht es nicht um einen Stamm oder den anderen! Hier geht es darum, dass niemand die Farbe des Wassers missbrauchen darf! Sogar die Monde zürnen wegen der ausufernden Sittenlosigkeit!«

»Dass Kress bei der Goraja ist, weiß ich. Ich bin es auch. Du nicht.«

Xsi scharrte über den Marmor. »Aber ich habe viel von ihr gelernt. Wir werden den Zorn der Tiefen Mächte mildern, wenn wir die Menschen hindern, das Blau mit in die Nacht zu nehmen.«

»Wir sind schon in der Nacht.«

»Du weißt, was ich meine! Sie haben ihre Gefährte vollgepackt mit lästerlichen Schätzen! Nichts davon dürfen sie mit sich nehmen!«

»Jetzt gehen wir erst einmal in unsere Gemächer. Ich will mir die Misere selbst ansehen. Was haben die Geister eigentlich unternommen?«

»Gar nichts! Sie sahen wohlwollend auf Kress herab und lösten sich dann auf.«

»Wie können sie ohne Gesichter wohlwollend auf irgendetwas herabsehen?«

»Ihre Haltung drückte Wohlwollen aus.«

»Seit wann verstehst du etwas von menschlicher Gestik? Ich dachte, nur ich würde mich dafür interessieren.«

»Es sind Geister, keine Menschen«, meinte Xsi missmutig, während er Ssarronn über den Flur folgte.

Das Cestillo war wirklich angenehm, vor allem nach der Eiswüste. Überall standen Pflanzen, und wenn erst die Temperatur stiege, wäre die Metropole ein perfekter Ort, den nur ein geisteskranker Sassek wieder würde verlassen wollen. Empfanden die Menschen das ebenso? War Baron Erren deswegen so unduldsam gegen die Sasseks gewesen, denen er die Schuld für die anstehende Wanderung gab?

Ssarronn zischelte missbilligend. Niemand beeinflusste den Wechsel von Tag und Nacht. Der Pakt, dessen Einhaltung die Grauwacht sicherstellte, war so alt, dass selbst die weisesten Memores nur raten konnten, wann und wo er geschlossen worden war. Oder von wem genau.

Zischend fuhr Ssarronn zurück, als er den toten Menschen sah. Sein Bauch war dermaßen zerfetzt, dass sich kaum denken ließ, dass ein einzelner Angriff das zuwege gebracht haben sollte. Die Haut der Menschen war so weich, dass sie keinerlei Schutz vor einer Spornattacke bot. Aus der Blutlache stieg ein metallischer Geruch auf. Fleischfetzen waren in weitem Umkreis verstreut.

»Kress muss noch auf ihn eingeschlagen haben, als er schon tot war«, vermutete Ssarronn.

»Sie hat ihm seine Grenzen gezeigt!«

Xsis Körperhaltung drückte nichts von der Entschlossenheit seiner Rede aus. Geduckt sah er sich im Raum um, als fürchtete er, geschlagen zu werden. Tatsächlich war überall Blau. Auch Ssarronn war das unangenehm. Am liebsten hätte er das Zimmer sofort wieder verlassen. Aber er musste ruhig bleiben und nachdenken.

»Wo ist Kress?«

»Sie trägt das Feuer zu den Menschen.«

Die Sasseks hatten keine Waffen mitgebracht. Für gewöhnlich bevorzugten sie gezackte Klingen, aber die Goraja kämpfte traditionell mit Feuer. Eine unpraktische Sache, weil die an Ketten geschwungenen Flammenkugeln und ähnliche Instrumente schnell erloschen, wenn es regnete, aber in der Goraja hatten überlieferte Sitten höchsten Wert. Undenkbar, etwa ein Beet blauer Blumen anders zu vernichten als mit Feuer.

»Sie will das Blau in der gesamten Metropole verbrennen?«, zweifelte Ssarronn.

»Sie wird es nicht allein schaffen! Sie braucht uns!«

Unter Ssarronns Starren wurde Xsi noch kleiner.

»Ihr habt wirklich den Verstand verloren. Weißt du, wie viele Menschen hier sind? Und wir sind zu viert! Selbst wenn euer Wahn eine Grundlage hätte …«

»Es ist kein Wahn!« Mit ausladender Geste zeigte Xsi auf all das Blau.

»Einer von ihnen hat uns beleidigt. Das gibt uns nicht das Recht, das Eigentum aller zu verbrennen.«

»Nur, was blau ist. Es ist zum Besten aller. Zum Wohl von ganz Bisola.«

»Du klingst selbst nicht überzeugt. Wird dir gerade klar, dass wir sterben werden, bevor wir irgendetwas bewirken? Die Stadtwache wird uns ihre Lanzen so oft durch den Bauch rammen, bis wir Ähnlichkeit mit ihm haben.« Er zeigte auf die Leiche.

Xsi scharrte auf dem Boden. »Kress hat mich mitgerissen.«

»Sie kann ein Männchen verwirren. Aber jetzt müssen wir besonnen handeln und die Menschen besänftigen.«

Zweifelnd sah Xsi auf den entstellten Körper.

»Ja, ich weiß«, meinte Ssarronn. »Ich habe auch keine gute Idee, wie wir das erklären. Das Beste wird sein, wenn du die Leiche verbirgst. Danach schließ dich hier ein.«

»Und was machst du?«

»Ich suche Quarren. Er müsste im Turm der Grauwacht sein. Vielleicht weiß er Rat.«

23. Kapitel

Der über dem Magmabecken hängende Käfig sprach dafür, dass in dieser Feuerkaverne Tote verbrannt wurden. Die Löcher in der Decke dienten wohl nicht der Belüftung, sondern zum Beträufeln einer Leiche mit Öl. Derzeit hatte sich hier aber keine Trauergesellschaft versammelt, sondern Mareschall Brenhardt mit einer Handvoll Guardistas der Grauwacht. Quarren, ein alter Sassek mit schlaffem Hut, stand ebenfalls dabei. Er hatte schon einige Zeit auf den Mareschall gewartet, dieser hätte ihn nicht weiter brüskieren wollen, indem er ihn im Turm der Grauwacht alleingelassen hätte. Vorena vermutete, dass sich die Amphibie von allen Anwesenden am wohlsten fühlte. Sie stellte sich mit vor der Brust auseinandergezogenem Gewand an das Magma und genoss die Hitze.

Obwohl – es gab jemanden, dem dieser Moment größeren Genuss verschaffte als Quarren, allerdings nicht wegen der Eigenschaften des Raumes. Semoel freute sich auf die Bestrafungen.

»Was hast du zu deiner Verteidigung zu sagen?«, fragte Mareschall Brenhardt.

Für sein hohes Amt war er sehr jung. Er hatte nur wenig mehr als die achtunddreißig Doppelmonde erlebt, die auch Vorena gesehen hatte. Das Plexo legte niemandem Rechenschaft darüber ab, wen es zur Führung der Grauwacht berief.

Verglichen mit Laco, der neben ihm stand, war Brenhardt ein Archetyp des Kriegers. Dabei war auch in dem Bengel bereits das Wirken des Nabo zu erkennen. Er hielt sich aufrechter, machte einen kräftigeren Eindruck und hatte wache Augen. Jetzt, nachdem er Zeugnis gegen sie abgelegt hatte, huschten sie allerdings hin und her wie Vögel, die den Ausgang aus einem Zimmer suchten.

»Willst du mir nicht antworten?« Brenhardt trug ein Kettenhemd, die Tagrüstung der Grauwacht. Der Wolfsschädel war so sorgfältig in eine Metallplatte über der Brust geprägt, dass jeder die Arbeit einer Geisterschmiede erkannte. Auch das Material konnte kein Mensch herstellen. Es war meist schwarz, glänzte aber kupfern, wenn Licht darauf fiel. »Warum bist du immer so verstockt, Vorena?«

Sie hielt eine Antwort zwar für unnötig, aber ein paar Worte mochten den Ablauf beschleunigen. »Der Junge sagt die Wahrheit. Ich habe Remon in der Wildnis aufgestöbert und ich habe ihn davonkommen lassen, weil er mir das Leben gerettet hat.«

Zu Semoels Ärger hatte sie Remon ohne Ketten nach Oculor gebracht, und auch jetzt war er nicht gebunden. Das gab Vorena eine gewisse Befriedigung. In seiner stoischen Haltung sah er noch immer wehrhafter aus als manche der gerüsteten und bewaffneten Guardistas. Seine Schwertkunst hatte sich nie mit der von Vorena messen können, aber er war im gleichen Ausbildungskader geschmiedet worden.

»Eine ehrenhafte Tat. Ungehorsam, aber ehrenhaft.«

Mareschall Brenhardt mühte sich stets, alle Aspekte gerecht abzuwägen. Vactor war schneller mit seinen Urteilen gewesen. Er hatte nie danach gefragt, was Vorena zu ihrer Aufsässigkeit bewog, sondern hatte ihr eine Strafe zugemessen, oftmals sogar, ohne sie anzuhören. Das hatte ihr besser gefallen. Brenhardt hoffte wohl auf eine folgsame Guardista, indem er ihr Verständnis entgegenbrachte, aber sie war zu alt für Erziehungsversuche.

»Ich weiß, dass du den Auftrag der Grauwacht ernster nimmst als die meisten«, sagte Brenhardt, was ihm unwillige Blicke von Semoel und dessen Anhängern einbrachte. »Aber wir müssen vereint handeln, und das gelingt nur, wenn die Offiziere befehlen und die Krieger folgen.«

Vorena umfasste den Griff ihres Schwerts. Sie hatte nicht vor, die Waffe zu ziehen, aber die Berührung gab ihr Halt. Wusste der Mareschall von der Verbannung ihrer Eltern? Wenn er das Plexo danach gefragt hatte, war sicher bekannt, dass sie einem aufrührerischen Zirkel angehört hatten, der die Autorität von Fürsten, Sabos und selbst der Grauwacht angezweifelt hatte. Vorenas Eltern hatten der Meinung eines jeden Erwachsenen das gleiche Gewicht beigemessen. Man hatte sie in die Wildnis verbannt, bevor ihr rebellisches Gedankengut die treuen Bürger hätte anstecken können. Vorena war in die Obhut der Grauwacht gegeben worden, so wie kurz darauf Remon, das Waisenkind. Beide hatten sich durchgeschlagen, und am Ende hatte man ihnen das Nabo gewährt.

Vorena verabscheute die wirren Vorstellungen ihrer Eltern. Sie wusste, dass die Welt eine Ordnung hatte, und das Plexo stand an der Spitze dieser Ordnung. Es gab Wärme, Licht und Wasser, und vor allem gab es Regeln, die den Lauf der Welt bestimmten.

Sicher war es nicht im Sinne des Plexos gewesen, dass Vorena Remon hatte entkommen lassen. Sie verdiente eine Bestrafung dafür, dass sie ihre persönliche Ehre über ihre Berufung gestellt hatte. »Ich erwarte mein Urteil.«

Brenhardt sah Remon an. »Du hast einen Verräter laufen lassen, aber du hast ihn später zurückgebracht. Auch das gilt es zu bedenken.«

Etwas in Vorena wehrte sich dagegen, in Remon einen Abtrünnigen zu sehen. War auch das eitler Stolz? Wollte sie nicht wahrhaben, dass aus ihrem Ausbildungskader ein Verräter hervorgegangen war? Remon hatte seinen Tod mit solcher Raffinesse vorgetäuscht, dass er sein Verschwinden gründlich geplant haben musste. Vorena hatte kurz zuvor ihre rechte Hand verloren, deswegen war sie nicht bei dem Trupp gewesen, der ihn in dem aufständischen Dorf gesucht hatte. Sie war erst an den Ort des Geschehens gekommen, als alles längst vorbei gewesen war. Dennoch hatte sie gefunden, was den anderen entgangen war: Remons Schwert. In diesem Moment hatte sie geweint, allein im Sumpf, inmitten fauliger Gase und umgeben von Irrlichtern.

Erst viel später hatte sie wieder eine brauchbare rechte Hand gehabt. Sie war dieser Herausforderung entgegengetreten wie jeder anderen in ihrem Leben. Deswegen konnte sie inzwischen auch mit links besser fechten als die meisten mit ihrer starken Seite.

»Du wirst eine glühende Kohle schlucken«, verkündete Brenhardt. »Die Hitze soll dir den Bauch verbrennen und dich erinnern, dass jeder …«

»Ich erledige das sofort«, sagte Vorena und trat an ein Kohlebecken.

»Noch nicht!«, donnerte Brenhardt. So entschlossen hatte sie ihn selten rufen hören. »Wir haben die Übergabe einer Metropole sicherzustellen. Dabei wirst du deine Aufgabe erfüllen. Erst danach ist die Bestrafung an der Reihe.«

»Ehrenwerter Mareschall!«, rief Quarren. Wie bei den meisten Sasseks war seine Stimme von Zischlauten unterlegt. Obwohl Sasseks und Menschen die gleiche Sprache hatten, waren die Amphibien deswegen oft schwer zu verstehen. »Wird dieses Menschenweibchen nicht dabei sterben?«

Keiner der Guardistas schien dem Sassek antworten zu wollen.

Keiner außer Remon. »Sie ist eine Guardista, ehrenwerter Quarren. Sie wird Schmerzen leiden, durch die Verbrennung und dadurch, dass sie einen Stein im Magen haben wird. Er muss herausgeschnitten werden, wenn er abgekühlt ist, und auch das verursacht Schmerz. Aber eine Guardista wird nicht daran sterben. Das Nabo verhindert es.«

»Das Nabo«, zischelte Quarren. Die gespaltene Zunge tanzte vor seinem Maul. »Ich verstehe. Nicht die Verletzung, sondern die Pein ist die Strafe.«

»So ist es«, bestätigte Brenhardt. »Es muss unangenehmer sein, unsere Gesetze zu brechen, als sie zu befolgen. Das wird auch dieser Abtrünnige lernen. Wir sind hierhergekommen, weil diese Feuerkaverne die Einrichtungen bietet, die wir für seine Bestrafung brauchen. Entkleide dich, Remon Zyrrel Vactor!«

Quarren legte den dreieckigen Kopf schief. Offenbar wunderte er sich über den Namen. Da man Remons Eltern nicht kannte, hatte man ihn nach seinen Erziehern benannt. Der Amphibie, die sich besonders um ihn gekümmert hatte, und dem Mareschall, der bei seiner Aufnahme Herr über die Grauwacht gewesen war. Vorena sah keinen Anlass, ihm das zu erklären. Ebenso wenig, wie sie einen Grund hatte, Nata und Enna zu erwähnen. Remon hatte sich an alle Abmachungen gehalten, also tat Vorena das auch. Sie hätte es sogar getan, wenn es bei ihm nicht so gewesen wäre. Für Vorena waren die eigenen Handlungen entscheidend, nicht die von irgendjemandem sonst. Das war ein weiterer Grund, Nata und Enna herauszuhalten. Nata mochte einen Guardista betört haben, seinen Eid zu brechen, aber das war ihr nur wegen Remons Schwäche gelungen.

Vielleicht würde er nach seiner Bestrafung wieder ein treuer Guardista werden. Manche befiel eine Phase der Verwirrung, nach der sie umso genauer wussten, wohin sie gehörten. Man könnte sich Remons Wandlung, so sie denn einträte, nie sicher sein, wenn er sich nicht bewusst gegen seine Familie entschiede. Vielleicht sollte Vorena nach den beiden suchen. Wenn Remon recht hatte, mussten sie irgendwo in Oculor sein.

Das Leben in der Wildnis hatte Remons Körper nicht geschadet, wie Vorena feststellte, als er nackt an das Eisengeflecht trat, in das normalerweise Leichen gelegt wurden. Sein Haar war etwas dunkler geworden, auch auf der Brust. Die Hände mochten ewig kein Schwert mehr gehalten haben, waren aber dennoch kräftig genug, damit Vorena sich gern vorstellte, wie sie ihre Brüste liebkosten. Einige Male hatte sie mit Remon das

Lager geteilt. Lange, bevor er Nata begegnet war. Später hatte sie erfahrenere, geduldigere und geschicktere Männer gehabt, aber keinen, neben dem sie so zufrieden aufgewacht war.

Die Kameraden ketteten Remons Hand- und Fußgelenke an das Eisengeflecht.

»Ist auch bei diesem Guardista Schmerz die Strafe?«, fragte Quarren.

»Für den Anfang«, bestätigte Brenhardt. »Er soll über seine Verfehlungen nachdenken, während er hier vor sich hin gart. Wir werden ihn wieder einsammeln, bevor die Metropole übergeben wird. Bis dahin werden wir auch beraten haben, was mit ihm geschehen soll.«

Quarren züngelte. »Bei uns straft nur die Goraja mit Feuer.«

Vorena wusste nicht mehr über die Sasseks, als für ihre Aufgabe notwendig war, aber von der Goraja hatte auch sie gehört. Das waren die Tugendwächter der Sasseks, insofern vergleichbar mit den Sabos, als sie keinem Stamm zugeordnet waren. Sie wanderten dorthin, wo sie glaubten, die Sitten bedürften ihres Schutzes. Besonders gern verbrannten sie alles, was blau war. Sicher hatten sie keine Freude an der neuen Färbung der Monde.

Der Käfig ruckte hoch. Er kippte, während er über das Magmabecken geschwenkt wurde. Bei einer Bestattung wäre jetzt Öl aus der Decke getropft. Das zumindest blieb Remon erspart, und er hing auch höher, als es bei einem Leichnam der Fall gewesen wäre. Dennoch verschmorte die Hitze Haut und Haare. Er verzog das Gesicht, biss aber die Zähne zusammen.

Vorena hoffte, dass er nicht schreien würde. Jedenfalls nicht, solange Semoel und die anderen hier waren. Remon wollte ihnen diese Genugtuung sicher ebenso wenig gönnen, wie es bei ihr selbst der Fall gewesen wäre.

Vorena hatte keine Freude daran, jemanden leiden zu sehen. Als sie Schritte hörte, waren sie ein willkommener Anlass, sich der Treppe zuzuwenden. Ein Junge führte einen weiteren Sassek herunter. Die Amphibie war kleiner als Quarren, aber der

Kopf war platter und die Schultern breiter. Vorena fragte sich, ob das schwammige Etwas, das sie dort erkannte, wo die Kleidung aus gelbem Stoff es freiließ, ein Ausschlag, eine Wucherung oder ein Parasit war. Hoffentlich war es nicht ansteckend. Wichtiger war sicherlich die stilisierte Flamme, die der Neuankömmling als Brosche trug. Das Zeichen der Goraja.

»Was führt dich her, Ssarronn?«, fragte Quarren.

Der Angesprochene hatte auffällig viele Schuppen, durch die jetzt eine wellenartige Bewegung lief. Ihr Grauton änderte sich mit dem Einfall des Lichts. Über der Wucherung gab es weniger Schuppen und die Haut war durchscheinend.

»Etwas sehr Unangenehmes ist geschehen.«

»Sprich. Die Grauwacht hat mir großes Vertrauen erwiesen, indem sie mich Zeuge sein ließ, als sie Recht sprach. Wir wollen die Gunst mit gleichem Vertrauen erwidern.«

Züngelnd sah sich Ssarronn um. »Kress hat einen Menschen getötet.«

Guardistas waren zu diszipliniert, um die Nachricht mit sinnlosen Rufen zu kommentieren. Die Anspannung, mit der sie die Reaktion ihres Mareschalls erwarteten, war jedoch zu greifen.

Bevor Brenhardt etwas sagte, fuhr der Sassek fort. »Sie wird noch viel mehr töten. Sie will verhindern, dass das Blau die Stadt verlässt.«

»Was soll das heißen?«, fragte Brenhardt mit fester Stimme.

»Die blaue Farbe ist ihnen verhasst«, quetschte Remon trotz seiner misslichen Lage heraus. »Für sie ist sie eine Blasphemie. Unter den Ihrigen würden sie jeden brandmarken, der blaue Kleidung trägt.«

»Das ist uns allen bekannt. Aber den Sasseks war doch auch nicht neu, dass solche Sitten bei den Menschen keine Gültigkeit haben! Gerade in einer Communidad, deren Herzfeuer in einem Saphir wohnt, muss man darauf gefasst sein, dass viele diese Farbe tragen!«

»Kress ist jung und ungestüm«, erklärte Quarren.

»Und sie ist eine Goraja«, ergänzte Ssarronn.

»Wollt ihr sagen, sie ist eine Gefahr für die Bürger dieser Stadt?«

»Den ersten Toten gibt es schon«, stellte Ssarronn fest.

Brenhardt machte einige Schritte mit der Hand am Schwert. »Die Straßen sind verstopft. In der nächsten Hellphase wird die Wanderung beginnen, die Voraustrupps sind bereits unterwegs. Viele sind in Trauer, weil Freunde und Angehörige den Freitod gewählt haben. Daran würden sie gern jemandem die Schuld geben. Wenn sich ihr Zorn auf die Sasseks richtet, könnte das Schwierigkeiten bei der Übergabe der Metropole verursachen.«

»Kress ist nur eine Einzelne«, sagte Quarren. »Sie spricht nicht für unseren Stamm oder gar für die Sasseks.«

»Das ist mir klar.« Brenhardt sah ihn an. »Aber viele Menschen werden das nicht verstehen wollen. Sie warten nur auf einen Vorwand, um ihre Heimat zu verteidigen. Und es wird genug andere geben, denen die anstehende Wanderung solche Angst macht, dass sie auf sie hören werden.«

Quarren zog seinen Hut zurecht. »Ich muss die Grauwacht in aller Form darum ersuchen, die Übergabe Oculors den Sitten gemäß sicherzustellen.«

»Das werden wir.« Brenhardts Zähne mahlten aufeinander.

»Wenn diese junge Goraja die Schlitten in Flammen aufgehen lässt, wird es eine Panik geben«, meinte Remon. Vorena fand es merkwürdig, dass sich ein Abtrünniger, der nackt in einer Art Käfig über einem Magmabecken garte, berufen fühlte, eine Lageeinschätzung abzugeben. »Nicht nur blaue Gewänder werden in Rauch aufgehen, sondern der gesamte Besitz dieser Menschen. Ohne den können sie auf dem Eis unmöglich überleben.«

»Wir werden sie mit dem Nötigen versorgen«, sagte Quarren.

»Und wie das?«, fragte Vorena. »Ihr habt keine Vorräte in Oculor. Wollt ihr sie über das Eis herschaffen? Wie schnell kann das gelingen?«

»Das reicht, Vorena!«, rief Brenhardt. »Wir gehen in Zweiergruppen und suchen sie. Wer Kress findet, bringt sie in den Turm der Grauwacht. Lebendig, wenn möglich. Ansonsten tot.«

»Aber sie genießt Gastrecht!«, rief Ssarronn.

»Bist du der Meinung, sie hätte sich dessen würdig erwiesen?«

Der Sassek legte den Kopf in den Nacken.

Einige Guardistas griffen an ihre Schwerter.

»Er lenkt ein!«, rief Remon. Das Eisengeflecht quietschte, weil er das Gewicht verlagerte. An vielen Stellen war seine Haut durch die Hitze aufgeplatzt, an manchen hatte das Nabo die Verbrennungen schon geheilt. »Wenn ein Sassek die Kehle ungeschützt darbietet, unterwirft er sich einem Argument!«

Ssarronn sah sie jetzt wieder züngelnd an. Er erkannte wohl, dass er besser schwieg.

»Remon kann uns helfen«, meinte Vorena. »Er versteht am besten, wie die Sasseks denken.«

»Er ist ein Verräter!«, rief Semoel. »Er soll hier rösten!«

»Auch, wenn wir Kress dadurch zu spät finden?«, fragte Vorena.

»Wir haben Remon früher nicht gebraucht. Wir brauchen ihn auch jetzt nicht.«

»Wirst du dich an diese Worte erinnern, wenn die Schlitten brennen?«

»Ich bezweifle, dass ein Sassekweibchen auch nur in die Nähe der Fahrzeuge kommt.« Semoel spie aus.

Vorena riss das Schwert aus der Scheide, richtete die Spitze auf Semoel und ging rasch auf ihn zu.

Er verzog den Mund und griff an einen seiner geliebten Dolche. Er dachte einfach zu wenig nach und kämpfte zu selten gegen Gleichwertige. Mit den Dolchen fühlte er sich wohl, aber natürlich hätte er mit dem Schwert bessere Aussichten, vor allem gegen eine andere Guardista.

»Schluss mit den Kindereien!«, donnerte Brenhardt. »Wenn ich noch lange eine Klinge außerhalb ihrer Scheide sehen, schlage ich die Hand ab, die sie hält!«

Vorena wartete, bis Semoel die Finger vom Dolch löste, bevor sie ihr Schwert ins Futteral schob.

»Strafe ist kein Selbstzweck«, murmelte Brenhardt. »Wir holen das später nach. Befreit ihn aus dem Käfig. Remon geht mit Vorena.«

»Sie werden beide durchbrennen!«, murrte Semoel.

Sofort flog Vorenas Waffe wieder aus der Scheide.

»Das reicht jetzt!«, rief Brenhardt.

»Sie ist es ja gewohnt, ihre Hand zu verlieren.« Semoel grinste.

»Ich habe genug von solchen Kindereien!« Brenhardt starrte Vorena an.

Sie steckte die Klinge erneut weg.

Der Mareschall baute sich vor Semoel auf. »Diese Guardista hat mehr Ehre im Leib, als du ihr zugestehst. Jeder, der im Kampf neben ihr gestanden hat, weiß das. Und jetzt mach dich auf die Suche!«

War es das? War Brenhardt so milde mit Vorena, weil sie ihn in Erastor vor den Hellebarden einer aufgebrachten Stadtgarde gerettet hatte? Er sank in ihrer Achtung. Die Anhänglichkeit an das eigene Leben durfte das Urteil eines Guardistas niemals trüben.

24. Kapitel

Remon nahm den Dolch, den Vorena ihm hinhielt. Im Vergleich zu ihrem Schwert war die fünfzehn Zoll lange Klinge ein Scherz, aber egal wie die Waffen verteilt wären, gegen diese Guardista konnte er in keinem Fall bestehen. Außerdem trug sie noch ihre Nachtrüstung, weswegen sie in der Feuerkaverne auch schwitzte, als wolle sie zerfließen. Sie schenkte dieser Unannehmlichkeit keine Beachtung.

Die beiden Sasseks schätzten die hohe Temperatur. Ssarronn befand sich offensichtlich in seiner zweiten männlichen Phase. Zwischen den Häuten an Kopf, Schultern und Rücken wuchs das Moos, das ihn nährte, wenn er lange genug in der Sonne umherging. Das würde ihm in Oculor derzeit natürlich nichts nutzen, noch lag die Metropole in der Nacht. Er trug die Flamme der Goraja an der Jacke, die vorne nicht verschnürt war, sondern nur verschränkt im Gürtel steckte. Die Schuppen gaben seiner Brust eine vielfältige Schattierung, die Haut auf dem Gesicht dagegen war glatt.

Quarren war so groß wie Remon, womit er sehr wahrscheinlich in seiner letzten Lebensphase war, dem späten geschlechtslosen Abschnitt. Nach jeder Häutung machte ein Sassek einen Wachstumsschub durch.

Die anderen Guardistas waren schon aufgebrochen, während sich Remon noch angekleidet hatte. »Ich bin so weit«, sagte er jetzt.

»Ssarronn wird Euch begleiten«, wiederholte Quarren den Beschluss, den er bereits zuvor verkündet hatte. Außer Vorena und Remon hatten sich alle Guardistas Semoels Einschätzung angeschlossen, dass man keinen Sassek brauchte, um ein unbewaffnetes Weibchen zur Strecke zu bringen.

»Wie viele Sasseks befinden sich schon in Oculor?«, fragte Remon.

»Wir kamen zu viert«, erklärte Ssarronn. »Außer uns und Kress noch Xsi. Er ist bei der Leiche.«

»Brechen wir auf!«, drängte Vorena. »Wir müssen verhindern, dass euer Weibchen einen Schlitten anzündet.«

»Was ist mit dir?«, fragte Remon Quarren.

»Ich werde hier warten.«

»Quarren ist ein geehrter Memor«, sagte Ssarronn. »Er wird sich nicht an einem Handgemenge beteiligen.«

Die Memores lernten die Geschichten eines Stammes auswendig und gaben sie weiter. Unter den Sasseks waren Kriege ebenso üblich wie unter den Communidades der Menschen, aber auch in den blutigsten Auseinandersetzungen wurden die Memores geschont, damit später über Heldentaten und Schurkereien berichtet werden konnte.

»Los jetzt!« Vorena war schon auf der Treppe.

Als sie den Straßen hügelabwärts folgten, zog Ssarronn die Blicke auf sich. Mit Ausnahme einiger besonders wagemutiger Händler und der Bewohner Sombralors bekam kaum jemand einen Sassek zu Gesicht, auch wenn die Kunde von ihnen so allgegenwärtig war, dass man den amphibischen Besucher sofort als das erkannte, was er war. Die häufigste Reaktion war ein stummes Staunen, aber manche spien auch aus. Einige aufgebrachte Jugendliche ließen erst von ihnen ab, als Vorena ihre Klinge eine Handbreit aus der Scheide zog.

»Die meisten Wanderzüge sammeln sich im Westen«, sagte Vorena. »Einer von ihnen umfasst fünfzehn Schlitten und mindestens zwei Dutzend Rossoms. Er war beinahe aufbruchbereit, als sich der Schild senkte, um uns einzulassen.«

Jetzt stand die Glocke wieder dunkelviolett über der Metropole. Jenseits davon sah man nur wenige Sterne flimmern, die meisten wurden von den Wolken verdeckt. An einigen Stellen zogen sich weiße Schlieren durch den Schild, wo der Schnee mit Gewalt auftraf.

»Wie viele Sammelpunkte gibt es insgesamt?«, fragte Remon.

»Das ist schwierig zu schätzen. Jedes Haus verlädt zunächst das eigene Gepäck, dann schließen sich kleine, befreundete Gruppen zusammen. Natürlich müssen sie sich ab einer gewissen Größe auf einem Platz versammeln. Und da der Tag von Osten naht, findet man die meisten im Westen. Manche entschließen sich, schon nach Hartfels aufzubrechen. Andere wollen warten, bis die beste Strecke erkundet ist.«

»Das hört sich so an, als könnte Kress überall zuschlagen.« Remon wandte sich an Ssarronn. »Gibt es jemanden, der ihren besonderen Groll erregt hat?«

»Baron Erren.«

»Wissen wir, wo sich dessen Schlitten befindet? Oder sein Haus?«

»Warum ist das wichtig?«, fragte Ssarronn.

»Weil Kress sich vielleicht dorthin gewandt hat.«

»Wieso sollte sie das tun? Baron Erren ist doch schon tot.«

»Bleibt einmal stehen! Kress hat nicht irgendjemanden umgebracht, sondern einen Baron?«

Ssarronn blinzelte mit seinen inneren, durchsichtigen Augenlidern. Wenn man nicht so lange unter Sasseks gelebt hatte wie Remon, kam man sich in ihrer Gegenwart leicht beobachtet vor, weil sie die Augen, abgesehen vom Schlaf, nur selten komplett schlossen.

»Sie hat Baron Erren angegriffen, weil er uns verhöhnt hat. Er hat unser Quartier mit blauem Stoff besudelt.«

»Was ist das eigentlich für eine Angst vor allem Blau?«, fragte Vorena. Ihr war anzusehen, dass sie am liebsten ihren Weg fortgesetzt hätte, aber wohl begriff, dass Remon einer wichtigen Frage nachging.

»Das Blau ist die Farbe, die allein dem Wasser und dem Himmel zusteht. Wer es anderweitig …«

Remon schnitt ihm mit einem Wink das Wort ab. »Das kannst du ein andermal erklären. Ich verstehe nicht, warum es so ruhig ist. Wenn Kress einen Baron umgebracht hat, noch dazu im Cestillo, sollte die gesamte Metropole in Aufruhr sein.«

»Ich hielt es für klug, die Leiche vorerst zu verbergen. Xsi bewacht sie.«

»In eurem Quartier im Cestillo?«

Einen Moment verharrte Ssarronn bewegungslos, dann nickte er übertrieben deutlich. Er musste menschliche Gesten studiert haben.

Remon sah zum Cestillo hinauf. Das Herzfeuer leuchtete von der Spitze des höchsten Turms. Ausgerechnet ein Saphir, blau wie Tinte.

»Wir müssen weiter!«, rief Vorena.

»Nein«, flüsterte Remon. »Wir müssen zurück.«

»Hast du etwas in der Feuerkaverne vergessen?«

»Wir müssen ins Cestillo.« Remon stieg hangaufwärts. »Sofort.«

»Wie kommst du darauf? Willst du dem Metropolfürsten vorschlagen, die Geister um Hilfe zu bitten? Das wird Aufsehen erregen!«

»Kress will verhindern, dass das Blau in die Nacht entkommt. Sie wird sich nicht damit begnügen, ein paar Tücher zu verbrennen. Das dort muss ihr Ziel sein!« Er zeigte auf das Herzfeuer.

»Das würde sie nicht wagen!«, rief Vorena.

»Doch, das würde sie«, meinte Ssarronn.

Ihr Gang steigerte sich zu einem Lauf.

Am Eingang des Cestillos verneinten die Torwachen, dass außer Quarren und Ssarronn noch ein dritter Sassek das Gebäude verlassen hätte.

Sie rannten durch die mit Deckengemälden verzierten Säle, hasteten mehrere Treppen hinauf und wechselten über eine Brücke in den zentralen Gebäudeteil.

Dort empfing sie ein Schrei.

Sie stürzten in den Thronsaal, Vorena mit blankem Schwert.

Aber sie fanden keinen Sassek. Stattdessen lag dort der Metropolfürst in seinem Blut. Wie schlimm die Verletzung war, konnte Remon nicht auf den ersten Blick erkennen, weil das Rot des Gewandes von der gleichen Farbe wie der austretende Lebenssaft war und sich ein junger Mann über das Oberhaupt der Communidad Saphir geworfen hatte. Rote Sprenkel auf dem Boden verbanden einen Treppenaufgang mit dem Metropolfürsten. Aus der Öffnung zog heller Rauch.

»Was ist geschehen?«, rief Vorena.

»Mein Vater!«, schluchzte der Jüngling. »Er wollte doch nur das Herzfeuer verehren! Er war ein frommer …« Der Rest verging in unverständlichem Gemurmel.

Remon erreichte die Treppe zuerst. Von der anderen Seite

des Thronsaals, dem Prunkportal, waren Rufe zu hören. »Sorgt dafür, dass niemand hereinkommt!« Remon sprang die Stufen hinauf.

Der Qualm wurde rasch dichter. Remon hustete. Die Treppe führte an der Außenwand des dreieckigen Turms entlang. Der Steinbau endete nach dem vierten Treppenabsatz auf einem Geschoss, das einmal die Plattform gewesen war. Den Fürsten Oculors hatte diese Höhe aber nicht gereicht, um ihr Herzfeuer aufscheinen zu lassen. Sie hatten einen hölzernen Turm auf dem ursprünglichen errichtet. Er stand in Flammen.

Die Hitze aus dem Magmabecken war Remon noch in frischer Erinnerung, schließlich schmerzte die Kleidung noch auf der verbrannten Haut. Aber dort hatte es wenigstens keinen Rauch gegeben. Er schnitt eine Stoffbahn von seinem Ärmel und band sie über Mund und Nase. Leider hatte er kein Wasser, um sie anzufeuchten.

Der Qualm brannte in den Augen. Auch wenn das Nabo ihn vor ernsten Schädigungen bewahrte, trübte sich seine Sicht. Was die Wärme anging, blendete ihn die Hitze der Flammen.

Eine Stufe brach unter seinem Gewicht und fiel Funken stiebend in die Tiefe. Er hatte keine Zeit für Vorsicht. Mit weiten Sprüngen hastete er nach oben. Sein Hemd fing Feuer, er riss es sich vom Leib.

Kress stand am Rand der Plattform und starrte auf das Herzfeuer. Sie hatte einen Wärmemantel wie einen Teppich unter sich gebreitet und war in einen zweiten gehüllt, was sie sicher vor der Hitze schützte, aber nicht retten würde, wenn der Turm einstürzte. Das Lodern in ihren Augen war unheimlicher als das der Flammen, die aus dem Holz schlugen.

Auch die doppelt mannshohe Halterung des kopfgroßen Saphirs brannte lichterloh. Das Feuer umflackerte den Edelstein.

Die Bronzeaxt, die Kress in den Fäusten hielt, war so groß, dass sich Remon wunderte, wie die kleine Sassek sie hier hatte heraufwuchten können. Wut und Entschlossenheit setzten erstaunliche Kräfte frei. Daran, dass sie vorhatte, dem Saphir mit dieser Waffe den Rest zu geben, hegte er keinen Zweifel.

»Im Namen der Grauwacht!«, rief er, als wäre die Zeit in der Wildnis ein kalter Traum gewesen. »Ergib dich!«

»Die Guardistas sind auch nur verkommene Menschen!«, zischte Kress über das Prasseln hinweg.

»Die Menschen werfen uns vor, wir wären den Sasseks zu ähnlich. Sie verstehen nicht, wie leicht unsere Wunden heilen.«

Kress fauchte. »Nur wegen eurer Zauberei! Eine Fähigkeit, die euch nicht zusteht!«

»Und dir steht es nicht zu, ein Herzfeuer zu zerstören! Der Pakt verbietet es!«

Wenn eine Communidad im Tag siedelte, durften die Sasseks diese Menschen töten, aber selbst dann mussten sie das Herzfeuer der Grauwacht übergeben, die es den Menschen zurückbrachte. Immer wieder teilte sich eine große Communidad, sodass es Bedarf an der Übernahme dieses Symbols der Einheit gab.

Kress holte mit der Axt aus, war aber so langsam, dass Remon mühelos aus der Reichweite tänzelte. Sie ließ die schwere Waffe fallen und klappte die Handgelenke zurück. Beide Sporne waren blutbeschmiert.

Das Holz des Ständers für das Herzfeuer knackte.

Kress stürzte sich auf ihn.

Sie war schnell, aber das Nabo sang in Remons Muskeln. Es war nicht nur damit beschäftigt, seine Verbrennungen zu kurieren, sondern steigerte auch Beweglichkeit und Kraft. Kress war so leicht, dass er sie auf Abstand halten konnte, indem er sie am Hals packte und von sich weg drückte.

Ihre Sporne waren scharf. Sie schlitzten seinen Unterarm auf.

Er ließ sie fallen und trat sie in die Seite, sodass sie stürzte. Er rammte ihr ein Knie in den Rücken, rutschte aber ab. Weibchen waren sehr glatt, und die leichte Kleidung und der Wärmeumhang halfen in dieser Hinsicht nicht.

Das Gestell krachte zusammen. Erst leckten Flammen über Remon, dann hüllte ihn eine Funkenwolke ein. Das Nabo konzentrierte sich auf seine Heilung.

Remon ließ den Dolch fallen. Durch die verschwommene Sicht langte er nach der Gegnerin und bekam den Nacken zu fassen. Er drückte zu, bohrte Daumen und Mittelfinger tief in die Seiten.

Kress erstarrte. Sassekmänner hielten ihre Frauen mit einem Biss in diese Stelle ruhig. Sie war bei Bewusstsein, aber gelähmt, solange er den Griff nicht lockerte.

Remon zog seine bewegungslose Gegnerin mit sich. Er ignorierte den Schmerz im zerfetzten Arm, als er den zweiten Wärmeumhang benutzte, um damit die Flammen auf dem Weg zum Herzfeuer zu ersticken. Der Edelstein war überraschend kühl, als er ihn aufnahm.

Bevor er sich an den Abstieg machte, sah er vom Turm hinunter. Brennende Trümmer waren auf die umliegenden Dächer gefallen und hatten weitere Brände entzündet.

Auf der Treppe brachen sie durch einige Stufen, krachten auf einen Querbalken und kamen mehrere Armspannen tiefer auf einem anderen Abschnitt auf. Remon verlor seinen Griff, aber Kress war zu angeschlagen für eine kraftvolle Attacke. Er wischte ihren Sporn mühelos zur Seite und rammte ihr die Faust unter das Kinn.

Sie kreischte, aber nicht nur wegen des Treffers, sondern mindestens ebenso sehr, weil sich der Verschluss ihres Wärmemantels gelöst hatte und die Hitze nun zu ihr hineinschlug. Sasseks vertrugen in dieser Hinsicht mehr als Menschen, aber das Feuer war dann doch zu viel, zumal es ihre Kleidung in Brand setzte.

Remon fasste sie wie zuvor im Nacken und drückte sie auf den Boden, um die Flammen zu ersticken. Erst danach zerrte er sie weiter bis in den Thronsaal.

Ssarronn stand züngelnd vor dem verriegelten Tor, gegen das von der anderen Seite getrommelt wurde. Lautstark forderte man Einlass.

Vorena und der Sohn des Metropolfürsten hatten die Leiche vor den Thron gelegt und mit Vorenas Pelzumhang bedeckt.

Die Deckengemälde waren wegen des Qualms nicht mehr zu erkennen.

»Er wollte doch nur das Herzfeuer verehren«, wimmerte der Sohn.

»Hier ist es.« Remon legte den Edelstein neben dem Toten ab. Die Flamme brannte beinahe weiß in dem hellen Blau. Hätte sie sich nicht bewegt, hätte sie ein Einschluss in einem dunklen, aber klaren Eisblock sein können.

Der Sohn behielt eine Hand am starren Gesicht des Vaters, die andere legte er auf den Saphir. Aus seinen Augen strömten Tränen, als er den Blick auf Kress richtete, die hustend und sich die Seite haltend auf dem Boden lag. »Der Sassek lebt noch!«

Wieder polterten Fäuste gegen das Tor.

»Das Cestillo brennt«, sagte Remon. »Nicht nur der Turm. Ich habe es von oben gesehen.«

»Warum lebt der Sassek noch?«, fragte der Sohn. »Das Biest hat meinen Vater getötet!« Er stand auf.

»Jetzt geht es nicht um Rache«, mahnte Remon. »Du musst das Feuer löschen.«

Verletzter Stolz lag auf den Zügen des jungen Mannes, als er Remon ansah.

»Du bist jetzt der Fürst dieser Metropole«, sagte Remon. »Bewahre, was dein Vater hinterließ. Wenn du den Schild senkst, wird der Schneefall das Feuer löschen.«

»Und wenn ein Heer von Sasseks nur darauf lauert, dass ich den Schutz aufgebe?«

»Warum sollten wir das tun?«, fragte Ssarronn. »Wir bekommen die Metropole doch ohnehin.«

»Aber ihr wollt uns alle massakrieren! Wie meinen Vater!«

»Dies war die Tat einer Einzelnen«, sagte Remon. »Und sie ist keine Gefahr mehr.«

Vorena stellte sich mit gezogenem Schwert neben Kress.

»Das Feuer«, mahnte Remon.

Mit stolz vorgerecktem Kinn ließ sich der junge Mann auf dem Thron nieder. Seine Finger fuhren über die Schnitzereien an den Lehnen. An zwei Stellen leuchtete die Luft rot auf. Die Erscheinungen verdichteten sich und nahmen die Gestalt von Geistern an.

»Ich, Gateo, Metropolfürst von Oculor, wünsche den Schutzschild zu senken.«

»Es geschieht«, bestätigten die Geister.

Kurz darauf hörte Remon das Prasseln des Regens auf dem Dach.

»Und nun zu diesem mörderischen Sassek«, sagte Gateo kalt.

Remon stellte sich vor den Thron. »Du bist jetzt ein Anführer! Du darfst deiner Wut nicht nachgeben! Weisheit muss dein Handeln leiten. Wenn du offenbarst, was hier geschah, kann das zu Aufruhr in der Stadt führen. Jene, die dem Kampf gegen die Sasseks das Wort reden, können die Masse aufwiegeln. Weißt du, was damals in Erastor passiert ist?«

»Es wäre ungerecht, sie davonkommen zu lassen.«

»Weisheit und Gerechtigkeit gehen manchmal unterschiedliche Wege. Der Weg deiner Communidad wird in die Nacht hinausführen. Er wird all eure Kraft fordern. Ihr könnt euch keinen sinnlosen Kampf erlauben.«

»Die Sasseks sind unsere Feinde«, murmelte Gateo.

Remon zeigte auf Ssarronn. »Er ist auch ein Sassek, und er hat uns geholfen.«

»Verräter!«, zischelte Kress. Als sie aufstand, hielt sie noch immer ihre Seite. Sie musste sich bei dem Sturz verletzt haben.

»Mein Vater ist ermordet worden.« Gateo sah die Leiche an. »Das wird niemandem verborgen bleiben.«

»Er kann sich selbst vergiftet haben. Das taten viele.«

Vorena legte ihren Pelzumhang so über den Toten, dass er die Wunden bedeckte, die Kress' Sporne gerissen hatten.

»Weisheit, Gateo. Dies ist der Moment, in dem du dich des Erbes deines Vaters würdig erweisen musst.«

»Öffne das Tor, Sassek«, sagte Gateo.

Ssarronn wartete auf ein Nicken Remons, bevor er der Aufforderung nachkam.

Ein Dutzend Edle strömte in den Thronsaal. Einige waren mit geraden Klingen bewaffnet. Der Lärm verebbte, als sie die Leiche sahen.

Gateo erhob sich. Lange sah er Kress an, die wütend zischelte. Sie schnappte sogar mit den Zähnen nach Ssarronn, als sich dieser neben sie stellte.

»Der Schmerz, Oculor verlassen zu müssen, hat meinen Vater überwältigt«, erklärte er. »Er schied aus eigenem Entschluss aus dem Leben, nicht jedoch, ohne uns zu mahnen, einig zu bleiben auf dem Weg, der vor uns liegt.«

»Er muss den Verstand verloren haben!«, rief einer der Edlen. »Warum sonst hätte er das Cestillo angezündet?«

Gateos Blick kehrte zurück zu Kress. Seine Kiefer mahlten, und die Fäuste hatte er so fest geschlossen, dass die Knöchel weiß hervortraten. »Ich werde das Andenken meines Vaters nicht weiter beschmutzen. Das Feuer …«

Remon trat entschlossen vor. »… habe ich gelegt!«

Die Edlen starrten ihn an.

»Ich komme aus der Wildnis und habe den Metropolen immer ihr gutes Leben geneidet!«

Abfällig musterten sie seine Lederkleidung. Für sie war er nur ein Barbar, der nichts von der Zivilisation ahnte.

Gateo nahm das Herzfeuer auf. »Zum Glück konnte ich unser Wertvollstes retten.«

Tatsächlich mischten sich zwischen die Rufe des Zorns auch solche der Erleichterung.

»Wir müssen vorausdenken«, sagte Gateo. »In der Kälte und

der Dunkelheit, die vor uns liegen, werden wir nur gemeinsam bestehen.«

»Aber den Brandstifter können wir noch richten, bevor wir losziehen!«, rief jemand.

25. Kapitel

Die Sabos bezahlten die Communidad Rubin dafür, sie über das Eis von Oculor nach Sombralor zu bringen. Nata fragte nicht mehr nach der Vergangenheit der Nomaden. Sie sprachen ungern davon. Auf den Schlitten waren goldene Kleiderstangen, zerbrechliche Blumenvasen und sogar ein Gemälde, das einen jungen Mann in einem Garten zeigte, aufgeladen. Die Nomaden, die Nata in Erdblut kennengelernt hatte, führten nur das Nötigste mit, Dinge, die in der Wildnis von Nutzen waren. Sicher hatte die Communidad Rubin ihre Schätze in einer Metropole erwerben können, vielleicht sogar in Oculor. Oder sie waren Räuber, die Wanderer ausgenommen hatten. Am wahrscheinlichsten erschien Nata jedoch, dass diese Dinge von vergangenen, besseren Zeiten der Communidad kündeten. Hatte der Rubin, der jetzt im geräumigen Zelt des Feuerwahrers auf einem Sockel stand, einmal vom Cestillo einer Metropole gestrahlt? Waren die Träume dieser Menschen auf dem Eis erfroren? Sie waren etwa zweitausend, viel weniger, als in einer Metropole wohnten. Aber dies hier mochten die Stolzesten sein, die sich auch nach langer Wanderung noch weigerten, ihre Freiheit aufzugeben, um als Diener einer glücklicheren Communidad sicherer zu leben. Sah Nata das Schicksal der Communidad Saphir, wenn sie in die verhärmten Gesichter schaute?

Das sollte nicht ihre Sorge zu sein. Sie gehörte keiner Communidad an. Sie musste das Rätsel der bunten Monde lösen.

Enna brauchte eine Zukunft, und die würde sie nur bekommen, wenn keine Katastrophe über die Welt hereinbräche.

»Grübelt Ihr schon wieder?«, fragte Orresta.

Wie immer versammelten sich die vierzehn Sabos, die sich nach Sombralor aufgemacht hatten, im Zelt des Feuerwahrers. Eine besondere Ehre, die den anderen Reisenden nicht zuteilwurde. Hurnendo und Enna bauten draußen im steifen Wind das kleine Zelt auf, in dem sich Nata später zu ihnen gesellen würde. Nata war die einzige Sabo, deren Unterkunft am Rand des Lagers aufgebaut wurde, wo der Wind in das Leder griff und die Stangen doppelt so tief eingeschlagen werden mussten, um den Böen zu trotzen. Hurnendo ertrug es klaglos, aber Nata tat es leid, dass sich der Alte so quälte.

»Warum habt Ihr mich das Kristallbuch nicht lesen lassen?«, fragte Nata.

»Ihr habt gegen den Befehl des Metropolfürsten gehandelt. Das hat ein schlechtes Licht auf uns alle geworfen.«

»Derzeit gibt es viel schlechtes Licht, scheint mir.«

»Darüber haben wir schon oft gesprochen«, tadelte Orresta. »Ob die Monde nun gelb oder blau scheinen, macht doch keinen Unterschied. Die Pilze brauchen kein Licht, um zu gedeihen, und die Tiere finden ihren Weg auch so.«

»Vielleicht brauchen die Sasseks das Licht. Sie haben Angst vor dem Blau. Was, wenn ihre Ernten verderben?«

Orresta zuckte mit den Schultern. »Dann werden sie wohl hungern.«

»Hungrige Sasseks könnten auf den Gedanken kommen, in der Nacht auf die Jagd zu gehen. Vorratsspeicher laufen nicht so schnell weg wie Wild.«

»Solltet nicht gerade Ihr mehr Vertrauen in den Schutz der Grauwacht haben?« Die winzigen Augen in dem faltigen Gesicht blickten so abgründig, dass Nata meinte, in sie zu stürzen.

»Was wisst Ihr über dieses Licht?«, fragte Nata.

»Dass es neu ist.«

»Nein, das ist es nicht.«

Orresta kniff die Augen zusammen. »Wie meint Ihr das? Niemand hat es zuvor gesehen.«

»Doch. Man hat es nur vergessen. Soviel weiß sogar ich. Es ist exakt wie damals.«

Orresta zuckte unter diesen Worten, als sei sie geschlagen worden. »Ihr scheint die Verrücktheit Eures Vaters geerbt zu haben. Besser, Ihr behaltet solche abstrusen Ideen für Euch, sonst wird Euch bald niemand mehr ernst nehmen.«

»Na und? Ihr wollt mich doch sowieso verurteilen lassen, weil ich in einer Bilteca nach Wissen suchte, was sinnloserweise verboten war.«

»Der Metropolfürst hatte dies entschieden.«

»Sicher habt Ihr ihn dabei beraten.«

Orresta erhob sich. »Schlaft gut, Nata Refael Itana. Wenn Ihr könnt. Ein Sturm zieht auf.« Sie lächelte seltsam, als sie sich entfernte.

Dieses Lächeln stand Nata vor Augen, als sie sich durch den beißenden Wind zu ihrem Zelt kämpfte. Sie zog die Mütze tief hinunter, aber die Schneekristalle fanden dennoch die freien Stellen der Haut und schmirgelten über ihr Gesicht. Sie schloss die Augen zu Schlitzen, um sie vor der Gewalt des Wetters zu schützen. Das Eis arbeitete unter ihr. Sie befanden sich auf einem gefrorenen Meer, dessen Wellen gegen die Decke drückten, die sie einschloss. Das Krachen und Knacken, mit dem sich das Presseis in die Höhe schob oder auseinanderzog, begleitete sie bereits eine ganze Weile. Die Nomaden waren deswegen nicht beunruhigt, also war es in dieser Gegend wohl normal.

Im Zelt drapierte Hurnendo den Teig, den er zu genießbarem Fladenbrot ausbacken wollte, auf dem einzigen Wärmestein, den man ihnen zugestand. Enna sah ihm mit um den Oberkörper geschlungenen Armen zu. Eine rußende Kerze in einer Laterne spendete gerade genug Licht, um die tiefsten Schatten aus dem Zelt zu vertreiben.

Nata schüttelte den Schnee ab. Sie breitete ihren Mantel über Enna, als sie sich neben ihre Tochter setzte und sie an sich zog.

»Hast du immer noch Angst wegen der Monde, Mama?«

Manchmal wünschte sich Nata, ihrer Tochter leichter etwas vormachen zu können. Andere Eltern erzählten ihren Kindern, dass die Monde keine Bedeutung hatten, weil jede Wolke sie dem Blick entziehen konnte. Enna hatte sich einmal mit Alissjas Töchtern gestritten, weil sie ihnen erklärt hatte, dass die Monde am Eis zogen und es zum Beben brachten. Sie war auch dann nicht davon abgerückt, als die anderen an ihren Haaren gerissen hatten, um sie zum Schweigen zu bringen. Enna würde eine gute Sabo werden. Aber wäre sie auch glücklich?

Nachdenklich nahm Nata einen dampfenden Fladen von Hurnendo entgegen. Die Hitze schmerzte an ihren Fingern. Dennoch war Nata froh darüber, sie wieder zu spüren. Unter den Nomaden der Communidad Rubin gab es viele, denen der Frost genug Glieder genommen hatte, dass sie keine Fingernägel mehr hatten.

Draußen wurde der Sturm immer lauter. Er brüllte jetzt wie ein Raubtier über die Hügel aus Presseis.

»Wind und Schnee werden keine Ruhe geben, bis sie ihre Opfer bekommen haben«, sagte Hurnendo. Sein Rücken wurde noch runder, als er sich hinhockte.

Nata sah zu, wie Enna über den Fladen pustete und ein Stück abknabberte.

»Wir werden zu ihren Opfern gehören«, sagte sie.

Enna sah mit großen Augen zu ihr hoch. »Ich weiß, wie man auf dem Eis überlebt.«

Nata nickte bedächtig. Orrestas boshaftes Lächeln ging ihr nicht aus dem Sinn. Innerhalb der Sabos war die Position der Alten umstritten. Man respektierte sie, zumal sie sich auf einen offenbar angesehenen Mann namens Agnecodo berufen konnte, aber das Verbot, die Bilteca zu nutzen, fanden viele merkwürdig. Orresta hatte diesen Wunsch der Sasseks allzu bereitwillig gefördert.

Das änderte allerdings nichts an Orrestas Entschlossenheit.

Sie duldete keinen Widerspruch, und Nata hatte sich zu oft dazu hinreißen lassen, ihre Befürchtungen zum Grün und Blau der Monde mitzuteilen. Orresta musste inzwischen verstanden haben, dass Nata niemals aufhören würde, nach einer Erklärung zu suchen, und dass sie auch niemals schweigen würde.

»Hier draußen hat Orresta es geschafft, uns von den anderen Sabos zu trennen«, sagte Nata. »In Sombralor wird ihr das nicht gelingen. Ich bezweifle auch, dass sie uns dort von der Bilteca fernhalten kann, nur weil ich in einer inzwischen verlassenen Metropole gegen ein unsinniges Gebot verstoßen habe.«

Hurnendo aß weiter, sah sie aber aufmerksam an. Dafür, dass er noch nie längere Zeit in der Wildnis gewesen war, hielt sich der alte Mann tapfer.

»Ich misstraue ihr«, sagte Nata. »Sie will verhindern, dass wir Sombralor erreichen. Dort gibt es noch mehr, die wissen wollen, was es mit dem farbigen Licht auf sich hat.«

»Firando, der Sabo, mit dem Euer Vater in Kontakt stand.«

»Ja. Ich vermute, er tauscht sich mit weiteren aus. Orresta ist so versessen darauf, jede Warnung zum Schweigen zu bringen, dass sie nicht dulden kann, wenn ich seine Position stärke.«

»Du glaubst, sie will uns umbringen«, erkannte Enna.

Nata fragte sich, wann ihre Tochter erwachsen geworden war. Die Geschichten, die man sich am Magmastrom von Erdblut erzählte, enthielten viele harte Lehren über die Gnadenlosigkeit des Lebens.

»Hier draußen können wir ihr nicht entkommen«, sagte Hurnendo. »Wir müssen warten, bis wir Sombralor erreichen, und uns dort unter den Schutz einer einflussreichen Familie stellen.«

Nata bildete sich ein, das Lederband der Unfreien um ihren Hals zu spüren, auch wenn Hurnendo vielleicht keinen so weitgehenden Schritt im Sinn hatte.

»Nur hier draußen können wir entkommen.« Sie wunderte

sich über die Kälte in ihrer eigenen Stimme. »Enna und ich haben lange in der Wildnis gelebt.«

»Ich nicht.«

»Du bist zäh.«

Er lauschte auf das Brüllen des Sturms.

»Ich würde Euch nur behindern, Herrin.«

»Ich bin nicht deine Herrin. Du bist unser Freund. Wenn Oresta Mörder unter den Nomaden angeheuert hat, wird sie sie bald schicken. Hinterher kann sie behaupten, der Sturm habe unser Zelt losgerissen und wir seien in ihm umgekommen. Ich will nicht, dass sich ein Messer in dein Herz senkt.«

»Ihr fürchtet sie wirklich«, meinte Hurnendo.

»Nicht sie, und auch nicht diesen Agnecodo, vor dem jeder kuscht. Aber die Dummheit und Halsstarrigkeit, die von ihnen Besitz ergriffen hat. Das könnte unser aller Untergang sein. Wir müssen überleben, und wir müssen lernen.«

»Ich habe Eurem Vater gedient. Jetzt diene ich Euch.«

Nata stand auf. »Enna und ich suchen einen guten Schneesegler. Reiß du das Zelt ab und sorge dafür, dass der Sturm es mit sich nimmt. Sie sollen uns für tot halten.«

Als der Schnee wieder über ihr Gesicht schmirgelte, fragte sie sich, ob diese Annahme noch lange falsch bliebe. Das Krachen des Eises war lauter als der Einsturz eines Hauses.

Nata sah auf zu den Wolken. Dahinter wanderten die Monde, und ihre Farbe war eine Warnung, auch wenn Nata sie noch nicht verstand. Als sie sich gemeinsam mit ihrer Tochter gegen den Sturm stemmte, wusste sie, dass sie das Richtige tat.

26. Kapitel

»Es war edel, die Brandstiftung auf Euch zu nehmen«, sagte Ssarronn. Der Kerker lag außerhalb des Cestillos. Hier war es so kalt, dass die Trägheit bis in Ssarronns Kiefer kroch und er die Worte sprach wie klebrigen Sirup, den man ausspuckte.

Remon war der einzige Gefangene. Die übrigen sieben Zellen waren leer, weil der ehemalige Metropolfürst alle anderen Verurteilten begnadigt hatte. Sie sollten beim Aufbruch helfen. Der Auszug der Menschen war jetzt in vollem Gange.

Eine nackte Kerze brannte auf dem Boden vor Remon. Dadurch war der Raum hinter dem Gitter spärlicher beleuchtet als der Gang, in dem Ssarronn stand und in dem blakende Pechfackeln für unruhige Helligkeit sorgten.

»Meine Kameraden halten mich nicht für edelmütig«, meinte Remon. »Ich habe sie verraten.«

»Hattet Ihr Angst, verwundet zu werden?«

Remon stand auf und lehnte sich gegen die grob gefügte Wand. »Wenn man einmal ein Schwert im Bauch stecken hatte und die Wunde danach ausgeheilt ist, verlieren Verletzungen viel von ihrem Schrecken. Es gibt Guardistas, die sich zum Vergnügen gegenseitig Schnitte beibringen.«

»Haben sie Freude an Schmerzen?«

»Sie wollen die Kraft spüren, die darin liegt, einer Verwundung standzuhalten und sie zu überwinden.«

Ssarronn stellte sich näher an eine der Fackeln.

»Nimm sie ruhig aus der Halterung«, sagte Remon. »Du brauchst nicht zu frieren.«

Tatsächlich war es sehr angenehm, die Flamme dicht vor die Brust zu halten. Die aufsteigende Luft wärmte Ssarronns Kinn. Er musste nur aufpassen, dass sein Gewand nicht Feuer fing.

»Auch unsere Glieder wachsen nach«, sagte Ssarronn. »Und auch unter uns gibt es welche, die sich aus Langeweile selbst verkrüppeln.«

»Manche Sasseks schneiden sich einen Finger ab, weil sie hoffen, dass derjenige, der nachwächst, schöner wird.«

Ssarronn kippte den Kopf seitlich. Ihm fiel ein, dass der Mensch diese Geste des Zweifels wohl nicht verstand. »Davon habe ich noch nie gehört«, fügte er deswegen an.

»Ich habe es erlebt. Er hieß Tokkorr und war auch in der zweiten männlichen Phase, wie du. Er hat aber keine Partnerschaft mit dem Moos geschlossen.«

»Ich hatte gehört, es sei für Menschen ebenso schwer, Sasseks zu unterscheiden, wie das umgekehrt der Fall ist.«

Remon zuckte mit den Schultern. War ihm ebenfalls kalt? »Es ist eine Frage der Gewohnheit. Ich bin unter Sasseks aufgewachsen.«

Eine Welle der Überraschung lief durch Ssarronns Schuppen. »Ihr scheint ungewöhnlich verständig zu sein. Ich bedaure immer mehr, dass Ihr hingerichtet werdet. Noch dazu wegen eines Verbrechens, an dem Ihr unschuldig seid.«

»Gräme dich deswegen nicht zu sehr.« Remon verzog die Mundwinkel.

Das Gesicht eines Menschen war dermaßen beweglich, dass es allein so viele Ausdrucksformen kannte wie der gesamte restliche Körper. Menschen konnten durch kleinste Verschiebungen von Lippen und Wangen Missmut, Zorn, Trauer und Belustigung ausdrücken. Leider vermochte Ssarronn die feinen Unterschiede nicht zuverlässig zu deuten. Am verstörendsten war, dass ihm mehrere Menschen versichert hatten, man könne die Absicht eines Gesprächspartners am besten an den Augen ablesen. Wohlgemerkt, nicht an den Lidern. Auch nicht an den Pupillen, die immerhin noch je nach Helligkeit die Weite änderten, sondern an den Augen selbst, ihrem Glanz oder irgendetwas innerhalb der Schwärze. Dabei war das Auge einer der wenigen unbeweglichen Bereiche des Menschengesichts. Vielleicht war das ein merkwürdiger Scherz, mit dem man höflich fragende Sasseks neckte.

Ssarronn entschied sich gegen Mutmaßungen. »Ich finde den Tod eines verständigen Menschen bedauerlich. Es gibt vermutlich ebenso wenige wie unter uns Sasseks. Ich hatte gehofft, mich mit den Klugen Eurer Spezies auszutauschen. Jetzt sind leider kaum noch welche in der Metropole. Vor allem, seit die Sabos aufgebrochen sind. Bei denen war eine Frau mit einem Kopffell wie Kupfer, die sehr wissbegierig schien.«

Remon umfasste die Gitterstäbe. »Eine Sabo mit kupferfarbenem Haar? Wie alt war sie?«

»Sie war in der weiblichen Phase.« Erst nachdem er es ausgesprochen hatte bemerkte Ssarronn seinen Fehler. »Aber Ihr wechselt das Geschlecht ja nie.«

»Kannst du dich an ihren Namen erinnern?«

Ssarronn lehnte sich an die Wand neben der zweiten Fackel, obwohl er die erste noch vor seine Brust hielt. Bei dieser Kälte wollte er sich möglichst wenig bewegen. »Etwas mit ›Refael‹, glaube ich.«

»Nata Refael Itana!«, rief Remon.

»Vielleicht hat man sie so genannt.«

»Und sie ist mit den Sabos aufgebrochen? Wohin? War ein Mädchen bei ihr?«

»Ein kleiner Mensch ist nachher dazugekommen«, erinnerte sich Ssarronn. »Die Sabos wollten nach Sombralor, und die mit dem kupfernen Kopfpelz musste mitkommen, weil sie zu viel zu wissen begehrte.«

»Ja, über das Blau jenseits der Nacht«, murmelte Remon.

»Ihr meint das Blau auf den Monden?«

Remon ließ die Gitterstäbe los und machte einen Schritt zurück, wodurch er wieder in der Mitte der Zelle stand.

Mit Mühe überzeugte Ssarronn seine steifen Muskeln, die bequeme Position an der Wand aufzugeben. Er überlegte, das Obergewand abzustreifen, damit er die Fackel näher an seinen Körper bringen könnte. Aber auch das erschien ihm mühsam, und zudem mochte der Mensch es als unsittlich empfinden. »Unter den Sasseks macht man sich Sorgen wegen des Blaus. Kress ist so aggressiv, weil sie glaubt, der einzige Weg, großes Unglück zu vermeiden, läge in der Rückkehr zur Sittsamkeit.«

»Du bist selbst bei der Goraja.« Remon zeigte auf das Abzeichen an Ssarronns Brust.

»Seit jeher lehren wir die Verwerflichkeit all dessen, was die Farbe des Wassers nachahmt.« Er züngelte. Die kalte Luft roch faulig. »Ihr habt Euch nicht versprochen, als Ihr ein Blau jenseits der Nacht erwähnt habt. Ihr meintet etwas anderes als das, was wir auf den Monden sehen.«

»Das blaue Licht scheint auch auf Bisola. Weit im Westen, hinter der Nacht, fällt es auf den Boden. Oder weit im Osten, am Ende des Tages, je nachdem, wie man es beschreiben will.«

»Das ist mir neu!« Diese Nachricht belebte Ssarronns Muskeln, sodass er ein ausladendes Wischen mit dem freien Arm zustande brachte. »Wenn Kress das wüsste …«

Schritte auf der Treppe unterbrachen ihn.

Den Menschen war offensichtlich warm. Vorena etwa trug die Tagrüstung der Guardistas, ein Kettenhemd ohne Pelze. Ihr eigenes, schwarzes Kopffell hatte sie zu einem Zopf gebunden, sodass es kaum wärmen konnte.

Sie war die einzige Guardista in der Gruppe von zehn Edlen. Niemand trug Unterarmstulpen, also war kein Sabo dabei, der etwas zu dem blauen Licht hätte sagen können, das laut Remon auf den Boden fiel. Am auffälligsten war Gateo, der seinem neuen Rang entsprechend nun ein feuerrotes Gewand trug.

»Wir bringen diese lästige Angelegenheit jetzt hinter uns!«, rief er.

»Es ist ein zu schneller Tod!«, wandte jemand ein, dessen Gewänder so weit wallten, dass Ssarronn keine Geschlechtsmerkmale ausmachen konnte. »Er muss brennen!«

»Das müssten wir auf den Straßen machen!«, rief Gateo. Ssarronn verstand nicht, wieso er so laut sprach. »Das würde Aufsehen erregen und die Leute vom Auszug abhalten. Außerdem wurde mein Vater soeben verbrannt. Ich will vermeiden, dass der Rauch seines Körpers sich mit dem aus dem Kadaver eines Verbrechers mischt.«

Einige Menschen murmelten, was Zustimmung bedeuten mochte.

Man schloss die Zelle auf.

»Umdrehen!«, forderte ein kräftiger Mann Remon auf.

Er band ihm die Handgelenke auf dem Rücken zusammen. Ein gewöhnlicher Mensch konnte sich nur schwer eine Hand abreißen, um sich aus einer solch misslichen Lage zu befreien. Einem Guardista dagegen mochte das möglich sein. Wenn Ssarronn nicht irrte, war Vorena ein Beispiel dafür.

»Der zweite Zeuge steht hier!«, verkündete Gateo. »Ist dies der Mann, der das Feuer legte?«

»Er hat doch schon gestanden«, meinte einer der Edlen.

»Das Gesetz sieht zwei Zeugen vor, damit niemals der Falsche hingerichtet wird! Wir folgen dem Gesetz!«

»Er ist es«, sagte Vorena.

In Situationen wie diesen fand Ssarronn die Menschen seltsam. Vorena und Remon hatten ihm eingeschärft, er solle die Anklage bestätigen, obwohl sie doch falsch war. Er hatte sich mit Quarren dazu beraten, dass eigentlich Kress büßen müsste. Der Memor hatte ihm erklärt, dass manchmal Unschuldige litten, um noch größeres Leid von einer Vielzahl anderer Unschuldiger abzuwenden. Eine Welle des Hasses, die von den Menschen über die Sasseks gekommen wäre, hätte viele Tote in Oculor gefordert. Vielleicht war die Strafe gegen Remon sogar gerecht. Nicht, weil er schuldig am Brand des Cestillo gewesen wäre, sondern weil er seinen Eid gegenüber der Grauwacht gebrochen hatte. Hätte er dafür nicht brennen sollen?

»Er kam aus dem brennenden Turm«, sagte Ssarronn.

»Wir verzichten auf eine öffentliche Hinrichtung!« Auf einen Wink Gateos wurde ein Strick durch eine Metallschlaufe an der Decke gefädelt. Am anderen Ende war bereits eine Schlinge vorbereitet, die man nun um Remons Hals zuzog.

Ssarronn schmerzte es schon beim Zusehen. Ihm waren auch die Lederbänder unangenehm, die unfreie Menschen um den Hals trugen. Diese Körperstelle war offensichtlich weniger schmerzempfindlich, als das bei Sasseks der Fall war. Dafür waren Menschenmännchen sehr auf den Schutz ihrer primären Geschlechtsteile bedacht. Dennoch begrapschten sie sich dort ständig selbst, wenn sie sich unbeobachtet fühlten. Wirklich seltsam, diese Menschen.

»Hochziehen!«, verlangte Gateo.

Remon strampelte mit den Beinen in der Luft, während ein kräftiger Mensch den Strick hielt und ein anderer ihn am Gitter festband.

Ssarronn verlor die Beherrschung. »Das ist ungerecht!«, rief er.

Er spürte einen Stich in seiner linken Seite, wo Vorena stand. Sie blickte ihn mit gebleckten Zähnen an. Ein Grinsen? Noch war ihr Dolch nur ein kleines Stück eingedrungen.

»Das stimmt!«, rief der Edle, der sich schon mit dem Metropolfürsten gestritten hatte. »Er sollte nicht so leicht sterben.«

Durch sein Strampeln pendelte Remon hin und her.

Träge bewegte sich Ssarronn zur Seite. »Aber ...«

»Das geht dich nichts an, Sassek!« Vorena zischte beinahe so wie Kress, wenn sie ungehalten war.

Man wartete schweigend, bis Remon wie ein Sack von der Decke hing.

»Das genügt dann wohl«, verkündete Gateo. »Ich bin sicher, jeder von uns hat genug mit dem Aufbruch zu tun. Gehen wir!«

Erstaunlich, wie schnell sich die Menschen in dieser Kälte bewegen konnten. Ssarronn schlurfte hinter ihnen her. Er hätte Remon gern weiter über das Blau befragt, das auf Bisola zu finden war. Das müsste er unbedingt mit den anderen besprechen.

»Warte, Sassek!« Vorena warf ihm ein Bündel zu. »Du kannst das hier auspacken, während ich ihn herunterhole.«

Die anderen waren verschwunden. Träge drehte sich Ssarronn um. »Willst du ihn verbrennen?«

Sie stieß ein Stakkato gleichartiger Vokale aus. Ein Lachen. »Die anderen wussten nicht, dass Remon ein Guardista ist. Aber du müsstest das Spiel doch eigentlich durchschaut haben!«

Mühsam schnürte Ssarronn das Bündel auf. Es enthielt weit fallende Gewänder. Das größte Stück war ein Umhang mit ausladender Kapuze.

»So etwas tötet keinen Guardista.« Vorena zerschnitt den Strick mit dem Dolch, dessen Spitze sie Ssarronn hatte spüren lassen.

Remon klatschte auf den Boden. »Aber angenehm ist es auch nicht, wie ein Schinken von der Decke zu baumeln.« Seine Stimme klang kratzig. »Ihr hättet euch ruhig etwas beeilen können.«

27. Kapitel

Mareschall Brenhardt stand mit Remon und Vorena auf einer der Brücken, die die Teile des Cestillos miteinander verbanden. Der Wind fand hier, über dem Kegelberg und bei gesenktem Schild, kaum Widerstand. Er riss ihre Umhänge in Richtung des Tages, der seine Dämmerung bereits über die Metropole und das umgebende Land legte. Am östlichen Horizont war sogar schon der erste goldene Streifen der Sonne zu sehen, wie glutflüssiges Eisen. Die Schatten fielen lang auf das Eis, wo Hügel und Berge die Lichtfinger blockierten. Das würden sie nicht mehr lange tun. Schon jetzt tönte ein ständiges Knirschen und Krachen herauf. Die Schmelze setzte ein. Gebirge, die zuvor noch unüberwindlich und für die Ewigkeit geschaffen schienen, schmolzen im Regen, der auch die drei Guardistas durchnässte. Immerhin hatte der Niederschlag wie beabsichtigt das Feuer im Palast gelöscht. An einigen Stellen fanden seine Tropfen jetzt ins Innere des Gebäudes, weil Dächer eingestürzt waren, aber die Schäden waren mithilfe der Geister rasch zu reparieren und kein Mensch war verletzt worden.

Bis auf Baron Erren, der, so wie Vorena es sah, seinen Tod redlich verdient hatte, und den alten Metropolfürsten, dessen Ermordung beinahe zu einer Katastrophe geführt hätte.

»Ich weiß nicht, was ich mit dir machen soll, Remon«, sagte Mareschall Brenhardt. »Du hast deinen Eid verraten. Viele Kameraden sähen es gern, wenn ich dich von dieser Brücke in die Tiefe stürzte. Am besten ein paar Dutzend Mal. Andererseits hast du der Grauwacht jetzt treu gedient. Feuerwahrer Gateo ist zufrieden damit, wie du die Dinge in die Hand genommen hast.«

Obwohl Gateo nun das Rot trug, war er kein Metropolfürst mehr. In einer feierlichen Zeremonie hatte er der Herrschaft über Oculor abgeschworen. Von der Brücke aus sah Vorena noch die Nachhut des letzten Zuges, der die Wanderung durch die Nacht antrat. Gateo hatte gewartet, bis die Sonne die höchsten Dächer der Metropole geküsst hatte, bevor er das saphirne Herzfeuer in einer Prozession hinunter zu den Schlitten getragen hatte.

»Hier sind wir bald fertig«, sagte Brenhardt. »Die Sasseks sind so zufrieden mit uns, dass sie uns eines ihrer Schiffe zur Verfügung stellen. Das kommt mir gelegen. Wir müssen nach einigen Refugios im Tag sehen, aber ich will auch nach Elysior.«

»Liegt es wirklich im blauen Licht?«, fragte Vorena.

»So sagt man. Die Menschen werden unruhig. Eigentlich hätte es bereits in die Nacht fallen sollen. Hoffentlich ist das schon passiert, bis wir dort eintreffen.« Er sah zu den Wolken auf. »Zwei Mezzaläufe werden wir brauchen, denke ich. Jedenfalls werden wir auf dem Weg dorthin das blaue Licht durchqueren.«

»Was erwartet Ihr dort zu finden?«

»Schwierigkeiten.«

Vorena grinste. »Das gefällt mir. Mein Platz ist, wo gekämpft wird.«

»Dein Platz ist neben Remon«, sagte Brenhardt, als ob dieser nicht bei ihnen gestanden hätte. »Du bist die Einzige, bei der ich sicher bin, dass du weder zu milde noch zu rau mit ihm umgehen wirst.«

»Was soll das heißen?«, fragte Remon.

»Sie wird dir deinen Kopf vor die Füße legen, wenn du noch einmal vergesslich wirst, was deinen Eid angeht. Aber sie wird dir nicht einfach so im Schlaf eine Kerbe in den Hals schnitzen, um dich daran zu erinnern, dass deine Kameraden so lange ohne dich auskommen mussten.«

»Das ist wirklich beruhigend.«

»Die beiden Gorajas, Kress und Ssarronn, werden sich uns anschließen. Es scheint, dass ihnen irgendwer von dem Blau vor der Abenddämmerung erzählt hat.«

»Auch sie haben einen neugierigen Verstand«, meinte Remon.

Brenhardt verzog den Mund. »Ich bin zufrieden damit, wie wir unseren Auftrag in Oculor erfüllt haben. Hoffen wir, dass die Übergabe Elysiors genauso friedlich abläuft. Die Sasseks haben uns gezeigt, wie man so etwas vorbereitet.«

Die Aufgabe der Grauwacht bestand lediglich darin, die Wechsel zwischen Menschen und Sasseks zu überwachen. Für Streitigkeiten innerhalb der Spezies war sie nicht zuständig. Oftmals gab es blutige Auseinandersetzungen darum, welche Communidad oder welcher Stamm eine Metropole beanspruchen durfte. Kasserrs Stamm der Flammenorchidee jedoch beherrschte die Kunst der Diplomatie. Er war der einzige Anwärter der Sasseks, und die Guardistas hatten keine Spuren größerer Kämpfe gesehen, als sie die vier Abgesandten geholt hatten. Nur ein paar Geplänkel schien es gegeben zu haben.

»Das Cestillo ist inspiziert«, meldete Laco. Der Junge durfte das Wappen der Grauwacht nicht tragen, wurde aber als Bote eingesetzt. »Die Sasseks sind auf dem Weg in den Thronsaal.«

Brenhardt bestätigte mit einem knappen Nicken. »Wir kommen.«

Die Glieder der Kettenhemden scharrten aufeinander, als sie die Treppen hinabstiegen.

Im Thronsaal hatte man auf Quarrens Bitte reichlich Fackeln und Feuerbecken aufgestellt. Sasseks liebten die Hitze. Sie badeten in kochendem Wasser. Auch wenn sie diese Temperaturen nur für kurze Zeit ertrugen, war es im Thronsaal nun doch so heiß, dass Vorena der Schweiß ausbrach. Quarren stand mit den beiden jüngeren Sasseks links vom Thron, während Ssarronn seinen Thuun, den Herrn des Stammes, auf der rechten Seite erwartete. Die Guardistas bildeten ein Spalier zum Tor, in das sich nun auch Remon und Vorena einreihten. Sie wusste nicht, wieso, aber es tat ihr gut, Remon wieder in einer Rüstung zu sehen, auch wenn man ihm noch das Schwert verweigerte.

Die Sasseks kamen in drei langen Reihen. Vermutlich handelte es sich bei ihnen um die einhundert Edelsten ihres Stamms. Die meisten waren hochgewachsen, manche so groß wie Menschen, was dafür sprach, dass sie sich in der letzten, geschlechtslosen Lebensphase befanden. Sie gingen um den Thron herum und stellten sich hinter ihm auf. Ihr Zischeln erfüllte den Saal.

Die letzten drei trugen eine orangerote Pflanze auf einem Gestänge. Mit ihren ausladenden, fleischigen Blättern blieb sie beinahe im Tor hängen. Die Sasseks ließen sich Zeit, sie hindurch zu manövrieren, ohne sie zu beschädigen. Solche Pflanzen waren bei ihnen Symbole der Einigkeit eines Stammes, wie die Herzfeuer bei den Communidades der Menschen. Sie stellten das Gewächs vor den Stufen ab, die zum Thron führten.

Quarren trat vor. »Stamm Flammenorchidee versammelte sich im Thronsaal zu Oculor!«, rief er. »Alles ward bereit gefunden. Die Menschen hatten die Gebäude, die Straßen, Treppen und Brücken verlassen. Der Schutzschild war gesenkt. Die Sonne hob sich über den Horizont. Eine Ära des Glücks und der Zufriedenheit lag vor Kasserrs Stamm, als der weise Thuun von Oculor Besitz ergriff.«

Ein einzelner Sassek betrat den Thronsaal. Die schief zusammengewachsene Schnauze bezeugte, dass er nicht jedem Kampf aus dem Weg gegangen war. Sasseks regenerierten nahezu alle Verletzungen. Wenn eine Verwundung solche Spuren hinterließ, musste sie ihn nah an den Tod gebracht haben. Diese Amphibie mochte Vorenas Respekt verdienen. Sie war keiner von denen, die von Frieden und Verhandlungen schwafelten und nur Feigheit meinten.

Kasserr sah sich um, bevor er sich auf dem Thron niederließ. Er musterte die Schnitzereien in den Lehnen. Quarren näherte sich mit hochgerecktem Kinn, hockte sich neben seinen Herrn und zischelte ihm etwas zu, vielleicht die Bedeutung der Symbole.

Kasserrs Krallen zogen eine Rille nach. Ein rot leuchtender Geist schwebte aus der Decke, deren Gemälde noch von Ruß verdunkelt war. Auf Kopfhöhe des Thuuns blieb er in der Luft hängen.

»Im Namen von Stamm Flammenorchidee nehme ich, Thuun Kasserr, Besitz von Oculor. Mein erster Wunsch ist, die Wärme in der Stadt auf ein angenehmes Maß zu erhöhen.«

»So wird es geschehen.« Der Geist löste sich auf wie ein Nebelfetzen.

Rotes Licht dämmerte herauf, bis es den gesamten Thronsaal erfüllte. Es war nicht ganz so warm auf der Haut wie die Hitze, die von dem Kohlebecken neben Vorena ausging, hätte aber ausgereicht, sie zum Schwitzen zu bringen. Einige Sasseks lösten ihre Gewänder, um die Brust bescheinen zu lassen.

Hinter dem Thron entstand Unruhe. Der Grund dafür war Kress, die Sassekfrau, die sich keck vor ihrem Herrscher aufbaute. »Der Bericht des ehrenwerten Memor Quarren war unvollständig!« Sie zeigte auf Ssarronn. »Dieser hier ist ein Verräter! Er hat mich daran gehindert, die heilige Pflicht zu erfüllen und das Blau zu zerstören, bevor es gleich einer Krankheit in die Nacht hinauswuchern konnte!«

»Das ist eine Angelegenheit der Goraja«, sagte Quarren. »Sie hat keinen Platz in der Erinnerung unseres Stammes.«

»Wenn dieser Stamm die Sitten ehrt, muss er Ssarronn bestrafen!«

Kasserr züngelte. »Niemand wirft mir an dem Tag, da ich eine Metropole für meinen Stamm sichere, vor, mir mangele es an Weisheit.«

Kress öffnete das spitze Maul. Ihre Zähne funkelten. »Dann beweist, dass Ihr den Sitten Geltung verschafft! Darf das Blau geduldet werden? Darf ein Sassek eine andere hindern, zu tun, was die Tradition gebietet?«

Einige Sasseks legten die Sporne an ihren Handgelenken frei, aber Kasserr sah ruhig zu Quarren. »Ich war nicht hier, als dies geschah. Wie siehst du die Dinge, Memor?«

»Dieses Urteil ist keine Sache des Stamms Flammenorchidee. Wir sollten uns heraushalten.«

»Wir wollen das Glück dieses Moments nicht trüben.« Kasserr zischelte Richtung Kress. »Wir achten die Sitten. Eine davon besagt, dass Probleme innerhalb der Goraja auch innerhalb der Goraja verhandelt werden.«

»Diese beiden sind unsere Gäste auf unserer Fahrt«, sagte Brenhardt. »Wir werden sie an jedem gewünschten Ort absetzen, wo die Goraja ihre Angelegenheiten regeln kann, solange uns das nicht zu weit vom Kurs abbringt.«

»So sei es«, bestätigte Kasserr.

Brenhardt löste das Spalier auf. Als sich die anderen Guardistas zurückzogen, winkte er Vorena an die Seite. »Was weißt du von dem Zwist zwischen den beiden?«

»Was interessiert mich das?«

»Es geht um den Frieden auf dem Schiff, mit dem wir segeln. Ich kann keinen Streit an Bord gebrauchen. Vor allem nicht mit einer Goraja, die zu gern mit Feuer spielt. Ich befehle dir, alles zu tun, damit wir die Sache nicht mit Stahl lösen müssen!«

Regeln, Ränge, Befehle. Das waren alles nur Worte für Vorena. Sie hasste Worte. Die meisten stellten sich früher oder später als Lügen heraus. Ehre wurde aus Taten geboren und in Taten erhalten. Eine Tat fehlte noch, um ihre eigene Ehre wiederherzustellen. Sie hatte Remon beim ersten Mal entkommen lassen, und Brenhardt hatte ein gerechtes Urteil über sie gesprochen, auch wenn er das vielleicht inzwischen selbst vergessen hatte. Sie nahm eine glühende Kohle aus der Feuerschale. Der Handschuh hielt die Hitze lange genug ab, damit sie sie in den Mund stecken konnte. Das Schlucken machte schon mehr Mühe. Aber von Mühen hatte sich Vorena noch nie aufhalten lassen.

Zweites Interludium
Wut

Firando wollte dem letzten überlebenden Mörder in die Augen sehen. Die Leichen aller anderen Täter hatte die Goraja verbrannt, sogar die der beiden Menschen unter ihnen, und der Stadtrat hatte dem zugestimmt.

Die blakende Fackel des Wächters, hinter dem Firando her eilte, schien mehr Schatten als Licht an die ungleichmäßig gemauerte Wand zu werfen. Man konnte das Erdreich riechen, das den Gang auf allen Seiten umgab.

»Wir müssen uns beeilen, Sabo!«, drängte der Wächter, der ohnehin schon so große Schritte machte, dass Firando fürchtete, auf dem feuchten Boden auszurutschen.

»Ich werde nur so lange bleiben wie unbedingt nötig.«

»Ich frage mich sowieso, was Ihr Euch davon versprecht. Man kann nicht mit ihm reden.«

»Willst du lieber umkehren und mir mein Silber zurückgeben?«

»Ihr habt gesagt, dass ich die Münzen behalten darf!« Der stiernackige Kerl glitt aus, als er sich halb umwandte, konnte sich aber noch abstützen, um einen Sturz zu vermeiden.

Firando entschied, dass der Mann zu dumm war, um feinsinnig zu argumentieren. »Du bekommst das Silber, und ich darf mir den Mörder in Ruhe ansehen. So lautet unsere Abmachung.«

Der Wächter schwieg, bis sie die ersten Zellen erreichten. »Er ist ein Sassek«, sagte er dann. »Die denken sowieso anders als wir. Sie haben Angst vor dem Blau.« Er lachte.

»Bring mich einfach hin.«

Die Gefangenen bedachten sie mit Schmährufen.

»Ich lasse Euch nicht in die Zelle. Ich schließe die Tür auf, dann könnt Ihr mit ihm sprechen. Aber Ihr bleibt draußen. Der Sassek und seine Freunde haben im Wald zwanzig Menschen umgebracht.«

»Dann solltest du aufpassen, dass er nicht entkommt, wenn du die Tür öffnest.«

»Er ist angekettet.«

Firando hatte gehört, dass sich gefangene Sasseks eine Hand abrissen, um einer Fessel zu entkommen. Ihre Glieder wuchsen nach.

»Da vorne scheint Licht«, sagte Firando.

Mehrere Stimmen redeten durcheinander, metallisches Poltern hallte von den Mauern wider.

Der Wächter schien noch zu überlegen, was das bedeuten mochte, als er um die Ecke bog. Dann blieb er mit einem überraschten Grunzen stehen.

Vor einer offenen Zellentür stand eine Sänfte, deren Wände mit Eisenstangen verstärkt waren. Sie wackelte, offenbar warf sich in ihrem Innern jemand hin und her, aber das klobige Schloss gab nicht nach. Vier Männer in Waffenröcken standen vor der Zelle, zwei von ihnen hielten Laternen. Ein Sabo in ockerfarbenem Gewand blickte Firando entgegen. Sein schwarzes Haar lag so geordnet, als bestünde es nicht aus Strähnen, sondern sei zu einer Halbkugel verklebt.

»Agnecodo!« Firando war überrascht. »Wie unerwartet, Euch hier zu treffen!«

»Das Gleiche kann ich von Euch sagen, Firando«, gab der junge Mann zurück.

Aus der Sänfte drang ein Kreischen. Wieder warf sich jemand gegen die Wände.

»Ist das der mörderische Sassek?«, fragte Firando.

»Und wenn es so wäre?«

»Ich würde gern mit ihm sprechen.«

Agnecodo schloss die Zellentür und ließ sich von einem der

Bewaffneten einen großen Schlüssel geben. »In wessen Auftrag?«, fragte er.

»Ich betreibe Studien über das Blau und da dachte ich …« Firando zögerte. »Der Mord hat sich im Wald ereignet, sagte man mir.«

»Das stimmt, aber im grünen Teil. Ich fürchte, hier findet Ihr nicht, was Ihr sucht.«

Der Wächter, den Firando bestochen hatte, grunzte und trat von einem Fuß auf den anderen. Er nahm sogar seinen Knüppel in die Hand, obwohl er gegen die langen Dolche von Agnecodos Begleitern sicher nicht angekommen wäre.

»Wohin bringt Ihr ihn?«, fragte Firando.

»Dieser Mord war ein schreckliches Verbrechen. Der Rat hat Fragen.«

»Aber er hat der Goraja gestattet, die übrigen Täter zu verbrennen.«

»Die Sasseks bestanden darauf, und diese Mörder waren bereits tot. Wir hätten nichts mehr von ihnen erfahren.«

Firando zwirbelte die langen Spitzen seines Schnurrbarts. »Sie haben auch die Opfer verbrannt.«

»Das stimmt, aber auch die waren tot. Die Sasseks sind nervös wegen des blauen Lichts. Etwas Entgegenkommen entspannt die Lage.«

Zwei von Agnecodos Leuten nahmen die Sänfte auf. Die Gruppe setzte sich in Bewegung.

Firando und der Wächter traten zur Seite, um sie durchzulassen.

Agnecodo blieb bei Firando stehen. »Wie kommt Ihr eigentlich hierher?«

Die Sänftenträger fluchten, weil der Gefangene so sehr tobte, dass ihre Last ihnen beinahe aus den Händen gerutscht wäre. Die beiden anderen Bewaffneten warteten neben Agnecodo.

Firando schwitzte in der klammen Luft. »Ich habe mein Interesse geschildert und dieser freundliche Mann hat mich hier heruntergebracht.« Er legte eine Hand auf den Oberarm des Wächters.

»Habt Ihr Euer Interesse mit Silber bekundet?«

»Und Ihr?«, fragte Firando, bevor er sich zurückhalten konnte. »Diese Büttel tragen nicht das Zeichen des Rats.«

Agnecodo lächelte. »Ihr habt recht. Der Rat hat mir diese Sache anvertraut, statt die eigenen Leute zu bemühen. Das sind meine Männer. Sie tun, was immer ich ihnen auftrage.«

Die Dolche steckten in den Scheiden, aber Firandos Kehle trocknete aus, als er sich vorstellte, wie tief ihre Klingen in einen Brustkorb dringen könnten.

»Ihr misstraut mir«, stellte Agnecodo fest. »Das macht mich traurig.« Er legte einen Arm um Firandos Schultern und schob ihn behutsam in die Richtung, aus der sie gekommen waren.

Firando dachte unentwegt an die Dolche, während sie der Sänfte folgten.

Der gefangene Sassek verfügte über große Ausdauer. Seine Attacken gegen die Wände des Behältnisses ließen nicht nach.

Sie stiegen die Treppe hinauf.

»Wir Sabos sollten einander vertrauen«, sagte Agnecodo. »Wir sind uns ähnlich. Wir alle suchen nach Wissen. In jüngster Zeit habe ich Euch oft in der Bilteca gesehen. Woran forscht Ihr?«

Firando suchte nach einer Ausrede. Er wollte nicht zugeben, dass er Aufzeichnungen über frühere Erscheinungen des blauen Lichts studierte. Aber was konnte er behaupten? Was war unverfänglich? Agnecodo hatte viele Gefolgsleute. Diese mochten wissen, in welchen Kristallbüchern Firando gelesen hatte. In der Bilteca konnte man sich nicht verbergen. Sollte er also die Wahrheit sagen? Wenn Agnecodo sie bereits kannte, würde eine Lüge ihn nur noch mehr gegen Firando aufbringen. Hatte er vorhin schon gesagt, dass er über das Blau forschte? Er erinnerte sich nicht.

Angst schnürte ihm die Kehle zu.

»Ist Euch unwohl, Firando? Ihr schwitzt.«

»Ich habe ein leichtes Fieber.«

»Und dann besucht Ihr den feuchten Kerker? Das ist leichtsinnig!«

Sie erreichten die Wachstube. Die Diensthabenden sahen weg. Durch ein Fenster kam frische Luft herein. Firando fröstelte.

»Ich habe Verständnis dafür, dass Wissensdurst übermütig macht.« Agnecodo lachte. »Seid unbesorgt, ich werde niemanden mit Einzelheiten zu Eurer kleinen Abmachung mit dem Wächter verwirren. Ich hoffe nur, Ihr habt nicht zu viel bezahlt.«

Firando schüttelte den Kopf.

Die Männer mit der Sänfte traten auf die Straße.

»Ich glaube wirklich, dass wir uns ähnlich sind«, behauptete Agnecodo. »Ihr müsst mir versprechen, mich zu besuchen, wenn es Eure Zeit erlaubt.«

TEIL III
SCHATTEN

28. Kapitel

Zweihundert Guardistas auf dem Marsch waren ein seltener Anblick. Insgesamt zählte die Grauwacht nicht einmal fünfhundert. Eine ähnliche Truppenstärke konnte nur noch Elysior aufweisen, wo man den Wechsel eigentlich bereits erwartet hatte. Bislang war er nur wegen des blauen Lichts ausgeblieben, dem sie nun entgegenreisten.

Der Aufbruch war keine mit Fanfaren begleitete Prozession wie der Auszug der Communidad Saphir aus Oculor. Die Metropole verschwand hinter ihnen. Noch war sie von einem Gebirge aus Eis umgeben, aber die Guardistas mussten bereits nach trockenem Boden suchen, um nicht bis zu den Waden im Schlamm zu versinken. Das Schmelzwasser machte das zu Matsch, was die Gletscher endlich freigaben. Remon und Vorena hielten sich, so gut es ging, auf felsigem Grund. Andere blieben auf dem Eis, obwohl der Regen auch dort dicken Schlamm aus dem Weiß spülte. Überhaupt, der Regen! Der Wind drückte ihn beständig gegen ihre Rücken, als wollte er den Guardistas verdeutlichen, dass sie hier nichts mehr zu suchen und sich gefälligst in den Tag zu trollen hatten. So wanderten sie der Sonne entgegen, die als schmaler Streifen auf dem Horizont lag. Remon ertappte sich dabei, dass er sich freute, das warme Himmelslicht nun wohl lange Zeit zu sehen. In der ewigen Dunkelheit der vergangenen Doppelmonde hatte er es vermisst. Nach Brenhardts Ausführungen würde es schon bald als volle Scheibe am Himmel stehen. In manchen Gegenden konnte der Tag so schön sein!

Zweihundert Schattenrisse in der Morgendämmerung. Zweihundertzwei, wenn man Kress und Ssarronn in ihren Wärmemänteln mitzählte.

»Die beiden mögen den Schlamm«, sagte Vorena.

Remon sprang einen Stein weiter. Beinahe rutschte er ab. Das Kettenhemd veränderte seinen Körperschwerpunkt. »Sie genießen es, den Boden unter den Füßen zu spüren. Darum tragen sie auch keine Schuhe.«

»Eigentlich müssten sie doch auch einsinken«, meinte Vorena.

»Wenn du deine Zehen so weit spreizen könntest, dass die Schwimmhäute dazwischen einen Halbkreis bilden, würdest du dir darüber auch weniger Gedanken machen.«

»Baden tun sie aber wohl ungern.«

Das Schmelzwasser bildete Bäche, die sich in der tiefsten Furche zu einem Fluss mit nennenswerter Strömung vereinten. Die Sasseks, die ihnen in losen Gruppen entgegenzogen, blieben jedoch auf vergleichsweise festem Grund.

»Es ist zu kalt«, erklärte Remon. Tatsächlich hüllten sich die meisten der Amphibien in dicke Kleidung, deren Innentaschen zweifellos mit Wärmesteinen vollgestopft waren. Dadurch kamen die in der Kälte ohnehin trägen Sasseks noch langsamer vorwärts.

»Mich wundert, dass sie überhaupt schon hier sind. Die gehören doch nicht zum Stamm Flammenorchidee?«

»Manche werden in der Metropole Handel treiben wollen. Die neuen Bewohner haben Bedarf an Einrichtung. Und andere sind auf der Suche nach einer sicheren Bleibe in der Nähe Oculors. Auf Hartfels müsste auch bald das Tageslicht fallen.«

Der Auszug der Grauwacht war kein Eilmarsch. Brenhardt hatte Remon und Vorena befohlen, nach günstigen Gelegenheiten Ausschau zu halten, den Speisezettel anzureichern. Remon warf sein Netz über einen dichten Pulk Vögel. Im gerade freigegebenen Boden keimten die ersten Pflanzen, während die Pilze nun bloß lagen, da sie kein Eispanzer mehr vor den hungrigen Schnäbeln schützte. Das Geschnatter der sich um das Festmahl balgenden Gefiederten war ein beständiges Rauschen.

Vorena half ihm, die Hälse zu brechen und ihre Beute in einem

Sack zu verstauen. Ein paar kleine Vögel, an denen mehr Federn und Knochen waren als Fleisch, ließen sie fliegen.

»Haben wir genug?«, fragte er.

Sie wog den Sack. »Ein guter Wurf noch.«

Remon sah zu den anderen Guardistas, die bereits ein Stück voraus waren. »Glaubst du, sie würden auf uns warten, wenn wir spät zum Schiff kämen?«

»Sehnsucht nach Sombralor?«

Unwillkürlich wandte Remon den Blick nach Norden. Irgendwo dort waren Nata und Enna. Hoffentlich befanden sie sich in Sicherheit.

»Denk nicht einmal daran«, warnte Vorena. »Das nächste Mal wird dich kein Eisengeflecht davor bewahren, ins Magma zu fallen.«

»Wie ich dich kenne, würdest du mich sogar selbst hineinstoßen.«

Ihr Grinsen war Antwort genug.

»Wie lange werde ich in ihren Augen ein Verräter bleiben?«

»Wenn es nach Semoel geht, für immer.«

Sie setzten den Weg fort.

»Aber sie werden dich dennoch wieder als Kameraden akzeptieren, wenn du ein paarmal mit ihnen gemeinsam blutest.«

»Das hast du oft getan, als wir zusammen unterwegs waren, und sicher auch später. Dennoch meiden sie dich, Vorena.«

»Sie respektieren mich.«

»Du willst allein sein.«

»Ich bin nie allein.« Sie tätschelte ihr Schwert.

»Was antwortet deine Klinge, wenn du sie fragst, was das Schönste im Leben ist?« Er dachte an Ennas Augen, wie sie neugierig in die Welt sahen.

»Dass nur Schwächlinge nach einem schönen Leben jammern.«

Er verlangsamte seinen Schritt, um sich an eine Gruppe Vögel heranzuschleichen. Mit ausgestreckten Armen spannte er das Netz auf.

Er hielt inne. »Hörst du das?«

»Die streitenden Sasseks?«

Er folgte ihrem Blick. Zwei Amphibien standen hoch aufgerichtet auf benachbarten Felsbrocken und schrien sich an. Andere Sasseks errichteten aus Stöcken und Tierhäuten Schutzwände gegen den Wind, der aus der Nacht herüberwehte.

»Das sind Memores«, erklärte Remon. »Du erkennst es an den weichen Hüten, die bis auf die Schultern hängen.«

»Diejenigen, die ständig Geschichten erzählen.«

»Die Berichte sind sehr wichtig für die Sasseks. Sie sagen ihnen, wer sie sind. Bei einem schlechten Memor wird die Bindung an den Stamm schwach. Seine Mitglieder wandern ab und wenden sich einer anderen Gemeinschaft zu, in der die Erinnerungen mehr Kraft haben.«

»Ist einer von ihnen erbost, weil der andere ihm Anhänger abgejagt hat?«

»Möglich, aber wahrscheinlich streiten sie sich um die Deutung der Ereignisse. Die Sasseks nehmen das Land um Oculor in Besitz, aber ob das eine ungestüme Heldentat ist oder die Frucht geduldiger Planung, hängt davon ab, wie es erzählt wird.«

»Und welcher von beiden gewinnt?«

»Derjenige, der am Ende mehr Zuhörer hat.«

»Meine Art zu kämpfen ist mir lieber.« Sie umfasste den Schwertgriff.

Remon warf das Netz.

»Hörst du es wirklich noch nicht?«, fragte er, als sie sich um den Fang kümmerten.

Vorena lauschte. »Die Brandung.«

Er nickte. »Wir werden bald am Meer sein.«

»Und dann wird uns das Schiff nach Osten bringen.« Mit lautem Knacken brach sie einen Vogelhals. »Nicht nach Norden.«

29. Kapitel

»Schmerzen deine Finger?«

»Es lässt sich aushalten, Herrin.« Hurnendos Augen tränten.

»Nenn mich Nata, nicht Herrin. Wir sind einfache Nomaden.«

Enna knetete Hurnendos Zehen. Sie wusste besser als der alte Mann, wie man Erfrierungen vermied.

»Es ist gut, wenn die Finger schmerzen«, meinte Nata. »Das bedeutet, dass sie noch nicht abgestorben sind. Tauch sie wieder in die Schüssel.«

»Es brennt.« Dennoch befolgte er ihre Anweisung.

»In Wirklichkeit ist es kalt.« Tatsächlich bildete sich schon wieder Eis auf dem Wasser. »Wir dürfen deine Hände nicht zu plötzlich erwärmen. Du darfst sie erst an ein Feuer halten, wenn du die Finger wieder bewegen kannst.«

Der Sturm hatte dem Schneesegler zugesetzt. Ein Stück von der linken Kufe war abgebrochen, und der Mast knarrte bedenklich, wenn der Wind von dieser Seite kam. Wahrscheinlich würde er bald brechen.

Aber das war jetzt ohne Bedeutung. Nur noch zwei Clicks, dann wären sie in Sombralor. Die Häuser der Metropole verteilten sich weiter als bei Oculor, und sie boten eine weniger einheitliche Erscheinung. In Oculor war alles auf das Herzfeuer ausgerichtet, dessen Turm das Cestillo auf der Spitze des Kegelbergs krönte. Alle Paläste dort waren so angeordnet, dass sie dem Mittelpunkt der Communidad entgegenzupilgern schienen. In Sombralor dagegen standen niedrige und hohe Häuser durcheinander. Die Metropole war ein buntes Glitzern in der Nacht. Die kristallenen Dächer fingen das Sonnenlicht, das vom Tag her in die Stadt strahlte, und streuten es weit. Dabei fächerten sie es vielfarbig auf. Rot, gelb, grün, violett. Was Nata beunruhigte, was das Blau, das einige entfernte Wolken anstrahlte.

Hurnendo nahm die Hände wieder aus der Schüssel. »Ich ziehe wohl besser meine Schuhe an.«

»Ich helfe dir dabei«, sagte Enna. Sie war mit Handschuhen geschickter als viele Erwachsene mit nackten Fingern.

Nata wich einigen schwer beladenen Rossoms aus. Schon seit Sombralor in Sicht war, kreuzten Händler ihren Weg. Sie hatten wenigstens fünf Handelsposten passiert. Nata hatte erwogen, an einem davon Halt zu machen, befürchtete aber, den Schneesegler nicht wieder flottzukriegen, wenn er zu lange stillstand.

»Ich sehe noch keine Sasseks!«, rief Enna gegen den Fahrtwind.

Ebenso wie Nata war sie den Amphibien das erste Mal im Thronsaal von Oculor begegnet. Seit Hurnendo ihr erzählt hatte, dass Sombralor keiner Communidad gehörte, sondern von beiden Spezies bewohnt und durch einen gemeinsamen Rat regiert wurde, war ihre Vorfreude groß. Nata gönnte sie ihr, zumal sie selbst neugierig auf die Amphibien war.

»Sie kommen aus dem Tag, nicht aus der Nacht«, erklärte sie. »Erst in der Metropole treffen sie mit uns Menschen zusammen.«

»Wenn sie aus dem Tag kommen, wissen sie sicher etwas über das blaue Licht.«

Nata war unschlüssig, ob sie stolz auf ihre Tochter sein sollte, weil sie so verständig war, oder ob das Anlass zur Besorgnis gab. Kluge Menschen waren oft traurige Menschen. Aber ein kluger Mensch, dem das Lernen verwehrt wurde, war der traurigste von allen. Sie suchte Dya am Südhimmel. Von hier aus sah man sogar, wie der Halbmond zur Sichel abnahm. Zu einer vollständig blauen Sichel.

Sie musste unbedingt in die Bilteca! Dieses Phänomen war schon einmal aufgetreten, und die Aufzeichnungen dazu fanden sich in den Kristallbüchern. Jedenfalls in denen von Oculor. Sie hoffte, dass auch in Sombralor die Erinnerung an das

Gewesene bewahrt wurde. »Die Monde wandern auf immer gleichen Pfaden«, murmelte sie. Irgendwie hingen das Blau am Himmel und das Blau im Tag miteinander zusammen. Und vielleicht sogar der Hass der Sasseks auf alles, was diese Farbe hatte.

Sie waren bereits zwischen den ersten, kastenförmigen Häusern, als eine Menschenansammlung sie zum Halten zwang. Eine Schranke versperrte die Straße, und mit Hellebarden bewaffnete Stadtwachen gingen durch die Menge. Auch zu ihnen kamen zwei der Krieger.

»Euer Schneesegler ist leer«, stellte einer der beiden fest. Nata sah auf den ersten Blick, dass die fehlende Ohrmuschel abgefroren war. »Ihr habt keine Handelsware anzubieten.«

»Wir wollen nur das viel gerühmte Sombralor mit eigenen Augen sehen«, behauptete Nata.

»Das habt ihr ja jetzt. Dreht um.«

»Warum so feindselig?«

»Weshalb so frech? In Sombralor machen sich schon genug Taugenichtse breit! Wenn ihr euch aufwärmen wollt, steuert einen der Handelsposten an.«

»Ich will die Sasseks sehen!«, rief Enna.

Rüde stieß der Krieger sie in den Schneesegler zurück. »Du kannst sie woanders begaffen, Göre!« In dem orangefarbenen Licht, das hier von den Kristalldächern streute, wirkte er eher erschöpft als bösartig.

»Ich verstehe, dass Ihr Euren Befehlen folgt«, sagte Nata. »Aber wir sind keine Taugenichtse. Wir wollen uns nützlich machen.«

Zweifelnd betrachtete er das ramponierte Gefährt mit dem eingerissenen Segel. »Wie wollt ihr das anstellen?«

Eine Edle, die unter ihrem insektenflügelartigen Wärmemantel nur ein Brusttuch und einen dünnen Rock trug, auf deren Kopf aber eine dicke Pelzmütze bis beinahe zu den Schultern reichte, schlenderte zu ihnen. Sie wurde von ihren eigenen Leibwächtern begleitet. »Wir wollen nicht herzlos sein.« Ihr Atem dampfte in der Kälte. »Sie können für mich arbeiten.«

»Verzeiht, aber ich dachte, Ihr sucht Maurer für Euren Streitturm, edle Jatena?«

»So ist es auch.« Sie nahm die Augen nicht von Enna. »Und diese Kleine hier ist genau, was ich brauche. Sie ist leicht genug, um mit dem Flaschenzug in einem Korb von den Zinnen abgelassen zu werden. Die Arbeiter werden nicht so rasch erschöpfen, wenn sie sie hin und her schwenken, damit sie den Putz anbringt. Du bist doch geschickt mit den Händen, Kleines, oder?«

»Ich male die schönsten Schneeblumen.«

Jatena lachte. »Fürs Erste reicht mir eine gleichmäßige Oberfläche, aber vielleicht fällt mir auch noch etwas ein, das du bemalen kannst. Wie heißt du denn?«

»Enna.«

»Und das hier sind deine Mutter und dein Großvater?«

»Nata und Hurnendo«, sagte Nata. »Er ist ein hervorragender Koch.«

Jatena löste den Blick nur kurz von Enna, klatschte aber in die Hände. »Wir werden sehen, ob er auch etwas anderes als magere Weißpüschel zubereiten kann. In Sombralor schätzen wir Abwechslung in unserer Küche. Aber wir wollen es versuchen. Du kannst im Haushalt helfen.«

»Ich danke Euch, Herrin.«

»Brav. Über eure Bezahlung entscheiden wir, wenn wir sehen, wie ihr euch macht. Bis dahin könnt ihr schon einmal im Gesindehaus wohnen und bekommt zu essen.« Sie bedachte den Schneesegler mit einem abschätzigen Blick. »Dieses Ding bleibt natürlich hier.«

Ihr Besitz passte in einen einzigen Sack, den Nata sich über die Schulter warf. So folgten sie der Edlen an der Schranke vorbei in die Stadt.

Die Grenze der eigentlichen Metropole war kaum zu sehen, aber umso deutlicher zu spüren. Jenseits einer Schneise von drei Schritt unbebautem Gelände war die Luft plötzlich warm. Es fühlte sich an, als beträte man eine Höhle mit einem offenen Magmabecken.

»Endlich zurück aus der Kälte!«, rief Jatena und nahm ihre Mütze ab. »Halte das …«

»Hurnendo, Herrin.«

»Was für ein schrecklicher Name! Das werden wir ändern müssen.«

Er wimmerte, als er die Mütze entgegennahm. Seine Finger waren sicher noch empfindlich.

Jatena schien das nicht zu kümmern. Sie öffnete den Wärmemantel und wartete, bis auch ihre Bewaffneten die Kleidung gelockert hatten.

Aus dem Gebiet vor ihnen drangen Hammerschläge, Rufe und das Knirschen von Stein zu ihnen herüber.

»Ihr seid nicht die einzige Bauherrin«, sagte Nata.

Jatena warf ihr einen scharfen Blick zu. »Vergiss nicht, wer euch in die Metropole geholt hat! Ihr werdet nicht einfach bei jemand anderem anheuern. Ich erwarte Dankbarkeit!«

»Selbstverständlich, Herrin!«

»Wer zu viel will, endet in Sombralor schnell als Unfreie.«

»Ihr werdet zufrieden mit uns sein.«

»Das hoffe ich.«

Sie folgten ihr durch die bunten Straßen. Enna quietschte aufgeregt, als sie die ersten Sasseks sahen. Es waren Gärtner, die einige Büsche stutzten. An den Anblick von Pflanzen hatte sich Enna bereits in Oculor gewöhnt. In Erdblut hatte es nur sehr wenige gegeben, und alle hatten der Ergänzung des Speiseplans gedient.

Auch Nata faszinierten die Amphibien, aber noch etwas anderes erregte ihre Aufmerksamkeit. Die rege Bautätigkeit galt nicht nur der Verschönerung der Stadt oder der Reparatur einzelner Häuser. Eine Mauer aus klobigen Steinen wurde quer über eine breite Straße gezogen. Die Bruchstücke einer Säule verteilte man davor so, dass man das entstehende Tor nicht mehr in gerader Linie anfahren konnte und in einem Palast verschloss man alle Fenster im Erdgeschoss. Es wirkte, als bereite sich Sombralor auf einen Angriff vor. Und als misstraue der Rat der Macht der Geister und des Schilds, der Sombralor wie jede Metropole schützte. Es erschien Nata unsinnig, sich hinter Steinmauern verschanzen zu wollen, wenn man einen Gegner erwartete, der diesen Schutzschild durchbrechen konnte. Sie musste unbedingt Sabo Firando sprechen. Und in die Bilteca, um selbst die Kristallbücher zu studieren. Dya war hinter den Häusern verschwunden, aber einige der Wolken waren blau. Nata fröstelte.

»Es ist nur für kurze Zeit«, raunte sie Hurnendo und Enna zu. »Wir sind in die Metropole gekommen, und wir werden es auch weiter schaffen.«

Enna hörte nicht zu. Sie staunte die glitzernden Kristalldächer an. Hurnendo löste den Mantel, den das schwitzende Mädchen noch immer geschlossen trug.

»Da sind wir!«, verkündete Jatena. »Der Baulärm ist natürlich schrecklich. Ich wohne schon seit einem halben Mezzalauf in einem Gasthaus. Aber ihr wollt euch bestimmt in eurer neuen Wirkungsstätte umsehen.«

Der Stadtpalast war ein dreistöckiger Quader, im Grunde ein eleganter Bau mit verspielten Türmchen. An einer Seite ragte nun jedoch ein wuchtiger Rundbau auf, der es noch einmal auf die doppelte Höhe des eigentlichen Gebäudes brachte. Einer der Handlanger führte sie in seinem Innern nach oben. Auf Bequemlichkeit hatte man keinen Wert gelegt, aber die Mauern waren dick genug, um auch einem Katapult standzuhalten. Jedenfalls vermutete Nata das, eine solche Kriegsmaschine kannte sie nur aus Remons Erzählungen.

Wo Remon wohl jetzt war? In einem Kerker? Oder hatte er irgendwo in der Eiswildnis entkommen können und Vorena …?

Diese Gedanken erloschen, als sie auf der Plattform ankamen. Von hier aus konnte man über die Stadt sehen. Jenseits der Häuser bewegten sich Bäume im Wind, Hunderte von ihnen, die eng beieinanderstanden. ›Wald‹ hatte Remon dazu gesagt. Und über diesem Wald, der ein bisschen aussah wie die Wellen eines eisfreien Sees, erhob sich die Rundung einer blauen Sonne.

30. Kapitel

Scheppernd fiel Remons Schwert auf das Deck. Im Rückschwung krachte Vorenas Klinge gegen seine Brust. Das Kettenhemd schützte ihn, aber die Wucht trieb die Luft aus den Lungen.

Vorena machte ein paar Schritte rückwärts. »Das ist hoffnungslos«, meinte sie. »Mit dem Schwert wird das nichts mehr. Warte hier.«

»Als ob ich eine andere Wahl hätte«, murmelte Remon.

Das Sassekschiff, die *Wellenblume*, hatte zwei Rümpfe, die über dem Wasser mit Querstreben verbunden waren. Auf diesen Querstreben war das Deck verlegt, und die drei Masten hatte man in einem Baumstamm verankert, der auf kompletter Länge vom Bug zum Heck das Rückgrat der Verstrebung bildete. Die Vierecksegel blähten sich im Wind. Trotz ihrer Größe machte die *Wellenblume* schnellere Fahrt als ein Schneesegler.

Während Vorena unter Deck in den Laderaum des Steuerbordrumpfs ging, sah Remon zur Sonne, die als Halbscheibe über den Wellen stand. Er versuchte, die Guardistas zu vergessen, die ihn umstanden und auf Vorenas Rückkehr warteten. Die zweihundert Krieger hatten keine Aufgabe auf dem Schiff, das von dreißig Sasseks gesegelt wurde. Thuun Kasserr war so zufrieden mit der Grauwacht, dass er für die Passage gezahlt hatte. Kress und Ssarronn halfen den anderen Sasseks dennoch manchmal, wenn sich eine Gelegenheit ergab. Vor allem aber predigten sie die Gefahren des Blaus ihren Artgenossen, die von den widersprüchlichen Aussagen der beiden Gorajas zunehmend verwirrt waren. Der Kapitän hatte verboten, dass sie gleichzeitig sprachen und sich dabei quer über das Deck anschrien, wie sie es anfangs getan hatten. Remon fragte sich, wie sich diese Rivalität entwickeln würde, wenn sie in wärmere Gewässer kämen und die Aktivität der Sasseks zunähme. Noch spürten alle den kalten Wind, der aus der Nacht wehte, auch wenn sie nur noch vereinzelt Eisberge sahen.

Vorena kam mit einer Kampfaxt zurück an Deck.

»Ich wusste gar nicht, dass die Grauwacht solche Waffen schmiedet!«, rief Remon. Wo das Blatt in den Stiel überging, prangte der Schädel des Grauwolfs.

»Wir haben nur wenige davon.« Vorena drückte ihm die Axt in die Hand. »Sie sind schwerfällig und zur Abwehr schlecht geeignet. Eigentlich kann man mit ihnen gar nicht fechten, nur zuschlagen und blocken.«

»Attacke und Parade.« Remon wog die Waffe, wechselte sie von einer Hand in die andere, um sich mit ihrem Gewicht vertraut zu machen. »Wo ist denn da der Unterschied zum Fechten?«

Vorena schnaubte. »Wenn du das wirklich vergessen hast, erinnere ich dich gern daran.«

Die Guardistas kamen näher. Es war schwer zu sagen, wem sie die Niederlage mehr wünschten. Remon war der Verräter, den sie für unzureichend bestraft hielten, aber Vorena hatte schon viele von ihnen in Übungskämpfen gedemütigt, zuletzt Semoel. Was die Erwartung seiner Kameraden anging, glaubte wohl niemand, dass er gegen Vorena bestünde. Sie maß sich nicht mit ihm, sondern erteilte ihm Unterricht, und wenn Remon die Sache mit der Axt richtig verstand, hatte sie inzwischen das Vorhaben aufgegeben, ihn zu einem ordentlichen Kämpfer zu machen. Jetzt ging es ihr nur noch darum, dass er nicht vollkommen nutzlos Platz in der Schlachtreihe vergeudete.

Er beugte die Knie. Ohne bewusste Anstrengung glichen seine Muskeln das Schaukeln des Schiffs aus. Mit der Linken griff er das Ende des Schafts, die Rechte umfasste das Holz unmittelbar unter dem Blatt. Er hob es neben sein Ohr, sodass die Schneide auf Vorena zeigte.

Seine Gegnerin hielt die Schwertklinge waagerecht und hob sie an, bis die Spitze auf Remons Brust zielte.

Remon wusste, dass sie im Angriff noch stärker war als in der Verteidigung. Er kam ihr zuvor, indem er auf sie zu sprang und das Axtblatt vorpresste, ohne auszuholen. Allein mit der Kraft seines Arms drückte er die Waffe gegen das Ziel. Damit verzichtete er auf die für die Axt typische Wucht, gewann aber an Schnelligkeit.

Vorena konnte er dennoch nicht überraschen. Sie drehte sich zur Seite, packte dabei den Schaft der Axt und riss ihn in seine Bewegungsrichtung. Er geriet ins Stolpern, als ihr Fuß seinem Schienbein den Weg versperrte. Bevor Remon das Gleichgewicht wiederfand, spürte er den Stich im Rücken. Er war mit genug Entschlossenheit geführt, um die Ringe des Kettenhemds zu durchdringen, aber so kontrolliert, dass er sich nur einen Zoll tief in sein Fleisch bohrte. Ein heftiger, aber kurzer Schmerz, dem die Hitze des heilenden Nabos folgte.

Remon fasste das äußerste Ende des Stiels mit beiden Händen, als er herumwirbelte und dabei die Axt auf Hüfthöhe mitriss.

Vorena verkürzte den Abstand, sodass er sie mit den Unterarmen traf statt mit dem Axtblatt.

Sie rammte ihm einen Ellbogen unter das Kinn.

Er fiel rückwärts auf die Planken.

»Siehst du?« Unverschämterweise atmete sie noch nicht einmal schneller. »Mit der Axt hast du nur eine einzige Aktion. Wenn diese fehlschlägt, macht dein Feind mit dir, was er will.«

Einige Guardistas lachten. Semoel war nicht darunter, noch nagte die frische Niederlage gegen Vorena in ihm.

Remon spie aus und rappelte sich auf. »Es ist anständig von dir, dass du mir hilfst.«

»Es ist gerecht. Du bist zurück in der Grauwacht, also sollst du auch als Guardista behandelt werden.«

Sie nahmen wieder Kampfstellung ein. Er hielt die Axt jetzt vor seinem Körper, was ihm erlauben würde, sie für einen Block zu nutzen. »Gerechtigkeit ist eine Form von Anstand.«

»Wirst du das auch noch sagen, wenn ich dir mein Schwert durch das Herz ramme? Genau das werde ich nämlich tun, wenn du noch einmal deinen Eid vergessen solltest.«

Er täuschte ein Ausholen an und provozierte damit einen Stich gegen seine Brust. Remon drückte das Schwert mit dem Schaft zur Seite und schob diesen blitzschnell an der Klinge entlang bis zur Parierstange vor.

Vorena versuchte sich zu lösen, indem sie einen Fuß schräg nach hinten setzte.

Er folgte ihr mit einem Ausfallschritt. Bevor sie ihr Schwert zurücknehmen konnte, schlug er mit dem unteren Ende des Schafts zu. Er krachte gegen die Scheibe auf ihrem Kettenhemd, die der Grauwolf zierte.

Gemurmel erhob sich in der Menge.

Sie machte einige Schritte rückwärts und holte mit dem Schwert an der Schulter aus. »Nicht schlecht«, meinte sie.

»Vor allem dafür, dass ich nur eine Axt habe.«

Er zog die Waffe in einem Bogen und führte einen Spalthieb.

Vorena sackte in die Hocke, unterlief seinen Schlag und stieß das Schwert beinahe senkrecht nach oben. Plötzlich stand die Klinge nur eine Fingerbreite vor seinem Gesicht.

Remon schluckte. Wenn Vorena es gewollt hätte, wäre ihm der Stahl durch den Unterkiefer gedrungen und oben aus dem Schädel wieder ausgetreten. Das hätte auch einen Guardista getötet.

»In Ordnung.« Er stellte die Axt neben sich auf den Boden.

»Dein Gedanke war dennoch richtig. Du musst eine Entscheidung erzwingen. Mit der Axt kannst du einen Gegner nicht abtasten. Du musst ihn zerschmettern, bevor er begreift, dass der Kampf begonnen hat.«

»Ich habe lange nicht mehr gegen einen echten Krieger gestanden.«

»Natürlich nicht.« Sie steckte ihr Schwert in die Scheide.

Er sah über den Backbordbug. Bis auf kleinere Inseln waren nur Wellen zu sehen. Sein Blick wanderte nach Norden.

Sie stellte sich neben ihn. »Du denkst an Nata.« Sie flüsterte zu leise, als dass die anderen sie hätten verstehen können.

»Kein Mann kann seine Familie vergessen.«

»Du sollst sie nicht vergessen, sondern hinter dir lassen.«

»Es scheint, dass ich sie ohnehin nie wiedersehen werde.«

»Ich hoffe, du täuschst dich.«

Fragend sah er sie an.

»Ehre ist nichts wert, wenn man keine Möglichkeit hat, sich unehrenhaft zu verhalten.« Ihr Blick bohrte sich in seine Augen. »Ich will sehen, ob du jetzt wirklich zu deinem Eid stehst.«

31. Kapitel

Als der Meister die Arbeiten an dem Turm unterbrach, um dem Mörtel Zeit zum Aushärten zu geben, brachte Nata Enna ins Bett und entschlüpfte danach in die Straßen der Metropole. In Sombralor gab es keine Leuchtsteine, aber dennoch Hell- und Dunkelphasen. Jetzt etwa lenkten die Kristalldächer das Licht nicht mehr in die Straßen hinab, obwohl sie selbst noch vielfarbig funkelten.

Die Bautätigkeit hielt dennoch an. Während sich Nata in den schattigen, aber warmen Gassen zu Sabo Firandos Haus durchfragte, begegneten ihr Karren mit Bruchsteinen und Träger, die Balken schleppten. Die Sasseks, deren Häuser oft sprudelnde Brunnen aufwiesen und durch Kanäle verbunden waren, bewehrten ebenfalls ihre Heimstätten. Auch auf ihren Baustellen arbeiteten Menschen, vor allem kräftige Männer, die sich mit den schweren Lasten leichter taten.

Firandos Haus blieb von dieser Hektik verschont. Mit zwei Stockwerken war es niedriger als die meisten Paläste, die Nata aus Oculor kannte, dafür aber breiter und mit einem eleganten Schwung der Fassade angelegt. Nata versicherte sich bei einem Kohlehändler, dass dies das richtige Gebäude war, und zog dann an der Glockenkordel.

Warmes Kerzenlicht fiel zu ihr auf die Straße, als der Hausdiener öffnete. Er war ein wohlgenährter Mann mit einem weißen Backenbart. Bevor Nata etwas sagen konnte, bat er mit erhobener Hand um Geduld und schloss die Tür wieder vor ihrer Nase.

Kurz darauf öffnete er erneut und hielt ihr einen Korb mit Essensresten hin. »Sabo Firando hat ein Herz für die Elenden.«

Nata sah an der Arbeitskleidung hinunter, die man ihr gegeben hatte. Erst jetzt bemerkte sie, wie schmutzig sie war.

Sie drückte den Rücken durch und strich sich das Haar aus dem Gesicht. »Ich bringe eine Botschaft für Sabo Firando.«

»Ach so.« Der Diener stellte den Korb zur Seite, füllte aber weiterhin die Türöffnung aus. »Dann gib sie mir.« Fordernd streckte er ihr die behandschuhte Hand entgegen.

»Es ist eine mündliche Nachricht«, behauptete Nata.

Hinter dem Diener brannte das ruhige Licht von Kerzen, durch Glashauben vor Luftzug geschützt. »Ich höre.«

»Ich darf sie nur persönlich überbringen.«

Der Mund in dem runden Gesicht verzog sich in einer Mischung aus Spott und Langeweile. »Du glaubst, du kannst mehr erbetteln, wenn du direkt beim Herrn vorsprichst, aber du bist nicht die Erste, die auf solche Gedanken verfällt. Du hättest nehmen sollen, was dieses Haus dir großzügig anbot. Jetzt gehst du leer aus.«

Nata stampfte auf die Schwelle, als er sich anschickte, die Tür zu schließen. »Sag ihm, Nata Refael Itana ist hier.«

Der Diener runzelte die Stirn, bewegte die Tür aber nicht weiter. »Die Tochter von Sabo Refael aus Oculor?«

»Eben jene.«

»Und sie ist in der Stadt?«

»Sie steht vor seiner Tür.«

Er musterte ihr Gesicht, als stünde darin geschrieben, ob sie sich einen Scherz mit ihm erlaubte.

»Die Reise durch die Wildnis gestaltete sich härter, als ich erwartete.«

»Warum wurdet Ihr uns nicht angekündigt?« Immerhin wechselte er zur höflichen Anrede.

»Das werde ich deinem Herrn selbst erklären.«

Er überlegte noch einen Augenblick. »Sabo Firando gibt gerade eine Gesellschaft. Ich kann nicht versprechen, dass er Zeit findet.«

»Ich warte.« Sie trat vor, und tatsächlich ließ der Diener sie in den Flur und schloss die Tür hinter ihr. Er nahm den Korb mit Essensresten von dem Hocker, auf dem er ihn abgestellt hatte, und bot ihr diese Sitzgelegenheit an. Dann verschwand er die Treppe hinauf.

Nata betrachtete die Bilder, die den Flur schmückten. In anderen Palästen hatte sie Porträts wichtiger Familienmitglieder gesehen oder Abbildungen der jeweiligen Metropole in ihrer Pracht, aber davon fand sich hier nichts. Bei den meisten Gemälden überwog ein schwarzer Hintergrund, wenige zeigten violette oder orangefarbene Nebel. Das eigentliche Motiv aber waren silberfarbene Punkte. Manche glitzerten eng beieinander, bildeten Gruppen oder Wolken. Andere glänzten einsam in der Dunkelheit.

Das waren Abbildungen von Sternen, wie sie die Geister eines Astrovatorios zeigten. Nata stand auf und ging von einem

Bild zum nächsten. Es handelte sich nicht um willkürlich gestaltete Kunstwerke. Bei zweien war sie sich sicher, die Formationen selbst schon studiert zu haben. Mit bloßem Auge waren sie nur Punkte am Himmel, aber mithilfe des Astrovatorios wurden sie erst zu Flecken, dann zu unterscheidbaren Himmelslichtern. Sie jauchzte, als sie den Rossomschädel entdeckte, einen bräunlichen Nebel mit zwei gedrehten Ausläufern, dessen hellste Sterne dort lagen, wo man bei dem namensgebenden Tier die Augen vermutet hätte. Den hatte sie selbst einmal gezeichnet! Sie hatte auf dem Schoß ihres Vaters gesessen, oben in der Kuppel des Astrovatorios von Oculor, und er hatte ihr die farbige Kreide angereicht.

»Man sagte mir, mein Freund Refael habe sich vergiftet!«

Nata schrak unter den lauten Worten zusammen. Sie hatte sich so sehr in den Sternen verloren, dass sie vergessen hatte, wo sie sich befand.

Oben auf der Treppe stand ein dünnes Männchen. Die Spitzen seines Schnurrbarts hingen bis unter das Kinn. Es trug ein grünes Gewand mit passenden Unterarmstulpen, dem untrüglichen Standessymbol der Sabos.

»Ich nehme an, das wisst Ihr von Orresta«, gab Nata zurück.

»Mein Name ist Firando, und ich war, obwohl wir uns bloß einmal trafen, ein Freund und wohl auch Vertrauter von Sabo Refael.« Ohne Hast kam er die Stufen herunter. »Wenn Ihr wirklich seine Tochter seid, werdet Ihr mir bestimmt sagen können, welches Ereignis vor zwei Doppelmonden dazu führte, dass er mir erstmals geschrieben hat?«

Das blaue Licht konnte nicht der Grund dafür gewesen sein, es zeigte sich seit zu kurzer Zeit. »Das kann ich leider nicht beantworten«, gestand sie.

»Aber wenn Ihr seine Tochter seid …«

»Ich traf gerade rechtzeitig zur Verbrennung meines Vaters ein.«

»Ein merkwürdiger Zufall, nicht wahr? Und auch, dass Orresta Euch mit keinem Wort erwähnte, erscheint mir seltsam.«

»Sie war keine Freundin unseres Hauses.«

»Ihr meint des Hauses, in dem Ihr gar nicht gewohnt habt? Wart Ihr auf Reisen?«

»So könnte man sagen.«

»Warum hat Euer Vater Euch niemals erwähnt?«

Nata senkte den Blick. »Mein Weggang war nicht ohne Schmerz für ihn.«

»Weshalb wendet Ihr Euch an mich, wenn Ihr Euch im Streit von ihm getrennt habt?«

»Ich bezweifle, dass er freiwillig Gift genommen hat.«

Firandos Augen verengten sich zu Schlitzen.

»Warum hätte er sich umbringen sollen?«, setzte Nata nach.

»Viele ängstigt die blaue Sonne.«

»Aber er wollte sie erforschen. Gemeinsam mit Euch! Er hat Vorbereitungen getroffen, zu Euch zu kommen.«

»Und Ihr wollt mir erzählen, dass nun eine verdreckte, von den Härten der Wildnis gezeichnete junge Frau an seiner statt kommt? Dass Orresta diese Frau verleugnet, weil sie eine …«

»Orresta wollte mich umbringen!«, rief Nata.

Firando runzelte die Stirn.

Sie ging zu dem Gemälde mit dem Rossomschädel und tippte auf einen roten Stern, der am unteren Rand eingemalt war. »Das ist das Feuer Esurels. Benannt nach seinem Entdecker. Dort«, sie zeigte auf eine Linie aus sieben besonders hellen Sternen, »der Gürtel des Ringers. Das hier ist Esellas Zaudern. Er flackert. Ständig verschwindet dieser Stern, um kurz darauf wieder zu erscheinen.« Sie deutete auf verschiedene Gemälde. »Die Lichter der Kochenden See. Die Neun Spiralen. Der Galgen des Nordens. Die Querachse ist übrigens fehlerhaft, der Abstand zwischen dem dritten und dem vierten Stern ist zu gering gemalt.«

»Ich wollte das schon lange korrigieren lassen«, beteuerte Firando hastig.

Sie fixierte seinen Blick. »Ich bin Nata, die Tochter von Refael und Itana, so wahr ich hier stehe!«

Er nickte. »Lasst mich Euch den anderen vorstellen.« Er lud sie ein, die Treppe hinauf voranzugehen.

Zögerlich setzte sie einen Fuß auf die unterste Stufe. »Ich hoffte, im Vertrauen mit Euch zu sprechen.«

»Gegenwärtig werdet Ihr in meinem Haus nur Leute finden, die das Interesse an der blauen Sonne eint.«

Tatsächlich standen in dem Saal im Obergeschoss etwa ein halbes Hundert Sabos debattierend beieinander und knabberten dabei an Geflügelschenkeln oder Trauben. Sie sprachen jedoch so angeregt, dass kein Zweifel aufkam, dass sie vom Anlass der Zusammenkunft entflammt waren.

»Sabo Elana hat gerade eine interessante Demonstration begonnen, als Ihr in mein Haus kamt«, meinte Firando und leitete sie zu einer niedrigen Bühne, auf der eine junge Frau, fast noch ein Kind, neben einem Tisch mit zwei Laternen stand. Drei Schritt dahinter hatte man eine leere Leinwand aufgestellt.

Firando stellte Nata vor, aber außer einem höflichen Nicken und einem flüchtigen Blick auf ihre verschmutzte Kleidung löste das keine Reaktion aus. Man wartete auf die Demonstration der jungen Sabo.

Elana sah Firando an. »Ich bleibe bei meiner These, dass die blaue Sonne nicht aus der uns bekannten gelben geboren wird.«

Die Gespräche kamen zu Ruhe, wodurch das Schnauben eines Sabo hörbar wurde. Er sah dennoch weiter zu.

»Vielmehr steht sie hinter der gelben Sonne!«, rief Elana mit einem Zorn, den man eher einem Krieger auf dem Schlachtfeld zugetraut hätte. »Ich werde das sogleich beweisen! Alle mögen die Aufmerksamkeit auf die Leinwand richten!«

Der Stoff war gut ausgeleuchtet. Nata sah zwei helle Punkte, die von den beiden Laternen ausgingen und jeweils einen Halo erzeugten. Der rechte war größer, weil die Laterne näher stand und ihre Flammer höher aufgedreht war.

Elana stellte sich zwischen die Lichtquellen und die Leinwand, die ihr Schatten nun verdunkelte. Sie nahm zwei gläserne, an ihrem Scheitelpunkt mit Luftlöchern versehene Glocken und stülpte sie über die Laternen. Das Glas über der Lampe, die näher an der Leinwand stand, war gelb, das andere blau. Elana trat zur Seite.

»Und das ist, was wir auf den Monden ebenso wie auf dem Boden sehen!«, triumphierte sie.

Nata trat näher. Man durfte sich nicht von den Ovalen verwirren lassen, die aus den Lufteinschlüssen im Glas resultierten. Auf der linken Seite dominierte das blaue Licht der hinteren Laterne, rechts war die Leinwand gelb. In der Mitte vermischten sich die Farben zu Grüntönen.

»Das habe ich gesehen, als ich die Monde beobachtet habe«, flüsterte sie.

Mit zufriedenem Gesicht trat Elana hinter die Lampen. Sie schob die blaue gänzlich hinter die gelbe. »So ist es in der Vergangenheit gewesen.« Blau und Grün waren nun von der Leinwand verschwunden. »Und das wird die Zukunft bringen.« Sie schob die blaue Laterne an der anderen vorbei und schließlich genau zwischen die gelbe und die Leinwand, die dadurch beinahe vollständig blau wurde. Nur an den Rändern fand sich noch ein wenig Grün, weil die gelbe Lampe größer war und noch etwas von ihrem Licht den Weg an dem Blau vorbei fand.

»Das ist absurd!«, rief der Sabo, der vorher abfällig geschnaubt hatte. Auch ihm war jedoch anzusehen, dass er sich unwohl fühlte bei dem, was er sah.

Elana hielt ihn keiner Antwort für würdig. Überhaupt sah sie niemanden an, sondern betrachtete nur selbstzufrieden das Farbenspiel auf der Leinwand.

»Wir müssen mehr herausfinden«, sagte Nata.

»Ich sage noch einmal: Ich habe das Rätsel gelöst!«, insistierte Elana.

»Eure Theorie erklärt viel von dem, was wir sehen«, bestätigte Nata.

»Viel? Wieso viel? Warum nicht alles? Was erklärt sie denn Eurer Meinung nach nicht?«

Nata kam sich dumm vor. Sie war eine tumbe Sternenguckerin aus der Wildnis. Hier in Sombralor wusste man wohl schon lange, dass es nicht nur farbige Monde, sondern auch eine blaue Sonne gab. Und sie hatte sich Theorien von Wasser oder Eis auf den Himmelskörpern angehört und selbst über Nebel spekuliert, der von dort auf den Boden fiel!

»Eure Ausführungen erklären alle Beobachtungen«, räumte sie ein.

Elana nickte zufrieden. »Dieser Erkenntnis wird sich bald niemand mehr verschließen können.«

»Aber es gibt weitere Fragen«, sagte Nata. »Warum jetzt? Warum so lange nicht mehr? Dieses Phänomen ist nicht einmalig! Mein Vater hat herausgefunden, dass es in ferner Vergangenheit bereits auftrat.«

»Weshalb steht davon dann nichts in unseren Aufzeichnungen?«, zweifelte ein Sabo.

»Eine weitere gute Frage!« Nata sah Hilfe suchend zu Firando. »Es gibt noch viel herauszufinden.«

Firando zwirbelte die Enden seines Schnurrbarts. »Das habe ich auch lange gesagt. Jeder weiß das. Aber inzwischen bin ich unsicher, ob wir nicht unsere Zeit vertun. Dieses Phänomen kommt und geht, wie es scheint. Ein Kuriosum. Aber muss es uns interessieren?«

»Ich kann nicht glauben, was Ihr sagt!«, rief Nata.

Tatsächlich erhob sich an mehreren Stellen des Saals ungläubiges Gemurmel.

Firando stieg auf die Bühne und wandte sich an die Versammelten. »Niemand wird einem Sabo verbieten, sich für Monde und Sonnen zu interessieren. Aber ist unsere Erfahrung derzeit nicht auf anderem Gebiet vonnöten? In der Architektur, in der Statik? Kürzlich ist wieder ein Turm eingestürzt und hat drei Menschen unter sich begraben.«

»Gehört Ihr jetzt auch zu Agnecodos Jüngern?«, rief jemand.

Beschwichtigend hob Firando die Hände. »Agnecodo ist jung und ungestüm. Aber das ist unsere verehrte Elana auch, und sie präsentierte uns eine interessante Theorie.«

»Die Lösung des Rätsels!«, protestierte Elana.

Firando ging nicht darauf ein. »Man mag von Agnecodo halten, was man will. Er ist arrogant und hat viele von uns vor den Kopf gestoßen. Aber er hat recht damit, dass Sombralor immer sehr sorglos war, was seine Verteidigung anging.«

»Dafür hat doch jede Metropole einen Schild!«, wandte Nata ein.

Firando lächelte auf sie herab. »Ihr seid neu hier. Ihr wisst nicht, was in den vergangenen Mezzaläufen diskutiert wurde.«

Nata wollte sich nicht von ihrem Anliegen ablenken lassen. »Wir müssen mehr herausfinden! Ihr scheint Unruhen zu befürchten. Warum? Ist das Blau ein schlimmes Omen? Die Sasseks ächten es seit jeher.«

»Habt Ihr viele Sasseks gekannt, in der Nacht, in der Ihr lebtet?«

Gelächter kam auf.

»Warum verspottet Ihr mich, statt meine Fragen ernst zu nehmen? Ich hoffte, ein Freund meines Vaters würde mich besser verstehen.«

»Ich habe Euch in meinem Heim willkommen geheißen, oder nicht? Aber Ihr solltet Euch erst mit den wichtigen Diskussionen vertraut machen, die in Sombralor geführt werden, bevor Ihr Redezeit beansprucht. Und der Aberglaube der Sasseks ist nun wirklich kein würdiges Thema für unsere Studien.«

»Sie scheinen nicht die Einzigen zu sein, die sich fürchten. Türme mitten in der Stadt richten sich nicht gegen äußere Feinde. Man scheint Unruhen zu erwarten.«

Firando verzog das Gesicht und sah über die Köpfe der Sabos hinweg. »Ein wenig Hysterie wird sicher dabei sein«, räumte er ein. »Irgendwer hat angefangen, seinen Besitz zu befestigen, und jetzt machen es alle.«

»Das mag sein«, sagte Nata. »Aber welchen Grund hatte derjenige, der damit begonnen hat?«

32. Kapitel

Bei Remons letztem Besuch hatte das Refugio Perltrutz unter einem dicken Eispanzer gelegen und war nur über einen gewundenen Abstieg zu erreichen gewesen. Jetzt ankerte das Schiff vor dem Strand des Refugios im Wasser. Laco nutzte den Umstand, von der Disziplin der Grauwacht weitgehend befreit zu sein, um nackt Kopfsprünge von der Reling der *Wellenblume* in das einladende Nass zu machen. Remon fragte sich, warum es angenehmer war, in den feuchten Sand eines Strands einzusinken als in Schnee. Vielleicht, weil man sich keine Sorgen um Erfrierungen machte.

Während er neben Vorena den sanften Anstieg hinaufstapfte, betrachtete er die Sonne, die hier beinahe vollständig über dem Horizont stand. Ein gelber Ball. Er wusste, dass ihr Schiff bald so weit in den Tag vorgedrungen wäre, dass sie zu hell würde, um sie direkt anzusehen. So aber war sie schön wie eine Scheibe aus Gold. Ein Anblick, den er nie mit Enna und Nata geteilt hatte. Enna hatte ihr gesamtes Leben in der nächtlichen Eiswildnis verbracht, und auch Nata war nur durch die Nacht gewandert, erst von Metropole zu Metropole, dann mit Remon hinaus nach Erdblut. In diesem Moment wären die Sabos sicher schon in Sombralor, und die beiden Frauen, die Remon liebte, betrachteten vielleicht gerade jetzt das erste Mal die Sonne. Wenn sich Ssarronn nicht irrte.

Der Sassek stand neben Kress auf einem Holzpodest am Eingang zum Refugio. Eigentlich war es nicht für sie errichtet worden, sondern für die beiden Memores des Stamms Silberflor. Diese teilten ihren Platz nun zwar mit den Gorajas, gaben ihn aber nicht auf, weswegen sich die vier Amphibien auf dem Podest drängten, während sie auf die Menge vor sich einredeten. Sowohl die Memores als auch die Gorajas befleißigten sich einer salbungsvollen Sprache, wenn auch aus unterschiedlichen Gründen. Ssarronn musste beweisen, dass er nach wie vor den guten Sitten verpflichtet war. Seine Verhandlung würde bald beginnen.

»Ich anstelle des Mareschalls würde nicht dulden, dass sie unsere Anwesenheit für ihre Predigten missbrauchen«, murrte Vorena.

Ssarronn, vor allem aber Kress, redeten den Sasseks ein, dass die Grauwacht ihre Aufgabe, das Tefacto wiederzubeleben, das den Wasserkreislauf des Refugios in Gang hielt, besser erfüllen könne, wenn man sittsam alles Blau der Umgebung zusammensuche und verbrenne. Die Folge war ein Scheiterhaufen mit blauen Blüten, an den Strand gespülten, blauen Algen und verschämt hinzugefügten Tüchern, die für Remons Auge eher grün als blau aussahen. Jetzt stieß ein Sassek, der selbst das Abzeichen der Goraja trug, eine Fackel hinein. Die Ansammlung fing so schnell Feuer, dass Lampenöl im Spiel sein musste. Die Sasseks riefen beifällig und Kress schüttelte sich in einem wohligen Schaudern.

Als sich die Menge beruhigte – Remon und Vorena erreichten gerade den höhlenartigen Eingang des Refugios – drang die getragene Stimme eines Memors an ihr Ohr. »Das Volk von Silberflor bewies seine Tugendhaftigkeit. Verwerfliches Blau wurde zu Rauch. Das Antlitz der Erde rund um die Lagune ward geläutert. Solcherart gestärkt erwartete man die Schlüpflinge.«

Das war der eigentliche Grund der Versammlung, die schon bei ihrem Eintreffen den Strand bevölkert hatte. Die Memores prophezeiten das Aufbrechen der Eier, die die Weibchen des Stamms im Sand vergraben hatten. Die Bewahrer standen mit Wedeln bereit, um die Vögel zu verscheuchen, damit möglichst viele Schlüpflinge das rettende Wasser erreichten. Auf den Wellen hinter der Landbrücke, die die Lagune vom offenen Meer trennte, tanzten Dutzende Boote, die Raubfische mit Netzen und Harpunen fernhielten. Deswegen hatte das Eintreffen der *Wellenblume* vergleichsweise wenig Aufmerksamkeit erregt, obwohl dem Thuun daran gelegen war, das Tefacto zu besänftigen und wieder in Funktion zu sehen. Mareschall Brenhardt hatte Remon dafür bestimmt, diese Aufgabe zu übernehmen. Andere Guardistas erkundeten die Umgebung, frischten die Vorräte auf oder übten sich im Kampf auf festem Grund.

»Wenn sich die Schlüpflinge nicht bald zeigen, wird es eng für die Memores«, meinte Remon. »Unser Stamm hat einmal einen davongejagt, weil er den Zeitpunkt falsch vorausgesagt hat.«

»Kaum etwas erzürnt das Volk mehr, als wenn der Anlass für ein Fest wegfällt.«

»Das Schlüpfen ist ein wichtiges Ereignis. Alle Fischer und Jäger werden zurückgerufen. Sie machen keine Beute. Auch die meisten anderen Arbeiten ruhen. Es ist schlecht für den Wohlstand eines Stamms, wenn das zu lange dauert.«

»Das ist nicht unser Problem.« Vorena betrat das Refugio.

An den Wänden rankte das Plexo in die Höhe. Das Geflecht glänzte hier manchmal silbrig, manchmal hellgrau. Remon spürte das vertraute Wispern in seinem Schädel, knapp hinter den Ohren. Er lächelte. »Es ist immer wie eine Heimkehr.«

Vorena legte die Hand an den Schwertgriff, als sie ihn ansah. Eine Geste, die der Gewohnheit entsprang. Sie hatte nicht die Absicht, die Waffe zu ziehen. »Hoffen wir es. Du weißt, dass Brenhardt dich prüft.«

Remon nickte knapp. Wenn es ihm gelang, das Tefacto zu heilen, wäre dies ein Hinweis darauf, dass das Plexo ihn als Guardista akzeptierte. Vielleicht führte das dazu, dass Semoel nicht mehr ganz so viele Kameraden fände, um sich mit ihnen über die Feigheit seiner Flucht aus der Grauwacht aufzuregen. Falls Remon allerdings versagte, würde man das als Verurteilung durch das Geflecht selbst deuten.

Das Innere des Refugios war in goldenes Licht getaucht. Pflanzenfasern hingen aus der Decke, teils auch Wurzeln und Stränge des Plexos. An manchen Stellen waren sie so dicht, dass sie massiven Säulen glichen, und noch häufiger bildeten sie undurchsichtige Vorhänge. Zusätzlich beeinträchtigten Schwaden warmen Nebels die Sicht. Nasses Moos schmatzte unter den Schritten.

»Die segensreichen Guardistas betraten Perltrutz.«

Remon entdeckte in dem Teil des Refugios, den er einsehen konnte, nur eine Handvoll Sasseks. Einer davon trug den schlaffen Hut eines Memors. Er kam mit ehrerbietig emporgerecktem Kinn auf sie zu, ein gedrungenes Männchen, das vermutlich in der ersten Phase dieses Geschlechts war, weil nur wenige Schuppen auf der ledrigen Haut lagen.

Remon und nach kurzem Zögern auch Vorena erwiderten die Geste, indem sie den Kopf in den Nacken legten, als wollten sie nach hinten nicken.

»Stamm Silberflor schickte seinen jüngsten, doch sehr gedächtnisstarken Memor, Ttegoni, um die Grauwacht im Refugio Perltrutz zu bewillkommnen, das der Stamm nach Recht und Sitte bis zum Nachtfall Heimat nennen wollte. Dieser Memor, klug an Geist, verdeutlichte sogleich das Problem, das die Bewohner peinigte.«

Die Schwimmhäute machten seine rechte Hand zu einem Fächer, als er die Finger spreizte und sie in theatralischer Geste zum Boden führte. Er drückte auf das Moos, aus dem daraufhin das Wasser stieg.

»Ich dachte, ihr mögt es nass«, sagte Vorena.

Ttegoni züngelte. Remon ging zu einer Rille, die an der Wand entlang lief. Sie war sauber und von allem Bewuchs befreit, aber leer. Wie um sich zu vergewissern fuhr Remon mit den Fingerkuppen über den trockenen Stein.

»Während einer der Guardistas, ein Weibchen mit wuchtigen Hüften, nicht sogleich begriff, bewies der andere seinen Verstand.«

Ob dieser Beschreibung verschränkte Vorena die Arme, schwieg aber. Wohl, um das Zeremoniell nicht weiter in die Länge zu ziehen.

»Dieser andere, sein Name war …« Der Sassek blinzelte mit den inneren Lidern.

»Remon. Und meine Begleiterin ist Vorena.«

»… Remon, begriff sogleich, dass der wundervolle Lauf des Wassers, weithin gerühmt, versiegt war. Natürlich liebte Stamm Silberflor seine Heimat mit unvermindert pochenden Herzen«, er glupschte Vorena an, »doch sollte die Schönheit erneut Bewohner und Besucher verzaubern. Aus eben jenem Grund geleitete Memor Ttegoni die Guardistas mit elegantem Schritt zu dem Tefacto, in dessen Heilung ihre segensreiche Pflicht bestand.«

»Der ist nicht wenig von sich eingenommen«, murmelte Vorena.

Remon lächelte.

Vorbei an kochenden Badebecken und einer Schmiede brachte Ttegoni sie in eine dicht bewachsene Höhle, wo eine Wand komplett aus einem silbrigen Metall bestand. Die Oberfläche wirkte organisch wie bei erstarrtem Wachs. In den Einbuchtungen schimmerten kupferfarbene Bereiche. Remon suchte zwischen den verschnörkelten Einsätzen eine handgroße, schwarze Scheibe, deren Rand mit Schriftzeichen versehen war. Er fand sie oberhalb der Augenhöhe auf der rechten Seite, verborgen hinter herabhängenden Farnen.

»Memor Ttegoni beobachtete gebannt, doch klugen Auges das Geschehen.«

»Bis die wuchthüftige Guardista ihm verdeutlichte, dass die Grauwacht ihre segensreiche Pflicht in aller Stille zu vollziehen pflegte.« Vorena schob ihn hinaus.

Remon drückte die Finger auf bestimmte Schriftzeichen, die wie Eis in der schwarzen Scheibe glitzerten, und schloss die Augen. Das Wispern, das er vernahm, seit sie vor der Lagune Anker geworfen hatten, wurde zu einem vielstimmigen, jedoch noch immer unverständlichen Raunen. Remon antwortete darauf mit den auswendig gelernten Worten einer Sprache, die er nicht verstand. Er hatte das Gefühl, dass seine Waden erkalteten, weil etwas sie verließ und in seinem Körper nach oben floss, sich in Brust, Kopf und Armen sammelte und einen Gesang anstimmte, in dessen Melodie sein Fleisch vibrierte. Wie wenn ein großer Gong geschlagen wurde und der tiefe Ton durch den Bauch strömte.

Remon war die Präsenz vieler anderer Guardistas seit seiner Ankunft in Oculor wieder gewohnt. Auf der gesamten Reise war er sich der Kameraden bewusst, die ihn umgaben. Das Nabo in ihnen sprach zu dem Nabo in ihm, solange sie sich nicht weiter als einen Click voneinander entfernten. Jetzt aber wurden sie für ihn sichtbar. Das war sein Empfinden, obwohl er die Lider geschlossen hielt. Die Guardistas waren wie Funken, die in der Luft über einem Lagerfeuer trieben, nur dass sie sich langsamer bewegten. Remon wusste nicht, welcher der Funken er selbst war, hatte aber eine Vermutung, weil zwei von ihnen dicht nebeneinander, doch verhältnismäßig weit von allen anderen entfernt leuchteten. Das konnten nur Vorena und er im Refugio sein. Er wunderte sich darüber, sich selbst nur als einen von vielen wahrzunehmen, nicht als Mittelpunkt seiner Sinne. War das früher auch so gewesen?

Überhaupt fühlte er sich entrückt. Er spürte zwar seinen fleischlichen Körper singen, aber je länger er lauschte, desto mehr erschien es ihm, als hörte er einem anderen zu. Doch wer war dann der Sänger?

Remon erfasste die Guardistas, das Plexo im Refugio, eine Art Wärme, die von den weit entfernten Metropolen ausging, elf Stück an der Zahl. Eine davon war Sombralor, wo Enna und Nata waren, aber das interessierte ihn jetzt nur mäßig. Wichtiger war das Fließen, der Strom des Bewusstseins im Plexo. Anders als bei einem Bach fehlte ihm die eindeutige Richtung. Es schwappte durch alle Fasern, konzentrierte sich an manchen Stellen und bewirkte Dinge, die Remon nur in Ansätzen verstand – etwas wurde bewegt, erhitzt, zum Wachsen ermuntert oder eingetrocknet – und ging wieder in den Verästelungen auf.

In einer vagen Erinnerung wusste Remon, dass er sich nicht verlieren durfte, wenn er seine Mission erfolgreich bestreiten wollte. Aber welche Bedeutung hatte das schon? Wieso sollte dieser Körper aus Fleisch und Blut nicht an dem Tefacto verharren, bis das Plexo über ihn rankte, damit es ihn stützte und erhielt? Weshalb musste er unbedingt durch die Welt wandern, als eigenständige Person, mit begrenztem Verständnis und letztlich immer einsam? Warum ihm diese Verlassenheit zumuten?

Weil er den Wunsch hatte, zu heilen, begriff das, mit dem Remon dachte, mit einigem Bedauern. Das Anliegen dieser Person war berechtigt, und es war zum Besten des Übergeordneten. Es befand sich im Einklang mit der Direktive, gegen die niemals verstoßen werden durfte. Und der Guardista war harmlos genug, um ihn ohne Schaden in die Welt zu entlassen.

Trennungsschmerz war das deutlichste Gefühl, das Remon verspürte, als sich sein Bewusstsein wieder sammelte. Nicht in seinem fleischlichen Körper, dessen Sinne kaum noch Bedeutung hatten. Er trieb zwischen durchsichtigen Adern, in denen Lichtkugeln wanderten, und beobachtete ihren Strom. An Gabelungen vereinten sie sich oder flossen auseinander, manchmal kam es zu Stauungen. Mit etwas, das Ähnlichkeit zu einer Hand aufwies, löste er einige davon auf. Es fühlte sich gut an, dabei zuzusehen, wie die Kugeln nun mit weniger Verzögerungen ihren Weg fanden.

Remon riss sich von dieser Betrachtung los und suchte nach seinem Körper. Er folgte dem Adergeflecht in jene Richtungen, die ihm wärmer erschienen als andere Abzweigungen. Nach einiger Zeit gelang es ihm, sich besser zu konzentrieren, wodurch die Wärme leichter zu bestimmen war. Allmählich steigerte sie sich zu einer wohligen Hitze, wie sie ein Wärmestein abgab, wenn man aus dem frostigen Wind der Eiswüste in ein geschütztes Heim trat.

Die Adern waren hier dicht beieinander, umschlangen sich, bildeten Knäuel und tauschten Leuchtkugeln untereinander aus. Manche trieben sogar außerhalb der Adern ins Nichts davon, wo sie verschwanden wie im Nebel, oder kamen aus unbestimmbarer Entfernung herbei. Remon sah zehn feuerrote Risse, wie Krallenspuren, die fest in einem fließenden Gewässer verharrten. Durch diese Öffnungen kamen und gingen ebenfalls Leuchtkugeln. Er war also zum Tefacto zurückgekehrt, genau dort drückten seine Finger gegen die Schriftzeichen auf der runden, schwarzen Scheibe.

Er beließ einen Teil seiner Aufmerksamkeit bei dieser Stelle und suchte die Adern der Umgebung ab. Nach einer Weile fand er eine, die augenscheinlich zerrissen war. Leuchtkugeln glitten aus dem zerfransten Ende, verfehlten aber den Anschluss und verloren sich in der Weite. Auf der anderen Seite war die Ader beinahe leer.

Remon klammerte sich an diese Stelle und begann mit dem schwierigsten Teil der Heilung. Er löste sich – so weit er das vermochte, ohne die Wahrnehmung für die Adern zu verlieren – aus dem Plexo und zog sich in seinen fleischlichen Körper zurück. Das Verlustgefühl ließ ihn zittern. Das Lösen der linken Hand von der Scheibe erinnerte ihn an den Abschied aus Erdblut, als er Nata und Enna zurückgelassen hatte.

Der andere Teil seines Bewusstseins, der noch im Plexo war, sah, wie sich fünf der Krallenspuren zu orangefarbenen Rissen verdunkelten und sich jenseits der Adern bewegten.

Vorsichtig lenkte er seine Hand über das Metall des Tefactos. Er spürte die glatte Oberfläche. Wenn er auf Widerstand stieß, wartete er in dem Wissen, dass Vorena Ranken, Farne und andere Hindernisse aus dem Weg räumte. Dann setzte er die Suche fort.

Die Richtung, die seine Hand nahm, hatte nur wenig mit dem zu tun, wie er die Bewegung von innen her beobachtete. Was für die fleischlichen Glieder ein gerades Gleiten war, konnte in der Welt der Leuchtkugeln eine Folge hektischer Sprünge sein.

Dennoch fand seine Hand schließlich die Stelle, an der die Ader zerrissen war. Remon atmete tief durch, bevor er die Augen öffnete.

Seine Finger lagen auf einer Bronzespule, so klein, dass sie in seine Handfläche passte. Er musste etwas Kraft aufwenden, um sie zu lösen, dann ließ sie sich abschrauben.

»Das ist das Problem?«, fragte Vorena.

Remon nickte. Er war noch zu gefangen in der anderen Wahrnehmung, um Worte zu formulieren.

Die Spule war innen hohl. Ein dünnes Rohr wand sich darum. Auf halber Höhe war es zerrissen.

Remon fühlte eine Leere in sich, als er mit dem kleinen Gegenstand die Höhle verließ, in der das kranke Tefacto stand.

Ttegoni erwartete ihn bereits. »Kaum hatte der getreuliche Memor die Guardistas zurückgelassen, kamen diese auch schon wieder zum Vorschein. Sollten sie ihrer Aufgabe etwa nicht gewachsen sein?«

»Wir sind beinahe fertig, Trottel!«, fuhr Vorena ihn an.

Remon ging zügig in die Schmiede, die sie auf ihrem Weg passiert hatten. Vorena verwehrte Ttegoni den Zutritt, während Remon eine Zange zum Glühen brachte und mit ihr das Röhrchen verschmolz. Es war eine Eigenheit der Tefactos des Plexos, dass sie sich an ihre vorherbestimmte Form erinnerten. Selten war handwerkliches Geschick vonnöten, um sie zu heilen. Man musste ihnen nur ein wenig helfen.

Remon schraubte die Spule wieder an ihren Platz und verband sich erneut mit dem Plexo. Er suchte lange nach weiteren Verwundungen. Nicht, weil er erwartet hätte, welche zu finden, sondern weil er das Treiben zwischen den leuchtenden Kugeln in ihren Adern genoss.

Als er sich löste und gemeinsam mit Vorena aufbrach, rezitierte Ttegoni bereits überschwängliche Verse, die das Rauschen des Wassers priesen. Tatsächlich waren die Rinnen an den Wänden jetzt von beständigem Gluckern erfüllt. An einigen Stellen gab es nun kleine Wasserfälle, die vielleicht bald anwachsen würden, wenn die Feuchtigkeit erst aus dem Moos gezogen wäre.

Auch draußen war das ersehnte Ereignis eingetreten. Die Schlüpflinge, kaum größer als ein Unterarm, fiepten auf ihrem Weg den Strand hinab. Tanzende Sasseks begleiteten sie auf dem ersten Stück der Reise, die sie in eine unbekannte Zukunft und schließlich an ein fernes Ufer führen würde, wo irgendein anderer Stamm sie aufnähme. Vorausgesetzt, sie würden keine Opfer von Raubfischen oder anderen Gefahren, die im Ozean lauerten. Nur hier, im Einflussgebiet des Stammes, der ihr Schlüpfen feierte, wurden Vögel und Meeresräuber von ihnen ferngehalten. Erst in zwei Doppelmonden würden sie ein Gedächtnis entwickeln und damit die Fähigkeit, zu lernen und zielgerichtet zu handeln.

Remon erinnerte sich an die große Freude, die nach einem solchen Ereignis noch lange in jenem Stamm geherrscht hatte, in dem er aufgewachsen war. Unter den Tanzenden entdeckte er auch Ssarronn. Er selbst hielt sich jedoch zurück. Seine Kameraden würden es nicht verstehen, wenn er sich wie ein Sassek benähme.

Auf dem Podest stand jetzt nur noch Kress. Ein Schaudern durchlief ihren Körper, was Remon als Anzeichen von Stolz deutete. Er fragte sich, was sie dazu veranlasste, hatte sie doch sicher keines der Eier gelegt, die nun freigaben, was in ihnen herangewachsen war. Dann wurde ihm klar, dass Kress die Schlüpflinge gar nicht beachtete. Ihr Blick folgte dem Rauch, der vom Scheiterhaufen aufstieg.

33. Kapitel

Ssarronn genoss den Tanz am Strand, verzichtete aber auf berauschende Getränke. Auch wenn er sich die Laune nicht durch Kress' inzwischen erkaltete Wut verderben lassen wollte, musste er berücksichtigen, dass er bald unter Anklage gestellt würde. Die Feier erreichte ihren Höhepunkt, als die letzten Schlüpflinge in den Wellen verschwanden. Jetzt stießen auch jene zur Gesellschaft, die die Vögel und Raubfische von den kleinen Geschlechtslosen fortgehalten hatten. Ssarronn schwelgte im ekstatischen Stampfen und erfrischte sich durch kunstvolle Sprünge von den Felsen in die Lagune. Ihm gelang sogar ein dreifacher Überschlag, bevor er mit dem Kopf voran eintauchte.

Als er aus dem Wasser stieg, erwarteten ihn die Gorajas, die sich im Refugio Perltrutz aufhielten. Kress hatte sie schneller versammelt, als Ssarronn vermutet hatte. Vielleicht war ihr die Grauwacht behilflich gewesen, weil Mareschall Brenhardt die Reise möglichst rasch fortsetzen wollte. Dennoch wirkte Kress unzufrieden. Ihr hätte sicher besser gefallen, wenn er reumütig oder gar ängstlich den Beginn der Verhandlung erwartet hätte. Dass er stattdessen Spaß hatte, erfüllte ihn mit Genugtuung.

»Kleidet Euch an, Ssarronn«, verlangte ein männlicher Goraja.

Remon war der einzige Mensch unter den sieben Sasseks. Ssarronn hatte in Remons Prozess zu den Vorgängen beim Brand in Oculor ausgesagt, jetzt waren die Rollen vertauscht. Nur, dass Remon nicht vorhatte, Ssarronn zu belasten. Wobei Ssarronn ihm auf verdrehte Art wohl auch geholfen hatte, weil Remons Ankläger glaubten, er sei am Strick gestorben. Während Ssarronn seine Kleidung anlegte, dachte er darüber nach, dass die Feinheiten der menschlichen Kultur wohl nur schwer zu ergründen waren.

Sie gingen in das Refugio und dort in die vielleicht einzige Höhle, in der nicht gefeiert wurde. Die Gorajas hatten einige Sitzgelegenheiten aus geflochtenen Pflanzenkissen vorbereitet, die mit warmem Wasser vollgesogen waren. Auf einer davon hatte sich bereits ein Memor niedergelassen. Nur Ssarronn als Angeklagter bekam einen harten Holzklotz. Die anderen rekelten sich in der schmatzenden Nässe.

Remon saß still. Menschen genossen Feuchtigkeit nur selten, sie konnten sogar krank davon werden.

»Ttegoni, von unermüdlichem Fleiß erfüllt, übernahm die ehrenvolle Aufgabe, den Prozess der Goraja zu memorieren«, sagte der Memor. »Der als Ehrenzeuge geladene Guardista war ihm bereits bekannt. Kein anderer war erschienen als der Held Remon, welcher kurz zuvor das Tefacto geheilt und dem Refugio Perltrutz wieder die Erquickung durch den Wasserkreislauf verschafft hatte. Dies hatte schon zu großem Jubel geführt, woran der akkurate Bericht des bescheidenen Memors wesentlichen Anteil hatte.«

Die Handgelenksporne von Ffirragg, dem dienstältesten Goraja, schoben sich vor. Er gab sich keine Mühe, seine Ungeduld vor Ttegoni zu verbergen.

»Wegen der überschwänglichen Festlichkeiten im gesamten Refugio«, fuhr dieser fort, »war man bestrebt, mit höchster Effizienz vorzugehen. Zuerst war die Goraja Kress gefordert, ihre Anklage vorzutragen.«

Kress stellte ihre wenigen Schuppen auf. »Ssarronn, ein erfahrener Goraja, hat nichts gegen das Blau unternommen, als er die Möglichkeit dazu hatte!«

»Die Gorajas schienen von dieser Anschuldigung lediglich maßvoll entsetzt«, deutete der Memor.

Ffirragg fuhr seinen rechten Sporn zur vollen Länge aus.

»Dies war jedoch nur der äußere Anschein!«, ergänzte Ttegoni eilig. »In Wirklichkeit verbargen die Gorajas ihre Wut hinter eiserner Disziplin. Der Ehrenzeuge stand nun vor der nahezu unlösbaren Aufgabe, die Aufrichtigkeit des Angeklagten

Ssarronn glaubhaft zu machen. Allein der Memor traute ihm dieses zu, war er doch zuvor treulicher Zeuge einer anderen Heldentat Remons geworden.«

Remon stand auf. Er entblößte sogar den Hals, wie es ein Sassek an seiner Stelle getan hätte, um zu signalisieren, dass er die Autorität der Versammlung anerkannte. »Die Goraja hütet Sitte und Tradition. Ssarronn hat dem Pakt zwischen Sasseks und Menschen Ehre erwiesen. Auch das ist eine wichtige Tradition. Er war in der Nacht, im Gebiet der Menschen, wo ihre Gesetze gelten, nicht jene der …«

»Der Feigling hätte für unsere Sache streiten müssen!«, fauchte Kress. »Wenn nicht mit Taten, dann wenigstens mit Worten! Dagegen gibt es kein Gesetz.«

»Der unbeherrschte Ausbruch des Weibchens stieß auf allgemeines Missfallen.« Ttegoni zupfte an seinem Hut.

Diesmal blieben Ffirraggs Sporne verborgen.

Obwohl sie ihn anklagte, fand Ssarronn Kress wunderschön. Jetzt, da sie so impulsiv war und ihre Zähne blitzten, sogar noch hübscher als zuvor.

Er wusste, dass stille Bewunderung sie nicht beeindruckte. Also ließ er seinerseits die Sporne aus seinen Handgelenken schießen, sprang auf und fauchte sie an. »Ich bin kein Feigling!«

»Auch die Gegenrede des Angeklagten strapazierte die Langmut der Richter«, meinte Ttegoni.

Kress erhob sich. »Ich verstehe, dass die Communidad Silberflor ein großes Fest begeht. Dem Frohsinn entzieht man sich nur ungern. Jede Gelegenheit zum Jubel ist willkommen.« Sie nahm sich die Zeit, allen Anwesenden in die Augen zu sehen. »Ich verstehe das, und darum bestand ich nicht darauf, diese Verhandlung direkt bei unserer Ankunft zu führen. Wir warteten, bis die Eier aufbrachen. Wir warteten, während die Schlüpflinge zum Meer krochen. Wir warteten, bis sich alle zum Fest versammelt hatten. Wir warteten, bis die Feier jeden ergriffen hatte.«

Ssarronn bewunderte die geschmeidigen Bewegungen, mit

denen Kress in der von warmem Dunst erfüllten Höhle umherging. Sie bewies, dass sie ihre Impulsivität zu zügeln vermochte. Vermutlich hatte sie die lange Zeit auf dem Schiff genutzt, um sich vorzubereiten.

»Aber ist das alles, was wir sind?«, fragte sie. »Sagt Ihr, ehrwürdige Gorajas: ›Allein auf Freude kommt es an‹? Zählt das Erbe, das uns anvertraut wurde, nichts? Muss dieser Memor uns erst ins Gedächtnis rufen, wie unsere Traditionen und Sitten uns halfen, das Zeitalter der großen Kriege zu überwinden?«

Ttegoni schien das als Aufforderung zu verstehen und rieb sich eifrig die Schnauze, aber Kress fuhr fort.

»Doch was nützen Worte, wenn niemand hören will? Wenn man nur an das Fest denkt, wird Verantwortung lästig. Wer bin ich, Euch zur Last zu fallen? Nur ein junges Weibchen, das nichts von all dem versteht.« Sie setzte sich.

Ffirragg hob sein Kinn eine Spur an. »Ich bitte Euch, Goraja Kress, legt uns Eure Gedanken dar. Dafür sind wir zusammengekommen, und wir werden uns so viel Zeit nehmen, wie für ein gerechtes Urteil nötig ist.«

Ttegoni zerstörte die aufkommende Feierlichkeit. »Zutiefst ergriffen richteten sich alle Augen auf Kress.«

In Wirklichkeit richteten sich alle Augen auf den Memor, um ihn mit strafenden Blicken zu bedenken.

»Wir dürfen nicht nachlassen«, sagte Kress leise. »Nicht jetzt, da unsere Spezies unserer Führung bedarf wie nie zuvor. Die Mächte der Tiefen See dürfen uns nicht erschlaffen sehen, sonst wenden sie sich ab! Und sie schicken bereits ihre Warnung: die blauen Monde.«

Die versammelten Gorajas sanken in sich zusammen. Alle schienen plötzlich etwas Interessantes auf dem Boden oder an der Decke zu finden, als bemerkten sie das goldene Geflecht des Plexos erst jetzt.

»Was ist mit Euch?«, fragte Ssarronn und kam damit wohl Kress zuvor.

»Es gibt nicht nur blaue Monde, sondern auch eine blaue Sonne. Ihr Licht scheint vor der Nacht.«

Ssarronns Kopf ruckte zu Remon hinüber. »Ihr hattet recht!«

Der Guardista nickte stumm. Natürlich war jetzt der falsche Zeitpunkt, aber Ssarronn interessierte sich wesentlich mehr für jenes weltverändernde Phänomen als für diesen nichtigen Prozess.

Ttegoni bewies, dass er die Situation vollständig verkannte. »Man beredete belanglose Himmelserscheinungen«, meinte der Memor.

Kress ignorierte ihn. Sie sprach weiter zu den Gorajas. »Wie könnt Ihr diese Warnungen übersehen? Wie könnt Ihr Frevel ungesühnt lassen? Warum muss ich Euch belehren, die Ihr doch viel erfahrener seid?« Mit zitternder Hand zeigte sie auf Ssarronn. »Er hat nichts gegen das Blau getan. Mehr noch, er hat verhindert, dass ich etwas dagegen tue! Mit welchem Recht tragen wir die Flamme der Goraja, wenn wir solcherlei ungesühnt lassen?«

Ffirragg musterte Ssarronn mit einem beinahe Hilfe suchenden Blick. »Was sagt Ihr zu Eurer Verteidigung?«

»Ich wollte den Frieden mit den Menschen wahren. Kress stand im Begriff, ein Herzfeuer zu zerstören! Und ich handelte in Absprache mit Memor Quarren.«

»Quarren ist kein Goraja!«, fauchte Kress. »Er hat selbst zugegeben, dass er Angelegenheiten der Sitte nicht zu beurteilen vermag.«

Ssarronn sah sie an. Er glaubte, nein, er hoffte, dass sie ihn nicht hasste. Sie liebte nur die Goraja, so, wie sie sie verstand. Als eine Organisation, die das Gute schützte. Er musste ihr zeigen, dass er auf ihrer Seite stand. Am Ende kämpften sie für dieselbe Sache. Das spürte Ssarronn, auch wenn er noch nicht herausgefunden hatte, was genau dieses kostbare Gut war, für das sie stritten.

»Ich handelte aus dem Willen, das Richtige zu tun.«

Remon unterbrach ihn. »Ssarronn ist ein Männchen von

Ehre! Das bezeuge ich als Guardista der Grauwacht! Eine harte Strafe wäre eine Ungerechtigkeit, nicht nur gegen ihn, sondern auch gegen die Sitten.«

»Bitte, lasst mich für mich selbst sprechen«, bat Ssarronn.

Remon nickte, eine Geste der Bestätigung.

»Ich handelte in gutem Willen, und ich beschwöre jeden, so viel über das Blau zu lernen wie möglich. Dennoch weiß ich nicht, welches Unglück über uns kommen mag, weil die Communidad Saphir ihr lästerliches Treiben in der Nacht fortsetzt. Ich bitte um eine gerechte Bestrafung.« Mit dieser Formel verzichtete er auf jede weitere Verteidigung.

Ffirragg beriet sich mit den anderen Gorajas. Dann richtete er sich wieder an Ssarronn. »Es sind ungewöhnliche Zeiten, daher sind ungewöhnliche Methoden angemessen. Wir werden ein Urteil sprechen, aber vorher will ich dich befragen, ob du es als gerecht akzeptierst, Ssarronn. Schuld muss gesühnt werden, doch auch der Friede innerhalb der Goraja soll wiederhergestellt sein.«

»Ich höre«, sagte Ssarronn trotz seiner Verwunderung.

»Wir haben über Tradition gesprochen. Es gibt eine Strafe, die eine lange Tradition unter den Sasseks hat. Wäre es gerecht, dir die Schwimmhäute zwischen den Fingern zu zerschneiden?«

Diese Strafe war in der Tat sehr alt. Für die Sasseks in der frühen geschlechtslosen Phase war sie hart, weil diese vorwiegend im Wasser lebten und man mit zerstörten Schwimmhäuten nur langsam vorwärtskam. Zudem wuchsen sie schwer wieder zusammen. Für ihn als Sassek der späten männlichen Phase dagegen wäre die Strafe nur lästig. Er hätte weniger Vergnügen am Schwimmen. Die Schnitte wären noch nicht einmal schmerzhaft.

»Ich bitte darum, dass Kress die Schnitte selbst setzt.«

Kress sah ihn überrascht an. Dieser Blick erforderte Ssarronns ganze Aufmerksamkeit. Er hörte nicht, was der Memor verkündete, und erwachte erst wieder, als Kress mit einer Klinge in der Hand zu ihm kam.

Er spreizte die Finger.

Sie tastete danach. Erst als sie die Schneide ansetzte brach sie den Blickkontakt. Sie arbeitete mit großer Vorsicht. Die Schnitte endeten genau, bevor sie das Fleisch verletzt hätten.

Als sie mit der Rechten fertig war, hielt er ihr die Linke hin.

Sie gab das Messer zurück, ohne seine zweite Hand zu verletzen. »Der Gerechtigkeit ist Genüge getan.« Sie verließ die Höhle so schnell, als würde sie vor etwas fliehen.

Die Versammlung löste sich auf.

»Ich danke Euch für Eure Mühen«, sagte Ssarronn zu Remon, als sie zum Strand hinausgingen.

»Du bist ein tapferes Männchen, Ssarronn«, meinte der Guardista. »Bestimmt mutiger, als du selbst ahnst.«

Ssarronn züngelte. »Ich hoffe, es ist nicht respektlos, wenn ich Euch einen Freund nenne.«

»Wir sind uns ähnlich.« Remon sah zu den wenigen Wolken auf, die weiß am Himmel trieben. »In den Augen der Unsrigen sind wir beide Verräter.«

34. Kapitel

»Ich wüsste zu gern, was sich in Sombralors Bilteca zu diesem Thema findet«, gab Nata vor.

»Ich bitte um ein wenig Geduld!«, rief Firando. Sein Haus hatte eine ansehnliche Bibliothek, wenn sie auch keine Kristallbücher aufbieten konnte. Dafür hatten seine Gehilfen die Regale mit Abschriften gefüllt, die, nach Sachgebieten geordnet, in Leder gebunden waren. Firando stand auf einer Leiter und studierte die Beschriftung der Buchrücken. »Die Beobachtungen, die die Sasseks in Kibor gemacht haben, sind sehr aufschlussreich!«

Nach dem Empfang, auf dem Elana mit der Demonstration der farbigen Laternen beeindruckt hatte, hatte sich Firando zugänglich gezeigt. Nata, Enna und Hurnendo wohnten jetzt in seinen Gästezimmern. Während der alte Diener das Regiment in der Küche übernahm, suchte Nata den Austausch mit dem Hausherrn.

»Das Interesse an den Gezeiten scheint mir eine wiederentdeckte Leidenschaft Eurer Jugend zu sein.« Nata zupfte die Stulpen an dem neuen Gewand zurecht, das der Schneider am Ende der Hellphase gebracht hatte.

Firando zog einen Folianten aus dem Regal und machte sich vorsichtig an den Abstieg von der Leiter. »Wie kommt Ihr darauf?«

»Ihr wollt schon die ganze Zeit seit dem Essen darüber reden, aber die Aufzeichnungen, die Ihr dazu besitzt, stehen an schwer zugänglichen Stellen. Wenn es sich um einen Gegenstand Eurer aktuellen Forschung handeln würde, hättet Ihr sie schneller zur Hand.«

»Ihr kommt nach Eurem Vater, Nata.« Sein Lächeln war seltsam freudlos, als er das Buch auf den Tisch legte und aufschlug. »Ihr seid neugierig und mit guter Beobachtungsgabe ausgestattet.«

»Wenn Ihr es sagt.«

Er blätterte. »Hier, seht Ihr? Diese Zahlen zeigen den Stand des Hochwassers bei jedem Durchgang von Dya und auch von Mezza. Steht Mezza senkrecht, ist das Wasser am höchsten.«

»Ihr habt recht, die Monde locken das Meer.« Nata stellte sich vor, wie ein offener Ozean aussehen mochte. Die größte Wasserfläche unter freiem Himmel, die sie kannte, befand sich in Erdblut, wo der Magmastrom das Eis so weit taute, dass die Fischer von drei Booten ihre Netze auswerfen konnten. Remon hatte ihr erzählt, dass auf den Meeren des Tages Schiffe fuhren, die größer waren als diese drei Boote zusammen.

»Und ebenso verhält es sich mit dem Eis«, meinte Firando. »Es bewegt sich langsamer als die Wellen, aber schließlich ist es gefrorenes Wasser. Wenn das Wasser die Monde liebt, dann wird es sich auch in dieser Form locken lassen. Bedenkt die Beben zu jedem Doppelmond!«

Nata nippte an ihrem Kräuterwasser. »Dabei türmen sich jedoch nicht nur Berge den Monden entgegen. Viele stürzen auch ein, und Risse spalten den Boden.«

»Möglicherweise neiden die Schollen einander die Nähe zu den Monden und reißen sich gegenseitig zurück.«

»Mir erscheint es falsch, Wasser und Eis solche Absichten zu unterstellen. Sie sind keine Lebewesen, sie sind einfach nur.«

»Und doch kann ohne Wasser kein Leben sein. Die Sasseks spüren das stärker als wir, aber auch ein Mensch muss trinken. Hier in Sombralor hat ein Sabo den Verstand verloren, als er beim Fasten auf Flüssigkeit verzichtete.«

Er sah zum einzigen Eingang der Bibliothek. Das hatte er nun schon so oft getan, dass sich Nata fragte, ob er jemanden erwartete.

»Vielleicht können wir ein andermal in der Bilteca studieren?«, fragte sie.

»Seid versichert, ich besitze eine interessante Abhandlung von einem Sabo, der die Gelegenheit hatte, gemeinsam mit der Grauwacht in den Tag zu reisen. Sie muss hier irgendwo stehen!«

Nochmals blickte er zur Tür, bevor er sich wieder den Regalen zuwandte.

Nata zwang sich, die Hände ruhig an ihre Tasse zu legen. »Ich würde in der Bilteca zu gern nach Aufzeichnungen über das Blau forschen.«

»Wir können ins Astrovatorio gehen, um die Färbung der Monde zu betrachten.«

Bedächtig schüttelte sie den Kopf. »Elana hat das schlüssig erklärt. Über diesen Punkt sind wir hinweg.« Inzwischen hatte Nata von einigen Orten der Metropole aus sowohl die gelbe als auch die blaue Sonne gesehen. Die blaue schob sich tatsächlich hinter der gelben hervor, oder sie kam aus der gelben heraus.

Das ließ sich schlecht entscheiden, aber diese Einzelheit war auch unwichtig. »Es geht darum, was das Blau bewirkt. Für uns. Ich bin sicher, es ist bedeutsam.«

»Ein Doppelmond ist auch bedeutsam, doch das heißt nicht, dass er stets bedrohlich ist.«

»Nicht, wenn man seine Auswirkungen kennt und sich nach ihnen zu richten versteht. Das ist doch die Aufgabe der Sabos! Zu verstehen und zu erklären!«

Es klopfte, aber Sachno, der beleibte Hausdiener, wartete nicht, bis er hereingebeten worden wäre, bevor der die Tür aufriss. »Chaos in der Metropole!«, rief er. »Flammen schlagen aus dem Cestillo!«

»Meinen Mantel!«, rief Firando und eilte hinaus.

Nata rannte hinter ihm her.

In vielen Häusern wurden die Fensterläden geschlossen. Die Straßen waren – gemessen daran, dass die Kristalldächer sie im Schatten ließen – betriebsam. Die meisten bewegten sich zum Zentrum Sombralors, Richtung Cestillo.

Das Bauwerk erhob sich kaum über seine Umgebung. Es wirkte weniger wie ein Gebäude als wie eine versteinerte Baumkrone. Astartige Flügel lagen auf dem Boden und bogen sich an den Rändern nach oben. Anstatt einer geraden Gestaltung, wie ein Architekt sie vorgenommen hätte, um Baumaterial und ummauerten Raum in ein sinnvolles Verhältnis zu setzen, wanden sie sich organisch, wie Nata es von Holz kannte. Kleinere Verzweigungen fehlten, sonst hätten die vielen glitzernden Kristalle wie Blätter wirken können. So erinnerten sie Nata an dünnen Schnee. Das Geflecht des Plexos verband sie.

Gegenwärtig tanzte der Widerschein der Flammen auf den Facetten. Das Feuer loderte an mehreren Stellen aus dem Cestillo. Geister flogen darüber. An einem Brandherd versammelten sie sich zu dritt inmitten der aufstiebenden Funken. Ihre roten Körper verschmolzen. Es schien, als drückten sie die Flammen nieder, die unter ihrem Gewicht schrumpften und schließlich erloschen.

Firando sprach mit seinem Diener, aber vor dem Palast diskutierte die Menge dermaßen hitzig, dass Nata die Worte nicht verstand. Sachno schob daraufhin die Leute auseinander, um Firando einen Weg nach vorn zu bahnen. Nata verlor den Anschluss. Sie entkam den drückenden Leibern und stoßenden Ellbogen, indem sie den Sockel einer Statue erkletterte.

Von dort aus hatte sie freies Sichtfeld über die Köpfe hinweg. An einem der Flügel des Cestillos öffnete sich ein Tor, wie eine Falltür auf der Höhe eines zweiten Obergeschosses. Auch jetzt machte das Gebäude einen organischen Eindruck, als wachse etwas heraus. Das Tor wurde zu einem Balkon, auf den nun ein Dutzend Gestalten hinaustraten. Einige waren Sabos, aber auch Sasseks befanden sich darunter. Den vornehmen Gewändern nach zu urteilen handelte es sich um Ratsmitglieder. Natas Arme krampften sich um das steinerne Bein der Statue, als sie Orrestas faltiges Gesicht erkannte.

Fünf Geister schwebten nebeneinander vor der Brüstung des Balkons. Ihre roten Leiber, die von den Hüften abwärts in Nebelfetzen ausliefen, glichen einander so sehr, dass Nata keine Unterschiede ausmachte.

Ein Sassek trat vor die anderen und breitete die Arme aus.

Der Lärm der Menge ließ merklich nach.

Als der Sassek sprach, wiederholten die Geister seine Worte wie ein Chor. Ihre vereinten Stimmen waren so laut, dass Nata sie mühelos verstand.

»Bevor wir von den Schrecknissen berichten, die sich zugetragen haben, versichere ich, dass ich für den gesamten Rat spreche, wenn ich garantiere, dass Sombralor für immerdar sowohl Menschen als auch Sasseks eine Heimat sein wird. Auf alle Zeiten sollen im Rat die gleiche Zahl Sasseks wie Menschen sitzen. Nichts, was geschehen ist oder noch geschehen mag, soll dieses Gesetz ändern!«

Für Nata waren die Gesichter der Sasseks undeutbar, aber die Menschen, die sich vor dem Cestillo drängten, schienen verwirrt zu sein.

Der junge Mann, der neben den Sprecher trat, musste Agnecodo sein, denn dieser Name wurde ihm zur Begrüßung zugerufen. Orresta zog sein Gewand zurecht, sodass es in angenehmen Falten fiel. Sein schwarzes Haar lag dicht und fest an seinem Kopf. Nicht eine einzige Strähne löste sich daraus, sodass Nata es für einen Helm hielt, bis ein Windstoß hineinfuhr.

»Wir mussten schnell handeln!«, rief Agnecodo. »Es gab Verräter im Rat, die unserem geliebten Sombralor übelwollten! Sie verwirrten uns mit bösen Reden wider unsere Einigkeit! Doch jubelt, Bürger, denn genug Aufrechte fanden sich, und sie handelten entschlossen! Wisst, dass in Sombralors Rat immer das Wohl Sombralors, nicht das irgendwelcher Fremder an erster Stelle stehen wird! So wird das Erschrecken über diesen Verrat von uns weichen wie Staub, den wir aus den Kleidern schütteln.«

»Wer?«, hörte Nata rufen. »Wo sind die Verräter? Erschlagt sie!«

»Ihr wollt sie sehen?« Der Chor der Geister rief Agnecodos Frage gleichmütig, doch in seinem Gesicht stand Leidenschaft. »Dort sind sie!« Er zeigte zur Seite.

In der Wand des Cestillos tat sich eine weitere Öffnung auf, noch ein Balkon entstand. Darauf schoben sich Spieße hinaus, auf denen abgeschlagene Köpfe steckten. Auch hier waren Menschen und Sasseks in ähnlicher Anzahl vertreten.

»Rregoss!«, rief Agnecodo. »Farlir Jena Virlo! Gatassa!«

Nata starrte auf die Köpfe, während der Geisterchor weitere Namen über die Menge rief. Blut tropfte heraus, sie konnten noch nicht lange von ihren Körpern getrennt sein.

In die Versammelten kam Bewegung. Sogar Schlägereien entbrannten. Die Getöteten waren nicht ohne Anhänger gewesen.

»All diese wollten verhindern, dass wir tun, was zum Wohle Sombralors ist! Stattdessen haben sie die Angst vor der blauen Sonne geschürt und Fragen gestellt, die nichts als Zwist und Unruhe bringen! Damit ist nun Schluss! Das Wissen hat Sombralor zu dienen! Astrovatorio, Bilteca und alle anderen gesegneten Orte dürfen nur noch von jenen betreten werden, deren rechtschaffene Gesinnung bewiesen ist!«

Protest und Zustimmung wogten durch die Menge.

»Wir haben nicht nur Niedertracht gefunden, Bürger Sombralors! Unsere Stadt hat aufrechte Söhne und Töchter genährt!«

Ein dritter Balkon tat sich auf.

»Hier seht ihr jene, die würdig sind, die Schandtaten der Verräter vergessen zu machen und ihre Plätze im Rat einzunehmen.«

Natas Brust krampfte sich zusammen, als sie erkannte, wer dort stand.

Agnecodo rief den ersten Namen. »Sabo Firando Mea Aroz!«

35. Kapitel

Die *Wellenblume* hatte sich dem im Lee einer Insel ankernden Verband nur genähert, um die Karten abzugleichen. Sie segelte an der Küste des Kontinents Fraka entlang und näherte sich dabei immer weiter Histola. Hier gab es viele Inseln, und der aus der Kochenden See herübertreibende Nebel beeinträchtigte die Sicht. Oft war die Einfahrt zu einer Bucht nicht von der Durchfahrt zwischen zwei Inseln zu unterscheiden, wodurch sie schon einige unnütze Clicks zurückgelegt hatten.

Statt der Navigationskarten hielt man jedoch Schilde und Schwerter bereit, als offenkundig wurde, dass man sich keinem einheitlichen Verband näherte. Vielmehr hatte sich ein Schwarm kleiner Boote mit Wurfankern und Enterbrücken in ein Handelsschiff verbissen, das nun bewegungsunfähig auf einer Sandbank lag.

Ssarronn erkannte keine Kämpfe, sah aber in den zerrissenen Segeln und zwei gebrochenen Masten Spuren für jüngst vergangene. Einige Männchen schwammen zwischen den Schiffen umher und erkletterten den Händler mit Eisenkrallen, aber so unbesorgt, dass sie offensichtlich keinen Widerstand erwarteten. Andere kamen der *Wellenblume* entgegen.

Der Ausrufer am linken Bug meldete den Namen des Schiffs. »Wir befördern auf spezielle Mission Guardistas der Grauwacht so weit als möglich nach Elysior!«

»Dies ist keine Sache zwischen Menschen und Sasseks!«, rief einer der Schwimmer zurück. Mit dieser Formel bestritten Kämpfer das Recht der Grauwacht, sich in eine Auseinandersetzung einzumischen. »Wir haben einen Frevler gestoppt!«

Kress beugte sich weit über die Reling. »Worin besteht sein Frevel?« Ihre Energie war berauschend. Ssarronn bedauerte, dass sie einigen Matrosen den Vorzug gab und ihm noch immer nicht gestattete, sie zu begatten, obwohl sie seit dem Prozess eine gewisse Achtung zeigte.

»Wer seid Ihr?«, rief es herauf.

»Kress von der Goraja!«

»Und Ssarronn von der Goraja!« Er wollte nicht zurückstehen.

»Die wohlmeinende Tiefe schickt Euch! Wir haben unseren Goraja verloren, als wir den Frevler verfolgten! Er hatte fähige Schleuderer. Es wäre ein lobenswertes Werk, wenn Ihr Eure Urteilskraft zur Verfügung stellen könntet!«

Mareschall Brenhardt winkte sie zu sich. Inzwischen konnte Ssarronn die Menschen, mit denen sie reisten, recht gut voneinander unterscheiden.

»Mir ist daran gelegen, dass wir die Navigationskarten abgleichen.«

»Die Dienste der Goraja im Kampf gegen die Sittenlosigkeit haben keinen Preis«, fauchte Kress.

Der Mareschall starrte sie an, bis sie das Kinn hob. »Ihr wollt schnell in den Osten vorstoßen, um das blaue Licht zu sehen, ebenso wie wir. Ich verlange nicht, dass ihr schachert. Aber wenn ich erlaube, dass ihr das Schiff verlasst, erwarte ich, dass ihr die Verzögerung wieder ausgleicht.«

»Wir sind nicht Eure Gefangenen!«, begehrte nun Ssarronn auf.

Kress ging oft zu weit, aber die Guardistas behandelten die Gorajas mit unangemessener Herablassung. Unter Sasseks waren sie geehrt. Ssarronn erwartete nicht, dass jeder sich ihm mit emporgerecktem Kinn näherte, aber ein wenig Respekt seitens der Menschen hätte auch das Gefüge zwischen ihnen und den Matrosen gewahrt. Immerhin waren es die Sasseks, die der Grauwacht die *Wellenblume* zur Verfügung stellten. Verständnis spürte Ssarronn jedoch nur bei Remon, und der war selbst gemieden unter Seinesgleichen.

»Ich halte euch nicht fest«, sagte der Mareschall. »Aber ich brauche einen Grund, hier zu warten, solange ihr drüben seid. Verstehen wir uns?«

Ssarronn schüttelte seinen Stolz ab. »Wir werden uns bemühen, die Navigatoren zu sprechen.«

»Am besten nehmt ihr unsere gleich mit.«

Sie ließen ein Beiboot ab, wodurch sie ihre Kleidung anbehalten und das Kartenwerk trocken transportieren konnten. Während sie übersetzten, tauchte Ssarronn seine verletzte Hand ins Wasser. Die Schwimmhäute wollten nicht richtig zusammenwachsen. Sie klebten zwar aneinander, aber diese Verbindungen hielten keiner Belastung stand. Er brauchte wohl Geduld damit, ebenso wie mit Kress.

Der Händler war bestimmt reich. Sein Schiff verfügte zusätzlich zum Segel über eine Reihe Ruder, und daran waren Menschen gekettet, wie Ssarronn erkannte, als sie auf das Deck stiegen. Wenn Menschen in den Tag oder Sasseks in die Nacht reisten, brauchten sie Geleitbriefe, die nur schwer zu bekommen waren, oder aber sie mussten die Folgen für das Übertreten des Pakts tragen. In einem solchen Fall konnte man sogar die Grauwacht rufen, um den Gesetzesbrechern Einhalt zu gebieten. Gefangene waren der Gnade der Sieger ausgeliefert, und da Menschen kräftiger waren als Sasseks, setzte man sie gern als Rudersklaven ein. Diese hier machten allerdings einen elenden Eindruck. So nah an der Kochenden See litten sie unter der Wärme, die den Sasseks so angenehm war. Wohl deswegen hatte man Planen über die ansonsten offenen Ruderbänke gespannt.

Ulggerr, der Anführer des Enterkommandos, brachte sie zum Hauptmast, an den ein alter Geschlechtsloser gebunden war. Ein edles Gewand hing zerrissen von seinen Hüften. Sein Rücken hatte eine der Peitschen gekostet, die sonst bei den Ruderern Verwendung fanden.

»Wer hat diese Züchtigung angeordnet?«, fragte Ssarronn.

»Er ist verstockt und weigert sich, seine Verfehlung einzusehen.«

»Es ist keine Verfehlung!«, rief der Geschlechtslose. »Niemals hat etwas Blaues Verderben über uns gebracht! Die Lehre der Goraja ist falsch!«

Fauchend trat Kress an ihn heran. »Nur weil wir es verbrennen, sobald wir seiner ansichtig werden, kann es keinen Schaden anrichten! Siehst du nicht die Zeichen am Himmel? Das Blau der Monde, die wegen unserer Sittenlosigkeit weinen?«

Der Geschlechtslose lachte matt. »Im Osten steht sogar eine blaue Sonne, und ihr Licht ist ein Segen.«

Kress züngelte unsicher. Auch Ssarronn war die Vorstellung unangenehm.

»Ich nehme an, dies ist der Händler, dem dieses Schiff gehört?«, fragte Ssarronn.

»So ist es.«

»Und worin genau besteht seine Verfehlung?«

»Er wollte hiermit zu den Menschen.« Ulggerr ließ sich einen Beutel reichen, schnürte ihn auf und hielt ihn so, dass Ssarronn die Diamanten sah, die darin lagen. »Sie sind von einem blauen Hauch durchzogen.«

»Das hat euren Thuun nicht gestört, als er mit ihnen meine Waren bezahlte!«

Auf Ulggerrs Wink hin klatschte die Peitsche quer über den zerschlagenen Rücken.

»Er hat die Diamanten also von deinem Herrn?«

»Mein Thuun hat sich von ihnen getrennt, wie die Goraja es wünschte. Sie bringen Unglück.«

»Welches Unglück soll von Edelsteinen ausgehen?«, rief der Händler.

»Dein Schiff wurde geentert und du siehst deiner Strafe entgegen«, zischelte Kress. »Das wirst du doch schwerlich als Gunst des Schicksals bezeichnen?«

»Es sind die Lehren der Goraja, die Leid über mich bringen, nicht das Blau!«

»Da hört Ihr, wie verstockt er ist! Er weigerte sich, die Segel zu streichen, und hat auf uns geschossen. Sieben gute Matrosen und unser Goraja sind tot, zwei Dutzend weitere verletzt!«

Ssarronn sah so viel purpurnes Blut auf dem Handelsschiff, dass er vermutete, dass die Verluste auf der anderen Seite ebenso hoch waren.

»Auf welche Weise sollen wir ihn töten?«, fragte Ulggerr.

»Töten?«, rief Ssarronn. »Wegen eines blauen Schimmers in den Diamanten?«

»Wir müssen eine klare Grenze zwischen Gut und Böse ziehen!« Kress war so schön, wenn sie erregt fauchte!

»Wir werden uns beraten!«, verkündete Ssarronn und zog sie zur Seite.

Trotzig schwieg sie ihn an.

»Wenn dieser hier den Tod verdient hat, was ist dann mit Ulggerrs Fürsten? Der hat die Diamanten viel länger besessen. Wahrscheinlich wird er sie beim nächsten Händler wieder als Bezahlung verwenden. Dann schickt er seine Häscher hinterher, jagt dem Reumütigen die Edelsteine ab, wenn er kann, und bekommt sie so zurück.«

»Du hast nicht zugehört. Nicht der Fürst war hinter den Diamanten her, sondern ein Goraja.«

Ssarronns Schuppen rasselten. »Du hast noch so wenig vom Leben gesehen! Weshalb, denkst du, gibt dieser Fürst einem einfachen Goraja seine Jagdschiffe mit? Sie machen gemeinsame Sache!«

»Warum sollte sich ein Goraja darauf einlassen?«

»Um ein angenehmes Leben in der Stadt des Fürsten zu führen?«, schlug Ssarronn vor.

Kress sah zu Ulggerr hinüber, der mit den Navigatoren der *Wellenblume* sprach.

»Dann müssen wir zu diesem Fürsten fahren und die Verderbnis ausbrennen!«

»Du kannst nicht die ganze Welt allein bekehren.«

»Dann wäre es gut, wenn du mir helfen würdest.«

Ein wohliges Gefühl breitete sich in Ssarronns Bauch aus, als Kress ihn ansah. Aber er durfte sich nicht zu einer sinnlosen Bekehrungsreise hinreißen lassen. Ein großes Rätsel harrte seiner Lösung. »Du willst doch auch in den Osten. Zum blauen Licht, das auf Bisolas Boden scheint.«

Sie züngelte. »Ich habe ein wenig Angst davor.«

»Das haben wir alle. Aber Angst wird uns nicht helfen. Wir müssen verstehen.« Wieder dachte er an das Menschenweibchen mit dem kupferfarbenen Kopffell. Nata, Remons Frau. Zu schade, dass er nicht mit ihr hatte sprechen können. »Er hat bestätigt, was die Gorajas in Perltrutz erzählt haben. Hast du gehört, dass er eine blaue Sonne erwähnt hat?«

»Vor allem habe ich seine Blasphemie gehört. Das Blau sei ein Segen!« Sie bleckte ihre Zähne. »Wenn er schon nicht stirbt, sollten wir ihm eine Hand abbrennen, damit er sich immer daran erinnert, welche Sitten er zu ehren hat.«

Brandwunden verhinderten, dass ein Glied nachwuchs. Viele glaubten, dass die Goraja deswegen mit Ketten bewaffnet war, an deren Enden Gefäße mit glühenden Kohlen wirbelten, und mit Fackeln und Gluteisen. Ssarronn hatte aber einem Memor gelauscht, der davon erzählt hatte, dass dies wirklich Waffen seien, gedacht zum Schutz aller Sasseks im Kampf gegen die Vielen, die im Wind trieben. Doch wer das sein sollte – die Vielen, die im Wind trieben –, dazu hatte der Memor auch keine Geschichte gekannt.

»Er ist bereits gestraft«, meinte Ssarronn. »Sieh dir seinen Rücken an.«

»Der wird heilen.«

»Aber den Schmerz und die Demütigung wird er nie vergessen, und wenn wir ihm die Diamanten nehmen, wird der Verlust ihn empfindlich treffen. Er ist ein Händler, er hängt an solchen Gütern.«

Kress' Handgelenksporne schoben sich ein Stück heraus. Sie zog sie wieder ein. Dann ging sie zu Ulggerr zurück und verlangte, die Edelsteine nochmals zu sehen.

»Sie bringen Unglück!«, rief sie. »Wir werden die sittsamen Sasseks von ihnen erlösen! Dies ist unser Urteil: Zerstoßt sie zu kleinen Splittern und streut sie ins Meer!«

Während sich in der Mannschaft beifälliges Gemurmel erhob, fragte sich Ssarronn, ob dieser Richtspruch den Händler oder Ulggerrs Fürsten stärker schmerzte. Stolz betrachtete er Kress' eleganten Rücken. In diesem Weibchen steckte mehr Klugheit, als das erste Anbranden der Impulsivität offenbarte.

36. Kapitel

Viele waren verärgert über den Umsturz im Rat Sombralors. Die Trutzbauten erhielten ihre Bedeutung, als marodierende Banden, angeheuert von verschiedenen Machthabern, durch die Straßen zogen. Agnecodos Anhänger gewannen schnell die Oberhand. Firando begründete seinen Schritt damit, dies vorausgesehen zu haben. »Dunkle Zeiten erwarten uns, aber als Ratsmitglied werde ich das Schlimmste verhindern können«, war seine Rechtfertigung gewesen. Treffen von Sabos gab es in seinem Haus dennoch nicht mehr. Nata agierte nun behutsamer, wenn sie mit ihm debattierte.

Aber man lebte nicht, um immer vorsichtig zu sein. Dies war schon die fünfte Dunkelphase, in der sie zur Bilteca schlich. Das Gebäude stand inmitten von Stadtpalästen, die mit drei oder vier Stockwerken bereits eine ansehnliche Größe für Sombralor erreichten. Ihre Kristalldächer warfen buntes Licht auf die fließenden Wände der Bilteca, die sich wie eine riesige, schlanke Blüte zum Himmel öffnete. Was die Architektur der Geister anging, gaben viele Gebäude Nata Rätsel auf, angefangen beim Astrovatorio in Oculor bis hin zum organisch wirkenden Cestillo von Sombralor. Die flüssigen Wände der Bilteca spülten jeden Versuch des Begreifens fort. Sie wirkten nicht nur wie ein Wasserfall, sie fühlten sich auch so an, wenn man die Hand hineintauchte. Auch im Innern traf man auf keine feste Fläche, kam aber dennoch nicht weiter, wenn man die Hand bis etwa zum Gelenk hineinschob. Es fühlte sich an, als werde man am Ellbogen festgehalten. Zog man sich zurück, war die Haut trocken. In der Flüssigkeit konnte man etwas ertasten, das sich wie ein Geäst anfühlte.

Die Bilteca besaß einen Eingang, aber die Gardisten bewachten ihn so stur, dass auch größere Unruhen in der Nachbarschaft sie nicht fortlockten.

Jetzt, nach vier erfolglosen Besuchen, war sich Nata klar, dass sie etwas wagen oder aufgeben musste. Alle anderen Möglichkeiten, die Vergangenheit des blauen Lichts zu erforschen, waren ihr verschlossen. Firando gab sich stets Mühe, ihre Aufmerksamkeit auf ungefährlichere Gebiete zu lenken. Sie hatte versucht, mit den Sasseks ins Gespräch zu kommen, aber die Amphibien waren ebenso gespalten wie die Menschen und misstrauten ihr. Die meisten zogen sich in diesen unruhigen Zeiten in die Wärme ihrer Badezuber zurück und scheuchten alle Fremden fort. Zudem waren Natas blaue Augen alles andere als eine Hilfe.

Nur in Sombralors Bilteca konnte Nata erfahren, was die Welt wirklich bedrohte.

Wenn Remon bei ihr gewesen wäre, hätte er ihr sicher beigestanden. Er war ein Guardista, ein unüberwindlicher Kämpfer – er hätte ihnen den Zugang erzwungen. Aber Nata vermochte das nicht. Sie musste sich hineinschleichen.

Sie hatte einen Vogel in eine Öffnung oben an dem Gebäude, wo sich die Blütenblätter nach außen bogen, fliegen sehen. Er war durch eine andere Öffnung wieder herausgekommen.

Nata konnte zwar nicht fliegen, aber sie war eine gute Kletterin. Auch sie hatte ihren Teil daran geleistet, Enna auf das Leben in der Wildnis vorzubereiten. In den vergangenen Doppelmonden hatte sie so manchen Eisfelsen erklommen. Jetzt würde sie ihre Fähigkeiten an der fließenden Wand der Bilteca erproben, auch wenn diese wenigstens fünf Stockwerke hoch war.

Noch einmal vergewisserte sie sich, unbeobachtet zu sein. Sie tauchte die linke Hand in die Wand, danach, etwas höher, auch die rechte. Sie führte die Hände nach unten, bis sie Äste zu fassen bekam, drückte sich ab, zog die Beine nach und schob die Füße in die Wand. Sie hatte eine Hose angezogen, die ihr viel Bewegungsfreiheit ließ, damit sie die Knie seitlich abwinkeln konnte. Wenn man kletterte, durfte man sich nicht zu weit von der Wand entfernen, sonst kippte man von ihr weg. Man musste sich an sie schmiegen, so eng es ging.

Nata zog die linke Hand heraus, um sie so weit oberhalb wie möglich erneut in die Wand zu stecken. Es fühlte sich tatsächlich so an, als flösse Wasser darum herum. Sie führte die Hand durch die Wand, bis sie wieder einen Ast ertastete. Dass sie ihren Halt nicht sah, verunsicherte sie, aber bislang war er dennoch zuverlässig. Anders als die Zweige eines Baums gab er unter ihrem Gewicht nicht nach.

Als sie weit nach oben griff, bemerkte sie, dass sie den Arm, ja sogar ihren Rumpf in die Flüssigkeit tauchen konnte, solange sie höchstens eine doppelte Fingerlänge eindrang. Kurz zögerte sie, dann schob sie das Gesicht hinein. Es fühlte sich an wie lauwarmes Wasser. In der Wand konnte man weder atmen noch etwas sehen, also zog sie den Kopf wieder heraus.

Schnell sammelte sie Erfahrung mit der Oberfläche und passte ihre Vorgehensweise an die Gegebenheiten an. Manchmal lag ein Ast so tief in der Wand, dass sie die Hand nicht weit genug hineinschieben konnte, um ihn ganz zu umfassen. Dann konnte sie nur auf die Kraft ihrer Finger vertrauen. Bei den Füßen passierte ihr das auch. Sie war froh, weiche Schuhe angezogen zu haben, die ihr erlaubten, mit den Zehen zu tasten.

Von oben betrachtet wirkten die Kristalldächer viel heller als von der Straße aus. Sie strahlten ihr Licht zum Himmel. Nata erinnerte sich, dass auch bei der blütenförmigen Bilteca der obere Teil besser beleuchtet war als der untere. Das bedeutete, dass sie gut sichtbar war, falls jemand die Muße besaß, die Bilteca in Ruhe zu betrachten. Selbst wenn sie sich in die Wand gepresst hätte, wäre ihr Körper nicht gänzlich verborgen gewesen. Sie beschleunigte den Aufstieg.

Die Äste verliefen ungleichmäßig in der Wand. Da sie ihrem Verlauf folgen musste, geriet sie auf die Vorderseite der Bilteca. Unter sich wusste sie den Eingang und die Gardisten, die davor Dienst taten. Natas Puls pochte in ihrem Hals. Ihr blieb nur die Hoffnung, dass die Wächter die vereinzelten Kampfgeräusche, die aus der Metropole herüberdrangen, für interessanter hielten als einen Blick herauf.

Anstrengung und Aufregung ließen sie heftig atmen, als sie sich durch eine Fensteröffnung in einen menschenleeren Raum zog. Sie fiel auf einen warmen Holzboden und wartete, bis sie den Herzschlag nicht mehr in den Ohren pochen fühlte. Als sie aufstand, sah sie einen Geist neben sich schweben. Er leuchtete in beruhigend beständigem Rot.

Auch im Innern der Bilteca flossen die Wände. Trotzdem enthielten sie Bücher, aber das waren nur normale, gebundene Folianten. Nicht die Aufzeichnungen der Geister, die Nata suchte. »Führe mich zu den Kristallbüchern«, bat sie.

Während sie der schwebenden Gestalt folgte, erkannte Nata, dass die inneren Wände durchsichtig waren wie Wasser, über dessen Oberfläche sich Wellen bewegten. Verschwommen sah sie die Wendeltreppe im Nebenraum, bevor sie diesen betrat. Und sie sah noch etwas anderes, das sie innehalten ließ. Auch durch die Innenwände zogen sich Äste wie jene, die ihr als Halt gedient hatten. Jetzt, da sie ihre Form betrachtete, erkannte sie, dass es sich um Stränge des Plexos handelte. Ein Schaudern lief ihr über den Rücken. Was hätte Remon dazu gesagt, dass sie das Plexo, das jedermann auf Bisola, ob Mensch oder Sassek, verehrte, als Kletterhilfe gebraucht hatte? Sie hoffte, es nicht beschädigt zu haben, aber sie wusste, dass die Erkenntnis, die sie suchte, von größter Wichtigkeit war. Sie hatte eine Tochter, deren Zukunft von einer Gefahr aus einer beinahe vergessenen Vergangenheit bedroht wurde. Es war Natas Recht, Enna zu beschützen, und dazu musste sie wissen, gegen wen sie antrat. Und sie hatte das ungute Gefühl, dass Agnecodo, Orresta und vielleicht sogar Firando bereits mehr darüber wussten.

Zwei Stockwerke tiefer rieselten die Kristallbücher aus der Decke und verschwanden im Boden. Wie in Oculor standen hier Lesepulte mit Drahtgeflechten, in die man sie legen konnte, wenn die Bilteca das Wissen gewährte.

Nata schob die Hand in den Fall der Kristallbücher. Noch war er angenehm warm, aber sie wusste, dass das nicht lange so bleiben würde. Sie wappnete sich für den Schmerz der Verbrennungen.

In Oculor hatte die Bilteca sie mit der Frage geprüft, wo das Licht geboren wurde. Inzwischen begriff sie, dass die beiden Sonnen gemeint waren. Aber das Rätsel hatte sich verschoben. Es ging nun weniger um das Phänomen als um seine Auswirkung. Deswegen hatte sich Nata entschlossen, trotz ihrer Neugier nicht nach vergangenen Erscheinungen zu fragen oder nach den Umständen, unter denen das Wissen verloren gegangen war. Sie brauchte Informationen, die ihr halfen, richtig zu handeln. So, dass ihre Tochter sicher war.

»Welche Gefahr liegt im Blau?«, fragte sie.

»Fürchtet das Raubtier, was die Beute ängstigt?«, fragte der Geist, der sie hergeführt hatte.

Nata stellte sich einen Weißpüschel vor, wie er von einem Tarro gejagt wurde. Der Weißpüschel hatte natürlich Angst vor den Klauen des Tarros, dem er Haken schlagend entkommen wollte. Der Tarro dagegen fürchtete wahrscheinlich Menschen, weil diese ihm durch ihren Verstand und ihre Waffen überlegen waren.

Aber diese Furcht hatte der Tarro nicht, weil er ein Raubtier war, sondern weil er zur Beute wurde. Was fürchtete ein Jäger?

Höchstens das Versagen in der Jagd. Wenn die Beute ihm entkam, musste er hungern. Wenn die Jäger unverrichteter Dinge nach Erdblut zurückgekehrt waren, hatte man in der Siedlung dünnen Sud aus Pilzen essen müssen. Manche Kinder waren schwach und krank geworden.

Nata ignorierte die ersten heißen Bisse, die in ihre Hand kniffen. Jäger und Gejagte. Einer davon fürchtete das Blau, der andere nicht.

Diejenigen, die schon seit jeher Angst vor dem Blau hatten, waren die Sasseks. Waren sie die Jäger oder die Beute?

Vermutlich Letzteres. Wenn sie jedoch lange nicht gejagt worden waren, mochten sie vergessen haben, wer ihnen nachgestellt hatte. »Auf welche Weise bedroht das Blau die Sasseks?«

»Welcher Stein birgt Leben?«

Die Bilteca von Sombralor war weniger freigiebig mit ihrem Wissen als jene von Oculor. Schon jetzt hatte Nata das Gefühl, ihre Haut würde in der Hitze aufplatzen. Nur mit Mühe konnte sie ihren zitternden Arm davon abhalten, die Hand zurückzureißen.

Ein Stein war so ziemlich der größte Gegensatz zu etwas Lebendem, der Nata in den Sinn kam! Was lebte, das atmete, aß und trank und bewegte sich. Selbst Pilze und Pflanzen wucherten, wuchsen, fielen wieder zusammen. Leben war Veränderung. Ein Stein war Beständigkeit.

Nata zwang sich, trotz des Schmerzes weiter nachzudenken, aber sie vermochte ihre Überlegungen nicht in geordnete Bahnen zu zwingen. Sie konnte nur wilde Bilder in ihrem Kopf beschwören.

Lebendes wurde zu Totem, wenn es starb. Ein Rossom brach zusammen, und wenn sich niemand darum kümmerte, verendete es auf dem Eis. Aasfresser nagten es bis auf das Skelett ab. Hörner und Knochen blieben zurück. Sie waren hart und unbeweglich, in dieser Hinsicht tatsächlich Steinen ähnlich. Wenn man sie zerbrach, ließ sich das Mark herauslutschen. Diese Nahrung konnte wieder Grundlage für Leben sein. Aber das Mark selbst war nicht lebendig, und Knochen hatten nur vage Ähnlichkeit mit Steinen. Sie gehörten zum Tod, nicht zu seinem Gegenteil! Sie standen am Ende des Lebens.

Das Gegenteil von einem Ende war ein Anfang.

Nata dachte an den Anfang von Ennas Leben. Als sie noch so klein gewesen war, dass sie beinahe in Remons Hand gepasst hatte. Als Säugling hatte sie oft die Knie eng an den Körper gezogen und die Arme angewinkelt, die winzigen Fäuste an die Lippen gedrückt. Wenn Nata sie in die warmen Binden gewickelt hatte, war Enna einem übergroßen Ei ähnlich gewesen.

Ein Ei war hart und sah aus wie ein Kiesel, aber es barg das Leben in sich!

»Ein Ei!«, schrie Nata.

Ein Kristallbuch fiel in ihre Hand.

Das Zittern ihres Arms war jetzt nur noch der Erinnerung an den Schmerz geschuldet, der bereits vergangen war. Ihr Körper traute der Erlösung noch nicht, auch wenn ihr Verstand wusste, dass die Prüfung hinter ihr lag.

Nata ging zu einem Lesepult und legte den Kristall in ein Metallgespinst. Er drehte sich erst langsam, dann so schnell, dass seine Facetten verwischten und er rund erschien. Die rätselhaften Schriftzeichen in seinem Innern vollzogen die Bewegung jedoch nicht nach. Sie trieben ruhig in einer Weite, die das Volumen des Kristallbuchs überstieg.

Nata schob einen Bogen Pergament zurecht, prüfte die Spitze der bereitliegenden Schreibfeder und tunkte sie in die Vertiefung, in der die Tinte niemals versiegte.

Sie fixierte das Kristallbuch. Einige Schriftzeichen lösten sich und schwebten zu Natas Gesicht, um in ihm zu versinken. Die Umgebung verdunkelte sich. Das Kristallbuch wurde zu einem nebligen Grau, das sich langsam auflöste.

Nata wusste, dass sie sich in der Bilteca befand, wo sie mit einer Schreibfeder in der Hand an einem Pult stand. Sie sah diese Dinge sogar, wenn sie konzentriert daran dachte.

Ansonsten aber wanderte ihr Blick über eine Ebene, begrenzt von sandigen Hügeln, die in blauem Sonnenlicht badeten. Im Wind wogten Blumen, deren Blätter gezackt waren wie Sägen. Ihre Blüten hatten Widerhaken und fadenartige Stränge, in denen sich Insekten verfingen.

Natas Blickfeld verengte sich auf eine einzelne Pflanze. Sie beobachtete den Todeskampf eines Schmetterlings, den die Fäden umklammerten, bis die Widerhaken seine Flügel zerschnitten. Nata war so nah an diesem Geschehen, dass sie den Blütenstaub auf den Fühlern des Insekts sah. Sie wanderte an dem von Kerben übersäten Stiel der Pflanze hinab.

Eine weiße Wucherung saß an dem Stängel. Ein Ei, kaum größer als der Nagel an Natas kleinem Finger. In dem Ei regte sich etwas. Die Hülle beulte sich aus, zog sich wieder zurück und wölbte sich an anderer Stelle vor.

Als das Ei platzte, fiel eine Haut heraus, viereckig mit nach innen gebogenen Seiten. Sie war halbdurchsichtig und schimmerte fahl im blauen Licht. Offenbar war die Haut sehr leicht, denn der Wind drückte sie fort, Nata entgegen. Mit einem Dutzend Fäden hielt sie sich an der Pflanze fest, um nicht davonzufliegen. Mit diesen zog sie sich nach oben, bis zur Blüte, wo sie sich geschickt um die Widerhaken wickelten.

Die Fäden gewannen an Länge, während die Haut noch durchsichtiger wurde. Sie trieb jetzt höher in der Luft. Irgendwann ließ sie los, schwebte im Wind. Die Fäden bildeten sich zurück, die Haut wurde größer, klappte zusammen, entfaltete sich erneut.

Andere Häute stiegen von den benachbarten Pflanzen auf. Ihr fahles Leuchten über den blauen Blumen erinnerte Nata an den manchmal schwerelos erscheinenden Tanz von Schneeflocken, wenn kein Wind wehte. Aber die Häute zogen mit dem Luftzug.

Nata entfernte sich von der Haut, die sie beobachtete. Sie stieg schneller auf, und ihr Blickwinkel kippte. Sie blickte jetzt geradewegs nach unten auf die Blüten und die Häute, die von ihnen aufstiegen.

Erstmals sah sie den Boden, aus dem die Blumen sprossen. Er war übersät mit den verwesenden Leichen von Sasseks und Menschen.

37. Kapitel

Beinahe alle Siedlungen der Sasseks hatten eine Verbindung zum Meer. Wenn man die ungefähre Lage kannte, fand man sie am ehesten, indem man einem Flusslauf folgte. Bei der inzwischen herrschenden Hitze war das auch für die Guardistas eine Plackerei. Remon war es gewohnt. Er bekam ständig solche Aufgaben zugewiesen. Er war der Verräter. Doch diesmal war auch Vorena losgeschickt worden, da sie einem Kameraden bei den Schwertübungen ein Auge ausgestochen hatte. Er würde noch eine Weile eine Klappe tragen.

Der Dschungel dampfte. Wo der Fluss breit wurde und deswegen nur seicht über dem dunklen Gestein stand, bildeten sich Blasen. Er würde bald kochen, so wie das Meer, dem sich die *Wellenblume* näherte. Der heiße Nebel verwehrte den Blick auf den Himmel. Dennoch sah Remon einen blauen

Schimmer hinter dem größeren gelben, der nun beinahe senkrecht über ihnen stand. Die Berichte über eine blaue Sonne trafen zu.

Vorena zählte das Silber in die ledrige Hand des Thuuns vom Stamm Schlingliane.

Er gluckste. »Die Guardistas werden mit unserem Steinpulver zufrieden sein.«

»Wir werden sehen.«

»Mein Stamm macht seit jeher gern Geschäfte mit der Grauwacht.« Er sah zur Seite. Offenbar beunruhigten ihn Vorenas blaue Augen. »Wir sorgen dafür, dass nur das rote Pulver in die Säcke kommt. Den grauen Staub sondern wir gewissenhaft aus.«

»Das machen wohl eher eure Sklaven als ihr selbst.«

Der Thuun blinzelte mit seinen durchsichtigen Lidern.

Remon hatte sich in der Mine umgesehen. Dort schufteten Menschen, die man nicht einmal anketten musste. Wer kein Nabo in sich trug, erlitt im Dschungel schnell einen Hitzschlag. Nur in den Tiefen der Höhle war die Temperatur erträglich. Wenn Remon dem Flehen derjenigen, die noch Hoffnung auf ein besseres Leben hatten, nachgegeben hätte und es ihm gelungen wäre, sie freizukaufen, wären sie elend zugrunde gegangen, bevor sie das Meer erreicht hätten.

»Unsere Ware ist gut«, sagte der Thuun. »Und unsere Ruderer sind kräftig. Ihr werdet keinen Anlass zur Klage finden.«

»Wir haben dich gerecht bezahlt«, sagte Vorena.

Der Thuun schüttelte sich.

»Er stimmt zu«, erklärte Remon die Geste.

»Dann lass uns aufbrechen.«

Sie bestiegen einen der vier Kähne, die mit der speziellen Nahrung beladen waren, die die Guardistas benötigten. In jedem Heck stand ein Sassek des Stamms Schlingliane, der das Fahrzeug durch seitliche Bewegung eines langen Ruders antrieb. Die Reise würde ihnen nicht viel abverlangen. Auf dem Hinweg half die Strömung, zurück wären die Kähne leer.

Die Siedlung mit ihren halbkugelförmigen Hütten verschwand hinter ihnen im Dschungel. Im allgegenwärtigen Dunst standen hausgroße Bäume. Sie erschienen gewaltig, wie für die Ewigkeit gemacht.

»Schwer zu glauben, dass sich in nicht einmal zwanzig Doppelmonden Gletscher über diesen Wald schieben werden.« Vorena verbrachte seit ihrem Aufbruch aus Oculor so viel Zeit mit Remon, dass es ihr leicht fiel, seine Gedanken zu erraten.

Remon nickte. Vor seinem geistigen Auge erschien die Nacht, in der die Menschen über das Eis zogen. Wenn man lange genug in der Kälte lebte, erkannte man, dass auch diese Landschaft vielfältige Erscheinungsformen annahm. Festgetretener Schnee, der sich wie Lehm anfühlte. Mit weißem Pulver gefüllte Senken. Eiszinnen. Presseis. Scharfkantige Risse, glatte Abhänge, steile Schluchten. Natürlich die in der Dunkelheit glühenden Magmaströme.

Nichts davon war von Dauer. Wer lange genug lebte, um eine Wanderung zu vollenden, fand das Land seiner Geburt verändert vor. Nur hohe Berge aus hartem Stein blieben an ihrem Ort, und ein Ozean blieb ein Ozean, selbst wenn eine durchgängige Eisdecke darauf schwamm. Die Orte, die unter dem Schutz des Plexos standen, die Refugios und natürlich die Metropolen, waren ewig. Nicht aber diese Bäume, die schneller in den Himmel stiegen, als ein Mensch brauchte, um heranzuwachsen.

»Hast du das Neugeborene unten in der Mine gesehen?«, fragte Remon.

»Was ist mit ihm?«

»Es wird sprechen können, und vielleicht wird es schon kleine Geschwister haben, mit denen es sich unterhalten kann, bevor es das erste Mal die Sterne oder die Sonne sehen wird.«

»Die Sonnen«, korrigierte Vorena.

Remon nickte. »Wir werden uns wohl daran gewöhnen müssen, dass es jetzt zwei sind.«

»Nur das Plexo ist unveränderlich.«

Remon schwieg dazu, obwohl er diese Sichtweise seltsam fand. Die Ranken in den Refugios wuchsen und verschoben sich, dem Geflecht eines Pilzes gleich. Aber wenn Vorena von dem Plexo sprach, meinte sie nichts Greifbares. Es hatte viel mit dem Richtigen an sich zu tun, mit Ehre und Bestimmung. Vorenas Eltern hatten die Regeln der Welt infrage gestellt. Sie selbst lebte die strikte Ordnung der Grauwacht, oder besser des Gedankens, der hinter der Grauwacht stand. Die Personen, die in den Rängen der Guardistas Befehle gaben, wurden von ihr gerade einmal geduldet.

Die am Ufer stehenden Pflanzen bildeten fleischige Blätter und leuchtende Blüten aus, teilweise so groß, dass sich ein Mensch hätte hineinlegen können. Oft verschluckte der Dampf Teile der Pflanze, sodass es wirkte, als schwebten die Blüten im Dunst.

Auf halber Strecke baten ihre Ruderer, an einem Tümpel, in dem es angeblich besonders schmackhafte Fische gab, eine Rast einlegen zu dürfen. Vorena gewährte es ihnen, und so vertäuten sie die Kähne an den teilweise im Wasser wurzelnden Bäumen.

Remon überprüfte die Knoten. Als er damit fertig war, entdeckte er Vorena nicht mehr. Die Sasseks, die sich ihrer Kleider entledigt hatten, um mit Spießen nach den Fischen zu tauchen, zeigten ihm die Richtung, in die sie gegangen war.

Der Tümpel war größer, als er Remon zunächst erschienen war. Er wanderte an seinem Ufer entlang, wobei er den farbenprächtigen Blumen auswich, um sie nicht zu zertreten. Er war froh, dass Ssarronn und vor allem Kress nicht bei ihm waren, denn einige Pflanzen waren blau.

Obwohl die Kähne und die Sasseks bald im Dampf zurückblieben, fürchtete Remon nicht, sich zu verirren. Er musste ja nur dem Ufer folgen, um zurückzufinden.

Er spürte Vorenas Präsenz, hörte sie jedoch nicht. Die Geräusche des Lebens, das Schreien der Gleitaffen, der Gesang der Vögel und das Summen der Insekten umgaben ihn. Der

Dampf legte sich feucht auf sein Gesicht und sein Kettenhemd. Er hatte die Glieder gut geölt und würde das bald wieder tun müssen. Die Axt dagegen bedurfte dieser Fürsorge nicht. Die Erzeugnisse aus den Schmieden des Plexos rosteten nie.

Remon setzte an, nach Vorena zu rufen, hielt aber inne. Er merkte, dass er Freude daran hatte, sie zu suchen. Obwohl sie keinen Zweifel aufkommen ließ, dass sie die Erste wäre, ihm das Schwert durch die Brust zu stoßen, wenn er seinen Eid noch einmal vergessen würde, war sie eine Freundin geworden – fast so wie früher. Manchmal glaubte er sogar, dass sie nur über die Stränge schlug, um zu einer der unangenehmen Aufgaben verdonnert zu werden, die Remon ohnehin erledigen musste. Und oft ertappte er sich dabei, dass er ihre Gesellschaft inmitten all der anderen Guardistas, die in ihm vornehmlich den Verräter sahen, genoss. Mareschall Brenhardt behandelte ihn gerecht, aber nur mit Vorena konnte er lachen.

Er glaubte schon, sie aus dem Dampf auftauchen zu sehen, aber die dunkle Silhouette war nur ihr Kettenhemd. Es hing über einem Ast, der waagerecht auf das Wasser hinausreichte. Kniehohes, orangefarbenes Gras machte es schwierig, den Übergang vom flach abfallenden Ufer zum See zu erkennen. Stirnrunzelnd stellte Remon fest, dass Vorenas Schwert am Stamm lehnte. Sie trennte sich selbst im Schlaf ungern von der Klinge. Ihre restlichen Sachen lagen ordentlich zusammengelegt auf einem Stein.

»Hier drin ist man wenigstens *wirklich* im Wasser!«, rief sie. »In diesem feuchten Nebel überall ist man zwar nicht richtig im Trockenen, aber der Schweiß wird einem auch nicht abgespült.«

Ihr schwarzes Haar trieb wie das Blatt einer Seerose um ihren Kopf. Sie grinste ihn an, während sie sich paddelnd mal bis zu den Schultern, mal nur bis zum Kinn aus dem Wasser hob. »Kommst du auch herein?«

»Ich habe genug von all dem Nass. Ich habe sogar schon daran gezweifelt, überhaupt noch vom Schiff herunterzukommen.«

»Quatschkopf!«

»Ich kann jedes Mal schwimmen, wenn wir vor Anker liegen.«

»Was selten genug der Fall ist. Und dann klebt hinterher das Salz auf der Haut.«

»Da hast du nicht unrecht.«

»Also? Hier sind wir auch sicher vor lüsternen Blicken.«

Seine Erwiderung blieb ihm im Hals stecken, weil sie sich auf den Rücken legte und davonpaddelte, was nicht nur ihre Brüste zu den höchsten Erhebungen auf der Wasserfläche machte, sondern auch den dunklen Pelz zwischen ihren Beinen offenbarte. Unwillkürlich fragte sich Remon, ob die nassen Haare wohl weich unter seinen Fingern wären.

Der Dampf entzog Vorena seinen Blicken.

Er tauchte eine Hand in das Wasser. Es war merklich kühler als die Luft, aber noch immer angenehm warm.

»Hier gibt es nichts, was beißt!«, rief Vorena. »Außer auf Verlangen …«

»Hier fließt heißes Magma unter dünnem Eis«, ermahnte er sich selbst flüsternd.

Mit Bedauern stellte er fest, dass sie sich umgedreht hatte, als sie ihm wieder entgegenschwomm. Ihre beinahe geschlossenen Augen, in denen das Blau ihrer Iriden blitzte, das die Sasseks so verrucht fanden, hielten ihn fest. Er lehnte seine Axt neben Vorenas Schwert.

»Es tut wirklich gut, den Schweiß loszuwerden und die Feuchtigkeit auf der nackten Haut zu spüren«, ermunterte sie ihn.

Remon sah keinen Grund, sich dagegen zu wehren, dass seine Hände den Gürtel lösten. Er zog das Kettenhemd über den Kopf.

Als er sich entkleidet hatte, war Vorena schon wieder im Dampf verschwunden. Das war ihm auch ganz recht, ihr wäre auf den ersten Blick ersichtlich gewesen, wie sehr sie ihn erregte. Er erinnerte sich daran, wie er in sie eingedrungen war, damals, als sie gemeinsam im Auftrag der Grauwacht unterwegs gewesen waren. Das erste Mal hatten sie es nach einer Schlacht getan. Sie hatten beide eine Möglichkeit gesucht, ihre Lebendigkeit zu spüren. Er hatte eine Narbe quer über der Brust davongetragen, sie war unverletzt geblieben. Schon damals hatte sich niemand mit ihrer Schwertkunst messen können. Zwischen den Laken hatten sie sich einander ebenbürtig gefunden. Keiner hatte seine Erschöpfung eingestanden, immer von Neuem hatten sie sich aufgestachelt, bis die Offiziere die Truppe zur Marschformation hatten antreten lassen.

Einzelne Pflanzen trieben auf dem Teich. Gedämpft drangen Rufe der Sasseks durch den Nebel. Sie halfen einander dabei, die Fische zu fangen.

Remon spürte Vorenas Hände an seinen Schultern, dann ihre Brüste an seinem Rücken, ihre warmen Lippen, wie sie seinen Nacken küssten. »Im Wasser hat nichts Gewicht«, hauchte sie in sein Ohr.

Er drehte sich zu ihr um und griff ihre schlanke Mitte.

»Merkst du?« Sie schlang die Oberschenkel um ihn. »Alles ist ganz leicht.«

Seine Hände wanderten tiefer, umfassten ihren Hintern und zogen sie an sich.Ihr Pelz war trotz der Nässe rau, als er über seinen Bauch kratzte. Sie legte einen Arm um seine Schultern und ließ den anderen im Wasser verschwinden. Er fühlte ihre Finger an seinem Glied. Sie drückte es, schob die Hand herauf und hinunter, dann glitt sie auf ihn, langsam, aber beständig, bis sie ihn ganz aufgenommen hatte. So sanft war sie nie gewesen.

Und er schon lange nicht mehr so wild.

38. Kapitel

Nata hielt sich nicht damit auf, den Mantel abzulegen, als Sachno ihr öffnete, und rief schon auf der Treppe nach Firando. Sie fand ihn in dem großen Raum, in dem bei ihrer ersten Begegnung die Versammlung der Sabos stattgefunden hatte. Jetzt wirkte er leer, nur Enna und Hurnendo standen neben den beiden Laternen, die Elana bei ihrer Vorführung benutzt hatte. Sie sahen besorgt aus. Vielleicht hatte Firando ihnen Elanas Theorie vorgeführt. Doch darüber war Nata jetzt hinweg.

Sie eilte zu Enna und schloss sie in die Arme. »Ich habe unsere Mörder gesehen!«, rief sie. »Sie sind keine Menschen und keine Sasseks, und sie werden im blauen Licht geboren!«

»Nata …«, setzte Firando an.

»Lasst mich ausreden, Sabo! Von diesen Dingen dürfen wir nicht länger schweigen! Ich habe mir in der Bilteca Gewissheit verschafft. In einem Kristallbuch habe ich gesehen, wie sich Häute von Pflanzen lösten und im Wind trieben. Sie haben sich von uns genährt, von Menschen ebenso wie von Sasseks! Wir sind in großer Gefahr!«

»Nata, Ihr schweigt besser.«

»Meine Tochter kann die Wahrheit ertragen! Wir müssen sofort den Rat alarmieren. Und Boten in die anderen Metropolen schicken. Überhaupt zu allen Siedlungen! Die Grauwacht muss uns helfen. Nur ihre Stärke kann uns schützen.«

Hurnendo starrte etwas hinter Natas Rücken an.

»Vielleicht beruhigen wir uns alle besser erst einmal«, schlug Firando vor.

»Ich glaube, das Leugnen hat keinen Zweck mehr«, sagte eine Nata bekannte Stimme, die sie in diesem Haus nicht erwartet hatte.

Langsam drehte sie sich um, ohne Enna aus ihren schützenden Armen zu lassen.

Orresta lächelte, aber ihre Knopfaugen waren finstere Abgründe. Bei ihr stand Agnecodo, das Haar zu einer Art Helm frisiert. Die beiden füllten an der Wand neben der Tür, durch die Nata gekommen war, ihre Weingläser auf. Deswegen hatte sie sie beim Hereinkommen übersehen.

»Ich wusste, dass Eure Neugier Euer Verderben sein würde«, sagte Orresta.

Nata starrte Firando an.

»Er wollte uns erzählen, dass Ihr nur eine ganz gewöhnliche Sabo seid.« Agnecodo brauchte seine angenehm volltönende Stimme nicht zu heben, um verstanden zu werden. »Er hat versucht, Eure Ehre wiederherzustellen, damit wir Euch Zugang zur Bilteca gewähren. Ein Privileg, das Ihr Euch nun selbst angemaßt habt.«

»Die Geister hatten keine Einwände gegen meine Anwesenheit.«

»Erstaunlich, nicht? Wenn man bedenkt, dass Ihr Euch wie eine Diebin Eintritt verschafft habt. Wie ist Euch der Aufstieg überhaupt gelungen, wo die Wand doch keinen Halt bietet?«

»Wer lange genug sucht, findet Wege, die anderen verborgen bleiben.«

Agnecodo trat nahe an sie heran und lächelte kalt. Nata schätzte, dass er noch jünger war als sie selbst. Höchstens fünfundzwanzig Doppelmonde waren über ihn hinweggezogen.

»Wollt Ihr mich wirklich belehren?«

Er nahm ihre Hand und schob sie von Ennas Schulter weg. Seine Finger waren so weich, dass sie sich nicht richtig greifen ließen.

»Stellt Euch vor, die Wache hielt Euch für eine Erscheinung, nicht für einen Menschen! Aber unsere treue Orresta hatte die richtige Vermutung. Zu meinem Bedauern. Ich hätte lieber nicht erfahren müssen, dass Ihr Sombralors Gebote mit Füßen tretet. Soll Eure Tochter nun denken, ihre Mutter sei eine Verbrecherin?«

»Lasst die Kleine aus dem Spiel!«, rief Firando. »Was immer Nata getan hat, ihr Kind hat nichts damit zu tun!«

»Was habt Ihr mit mir vor?«, flüsterte Nata.

»Nun …« Agnecodo schlenderte durch den Raum, vorbei an Hurnendo, der ihn böse anstarrte, zu den beiden farbigen Laternen. »Zwar haben wir die schlimmsten Verräter eliminiert, aber die große Einigkeit des Rats, die ich mir erhoffte, ist ausgeblieben. Macht ist ein schwieriges Gebiet, wisst Ihr?« Er sah sie an, als erwartete er wirklich eine Antwort. »Natürlich wisst Ihr das. Ihr seid Refaels Tochter, er wird für Eure Bildung gesorgt haben. Wie steht es damit bei Enna? Sie ist in der Wildnis aufgewachsen, sagte sie mir. Dann hat sie wohl noch nie ein Kristallbuch gesehen?«

»Es soll eine Metropole geben, die ihren Bürgern ebenfalls den Blick in die Schriften der Geister verwehrt.«

Sein Lächeln gefror.

»Es gibt viele neue Gesetze«, sagte Orresta, »und viele weitere müssen erlassen werden, um die neue Art des Zusammenlebens zu regeln. Noch ist keine Strafe für Eure Tat festgesetzt.«

»Wir werden darüber beraten«, kündigte Agnecodo an.

»Und es wird Stimmen geben, die im Rat für Euch sprechen werden!«, versetzte Firando.

»Niemand wird ernsthaft bestreiten, dass jemand, der so wenig Respekt vor Regeln hat, in seiner Bewegungsfreiheit beschnitten werden muss«, meinte Agnecodo. »Oder, mein geschätzter Firando?«

Die Zipfel des Schnauzbarts wurden hin und her geschleudert, als der Sabo mit zusammengepressten Lippen den Kopf schüttelte. »Aber ihr dürfen keine Schmerzen zugefügt werden.«

»Nicht, solange sie nicht dazu verurteilt ist«, sagte Orresta.

Enna hielt Natas Hüfte umschlungen und sah zu ihr auf. »Was geschieht mit dir, Mama?«

»Wärmt es nicht das Herz, zu sehen, wie sich eine Tochter um ihre Mutter sorgt?«, fragte Agnecodo. »Ich glaube, dass einige Zeit des Nachdenkens ihr guttun wird. Nicht nur Ihr habt Fragen, Nata, auch wir stellen welche. Das liegt in unserer Natur. Wir sind Sabos. Und wir haben auch Antworten, mehr sogar als Ihr.«

Er schob die blaue Laterne hin und her und betrachtete die sich verändernden Farben auf der Leinwand.

»Wenn es doch nur so wäre.« Er seufzte.

»Wollt Ihr mir einreden, dass Elana sich irrt? Wir sehen doch, wie die blaue Sonne immer weiter hinter der gelben hervorkommt! Wen, glaubt Ihr, könnt Ihr mit Fabeln narren?«

Während er mit der Rechten das Weinglas zum Mund führte, streckte er die Linke mit den Fingern nach unten aus. So hielt er sie vor die Laternen. Auf seiner Handfläche malte das Licht jetzt einen gelben und einen blauen Bereich, dazwischen einen grünen Übergang.

»So hat sie es Euch erklärt, vermute ich?«

Er bewegte nicht die blaue Laterne, wie Elana es getan hatte, sondern die Hand, die er vor der gelben Lampe hin und her schob. »Ich denke, wir sollten uns allein weiter unterhalten. Unter Sabos.«

Firando wollte Enna an der Hand nehmen, aber Hurnendo entzog ihm das Kind und ging mit Natas Tochter hinaus. Oresta schloss die Tür hinter den beiden.

»Hat Eure Haut gebrannt, als Ihr nach dem Kristallbuch verlangt habt? – Bestimmt hat sie das. Ich hatte oft das Gefühl, mein Fleisch stünde in Flammen und flackerte um meine Knochen herum. Als trüge ich eine Fackel an meinem Arm. Manche spotteten, die Bilteca sei mein eigentliches Zuhause. Lasst Euch nicht durch das geringe Alter täuschen, das mein Gesicht bezeugt. Ich habe mehr Kristallbücher studiert als jeder andere in Sombralor. Sicher auch das, dem Ihr Eure Aufmerksamkeit schenktet. Krienos heißen die Wesen, die Ihr als Häute beschreibt, und Ihr fürchtet sie zu Recht.«

»Wenn Ihr das wisst, wie könnt Ihr dann zögern, ganz Bisola zu warnen?«

»Und danach?«

»Dann flüchten wir in die Metropolen.«

Orresta lachte. »Glaubt Ihr nicht, in den Metropolen wohnen schon so viele, wie unter ihre Schilde passen?«

»Die Schilde sind etwas, worüber man nachdenken sollte«, meinte Agnecodo. »Ihr wisst, dass sie sich nur in der Nacht heben lassen? Sombralor ist die einzige Metropole, der die Geister auch im Licht diesen Schutz gewähren.«

Nata nickte. Sie hatte gehört, dass die Sasseks häufiger als die Menschen um Metropolen kämpften, weil ihren Oberhäuptern in den Thronsälen weniger Macht gegeben wurde und ein Angriff daher aussichtsreicher war.

»Und selbst wenn das nicht der Fall wäre: Es gibt zweihundert Millionen Menschen auf Bisola«, sagte Agnecodo.

»Woher wollt Ihr das wissen?«

»Es ist erstaunlich, was man von den Geistern erfährt, wenn man sich auf sie einlässt. Glaubt mir, die Zahl stimmt. Wie gedenkt Ihr zweihundert Millionen Menschen in elf Metropolen in Sicherheit zu bringen, die sie zudem noch mit einer Milliarde Sasseks teilen?«

Nata schluckte. »Aber das blaue Licht wird doch niemals ganz Bisola bedecken.«

»Sasseks entschlüpfen Eiern im Sand, leben dann im Meer und kommen später an Land«, sagte Orresta. »Glaubt Ihr wirklich, dass jene, die im blauen Licht geboren wurden, nur dort leben können? Ihr wisst so wenig, Nata Refael Itana.«

»Die Menschen haben noch ein anderes Problem«, sagte Agnecodo. Er bewegte seine Hand um die gelbe Laterne herum, bis sie sich zwischen dieser und ihrer blauen Schwester befand. »Was, wenn es keine Nacht mehr gibt, sondern nur noch einen gelben und einen blauen Tag? Wohin sollen die Menschen dann gehen?«

Die Offenbarungen der Sabos trafen Nata wie Keulenschläge. Sie verkrampfte ihre Oberschenkel, um nicht zu schwanken.

»Es war auch für mich hart«, sagte Firando. »Aber ihre Beweise sind unwiderlegbar.«

»Wir können nicht mehr in unschuldigem Wissen schwelgen«, sagte Agnecodo. »Wir müssen handeln. Das tun wir. Wir haben den Sasseks zugesagt, dass ihnen der Tag gehören wird, ganz gleich ob gelb oder blau. Und sie haben beim Segen der tiefen Ozeane geschworen, dass die Bürger Sombralors und ihre Nachkommen immer hier wohnen werden. In dieser Metropole werden die Menschen überleben.«

»Und ansonsten sollen sie überall sterben?«

»Bedauerlicherweise.«

»Die Trauer liegt in Euren Worten, aber nicht in Eurer Stimme.«

Er zuckte mit den Schultern. »Wir haben die klügsten Sabos von überallher hierhin geholt. Beinahe alle sind eingetroffen. Wir warten noch auf einige exzellente Denker, dann werden wir den Schild heben.«

Nata sah Firando an, fand aber wenig Trost in seinen Augen. »Wissen die Sasseks, was Ihr wisst?«

Agnecodo lachte auf. »Sie fürchten sich vor dem Blau, wie sie es immer getan haben, und zugleich sind sie gierig, die Welt für sich zu bekommen.«

»Ihnen droht ebenso Gefahr wie uns.«

»Nur denen von ihnen, die nicht in Sombralor sind.«

Natas Vorstellungskraft scheiterte an dem Versuch, sich eine Milliarde Sasseks und zweihundert Millionen Menschen an einem Ort versammelt vorzustellen. Sie dachte an Alissja und ihre vier Kinder, an die Communidad Bergkristall, die inzwischen bestimmt Erdblut verlassen und sich auf die Wanderung begeben hatte. »Wir müssen sie warnen!«

Orresta seufzte. »Sie hat ihre Verantwortung noch nicht begriffen.«

»Wir werden ihr Zeit zum Nachdenken geben.« Agnecodo nickte. »Wir bringen Euch an einen Ort, an dem Ihr Eure Ruhe habt. Ihr werdet keinen Ärger machen und Trost in der Gewissheit finden, dass Firando sich gut um Eure Tochter kümmern wird. Wenn Ihr Fortschritte macht, werdet Ihr sie manchmal sehen dürfen.«

39. Kapitel

Das Kochende Meer zog mit dem Zenitstand der Sonne durch den Tag, gleich einem gewaltigen Sturm, der sich wie die Menschen und die Sasseks auf der niemals endenden, großen Wanderung befand. Als die *Wellenblume* es durchquerte, lag sein Zentrum jenseits der Meerenge zwischen den Kontinenten Fraka und Histola, wo der Dampf aber schon so dicht war, dass Erkundungsboote vorausssegeln mussten, um heil zwischen den Inseln hindurchzukommen. Man beschloss, die Metropole Ikruza zu meiden, obwohl diese einen sicheren Hafen versprach. Sie lag in so großer Hitze, dass man riskiert hätte, dass die Segel der *Wellenblume* Feuer fingen. Zudem hatte man gehört, dass die See dort mit solcher Gewalt kochte, dass die Blasen, die an der Oberfläche zerplatzten, sogar ein Schiff dieser Größe aus dem Wasser hoben. Beim anschließenden Aufprall konnten die Rümpfe der *Wellenblume* brechen, zumal sie seit dem Beginn ihrer Reise zugunsten unverzögerter Fahrt nicht mehr ausgebessert worden waren.

Mareschall Brenhardt befahl, nordwärts entlang der Küste Frakas zu segeln, um die heißeste Region zu meiden und sogar kühles Wasser zu gewinnen, das ihnen vom Pol entgegenströmte. Dieser Beschluss brachte zwar tatsächlich die erhofften Vorzüge, aber zugleich die Seemannskunst der Besatzung an ihre Grenzen. Sowohl Strömung als auch Wind zogen auf das Zentrum der Kochenden See zu. Dort, so berichtete man, wurde der Dampf so dicht nach oben gerissen wie ein Wasserfall, der seinem Gewicht spottend aus dem Meer sprang, um die gnadenlose Hitze der Sonnen zu löschen.

Die Matrosen unternahmen einige Versuche mit dem Hochsegel, das an mehreren hundert Schritt Leine aufwärts stieg und so Luftströmungen höherer Regionen nutzbar machte, die mitunter in andere Richtungen zogen. Doch es barg Gefahren – das Hochsegel riss sie nach kurzzeitigen Erfolgen immer wieder auf die Küste zu. Da es zudem die Blitze anlockte, ließ der Kapitän es wieder einholen.

In der Folge kreuzte die *Wellenblume* gegen den Wind, eine vor allem im Vergleich zur bisherigen rasanten Fahrt mühselige Art der Fortbewegung. Wenn es auch so nicht mehr vorwärts ging, ließ man die Beiboote ab, damit sie das Schiff an Tauen zogen. Die Guardistas unterstützten die Sasseks bei diesen Anstrengungen. Obwohl die Hitze nun auch ihnen zusetzte, erwiesen sie sich wegen ihrer größeren Körperkraft als die besseren Ruderer. In der aufgewühlten See kenterten die Boote häufig, weswegen Kettenhemden und Waffen eingesammelt und auf der *Wellenblume* gelagert wurden.

Vorena befolgte die Anweisung mit dem Widerwillen, den sie bei jedem Befehl verspürte. Zwar gab sie ihr Schwert ab, ließ aber den Dolch unerwähnt, den sie im Stiefelschaft mitführte. Ihre vergleichsweise dicke Kleidung löste den Spott der Kameraden aus, die der Hitze lediglich mit einem Schurz bekleidet begegneten, aber der Druck des Stahls an ihrer Wade entschädigte sie dafür.

Bei diesem Bootsdienst war sie versucht, die Klinge zu ziehen, um die Pflanzen zu zerschneiden, die in dicken Teppichen auf dem Wasser trieben und sich um ihre Ruder wickelten. Der Kapitän schickte seine Sasseks mit Enterstangen aus, wodurch sie dieses Ärgernis tatsächlich weitgehend in den Griff bekamen. Dann aber stellten sie fest, dass sie auf eine Magmaquelle zuhielten. Immer wieder hoben sich neue Eilande aus dem Meer. Magma stieg hervor, erstarrte zu schwarzer Lava und bildete Felsen aus, zum Teil bizarr geformt, weil sie in der bewegten See feste Gestalt annahmen. Ihre Kanten waren oft scharf wie gebrochenes Glas, was auch für den Boden dieser Inseln galt.

Dennoch gab es Getier, das auf ihnen Zuflucht suchte. Schildkröten und Lederrobben verschnauften hier, und wenn es Vögeln gelang, sich gegen den Sturm zu behaupten, machten sie Jagd auf die Jungen oder legten selbst ihre Eier hier ab, wo sie vor Schlangen sicher waren. Es konnte daher nicht überraschen, dass sie auf allerlei Leben trafen, während sie den Kurs korrigierten, um die *Wellenblume* von den unterseeischen Felsen fernzuhalten.

Weil sie sich mit ganzer Kraft in die Riemen legte, hatte Vorena kein Auge dafür. Sie sah in das formlose Wallen von Dampf und Wolken, durch die die gelbe Sonne und ihre kleine blaue Schwester schimmerten, ein Anblick, an den sie sich inzwischen gewöhnt hatte.

Das Nabo gab ihr Ausdauer und Kraft. Sie beugte sich weiter vor als ihre Kameraden, wenn sie das Ruder eintauchte, und zog länger durch, bevor sie es wieder aus dem Wasser hob. Sie genoss es, gegen das Nabo zu spielen, seine Regenerationsfähigkeit herauszufordern, kurzzeitig in die Erschöpfung zu gleiten. Es klärte den Kopf, wenn die Konzentration in die Muskeln wanderte, in den Atem und den Griff, der das Ruder fasste.

Ein Schrei schreckte sie auf.

Wieder einmal kenterte ein Boot, aber der Grund war diesmal keine hohe Welle, sondern die weißen Arme eines Kraken, die daran rissen und die Besatzung in das aufgeschäumte Wasser schüttelten. Die Guardistas benutzten die Ruder als Keulen, während die Sasseks mit den Enterstangen zuschlugen. Deren gebogene Haken glitten jedoch an der festen Haut des achtarmigen Meeresräubers ab.

Vorena riss den Dolch aus dem Stiefel und sprang in die Wellen. Die Erschöpfung des Ruderns steckte in den Muskeln, aber sie zwang sich dennoch zu weiten Zügen. Das Wasser war eine trübe Brühe, in der die Hitze Luftblasen aufsteigen ließ, die an ihrem Gesicht kitzelten. Ihre Haut brannte, als sie auftauchte und nach Luft schnappte.

Der Krake hielt einen Sassek umschlungen. Mit dieser Beute schien er sich vorerst zufriedenzugeben, denn er löste seine Fangarme vom Boot und glitt zurück ins Meer.

Vorena atmete tief ein. Sie tauchte, um dem Zerren der Wellen wenigstens ein Stück weit zu entgehen. Unter Wasser trat sie mit den Beinen auf und ab, so schnell sie konnte, und zog mit den Armen weit durch. Ihre Kleidung hing schwer an ihr und bremste ihre Bemühungen. Aber davon würde sie sich nicht abhalten lassen! Sie würde nicht zu spät kommen!

Beim nächsten Auftauchen war sie nah an dem umgeworfenen Boot, an dessen Rumpf sich die Guardistas klammerten. »Feiglinge!« Sie schluckte warmes, salziges Wasser.

Der Sassek strampelte im festen Griff des weißen Arms, der sich noch weiter um ihn wickelte und ihn dann hinunterzog. Vorena sah jetzt auch den Kopf des Kraken aus den Wellen tauchen. Seine lidlosen Augen, groß wie ein Kampfschild, starrten die Beute an.

Vorena hielt auf das Ungeheuer zu. Hinter sich hörte sie Rufe, verstand aber die Worte nicht. Das Nabo ließ sie die Müdigkeit vergessen und neue Stärke finden.

Gerade noch bekam sie einen der zuckenden Arme zu fassen, als der Krake tauchte. Saugnäpfe brannten sich in ihre Haut, als wären sie mit Hunderten kleiner Zähne bewehrt.

Vorena grinste. Das Bisschen Schmerz würde sie nicht zur Aufgabe bewegen.

Sie hätte den Fangarm durchtrennen können, aber dann wäre der Krake ihr entwischt. Sie missgönnte ihm jedoch seine Beute. Deswegen rammte sie die Klinge so durch das fahle Fleisch ihres Gegners, dass die Schneiden quer zu ihr standen. Dadurch schnitten sie nicht weiter, als Vorena an dem Griff riss. Stattdessen zog sie sich Richtung Kopf.

Immerhin schien auch der Krake Schmerz zu verspüren.

Der Stich brachte ihr seine Aufmerksamkeit ein. Weitere Fangarme glitten heran. Jetzt war Vorena froh über ihre Kleidung, verhinderte sie doch, dass die Saugnäpfe direkt auf ihrer Haut Halt fanden.

Die schlangenartigen Glieder umfassten sie, eines wickelte sich um den Bauch, ein anderes um ihr linkes Bein. Sie zogen sich zusammen.

Vorena ließ es zu, arbeitete sich aber mit entschlossenen Griffen und Nachstechen ihres Dolchs weiter zum Kopf der Kreatur vor, der jetzt als fahle Kugel im gelblichen Wasser sichtbar wurde. Beinahe als tauchte sie in einem Suppentopf, in dem helles Fleisch kochte.

Die Fangarme zogen in unterschiedliche Richtungen. Zwar war Vorena unempfindlich, was Schmerzen anging, aber auch nicht versessen darauf, ein Bein abgerissen zu bekommen. Außerdem umschlang der Fangarm, der sich um ihren Leib wand, nun auch ihren Brustkorb und presste die Luft heraus. Das konnte sie das Bewusstsein kosten, zumal sie nicht wusste, wie weit sie von der Oberfläche entfernt war.

Zuerst das Bein. Das Wasser bremste die Bewegung der Klinge, weswegen sie in dem Fangarm stecken blieb, statt ihn zu durchschlagen. Das wäre bei weiteren Versuchen ebenso. Darum verzichtete Vorena darauf, die Waffe für einen neuen Hieb frei zu reißen. Sie ließ sie in der Wunde und zog sie hin und her, um den Arm zu durchschneiden wie eine Wurst. Die Klingen der Grauwacht waren scharf genug, um sich mit ihnen zu rasieren. Der Krake zog den Fangarm zurück, aber das ergänzte nur das Bemühen der Guardista. Der Dolch durchtrennte ihn.

Vorena genoss es, in dem ungewöhnlichen Kampf ihren Geist als Waffe einzusetzen, statt sich auf die endlos eingeübten Bewegungsabläufe zu verlassen. Doch sie wusste, dass sie sich der Euphorie nicht hingeben durfte. Der Krake hatte anstelle eines weiteren Opfers eine unerwartete Gegnerin getroffen, aber auch das Nabo konnte ihr die Atemluft nicht ersetzen. Da sie eine Guardista war, käme die Ohnmacht bei ihr plötzlich. Ein gewöhnlicher Mensch hätte in seiner Brust wohl bereits ein brennendes Inferno gefühlt.

Das Ungeheuer zog Vorena dem Schnabel entgegen, der wuchtig zwischen den Fangarmen hervorragte. Er war eben nur ein dummes Tier, das nicht wusste, dass seine beste Möglichkeit darin bestand, seine Gefangene zu ersäufen. So brachte er selbst jenen Teil seines Körpers in Reichweite des Dolchs, aus dem Vorena sein Leben schneiden konnte.

Einige Lektionen lehrte das Schlachtfeld schon bei dem ersten Aufenthalt. Dazu gehörte, dass ungenutzte Möglichkeiten, ein Zaudern im falschen Moment, der Hauptgrund für erbärmliche Niederlagen waren. Vorena hatte in vielen Schlachten gestanden.

Sie stieß den Dolch so entschlossen in das Auge, dass auch ihre Faust mit in die glibberige Masse glitt.

Der Fangarm zog sich in einem letzten Kraftakt um ihre Brust und drückte die Luft aus ihren Lungen. Ihr wurde schwarz vor Augen. Das Nabo ließ den Schmerz in ihr Bewusstsein.

Darauf folgte eine warme Taubheit, in der sie aus dem erschlafften Griff in das blubbernde Wasser trieb.

Ihr fehlte das Gefühl für die verstreichende Zeit. Sie dachte an gar nichts. Ein Zustand von Erlösung und Unschuld.

Irgendwann spürte sie den Sassek, den sie wohl gerettet hatte. Er zog sie mit sich zur Oberfläche. Sie würgte die Flüssigkeit aus den Lungen und füllte sie befreit mit dampfgeschwängerter Luft. Ihre Hände waren leer, den Dolch hatte sie verloren.

Offenbar waren einige Rippen gebrochen, denn sie spürte bei jedem Atemzug ein Stechen in der Brust. Dennoch lächelte sie. Sie liebte den Kampf, weil er sie ganz in seine Gegenwart zog, alle Erinnerungen auslöschte, solange er dauerte. Daran, dass sie die Tochter von Menschen war, die gegen die Ordnung der Welt gelästert hatten und wahrscheinlich schon lange irgendwo in der Wildnis erfroren waren. Und die sie dennoch nicht aufhören konnte zu lieben, vor allem, wenn sie daran dachte, wie ihre Mutter an ihrem Bett gesungen hatte. Diese Liebe bewies wohl, dass tief in ihrem Herzen noch immer eine Verräterin wohnte, die nur darauf wartete, dass ihre Wachsamkeit nachließ.

Auch jüngere Schmach hatte sie der Kampf mit dem Kraken für einige Augenblicke vergessen lassen. Etwa, dass Remon zwar das Lager mit ihr teilte, aber Natas Namen flüsterte, wenn er schlief.

40. Kapitel

Als man Nata in einen Palast brachte statt in einen Kerker, beruhigte sie das zunächst. Sie wurde in ein Zimmer ohne Fenster und mit nur einer Tür geführt. Die Öllampen waren in einem achtarmigen Leuchter drapiert, der von der Decke hing. Der größte Einrichtungsgegenstand war ein Bett, dessen Pfosten beinahe doppelt so hoch waren wie Nata. Zwischen ihnen spannte sich ein weißes Tuch. Ein Stuhl und eine Kommode waren aus dem gleichen Holz gefertigt wie das Bettgestell. Die Wand war in einem hellen Gelb gleichmäßig bemalt, nur nahe der Decke zog sich ein Rankenmuster um den Raum. Ein flauschiger, blauer Teppich bedeckte den Boden beinahe vollständig.

Kaum hatte sie die Tür durchschritten, wurde diese hinter ihr geschlossen und der Schlüssel drehte sich. Damit begann das Warten.

Sie vermutete, befragt und belehrt zu werden. Auf dem weichen Bett sitzend schärfte sie die Argumente, mit denen sie für die Erforschung des Blaus, der Pflanzen und der Häute, die Agnecodo Krienos genannt hatte, werben wollte. Nur das, womit man sich beschäftigte, konnte man verstehen. Nur von dem, was man verstand, konnte man die Schwächen kennen. Nur, wenn man die Schwächen eines Gegners kannte, konnte man sich vor ihm schützen.

Sicher waren die Krienos verwundbar. Sie waren schon einmal im Wind über Bisola getrieben, und dennoch gab es Menschen und Sasseks. Vielleicht würde Agnecodo behaupten, das läge daran, dass sie sich auch damals in Sombralor verkrochen hätten, bis die blaue Sonne sich wieder hinter der gelben verborgen hätte. Dafür würde Nata Beweise fordern. Sollte er sie doch mit in die Bilteca nehmen, damit sie gemeinsam in den Kristallbüchern lesen könnten! Das gäbe Nata die Gelegenheit, nach anderen Möglichkeiten zu suchen, gegen die Krienos zu bestehen. Wege, die nicht beinahe alle Menschen und Sasseks dem Feind aus der Vergangenheit auslieferten.

Sie hatte ihre Worte sorgfältig zurechtgelegt, als eine Magd Essen brachte.

Auch danach kam niemand zu ihr. Die Lampen brannten gleichmäßig. Sie fragte sich, ob die Kristalldächer draußen die Dunkelphase begonnen hatten. Mit vollem Magen wurde sie schläfrig. Sie streckte sich auf dem Bett aus, ohne ihr Kleid auszuziehen. Sie wollte bereit sein für das Streitgespräch. So schlummerte sie ein.

Als sie erwachte, fand sie leichtes Gebäck und einen Becher Saft auf einem Tablett, das auf dem Stuhl stand. Da sie keinen Tisch hatte, stellte sie das Tablett auf ihrem Schoß ab und aß.

Als sie fertig war, verspürte sie ein menschliches Verlangen. Sie fand die Tür verschlossen und erhielt keine Antwort auf ihr Klopfen. Wenigstens stand ein Nachttopf unter dem Bett, sodass sie ihrem Drängen nachgeben konnte. Aber ihr fehlte eine Möglichkeit, sich zu waschen.

Sie öffnete die Kommode und fand darin immerhin ein Tuch, mit dem sie sich notdürftig säuberte. Außerdem enthielt sie einige Kleidung, auch ein Nachtgewand. Davon hatte sie während ihrer Zeit in Erdblut geträumt, aber in der einfachen

Hütte wäre ein solcher Luxus vergeudet gewesen. Ob es Remon wohl gefallen hätte, sie in dem durchscheinenden Stoff zu sehen?

Da niemand kam, holte Nata alle Kleidungsstücke aus der Truhe, betrachtete sie, legte sie zusammen und verstaute sie wieder. Sie waren für eine Frau ihrer Größe geschneidert. Vornehmer Stoff, ungeeignet für körperliche Arbeit, aber ohne Raffinesse genäht.

Die Magd brachte eine Suppe, dampfendes Gemüse und einen Becher Wasser. Nata sagte ihr, dass sie eine Waschgelegenheit benötigte, falls sie noch länger bliebe. Die Magd verließ den Raum, ohne ein Wort zu sprechen. Immerhin brachte sie einen frischen Nachttopf und nahm den alten mit.

Nata ging erneut ihre Argumente durch, verfeinerte sie, plante Erwiderungen für nebenläufige Themen, die Agnecodo vorbringen mochte. Ihr Einbruch in die Bilteca hatte zwar das Gebot des Rats verletzt, aber die Geister hatten sie willkommen geheißen und sie hatte niemandem geschadet. Firando hatte sie, Enna und Hurnendo aus freien Stücken bei sich aufgenommen. Dass sie sich aus dem Zug der Sabos geschlichen hatten, konnte man ihnen an sich nicht vorwerfen, schließlich waren sie keine Gefangenen. Allenfalls den gestohlenen Schneesegler müsste sie bezahlen. Das rechtfertigte jedoch nicht, Nata in diesem Zimmer einzuschließen.

Noch immer kam niemand, der mit ihr sprechen wollte. Da sie weder etwas zu lesen noch Schreibzeug hatte, betrachtete sie die Ornamente an der Wand. Eigentlich waren sie ganz hübsch. Der Maler musste große Disziplin aufgebracht haben, um alle Schnörkel so gleichmäßig zu zeichnen.

Als die nächste Mahlzeit kam, Brot mit einer Paste aus Pilzmus, dazu ein Saft, baute sie sich mit in die Hüften gestemmten Armen zwischen der Magd und der Tür auf und forderte, den Hausherrn zu sprechen.

Die Magd rief ein Wort, das Nata nicht kannte, vermutlich einen Namen. Daraufhin erschien ein kräftiger Diener, schob

Nata zur Seite und machte so den Weg für die Magd frei. Die Tür schlug zu, der Schlüssel drehte sich.

Nata ging Kreise auf dem weichen Teppich. Einerseits glaubte sie an die Vernunft, der sich jeder Sabo verpflichtet fühlte, somit auch Orresta und Agnecodo. An Vernunft appellierte man am erfolgreichsten mit ruhig vorgetragenen Argumenten. Andererseits war es zutiefst unvernünftig, sie so lange hier festzuhalten. Wenn sie davon ausging, dass man in Sombralor pro Hellphase drei Mahlzeiten einnahm, war sie jetzt schon länger als eine Hell- und eine Dunkelphase hier. Es mochte ja sein, dass die Unruhen in der Metropole zugenommen hatten oder andere Dinge die Aufmerksamkeit des Rats beanspruchten. Dennoch war die Schweigsamkeit der Dienerschaft eine Unverschämtheit, selbst wenn Nata sich in den Augen des Rats respektlos verhalten haben mochte.

Mit großer Willensanstrengung hielt sie sich davon ab, gegen die Tür zu trommeln. Nata zitterte vor Wut, als sie in dem feinen Nachtgewand im Bett lag, und brauchte lange, um einzuschlafen.

Sie erwachte, als die Magd schon wieder im Zimmer war. Ein ähnliches Frühstück wie beim letzten Mal stand bereit, während die Bedienstete mithilfe einer Klappleiter das Öl im Leuchter nachfüllte.

Nata fragte, wie lange sie noch bleiben müsse. Sie glaubte, Mitleid im Blick der Magd zu erkennen, als diese den Raum verließ.

Nata aß ruhig auf und stellte das Tablett mit dem leeren Besteck in eine Ecke. Dann begann sie zu toben. Sie hieb gegen die Tür, bis die Fäuste schmerzten. Sie schrie. Nach Agnecodo und Orresta. Nach Firando. Nach Enna. Dann kreischte sie unartikuliert, bis ihre Stimme kippte.

Die nächste Mahlzeit war ein lauwarmer Braten und wurde in dem gleichen Schweigen gebracht wie die vorherigen.

Sie überlegte, ob sie, wenn sie noch lange hierbleiben müsste, die Lampen an dem Leuchter löschen sollte. Aber erstens hing dieser so hoch, dass sie nicht wusste, wie sie ihn ohne Klappleiter erreichen könnte, und zweitens hätte sie keine Möglichkeit, sie ohne Hilfe wieder zu entzünden. Also suchte sie ein Tuch aus der Kommode, mit dem sie ihre Augen bedeckte.

Essen. Schlafen. Das Muster an der Wand betrachten. Die Kommode ausräumen. Kleider anprobieren. Die Kommode einräumen. Schreien. Argumente zurechtlegen.

Letzteres geschah mit der Zeit immer langsamer. Irgendwann verlor Nata den Überblick, wie viele Mahlzeiten sie schon in diesem Raum zu sich genommen hatte. Ab und zu wurde die Bettwäsche gewechselt. Sie entdeckte eine Waschschüssel, ohne dass sie hätte sagen können, wie lange sie bereits neben der Kommode stand. Vielleicht immer schon. Sie begann, sie zu benutzen. Manchmal wusch sie sich ununterbrochen von einer Mahlzeit bis zur nächsten.

Sie wusste, dass sie die Ranken in dem umlaufenden Muster gezählt hatte, aber sie hatte vergessen, wie viele es waren. Sie begann von Neuem. Dann zählte sie in der anderen Richtung.

Sie sehnte sich nach der Offenheit des Himmels. Das Gewicht der Zimmerdecke drückte auf ihren Schädel. Der Schmerz stieg an und flaute ab, aber er wich nicht mehr.

Als sie einmal völlig verschwitzt erwachte, glaubte sie, zu ersticken. Sie zerriss das Nachtgewand über der Brust. Als die Magd kam, warf Nata sich vor ihr auf die Knie und flehte sie an, sie hinauszulassen. Die Dienerin schwieg. Als sie hinausging, packte Nata ihren Stuhl an der Lehne und schlug damit nach ihr. Die Magd sprang in Sicherheit, aber der Stuhl verkeilte sich in der Türöffnung. Bevor Nata begriff, dass sie über ihn in die Freiheit springen konnte, zertrat ihn der kräftige Diener und riss die Tür zu. Jetzt hatte Nata keinen Stuhl mehr, nur noch gesplittertes Holz.

Sie ritzte sich damit einen Finger auf. Mit dem Blut malte sie die Sterne an die Wand, die die Freude ihrer Kindheit gewesen waren. Den Rossomschädel stellte sie als verschmierte

Fläche dar. Sie weinte, weil sie keine andere Farbe als Rot zur Verfügung hatte. Oder sollte sie mit ihren Exkrementen malen?

Enna stand in ihrem Zimmer und heulte. Firando war dabei. Er sah traurig aus. Er sagte, dass Enna nicht sprechen dürfe, aber dass er durchgesetzt habe, dass sie ihre Mutter wenigstens sehen könne. Nata umarmte sie, sagte ihr, dass sie sie liebte, dass Enna das Kostbarste und Beste auf der Welt war.

Die Magd kam und nahm die beiden wieder mit. Nata blieb zurück. Noch immer hatte niemand mit ihr über das blaue Licht gesprochen, geschweige denn über die Gefahr, die es ausbrütete.

Enna und Firando kamen jetzt oft. Manchmal lagen drei Mahlzeiten dazwischen, manchmal vier. Einmal flüsterte Enna ihr ins Ohr, sie solle durchhalten. Sie glaube, niemand sei so stark, dass er ihre Mutter brechen könne. Diesen Satz wiederholte Nata fortan, so leise geflüstert, dass sie ihn selbst kaum hörte.

Irgendwann kam Firando allein. Er setzte sich neben sie auf das Bett und sagte ihr, es sei so weit, über alle Unruhestifter werde nun verhandelt, und dazu zähle auch sie. Sie solle schweigen von den Krienos und überhaupt allem, was sie in der Bilteca erfahren habe, dann könne er, Firando, sich um Enna kümmern. Das schwöre er bei der Summe des Wissens, das er in seinem Leben angesammelt habe. Er werde für Enna sorgen und auch für Hurnendo, solange der Alte noch lebte.

Nata verstand nicht, warum Hurnendo nicht mehr leben sollte. Er hatte doch immer gelebt, solange sie sich erinnerte. Schon bevor sie in dieses Zimmer gekommen war.

Hurnendo habe die Keuche, sagte Firando. Aber das sei unwichtig. Wesentlich sei, dass Nata sich füge. Sie würde verbannt werden, mit den anderen, aber nicht getötet und nicht länger gefangen gehalten. Agnecodo sei umstritten. Zwar sei Frieden in der Metropole eingekehrt, aber die neuen Herrscher müssten Rücksicht auf die alten Familien nehmen.

Firando fragte, ob Nata alles verstanden habe.

Sie schwieg, und er führte sie zur Tür.

Sie zögerte, die Schwelle zu überschreiten. Lauerte dahinter der starke Diener? Oder ein blaues Nichts, in dem Häute trieben, die sich über sie legten und sie erstickten? Davon hatte sie oft geträumt. War das in Wirklichkeit geschehen? In der Vergangenheit? Oder der Zukunft? Oder war das dasselbe?

Zwei Dienerinnen, die Nata nicht kannte, zogen sie aus, wuschen sie mit Schwämmen und kleideten sie in ein sauberes Gewand. Nata weinte, weil sie in einem anderen Raum stand, mit einer höheren Decke, mit Pflanzen und einem Tisch und einem Brunnen, in dem Wasser plätscherte. Durch eine aus vier Kreisen zusammengesetzte Öffnung konnte sie die Sterne sehen. Sie dachte, dass es angenehm wäre, im Angesicht von so viel Schönheit zu sterben.

Als Firando und der kräftige Diener sie nach draußen führten, füllte sie ihre Lungen so heftig, tief und oft mit der frischen Luft, bis Funken vor ihren Augen tanzten und sie gefallen wäre, hätte man sie nicht gestützt.

Irgendwie kam sie am Cestillo an. Sie stand vor der gleichen Statue, auf die sie geklettert war, als Firando zum Ratsherrn geworden war. Jetzt ließ er sie mit anderen Menschen zurück, die ebenfalls staunend ihre Umgebung betrachteten. Ein paar Wachen standen in der Nähe. Nata wusste, dass die Klingen an den langen Stangen töten konnten. Aber sie wusste nicht, warum man jemanden umbringen sollte. Was war überhaupt der Unterschied zwischen Leben und Tod?

Ein Balkon wuchs aus dem Cestillo. Agnecodo stand vor den Ratsmitgliedern, zu denen auch Firando gehörte. Fünf Geister sammelten sich vor ihm und riefen, was er sagte.

»Diese Verräter wollten Unruhe unter uns säen! Es ist ihnen sogar gelungen! Kaum eine Familie hat niemanden verloren in den Kämpfen, die unsere Straßen mit Blut bespritzten!«

Unwillige Rufe erhoben sich, aber nicht von den Menschen, die bei Nata standen und auch nicht von dem Balkon. Mit

Mühe sah sie sich um. Sie entdeckte eine Menge, die sich etwas weiter vom Cestillo entfernt versammelt hatte.

»Viele haben den Tod dieser Verruchten gefordert!«, setzte Agnecodo seine Rede fort. »Auch ich hätte ihn als gerecht empfunden! Aber hier geht es nicht um Gerechtigkeit, sondern darum, die Zukunft Sombralors zu sichern. Genug ist zerstört worden, genug Leben gingen verloren.«

Er stützte sich auf die Brüstung.

»Unsere Freunde von der Grauwacht ziehen den Großteil ihrer Truppen ab. Sie werden in Elysior gebraucht, das nun nicht in der Nacht liegt und nicht im Tag, sondern im Licht der blauen Sonne. Wir verstehen, dass die Grauwacht hier vor einer nie da gewesenen Herausforderung steht, was die Regelung der rechtmäßigen Herrschaft über Elysior betrifft.«

Mit erhobener Hand brachte er einige Sasseks zum Schweigen, die hinter ihm zischten.

»Ich habe ihnen auch die Auffassung dieses Rats mitgeteilt, dass alles, was im Licht liegt, welcher Farbe es auch immer sei, dem Tag zuzurechnen ist.«

Das Zischen beruhigte sich.

»Dennoch bleibt die Aufgabe schwierig. Sombralor hofft, die Last der Grauwacht ein wenig zu erleichtern, indem es ihr seine fehlgeleiteten Söhne und Töchter mitgibt. Diese hier«, er zeigte auf Nata und die Menschen neben ihr, »sollen die Grauwacht nach Elysior begleiten und ihr an den Rudern nützlich sein. Im blauen Licht werden auch die Verstocktesten erkennen, dass sie uns vergeblich aufzuwiegeln versuchten.«

41. Kapitel

Anfangs hatte Ssarronn vermutet, irgendwelche Flöhe wären mit der frischen Verpflegung an Bord gekommen und hätten sich unter seinen Schuppen festgesetzt. Er bedauerte sogar, dass die *Wellenblume* die Randbereiche der Kochenden See hinter sich gelassen hatte. Dort hätte er solche Plagegeister mit einem Bad loswerden können. In den vergleichsweise kühlen Gewässern, die sie nun befuhren, holte er sich nur zusätzlich Salz in die feinen Rillen seiner Haut.

Aber Parasiten waren gar nicht die Ursache des Juckens, wie er nach intensivem Kratzen festgestellt hatte. Die innere Haut saß lockerer als zuvor. Er bedauerte, sich bald von dem Moos trennen zu müssen, das ihn zuverlässig sättigte, solange genug Sonnenlicht auf seinen nackten Oberkörper schien. Die nächste Häutung stand bevor. Deswegen wuchsen die Schwimmhäute auch nicht mehr richtig zusammen. Höchstens noch ein Mezzalauf, dann würde Ssarronn in eine Starre fallen, und wenn er wieder daraus erwachte, wäre er kein Männchen mehr. Er wäre dann in der späten geschlechtslosen Phase angekommen und hätte einen von Gedanken an Fortpflanzung befreiten Blick auf die Welt. Bis dahin allerdings würde das Jucken zunehmen.

Die *Wellenblume* stellte ihre Masten jetzt nur noch selten auf. Dennoch kamen sie schneller vorwärts als auf dem ersten Teil ihrer Reise. Das an den beiden Bugen festgebundene Hochsegel zog sie voran, aber es hob das Schiff auch ein Stück weit aus dem Wasser. Anfangs war die neue Lage des Decks, die sich daraus ergab, ungewohnt gewesen. Die Segel an den Masten drückten die Buge in die Wellen, wenn der Wind von achtern kam.

Durch die lockere Bewölkung waren die Sonnen jetzt oft zu sehen. Je weiter sich das Schiff der Landbrücke näherte, die den Kontinent Nurata mit dem Nordpol verband, desto tiefer sank die gelbe Scheibe. Die blaue blieb ihr verbunden. Wenn dünne Wolken davorstanden, sodass man sie direkt anschauen konnte, bemerkte man, dass sie sich so weit hinter ihrer größeren Schwester vorgeschoben hatte, dass sie beinahe zu einem Halbkreis wurde. Das Phänomen erinnerte Ssarronn an die Doppelmonde, wenn Mezza wieder hinter Dya hervorkam. Die Sonnen strahlten jedoch so hell, dass ihr Stand die Farbe des Lichts beeinflusste, das auf den Betrachter schien. Bei ihrer jetzigen Position war es grün. Ssarronn kannte das vom Tauchen in Teichen, in denen Algen das Wasser färbten. Wenn er die Schilderungen richtig deutete, würde die Kraft des blauen Lichts auf ihrer Reise nach Osten weiter zunehmen.

Noch war das Deck der *Wellenblume* ebenso grün wie das Hochsegel. Das vor ihnen tanzende Meer war grün, die graue Haut der Sasseks schimmerte grün, die glatten Gesichter der Guardistas waren noch grüner und die Küste, auf die sie zuhielten, war ebenfalls grün, obwohl kaum Vegetation auf dem kargen Land wuchs. Nur die drei Rauchsäulen, die vor ihnen in den Himmel stiegen, waren von einem intensiven Blau.

Kress stand in der Spitze des linken Bugs und fauchte sie an, als könnte sie den Qualm dadurch über die Entfernung hinweg zerstreuen. Es war ihr heftigster Gefühlsausbruch seit Langem. Inzwischen sah sie sogar in Vorenas blaue Augen, ohne ihr Missfallen zu bekunden.

Auch Ssarronn war beim Anblick des Rauchs unwohl. Zugleich wollte er den Blick nicht von Kress wenden. Er konnte sich nur schwer vorstellen, wie es bald, nach seiner Häutung, wäre, sie so zu sehen. Im Moment hätte er nichts lieber getan, als sie beide zu entkleiden, sie zärtlich auf das Deck zu drücken, ihre weichen Seiten mit seinen Oberschenkeln zu quetschen und dabei sanft über ihren Nacken zu züngeln. Aber sie wies ihn noch immer ab.

So stellte er sich nur neben sie und hielt sich an der Takelage fest. »Viele Küstensiedlungen verwenden Rauchsäulen, um Schiffen den Weg zu ihnen zu weisen.«

»Ständig nimmst du Ketzer in Schutz!«, fauchte sie. »Aber diesmal wird dein Versuch scheitern, diese Ungeheuerlichkeit kleinzureden!«

»Vielleicht ist es nur ein Unfall.« Er glaubte selbst nicht daran. Nicht bei drei Signalfeuern.

Die *Wellenblume* fuhr in die Bucht ein. Mehrere Schiffe verkehrten hier, hauptsächlich einfache Flöße, aber auch hochseetüchtige Segler. Die Seemauer der Siedlung zeugte davon, dass dieser Ort seit vielen Wanderungen genutzt wurde. Wenn das Eis kam, schliff es die Gebäude ab, ließ aber die Grundmauern stehen. Das Gewicht der Gletscher drückte sie sogar oft fester zusammen, sodass sie noch widerstandsfähiger wurden. Wenn die nächste Generation von Sasseks die Siedlung am nächsten Tag wieder in Besitz nahm, baute sie auf dem auf, was erhalten geblieben war. Da die Mauer zum Wasser hin bloß lag, erkannte Ssarronn an der unterschiedlichen Farbe und Beschaffenheit der Steine fünf Lagen der Besiedlung.

Von den Anlegern führten nur schmale Treppen hinauf zu den Häusern. Die engen Durchlasse waren sicher gut zu verteidigen. Auf den Zinnen standen Flaschenzüge, mit denen man Schiffslasten auf- und abladen konnte. Zwischen diesen brannten die Signalfeuer, von denen der blaue Rauch aufstieg.

Kress bestand darauf, die *Wellenblume* sofort nach dem Anlegen zu verlassen. Wenigstens konnte Ssarronn sie davon abhalten, von ihrer Wut getrieben die Treppen hinaufzustürmen und die Feuer eigenhändig zu löschen. »Besser, wir bleiben bei Mareschall Brenhardt«, sagte er. »Der wird sich mit dem Thuun treffen, und nur der Thuun kann dafür sorgen, dass man dauerhaft anderes Brennmaterial verwendet, das keinen blauen Rauch erzeugt.«

Ssarronn fiel es schwer, auf dem Weg die Treppen hinauf mit dem Dutzend Guardistas Schritt zu halten, die Brenhardt begleiteten. Dabei trugen sie sogar ihre eisernen Kettenhemden. Offenbar war es hier schon wieder kühl genug, damit Menschen sich wohlfühlten.

Das traf aber sicher nicht auf die Sklaven zu, die man auf dem Markt zwischen den runden Häusern anpries. Mehr als hundert zerlumpte Gestalten waren hier mit Ketten oder Stricken gefesselt. Die meisten waren verwundet, manchmal bluteten sie sogar. Ihr Lebenssaft floss rot, nicht purpurn wie bei den Sasseks. Bei diesen Elenden wäre es Ssarronn wohl auch vor seiner Reise mit der *Wellenblume* leicht gefallen, das Geschlecht zu bestimmen. Die Männer hatten verfilzte Bärte im Gesicht, und die Frauen waren an den gewölbten Brüsten zu erkennen, die durch die zerrissene Kleidung schimmerten. Die meisten trugen Leder und Pelze, die in dem grünen Licht ebenfalls merkwürdig aussahen. Als läge ganz Bisola unter Wasser. Unbehaglich folgte Ssarronns Blick dem aufsteigenden Rauch zu der blauen Sonne.

»Wir sollen auf dem Marktplatz warten«, erklärte Semoel auf Ssarronns Frage, warum sie nicht weitergingen.

»Wer sagt das?«

»Als du und deine hübsche Kröte noch auf den Stufen geschnauft habt, haben wir schon mit der Wache am Kopf der Treppe geredet. Der Thuun kommt gleich.«

Ssarronn sah zu, wie die Menschen versteigert wurden. Gerade pries man einen Greis an, wie Ssarronn an dem hellen Haar, der faltigen Haut und der gebückten Haltung erkannte. Er fragte sich, ob dieses Männchen noch immer Gefallen an Weibchen fand. Bislang hatte er die Vorstellung von solchen Regungen im hohen Alter merkwürdig gefunden. Nun, da er seine letzte Häutung kommen fühlte, bedauerte er, dass er sich wohl nie mit Kress paaren würde. Wenn er dagegen noch den Rest seiner Lebensspanne Zeit gehabt hätte, sie zu umwerben, wäre alles möglich gewesen. Kress würde in einigen Doppelmonden sicher weniger strikt werden, wenn sie lernte, dass Geduld oft zum Ziel führte und Nachsicht nicht dasselbe war wie Schwäche. Dann sah sie vielleicht auch die Vorzüge von Ssarronns größerer Lebenserfahrung und zeigte sich zugänglicher.

Bedauernd fächelte er mit seinen Zungenspitzen ihren Geruch in seine Nasenlöcher. Schon bald würde er sich nicht mehr für Weibchen interessieren.

Auf der Bühne des Sklavenverkäufers entstand Unruhe, als ein Sassek mit dem schlaffen Hut eines Memors einen Gehilfen wegstieß und sich an die Käufer wandte. »Ihr tut Unrecht!«, rief er. »Hört meine Worte! Es war die Zeit, da es außer dem schrecklichen Blau nur Nacht gab, in der die Kraft gefror! Damals halfen die Menschen den Sasseks, gaben ihnen Obdach, Schutz und Wärme.

So wird es wieder kommen! Der Tag, wie wir ihn kennen, wird eine ferne Erinnerung sein, und wir werden die Menschen brauchen! Sie sind nicht unsere Feinde. Seht dort, die Guardistas der Grauwacht! Verhalten sie sich nicht stets ehrenhaft? Und wie schlecht danken wir es ihrer Spezies! Seht diese geschundenen Men…«

Ein Schlag mit einem Knüppel ließ ihn zusammenbrechen. Der Sklavenhändler trat wieder an seiner Stelle.

Ssarronn wollte sich durch die Menge dorthin drängen, wo man den Bewusstlosen von der Bühne trug. Doch in diesem Moment erreichte der Thuun mit seiner Garde den Platz, und jedermann wandte sich ihm zu. Der Herrscher der Siedlung ließ sich in einem goldbeschlagenen Zuber tragen, aus dem das Wasser schwappte. Er war lediglich von den Schultern aufwärts zu sehen.

Das Behältnis wurde vor dem Mareschall abgestellt.

»Die Grauwacht ist uns höchst willkommen«, sagte der Thuun. »Wir haben ein Anliegen, bei dem wir auf Euch hoffen. Doch sagt uns zuerst, was Euch zu uns führt!«

»Wir haben eure Rauchsignale gesehen!«, fauchte Kress.

Brenhardt schenkte ihr keine Beachtung. »Ich danke für deine Gastfreundschaft, Thuun Peggann. Ich will mir selbst ein Bild von dem fremden Licht machen.« Er sah zu der blauen Sonne auf. »Wie steht es um Elysior? Es sollte längst in die Nacht gefallen sein.«

»Dem ist nicht so.« Peggann züngelte. »Die Zeiten ändern sich. Elysior liegt noch immer im Licht.«

»In blauem Licht!«, schnappte Kress. Ihre beiden Handgelenksporne fuhren aus.

»Das ist unerheblich«, meinte Peggann. »Es gibt keine Hell- und Dunkelphasen, das Licht wird dem Himmel überlassen. Das bedeutet, die Geister der Metropole stimmen zu, dass sich Elysior noch im Tag befindet, auch wenn man von dort aus die gelbe Sonne nicht mehr sieht.«

»Eigentlich sollte schon Annioa in der Nacht sein«, sinnierte Brenhardt. »Der Tag kam kürzlich nach Oculor, wir haben die Übergabe der Metropole selbst begleitet.«

»Es befinden sich bereits Guardistas in Elysior.« Zur Bekräftigung hob Peggann eine Hand aus dem Zuber. »Auch sie vertreiben die Sasseks nicht. Wenn Ihr dorthin zieht, wird für Euch ebenfalls offensichtlich sein, dass es im Tag liegt.«

»Damit haben die Menschen nur noch zwei Metropolen. Nur Kibor und Sellija liegen in der Dunkelheit.«

»Keiner wird den Ratschluss des Plexos verstehen, aber niemand darf ihn infrage stellen. Auch unsere Stadt ist der blauen Sonne dankbar. Es wird noch lange dauern, bis wir Mauerklipp aufgeben müssen.«

»Blasphemie!«, kreischte Kress.

»Das Gezeter dieses Weibchens schmerzt arg in meinen Höröffnungen. Könnt Ihr sie fortschaffen?«

Brenhardt sah Ssarronn an.

Er fasste Kress an den Schultern. Sie zitterte vor Wut. »Beruhige dich, oder wir erreichen gar nichts!«, flüsterte er ihr zu.

»Ich habe die Goraja aus meiner Stadt verbannt«, fuhr Peggann fort. »Ihre Lehre ist der neuen Zeit unangemessen. Das Blau ist ein Segen. Aber wir haben andere Sorgen.«

»Es betrübt mich, das zu hören«, sagte Brenhardt.

»Ich glaube, Ihr seid die Lösung meines Problems.« Er zeigte auf die Sklaven. »Noch viel mehr Menschen streunen durch unser Land. Sie sind eine Gefahr für unser Volk. Die

Guardistas in Elysior kümmern sich um die Metropole, aber Ihr werdet mir Gehör schenken.« Er kippte den Kopf schräg. »Beim Eid der ehrenwerten Grauwacht rufe ich Euch an, den Pakt zu schützen und die Menschen zurück in die Nacht zu treiben!«

42. Kapitel

Die Späher der Grauwacht fanden die Menschen tief im blauen Land. Von hier aus war die gelbe Sonne schon lange nicht mehr zu sehen. Die blaue lag auf dem Horizont und ihre Strahlen wärmten so wenig, dass in schattigen Senken Reif auf den merkwürdigen Blumen mit ihren gezackten Blättern und den Blüten lag, aus denen kleine Widerhaken wuchsen. Verglichen mit den Schneefeldern der Nacht gab es hier jedoch Nahrung im Überfluss. Allein die offene See musste den Menschen wie ein Geschenk erscheinen. Hunderte von Flößen tanzten auf den Wellen, Lagerfeuer überzogen die Hügel. Drei Communidades – Topas, Opal und Granat – hatten sich zusammengetan, um im blauen Licht ihr Glück zu suchen. Alle drei waren in der Nacht erfolgreich gewesen, hatten Refugios ihr Eigen genannt und andere Communidades unter ihren Schutz genommen.

»Wie viele seid ihr?«, fragte Vorena, obwohl sie nur als Leibwächterin zu dem Treffen mit den Feuerwahrern gekommen war.

»Fünfzigtausend«, antwortete Ludon, wobei sich seine spitze Nase auf Vorena ausrichtete wie eine Dolchklinge. »Männer, Frauen und Kinder.«

»Mir wäre recht, wenn wir die Kinder aus dieser Auseinandersetzung heraushalten könnten«, sagte Mareschall Brenhardt.

»Warum? Es ist ihre Zukunft, um die wir kämpfen. Ihr Leben. Niemand hat mehr Recht als sie, sich gegen Euch zu stellen, wenn Ihr sie in die Nacht zurückschicken wollt.«

Sie standen auf einem Hügel, der gerade hoch genug war, die Umgebung zu überblicken. Im Landesinneren gab es weitere Erhebungen. Auf der höchsten von ihnen funkelten die drei Herzfeuer.

»Nur in der Nacht sollen die Menschen leben, nur im Tag die Sasseks«, zitierte Brenhardt den Pakt. »In der Dämmerung sollt ihr euch auf den Weg machen und ohne Murren übergeben, was ihr zurücklasst, um demütig zu erwarten, was ihr empfangen werdet.«

»Diese Worte sprechen nicht von blauem Licht«, sagte Helana. In ihren alten Augen lag mehr Ruhe als in denen ihrer Gefährten.

»Wo eine Sonne am Himmel steht, ist Tag«, sagte Brenhardt.

»Das hat der Pakt nicht festgelegt, Guardista!«

»In der Nacht wechseln Hell- und Dunkelphasen. Wie ist das in Elysior?«

»Wir beanspruchen keine Metropole«, sagte Ludon. »Sollen die Sasseks Elysior und auch Annioa behalten. Wir werden von diesem Land leben.«

»Dieses Land liegt im Tag.«

»Die Sasseks brauchen es nicht.«

»Sie schicken uns gegen euch aus.«

»Warum macht Ihr Euch zu ihren Bütteln?«, rief Ludon. »Wir sind Euch näher als sie.«

»Wir dienen dem Plexo«, knurrte Vorena.

»Wir wollen keine Metropolen und keine Refugios. Wir verzichten auf den Schutz des Plexos. Hier ist es warm genug.«

Brenhardt stellte einen Fuß auf einen Felsen und stützte sich auf seinem Knie ab. »Habt ihr eine Vorstellung, wie heiß der Tag werden kann? Unser Schiff ist durch ein kochendes Meer gefahren, um hierher zu kommen. Ihr braucht eine tiefe Höhle, um euch vor solcher Hitze zu schützen.«

Igneceo, der schweigsamste der drei, schob den Ärmel seines Gewands bis zur Schulter hoch und streckte die Hand aus. »Noch ist es zu kühl, um unbekleidet umherzulaufen. Ich freue mich darauf, wenn wir es einmal können. Nackt unter dem offenen Himmel zu gehen – das ist etwas, wovon ich schon als Kind geträumt habe.«

»Bedenkt, dass wir die besseren Waffen und die besseren Kämpfer haben«, sagte Brenhardt.

»Aber Ihr befehligt nur zwei Hundertschaften. Wir werden Euch mit unserer Masse erdrücken.«

»Wie viele Tote müssen euch anstarren, bevor ihr in die Nacht zurückkehrt?«

»Ihr macht uns keine Angst.« Helana lächelte freudlos. »Wir haben die Furcht vor dem Blau überwunden, jetzt werden uns auch keine Schwerter zurücktreiben.«

Brenhardt blinzelte in die blaue Sonne. »Ist das euer letztes Wort?«

»Ihr werdet kämpfen müssen, wenn Ihr uns zwingen wollt.«

»Unser Eid verlangt es!«, rief Vorena.

Brenhardt richtete sich gerade auf. »Wir werden eure Herzfeuer schonen. Sie sollen heil in die Nacht zurückkehren.«

»Und wir werden keinen Guardista hindern, nach der Schlacht seine toten Kameraden zu bergen.«

»Wie es die Ehre gebietet«, sagte Brenhardt, und die drei Feuerwahrer bestätigten die Formel.

»Wir könnten viele Leben retten«, versuchte Brenhardt es nochmals.

»Das liegt in Eurer Hand, Mareschall. Geht einfach weg, irgendwohin, statt das Blutwerk der Sasseks zu verrichten.«

»Die Sasseks haben hiermit nichts zu tun. Es geht um unseren Eid. Das wisst ihr.«

»Wir wollen nicht auf dem Eis erfrieren oder mit anderen Menschen um immer weniger Refugios kämpfen. Die Nacht schwindet. Uns geht es um unser Leben. Das ist wichtiger als ein Eid.«

»Wir werden eure Kapitulation jederzeit akzeptieren.« Damit wandte sich Brenhardt ab.

Auf dem Weg zu dem Hügel, auf dem die Guardistas warteten, schritten sie durch die merkwürdigen, blauen Blumen, die hier bis auf Kniehöhe wuchsen. Wobei in diesem Licht ohnehin alles blau war, außer den Herzfeuern, die ihr eigenes Licht in sich trugen.

»Ich habe einen besonderen Auftrag für dich, Vorena«, sagte der Mareschall. »Dieser Kampf nützt niemandem. Je kürzer er andauert, desto besser. Ich will, dass du die Herzfeuer in unsere Gewalt bringst.«

»Ihr habt versprochen, sie zu verschonen!«

»Wir werden sie nicht zerstören, sondern sie an uns nehmen. Nach der Kapitulation geben wir sie den Communidades zurück.«

»Ich verstehe.«

»Such dir eine Handvoll Kameraden aus, denen du vertraust.«

»Ich brauche nur einen, und dem vertraut außer mir keiner.«

Er grinste. »Warum wundert mich das nicht? Also gut, du und Remon. Schlagt einen Bogen und haltet euch aus der Schlacht heraus, auch wenn das gegen deinen Charakter geht. Dein Schwert wird auch so genug zu tun bekommen. Diese Menschen sind nicht gewöhnt, im Tag zu kämpfen. Wir werden für eine Ablenkung sorgen, die die gesamte Aufmerksamkeit auf uns ziehen wird.«

43. Kapitel

»Unser Tross ist da hinten«, sagte Remon. »Du gehst in die falsche Richtung, Junge.«

»Nennt mich nicht Junge!«, schrie Laco. »Ich bin alt genug, um zu kämpfen!«

»Das ist keine Frage des Alters. Wir haben doch schon darüber gesprochen.«

Seit sie die Kochende See hinter sich hatten, nutzte Laco jede Möglichkeit, bei den Sasseks Materialien zu erwerben, die sich für eine Rüstung verwenden ließen. Er war halbwegs geschickt mit Leder. Das Ergebnis war die merkwürdigste Ansammlung von unterschiedlich großen Quadraten, Ovalen und Streifen, die Remon je bei einem kleidungsähnlichen Gegenstand gesehen hatte. Auf der rechten Schulter überlappten sich vier Lagen, über dem Herzen gab es nur eine. Semoel hatte dem Jungen eingeredet, kraftvolle Schwertstreiche kämen immer von oben, weswegen man sich in dieser Richtung schützen müsse. Dann hätte Remon allerdings einen Helm als sinnvoller erachtet.

»Ihr seid nicht mein Vater, nicht mein Feuerwahrer und auch nicht mein Offizier! Ihr habt mir nichts zu befehlen!« Laco hielt sich an dem einzigen Teil in seinem Besitz fest, das eines Kriegers würdig war: dem Schwert mit dem Grauwolf.

»Das Kämpfen braucht Übung.«

Laco sah zu den Hügeln, auf denen sich die Krieger der Communidades im blauen Licht sammelten. An manchen Stellen standen sie so eng, dass ihre Körperwärme für die Sinne eines Guardistas einem Leuchtfeuer gleichkam. »Ich werde bald reichlich Übung bekommen!«

»Was schätzt du, wie viele das sind?«

Trotzig ließ Laco den Blick schweifen. Obwohl man nur noch langsam alterte, wenn man das Nabo in sich hatte, war er während der Reise erwachsen geworden. Einmal hatte er Remon anvertraut, dass er die Zeit nachholen wollte, in der sein Verstand in der Dunkelheit des Pilzgifts gefangen gewesen war. In seiner Neugier erinnerte er Remon an Nata, die auch immer alles wissen wollte. »Vielleicht sind es zehntausend.«

»Ja.« Remon zupfte ein paar Blütenköpfe von der Hose. Mit ihren Widerhaken blieben sie ständig daran hängen. »Wenn man nur die rechte Flanke zählt, kommt man mit zehntausend hin. Insgesamt werden es wohl viermal so viele sein. Und wie viele sind wir?«

Lacos Kiefer mahlten, als er sich umsah. Etwa zweihundert Kameraden prüften die Haltegurte an den Schilden, den Sitz der Dolchscheiden oder die Verschnürung ihrer Stiefel.

»Du hast noch nie gespürt, wie es ist, wenn dir ein Gegner das Bein abhackt.« Remon ließ die Axt pendeln. »Vielleicht hier.« Er tippte mit dem Blatt an den Knöchel. »Oder hier.« An das Knie. »Oder gleich hier.« An die Hüfte. »Eigentlich spielt es kaum eine Rolle. Du liegst auf dem Boden, und dann stechen sie auf dich ein. Immer wieder. Als wärest du ein Nadelkissen für ihre Klingen. Und die hat man in der Wildnis geschmiedet. Viele sind rostig und haben Scharten, die dir Fetzen aus dem Fleisch reißen.«

»Lasst das!« Er zog sein Schwert. »Ich bin kein Feigling!«

Remon schlug die stumpfe Seite des Axtblatts auf Lacos Handgelenk. Mit einem Schmerzensschrei ließ er die Waffe fallen.

»Du solltest den Bengel nicht entmutigen, wenn er sich endlich nützlich machen will!« Semoel näherte sich mit dreien seiner Kumpane. Er hatte die Daumen in seinen Gürtel gehakt, die Linke nahe dem gebogenen Dolch.

»Ich hätte mir denken können, dass du ihn aufhetzt.«

»Hast du etwas dagegen, wenn ich diesem Versager vom Leben erzähle?« Schwer legte er den rechten Arm um Lacos Schultern.

»Ich bin kein Feigling«, wiederholte Laco.

»Warum liegt dein Schwert dann im Dreck?«, fragte Semoel. »Das mögen wir gar nicht. Der Grauwolf trinkt ungern Schlamm.«

»Du weißt genau, dass Laco höchstens als Ablenkung taugt.«

Grinsend schüttelte Semoel den Kopf. »Hör nicht hin, Laco, mein Lieber. Remon hat noch nie verstanden, dass der Platz eines Guardistas in der Schlachtreihe ist.«

Remons Linke schoss vor und packte Semoels Hals. Er riss ihn von Laco fort, konnte ihn aber nicht zu Fall bringen.

Semoel zog seinen gebogenen Dolch und drückte ihn gegen Remons Kehle.

Remon erstarrte, hielt Semoel jedoch fest.

»Wie soll es weitergehen, Verräter?« Semoels Stimme kam gepresst, weil Remon ihn würgte. »Hast du schon genug? Als süßer Papa hast du wohl nur mit kleinen Mädchen gerungen.«

»Was ist denn hier los?«, donnerte Vorena. Mit weiten Schritten kam sie den Hügel zu ihnen herab.

Obwohl sie noch nicht einmal die Hand am Schwert hatte, sprangen Semoels Freunde ihr aus dem Weg.

»Wollt ihr euch küssen?«, rief Vorena. »Dann will ich euch nicht stören, da wir ja nur so eine Kleinigkeit wie eine Schlacht zu erledigen haben. Ansonsten wäre es schön, wenn ihr eure innige Umarmung lösen und mir erklären würdet, warum ich euch nicht zusammenprügeln sollte!«

Widerwillig lösten sich die beiden Männer.

»Es geht mal wieder um Laco«, sagte Remon.

Vorena musterte den Jungen. »Was ist denn das für ein lachhafter Aufzug?«

Laco hatte das Schwert wieder aufgehoben, brachte aber kein Wort heraus. Die Angst vor Vorena hatte er nie abgelegt.

»Laco sucht nach seiner Ehre.« Semoel rammte den Dolch zurück in die Scheide. »Er hat erkannt, dass wir kein Nabo zu verschwenden haben.«

»Was soll das heißen?«

»Eigentlich sollte das Nabo, das er in sich trägt, einem Guardista gehören. Also versucht er jetzt, sich wie ein Guardista zu benehmen.«

Remon schnaubte. »Semoel gefährdet das Nabo. Wenn Laco im Getümmel zerrissen wird, kann es sinnlos im Boden versickern.«

»Kindereien!«, knurrte Vorena. »Du passt auf unsere Reittiere auf, Laco, weil nämlich keiner von uns die Muße haben wird, auf dich aufzupassen.«

»Schade«, meinte Semoel. »Er hätte ein Held werden können.«

Vorena legte eine Hand locker auf ihr Schwert. »Ich könnte den Eindruck gewinnen, du seist noch immer uneins mit mir, Semoel.«

Laco zog mit gesenktem Haupt ab.

Semoel schwieg, hielt aber Vorenas Blick stand.

»Wir haben eine Schlacht zu schlagen«, sagte sie. »Vielleicht kannst du danach darüber nachdenken, ob du schon so schwach bist, dass du dich an Schwächlingen vergreifen musst. Wenn dem so ist, könnte ich zu dem Schluss kommen, dass ich mir ebenfalls die Zeit mit Schwächeren vertreiben könnte. Vielleicht fühle ich mich ja stärker, wenn ich dich bei der nächsten Schwertübung zum Einarmigen mache.«

Semoel ging zu seinen Freunden. »Wir sehen uns in der Schlachtreihe, Vorena.«

Sie schüttelte den Kopf. »Ein andermal. Jetzt haben Remon und ich einen besonderen Auftrag.«

44. Kapitel

Natürlich suchte sich Vorena den stärksten Gegner aus. Er überragte sie um zwei Haupteslängen und seine Oberarme waren dicker als ihre Schenkel. Seine Muskeln traten wie Schiffstaue hervor, als er die Keule schwang und brüllte.

Die Erregung auf einem Schlachtfeld beruhigte Vorena. Wenn anderen der Verstand entglitt und sie nur noch ihren Instinkten folgten, wurde ihr Denken eins mit ihrem Schwert. So wog sie auch jetzt kühl ab, ob sie den Abstand vergrößern sollte, um dem Hieb zu entgehen, oder ob dies eine Gelegenheit war, die Entscheidung zu suchen. Natürlich konnte sie die Urgewalt dieser Attacke nicht brechen, aber sie konnte sich so weit davor schützen, dass die Wucht sie nicht zerstörte, während sie Vorena davontrug.

Sie nahm die Rechte mit dem Schwert zurück, riss den Schild an ihrem linken Arm hoch, sodass er Schulter und Kopf deckte, und spannte die Muskeln in ihrem Oberkörper an. Den Kontakt mit dem felsigen Boden hielt sie jedoch nur mit den Fußballen, so locker, als wolle sie davonspringen.

Die Keule krachte gegen den Schild und ließ ihn dröhnen wie einen Gong. Vorena wurde durch den waagerechten Hieb angehoben und wäre fortgeschleudert worden, hätte sie sich nicht blitzschnell an die Waffe ihres Gegners geschmiegt. So zog die Keule sie auf ihrer Bahn mit, als sei sie ein Stück Stoff. In einem Halbkreis kam sie hinter den blindwütig vorstürmenden Gegner, dessen klobiger Leib ihr viel zu langsam folgte. Nur den Kopf riss er so rasch herum, dass der Schaum in Flocken aus dem Bart flog.

Vorenas Füße fanden keinen Stand, aber das war ihr gleich. Im Fallen stieß sie das Schwert vor. Die Spitze bohrte sich durch die Felle, die ihren Gegner bedeckten. Sein Gebrüll kündete von Wut, nicht von Schmerz.

Dunkles Blut quoll über seine Hüfte, als er sich herumwarf. Er verschwendete keinen Gedanken daran, wie er sie am besten anginge. Vielleicht konnte er in seinem Rausch überhaupt nicht denken. Sofort hob er die Keule über den Kopf und machte einen weiten Schritt, um Vorena zu zertrümmern.

Einen Augenblick fragte sie sich, ob sie es wirklich mit einem Menschen zu tun hatte. Seine Bewegungen dehnten den Bauch und beanspruchten danach die Muskulatur in diesem Bereich. Beides riss an der frischen Stichwunde, ohne dass es den Hünen zu stören schien.

Aber das war nicht ihr Problem. Mit der Schnelligkeit einer Guardista rollte sie sich über die Schwertseite.

Die Keule krachte auf den Boden. Gesteinssplitter prasselten gegen Vorenas Schild.

Sie hörte die nächsten Gegner herankommen. Wie ihr Kamerad schrien sie sich die Lunge aus dem Leib.

Sie zog die Knie unter die Brust und stieß sich nach vorn ab. Das Kettenhemd verhinderte einen weiten Sprung, aber da sie sich mit dem Schild am Boden abdrückte, bekam sie genug Reichweite, um mit einem am langen Arm geführten Hieb den Unterschenkel des Riesen zu erwischen. Nur konnte sie auf diese Weise die Kraft ihres Arms kaum einsetzen. Trotz ihrer Schärfe blieb die Klinge im Schienbein stecken, nachdem sie Hose und Wade durchtrennt hatte.

Der Riese brach in die Knie. Er holte immer nur so kurz Luft, wie unbedingt nötig war, um weiterzubrüllen. Ohne sich um seine Verletzungen zu kümmern, griff er nach Vorena.

Eine Kämpferin wusste, dass es tödlich war, Verluste zu betrauern, solange man sich noch im Gefecht befand. Das galt nicht nur für gefallene Kameraden, sondern auch für verlorene Waffen. Sobald sie erkannt hatte, dass das Schwert blockiert war, hatte sie nach ihrem neuen Dolch gegriffen. So glitt die kurze Klinge schon aus der Scheide, als der Riese an der Kante ihres Schilds riss.

Diesmal setzte sie einen wohlplatzierten Schnitt. Sie zog die

Schneide durch den Puls des Gegners. In einem heftigen Stoß schoss das Blut heraus. Die Finger verloren ihre Kraft.

Vorena stieß sich aus der Reichweite des Riesen, kam auf die Knie und dann auch in einen Stand, gerade früh genug, um den nächsten Wilden mit dem Schild abzufangen. Diesmal war keine Zeit für ein wohlkalkuliertes Manöver, der Zusammenprall erfolgte mit ungeminderter Wucht. Aber der Gegner war kleiner als der erste. Er zwang Vorena, ein paar Schritte rückwärts zu stolpern, doch dann fand sie Halt an dem felsigen Hang.

Er hatte faulige Zähne, was seinen Atem zu einem bestialischen Gestank machte, als er sie über dem Schild mit weit aufgerissenem Mund anstarrte und dabei ein unartikuliertes Brüllen ausstieß. Auch ihm stand Schaum vor dem Mund, der jetzt in Vorenas Augen flog.

Aber er war dumm. Er klammerte sich an seinen Spieß, obwohl dieser nutzlos zwischen seinem Körper und Vorenas Schild eingeklemmt war.

Vorena stieß den Dolch bis zum Heft in seinen Oberschenkel und bewegte die Klinge in der Wunde. Einige der größten Adern verbanden die Beine mit dem Rumpf. Wurden sie durchtrennt, konnte das sogar einen Guardista umbringen.

Sie spürte, dass Präsenzen in der Nähe erloschen. Diese Schlacht forderte auch von der Grauwacht einen Blutzoll.

Aber Remon, der einzige Guardista in unmittelbarer Nähe, hielt sich gut. Gerade machte er einen Schritt zurück, um Distanz für seine Axt zu gewinnen. Diese riss er sodann aufwärts, wobei die Klinge nach oben wies. Sie spaltete den Kopf seines Gegners vom Kinn bis zur Stirn und riss ein Band aus Blut und Hirn hinter sich her, als sie wieder austrat.

Vorena zertrat die Gurgel ihres zusammenbrechenden Gegners.

Der Riese lebte immer noch. Er hatte seine Keule wieder in den Pranken und zog sich damit den Hang herauf, Vorenas Schwert in der Wade, deren unterer Teil schlackerte wie ein halb gefüllter Wasserschlauch.

Schon sprangen die nächsten beiden Gegner Vorena an. Diesmal rissen sie sie um, zumal derjenige, den sie gerade überwunden hatte, im Weg lag. Sie wälzten sich auf der Leiche. Vorena spürte einen harten Hieb gegen ihre rechte Flanke. Zwar hielt das Kettenhemd die Waffe ab, aber dennoch brachen einige Rippen. Das Nabo sang in ihren Muskeln. Sie liebte es.

Sie stieß einem der beiden, der offenbar vorhatte, ihr ins Gesicht zu beißen, den gepanzerten Ellbogen unter das Kinn.

Der Kopf flog in den Nacken.

Vorena nutzte den bloßliegenden Hals, um im Rückschwung den Dolch durch die Luftröhre zu ziehen. Da der Gegner über ihr lag, spritzte sein warmes Blut in ihr Gesicht.

Den Letzten erledigte Remon. Vorena spürte die Wucht des Axthiebs, der in den Rücken ihres Feindes schlug.

Sie schob die Leichen zur Seite und stellte sich auf. »Ist einer entkommen?«

Remon lachte auf. »Die denken nicht an Flucht.«

»Aber vielleicht daran, Nachrichten zu überbringen?« Sie waren auf halber Höhe des Hügels angelangt, auf dem die Herzfeuer standen. Dort hielten Gerüstete Wache, nicht mit Fellen bekleidete Wilde wie der Trupp, der sie hier überrascht hatte. Vorena wollte nicht, dass sie mit den kopfgroßen Edelsteinen flohen, die zu sichern ihr Befehl war.

»Solche Schäumende hält man gefangen und fern von allen anderen, bis es zu einer Schlacht kommt. Dann lässt man sie von der Kette.« Er ging zu dem Riesen und erlöste ihn mit einem Schlag durch die Wirbelsäule von seiner Qual. Dann drehte er den Kopf zur Seite und zeigte auf die Flocken von Speichel in seinem Bart. »Ein Ritual, das manche Communidades pflegen. Sie essen Pilze, die einigen Visionen bringen und anderen den Wahnsinn. Die einen werden geehrt und man sucht ihren Rat. Die anderen spucken Schaum und haben so viel Wut in sich, dass sie zu nichts taugen als zu blindwütigem Schlachten.«

Die Erklärung passte zum Mangel an Kampftaktik, den diese Gegner gezeigt hatten. Vorena sah hinunter in die Senke, wo die Schlacht tobte. Sie war stolz auf die Disziplin ihrer Kameraden, die einen zwei Reihen tiefen Ring bildeten und sich nach außen hin verteidigten. Schwerverwundete wurden in der Mitte in Sicherheit gebracht. Wenn die Grauwacht auch Verluste beklagen musste, so bluteten die Communidades doch ungleich stärker. An einigen Stellen hatten die nachrückenden Krieger Schwierigkeiten, über die Hügel aus den Leichen ihrer Gefallenen zu gelangen.

Anfangs hatte der Feind mit Rossoms angegriffen, die Vorena nur an den gedrehten Hörnern erkannt hatte. Man hatte ihnen das Fell geschoren, das sonst ihre Erscheinung prägte. Das machte sie viel schlanker. Doch so große Wucht man mit den Tieren auch erreichen konnte, so unberechenbar verhielt sich die Herde: Rossombullen duellierten sich, indem sie die Köpfe gegeneinanderstießen. Die Kühe stellten sich gemeinsam angreifenden Raubtieren entgegen und warfen sie mit ihren Hörnern in die Höhe. Beide Kampfweisen waren schwer vereinbar mit einem Sturmritt, und so waren die Rossoms in einer zerfaserten Linie bei den Guardistas eingetroffen, die sie oftmals ins Leere hatten laufen lassen, um dann ihre empfindlichen Flanken zu durchbohren. Jetzt lagen die Kadaver der Rossoms zwischen den Leichen der Gegner.

Neben den Nahkämpfern setzten die Communidades auch Bogenschützen und Speerwerfer ein. Wohl deswegen beorderte Mareschall Brenhardt den Kreis der Guardistas weg von den Hügeln, von denen die Speere geschleudert wurden. Sie waren beinahe schon außer Reichweite. Für die Pfeile galt das natürlich nicht, aber da das Nabo begrenzte Verwundungen sofort ausglich, konnten diese Geschosse einen Guardista kaum kampfunfähig machen.

»Worauf warten wir?«, fragte Remon.

Vorena riss eine Blüte von einer der Blumen, die hier überall standen. Sie glaubte, dass ihre Blätter auch in normalem Licht blau waren. Sie warf sie in die Luft und beobachtete, wohin sie trieb. In die gleiche Richtung, in der, von den Guardistas aus gesehen, auch die Mehrzahl der Feinde stand. »Es geht sofort los. Wir können schon zum Gipfel gehen.« Sie steckte ihren Dolch weg und nahm ihr Schwert auf.

Sie waren noch fünfzig Schritt von den Herzfeuern entfernt, als die Rufe der Schlacht einen anderen Tonfall annahmen. Zudem mischte sich ein Prasseln darunter.

Hinter dem nächsten Felsen fand Vorena freie Sicht in die Senke und damit auch ihre Vermutung bestätigt. Mareschall Brenhardt hatte die Feuertöpfe entzündet, und der trockene Bewuchs des Gefechtsfelds entbrannte wie das Öl einer Lampe, die auf dem Boden zersprang. Der Wind trieb die Flammenwand in die Reihen der Communidades.

Die Menschen, die in der Nacht aufwuchsen, waren manche Härten gewohnt. Eislaurer, Kälte, Beben, Hunger, Schneestürme, auch Kämpfe. Aber ein solches Feuer war ein neuartiger, ein unheimlicher Gegner für sie. Gletscher brannten nicht, und selbst wenn ein Feind einen Magmastrom zu seinem Vorteil nutzte, bewegte sich das flüssige Feuer nur träge. Das, was diesem Brand in der Erfahrung der Gegner am ehesten entsprach, war ein Vulkanausbruch. Bei einem solchen gab es nur eine sinnvolle Reaktion: Flucht, so schnell einen die Beine trugen. Genau dazu entschloss sich die Mehrzahl der Kämpfer.

Mareschall Brenhardt verzichtete vorerst auf eine Verfolgung und ordnete seine Truppe, bevor er sie weiter Richtung Küste bewegte.

Auch die gut ausgerüsteten Wachen an den Herzfeuern verfolgten gebannt das Geschehen. Vorena nickte Remon zu. Stumm überwanden sie die verbliebene Distanz.

Der erste Gegner starb, bevor er begriff, dass er angegriffen wurde. Vorena rammte ihm das Schwert mit so viel Schwung in den Rücken, dass der harte Stahl der Grauwacht die Ringe des Kettenpanzers sprengte und die blutige Spitze am Bauch wieder austrat. Sie fand das nicht unehrenhaft. Der

Mann starb an seiner mangelnden Wachsamkeit, er verdiente es nicht besser.

Sein Todesschrei alarmierte die anderen. Remon nahm einen Stich in sein Bein in Kauf, um den Axthieb nicht abbrechen zu müssen. Das Blatt durchschlug den Schild seines Gegners und zertrümmerte den Oberarm.

Vorena trat ihr Schwert frei. Sie duckte sich unter einem Wurfbeil und stürmte auf ihren nächsten Feind los.

Der war so fixiert auf ihre Klinge, dass sie diese als Ablenkung nutzte. Sie kippte den Schild und hieb seine Kante waagerecht gegen den Kopf des Kriegers. Der Oberkiefer brach, der Mann stürzte und starb an dem Schwert, mit dem Vorena nachsetzte.

»Haltet ein!«, rief jemand.

Vorena war zu erfahren, um auf so etwas zu reagieren. Sie achtete darauf, wie sich ihre Gegner verhielten. Die Wachen verharrten, einige zogen sich sogar zurück.

Erst jetzt sah sich Vorena nach dem Rufer um. Er trug Gewänder, die wohl eigentlich feuerrot waren, im Licht der blauen Sonne aber purpurn erschienen.

»Feuerwahrer Igneceo«, begrüßte sie ihn.

Er zögerte, als er die drei Herzfeuer erreichte, die auf einem Podest in ihren Halterungen standen. »Ich kenne Euch. Ihr wart bei dem Mareschall, als wir verhandelt haben.«

»Als ihr seine Warnung in den Wind schlugt, meinst du.«

Er sah in die Senke hinab, wo seine Streitmacht über die Leichen hinweg das Weite suchte. Erst auf den Hügeln kam die Flucht zur Ruhe.

»Was macht Ihr hier?«, fragte er. »Uns wurde garantiert, dass die Herzfeuer verschont würden.«

»Die Herzfeuer schon. Ihr nicht. Wir werden die Steine mit uns nehmen und sie den Überlebenden eurer Communidades übergeben, wenn wir sie in die Nacht geführt haben werden.«

Er sah auf die toten Wächter, dann zu dem Dutzend, das noch kampfbereit war. »Dies sind hervorragende Söldner.«

»Der hier auch?«, fragte Vorena und tippte mit dem Fuß denjenigen an, den sie soeben überwunden hatte. Sein Gesicht war ein Trümmerfeld.

Igneceo schluckte. »Es ist nicht sicher, dass Ihr zu zweit siegen könnt. Jetzt habt Ihr die Überraschung nicht mehr auf Eurer Seite. Dies sind die besten Kämpfer, die wir mit Silber anwerben konnten.«

»Dann hoffe ich, ihr habt gut verhandelt und nicht zu viel bezahlt. Lange werden ihre Dienste euch nicht mehr zur Verfügung stehen.«

Er sah wieder in die Senke hinab, wo das Feuer wütete und die Leichen verbrannte. Sie gab ihm Zeit, die Katastrophe zu erfassen und seinen Traum von einem Leben jenseits des Eises loszulassen.

»Dies ist der falsche Moment für Stolz«, sagte er. »Unsere Verluste sind fürchterlich.«

Er nahm ein nachtschwarzes Tuch und verhüllte die Herzfeuer.

45. Kapitel

Der Hauptunterschied zwischen Vorena und Remon lag darin, dass sie keine Zweifel kannte. Das wurde ihm klar, als er gemeinsam mit ihr an der Küste entlangstapfte. Sie summte wieder ihre Hymnen. Ihr war vollkommen gleichgültig, was die Menschen der Communidades Opal, Topas und Granat dazu gebracht hatte, von einem Leben jenseits der Kälte zu träumen. Sie würde sich niemals fragen, ob es überhaupt nur die Träume waren, die einen Menschen ausmachten und ihn am Leben hielten. Für sie wäre es bedeutungslos gewesen, wenn er ihr von den Härten des Lebens in einer Siedlung wie Erdblut erzählt hätte. Oder von Kindern, die umkamen, weil sie zu schwach waren, den Weg aus der Dunkelheit zurückzufinden, oder von Männern, die starben, weil sie sich auf der Suche nach Essbarem für ihre Familien zu weit hinauswagten.

Dabei konnte man ihr auch keine Ruhmsucht vorwerfen. Auf Mareschall Brenhardts Frage, was für eine Belohnung sie nach der erfolgreichen Sicherung der Herzfeuer wünschte, hatte sie um einen Jagdauftrag abseits der Truppe gebeten.

Immerhin blieben Remon dadurch die hoffnungslosen Blicke der Menschen erspart, die unter dem Geleit der Grauwacht zurück in die Nacht zogen. Würden die Kinder, die im offenen Meer Netze ausgeworfen hatten, jemals vergessen, wie Sonnenstrahlen nackte Haut wärmten? Auch, wenn diese Strahlen blau waren? Er jedenfalls hatte oft vom Tag geträumt.

Vorena blieb stehen. »Sie schicken jemanden hinter uns her.«

Remon spürte die Präsenz eines dritten Guardistas ebenfalls. Er spähte nach Südwesten. »Warum sollten sie das tun?«

Sie hatten abgesprochen, dass sie mit erlegtem Wild die Truppe wiedersuchen würden. Eine Menge von mehreren Tausend Menschen auf Wanderschaft konnte man schlecht verfehlen, zumal, wenn man die anderen Guardistas auf einen Click Entfernung spürte. Selbst in diesem unwahrscheinlichen Fall hätte sie das Nabo zielsicher nach Elysior geleitet, sodass sie spätestens dort zur Truppe gestoßen wären.

»Etwas Überraschendes muss vorgefallen sein.« Unwillig zog Vorena am Zügel des Packtiers, das ihre Wurfspieße und die bisher magere Beute trug.

Bedauernd drehte Remon das Gesicht zum Meer. Der Wind trug den Salzgeruch mit sich, den er auf der langen Schifffahrt lieben gelernt hatte. Er atmete tief ein.

»Halt das Tier fest!«, forderte Vorena.

Remon wusste nicht, welcher Art es angehörte. Es war kleiner als ein Rossom und hatte auch keine Hörner, dafür aber eine schlackernde Rüsselnase, die mehr als eine Handspanne maß, und einen Schwanz, mit dem es ständig wedelte, um Insekten zu verscheuchen.

Vorena stieg auf den Packsattel, um eine bessere Übersicht zu gewinnen. Das Gelände war von sanften Hügeln durchzogen, auf denen hüfthohes Gras wogte. Im Licht der blauen Sonne ähnelte es den Meereswellen, wenn man nur flüchtig hinsah. Der andere Guardista mochte in einer Senke sein. Aber warum machte er sich nicht bemerkbar, wenn er ihnen nachgeschickt worden war?

Remons Blick wanderte die Küste entlang.

Einige der dunklen Felsen, an denen sich die Wellen brachen, hatten eine merkwürdig gezackte Form. Er kniff die Augen zusammen. Vögel sammelten sich dort, stießen hinab und balgten sich um etwas. Es mussten mehrere Hundert sein.

»Komm runter!«, forderte er.

Vorena sah ihn verwundert an, sprang aber auf den Boden.

Er entfernte sich zehn Schritt von den Felsen. »Stell dich neben mich und sage mir, ob du den anderen Guardista noch spürst.«

Sie schüttelte den Kopf.

»Der Mareschall hat uns niemanden nachgeschickt. Der Guardista ist da hinten. In dem Wrack.«

Vorenas Augen waren ebenso scharf wie seine. »Da ist ein Schiff an den Felsen zerschellt.«

Sie beeilten sich, zum Ort des Unglücks zu gelangen.

Die Planken des Seglers waren beinahe so dunkel wie das Basaltgestein, dem es zum Opfer gefallen war. Die Felsen ragten auf wie Reißzähne, sodass es wirkte, als habe ein Monstrum die Fänge aus dem Sand gestreckt, um sich seine Beute zu schnappen, und sei während dieses Vorgangs versteinert. Nun war nur noch der Unterkiefer übrig, und selbst der war zu einem Gutteil wieder von Sand und Meer bedeckt.

Die Vorstellung war zwar müßig, aber Remon fragte sich, wie das Schiff auf diesen Felsen geendet sein konnte. Hier war die Sicht gut, anders als in der Kochenden See. Aus dem Osten wehte zwar ein beständiger Wind, aber ein so starker Sturm, dass er einen Segler auf ein solches Hindernis hatte drücken können, war kaum vorstellbar. Weit draußen auf dem Meer trieben vereinzelte Eisschollen. Dies war nicht die Morgendämmerung, wo ganze Gebirge aus gefrorenem Weiß Schiffe einkeilten und abdrängten.

»Was immer hier geschehen ist«, meinte Vorena, »es liegt erst kurze Zeit zurück.«

Remon brauchte nicht zu fragen, woran sie das erkannte. Über der zersplitterten Reling hingen entstellte Leichen. Die Vögel bedienten sich an diesem Festmahl. Das konnten sie aber noch nicht lange tun, denn sie fanden noch immer reichlich Fleisch an den Knochen. Ihr Zetern und Kreischen erfüllte die Luft.

»Das ist Nabo!«, rief Vorena und rannte zu dem Wrack.

Sie hatte ein silbriges Rinnsal entdeckt, das aus einer mit einem Kettenhemd gepanzerten Leiche lief. Die Substanz glitt den nassen Rumpf herunter und drohte, ins Meer zu tropfen. Vorena kämpfte sich durch die Fluten und bildete mit den Händen eine Schale, da sie nichts Besseres hatte, um das Nabo aufzufangen.

»Einer von uns muss noch leben«, murmelte Remon. Sonst hätten sie keine Präsenz gespürt.

Er kletterte auf einen der scharfkantigen Felsen, um auf das Deck zu gelangen. Dabei schnitt er sich mehrfach in die Finger, aber solche Kratzer heilten bei ihm schnell.

Der Aufprall hatte den Bug zerdrückt und den vorderen Teil des Rumpfs aufgeschnitten. Die Steuerbordseite war angehoben worden, sodass sie im mittleren Bereich kaum Berührung mit dem Wasser hatte. An Backbord dagegen lag das Schiff fest verkeilt in beinahe der Position, die es auch bei einer Fahrt auf See eingenommen hätte. Das Heck war größtenteils gesunken. Alle drei Masten waren gebrochen, und Risse klafften in den Planken. Segel waren nirgends zu entdecken, dafür aber

Ruß, der von einem Brand kündete. Auch hier schnatterten überall Vögel, die sich um die Reste ihres Mahls zankten.

Remons Stiefel knallten dumpf auf das Backborddeck. In dem blauen Licht wirkte es, als sei das Schiff komplett gesunken und er bewege sich unter Wasser. »Ist hier jemand?«, rief er.

»Remon!«

Er wirbelte herum. Das war nicht Vorenas Stimme! Und sie kam auch nicht von der Bordwand, wo sich seine Kameradin mühte, das unersetzbare Nabo zu bewahren.

Der Ruf war aus einem Aufgang gekommen, der aus dem Laderaum heraufführte und sich nahe des Heckmasts auftat, nur knapp über der Wasserlinie. Aus dem Dunkel leuchteten Remon zwei Laternen entgegen. Sie schwankten, als ihre Trägerin an Deck kam. Ihr Gesicht war rußverschmiert, doch diese Frau hätte Remon immer erkannt.

»Nata!«, rief er und stürzte zu ihr, um sie in die Arme zu schließen. Er tauchte seine Nase in ihr Haar, das im blauen Licht grünlich schimmerte.

»Vorsicht!«, schrie sie.

Er folgte ihrem Blick und sah einen Guardista in einer Wolke protestierend aufflatternder Vögel. Eine Augenhöhle starrte ihm leer entgegen, auf der anderen Seite fehlte das obere Lid. Aus dem aufgerissenen Mund drang ein Röcheln, als der Mann mit vorgestreckten Armen auf ihn zu rannte.

Remon duckte sich, sodass der Angreifer nur mit Hüfte und Oberschenkeln gegen ihn prallte.

Remon warf ihn über den Rücken. Die Kettenhemden scharrten aneinander. Der Mann krachte auf das Deck und rutschte weiter, bis die Reling ihn stoppte. Dort sprang er wieder auf die Beine, viel schneller, als seine bisherigen Bewegungen hätten erwarten lassen.

Remon stellte sich zwischen Nata und seinen Kameraden, der offensichtlich vom Wahnsinn befallen war.

Dieser griff erneut an. Erst jetzt bemerkte Remon, dass die

Knochen an den vorderen Fingergliedern der rechten Hand freilagen, entblößt von Haut und Fleisch.

Der Anblick erschreckte ihn so sehr, dass es dem Gegner gelang, seinen Hals zu umklammern und ihn zu Boden zu ringen.

Remon wehrte sich, aber die Frage, wie ein Guardista solche Wunden erleiden konnte, ohne dass das Nabo sie wenigstens verschorfen ließ, lähmte ihn. Das hier war falsch, es widersprach allem, was Remon zu wissen glaubte: Eine blaue Sonne stand am Himmel, die Nacht rückte nicht weiter vor, erst war sein Leben mit Nata verloren, doch dann tauchte sie plötzlich wieder auf, das Nabo verwehrte einem Guardista die Heilung, und dennoch starb er nicht an einer Verletzung, die, wie er jetzt aus der Nähe sah, den Schädelknochen hatte splittern lassen … Hatte Remon den Verstand verloren, oder wankte das Gefüge der Welt?

Remon vermochte den Griff so weit zu lösen, dass er wieder Luft bekam, konnte ihn jedoch nicht gänzlich sprengen. Er stieß mit den Knien zu, aber das hätte noch nicht einmal einen normalen Guardista beeindruckt, also blieben sie auch bei jemandem wirkungslos, der die Schmerzen alles Sterblichen wohl hinter sich hatte.

Vorena packte seinen Gegner an Kinn und Hinterkopf und riss mit einer entschlossenen Drehung. Ein trockenes Knacken kündete vom Brechen des Genicks.

Remon schleuderte ihn von sich.

Er prallte gegen den abgebrochenen Großmast, blieb aber nicht liegen. Stattdessen erhob er sich mit auf der Schulter liegendem Kopf. Noch immer drang das Röcheln aus dem aufgerissenen Mund.

Remon zog seinen Dolch, schlug dem Gegner vor die Platte am Kettenhemd, die den zähnefletschenden Grauwolf zeigte, und drängte ihn gegen den Mast. Er rammte ihm die Klinge durch den Hals, sodass sie am Nacken wieder austrat und sich ins Holz bohrte.

Die bloßen Fingerknochen kratzten über Remons Gesicht.

Er trat einen Schritt zurück.

Mit unheimlicher Langsamkeit ging Nata auf den Guardista zu. Sie trug noch immer in jeder Hand eine Laterne. Jetzt stellte sie sie ab und drehte die Flammen weit auf. Dann warf sie beide Lampen auf den zappelnden und stöhnenden Mann.

Als sie zerbrachen, spritzte ihr Öl auf den Guardista. Es brannte sofort.

Sein Stöhnen wurde zu einem Kreischen. Er griff sich ins brennende Gesicht, was nur bewirkte, dass auch seine Hände Feuer fingen.

Remon nahm Nata in die Arme.

»Die Toten wollen unseren Tod«, flüsterte sie. »Die Toten wollen unseren Tod. Die Toten wollen unseren Tod.« Immer wieder diesen Satz. »Die Toten wollen unseren Tod.«

Die Schreie des Verbrennenden jagten Remon ein Schaudern über den Rücken. Nicht, weil sie von Schmerz kündeten, sondern weil er glaubte, Dankbarkeit in ihnen zu hören.

Drittes Interludium
Flug

Gannach tastete nach der Flamme, die auf der Brosche an seinem Gewand prangte. Das Gefühl der Prägung gab ihm Halt. Er fühlte die Wirklichkeit. Seinen Augen misstraute er. Erstreckte sich vor ihm wirklich eine weite Senke mit blauen Blumen, die im Wind wogten wie Wellen im Meer? Oder gaukelte der Schattenfall der Wolken das nur vor? War im Licht der schrecklichen, blauen Sonne nicht alles blau?

Er hatte zu viele Dinge gesehen, für die der Verstand eines Sasseks nicht gemacht war. Klaffende Wunden. Sterbende Geschlechtslose, die nach dem warmen Wasser riefen, als könne sie dieses noch retten. Tote, die sich erhoben, um ihren Freunden das Leben zu entreißen.

Rittell schrie auf, als er über die Hügelkuppe kam.

Gannach versuchte zu erkennen, ob der junge Geschlechtslose verwundet war. Er stand ein wenig schräg, der Oberkörper fiel zur rechten Seite ab. Das lag an den Problemen, die die Trockenheit ihm bereitete. In seinem Alter brauchte man das Wasser, sonst nahm die Haut Schaden.

»Wie kann ich ihnen das antun?«, murmelte Gannach. Rittells Freunde kamen hinter ihm. Ihnen allen war anzusehen, wie sie litten. Auch der Schrecken, den der Anblick des Meers aus blauen Pflanzen hervorrief, zeigte sich überdeutlich. Einige sackten schaudernd zusammen.

»Ich musste sie nehmen«, flüsterte Gannach. »Die älteren sind mir nicht gefolgt. Sie sind schwieriger zu beeindrucken. Wer jung ist, hält sich für unsterblich. Er geht leichter Gefahren ein.«

»Was sagst du?«, fragte Rittell, als er nahe genug heran war.

»Holt die Fackeln heraus«, gab Gannach zurück. »Jeder von euch soll eine brennende Fackel haben. Nein, zwei brennende Fackeln.«

Rittells Blick schweifte über die Pflanzen. »Du hast die Wahrheit gesprochen. Es gibt diesen Frevel wirklich.«

Nervös sah Gannach zur Hügelkuppe zurück. Die anderen kamen herunter. Sie waren noch zu zwölft. Acht von ihnen waren tot. Hoffentlich.

»Zündet sie an und verbrennt die Blumen. Beeilt euch.«

Gannach nahm selbst eine Fackel, aber die Pflanzen fingen kein Feuer. Sie verschmorten, wenn man die Flamme lange genug an sie hielt. Aber so musste man alle Blumen abgehen, eine nach der anderen. Es waren Zehntausende.

Eigentlich ging es gar nicht um die Blumen.

Es ging um diese … *Dinger*, die er gesehen hatte. Halbdurchsichtig, so leicht, dass sie im Wind trieben.

Oder war das nur ein Albtraum gewesen?

Hatte Gannachs Verstand ihn verlassen, als die erste verstümmelte Leiche wieder aufgestanden war? Er war fortgerannt, und sein Geist rannte noch immer.

»Dort oben werden sie trockener sein.« Rittell zeigte auf einen sonnenbeschienenen Hang. »Hier macht der Tau sie so feucht, dass sie nicht brennen.«

»Wir müssen sie alle verbrennen!« Gannach erschrak über sein eigenes Kreischen.

»Das werden wir. Ich dachte nur, es ginge schneller, wenn wir ein großes Feuer hätten.«

Gannach züngelte. Die Luft war kalt. Er hätte sich gern schlafen gelegt. Aber er zwang sich zum Nachdenken.

Wenn die Pflanzen auf dem Hügel wirklich Feuer fingen, mochte der Wind die Funken in das Feld tragen.

»Der Gedanke ist klug«, sagte er. »Kommt alle mit! Dorthin!«

Tatsächlich legten sie einige Brände. Es gelang besser als in der Senke, auch wenn alle Feuer früher oder später wieder verloschen. Gannach rang nach Atem, als er über das Land sah. Es waren so viele fürchterliche Blumen!

Sein Blick fiel auf den Hang, über den sie gekommen waren. Warum warteten zwei seiner Jünger noch dort?

Er wollte sie schon rufen, hielt aber inne, als er ihre ungelenken Bewegungen sah. Sie wirkten, als würden sie jeden Moment stürzen, und bei einem hing der linke Arm schlaff herab.

»Der Feind kommt!«, schrie er. »Wappnet euch!«

Aber wie sollten sie das tun? Sie konnten die Fackeln als Keulen benutzen. Ansonsten hatten sie nur die Handgelenksporne. Sie waren keine Krieger, lediglich ein alter Narr mit einem Dutzend Sasseks, die noch nie Geschlechtlichkeit erlebt hatten.

»Das ist Gewwell!«, rief Rittell. »Ich kämpfe nicht gegen Gewwell! Wir sind zu lange gemeinsam geschwommen!«

»Das ist nicht mehr Gewwell. Das ist etwas anderes.«

»Niemand kann verlangen, dass ich gegen Gewwell kämpfe!«

»Dann wirst du sterben«, murmelte Gannach. »Aber das macht keinen Unterschied. Wir werden ohnehin sterben. Uns können wir nicht mehr retten, nur noch die Welt.«

Einigen Jüngern war es gelungen, eine lange Feuerlinie zu legen, die günstig zum Wind stand und sich ausbreitete. Funken stoben auf.

In der warmen Luft über den Flammen stiegen Tausende durchscheinende Häute in den Himmel.

TEIL IV

BEGREIFEN

46. Kapitel

Elysior hing an einer Klippe wie ein Vogelnest. Seine Häuser waren Pyramiden mit sechseckiger Grundfläche, manche davon so groß wie die Paläste von Oculor. Kaum welche standen auf dem Boden oberhalb der Steilwand. Einige mehr staken im Fels der Klippe, als habe sie ein Gigant mit einem Hammer eingeschlagen. Die meisten hingen in der Luft und wenige lagen unter Wasser. Die silbrigen Gebilde wurden durch schwarze, mit gewölbten Seitenwänden versehene Brücken an ihrem Platz gehalten, die alle Gebäude in einem verwirrenden Geflecht verbanden und zugleich als Straßen dienten. Am Nordrand der Metropole stürzte ein breiter Magmastrom über die Klippe ins Meer. Der Dampf, in den die Hälfte der Gebäude gehüllt war, wenn nicht gerade ein starker Wind wehte, erinnerte Remon an die Kochende See. Überhaupt war die Sicht schlecht, weil die Sonne nur noch von den höchsten Häusern zu erkennen war. Lediglich ein schmaler, blauer Streifen am Horizont schickte noch sein Licht herüber.

Die Mehrzahl der Guardistas, die Mareschall Brenhardt hergeführt hatte, war mit den besiegten Communidades weitergezogen, um sie in die Nacht zu bringen. Dort warteten bereits die Gemeinschaften von Beryll, Malachit und Lapislazuli sowie einige weitere und vertrieben sich die Zeit, bis die Grauwacht endlich die Übergabe der Metropole einleitete, indem sich ihre Angehörigen gegenseitig die Schädel einschlugen.

Remon wurde in die Stadt geschickt, um Kress und Ssarronn bei ihren Gefährten von der Goraja abzuliefern und somit das Versprechen einzulösen, das man Thuun Kasserr in Oculor gegeben hatte. Nata wich nicht von seiner Seite. Sie musste

Schreckliches erlebt haben. Selten sagte sie mehr als drei Worte am Stück. Nur im Schlaf redete sie von Häuten, die im Wind trieben und Blumen, die aus Leichen sprossen. Das war nicht dazu angetan, Remons Besorgnis zu mildern, und auch Mareschall Brenhardt stimmte zu, dass man die Vorfälle auf dem gestrandeten Schiff eingehend untersuchen müsse, sobald in Elysior alles geregelt sei.

Ssarronn und Kress waren Nata tatsächlich im Thronsaal von Oculor begegnet. Sie erinnerten sich beide an das kupferne Haar, auch wenn sie eine Laterne bemühen mussten, um seine echte Farbe zu erkennen. Ssarronn vermutete in Nata eine verwandte Gesinnung, einen Geist, der Fragen stellte. Wegen der fehlenden Mimik war Remon vorsichtig mit Deutungen, aber er glaubte, dass Ssarronn Mitleid mit seiner Frau hatte. Er suchte Natas Nähe und seine Körpersprache verriet, dass er bereit war, sie aufzufangen, sollte sie in ihrem trägen Gang stolpern. Dass er sich oft schüttelte und seinen Rücken scheuerte, wann immer sich ein Pfahl, ein Fels oder eine Mauer fand, lag dagegen an der bevorstehenden Häutung.

Fünfzig Guardistas befanden sich bereits seit beinahe einem Doppelmond in Elysior. Ihre Obristin war erfreut von der Ankunft der Truppen unter Mareschall Brenhardt, obwohl sie die Verstärkung aus Sombralor erwartet hatte. Remon brachte ihr die schlechte Nachricht, dass zumindest eines der Schiffe nie ankäme.

Obristin Zeleza zog sich daraufhin mit ihren Offizieren zur Beratung zurück, was Remon und seinen Begleitern erlaubte, die Gorajas aufzusuchen.

Sie fanden die zwei Dutzend Tugendwächter am Magmastrom auf der Klippe. Der heiße Dampf war ihnen angenehm und das Feuer spielte bei den Zeremonien der Sittenwächter eine zentrale Rolle. Außerdem war es hier einigermaßen hell.

»Wir hatten gehofft, auf immer in Elysior zu bleiben«, eröffnete Ggornn, ihr Sprecher.

»Ihr seht selbst, dass die Sonne beinahe verschwunden ist.«

Der Goraja sah zum Horizont. »Lange wollten wir nicht wahrhaben, dass sie sinkt. Aber wir waren nicht gänzlich verstockt. Wir haben jene geschützt, die anders redeten als wir. Wir haben verhindert, dass auch nur einer von ihnen ins Feuer gestoßen wurde.«

»Damit habt ihr weise gehandelt«, sagte Remon. »Aber jetzt müsst ihr euer Volk für die Reise bereit machen.«

»Sie haben zu sehr gehofft. Sie werden nicht gehen wollen.«

Zustimmendes Gemurmel erhob sich.

Kress trat mit ausgefahrenen Spornen neben Remon. »Habt Ihr unsere Sitten so gründlich vergessen?« Sie zeigte auf eine Feuerkette. »Diese Waffe ist kein Zeremoniell! Sie ist dafür gedacht, das Blau zu verbrennen!«

»Man kann das Licht der Sonne nicht entzünden.«

»Einen unbesiegbaren Gegner muss man fliehen! Ihr hättet nicht im Blau bleiben dürfen! Was ihr für einen Segen haltet, ist ein Fluch!«

Ein Goraja bleckte die Zähne. »Ein solcher Fluch soll uns recht sein! Jeder Herzschlag in der Metropole ist zehn in der Wildnis wert! Gibt es dort dienstbare Geister? Wer schützt uns vor den Stürmen und der Kälte?«

In der Tat war das Gelände außerhalb des Radius', in dem sich das Netz der Pyramidenbauten erstreckte, bereits vereist. Der Regen gefror, bevor er auf den Boden fiel. Mareschall Brenhardts Zug hatte sich langsam und mit äußerster Vorsicht bewegen müssen.

»Seht dort, das Zeichen unseres Stamms!« Ggornn zeigte in das Zentrum des Netzes, wo eine Pyramide hing, die nur aus der sechseckigen Grundfläche und Streben entlang der Kanten bestand. Eine Goldlilie gedieh darin so prächtig, dass ihre Blätter weit aus ihrem Heim heraushingen. Auf die Entfernung war die Größe schwierig zu schätzen, aber sie hätte kaum in ein normales Zimmer gepasst. Remon fragte sich, wie viel davon die Sasseks sahen. Der Schein des Magmafalls war auf der Pflanze nur zu erahnen, und Lampen waren nur spärlich angebracht.

»Dies ist nicht Euer Stamm«, fauchte Kress. »Ihr gehört keinem Stamm an. Ihr seid Gorajas! Ihr geht dorthin, wo Euer Rat vonnöten ist!«

»Ich schwamm vor meiner ersten Häutung in diese Metropole«, widersprach ihr ein Männchen. »Dort unten, knapp neben der Stelle, wo das Magma ins Meer stürzt, seht Ihr? In jenem Haus fand ich Aufnahme. Die Geister reparieren es oft, weil es immer wieder abbrennt, wenn das Feuer seinen Weg ändert. Wer könnte das vollbringen, wenn nicht die Geister? Wie sollen wir leben, dort draußen in der Kälte?«

»Ihr müsst über die Kälte hinausziehen«, sagte Remon. »Und über das Blau. So weit, dass ihr die blaue Sonne nicht mehr seht. Kress hat recht, ein Fluch liegt auf ihr.« Er dachte an die wirren Schilderungen, die er Nata im Schlaf abgelauscht hatte. Überrascht und erfreut bemerkte er, dass sie jetzt mit Ssarronn flüsterte. Die beiden saßen ein wenig abseits.

Ggornn züngelte den Duft des aufsteigenden Dampfs in die Nase. »Unser Thuun trifft keine Vorbereitungen, die Metropole zu räumen.«

»Er ist nicht Euer Thuun!«, rief Kress. »Er hat keine Gewalt über die Goraja!«

»Aber über den Stamm. Und ich kann ihn nicht bewegen, seine Meinung zu ändern. Ich weiß, wie es dort draußen ist. Ja, man kann überleben, aber es ist eine Mühsal. Wenn man sich nicht selbst darum kümmert, etwas zu essen zu bekommen, verhungert man. Die Schwachen zuerst, denn die Starken nehmen ihnen das Wenige, das sie noch haben. Das Denken kreist darum, wie man den Magen voll bekommt und wo man sich ohne Angst zur Ruhe betten kann. Für erhabenere Erwägungen bleibt keine Zeit. Und selbst wenn man Muße fände, mangelt es dort draußen an allem, woran sich der Verstand emporziehen kann. Es gibt weder ein Astrovatorio noch die Bilteca.«

Nata sprang auf, als wäre sie gestochen worden. Alle sahen sie an. Als sie auf die Klippe zuging, setzte sie die Füße wieder so langsam wie eine Schlafwandlerin. Ssarronn kam hinter ihr her, und Remon legte ihr einen Arm um die Schultern, damit er sie halten könnte, falls sie den Grund unter den Füßen verlöre.

»Wo ist die Bilteca?«, fragte sie. »Ich muss in die Bilteca. Sie hat Antworten.«

»Du sprichst!«, rief Remon. So zusammenhängend hatte sie nicht geredet, seit sie sich wiedergefunden hatten. Ssarronn bewies unerschöpfliche Geduld, wenn er versuchte, aus ihren Satzfetzen schlau zu werden.

»Nur das Wissen schützt uns vor den Toten. Auf dem Schiff wollte niemand auf mich hören, aber ich wusste von den Häuten. Wie kommt man zur Bilteca?«

Ggornn zeigte auf eine Struktur am höchsten Punkt des Netzes, wohin noch der Schimmer der blauen Sonne schien. Sie wich von der Pyramidenform ab und bestand aus einer Art Schwarm silberfarbener Würfel, die eine Kantenlänge von vier Schritt haben mochten und langsam umeinander schwebten. Manche von ihnen berührten, andere entfernten sich, aber alle blieben in einer locker gewobenen Kugel aus Strängen des Plexos. Diese Stränge zogen sich auch an vielen der Brücken entlang, wickelten sich um Pyramidenhäuser und tauchten ins Wasser. In Elysior war sichtbarer als in anderen Metropolen, dass das Plexo sie erhielt.

»Euch ist verboten, die Bilteca aufzusuchen, Sabo. Menschen sind in Elysior nicht willkommen.«

Die Angst war von Natas Gesicht gewichen. Stattdessen las Remon dort Entschlossenheit, als sie die Bilteca betrachtete.

Er verschränkte die Arme. »Du sagtest selbst, dass ihr für den Aufbruch noch nicht bereit seid, Ggornn. Ihr habt Glück, dass die Menschen untereinander so zerstritten sind, aber wir alle wissen, dass bald ein Herzfeuer aus Stein dort lodern wird, wo jetzt eure Goldlilie blüht. Besser, ihr erarbeitet euch bis dahin etwas guten Willen. Sonst könnte die Grauwacht ihren Auftrag sehr strikt auslegen und euch in die Wildnis hinausjagen, die dir so unangenehm ist, ohne euch die Zeit zu geben, irgendetwas mitzunehmen. Ihr müsstet dem Tag hinterherlaufen, so schnell eure Füße euch tragen.«

Der Sassek blinzelte. »Die Grauwacht ist für ihr maßvolles Handeln bekannt.«

Beiläufig nahm Remon die Axt von seinem Rücken. »Auf dem Weg hierher hat dieser Stahl das Blut von Menschen getrunken, und es waren nicht wenige. Den Schwertern meiner Kameraden ging es ebenso. Denkst du, bei euch würden wir zögern? Vor allem, wenn ihr uns vorführt, wie strikt man Regeln auszulegen hat?«

Ggornn sah die anderen Gorajas an. Die meisten wichen seinem Blick aus oder hoben das Kinn.

»Ein einzelnes Menschenweibchen wird niemanden stören, wenn es sich unauffällig verhält.«

47. Kapitel

In dieser Bilteca brauchte man Geduld. Zwar wiesen auch hier Geister den Weg, aber man kam nur selten von einem Raum in den nächsten. Man musste warten, bis die richtigen Würfel einander begegneten. Wenn sie sich berührten, bildeten sich Durchgänge, die wieder verschwanden, sobald sie sich voneinander lösten.

Nata nutzte die Zeit, um ihre Gedanken zu stoppen. Wenn sie nicht darauf achtete, kreisten sie ständig um das, was ihr die Bilteca von Sombralor gezeigt hatte. Ein Feld voller blauer Blumen, ein aufplatzendes Ei, eine Haut, die im Wind segelte. Diese Bilder waren wie ein Strudel, der ihr Denken nicht mehr losließ. Dabei brauchte sie ihren Verstand. Sie musste weg von dem Strudel und zugleich mehr über ihn herausfinden. Sich so weit von ihm entfernen, dass sie ihn in seiner Gänze überblickte, damit sie eine Passage finden konnte, die sie und diejenigen, die sie liebte, daran vorbeiführte.

»Ich habe eine Tochter«, sagte Nata. »Sie heißt Enna.«

»Der kleine Mensch, der mit dir in Oculor war?«, fragte Ssarronn.

Nata hatte sich selten mit einem Menschen, geschweige denn mit einem Sassek, so intensiv ausgetauscht wie mit Ssarronn, obwohl ihr das Sprechen so schwergefallen war, bevor die Erwähnung der Bilteca den Bann gebrochen hatte. Er behauptete, sofort ihre geistige Verwandtschaft gespürt zu haben. Er hatte ihre Nähe gesucht, und jetzt beruhigte es sie, ihn bei sich zu wissen, während Remon und die anderen Guardistas die Metropole räumten. Außerhalb der Bilteca herrschte die Betriebsamkeit, die man bei einem solchen Ereignis erwartete. Nun, da die Unterseiten der Pyramidenhäuser Hell- und Dunkelphasen erzeugten, beeilten sich die Sasseks. Die Mutigsten brachen Hals über Kopf auf, andere rafften zusammen, was sie tragen konnten und überboten sich gegenseitig darin, was sie für Schiffsraum oder Karren zahlten. Wenigstens war Nata nicht Zeugin geworden, wie sich Sasseks aus Angst vor den zu erwartenden Härten das Leben genommen hatten. Sie waren wohl mutiger als die Menschen von Oculor.

»Hast du dich mit Remon gepaart, um deine Tochter zu gebären?«, fragte Ssarronn, als sie den nächsten Raum betraten.

Nata lächelte. Die Art, wie er die natürlichsten Vorgänge des Menschseins ausdrückte, offenbarte, wie fremd diese für den Sassek waren. Dabei war die Mühe, die er sich gab, um sich in seine neue Freundin hineinzuversetzen, unverkennbar. Sasseks hatten keine festen Partner, und sie sahen ihre Kinder auch nicht aufwachsen.

»Remon und ich sind Mann und Frau, aber wenn wir uns … paaren, dann geschieht das nie aus Kalkül, sondern aus Leidenschaft.«

»Er ist sicher ein guter Mann«, meinte Ssarronn. »Er denkt nach, bevor er handelt.«

Wieder schmunzelte Nata. »Er sagt, dass sein Verstand aussetzt, wenn es um mich geht.«

»Das ist schlecht.« War er etwa besorgt?

»Nicht unbedingt. Bei klarem Verstand hätte er damals wohl nicht meinetwegen seine Kameraden verlassen. Dann wäre Enna nie geboren worden.«

Ssarronn züngelte. »Deswegen wollte man ihn bestrafen. Er hing in einem Käfig über einem Magmabecken, als ich ihn das erste Mal traf. Aber die Grauwacht hat ihm wohl verziehen.«

Der Geist führte sie in einen weiteren Würfel. Sie hatten den Raum mit den Kristallbüchern erreicht, die hier in seiner Mitte aus der Decke zum Boden rieselten. Rundherum standen eine Handvoll Lesepulte, auf denen Öllämpchen brannten.

»Sein damaliges Vergehen hat sie ihm verziehen, aber das bedeutet nicht, dass sie ihm gestattet, nun mit mir zu leben. Ein Guardista darf nicht mit einem normalen Menschen zusammen sein.«

»Wir haben auch unsinnige Gesetze. Die Furcht vor dem Blau ist dumm, wenn man nicht ahnt, wovor man sich ängstigt.«

»Ich habe dir erzählt, was ich weiß. Mehr werden wir gemeinsam herausfinden. Aber die Regel der Grauwacht hat einen Sinn. Niemand soll die Neutralität der Guardistas bezweifeln. Wenn sie sich mit normalen Menschen verbinden, wird man argwöhnen, dass sie die Menschen den Sasseks gegenüber bevorzugen.«

Ssarronn züngelte. Vielleicht bedeutete das, dass er nachdachte.

»Gegenwärtig beschäftigt die Übergabe Elysiors Remons Offiziere vollauf, aber wenn diese Aufgabe bewältigt ist, werden sie sich geringeren Dingen zuwenden. Wie dem Lebensglück unserer Familie.«

»Eure Jungen und eure Partner sind wichtig für euch, oder?«

Nata spürte Tränen aufsteigen, als sie nickte. »Aber das sind

Probleme der Zukunft, und eine Zukunft werden wir nur haben, wenn wir wissen, wie wir uns gegen die Schrecken wehren können, die aus dem Blau kommen.«

Ein Krampf schüttelte Ssarronn.

»Was ist?«

»Mein Körper will seine Haut abwerfen. Er meint, dass ich mir einen Ort suchen soll, an dem ich in Starre fallen kann. Danach werde ich kein Männchen mehr sein.«

»Du wirst eine Frau?«

»Ich verliere mein Geschlecht.«

»Auch wir werden im Alter unfruchtbar.«

»Ich dachte, ihr behaltet immer das Interesse an eurem Partner?«

Sie grinste. »Das Vergnügen bleibt bestehen.«

Wieder schüttelte er sich.

Sie stützte ihn. »Wann ist es so weit?«

»Wenn wir genug herausgefunden haben!«

Sie sahen sich in die Augen. Der starre Blick der Amphibie gab Nata Sicherheit.

Sie nahm seine ledrige Hand und führte sie gemeinsam mit ihrer in den glitzernden Fall. Es überraschte sie, wie weit sich die Finger mit den Schwimmhäuten dazwischen spreizten. Die Kristallbücher fielen dennoch an ihnen vorbei.

Sie nickte Ssarronn zu. »Wir begehren, zu wissen«, sagten sie gemeinsam.

Der Geist, der sie geführt hatte, schwebte abwartend neben ihnen.

»Wie wurde die Gefahr der Krienos beim ersten Mal gebannt?«, fragte Nata.

Sie bereitete sich auf eine Prüfung der Bilteca vor, auf heißen Schmerz an ihrer Haut, aber zu ihrer Überraschung fiel sofort ein Kristallbuch in Ssarronns Hand.

Er schien ebenso verwirrt wie sie. Nata musste an seinem Arm ziehen, damit er die Hand aus dem Fall nahm.

»So leicht war es noch nie«, meinte Nata.

»Das habe ich auch noch nicht erlebt«, bestätigte er.

Sie legten das Kristallbuch in ein Drahtgeflecht. Es drehte sich, wurde zu einem runden Körper. Aber es strahlte nicht hell, sondern war ein schwarzes Ei, das sie einzusaugen schien, als Nata es fixierte. Nur die Schriftzeichen, die daraus auf sie zu schwebten, loderten wie Feuer.

»Wir waren auf einer Reise voller Hoffnung«, hörte sie eine weibliche Stimme. »Und da ihr diese Aufzeichnung seht, mag sich diese Hoffnung erfüllt haben.«

Nata war versucht, Ssarronn anzuschauen, zwang sich aber, die Aufmerksamkeit bei dem Kristallbuch zu lassen. Die Schriftzeichen wurden durchscheinend, in der Dunkelheit erschienen weiße Punkte. Unzählig viele Sterne. Davor trieb ein metallener Keil im Nichts.

»Unser Schiff war die *Esperanza*, aber sie war kein Schiff, wie ihr es kennen werdet. Sie hatte weder Mast noch Segel, und sie überwand Entfernungen, die sich kein Sassek und kein Mensch vorstellen kann. Unsere Suche führte uns durch die Leere zwischen den Sternen.«

Nata hatte oft davon geträumt, wie es wäre, die Monde oder die Sterne zu berühren. Wer immer diese Geschichte erzählte, hatte genau das getan!

»Unsere Reise währte so lang, dass wir den Verstand verloren hätten, wären wir gezwungen gewesen, sie mit wachem Geist zu erleben. Hundert und mehr Generationen wären an Bord der *Esperanza* geboren worden, aufgewachsen und gestorben. Aber so war es nicht. Wir schliefen, und wir träumten von einem Leben, in dem wir eins sein könnten mit der Natur unserer neuen Heimat. Die *Esperanza* war das Ergebnis der Erkenntnisse unserer Zivilisation, eines Wissens um die Gesetze der Natur, das uns weit von allem Erfahren der Natur entfernt hatte. Unsere Arbeit bestand im Denken, nicht im Handeln. Das Ergebnis unserer Mühen waren nur noch Ideen, nichts mehr, was sich hätte anfassen, riechen oder schmecken lassen. Wir erkannten, dass unsere Schöpfung uns selbst gefangenhielt. Jeder Einzelne von uns wurde zum Teil einer Maschine, die er nicht mehr verstand. Wie ein Faden in einem Webstuhl.«

Nata dachte an den Webstuhl, der Alissjas ganzer Stolz war. Einmal hatte sie ihn bedienen dürfen, unter den sorgenvollen Blicken der Besitzerin. Er war aus gutem Holz gefertigt, Handelsware aus dem Tag.

»Wir sehnten uns danach, selbst zu entscheiden, statt uns von Maschinen umsorgen zu lassen. Wir wussten, dass unsere Zivilisation viel zu weit gegangen war. Es hatte ein Zeitalter voller Edelmut gegeben, als Ritter für ihre Ehre fochten und die Schwachen schützten und Damen Schönheit mit dem Geschick ihrer Finger schufen. Erst als unsere Würde und unsere Eleganz nur noch in Geschichten existierten, merkten wir, dass sie es gewesen waren, die unserer Seele ein Gesicht gegeben hatten.«

Der Keil aus Eisen zog an Nata vorbei. Sie sah jetzt das, was wohl das Heck dieses seltsamen Schiffs war. Darin leuchteten rote Lichter, vier Rechtecke, die beinahe die gesamte Fläche einnahmen. Vor dem Bug tauchten zwei flammende Bälle in der Leere auf, einer gelb, der andere blau.

Ein Nebel zog vor die Szenerie. Er wurde zu einem durchscheinenden Frauengesicht. Nata seufzte wegen seiner Schönheit. Die makellose Haut war dunkler als jene der Menschen, die in ewiger Nacht lebten. Sanfte Grübchen gaben den Wangen Struktur. Die Brauen bestanden aus türkisfarbenem Metall, und wenn die Dame blinzelte, zeigten sich violette Lider, auf denen es funkelte wie an einem Sternenhimmel.

»Die *Esperanza* brauchte keinen Wind, aber sie musste sich von der Kraft von Sonnen nähren, um ihre Fahrt fortsetzen zu können. Denkende Maschinen lenkten sie, brachten sie von Stern zu Stern, Sonne zu Sonne, und wenn sie eine Welt fanden, beobachteten sie sie vom Himmel herab, um herauszufinden, ob sie uns eine Heimat werden könnte. Wir brauchten Wasser und Luft, die wir atmen konnten, und wir wünschten uns Pflanzen und vor allem Tiere, wie es sie in unserer alten Heimat schon lange nicht mehr gab.«

Das Schiff umrundete den gelben Flammenball und fand eine viel kleinere Kugel zwischen diesem und seinem blauen Bruder. Als es sich dieser Kugel näherte, erkannte Nata die Umrisse des Kontinents Nurata mit der Landbrücke, die ihn mit dem Nordpol verband.

»Nach sehr, sehr langer Zeit fand die *Esperanza* die Welt, die ihr euer Zuhause nennt. Sonden wurden ausgesandt, Maschinen, die untersuchten, wie Wasser und Boden beschaffen waren, die Proben von Pflanzen und Pilzen zurückbrachten. Die *Esperanza* folgte den Befehlen, die wir ihr vor unvorstellbar langer Zeit erteilt hatten. Sie landete.«

Mit einer Landung, die von Menschen vollzogen wurde, verband Nata das Einlaufen eines Schiffs in einen Hafen. Selbst das kannte sie nur aus Erzählungen, denn ihre einzige Fahrt auf dem Meer hatte mit einem Unglück ihr Ende gefunden. Die Esperanza landete jedoch eher wie ein Vogel, der sich aus großer Höhe herabsenkte.

»Doch den Vulkanausbruch bemerkten unsere denkenden Maschinen zu spät.«

Ein Inferno verschlang das Schiff. Nata hörte Ssarronn neben sich zischen.

Der metallene Keil trudelte aus den Flammen wie ein angeschossener Vogel. Er prallte gegen einen Berg und rutschte in einer gewaltigen Lawine zu Tal.

»So ähnlich muss es sich abgespielt haben.« Das Schiff verschwand, nur noch die Frau war zu sehen. »Erst jetzt wurden wir geweckt. Die *Esperanza* war zu schwer beschädigt, um wieder aufsteigen zu können, auch wenn viele ihrer Maschinen noch arbeiteten. Die meisten von uns erwachten aus ihrem langen Schlaf, nur Wenige öffneten ihre Augen nie wieder.«

Die Menschen, die jetzt erschienen, holten ihre Fracht aus dem Schiff. Rüstungen und Schwerter waren dabei, aber auch Pflüge und Schreibpulte.

»Wir begannen, die Welt zu erschaffen, von der wir geträumt hatten.«

Schreiner sägten Bretter zurecht, Steinhauer klopften Quader und Mauern wuchsen in die Höhe.

»Doch bald merkten wir, dass wir nicht allein waren auf Bisola, der Welt der zwei Sonnen, wie wir sie nannten. Hier lebten bereits zwei denkende Spezies. Die Sasseks«, ein Amphibienkopf erschien, »und die Krienos.« Nata schrie, als ein Schwarm der durchscheinenden Häute über einen Wald hinwegzog. Sie riss den Kopf zur Seite. Das Bild erlosch, die Erzählerin verstummte. Sie sah das Kristallbuch, wie es sich in dem Drahtgeflecht drehte, und Ssarronn, der sie züngelnd anschaute. Schriftzeichen sanken in seinen Schädel ein.

Donnerschläge rollten über das Meer und Hagel peitschte durch die Fensteröffnung, durch die auch Rufe aus der Metropole zu ihnen hereindrangen. Darunter mischte sich das Klirren von Stahl.

48. Kapitel

Das Chaos hatte begonnen, als einige der über den Landweg abziehenden Sasseks von der Klippe aus die Rückkehr der blauen Sonne erspäht hatten. Vorena stand an einem Fenster in der Seitenwand einer der höchsten Brücken. Auch von hier aus war der blaue Lichtstreifen über dem Horizont deutlich zu erkennen. Eigentlich war das ein Hohn, war der Himmel bis auf diese Stelle doch vollständig mit dichten Wolken bedeckt, aus denen Hagel auf die Metropole herunterprasselte. Irgendwo darüber musste ein blauer Halbmond stehen.

Jedenfalls hatte sich die Nachricht von der Rückkehr der blauen Sonne wie ein Lauffeuer unter den Sasseks verbreitet. Der Abzug war ins Stocken geraten, einige Schiffe waren sogar umgekehrt.

Wo das erste Blut geflossen war, wusste Vorena nicht. Schnell hatte es aus allen Richtungen Kampfrufe und Todesschreie gegeben. Von ihrem hohen Standort aus hatte Vorena Einblick in viele Brücken, sah die Schiffe auf dem Meer und die Flammen, die bereits aus einigen Häusern leckten und gegen den niederprasselnden Hagel kämpften. Am ergiebigsten war dabei die spezielle Sicht, die Guardistas für Wärme hatten, denn Feuerschein und Magmastrom schufen mehr Schatten als Licht. An vielen Stellen drangen Sasseks und Menschen aufeinander ein, Leichen blieben zurück und Verletzte schrien ihr Elend heraus.

Remon hastete fünfzig Schritt entfernt, etwas unterhalb von Vorenas Position, über eine Brücke aufwärts, wobei er einige Sasseks aus dem Weg stieß. Die Brücke endete an einer Pyramide, in der sich zwei weitere trafen. Eine davon führte steil nach oben. Remons Ziel war leicht zu erraten. Er wollte zur Bilteca. Zu Nata.

Vorenas Faust krampfte sich um den Schwertgriff. Waffenstahl wie dieser war das Einzige in ihrem Leben, was ihr die Treue gehalten hatte. Ihre Eltern hatten sie verlassen, sie waren zu schwach gewesen, um ihre eigene Tochter zu schützen. Die Grauwacht hatte sie stets mehr geduldet, weil sie eine hervorragende Kämpferin war, als sie zu umarmen. Das Plexo begegnete ihr mit der gleichen Fremdheit wie jedem anderen auch. Und Remon … die Sache mit Remon war auch nur eine Lüge gewesen. Allerdings eine, die sie sich selbst erzählt hatte. Er trug keine Schuld daran.

Sie suchte einen Weg im Netz aus Brücken und Pyramiden, der sich mit seinem Pfad kreuzte, und rannte los. Der Hagel machte den Boden rutschig, vor allem auf den steilen Abschnitten, wo Stufen den Aufstieg erleichtern sollten, die kaum so breit waren, dass sie Platz für einen stiefelbewehrten Fuß boten.

Die Menschen der Communidad Beryll trugen noch die dicke Fellkleidung, die in der Nacht üblich war. Dadurch glänzten ihre Gesichter trotz des Wetters von Schweiß, denn die

Brücken und auch die Häuser Elysiors gaben die Hitze ab, die den Sasseks angenehm war. Noch war das Herzfeuer nicht an seinem Platz.

Und was die Sasseks betraf – sie hatten offenbar entschieden, dass die Menschen die offene Pyramide im Zentrum der Metropole niemals beanspruchen durften. Das Schiff mit der hell beleuchteten Goldlilie an Bord wendete und fuhr zum Anleger zurück.

Vorena beugte sich weit aus einem Fenster. Remon war nicht zu sehen. So suchte sie stattdessen nach anderen Guardistas. Obristin Zeleza hatte eine Handvoll Kämpfer gesammelt, mit denen sie untätig auf der Plattform vor dem Astrovatorio stand. Sicher wartete sie ab, wie der Mareschall entscheiden würde. Sollte man weiterhin den Abzug der Sasseks erzwingen, oder änderte die Rückkehr der blauen Sonne die Lage? Besser, man hielt sich erst einmal aus den Kämpfen heraus, die sich immer weiter ausdehnten, wenn auch keine geschlossenen Fronten gegeneinander standen. Stattdessen kreuzten an vielen Stellen der Metropole kleine Gruppen die Klingen.

Vorena rannte weiter. Einer der erschlagenen Sasseks, an denen sie vorbeikam, musste unter einer seltsamen Krankheit gelitten haben. Hautfetzen hingen von seinem Gesicht, einige waren sogar abgefallen und bedeckten jetzt seine Kleidung. Sie waren viel heller, als Vorena die ledrige Haut der Sasseks kannte. Beinahe schon so bleich wie bei den Nachtbewohnern. Vorena runzelte die Stirn. War dieses Ablösen heller Hautfetzen etwa die Wirkung einer Waffe? Säure vielleicht?

Sie wollte zu Remon, also nahm sie sich nicht die Zeit, die Leiche zu untersuchen.

Die meisten Pyramiden boten auch einen Weg, der außen um sie herumführte, damit man sie nicht durchqueren und so die Bewohner stören musste. Auf einem solchen Weg holte sie Remon ein. Er hatte sich wohl entschlossen, die Neutralität der Grauwacht auf besondere Art auszulegen, denn er kämpfte gleichzeitig gegen einen Menschen und einen Sassek. Es war schon ein in gewisser Weise bewundernswertes Kunststück, Vertreter zweier Parteien, die sich gerade an die Gurgel gingen, gegen sich aufzubringen. Wie der stets zurückhaltende Remon das geschafft hatte, war Vorena ein Rätsel.

Aber darauf kam es jetzt nicht an. Entscheidend war, dass Remon ein Guardista war, ein Kamerad. Vorena zog ihr Schwert und stellte sich an seine Seite.

»Gut, dich hier zu haben!«, rief er. Sein Axtblatt schimmerte feucht und an seinem rechten Oberschenkel klebte warmes Blut.

Der Sassek sprang vor. Trotz der imposanten, gezackten Klinge, die beinahe die gleiche Größe hatte wie er selbst, war er ein miserabler Kämpfer. Vielleicht verließ er sich auf die abschreckende Erscheinung seiner Waffe. Sein Angriff war dermaßen träge, dass Vorena zwischen dem Sassek und der brusthohen Wand, die den Weg zum Abgrund hin begrenzte, vorbeitänzeln konnte. Dabei brachte sie ihr Schwert zwischen seine Arme und seinen Körper und zog ihm die Schneide quer über die Brust und die vorstehende Schnauze.

Wenn die Attacke auch nicht seine Stärke war, bewies er doch, dass er einstecken konnte. Trotz des Schnitts, der ihn eigentlich hätte fällen sollen, wandte er sich um und holte zu einem weiten Schlag gegen Vorena aus. Das purpurne Blut quoll überraschend schwach aus der Wunde.

Auch er litt unter der Krankheit, die helle Hautlappen von ihm ablöste, was besonders seltsam war, weil seine Haut nicht ledrig war, sondern vorwiegend aus Schuppen bestand. Der Fetzen, der sich während der Drehung von ihm löste, glich hingegen einem glatten, etwa handtellergroßen Segel, das von armlangen Fäden umgeben war.

Vorena kümmerte sich nicht darum. Sie nutzte ihr Schwert, um den Schlag des Gegners zu parieren. Sie hielt den Kontakt der Klingen, duckte sich unter ihnen hindurch und rammte dem Sassek die Schulter gegen die Brust.

Der Hautfetzen wurde nicht vom Hagel zu Boden gedrückt,

obwohl die Körner ihn trafen. Fast schien es, als wehre er sich dagegen und versuche, durch hektisches Zusammenziehen in der Luft zu bleiben, so wie sich eine Qualle im Wasser bewegte. Bestimmt nur das Resultat von Wirbeln und Hagel. Einige Fäden klebten an Vorenas Arm fest und die Haut klatschte in ihr Gesicht.

Sie fühlte sich eklig an, aber Vorena wusste, dass sie sich in einem Kampf nicht ablenken lassen durfte. Auch ein ungeübter Gegner konnte einen Schwertmeister mit einem Glückstreffer überwinden, wenn dieser unachtsam war.

Sie hakte ihren Fuß hinter die Ferse des Sasseks und drückte ihn nach hinten. Das brachte ihn zum Stolpern. Vorena holte an der eigenen Schulter aus.

Als sie einatmete, sog sie die Haut in ein Nasenloch. Vorena schnaubte, aber das eklige Ding saß fest. Irgendwie gelangte es sogar noch tiefer hinein. Sie riss den Rachen auf und atmete durch den Mund.

In einem Kampf wechselten sich Schnelligkeit und Ruhe ab. Oft betasteten sich die Gegner, krachten die Klingen gegeneinander, ohne Aussicht, den anderen zu verwunden, nur um die Reaktion zu erforschen. Dann wieder erzwangen sie mit wilden Attacken eine Entscheidung, schlugen zu und parierten, ohne sich Zeit für Überlegungen zu nehmen. Selten gab es inmitten solcher hektischer Schlagserien Momente der Klarheit, in denen die Zeit zu gefrieren schien. Das waren die Augenblicke in Vorenas Leben, in denen sie keine Zweifel mehr kannte, in denen sie eins war mit dem, was sie tat und ihre Vergangenheit ebenso wie die Zukunft, die vor ihr lag, bedingungslos annahm.

Als sie den hellen Hals des Sasseks schutzlos vor sich sah, war so ein Moment. Ohne jeden Zweifel führte sie ihr Schwert in einem engen Halbkreis. Nur eine Fingerbreite schnitt die Klinge an der Waffe ihres Gegners vorbei. Diese Fingerbreite kostete den Sassek das Leben und brachte ihr den Sieg. Die Schneide durchtrennte den Hals. Der Kopf der Amphibie flog über die Mauer und fiel dahinter in die Tiefe, als der enthauptete Körper vor ihr in die Knie brach.

Auch Remon hatte seinen Gegner besiegt. Er zog das Axtblatt aus dem Schädel des Menschen.

»Ich will zur Bilteca«, sagte er.

»Das dachte ich mir.« Ihre Nase war jetzt wieder frei.

Kurz überlegte sie, was wäre, wenn sie ihn überredete, Nata zurückzulassen. Vielleicht würde sie dennoch überleben, vielleicht würde sie es irgendwie ohne ihre Hilfe aus der Metropole schaffen. Aber im Grunde war Nata nicht das Problem. Sie würde altern und sterben, bevor Remon und Vorena die Last der Zeit zu spüren bekämen.

Wahrscheinlich, gestand sie sich ein, teilten Nata und Remon etwas, das Vorena weder begriff noch anstrebte. Sie sah auf den überwundenen Gegner und die Hautfetzen, die sich von ihm lösten. Einige hingen jetzt auch schon an dem toten Menschen, an dessen Fellmantel sie ihre Schwertklinge trocken wischte. Sie prüfte ihren Glanz, bevor sie sie wegsteckte. Schließlich war dieser Stahl ihre einzige wahre Liebe.

49. Kapitel

Im ersten Moment vermutete Ssarronn, dass Nata sich ebenfalls häuten würde. Zwischen seinen beiden männlichen Phasen war die Häutung auch über ihn plötzlich hereingebrochen, von einem Augenblick auf den nächsten. Hinterher hatte man ihm gesagt, er wäre einfach erstarrt und umgefallen, um sich erst nach erfolgter Wandlung wieder zu regen.

Aber Menschen häuteten sich ja nicht. Also war Nata wohl der Schreck in die Glieder gefahren und sie hatte deswegen aufgeschrien, war zur Wand gerannt, hatte an ihr gekratzt, sich dann mit dem Rücken dagegen geworfen und war an ihr heruntergerutscht. Jetzt wippte sie auf dem Boden hin und her, wobei sie die Knie umklammert hielt. Er glaubte ihren Schweiß zu riechen, als er züngelte. Vielleicht kam das aber auch von draußen. Dort wurde offensichtlich gekämpft. Ssarronn scheute sich, aus dem Fenster zu schauen. Er ahnte, dass er dort das Grauen brutalen Schlachtens sehen würde.

Er hockte sich neben Nata und tätschelte ihre Nase, bevor ihm einfiel, dass er nicht wusste, ob Menschen dies ebenfalls als Geste der Beruhigung auffassten.

Sie wippte weiter vor und zurück.

»Kann ich etwas für dich tun?«, fragte er.

»Ich brauche Zeit. Lies in dem Kristallbuch. Wir müssen lernen.«

Er züngelte. Jetzt war er sicher, dass sie schwitzte. »Kommst du wieder zu mir, wenn du dich beruhigt hast?«

Sie nickte zitternd.

Derzeit gab es keinen Durchgang zu einem anderen Raum der Bilteca, und da sie hier allein waren – selbst der Geist hatte sich aufgelöst –, sah Ssarronn keine Gefahr darin, Nata an der Wand zu lassen und sich wieder dem Lesepult zuzuwenden.

»Die Sasseks waren uns um Vieles ähnlicher als die Krienos«, sagte der Mensch mit dem ebenmäßigen Gesicht, nachdem der Strom der Schriftzeichen wieder die Verbindung zwischen dem Kristallbuch und Ssarronns Stirn hergestellt hatte. »Und sie bedrohten uns nicht. Natürlich gab es auch Streit, wie er unter neuen Nachbarn nicht ausbleibt, aber ein einvernehmliches Zusammenleben schien möglich.«

Das Buch zeigte Sasseks, die mit Menschen Fische gegen Felle tauschten.

»Nicht so mit den Krienos.«

Die in der Luft treibenden Lebewesen ähnelten Quallen, aber der zentrale Körper war kein Schirm, sondern eckig wie ein Segel.

»Die Krienos bauten keine Städte, sie betrieben kein Handwerk, sie lebten und dachten anders als wir. Ihre Klugheit stieg mit ihrer Masse.«

Ein großer Schwarm trieb auf ein Dorf mit Häusern zu, wie Ssarronn sie noch nie gesehen hatte. Ihr Grundriss war eckig. Auf den aus kantigen Steinen errichteten Mauern erhoben sich spitze, mit Bündeln aus dünnen Stöcken gedeckte Dächer. Menschen gingen auf den Wegen umher, unterhielten sich, kleine Menschen spielten miteinander und in einer Schmiede sprühten Funken, wenn der Hammer auf das glühende Eisen schlug. Die Krienos flogen über das Dorf hinweg, bevor sie sich alle gleichzeitig senkten.

»Sie wollten uns nicht unterwerfen. Ihnen lag nichts an Herrschaft, sondern an Vernichtung. Sie duldeten keine andere denkende Spezies auf Bisola.«

Nebel zog durch das Bild. Als es sich wieder klärte, lagen verdrehte Leichen auf dem Boden. Manche hatten klaffende Wunden, und einige klammerten sich aneinander oder hielten noch die Waffen umfasst, die in den toten Körpern anderer steckten.

»Die Krienos kämpften auf ihre Weise. Sie nahmen Besitz von Menschen oder Sasseks, steigerten ihre Wut zum Wahnsinn und hetzten sie so aufeinander. Wenn sie erst einmal ein Gehirn befallen hatten, war es schwer, sie daraus zu entfernen, ohne den Wirt zu töten.«

Ssarronn schüttelte sich bei der Vorstellung, eine der Häute könne in seinen Schädel kriechen und sich über sein Hirn legen, vielleicht sogar die dünnen Fäden hineinstecken.

»Sie vermochten sich gut zu verbergen, denn sie waren klein und unscheinbar, konnten im tiefen Wasser überleben und auch bis zu den Wolken aufsteigen. Aber sie hatten eine Schwäche. Sie legten ihre Eier nur in bestimmte Pflanzen, die im Licht der blauen Sonne blühten.«

Ssarronn erkannte die Blumen, die das Kristallbuch zeigte. Er hatte riesige Felder davon durchquert, als sie mit den besiegten Communidades nach Osten gezogen waren. In dem Kristallbuch zogen Menschen durch solche Felder. Sie trugen Rucksäcke, die mit Stäben in ihren Händen verbunden waren. Aus diesen Stäben gleißte weißes Licht und riss brennende Schneisen in die Blumen. Noch erschreckender war eine Silberscheibe, auf der vier Menschen durch die Luft fuhren. Sie erbrach eine Feuerwalze, die über die Pflanzen rollte und nur Asche hinterließ.

»Wir sahen uns als Verbündete der Sasseks. Aber die Waffen, mit denen wir die Krienos bekämpften, erschreckten unsere Freunde, und die Metropolen, die wir aus den Bauteilen der *Esperanza* errichteten, ließen sie vor Ehrfurcht erschauern.«

Jetzt waren wieder die zwei Feuerkugeln zu sehen, die wohl die beiden Sonnen waren. Die viel kleinere Kugel, die Ssarronns Heimat war, setzte ihren Weg fort. Sie verließ den Platz zwischen den Sonnen und umrundete die blaue.

»Für die Sasseks waren die Zeiten besonders hart. Eine Seite Bisolas lag im blauen Licht, die andere in der Dunkelheit. Hier die Krienos, die sie töteten, und dort die Kälte, in der sie erstarrten. Wir gewährten ihnen Schutz im Tag und Zuflucht in der Nacht. Dies war auch der Beginn der Refugios, die Wärme und Wasser spendeten.«

Das Kristallbuch zeigte eine Gruppe Sasseks, die zu einem Menschen kamen. »Wir brachten den Sasseks bei, wie man Eisen schmiedet, Kleidung webt und Schiffe baut. Aber die anderen Dinge, jene, die man brauchte, um gegen die Krienos zu bestehen, wollten wir nicht mit ihnen teilen. Unsere Großeltern – inzwischen waren zwei Generationen vergangen – waren ja in der Hoffnung aufgebrochen, diese Dinge hinter sich zu lassen, und auch wir hatten noch diese Absicht. Wie sollte das aber gelingen, wenn wir das Wissen, das uns unsere Seele geraubt hatte, weiterverbreiteten? In ihrer unverschuldeten Unwissenheit waren uns die Sasseks sogar ein Vorbild. Sie jedoch konnten nicht begreifen, was sie bei uns sahen. Für sie wurden wir zu Göttern.«

Die Sasseks fielen vor dem Menschen auf die Knie.

»Das konnten wir nicht zulassen.«

50. Kapitel

»Geht das nicht schneller?«, rief Vorena.

Der Geist würdigte sie keiner Antwort. Stumm schwebte er vor der noch immer geschlossenen Wand.

Auch Remon hätte Nata lieber in einem gewöhnlichen Gebäude gesucht, wo er nach Belieben von einem Zimmer in das nächste hätte gehen können. Dies war nun schon der dritte würfelförmige Raum. Wie für eine Bilteca nicht anders zu erwarten, fanden sich reichlich Bücher in den Regalen, doch Remon fehlte die Muße, sie zu betrachten. Blut tropfte von der Schneide seiner Axt auf den Boden.

»Diese Räume wären perfekte Gefängnisse«, überlegte er. »Rundherum von Luft umgeben und ohne Türen, wenn sie einander nicht gerade berühren.«

Er wartete auf Vorenas Widerspruch. Schließlich gab es Fensteröffnungen, die groß genug waren, um sich hindurchzuziehen, und draußen könnte man sich an den Strängen des Plexos entlanghangeln.

Aber Vorena schwieg. Nur das Leder ihrer Handschuhe knirschte, weil sie die Fäuste öffnete und schloss.

»Wir werden unseren Kameraden bald zur Seite stehen«, sagte er. Im Moment war allerdings auch der Rückweg verschwunden.

»Guardistas brauchen keine Hilfe«, knurrte Vorena. Sie stand mit dem Rücken zu Remon, sodass er ihr Gesicht nicht sehen konnte. In dem rote Leuchten, das von dem Geist ausging, sahen ihre schwarzen Haarsträhnen aus, als klebte Blut darin. »Guardistas sind nicht so elend wie Sasseks. Oder gewöhnliche Menschen.«

»Wir haben die Neutralität geschworen, aber dennoch bleiben wir Menschen.«

Vorena spie ein Lachen aus. »Die Träume eines Guardistas

sind nicht die Träume eines Menschen.« Ihr Kopf ruckte zur Seite. Sie sah ihn aus dem Augenwinkel an. »Oder hängst du noch immer an deiner Familie? Holen wir Nata deswegen ab?«

Unwillkürlich krampften sich Remons Hände um den Schaft der Axt. »Mareschall Brenhardt ist interessiert an dem, was Ssarronn und sie herausfinden. Er macht sich Sorgen wegen des Blaus.«

Schnaubend wandte sich Vorena wieder der Wand zu. »Krieger machen sich keine Sorgen. Sie kämpfen und sterben. Dazu sind sie da. Unser Mareschall vergisst das zu gern.«

Remon schüttelte den Kopf. »Wir waren doch gemeinsam auf dem Wrack. Hast du vergessen, was dort geschehen ist?«

»Wir haben das Nabo verloren.«

»Wir haben es gerettet.«

»Von einem Kameraden. Das der anderen ist sinnlos ins Meer getropft.«

»Sagtest du nicht gerade, es sei das Schicksal von Kriegern, zu sterben?«

»Guardistas sterben, aber die Grauwacht bleibt.«

Solche Aussprüche war Remon von Vorena gewohnt, aber ihre Körperhaltung verwirrte ihn. Einerseits war sie steif wie ein Sassek in der Kälte, andererseits vollführte sie ruckartige Bewegungen, als hätten einzelne Muskeln ihren eigenen Willen. Selbst wenn sie verletzt gewesen wäre, wofür er keine Anzeichen entdeckte, hätte sie sich anders verhalten. Sie galt als beste Schwertkämpferin der Grauwacht, und dazu gehörte neben einem unerreichten Geschick auch eine bewundernswerte Geschmeidigkeit ihres Körpers. Manchmal floss sie so weich wie Wasser, dann wieder drang sie mit der Wut eines verzehrenden Feuers auf einen Gegner ein. Jetzt wirkte sie, als kämpfe sie gegen eine Lähmung an. Sie summte noch nicht einmal Hymnen vor sich hin, wie sie es sonst immer tat, wenn sie Ruhe hatte.

Ein Ruck ging durch den Boden, Anzeichen dafür, dass sie einen anderen Würfel erreicht hatten. Der Geist breitete die

Arme aus und maß so die Spanne ab, in der die Wand von Stein zu Nebel wurde, der sich schnell verflüchtigte, sodass ein Durchgang entstand. Er schwebte voran.

Sie waren am Ziel. Im Zentrum des Raums vor ihnen glitzerten die fallenden Kristallbücher. Ssarronn war an einem Lesepult vertieft in die Lektüre, Schriftzeichen sanken in seine Stirn, aber Remon erschrak beim Anblick seiner Frau, die an der Wand hockte, die Knie umfasst hielt und vor und zurück wippte.

»Nata!«, rief er und wollte sich an Vorena vorbei drängen.

Vorenas gepanzerter Ellbogen traf ihn in die Seite.

Remon prallte gegen den Durchgang und stolperte in den Raum mit den Kristallbüchern. Verwirrt drehte er sich um.

Vorena kam ihm nach. Ihr Gesicht war eine Fratze der Wut. Sie riss an ihrem Schwert, brauchte aber drei Versuche, um es aus der Scheide zu bekommen.

»Du bist nicht du selbst!«, rief Remon. Er hob den Schaft der Axt, schulterbreit gefasst, auf Brusthöhe.

Knurrend senkte Vorena die Stirn. Mit der Linken schlug sie sich gegen den eigenen Schädel. »... raus!«

»Beruhige dich!«

Etwas polterte. Vorsichtig bewegte Remon sich seitlich, um den Ursprung des Geräuschs in den Blick zu bekommen. Es war Ssarronn, der zitternd neben dem Lesepult lag. Seine Beine schlugen gegen das Holz.

Vorena machte einen Ausfallschritt schräg nach vorn. Das war ein häufig benutztes Manöver, weil es mehrere Möglichkeiten eröffnete. Zum Beispiel konnte man weiter vordringen und im Vorbeigehen einen weiten Seitwärtsschlag führen, ohne in einem engen Kampf gebunden zu werden. Oder man konnte eine Drehung ansetzen, die Schwung für einen Stich gab. Eine Meisterin wie Vorena kannte zweifellos viele weitere Varianten, aber ihre Absicht blieb ein Rätsel. Sie knickte ein und wäre sogar gefallen, wenn sie sich nicht stolpernd an einem Lesepult festgehalten hätte. Dabei griff sie in die Flamme einer Öllampe und zog zischend die Hand zurück.

»Was soll das?«, rief Remon. »Ich bin nicht dein Feind!«

»Alle sind meine Feinde!«, schrie Vorena. »Alle! Nur der Stahl ist mein Freund!«

Sie fiel ihm mehr entgegen, als dass sie einen Schritt gemacht hätte. Ihr Schwertarm jedoch war schnell, und die Schleife, in der sie die Klinge zog, überraschte Remon. Die Waffe krachte in seine Seite. Das Kettenhemd hielt sie auf, aber einige Glieder sprangen ab, und die Wucht brach ihm eine Rippe.

Das Nabo, schon vorher rege, spülte jetzt heiß und kalt durch seine Muskeln. Er stieß das Schwert mit dem Schaft seiner Axt zur Seite, führte die Bewegung weiter und holte aus. Der Bruch stach in seine Lunge. Dennoch riss er den Oberkörper herum, um mit dem Schwung die Axt ins Ziel zu schmettern. Er drehte die Schneide weg von der Schlagrichtung, sodass er mit der flachen Seite traf, wie mit einer Keule. Was auch immer in sie gefahren sein mochte, Vorena war seine Kameradin, kein Feind.

Aber das tierhafte Brüllen, mit dem sie den Hieb aufnahm, ließ ihn zweifeln, die Vorena vor sich zu haben, die er kannte. Sie wirkte ebenso wild und von ihrer Wut beherrscht wie die Schäumenden, gegen die sie gemeinsam gekämpft hatten. Sie umklammerte den Schwertgriff mit beiden Händen, was er noch nie bei ihr gesehen hatte, und hackte auf ihn ein.

Remon wich zur Seite aus und stieß dabei ein Lesepult um. Er hämmerte ihr den Axtschaft in die Flanke.

Wieder blitzte etwas von ihrer Meisterschaft auf, als sie die Klinge steil nach oben stach. Remon riss den Kopf zurück. Dennoch entging er dem Stich nicht ganz. Heiß riss die Schwertspitze eine Furche durch seine Wange.

Kameradin oder nicht – Vorena spielte nicht, und sie war auch nicht einfach nur ungehalten – hier ging es um sein Leben!

Den nächsten Spalthieb blockte er mit dem beidhändig gestützten Schaft. Dabei unterschätzte er die Klinge ebenso wie die Kraft, die Vorena trotz ihrer tumb anmutenden Bewegungen aufbot. Das Schwert zerbrach das Holz. Mit knapper Not konnte Remon den Schlag so weit ablenken, dass er über das Kettenhemd an seinem linken Arm ratschte.

Wieder stach die gebrochene Rippe, als er mit dem Teil der Axt ausholte, an dem sich das Blatt befand. Er schlug einhändig zu, wie mit einem Beil.

Er hatte wohl erwartet, dass Vorena blocken würde, obwohl ihre Klinge weit unten war. Unter anderen Umständen wäre ihr das gelungen, zumindest jedoch wäre sie ausgewichen.

So krachte der Stahl durch ihre Stirn. Im Fallen zog ihr Körpergewicht so stark an der Waffe, die Remon fest gegriffen hielt, dass sie wie ein Hebel wirkte und den Schädel bis zum Nacken aufbrach.

Guardistas starben langsam. Obwohl der Tod nicht mehr abzuwenden war, arbeitete das Nabo in Vorenas Körper. Die Beine zappelten, während sich eine dunkle Lache um den Kopf ausbreitete.

»Remon.« Nur ein Flüstern schaffte es über Natas Lippen, als sie näher kam.

Als er den Blick hob, stellte Remon eine seltsame Ähnlichkeit zwischen Vorenas Körper und dem von Ssarronn fest, der ebenfalls zuckend auf dem Boden lag. An ihm war jedoch keine Verletzung zu entdecken.

Trotz der schrecklichen Wunde hockte sich Nata neben Vorenas Kopf. Sie griff sogar hinein.

»Was tust du?«, rief Remon von Abscheu erfüllt.

Nata war die Liebe seines Lebens, aber er musste sich zurückhalten, um sie nicht anzugreifen und fortzuschleudern. Seine Muskeln verkrampften, sodass er vollkommen stillstand. Vorena hatte mit ihm gemeinsam die Ausbildung der Grauwacht absolviert. Sie hatten zusammen das Nabo getrunken. Seite an Seite auf Schlachtfeldern gestanden. Sich gegen Semoel zur Wehr gesetzt. An die gleichen Dinge geglaubt, wenn auch mit unterschiedlicher Hingabe.

Vorena war eine Kameradin gewesen. Remon hatte sie getötet. Hätte es eine andere Möglichkeit gegeben? Wie viel von

Vorena war noch in diesem Körper gewesen? Und jetzt behandelte Nata ihn so respektlos, als handelte es sich um den Kadaver eines Tiers!

Mit blutigen Fingern zog Nata ein Stück Hirn heraus. Sie zupfte daran herum. Hatte sie den Verstand verloren?

Was sie da in der Hand hielt, war eine Haut, durch die, wo sie nicht mit Blut verschmiert war, das Licht des Falls der Kristallbücher glitzerte. Sie war etwa so groß wie eine Handfläche und über einige Äderchen oder Fäden mit Vorenas Gehirn verbunden. So etwas hatte er mit dem Hagel vom Himmel fallen sehen, aber er hatte keine Zeit gehabt, sich darüber Gedanken zu machen.

»Was ist das?«, fragte er.

»Sie sind hier.« Natas Stimme war viel zu ruhig für das Grauen in ihrer Nähe. Sie erhob sich und wandte sich dem Lesepult zu, vor dem Ssarronn auf dem Boden zuckte. »Das ist ein Krieno.«

51. Kapitel

»Was ist mit ihm?«, fragte Remon, als Nata an das Lesepult trat.

Sie sah hinunter zu Ssarronn. »Er hat gesagt, seine Häutung steht unmittelbar bevor.«

Remon ging um Vorenas Leiche herum, die noch immer am Boden zuckte, und kam zu ihr. »Normalerweise fallen Sasseks dann in Starre.«

Nata hätte sich wohl um ihn sorgen sollen, aber ihre Gedanken waren bei dem Kristallbuch. Sie sah auf den blutigen Krieno, der wie ein klebriger Lappen über ihren Fingern lag. Auch diese Wesen konnten sterben. Und das bedeutete, dass es auch eine Welt gab, in der Enna leben konnte.

»Komm her«, bat sie Remon und sah auf die flammenden Schriftzeichen in dem rotierenden Kristallbuch.

Überrascht schrie er auf, als das ebenmäßige Gesicht der Frau mit den metallenen Brauen erschien, durch das eine Gruppe Sasseks zu erahnen war, die vor einem Menschen knieten. Nata wusste, dass er bereits einige Kristallbücher gelesen hatte, aber so eines wie dieses hatte selbst sie noch nie gesehen.

»Ein Kult zur Verehrung der Menschen durch die Sasseks breitete sich aus wie eine Seuche. Sosehr wir auch leugneten, kamen doch immer mehr, die zu uns flehten. Um Schutz vor den Krienos natürlich, aber auch um gutes Wetter, reichhaltige Fischzüge oder eine sichere Reise der Schlüpflinge. Wir begriffen, dass wir zu weit gegangen waren.«

»Wer ist das?«, fragte Remon.

»Unsere Ahnen. Wir sind Kinder der Sterne.«

»Schon viel zu sehr hatten wir in die Kultur der Sasseks eingegriffen. Die rechtmäßigen Bewohner dieser Welt richteten ihr Leben an uns aus! Sie drohten, zu Hörigen zu werden, beinahe zu Haustieren.«

Nata schluckte, als sie Krienos über eine Bucht fliegen sah.

»Mehr noch.« Ein Feuerball verzehrte die Häute. Was nicht sofort zu Rauch wurde, fiel verschmort in die Wellen. »In unserer Verblendung, in der Arroganz, die seit jeher der Fluch der Menschen ist, hatten wir die Krienos beinahe vernichtet. Dabei waren sie ebenfalls eine denkende und fühlende Spezies, wie wir und die Sasseks. Ihr Tod war unser Versagen, die Kapitulation vor unseren Ängsten, die Wahl, die dem Schnellen und Einfachen den Vorzug vor dem Richtigen und Guten gab.«

»Ist dieses Ding, das du aus Vorenas Schädel geholt hast, auch so ein Viech?«

Nata nickte, bevor ihr einfiel, dass auch Remon gebannt in das Kristallbuch schaute. »Ja.«

»Maßten wir, die wir auf der Suche nach Erlösung hergekommen waren, uns nun selbst an, andere zu erlösen? Ja, die Krienos waren eine Bedrohung. Aber war das Entschuldigung genug, sie auszurotten? Würden wir nach den Krienos auch alles andere vernichten, was eine Gefahr sein konnte? Wo ist die Grenze, wenn man einmal beginnt, einer Spezies das Recht auf Leben abzusprechen? Was war mit gefährlichen Raubtieren oder giftigen Pflanzen? Oder solchen, die nur lästig waren? Würde Bisola auch zu einer Welt der Maschinen werden, sicher und tot bis auf die Menschen und vielleicht noch ein paar Sasseks, die nicht mehr wüssten, dass auch Gefahr zum Leben gehört?«

Nata verstand nicht genau, was sie als Nächstes sah. Viele Menschen saßen in einem weiten Rund an silbernen Tischen, auf denen einige rote und eine Vielzahl grüner Edelsteine leuchteten.

»Wir beschlossen, maßvoller vorzugehen. Wir fassten einen Plan, dem die nächsten Generationen treu blieben.«

Als das Bild dunkel wurde und die Sterne zu sehen waren, erklärte Nata Remon, dass der gelbe und der blaue Flammenball die beiden Sonnen waren und die kleine Kugel für die Welt stand, in der sie lebten. Diese Kugel lief um die blaue Sonne herum.

»Generationen vergingen.«

Die Kugel glitt wieder zwischen die gelbe und die blaue Sonne, wo sie sich auch beim Eintreffen der *Esperanza* befunden hatte. Nata erinnerte sich an Elanas Laternen und die Vorführung, die Agnecodo mit seiner gestreckten Hand gegeben hatte. Diese war auf der einen Seite vom gelben, auf der anderen vom blauen Licht beschienen worden. Ein gelber und ein blauer Tag. So musste es auch damals gewesen sein.

»Wir schützten uns, aber wir vernichteten die Krienos nicht.«

Die Bahn der Kugel bog sich jetzt um die gelbe Sonne. Gab es nun einen kleinen Bereich, in dem Nacht herrschte?

»Wir verschleierten unsere Maschinen. Das Kommunikationsnetz, das wir um den Planeten gelegt hatten, wurde zum Plexo, das alle unsere Siedlungen miteinander verband. Die Befehle an die Maschinen gaben wir nicht mehr direkt ein. Wir ließen sie Geister projizieren, die unsere Wünsche nicht nur entgegennahmen, sondern auch prüften. Über die kommenden Generationen hinweg wollten wir uns von den Maschinen lösen. Sie sollten unseren Nachfahren wie Zauberei erscheinen. Deswegen durften die Geister nicht auf alle Fragen antworten.«

»Ich habe immer gerätselt, warum die Geister wie Menschen aussehen«, flüsterte Nata.

»Wir waren uns jedoch nicht in allem einig. Wie in jeder Gemeinschaft kamen unterschiedliche Ansichten auf, die mit der Zeit ihre Anhänger sammelten oder verloren. Einige setzten sich durch, die forderten, wir dürften unsere Herkunft nicht gänzlich vergessen. Deswegen errichteten wir in jeder Metropole ein Astrovatorio zum Studium der Sterne. Auch das Kristallbuch, das ihr jetzt lest, ist ein Ergebnis des Glaubens, dass irgendwann die Zeit kommen wird, in der man die Vergangenheit ohne Gefahr wird enthüllen können. Dann, wenn die Sasseks zu starken Partnern der Menschen geworden sind.«

»Im Moment schlachten sich Sasseks und Menschen draußen gegenseitig ab«, sagte Remon.

Die Kugel zog keinen Kreis um den gelben Feuerball, sondern eine weite Ellipse.

»Wir ließen die blaue Sonne hinter uns, und wir wussten, dass es fast hundert Generationen dauern würde, bis ihr Licht wieder auf Bisola fiele. So lange würden die Eier der Krienos im Boden ruhen, tief unten an den Wurzeln der Blumen, die nur im blauen Licht blühen. Zeit genug für Sasseks und Menschen, herauszufinden, wer sie waren, und zu entscheiden, wer sie sein wollten. Wir hatten dafür gesorgt, dass die Menschen nicht länger Sklaven ihrer Vergangenheit waren. Jetzt mussten wir noch erreichen, dass die Sasseks die Möglichkeit bekamen, sich ohne die Menschen zu entwickeln.«

Bisola wurde zu einer Kugel, auf der Nata die Kontinente erkannte. Eine Hälfte der Kugel war grau, die andere gelb beleuchtet.

»Wir machten uns zunutze, dass Bisolas Rotation so weit gebunden war, dass ein Zyklus von Tag und Nacht ein Menschenleben lang dauerte. Die Sasseks brauchen Wärme und offenes Wasser, also überließen wir ihnen den Tag. Sie hatten dennoch eine sehr harte Periode vor sich, wenn Bisola sich im Hauptscheitel seiner Bahn und damit in maximaler Entfernung zur gelben Sonne befände. Aber diese Spezies hatte solche Situationen in der Vergangenheit gemeistert, das würde ihr auch jetzt gelingen. Und wir waren davon überzeugt, dass unsere eigenen Nachfahren genug Zähigkeit für das Leben in der Nacht mitbrachten.«

Nata erinnerte sich daran, wie sie auf dem Eis gestanden und krank vor Angst um Enna gebangt hatte, die allein durch die Wildnis hatte zurückfinden müssen.

»Wir schlossen den Pakt. Wir hofften, dass sich Sasseks und Menschen irgendwann als gleich starke Partner begegnen würden. Nur so kann echte Freundschaft entstehen.«

Remon sog neben ihr die Luft ein, als ein Wappenschild mit dem zähnefletschenden Grauwolfschädel das Blickfeld ausfüllte.

»Wir wussten, dass es galt, Menschen und Sasseks auseinanderzuhalten. Und die Maschinen, die wir in unseren Siedlungen zurückließen, den Refugios und Metropolen, mussten von Zeit zu Zeit repariert werden. Wir brauchten eine Truppe, die in ihrem Auftrag nicht wanken durfte. Deswegen musste sie Kontakt mit einer denkenden Maschine haben, die überwachte, wie sich die Dinge entwickelten: dem Plexo. Die Guardistas sollten nicht überhandnehmen, sonst hätten sie sich zu Herrschern über Menschen und Sasseks aufgeschwungen. Aber wo sie auftauchten, mussten sie den Pakt durchsetzen. Also statteten wir sie mit Nanorobotern aus, Maschinen, so klein, dass sie in den Adern schwimmen und in Nerven und Gewebe ihre Wirkung entfalten können.«

Was Nata sah, erinnerte sie an eiserne Krebse, die wild um- und übereinander krabbelten. Der Betrachter entfernte sich davon. Schnell waren Augen, Beine und Scheren nicht mehr zu erkennen. Die Nanoroboter wurden zu metallischen Flecken, zu Punkten, dann zu Körnern, zu …

»Nabo!«, rief Remon.

»Diese Gabe würde für die gute Gesundheit unserer Guardistas sorgen, ihre Wunden heilen und sie Schmerzen ertragen lassen. Sie wären langlebiger als andere Menschen. Auch im Kampf konnten wir ihnen Vorteile verschaffen. Nanoroboter in der Retina interpretieren infrarotes Licht, in den Muskeln nehmen sie die Feinabstimmung von Bewegungen vor. Unüberwindliche Krieger, aber nicht, um ein Imperium zu erobern. Ihr Auftrag sollte darin bestehen, die Hoffnung auf eine gemeinsame Zukunft in unserer neuen Heimat, geprägt von einem echten Miteinander, zu beschützen.«

Nata schrie, als ein heißer Schmerz durch ihre Wirbelsäule brannte.

52. Kapitel

Der Schrei holte Ssarronn zurück ins Hier und Jetzt.

Als Erstes bemerkte er, dass seine Arme flatterten und die Beine vibrierten. Offenbar hatte er die Starre, die die Häutung ermöglichte, zu lange unterdrückt. Mit diesem Zittern forderte sein Körper nun auf einen Schlag die notwendige Lockerung der Muskeln ein.

Er hörte ein Krachen und ein Fauchen.

Mit Mühe gelang es ihm, seine äußeren Lider aufzuschlagen. Er hatte die Stimme richtig erkannt. »Kress.« Die Schnauze ließ sich nur schwer öffnen, als sei sie verklebt.

Die junge Goraja krümmte sich an der Wand. Etwas links davon und weiter im Raum lag jemand mit zerschlagenem

Schädel in einem Kettenhemd der Grauwacht. Kress kam züngelnd auf die Beine, taumelte zu dem Schwert, das wohl dem Toten gehört hatte, und hob die Waffe auf. Dabei musste sie sich zwingen, die Hände in eine Position zu bringen, in der die Sporne zurückglitten.

Irgendjemand war noch im Raum. Ssarronn hörte ihn reden. Er wandte den Kopf zur hellsten Lichtquelle. Das war der Fall der Kristallbücher. Dort war niemand. Also sah er zur anderen Seite.

Nata! Plötzlich fiel ihm wieder ein, was er überhaupt in der Bilteca machte! Sie hatten gemeinsam geforscht, Sassek und Mensch, und so viel über die Vergangenheit gelernt, die auch ihre Gegenwart erklärte. Dann hatte sich ein Tor geöffnet, Waffenlärm war hereingedrungen und Ssarronn hatte das Bewusstsein verloren.

Remon war hier. Er kniete neben Nata und hatte den Kopf mit dem kupferfarbenen Fell auf seine Hände gebettet. Natas Kleidung war am Rücken verbrannt. Ssarronn konnte sich nicht erheben, um sich einen Überblick zu verschaffen, aber er glaubte, Rauchfäden aufsteigen zu sehen. Lag dort nicht auch eine Glutkeule auf dem Boden? Das war eine Waffe der Goraja. An ihrem Ende saß eine löchrige Metallkugel, die man mit glühenden Kohlen füllte. Ssarronns Zungenspitzen fächelten den Geruch verbrannten Fleischs in seine Nasenlöcher.

Remon sprang auf, als Kress näherkam. Er war so schnell, dass Ssarronn nicht sah, wie er den Dolch zog. Natas Kopf knallte auf den Boden. Ssarronn glaubte den Schmerz selbst zu spüren.

»Nein …«

Mehr konnte er nicht aus seinem Maul pressen. Seine Haut juckte, und in der Luftröhre war ein Kratzen, aber ihm fehlte die Kraft, um zu husten. Mit Mühe wandte er den Kopf, um zu sehen, was Kress tat.

Sie stand vorgebeugt mit beiden Händen am Schwert. Ihr Oberkörper pendelte hin und her, die Augen waren weit geöffnet und sie züngelte in schnellem Takt. Sie war vollkommen wach, angespannt. Die Flamme der Goraja glänzte auf der Plakette an ihrem Gewand.

»… Freundschaft …« Ssarronns Wort war zu leise, um gehört zu werden. Er musste seine Kraft finden!

»Warum hast du das getan?«, rief Remon. »Du bist nicht besessen! Dafür bewegst du dich zu fließend!«

»Du hast angefangen!«, fauchte Kress zurück. »Ssarronn hat euch vertraut! Vorena hat er offensichtlich abwehren können, aber dann hast du ihn erschlagen, damit ihr Menschen das Wissen der Kristallbücher für euch habt!«

Remons Anspannung löste sich ein wenig. Er trat einen Schritt zurück.

»Sieh genau hin! Ssarronn häutet sich.«

Unwillig bleckte Kress die Zähne. Sie schaute kurz zu Ssarronn herüber, wollte Remon aber wohl nicht aus den Augen lassen. Auch das Schwert hielt sie weiterhin kampfbereit.

»… Häutung …«, brachte Ssarronn heraus. Immerhin gelang es ihm, die Rechte anzuheben. Sie zitterte wie ein Blatt, das in einem Luftwirbel zu Boden fiel.

»Er lebt!«, stellte Kress fest.

»Richtig«, gab Remon zurück. »Tot ist nur sie.« Er zeigte auf Vorena. »Du hast sie gesehen, wenn sie auf dem Deck den anderen Lektionen mit dem Schwert erteilt hat. Glaubst du wirklich, Ssarronn hätte sie besiegen können?« Er schüttelte den Kopf. »Das war ich, und ich bin nicht stolz darauf.«

Kress' Blick ruckte von Remon zu Vorena, dann zu Ssarronn.

Er streckte ihr die Hand entgegen. »Komm …«

Vorsichtig näherte sie sich ihm.

»Wir müssen zu einem Heiler«, sagte Remon. »Meine Frau stirbt.«

»Nein …« Ssarronns Mund war so trocken, als hätte er einen Becher Sand gegurgelt. »Kein Heiler. Zu spät.«

»Ich gebe Nata nicht auf! Niemals!«

Ssarronn senkte seinen gestreckten Arm so weit ab, dass er auf Vorenas Leiche zeigte. »Nabo. Heilen. Zusammen.«

Kress ließ das Schwert fallen und kniete sich neben ihn. Sie löste ihren Schal, knüllte ihn zu einer Rolle und schob ihn unter Ssarronns Kopf. Er spürte es kaum. Alles juckte so schrecklich, und er konnte sich nicht kratzen. Kress könnte das für ihn tun, aber zuerst musste er verständlich machen, wie Nata zu retten war. Wenn er sich nicht täuschte, hatte die Glutkeule ihr Rückgrat zerschmettert. Eine solche Verletzung heilte noch nicht einmal bei einem Sassek. Nur der Körper eines Guardista wurde damit fertig.

Er presste alle vier Lider zusammen und sammelte Kraft für die Worte, die er sprechen musste.

»Nabo heilt.« Er hoffte, dass man ihn verstand. »Vorena … braucht Nabo nicht … mehr. Kann Nata … gesund machen. Und … dann zusammen … mit Remon … Grauwacht.«

Er glitt in eine dunkle Wärme.

Als er daraus erwachte, hörte er sich selbst wohlig brummen. Er lag auf der Seite, und Kress kratzte seinen Rücken. Neben ihm lag Nata auf dem Bauch. Sie ruhte auf einem gefalteten Stück Stoff, das der Farbe nach aus Kress' Gewand stammte. Sie redete mit Remon, der bei ihr kniete. Seine gerunzelte Stirn verriet, dass ihn besorgte, was er hörte.

»Ich bedauere, dass wir uns nie gepaart haben.« Das Sprechen fiel Ssarronn jetzt leichter.

»Andere haben entschlossener um mich geworben«, sagte Kress.

»Das stimmt nicht!« Er hustete. »Ich wollte nur nicht zu drängend … oh, ja, höher, bitte!«

Sie zog ihre Krallen zwischen seinen Schultern über seine Haut. Jetzt erst fiel ihm auf, dass er offensichtlich nackt war, sonst hätte sie seinen Rücken nicht so gut erreichen können! Dann war das Gewand, auf dem Nata lag, wohl seines! Natürlich, es war auch viel zu groß. Wenn der Stoff aus Kress' Kleidung geschnitten worden wäre, hätte sie kaum etwas anbehalten.

»Ist es so gut?«, fragte sie.

Er versuchte, die Schuppen bestätigend aufzustellen, aber dazu war die Verbindung zu seiner Haut bereits zu schwach. Ssarronn würde bald endgültig in Starre fallen. Andere mussten zu Ende bringen, was er begonnen hatte und dringlich zu tun war. »Du darfst nicht hassen, Kress!«, sagte er eindringlich. »Das ist schwierig, aber du musst gegen den Hass kämpfen! Nur gemeinsam ... Menschen ...« Die Muskeln in seinem Kiefer wurden träge.

»Ihr müsst gemeinsam gehen.«

Ssarronn war dankbar dafür, Natas Stimme zu hören.

»Remon und Kress, ihr beide.«

»Ich lasse dich hier nicht allein!«, protestierte Remon. »In der Metropole wird gekämpft! Menschen und Sasseks bringen sich gegenseitig um!«

»Das ist unwichtig!«, widersprach Nata. »Wir müssen den anderen Kampf gewinnen! Den, von dem ich dir erzählt habe! Ich spüre, wie das Nabo in mir singt. Es ist fremd für mich, aber ich bin sicher, es wird mich heilen und ich werde meine Beine wieder bewegen können. Aber dann sollen sie mich durch eine Welt tragen, in der es noch Lebende gibt.«

Bevor Ssarronns äußere Lider zufielen, sah er, wie Nata sich mühte, sich so weit herumzudrehen, dass sie ihrem Männchen in die Augen sehen konnte.

»Denkt an ... kleinen Menschen ...«

»Er meint Enna«, sagte Nata. »Und er hat recht. Hier in der Bilteca gibt es Wissen. Aber es reicht nicht, zu wissen, man muss auch danach handeln. Ihr müsst ins Cestillo! Nur im Thronsaal könnt ihr die Geister zum Eingreifen bewegen.«

Ssarronn schlief ein.

53. Kapitel

»Seid Ihr sicher, dass uns die Geister des Cestillos gehorchen werden?«, fragte Kress. Sie hockte hinter der Seitenwand einer Verbindungsbrücke. Ein Wurfspeer war gerade über sie hinweggezischt.

»Wir können sie bitten«, gab Remon zurück. »Befehlen kann nur der Herr der Metropole.«

Einen solchen gab es derzeit nicht. Die offene Pyramide im Zentrum Elysiors war noch immer leer, ohne Herzfeuer oder Stammesblume. Ihre Streben standen vor dem blauen Halbmond, der den Himmel beherrschte. Der schmale Sonnenstreifen am Horizont konnte die Dunkelheit kaum aufhellen, die entstand, wenn die Wolken, aus denen es nur noch schwach hagelte, Mezza verdeckten.

Elysiors Cestillo hatte die Form eines Schneckenhauses. Es lag unter Wasser, Remons Augen sahen es perlmuttfarben durch die grauen Wellen schimmern. Für Kress war es zu dunkel. Sie mussten von der Bilteca, die sich ganz oben in dem kugelförmigen Geflecht aus Brücken und Pyramiden befand, beinahe bis zum tiefsten Punkt der Metropole vordringen. Sie waren knapp zehn Schritt über der Höhe des Meeresspiegels angekommen. Jenseits des nächsten Pyramidenhauses waren die Verbindungsbrücken rundum geschlossene Tunnel.

»Das Gerede von Freundschaft kommt zu einem seltsamen Zeitpunkt«, sagte Kress. »Wo sind eigentlich Eure Kameraden abgeblieben?«

Diese Frage stellte sich Remon bereits die ganze Zeit, während sie sich bis hier herunter kämpften. Menschen und Sasseks trafen überall in kleinen Gruppen aufeinander, aber Guardistas, die sie getrennt hätten, gab es kaum. Dabei mussten die Truppen von Mareschall Brenhardt und Obristin Zeleza irgendwo in der Metropole sein. Oder waren sie abgezogen, weil sie keine Front sahen, an der sie zwischen den Kontrahenten hätten aufmarschieren können? Weiter als einen Click konnten sich seine Kameraden jedoch nicht entfernt haben, sonst hätte er sie nicht mehr gespürt.

Sie versuchten, den Kämpfenden auszuweichen, was auch meist gelang, weil Remons Sicht ihnen in der Dunkelheit einen Vorteil verschaffte. Da seine Axt stark in Mitleidenschaft gezogen war, benutzte Remon den Dolch und Vorenas Schwert, wenn eine Konfrontation unvermeidlich war. Es fühlte sich falsch an, mit der Waffe einer Kameradin, sogar einer Freundin, zu kämpfen, die man selbst getötet hatte. Oder war sie eigentlich schon tot gewesen, als sie ihn angegriffen hatte? Was unterschied den Axthieb, mit dem er Vorenas Schädel gespalten hatte, von einer Erlösung?

Falls es so war, hatte er inzwischen ein Dutzend Weitere erlöst, Sasseks und Menschen.

Gerade noch rechtzeitig sah er die Körperwärme der beiden Bogenschützen auf einer Brücke über ihnen. Sie dagegen hatten keine Schwierigkeiten, Kress und Remon zu entdecken. Zwar war der Magmafall weit entfernt, aber von dort trug ein brennendes Schiff helles Feuer heran. »Vorsicht!«, rief Remon und warf sich über Kress. Zwei Pfeile schlugen in seinen Rücken. Einer trat sogar durch die Ringe des Kettenhemds an seinem Bauch wieder aus und hätte Kress beinahe noch getroffen.

»Nicht gerade ein Zeichen der Freundschaft«, fauchte Kress, krabbelte unter ihm hervor und rannte weiter.

Remon biss die Zähne zusammen und riss den Pfeil durch seinen Körper. Ein Schwall Blut kam nach, aber das Lied des Nabo brachte es rasch zum Versiegen. Den anderen Pfeil wurde er nicht so schnell los. Er folgte Kress.

»Du hast doch gesehen, wie Leichen aufstehen! Zweifelst du an unserem gemeinsamen Gegner?«

Kress züngelte. »Ich zweifle nicht an meinen Feinden, sondern an meinen angeblichen Freunden!«

Die nächsten Pfeile gingen daneben. Das lichterloh brennende Schiff kam beständig näher, obwohl es erhebliche Schlagseite hatte. An Deck wurde gekämpft. Die Sasseks würden es niemals aufgeben, denn es transportierte die Goldlilie, die das Symbol ihres Stamms war.

»Ssarronn und Nata sind sich sicher, dass nur gemeinsam …«

»Ssarronn ist ein Träumer!«, fauchte Kress.

»Warum bist du dann mit mir unterwegs?«

Züngelnd sah sie ihn an. »Träumer sind niedlich.«

Remon zweifelte an seinem Gehör. Er war so verwirrt, dass er die Gefahr erst im letzten Moment sah. Er riss Kress zu Boden.

Der Rumpf des brennenden Schiffs passte knapp unter ihrer Brücke durch, aber der Vordermast krachte dagegen und brach ab. Die Wellen hoben den Segler an und pressten ihn von unten gegen die Brücke. Der Rumpf knirschte, die Brücke bekam Risse und einige Brocken lösten sich. Flammen aus dem Schiff schlugen durch die Löcher. Die See zog es weiter, bis der Großmast gegen das Hindernis donnerte. Er hielt stand, aber die Querstange, an der das Segel befestigt war, stürzte mit der brennenden Leinwand auf die Brücke. Der Mastkorb folgte. Kaum etwas bezeugte den allgegenwärtigen Wahnsinn besser als die Tatsache, dass sich in diesem Menschen und Sasseks bekämpft hatten, die jetzt zwar nicht durch das Feuer zu Tode kamen, sich aber gemeinsam den Hals brachen.

Weitere Pfeile schlugen neben ihnen ein.

Aus den Flammen des Schiffs drangen Kampfgeräusche herauf.

»Wenn wir es durch den Brand schaffen, müssen wir nur noch zwei Häuser durchqueren, um ins Cestillo zu kommen«, sagte Remon.

Eine Horde Menschen, denen der Blutdurst in den durch die Flammen beleuchteten Fratzen stand, betrat die Brücke aus der Richtung, aus der sie gekommen waren. Ihre hasserfüllten Augen richteten sich auf Kress. Remon hob seine Klingen und stellte sich zwischen sie und die Sassek. Von oben kamen die nächsten Pfeile. Die Spitze desjenigen, der im Rücken steckte, arbeitete in seinem Fleisch.

Das Nachlassen des Hagels hatte den Vorteil, dass die Krienos besser auszumachen waren. Dennoch sah Remon sie nur, wenn sie in den Feuerschein sanken oder sich das Mondlicht auf den dünnen Häuten brach. Ihre Temperatur entsprach derjenigen der umgebenden Luft. Eine Handvoll von ihnen schwebte herab. Remon schlug sie mit Vorenas Schwert zur Seite, bevor sie auf ihm oder seiner Gefährtin hätten landen können.

Kress packte den Pfeilschaft und zog das Geschoss mit einem Ruck heraus. Es fühlte sich an, als rissen die Widerhaken ein Stück von der Größe eines Tafelschinkens mit sich.

»Du hättest mich warnen können!«

»Ich höre mir ungern Gejammer an. Und hier wird es mir zu heiß. Ihr kommt besser ohne mich voran.« Damit schwang sie sich auf eine Seitenmauer und sprang ins Meer.

Remon bekam eine Ahnung davon, warum Ssarronn gleichzeitig an dieser Frau verzweifelte und von ihr fasziniert war. Ihr Entschluss war angesichts der Umstände folgerichtig. Remon konnte jetzt nur hoffen, dass die Geister auch ihn allein anhören würden und es nicht, wie Nata eindringlich betont hatte, notwendig war, dass ein Mensch und ein Sassek gemeinsam ihren Beistand erbaten. Mit seinem Kettenhemd konnte er Kress unmöglich ins Meer folgen, er wäre gesunken wie ein Stein.

Weitere Pfeile, von denen sich einer durch seinen Fuß bohrte, verdeutlichten ihm, dass jetzt nicht die Zeit für Grübeleien war. Er biss die Zähne zusammen, zog das Geschoss heraus und wandte sich dem Feuer zu. Krienos fielen aus dem Himmel. Die Schreie der Menschen hinter ihm verrieten Remon, wo sie niedergingen. Die ersten Schritte humpelte er noch, dann betäubte das Nabo den Schmerz in seinem Fuß.

Das brennende Segel lag quer über den Mauern der Brücke. Remon duckte sich, um darunter hindurch zu kommen. Aus den Löchern im Boden schlugen ihm die Flammen vom Deck des Schiffs entgegen, versengten Haupthaar, Brauen und Wimpern. Schwarzer Qualm verstopfte Hals und Lungen.

Immerhin war von den Krienos nichts mehr zu sehen, als er auf der anderen Seite herauskam, und der Rauch nahm den Bogenschützen die Sicht. Dennoch musste sich Remon beeilen. Er hastete in den Pyramidenbau und von dort den Tunnel hinunter zum Cestillo.

54. Kapitel

Zwar war Ssarronn bei ihr, aber er schlief. Obwohl er nackt war, sah Nata noch nicht einmal, ob sich der Brustkorb bewegte. Dabei waren ihre Augen so scharf wie nie. Sie erkannte die Ziselierungen in der Öllampe, die auf dem entferntesten Lesepult stand. Verwirrender war, dass sie auch die Hitze des Flämmchens sah. Sie war rot … und irgendwie auch nicht. Sie rief einen Geist, um den Unterschied zur Farbe seines Körpers zu studieren.

Über Ssarronns Körper und ihrem eigenen lag ebenfalls ein Wärmeschimmer, der rot war und doch zugleich farblos. Der durchscheinende Geist dagegen leuchtete zwar rot, war aber, was seine Temperatur anging, ebenso unsichtbar wie die Wände oder das Holz der Lesepulte. Auch Vorenas Leiche war erkaltet.

Probeweise stützte sich Nata vom Boden ab. Sie hatte noch immer kein Gefühl in den Beinen, aber das beunruhigte sie nicht mehr. Lag das an dem Versprechen Remons, dass sie gemeinsam alle Schwierigkeiten überwinden würden, oder auch an dem Nabo, das in ihr arbeitete? Nahm ihr diese seltsame Substanz die Nervosität ebenso wie die Pein in ihrer Wirbelsäule?

Aber das stimmte nicht, der Schmerz war noch da. Sie fühlte

ihn sogar genauer als zuvor. Sie wusste, welche drei Wirbel gesplittert waren und was für Nerven der Keulenschlag und das Feuer zerstört hatten, ebenso wie sie begriff, dass einige davon bereits wieder intakt waren. Als hätte sie plötzlich Augen, mit denen sie das Innere ihres eigenen Körpers betrachten könnte.

Mit zusammengezogenen Brauen sank sie wieder auf Ssaronns Gewand. Zwar war die Pein auf seltsame Weise erträglich, aber sie nahm zur Kenntnis, dass der Schmerz am schwächsten war, wenn der Rücken gerade lag.

Eigentlich hatte sie tatsächlich Augen in ihrem Innern, überlegte Nata. Abertausende davon. Das Nabo, das wie Sand geschmeckt hatte, obwohl es mit dem Blut aus Vorenas Körper gespült war, bestand schließlich aus winzig kleinen Krebsen, die mit eisernen Rüstungen gepanzert waren. So verstand sie jedenfalls, was das Kristallbuch ihr gezeigt hatte. Diese Krebschen wuselten jetzt durch ihren Körper, schwammen in ihren Adern, krochen in ihre Muskeln und heilten ihr Rückgrat. Dafür akzeptierte sie gern die unheimliche Vorstellung von Lebewesen, die sich in ihrem Körper bewegten.

Remon hatte mehrfach davon gesprochen, dass das Nabo in seinen Muskeln sang. Nata hörte keine Melodie, aber sie fühlte, dass jemand in der Nähe war. Es war so ähnlich wie ein Blick, den man im Hinterkopf spürte, und wenn man sich umdrehte, sah einen tatsächlich jemand an. Nur dass es jetzt Hunderte waren, die sie spürte, und sie starrten Nata nicht an, sondern waren einfach nur da. Hatte Remon in Erdblut nicht auch Vorena durch das Nabo gespürt, weil sie eine Guardista gewesen war? Gut möglich, dass Nata jetzt die anderen Guardistas in Elysior spürte, und dass einer davon Remon war, der mit Kress das Cestillo aufsuchte. Nata lächelte bei dem Gedanken.

Ihr Lächeln gefror, als sie den Krieno durch das Fenster hereinschweben sah. Der blaue Halbmond schien durch die viereckige Haut. Die weißen Fäden wehten zu den Seiten, als tasteten sie in der Luft. Zum ersten Mal fragte sich Nata, wie diese Wesen überhaupt ihre Umgebung wahrnahmen. Konnten sie sehen? Ohne Augen? Ohne Ohren hören, ohne Gehirn denken? Sie waren so fremd!

Natas Blick ruckte zu der Blutlache um Vorenas zerschmetterten Schädel, dann zu dem Geist, der geduldig neben dem Fall der Kristallbücher schwebte. »Hilf uns!«, rief sie.

»Welches Wissen wünscht Ihr zu erlangen?«

»Ich brauche kein Wissen!« Ihre Stimme überschlug sich. »Schütze uns vor dem Krieno!« Sie stützte sich jetzt doch wieder auf. Hüfte und Beine blieben kraftlos liegen.

»Dies ist die Bilteca«, erklärte der Geist mit ruhiger Stimme, während der Krieno heranschwebte. »Hier findet Ihr Wissen, keinen Schutz.«

55. Kapitel

Mehrere Tunnel endeten im Cestillo. Über gewundene Gänge führten alle Wege zum Thronsaal im Zentrum. Vor dessen Tor traf Remon auf Mareschall Brenhardt, der mit gezogenem Schwert und einem Dutzend Guardistas Wache hielt.

»Du siehst abgekämpft aus«, begrüßte ihn sein Herr.

»Ich muss in den Thronsaal!« Remon fand es klug, seine Klingen in die Scheiden zurückzustecken. »Ich kann es Euch nicht erklären, aber ich muss mit den Geistern sprechen.«

»Wendet sich ein Guardista jetzt nicht mehr an das Plexo?«

»Geister und Plexo sind dasselbe.« Remon überlegte, ob er mit kurzen Worten vermitteln konnte, was er über denkende Maschinen und die Ahnen der Menschen erfahren hatte. Aber diese Dinge verwirrten ihn selbst zu sehr, als dass er jemand anderen davon hätte überzeugen können. »Ich bitte Euch, Herr, vertraut mir.« Hilflos streckte er seine Hände vor.

Brenhardt stützte sein blankes Schwert auf den Boden. »Ich

soll jemandem vertrauen, der uns schon einmal verraten hat? Einem Abtrünnigen?«

Remon schluckte. »Ich habe die Grauwacht verraten. Das gebe ich zu, und ich akzeptiere jede Strafe dafür.«

»Dir bleibt ja auch keine andere Wahl!«, rief Semoel. Die Kameraden lachten. Alle außer Brenhardt, der lediglich eine Braue hob.

»Ich habe meinen Eid gebrochen, das ist wahr. Aber dem Leben bin ich stets treu geblieben.«

»Was meinst du damit?«

Remon leckte sich über die Lippen. »Ich bin mit einer Frau gegangen, die ich liebe. Mit ihr hat mein Leben einen größeren Sinn gefunden, als ich es mir vorstellen konnte. Ich habe mich nicht von Euch abgewendet.«

Höhnisches Lachen kommentierte seine Worte. Es verstummte, als Brenhardt mit einer Kopfbewegung andeutete, sich zu den Guardistas umzudrehen.

»Es ging mir nie darum, wegzulaufen. Auch während unserer Reise mit der *Wellenblume* habe ich nie versucht, zu fliehen.«

»Das stimmt.«

»Ein Leben hat mich gerufen, so habe ich es empfunden. Vielleicht war es das Leben meiner Tochter. Nata und ich lebten in einer einfachen Siedlung in der Wildnis und zogen Enna auf. Und wir waren glücklich dabei. Wir haben uns für das Leben entschieden.«

»Für ein Leben, das einem Guardista verboten ist.«

»Das mag sein, aber dennoch für ein Leben. Was hier gegen uns steht, ist der Tod. Wir alle haben oft getötet, Menschen und auch Sasseks. Aber wenn die Krienos siegen, diese Häute, die mit dem Wind treiben, dann erheben sich die Toten und reißen alles Leben in den Untergang. Das wird das Ende der Welt sein, in der es Menschen und Sasseks gibt.«

Nachdenklich sah Brenhardt auf die Klinge seines Schwerts. »Ich habe es gesehen. Tote Kameraden sind aufgestanden und von mir selbst wieder niedergestreckt worden.«

»Ich habe gespürt, wie sie gestorben sind. Man fühlt es zweimal.«

Brenhardts Blick bohrte sich in seinen. »Du bist ein Guardista, Remon. Du bist nicht der Retter der Welt. Was willst du im Thronsaal?«

Remon fühlte seine Kraft weichen. Noch nicht einmal das Nabo stärkte ihn jetzt noch. »Ich weiß es nicht. Ich weiß nur, dass ich mit den Geistern sprechen muss.«

»Wer hat dir das eingeredet?«, rief Semoel. »Dein Weib?«

Remon erwiderte nichts. Es hatte keinen Sinn.

»Dein Platz ist in den Reihen der Grauwacht, Remon.« Brenhardt legte ihm eine Hand auf die Schulter. Die Ringe des Kettenhemds knirschten. »Ich habe Boten zum Thuun und zum Feuerwahrer geschickt. Sie sollen hierher kommen, und so lange werden wir den Thronsaal verteidigen. Du trägst deine Schuld ab, indem du dich in die erste Reihe stellst.«

Remon senkte den Blick. Er konnte diese Männer nicht überzeugen, und er konnte sich erst recht nicht durch sie hindurch kämpfen. Vielleicht war der Mareschall weiser als er.

»Ich bin ein Guardista«, sagte er und stellte sich zu den Kameraden, die ihn verachteten.

56. Kapitel

Nata wusste, dass sie die Arbeit des Nabo zunichtemachte, als sie sich auf den Rücken wälzte. Wirbel, bei denen die Knochensplitter gerade wieder an ihren Platz fanden, brachen erneut. Ein gewöhnlicher Mensch hätte wie unter der Folter geschrien oder sogar das Bewusstsein verloren.

Aber in Natas Muskeln wirkte das Nabo. Jedenfalls in denen, die sie spürte. An ihrem Brustkorb, in ihren Armen. Doch was sollte sie damit anfangen? Sie hatte keine Waffe, und selbst wenn sie so wahnsinnig gewesen wäre, nach dem Krieno greifen zu wollen, hätte sie ihn nicht erreicht. Er schwebte zu hoch über sie hinweg. Allein einen der Fäden hätte sie vielleicht erhaschen können.

Sie wusste, dass das Nabo ihren Bewegungen eine nie gekannte Schnelligkeit und Sicherheit verlieh. Ihre Stärke war jedoch immer das Denken gewesen, nie das Kämpfen. Also wartete sie ab. Ssarronns Starre machte den Sassek bewegungslos wie einen Stein, Vorena war tot, der Geist war kein Lebewesen, und wenn sie selbst sich ruhig verhielte, verschwände der Krieno vielleicht, wie er gekommen war.

Er bewegte sich in der Luft, als hätte er kein Gewicht. Schließlich war er ja auch nicht mehr als Haut und Fäden. Und ein mörderischer Verstand, der danach gierte, zu töten, was immer er konnte.

Der Krieno schwebte neben den Fall der Kristallbücher, deren Glitzern durch seinen hauchdünnen Leib schien. Einer der Fäden zuckte zurück, als er der Flamme einer Öllampe nahe kam.

Das Wesen setzte seinen Weg fort. Es sank so tief, dass die Fäden Spuren durch Vorenas gerinnendes Blut zogen. Als sich der Krieno auf der Leiche niederließ, versperrte ihr eigener Fuß Nata die Sicht. Sie konnte ihn nicht zur Seite kippen, und ihren Oberkörper zu bewegen wagte sie ebenfalls nicht. Sie wollte leblos erscheinen.

Aber wäre das überhaupt von Nutzen? Der Krieno interessierte sich schließlich auch für Vorenas Leiche! Was, wenn er irgendwie genug Leben in den toten Körper bringen konnte, um diesen zu einem widernatürlichen Nachleben zu erheben?

Hätte er dann noch immer Vorenas Kampfgeschick zur Verfügung? Gegen einen solchen Feind würde Nata keinesfalls bestehen können. Hätte sie doch nach dem Krieno gegriffen, als er über ihr geschwebt war! Damit hätte sie zwar seine Aufmerksamkeit erregt, aber vielleicht hätte sie ihn auch überrascht und den kleinen Körper zerreißen können. Mit der Unterstützung des Nabo wäre es gelungen! Nata schalt sich eine Närrin.

Vorena erhob sich nicht, aber der Krieno schwebte wieder in ihr Blickfeld. Statt auf Nata hielt er auf Ssarronn zu.

Irgendwie konnte dieses verdammte Biest sie sehen! Oder es spürte auf andere Art, wo sie waren! Seine Bewegung war eindeutig zielgerichtet.

Natas Blick hetzte über die Wände, aber die einzige Öffnung war das Fenster. Da war keine Tür, durch die Hilfe hätte kommen können.

Sie presste die Kiefer aufeinander. Schon einmal hatte sie sich in einem Raum aufgegeben, der etwa die Größe hatte wie dieser. Ihre eigene Willenlosigkeit hatte sie so zermürbt, dass sie sich auf ein Schiff hatte führen lassen, das sie fort von ihrer Tochter gebracht hatte.

Das würde sie nicht noch einmal zulassen! Diesmal würde sie kämpfen. Und wenn es sie das Leben kostete, dann wusste sie, dass Enna dort siegen würde, wo sie scheiterte. Enna vereinte das Beste von Nata und Remon in sich! Und ihre Mutter wollte sich ihrer würdig erweisen! Enna sollte stolz auf sie sein!

Die Fäden des Krienos strichen über Ssarronns steife Brust, seinen Hals hinauf, über sein Kinn. Ihre Spitzen tauchten in die Nasenlöcher.

Nata schloss die Augen, um Kraft zu sammeln. Das Nabo sang in ihren Muskeln wie ein hundertstimmiger Chor.

Sie stieß sich ab. Ihr Oberkörper riss Becken und Beine mit. Der Preis dafür war ein Krachen in ihrer Wirbelsäule. Sie war jetzt gründlicher zerbrochen als jemals zuvor.

Nata bekam zwei Fäden zu fassen und zog sie zu sich.

Der Krieno leistete keinen Widerstand. Im Gegenteil, er folgte der Bewegung, die sie ihm aufzwang. Die handgroße Haut klatschte auf ihr Gesicht, bedeckte Augen und Nase. Sie war trocken wie Pergament.

Nata spürte, wie sich der Krieno auf ihr bewegte. Leichter Druck auf der Stirn, den Wangen, ihre Wimpern klebten an etwas fest, hoben ihre Lider an.

Das Nabo schrie in ihr. Visionen von Schwertern und Kriegern stiegen in Nata auf, aber sie drängte sie zurück. Sie hütete sich, durch die Nase zu atmen. Stattdessen öffneten sie den Mund einen Spalt weit.

Vorsichtig hob sie ihre Hand zum Kinn.

Sie stoppte die Bewegung, als sie einen Faden an ihrem Daumen spürte, ließ zu, dass er sich darumwickelte. Wartete, bis er sich wieder löste.

Erst dann schob sie die Hand weiter, mit den Fingerkuppen nach außen.

Als sie den hautartigen Körper berührte, ließ sie dem Nabo freie Bahn. Schnell wie ein Blitzschlag schoss ihre Hand zwischen ihr Gesicht und den Krieno. Sie stieß ihn von sich.

Das Wesen klammerte sich mit seinen Fäden fest. Einer riss ihr beinahe das linke Ohr ab, ein anderer schlang sich um ihren Hals, weitere um das Handgelenk und den Hinterkopf. Mit überraschender Stärke kämpfte ihr Gegner gegen den Druck an.

Nata nahm die zweite Hand zur Hilfe.

Die Fäden lösten sich nicht, obwohl sie den Hauptkörper so weit fort bekam, dass sie die Ellbogen durchdrücken konnte. Aber die Haut hielt stand. Sie wurde nur noch dünner und dehnte sich. Nata ekelte sich vor dem pergamentartigen Gefühl an ihren Fingern und dem glockenförmigen Körper, der ihre Arme wie eine Zeltplane umspannte.

Doch ein Teil von ihr war jetzt eine Kriegerin, die in Verbindung mit Hunderten anderer Guardistas in Elysior stand, die ebenfalls auf Leben und Tod kämpften und keinen Gedanken an Aufgabe verschwendeten. Nata würde siegen! Und sie würde leben! Ganz gleich, durch welche Schmerzen sie dafür gehen müsste!

Sie löste eine Hand, um das nächststehende Lesepult umzureißen. Sie hörte es auf den Boden krachen, sah es aber nicht, weil sie mit der einen verbliebenen Hand nicht verhindern konnte, dass sich der Krieno wieder gegen ihr Gesicht presste.

Doch mit ihrer freien Hand spürte sie die Hitze, wo das Öllämpchen zersprungen war und seinen Inhalt in Brand gesetzt hatte. Sie musste schnell sein. Waren die Geister auch nicht bereit, Handlungen für die Besucher der Bilteca auszuführen, so würden sie dennoch ein Feuer löschen, wenn es das Gebäude gefährdete. Hastig warf sie ihren Oberkörper in Richtung der Flammen.

Knisternd verschmorte ihr Haar und brannte in ihre Kopfhaut. Sie war ihrem Ziel ganz nah! Sie riss den Kopf herum.

Der Krieno zuckte.

Jetzt lernte er, was Schmerz war!

Und er erwies sich als weniger hart im Nehmen als Nata. Innerlich war er schwächer als sie! Viel schwächer!

Wellen durchliefen seinen Körper. Die Fäden lösten sich, peitschten umher, wickelten sich um ein Lesepult und versuchten, den Krieno in Sicherheit zu ziehen.

Nata verhinderte es. Gnadenlos drückte sie ihn in die brennende Lache. Sie griff nach den Scherben des Öllämpchens. Sie schnitten in ihre Finger, also waren sie scharf genug, um eine Haut zu durchtrennen.

57. Kapitel

Das Cestillo bebte unter donnernden Einschlägen. Trümmer eines Pyramidenhauses brachen durch die Decke. Sie blieben stecken. Schmale Wasserstrahlen schossen an ihnen vorbei.

Der Boden war ohnehin schon glitschig, und Remons Kleidung war durchnässt. Aber Vorena hatte ihr Schwert immer sorgfältig gepflegt. Der Griff war mit gutem Leder umwunden, das auch unter solchen Bedingungen fest in der Hand lag. Remon fragte sich, ob sie wohl stolz auf ihn gewesen wäre, weil er trotz seiner höchstens mittelmäßigen Fechtkunst bereits den zehnten Gegner in so kleine Stücke hackte, dass auch ein Krieno seinen Körper nicht mehr in den Kampf zwingen konnte. Wahrscheinlich nicht. Da sich die Kontrahenten so langsam bewegten, als zöge jemand ihre Glieder an unsichtbaren Fäden, hätte sie in ihrer Überwindung eine bloße Pflichterfüllung gesehen, keinen Sieg, der Ehre brachte.

Aber darum ging es ja auch. Pflicht. Das hatte Mareschall Brenhardt gesagt. Die Guardistas hatten einen Eid zu erfüllen. Auch und gerade Remon.

Sasseks. Menschen. Jäger. Handwerker und Fischer, Kaufleute, Sabos oder Gorajas. Immer dieselben hasserfüllten Augen, dieselben ruckartigen Bewegungen, dieselbe Kampfweise, die der Abwehr kaum Beachtung schenkte. Wen die Krienos in ihren Dienst zwangen, der ließ sich bedenkenlos eine Hand abhacken, wenn er dafür dem Gegner einen Finger abschlagen konnte. Zwei davon hatte das nicht enden wollende Gefecht auch von Remon schon gefordert.

Das Wasser auf dem Boden war rosafarben von dem Blut, das sich hineinmischte. Zerstückelte Leichen lagen überall herum. Doch was Remon wirklich zu schaffen machte, war die Art, wie die Guardistas starben. Er spürte es durch das Nabo. Der Tod, wenn plötzlich eine Präsenz erlosch, war wie der Nachhall eines kurzen Stichs, die Erinnerung an einen heftigen, aber vergangenen Schmerz. Es war verwirrend, wenn sich das ein Dutzend Mal in rascher Folge ereignete. Aber dann schlichen sich diese erloschenen Präsenzen zurück in sein Gespür, wenn ein Krieno in die Leiche kroch, durch die Nase, den Mund oder eine Wunde. Sie glitten wieder in das Sein, schmeichelten sich zurück in die Welt der Lebenden. Es fühlte sich so unsagbar falsch an. Und dann wartete Remon darauf, dass sie zum zweiten Mal erloschen, wenn sich jemand fand, der den

Schädel des Unglücklichen zertrümmerte und ihm ein Stück Stahl durch das Hirn trieb. Er blieb in der Nähe seiner Kameraden, um sicher zu sein, dass auch ihm jemand diesen Dienst erweisen würde.

Remon sprang zur Seite und riss Vorenas Schwert in einem kaum gezielten Seitwärtshieb über den feisten Bauch eines Sasseks, der in attackiert hatte. Das reichte, um einige Organe herausquellen zu lassen.

Wenn man sich auf diese Gegner eingestellt hatte, setzte man darauf, ihren vergleichsweise langsam vorgetragenen Angriffen auszuweichen, um dann schnelle Konter anzubringen. Diese konnten sie wegen ihrer Trägheit kaum parieren, ihre Kampfweise war ja auch nicht darauf ausgelegt. Deswegen landete man leicht eine Vielzahl von Treffern, die den Gegner bald bewegungsunfähig machten. Dann war der Zeitpunkt für den entscheidenden Schlag gekommen.

So wie jetzt bei dem Sassek. Remon hackte durch Nacken und Hals, sodass der Kopf ins Wasser platschte. Ohne die Verbindung zum Körper nutzte einem Krieno auch die Herrschaft über das Gehirn nichts.

Der Schädel, der ihm jetzt vor die Füße rollte, ließ Remon innehalten. Er sah sich um. Für den Moment schienen sie gesiegt zu haben. Ein Dutzend Guardistas stand heftig atmend zwischen ungezählten Leichenteilen, während Geister, die sich nicht um das Gemetzel scherten, die Lecks in der Decke abdichteten. Sie legten rot leuchtende Tücher darüber, deren Beschaffenheit ihren eigenen durchscheinenden Körpern ähnelte. Sie konnten jedoch nicht nur aus Licht bestehen, denn sie fingen das Wasser erst auf und drückten es dann sogar zurück, bis sie flach an der Decke lagen.

Remon nahm den Kopf auf. »Laco«, flüsterte er.

»Noch jemand, der das Nabo zu Unrecht empfangen hat«, blaffte Semoel neben ihm.

Remon wirbelte herum und schmetterte ihm die Faust, die noch den Schwertgriff hielt, in den Mund. Zähne klatschten in das Wasser, bevor Semoel stürzte. Schade, dass sie nachwachsen würden.

Mareschall Brenhardt trat dazwischen und sah Remon scharf an.

»Ich habe ihn in der Nacht in einem Loch im Schnee gefunden«, erklärte Remon. »Ich habe ihn gemocht.«

»Er war ein guter Junge, aber wir können uns keinen Streit erlauben. Wenn du eine Klage zu führen hast, kommst du zu mir. Nach dem Kampf.«

Wahrscheinlich hätte Remon einlenken sollen. Schließlich war er der Verräter, der hinter seinen treuen Kameraden zurückzustehen hatte, die ihre Waffen und Rüstungen ordneten und wieder Aufstellung nahmen. Aber er schüttelte den Kopf. Das alles hier führte zu nichts. Der Thuun und der Feuerwahrer waren bestimmt tot. Jedenfalls, wenn sie Glück hatten.

Remon legte Lacos Kopf zwischen sich und Brenhardt in das knöcheltiefe Wasser und fixierte ihn mit dem Fuß. Er holte weit aus und spaltete den Schädel. Blut spritzte ihnen beiden gegen die Beine.

»Ich glaube, er war bereits besiegt«, meinte Brenhardt trocken.

»Es geht nicht um Laco.«

Remon zog den linken Handschuh ab, um besser tasten zu können. Er griff in das Gehirn. Die graue Masse, deren Windungen Gedärm ähnelten, war überraschend kalt. Remon brauchte mehrere Versuche, bis er den Krieno fand und herauszog. Hirn klebte an den Fäden.

»Das hier ist unser Feind. Wir verlieren gerade eine Metropole an ihn.«

Wie zur Bestätigung krachte ein weiteres Trümmerteil durch die Decke.

Um sicherzugehen, zerschnitt Remon den Krieno, bevor er ihn Brenhardt in die Hand drückte. Dann ließ er Vorenas Schwert fallen.

»Ich gehe jetzt in den Thronsaal, weil das das Einzige ist, von dem ich glaube, dass es uns in diesem Krieg wirklich helfen wird. Wenn ich deswegen ein Verräter bin, dann tötet mich.«

Brenhardt sah auf das kleine, zerstückelte Wesen in seiner Hand. »Ich erkenne die Treue in deiner Absicht.« Sein Blick wanderte weiter zu Lacos gespaltenem Schädel, bevor er wieder Remons Augen fand. »Ich hoffe, ich bereue es nicht.« Lauter rief er: »Geh! Diene unserer Sache im Thronsaal!«

58. Kapitel

Elysiors Thronsaal war kreisrund und durchmaß zwanzig Schritt. Die Decke schraubte sich in einem Kegel zu einer einsamen Spitze hoch. Auch sie war von mehreren Trümmerteilen zerschlagen. Jetzt spannten sich rot leuchtende Flächen unter den Löchern. Sie waren durchsichtig genug, um den Feuerschein auf den bewegten Wellen darüber erahnen zu lassen.

Den Vorlieben der letzten Besitzer der Metropole entsprechend füllten viele Kübel mit Pflanzen den Raum. Einige wuchsen so hoch, dass sie die Decke berührten. Zwischen den Stämmen trieb warmer Dunst.

Als er in den Saal vordrang, entdeckte Remon den Thron gegenüber dem Eingang. Er erstarrte. Kress saß auf dem Platz, der dem Herrscher über Elysior gebührte, züngelte nachdenklich und kratzte an den Schnitzereien in den Lehnen herum.

»Wie bist du denn hierher gekommen?«

Ihr Kopf ruckte hoch, sodass sie ihn ansehen konnte. Sie zeigte auf eines der Löcher in der Decke. »Ich dachte schon, Ihr kommt gar nicht mehr, Guardista.«

Er ging die Stufen zum Thron hinauf. »Haben die Geister mit dir gesprochen?«

»Sie haben nur die Risse und Löcher gestopft. Gesprächig waren sie nicht.«

»Das habe ich befürchtet. Wir haben weder ein Herzfeuer noch eine Stammesblume. Wir sind keine Herrscher.«

Vor dem Thronsaal klirrte Stahl.

»Dann war der Einfall von Ssarronn und Nata wertlos.«

Remon runzelte die Stirn und sah auf die beiden Stümpfe, wo vorhin noch Finger gewesen waren. Es konnte doch nicht die Absicht ihrer Ahnen gewesen sein, sie untergehen zu lassen! Die Rufe von draußen zeugten davon, dass die Grauwacht die Stellung noch hielt, aber irgendwann würde die Übermacht sie erdrücken. Und dieser Gegner würde nicht erlauben, das Nabo zu bergen. Es ginge verloren. Über zweihundertfünfzig Guardistas würden in Elysior fallen, ohne dass andere sie ersetzen konnten. Das würde die Stärke der Grauwacht mehr als halbieren. Aber wozu bräuchte man noch eine Grauwacht, wenn Krienos die Menschen und die Sasseks massakrierten, bis niemand mehr am Leben wäre?

»Wir sind keine Herrscher«, murmelte Remon. »Und wir sind auch nicht zum Herrschen hergekommen.« Er sah Kress an. »Steh auf und stell dich neben mich.«

Remon kannte die Körpersprache der Sasseks gut genug, um den Widerwillen zu erkennen, mit dem sie seiner Aufforderung folgte. Er wurde nicht geringer, als er sie mit sich auf die Knie zog.

»Hört uns, Geister!«, rief er. »Ehrwürdiges Plexo! Maschinen unserer Vorfahren! Wir sind verzweifelt und brauchen eure Hilfe!«

Er drückte Kress' ledrige Hand.

»So ist es«, brachte sie hervor.

Wenn Geister erschienen, nahm man zunächst ein diffuses Leuchten in der Luft wahr, das sich dann zu dem an der Hüfte ausfransenden Oberkörper verdichtete. Schon beim ersten Anzeichen wusste Remon, dass diesmal keiner der Geister, die er kannte, ihrem Ruf folgte, denn das Leuchten war nicht rot, sondern silberfarben. Es wurde zu dem ebenmäßigen Frauengesicht, das er auch in dem Kristallbuch gesehen hatte.

Kress stieß überrascht die Luft aus.

»Wozu braucht ihr unsere Hilfe?«, fragte die Dame. Vom Kinn bis zum Scheitel war ihr durchscheinender Kopf mannsgroß. »Wer von euch leidet? Wie steht es um die Sasseks? Lebt ihr ohne Härten durch die Menschen?«

Die Kampfgeräusche von draußen kamen näher.

Kress' spitze Schnauze ruckte zu Remon, bevor sie wieder die Dame ansah. »Die Menschen sind bevorzugt. Nur in der Nacht, wenn sie herrschen, heben sich Schutzschilde über die Metropolen. Nur Menschen werden erwählt, den Eid der Grauwacht abzulegen. Alle Guardistas sind Menschen. Das gibt ihnen einen Vorteil!«

Ein leichtes Runzeln erschien auf der Stirn der Dame, als sie sich Remon zuwandte. »Was sagst du dazu, Mensch?«

»Ich kenne den Tag und ich kenne die Nacht. Im Tag gibt es viele Pflanzen, Früchte und jagdbares Wild. Das Meer bleibt stets frei von Eis, überall kann man fischen, und es gibt ganze Flüsse mit trinkbarem Wasser. Aber die Menschen müssen mit der Nacht ziehen, durch Stürme von Schnee und Eis, durch Kälte, die die Glieder abfrieren lässt. Ihr Leben ist härter als das der Sasseks.«

Remon hörte die Guardistas hinter sich fechten, wagte aber nicht, den Blick von der Erscheinung zu nehmen. Seine Kameraden mussten bereits im Thronsaal sein. Was er von Brenhardts Befehlen verstand, ließ ihn vermuten, dass sie eine halbkreisförmige Verteidigungsstellung vor dem Thron bezogen.

»Wenn das so ist, Mensch, was ist dann dein Begehr? Wir haben fürchterliche Waffen. Solche, die Tausende und Abertausende mit einem Streich töten, ohne dass diese das Verderben sehen, das über sie kommt. Durch sie strömt die Kälte der Nacht in den Tag.«

Die Vorstellung ließ Kress neben ihm versteifen.

»Und du, Sassek, willst du die Welt für deine Spezies? Wir

können euch Schutz gegen das Eis gewähren, damit ihr in die Nacht ziehen und die Menschen erschlagen könnt. Niemals wird die Wärme von euch weichen, und eure Waffen können töten, so weit euer Auge reicht. Licht, heißer als die Sonne, wird verdampfen, worauf immer ihr es richtet. Kein Mensch wird nahe genug an euch herankommen, um euch mit Bogen oder Speer zu erreichen. Eure Macht wird die der Grauwacht um ein Vielfaches übertreffen.«

Kress züngelte.

Remon erkannte, dass irgendetwas gewaltig schief ging. Sie suchten Beistand gegen die Krienos, nicht die Herrschaft über die Welt. Hatten sie ihr Anliegen falsch geschildert?

Oder täuschte er sich, und es war lediglich *sein* Anliegen? Vielleicht hatte er Kress überrascht, und sie hatte trotz ihrer Behauptung bereits mit den Geistern gesprochen. Sie umschmeichelt, ihrer Spezies die Herrschaft über Bisola anzuvertrauen.

Das Nabo in ihm ließ ihn spüren, wie Präsenzen erloschen. Kameraden starben.

»Wollt ihr diese Waffen?«, fragte die Dame.

»Nein!«, rief Remon.

Er sah zu Kress. Sie schwankte im Knien mit dem Oberkörper vor und zurück. Nachdenklich züngelte sie, schloss sogar die äußeren Lider.

»Kress!«

Er wagte nicht, sie zu berühren. Impulsiv, wie sie war, mochte sie aus Zorn einen Wunsch nennen, der den Tod der gesamten Menschheit zur Folge hätte. Aber würde sie das nicht ohnehin tun? Mehr als alles andere war sie eine Goraja. Malte sie sich jetzt aus, wie sie ihre Auffassung von Sitte und Anstand auch in der Nacht erzwang? Alles Blau verbrannte, es endgültig ausmerzte? Hatte sie sich wirklich von der Vorstellung getrennt, die Sittenlosigkeit der Menschen sei für das gegenwärtige Unglück verantwortlich?

»Denk an Ssarronn, Kress! Wenn du mir nicht vertraust, dann glaube wenigstens ihm!«

Remons Nabo war bereit, Kress anzugreifen. Sie war kaum weiter als eine Armlänge entfernt. Er könnte ihren Hals packen, zudrücken und sie so am Sprechen hindern. Dann noch ein Ruck, und ihr Genick wäre gebrochen. Vielleicht würde das die Geister verärgern, vielleicht würden sie ihn strafen. Aber die Menschheit bliebe von der fürchterlichen Waffe verschont, die die Dame beschrieben hatte. Enna würde leben.

Jedoch nur, wenn die Krienos zurückgeschlagen würden.

Remon drückte seine geballten Fäuste gegen den Boden. Hier und jetzt endeten die Gewissheiten. Es war an der Zeit, zu vertrauen.

Kress öffnete die Augen. »Wir stehen und fallen gemeinsam. Wir werden nicht gegeneinander kämpfen. Für unsere Zukunft wollen wir die Krienos vernichten.«

»Nein!«, rief Remon nochmals. »Das stimmt nicht!«

Kress starrte ihn an.

Er streckte ihr seine Hand hin.

Zögernd nahm sie sie.

»Jedes Leben ist wertvoll. Das der Krienos wie das unsrige.«

Stumm musterten ihn die überlebensgroßen Augen der Dame.

»Aber wir brauchen einen Schutz für unser Leben, sonst werden uns die Krienos abschlachten.«

Er spürte Hitze in seinem Rücken und hörte überraschte Rufe von den Guardistas.

»Die Freundschaft, auf die wir so sehr hofften, ist gewachsen«, sagte die Dame. »Wo immer ihr gemeinsam seid, Menschen und Sasseks, werden die Metropolen und die Refugios euch schützen.«

Remons Brust wurde warm. Sogar heiß. Er wagte, an sich herabzuschauen. Der zähnefletschende Grauwolf auf der Metallscheibe glühte. Weiße Flammen loderten aus seinem Rachen.

Das Gesicht der Dame verblasste. »Geht weiser mit eurer Macht um, als wir es mit unserer taten.«

Remon ließ Kress los. Vor dem Eingang ging ein Magmafall nieder und verschwand spurlos im Boden. Seine Kameraden waren in weißes Feuer gehüllt, sowohl ihre Rüstungen als auch die Waffen, mit denen sie gegen die wankenden Feinde kämpften und Krienos aus der Luft schlugen.

Neben dem Podest, auf dem der Thron stand, öffnete sich ein Spalt im Boden. Ein Gestell glitt daraus empor. Es war mit Schwertern, Beilen, Keulen und Speeren behängt, alle mit dem Zeichen des Grauwolfs versehen.

Kress wählte einen Rundschild. Als sie ihn über ihren Arm streifte, flammte er in weißem Feuer auf.

»Habt Ihr vergessen, wie man kämpft, Guardista?«

Die Flammen hatten inzwischen sein gesamtes Kettenhemd erfasst, verbrannten ihn aber nicht. Grinsend nahm er die größte Axt vom Gestänge. »Hinter einer Goraja werde ich nicht zurückstehen, wenn es darum geht, eine Metropole zurückzuerobern!«

Epilog: Tag

Enna lächelte, als sie ihren Kindern zusah, wie sie über die Wiese tollten. Gellan fand sich normalerweise zu alt, um mit seinen drei Schwestern Fangen zu spielen, aber bei dem wolkenlosen Himmel lockten ihn die beiden Sonnen zu sehr. Die Samen kniehoher Gräser stoben auf und tanzten im grünen Tageslicht, als Gana stolperte und über den Boden kugelte. Sie lachte dabei, also hatte sie sich nicht wehgetan.

Trotzdem stand Enna auf. Es war Zeit, den Dorfplatz aufzusuchen. Der wandernde Sabo würde diesmal etwas über die Färbung der Monde erzählen.

Sie lächelte ihre Mutter an, die keine Anstalten machte, den Platz unter der rauschenden Baumkrone zu verlassen. »Du hast ein Auge auf sie?«

»Es gibt nichts, was ich lieber ansehe als meine Enkel.«

Nata Refael Itana selbst bliebe wohl immer schön anzusehen. Das Nabo ließ sie schon jetzt jünger wirken als ihre Tochter.

»Bist du sicher, dass du den Sabo nicht hören willst?«

Ihre Mutter nickte schläfrig. »Ich habe mit ihm darüber gestritten, wie viele Sterne man im Rossomschädel zählen kann. Besser, wir begegnen uns das nächste Mal bei einem guten Essen. Dann lade ich ihn ein, mit mir gemeinsam ein Astrovatorio zu besuchen, damit er nachzählen und sich überzeugen kann, dass ich recht habe.«

»Und was ist, wenn er recht hat?«

Ihre Mutter zog eine grüblerische Grimasse, als käme ihr dieser Gedanke zum ersten Mal. »Das wäre übel. Dann stünde deine alte Mutter als Dummerchen da!«

Die beiden Frauen lachten.

Enna folgte den leichten Schwüngen des rindenbestreuten Wegs den Hügel hinauf. Die auf der linken Seite stehenden Bäume spendeten Schatten. Rechts plätscherte ein Bach. Enna grüßte einige Sassekweibchen, die im Meer Fische gejagt hatten und jetzt zurück ins Dorf schwammen. Besonders eilig schienen sie es nicht zu haben. Sie paddelten gemütlich gegen die schwache Strömung an.

Auf dem Dorfplatz malte der Sabo Kreise und Linien in das große Sandbecken. Das hatte er schon beim letzten Mal gemacht, um seine Erklärungen zu verdeutlichen. Sonst wäre es auch schwer gewesen, den Ausführungen über Winkel, Drehungen und Bewegungen zu folgen. Kress half ihm. Seit er in die späte männliche Phase eingetreten war, war er noch euphorischer dabei, die neuesten Entdeckungen aus den Astrovatorien bis in die letzte Einzelheit zu verstehen. Enna ahnte, dass sie sich bald von ihrem väterlichen Freund würde verabschieden müssen. Es zog Kress in die Metropole, wo er selbst forschen könnte. Früher hatte er sie gemieden. Die Erinnerungen an all das Sterben in Elysior hatten ihn zu sehr belastet.

Der Sabo wollte gerade beginnen, als die Herzblume, die in den Hang über den Eingang zum Refugio gepflanzt war, seine Absicht zunichtemachte. Der kopfgroße Diamant strahlte so hell in der Blüte der Wasserrose, dass sein Licht weiße Streifen auf die Hauswände malte. Dazu raschelten die Blütenblätter.

Enna ging zügig, aber ohne Hast, in ihr Heim. Sie packte einen Korb mit Wurst, Brot, Käse und Früchten und stopfte Puppen und Holzspielzeug in einen Beutel. Als sie damit wieder herauskam, trat auch ihr Vater ins Freie. Er wohnte mit ihrer Mutter im Haus nebenan. Natürlich war er schon mit dem Kettenhemd, mit dem Schild am Arm und mit dem Helm, der nur Schlitze für Augen und Mund offen ließ, gerüstet. So hätte ihn niemand erkannt, der nicht wusste, dass er einer der beiden Guardistas war, die das Dorf schützten. Der Kopfschutz klackte metallisch gegen die Schulterauflage, als er ihr zunickte.

Enna sah den Weg hinab und hielt nach ihrer Mutter und ihren Kindern Ausschau. Das Rascheln der Herzblume wurde zu einem Klingeln. Die Krienos kamen also näher, wenn es auch noch eine Weile dauerte, bis sie einträfen.

»Es ist noch Zeit.«

Manchmal fragte sich Enna, ob ihr Vater in ihren Gedanken lesen konnte. Aber wenn diese Fähigkeit eine Gabe des Nabo gewesen wäre, hätte auch ihre Mutter sie besitzen müssen. Und die konnte unmöglich auf eine solche Weise begabt sein. Sie war ständig überrascht, wenn Gana ihr einen Blumenkranz schenkte oder Gellan ihr ein buntes Blatt zeigte, das er von einem Baum gepflückt hatte.

Kress kam gemeinsam mit den drei Weibchen, die das Haus mit ihm teilten, aus der Tür. Das Meiste in den Bündeln und Säcken, die sie dabeihatten, gehörte den Grazien. Jede von ihnen forderte als Liebesbeweis, dass er sich für sie abschleppte. Enna bedeckte den Mund mit ihrer Hand, um ihr Lachen zu verbergen. Von allen Sasseks im Dorf konnte Kress die menschliche Körpersprache am besten deuten.

Wie immer verschloss Kress gewissenhaft die Tür. Dann fauchte er einmal im Kreis, um seine auf ihn einzischenden Damen zum Schweigen zu bringen. Er verteilte die Bündel und schickte sie voraus. Das war einer der seltenen Momente, in denen sich alle drei Weibchen einig waren, allerdings darin, dass Kress ein herzloser Schuft sei, der seine Weibchen die ganze Arbeit machen ließ. Dabei hatte er noch immer eine ansehnliche Last zu schleppen, von der nur eine kleine Truhe ihm selbst gehörte. Darin verwahrte er ein Stück der Haut, die Ssarronn ihm geschenkt hatte. Kress war sehr niedergeschlagen gewesen, als der alte Sassek gestorben war. Damals hatte ihre Freundschaft zu Kress begonnen, denn Ennas Herz war wegen Hurnendos Tod voller Trauer gewesen. Sie hatten sich gegenseitig getröstet.

Kress schüttelte seine Schuppen durch, nickte Enna zu – er konnte menschliche Gesten nicht nur deuten, sondern auch selbst anwenden – und folgte seinen Weibchen ins Refugio.

Ihre Mutter und die Kinder kamen, als das Klingeln der Herzblume schon zu einer an- und abschwellenden Melodie geworden war.

»Dürfen wir die Leuchtende Spinne besuchen, Mama?«, fragte Gana. Das Tefacto mit den vielen blinkenden Lichtern hatte es ihrer ältesten Tochter angetan.

»Aber erst, wenn wir unser Quartier im Refugio zurechtgemacht haben.«

Gana verzog das Gesicht. »Hoffentlich bleiben die Krienos lange genug. Das letzte Mal waren wir schon wieder draußen, bevor wir alle Tefactos anschauen konnten!«

Enna strich ihr über das blonde Haar. Nicht nur dieses erinnerte Enna an die beste Freundin ihrer Kindheit, nach der Gana benannt war. Ihre Tochter konnte sich natürlich nicht vorstellen, wie es war, ohne Sonne aufzuwachsen und sich ständig in dicke Pelze zu hüllen, um die Finger vor dem Abfrieren zu bewahren, wenn man das Haus verließ. Sie würde niemals auf dem Eis ausgesetzt werden, um allein den Weg zurück zu finden.

»Seid vorsichtig.« Enna küsste ihre Mutter.

»Gönne uns doch die Freude.« Sie grinste.

Im Refugio wurde es eng, wenn alle Sasseks und Menschen des Dorfs einzogen. Es gab Gerangel zwischen den Kindern und einigen eifersüchtigen Liebenden. Darunter fielen natürlich auch Kress' Weibchen. Als er verzweifelt seine Schuppen durchschüttelte, grinste Enna ihn offen an. Neulich hatte er ihr anvertraut, dass er nicht nur vom Astrovatorio in die Metropole gelockt wurde. Es gab auch eine gewisse Komplikation in seiner Hausgemeinschaft, die seine Sehnsucht weckte, das Dorf eine Weile hinter sich zu lassen.

»Können wir Großmutter und Großvater zusehen?«, fragte Gellan.

Enna prüfte die Schlingpflanze neben dem Eingang. Sie rankte sich zur Decke empor. Wenn sie diese berührte, würde das Magma herunterfallen und das Refugio vor den Krienos verschließen. Sie bewegte sich nur langsam, also war noch etwas Zeit. Enna schickte ihre anderen Kinder vor.

Nach einer Weile trat ihre Mutter aus dem Haus. Auch sie war nun gerüstet, führte aber nicht, wie Ennas Vater, eine Axt, sondern ein elegantes Schwert. An beiden Waffen züngelten bereits weiße Flammen aus den Grauwolfschädeln.

»Warum müssen sie kämpfen?«, fragte Gellan.

Plötzlich schlug gleißendes Feuer aus Rüstungen, Schilden und Waffen. Ennas Eltern sahen aus wie wandelnde Fackeln, als sie den herantreibenden Krienos entgegenschritten.

Enna lächelte. Die Dorfgemeinschaft war im Refugio sicher. Nur die beiden blieben draußen und schützten das Vieh vor dem Befall durch die Krienos. Hinterher würden sie ihren Enkeln von dem Kampf erzählen, während sie die Kinder auf ihren Oberschenkeln reiten ließen.

»Weil sie Guardistas der Grauwacht sind.«

Dramatis Personae

Agnecodo Zanza Gulliern: 25, männlich. Ein Sabo, der sich durch eifriges Studium in der Bilteca von Sombralor hervortut und in dieser Metropole viele Anhänger hat. Als Ratsmitglied möchte er die Befestigungen innerhalb Sombralors ausbauen.

Alissja Voctor Ava: 29, weiblich. Eine einflussreiche Frau in der Communidad Bergkristall und Natas Freundin. Alissja besitzt einen hervorragenden Webstuhl, weswegen sie und ihre Familie meist gute Wollkleidung statt der üblichen Felle tragen.

Brenhardt Ulia Helior: 42, männlich. Der Mareschall und Anführer der Grauwacht. Gilt als gerecht, aber unterkühlt.

Carul Pya Lajadro: 45, männlich. Ein Sabo aus Oculor, der eine Theorie zur Färbung der Monde entwickelt hat.

Elana Enko Imina: 15, weiblich. Eine eifrige Sabo in Sombralor, die eine Erklärung für das Phänomen des bunten Lichts gefunden hat.

Enna Remon Nata: 6, weiblich. Ein findiges Mädchen, das als Kind von Sonderlingen in Erdblut aufgewachsen ist und sich bald der Prüfung in der Einsamkeit des Eises wird stellen müssen.

Erren Lita Orno: 30, männlich. Ein Baron aus der Communidad Saphir, der sich nicht mit der Räumung der Metropole Oculor abfinden will. Er trägt blaue Farben, um die Sasseks zu provozieren.

Ffirragg: 54, späte geschlechtslose Phase. Der oberste in Perltrutz ansässige Goraja.

Firando Mea Aroz: 57, männlich. Ein Sabo aus Sombralor, den das blaue Licht besorgt. Firando lädt gern andere Sabos in sein Haus ein, um wissenschaftliche Fragen zu diskutieren.

Gana Perul Alissja: 8, weiblich. Eine gute Fährtensucherin und Ennas beste Freundin.

Gateo Clia Peto: 36, männlich. Der Sohn des Metropolfürsten von Oculor.

Ggornn: 47, späte männliche Phase. Der Sprecher der Gorajas, die sich in Elysior aufhalten.

Helana Jego Ila: 71, weiblich. Die Feuerwahrerin der Communidad Granat.

Hurnendo Lissa Iencio: 73, männlich. Ehemals ein Unfreier, jetzt eher Mitbewohner als Diener im Haus von Natas Vater.

Igneceo Dolessa Errico: 41, männlich. Der schweigsame Feuerwahrer der Communidad Topas.

Jatena Dego Maga: 32, weiblich. Eine Edle in Sombralor, die ihren Palast sichern möchte.

Jieda Perul Alissja: 6, weiblich. Eine Spielgefährtin Ennas, gleichzeitig mit dieser geboren.

Kasserr: 53, späte geschlechtslose Phase. Der Thuun des Stamms Flammenorchidee.

Kress: 17, weiblich. Eine impulsive, glühende Goraja. Als Abgesandte des Stamms Flammenorchidee beauftragt, Oculor zu inspizieren.

Laco Bea Yeppo: 19, männlich. Ein fleißiger junger Mann aus dem Refugio Güldenwaid, der sich mit Pilzen vergiftete, woran sein Verstand leidet.

Ludon Tya Jerl: 46, männlich. Der Feuerwahrer der Communidad Opal.

Nata Refael Itana: 27, weiblich. Kupferfarbenes Haar. Die Tochter eines Sabos aus Oculor, die aus Liebe mit dem Guardista Remon in die Wildnis geflohen ist. Die Geburt ihrer einzigen Tochter Enna war so schwer, dass sie keine weiteren Kinder bekommen kann. Beobachtet leidenschaftlich gern die Sterne und andere Himmelsphänomene.

Orresta Velantin Uda: 65, weiblich. Eine Sabo in Agnecodos

Gefolge. Sehr darauf bedacht, dass das Wissen dort bleibt, wo es hingehört.

Paskar Zila Vorro: 63, männlich. Der Feuerwahrer der Communidad Jaspis. Das Alter lastet schwer auf ihm. Er will alle bösen Omen vom Refugio Güldenwaid fernhalten.

Peggann: 46, späte männliche Phase. Der Thuun der Hafenstadt Mauerklipp.

Perul Hida Sabestan: 34, männlich. Ein ausgezeichneter Jäger und geachteter Bürger der Communidad Bergkristall.

Quarren: 58, späte geschlechtslose Phase. Ein Memor des Stamms Flammenorchidee. Anführer der Delegation, die Oculor inspiziert.

Remon Zyrrel Vactor: 40, männlich. Ein fahnenflüchtiger Guardista, der mit Nata in die Nacht hinausgegangen ist, um der Grauwacht zu entgehen und mit seiner Familie ein einfaches Leben zu führen.

Sachno Fienna Rello: 56, männlich. Firandos beleibter Hausdiener, auf korrekte Umgangsformen bedacht.

Sarlos Fiena Jano: 17, männlich. Ein Späher, der ein Refugio im blauen Tag sucht.

Semoel Rea Uberro: 48, männlich. Ein Guardista, der sich auf den Umgang mit Dolchen versteht. Verachtet Remon nicht erst, seit dieser aus der Grauwacht geflohen ist.

Ssarronn: 49, späte männliche Phase. Ein wissbegieriger Sassek, der zwar der Goraja angehört, aber den Ursprung der Traditionen hinterfragt. Von den Menschen fasziniert.

Ttegoni: 32, frühe männliche Phase. Der jüngste, aber sehr von sich überzeugte Memor des Stamms Silberflor.

Tulag Cestila Rebon: 37, männlich. Der Feuerwahrer der Communidad Bergkristall.

Ulggerr: 47, späte männliche Phase. Der Anführer eines Enterkommandos, das einen ketzerischen Händler aufgebracht hat.

Vorena Peolo Tira: 39, weiblich. Die beste Schwertkämpferin der Grauwacht, Einzelgängerin.

Xsi: 32, frühe männliche Phase. Ein Abgesandter des Stamms Flammenorchidee, der Oculor inspizieren soll.

Zeleza Tego Olevea: 102, weiblich. Eine Obristin der Grauwacht. Befehligt das Kontingent, das die Übergabe Elysiors begleitet.

Glossar

Astrovatorio: Eine Einrichtung des Plexos in den Metropolen. Hier können Sabos die Monde und Sterne beobachten.

Bilteca: Eine Einrichtung des Plexos in den Metropolen. Hier wird das Wissen gesammelt. Außer gewöhnlichen Büchern finden sich in den Biltecas auch die Kristallbücher der Geister.

Bisola: Die Welt. Der Begriff wird auch als Unterscheidung zum Himmel oder den Monden gebraucht.

Blutschlürfer: Ein Raubtier der Eiswüste, das sich von den warmen Körperflüssigkeiten seiner Opfer ernährt.

Burlan: Ein Zugtier, das einem riesigen, vielfüßigen, fellüberwucherten Egel ähnelt.

Cestillo: Eine Einrichtung des Plexos in den Metropolen. Von diesem Schloss aus wird die Metropole regiert. Die Geister nehmen hier Befehle entgegen.

Click: Entfernungsmaß. Unter idealen Bedingungen legt ein geübter Fußgänger 40 Clicks zwischen zwei größeren Ruhepausen zurück.

Communidad: Eine Gemeinschaft von Menschen, angeführt von einem Feuerwahrer.

Doppelmond: Ein Zeitmaß, das zwölf Mezzazyklen entspricht. In diesem Zeitabstand kommt es zu Konjunktionen der beiden Monde, in denen Dya Mezza verdeckt. Oft ereignen sich währenddessen starke Beben. Das Alter von Menschen und Sasseks wird in Doppelmonden gemessen.

Dunkelphase: In den Metropolen wechseln Hell- und Dunkelphasen ab. Die Dunkelphasen dienen dem Schlaf und der Erholung.

Dya: Größerer, schnell wandernder Mond.

Eisreißer: Ein Raubtier der Eiswüste, das seinen Opfern mit langen Krallen schreckliche Verwundungen beibringt.

Elysior: Eine Metropole, die eigentlich schon in die Nacht hätte fallen sollen.

Erdblut: Eine befestigte Siedlung in der Nacht, errichtet an einem Magmastrom.

Feuerkette: Eine Waffe der Goraja. Durch die eisernen Glieder wird lange brennender Stoff geflochten und entzündet.

Feuerschlinger: Ein schwerfälliger Bewohner der Eiswüste. Das große Tier nährt sich von Hitze und Feuer in unterschiedlicher Form, die es in Drüsen sammeln und wieder ausspeien kann.

Feuerwahrer: Anführer einer Communidad. Er ist an seinen roten Gewändern zu erkennen.

Geist: Eine dienstbare Wesenheit mit durchscheinendem Körper, die in Metropolen beschworen werden kann.

Geisterschmiede: Eine Werkstatt, in der Geister Gegenstände fertigen, die oftmals die Handwerkskunst von Menschen und Sasseks weit überfordern würden.

Glutheim: Ein Refugio in der Nacht.

Glutkeule: Eine Waffe der Goraja. In die löchrige Kugel am Ende eines armlangen Stabs wird Glut gefüllt, die bei Schlägen herausfallen und den Gegner verbrennen kann.

Grauwacht: Ein Orden vom Plexo erwählter Krieger, der die Einhaltung des Pakts sicherstellt. Die Grauwacht garantiert, dass die Sasseks im Tag und die Menschen in der Nacht bleiben, was auch die Übergabe der Metropolen in der Dämmerung beinhaltet. Zudem pflegt die Grauwacht die Einrichtungen des Plexos, wie etwa die Tefactos in den Refugios. Etwa fünfhundert Krieger dienen in der Grauwacht.

Grauwolf: Das Symbol der Grauwacht, immer als zähnefletschender Schädel des Raubtiers dargestellt. Er findet sich auf den meisten Rüstungen, Waffen und Einrichtungen der Grauwacht.

Guardista: Ein Krieger der Grauwacht.

Güldenwaid: Ein Refugio in der Nacht mit einem Tefacto, das Wild anlockt. Reich durch den Anbau von Roggen.

Hartfels: Eine Siedlung in einem warmen Krater. Die letzte Wegstation vor Oculor.

Hellphase: In den Metropolen wechseln Hell- und Dunkelphasen ab. Die Hellphasen dienen der Arbeit und der Aktivität.

Herzfeuer: Kopfgroßer Edelstein, in dem Flammen brennen. Spiritueller Mittelpunkt einer Communidad.

Kaltstachler: Ein Raubtier der Nacht, das seine Beute mit einem Gift tötet.

Krieno: Ein Wesen, das einer handtellergroßen Haut ähnelt, von der lange Fäden ausgehen. Der Krieno kann sich mit diesen Fäden oder in der Luft treibend fortbewegen.

Lee: Windabgewandte Seite.

Memor: Ein Geschichtenerzähler unter den Sasseks, erkennbar an einem schlaffen Hut. Die Geschichten der Memores prägen die Identität ihres Stamms. Sie bezeugen und interpretieren alle wichtigen Ereignisse und rezitieren Begebenheiten aus der Vergangenheit.

Mensch: Zweigeschlechtliche, empfindsame und kluge Lebensform, die sich aus Säugetieren entwickelt hat. Auf Bisola leben zweihundert Millionen Menschen.

Metropole: Siedlung, in der das Plexo in herausragender Weise präsent ist. Geister erledigen hier hilfreiche Aufgaben. Temperatur und Wasserversorgung werden so geregelt, dass sie den Bewohnern angenehm sind. Besondere Einrichtungen wie Speisesäle, Geisterschmieden, Bilteca und Astrovatorio stehen zur Verfügung. Liegt die Metropole in der Nacht, wechselt sie zwischen Hell- und Dunkelphasen, die dem Schlafen-Wachen-Rhythmus von Menschen angepasst sind, und kann mittels eines undurchdringlichen Schutzschilds gesichert werden.

Metropolfürst: Ehrentitel für einen Feuerwahrer, dessen Communidad eine Metropole beherrscht.

Mezza: Kleinerer, langsam wandernder Mond.

Nabo: Eine trockene Flüssigkeit oder ein sehr feines Pulver, das Guardistas bei ihrer Weihe aufnehmen. Es verstärkt ihre Sinne, erhöht Stärke und Geschick, lässt sie ein Gespür für das Plexo und ihre Kameraden entwickeln und macht sie langlebig. Die Menge des verfügbaren Nabos begrenzt die mögliche Anzahl der Guardistas. Die Grauwacht legt deswegen äußersten Wert darauf, das Nabo zu bergen, wenn ein Guardista stirbt.

Nachtrüstung: Eine für den Aufenthalt in der Nacht optimierte Panzerung. In der Regel beinhaltet sie wärmende Pelze, über denen ein Harnisch, Schienen, ein Helm und ähnliche Rüstungsteile getragen werden.

Oculor: Eine Metropole nahe der Morgendämmerung. Die Häuser sind auf einen Kegelberg gebaut, auf dessen Spitze das Cestillo steht.

Pakt: Eine uralte Vereinbarung, die festlegt, dass den Menschen die Nacht und den Sasseks der Tag gehört. Zudem regelt der Pakt Pflichten und Privilegien der Grauwacht.

Perltrutz: Ein Refugio im Tag, an einer Lagune gelegen und bekannt für seine wunderschönen Wasserspiele.

Plexo: Ein Geflecht, das sich in variierenden Erscheinungsformen in allen Refugios und Metropolen findet. Es sorgt für deren Erhalt und kommuniziert über Geister mit den Bewohnern. Die Grauwacht verehrt das Plexo und steht in besonderer Verbindung zu ihm.

Refugio: Eine vom Plexo aufrechterhaltene Zuflucht, die ihren Bewohnern Wärme, Licht, Wasser und andere Annehmlichkeiten bietet.

Rossom: Das meistgenutzte Pack- und Reittier der Nacht. Es hat ein zotteliges Fell und gedrehte Hörner.

Sabo: Ein Gelehrter der Menschen. Sabos genießen einige Privilegien, beispielsweise die freie Bewegung in der Nacht und den Zugang zu den Astrovatorien. Sie bewahren und mehren das Wissen und verbreiten es unter den Menschen. Standeszeichen der Sabos sind Unterarmstulpen, die verhindern, dass die Ärmel frische Tinte verwischen.

Sassek: Empfindsame und kluge Lebensform, amphibisch. Nach dem Schlüpfen zieht es Sasseks ins Meer, wo sie geschlechtslos leben. Irgendwann schließen sie sich einem landlebenden Stamm an. Nach der ersten Häutung ist ein Sassek weiblich. Danach folgen zwei männliche Phasen und im hohen Alter eine abschließende geschlechtslose Periode. Auf Bisola leben eine Milliarde Sasseks.

Schneesegler: Nachtfahrzeug, einem Segelboot auf Kufen ähnlich.

Sombralor: Die Metropole am Nordpol. Sombralor liegt stets teilweise im Tag und teilweise in der Nacht. Es wird von einem Rat regiert, in dem sowohl Menschen als auch Sasseks vertreten sind.

Stamm: Eine Gemeinschaft von Sasseks. Die tradierten Geschichten, die in ihm erzählt werden, machen die Identität eines Stamms aus.

Stammesblume: Eine riesenhafte Pflanze, spirituelles Zentrum eines Sassekstamms.

Tagrüstung: Eine für den Aufenthalt im Tag optimierte Panzerung. Auf wärmende Elemente wird verzichtet, nicht aber auf eine Polsterung, die Abschürfungen vorbeugt. Üblich sind Kettenhemden.

Tarro: Ein halbintelligentes Raubtier der Nacht. Tarros leben in Rudeln und können einfachste Werkzeuge benutzen. Sie haben einen Pelz, spitze Schnauzen und scharfe Zähne.

Tefacto: Ein Artefakt, meist in einem Refugio zu finden. Manche Tefactos erfüllen einen offensichtlichen Zweck, wie die Regelung der Wasserversorgung, andere sind anscheinend funktionslos.

Thuun: Anführer eines Sassekstamms.

Weißpüschel: Ein kleines Pelztier, das sich auf der Suche nach Pilzen durch das Eis gräbt.

Weißtöter: Ein Raubtier, das sich im Schnee tarnt, um seine Beute zu überraschen.

Der Untergang ist nahe ...

*Cover- und Preisänderungen vorbehalten

Hier reinlesen!

Michael Peinkofer

Kampf der Könige

Roman

Piper, 544 Seiten

€ 16,99 [D], € 17,50 [A], sFr 24,50*

ISBN 978-3-492-70211-9

Die Völker der Zwerge, Menschen und Orks befinden sich im Krieg. Für den Thronfolger Dag und seine Gefährten, die alles daran setzen, die verfeindeten Völker zu einen, beginnt eine schier aussichtslose Mission, die sie bis in das Eis der Weißen Wüste führt. Assassinen und Schattendrachen kreuzen ihren Weg, und bald verwischt, wer Freund und wer Gegner ist. Und der entscheidende Kampf wird ein Kampf zwischen Königen sein ...

PIPER

Leseproben, E-Books und mehr unter www.piper.de

ENTDECKE
NEUE WELTEN
MIT PIPER FANTASY
Mach mit und gestalte deine
eigene Welt!
PIPER
www.piper-fantasy.de